Der Vorhang
Longfurt
ryddha
Ira
Samhún

Die außergewöhnliche Reise eines gewöhnlichen Helden

Anne Pötzsch

Die Autorin:

Anne Pötzsch schreibt gerne Bücher (wie unerwartet) und probiert sich dabei in den unterschiedlichsten Genres aus. Mit ihrer Armee aus Kuschelkatzen lebt sie irgendwo in der Pampa in Deutschland.

ANNE PÖTZSCH

Die aussergewöhnliche Reise eines gewöhnlichen Helden

Auerbach Verlag

Auerbach Verlag und Infodienste GmbH, Leipzig
Oststraße 40, 04317 Leipzig, www.av.de
Illustrationen: Anne Pötzsch, © ohishiftl/stock.adobe.com,
© warmtail/stock.adobe.com, © macrovector/stock.adobe.com
Druck und Bindung: Drukarnia MISIURO Zbigniew Misiuro, Polen
ISBN: 978-3-948537-09-8
1. Auflage, 2021

Für meine Familie.

(Weil sie mich umbringen würden, wenn ich mein erstes Buch stattdessen meinen Katzen widmen würde.)

Held, Bedeutungen:
1a.) Durch große und kühne Taten besonders in Kampf und Krieg sich auszeichnender Mann edler Abkunft (um den Mythen und Sagen entstanden sind)

1b.) jemand, der sich mit Unerschrockenheit und Mut einer schweren Aufgabe stellt, eine ungewöhnliche Tat vollbringt, die ihm Bewunderung einträgt

1c.) jemand, der sich durch außergewöhnliche Tapferkeit im Krieg auszeichnet und durch sein Verhalten zum Vorbild [gemacht] wird

2.) jemand, der auf seinem Gebiet Hervorragendes, gesellschaftlich Bedeutendes leistet

3.) männliche Hauptperson eines literarischen o. ä. Werks

Duden, 2021

Am Meer

Brich, brich, brich
An die grauen Klippen, o Meer!
Und ich wollte, ich könnte es sagen,
Warum mir das Herz so schwer.

O glücklich der Fischerknabe,
Der spielt mit der Schwester im Sand,
O glücklich der Junge, der jauchzend
Treibt seinen Kahn an Land.

Und die stolzen Schiffe ziehn hin,
Wo die schimmernde Küste sich dehnt –
Doch ach, die Hand, die du nie mehr drückest,
Die Stimme, die nie mehr tönt!

Brich, brich, brich
Am Fuß deiner Klippen, o Meer!
Für den holden Tag, der versunken ist,
Gibt's nie eine Wiederkehr.

Alfred Lord Tennyson, übersetzt von L. L. Schücking

TEIL 1

Du hast mal gesagt,
Vor so langer Zeit,
Ich wäre eine junge Seele
Und es gäbe niemanden sonst,
Der so viel Zauber
Auf den spröden, alten Seiten
Eines unlesbaren Buches finden könnte.

Jetzt bin ich alt, verdorben.

Dieses Feuer in meinen Adern,
Kann nicht einmal mehr
Die Finger des ärmsten Bettlers
Wärmen.

Hast du mich deswegen verlassen?

– König Lugh von Tírhain, Fragmente der Briefelegien

I

Jeder Ausdruck von Emotionen war ein Ausdruck von Schwäche. Darum schrie Alec nicht, als Nisesh ihn in die Rotorblätter schubste.

Schnell drehten sie sich, so schnell, dass ihr metallenes Glänzen vor seinen Augen verschwamm. Ein hohes Kreischen, dass die Ohren bluteten, dann war sein Schwert verschwunden. Ein dumpfes, pochendes Stocken und er zog die Hand aus den wirbelnden Metallblättern. Heißes Blut spritze ihm ins Gesicht und roter Schmerz überflutete all seine Sinne wie ein Lauffeuer. Alec schrie nicht.

Ein Glänzen in seinem Augenwinkel. Er duckte sich, rollte aus dem Weg, als seine Beine ihn nicht mehr hielten, gerade noch rechtzeitig, bevor das Schwert ihm den Kopf zertrümmerte. Ein Scheppern, dann fiel, verkohlt und zerstückelt, Schrott auf seinen Gegner nieder. Der Schutt konnte Nisesh zwar nichts anhaben, aber er lenkte ihn ab, lange genug für Alec hinter einem hohen Felsen zu verschwinden.

Auf Xanders Hilfe war immer verlass, doch jetzt musste sein Bruder abhauen. Schnell, bevor Alec dem ein Ende setzte, ganz nach Plan.

Keuchend, auf allen vieren, kauerte er sich hinter einen gezackten Stein. Der Schmerz war allgegenwärtig, fraß sich in sein Denken, bis nichts mehr übrig war abgesehen von einem einzigen, letzten Willen, an den er sich klammerte wie an ein Rettungsseil. Beende es, Alec. Jede Pore in seinem Körper kämpfte dagegen an. Blut rann über seine Hand, in seinen Ärmel, seinen Pullover hinunter, bis er ihm schwer und nass an der Brust klebte.

Nisesh schrie vor Wut. „Wo hast du dich versteckt, du kleine Ratte? Komm raus zum Spielen!"

Alec wollte aufstehen, sich wehren, doch seine Beine gehorchten ihm nicht. Sein Fuß stieß gegen etwas Warmes, Weiches. Eine tote Wache, aufgedunsen von Ceciels Blutmagie, ein Schwert in der schlaffen Hand. Wäre Ceciel nur hier. Sie wehrte die Feinde außerhalb der Höhle ab. Wenn alles plangemäß verlief, würde es hier drinnen zu gefährlich für sie werden.

„Ich muss dich nicht suchen", säuselte Nisesh.

Es war kaum Materie von ihm übrig, denn die Magie, die seinen Körper inzwischen beherbergte, hatte von ihm Besitz ergriffen und ihn zu einem schwarzen Nebel in Menschenform gemacht.

„Ich spiel keine Versteckspiele mehr, nie mehr. Was, Junge?"

„Alec!"

Nisesh gackerte. Er hatte Xander fest im Griff, stand oben auf seiner Teufelsmachine.

„Ja, ja! Ruf doch, ruf doch nach deinem Bruder."

Xander musste aus dieser Höhle verschwinden. Jetzt. Sonst wäre der komplette Plan zunichtegemacht.

Alec fasste einen Entschluss. Er sah an seiner rechten Hand hinunter, kaum zu erkennen wegen all des Blutes. Er zählte. In seinem Kopf drehte es sich, wirbelte saure, brennende Kotze nach oben. Er schluckte sie runter. Zwei. Es fehlten nur zwei.

Er schob den einen, rotglänzenden Arm unter den anderen, eng an die Brust, biss die Zähne zusammen, bis seine linke Hand den Pulloversaum zu fassen bekam. Eine Welle kreischenden Schmerzes durchfuhr ihn, als er einen Fetzen Stoff herausriss. Ein Arm gebrochen, am anderen fehlten zwei Finger. Er robbte zu der toten Wache, schmeckte das Blut in seinem Mund.

„Ooh Charlie", flüsterte Nisesh, einen Namen, der so lange nicht mehr mit Alec in Verbindung gebracht worden war, dass er unwirklich und falsch in seinen Ohren klang. „Ist er dir denn ganz egal, dein kleiner Bruder?"

Xander wand sich unter der finsteren Gestalt.

Alec zwang sich, die tauben Finger um den Griff des Schwertes zu legen, als er den verhassten Namen hörte. Es war zu groß für ihn. Er stopfte den Stofffetzen in den Mund, wickelte ihn mit Hilfe seiner Zähne fest um die Hände. Innerhalb von wenigen Augenblicken war der Stoff mit Blut vollgesogen.

„Na, wenn du meinst", Nisesh gähnte, „ich find's sowieso besser, ihn gleich umzubringen."

Die Höhle schwankte, als Alec sich aufrichtete. Er kletterte Niseshs Magie-Generator hinauf, ein Bein nach dem anderen, schleppend, zitternd, das blutige Schwert fest umschlungen.

Nisesh lachte. „Wäre ich nicht so nachsichtig, würde ich das glatt als Beleidigung auffassen. So willst du gegen mich kämpfen? Es wäre gnädiger, wenn du dich selbst erledigst."

Aber Nisesh war nicht gnädig, genauso wenig wie Alec, der versuchte auf der glatten Oberfläche der Maschine Halt zu finden. Der Generator dröhnte unter seinen Füßen, ließ seine Knochen vibrieren, doch er spürte es nicht über das hitzige Pulsieren seines eigenen Körpers.

„Lass ihn los", zischte er. Die Worte forderten mehr Kraft, als er verschenken konnte.

Nisesh deutete auf Xander, den er über den Abgrund hielt, die finstere, von Magie wabernde Hand an der entblößten Kehle des Bruders.

„Was, meinst du den hier? Gerne, wenn du unbedingt –."

Alec stolperte ihm entgegen, ließ sein Schwert gegen das seines Gegners klirren. Der Aufprall hallte in seinen Knochen nach. Nisesh lockerte seinen Griff um Xanders T-Shirt und der Junge schrie. Die Klingen prallten erneut aufeinander und Alec spürte den Schlag im ganzen Körper.

„Armer Junge. Gib's auf."

Nisesh lachte, wirbelte um Alec herum wie ein Fómori aus Longfurt, war überall gleichzeitig. Alecs Arme schmerzten mit jedem Schlag, den er versuchte abzublocken.

„Ich hab's dir doch gesagt, du bist kein Held. Da ist keine Prophezeiung für dich, kein Hellseher hat über dich gesprochen."

Die Wut färbte Alecs Blickfeld rot. Er holte aus, hackte auf die schemenhafte Figur vor sich ein.

„Alec, Alec! Charlie! *Hilfe!“*

Das war nicht Nisesh. Das war Xander, der am Rand des Generators hing und mit klopfendem Herzen versuchte, wieder hinaufzuklettern. Aber die Stimme war weit weg und das breite Grinsen im unscharfen Gesicht Niseshs war so nah.

Der nächste Schlag zwang Alec beinahe in die Knie. Er wusste, den folgenden Angriff würde er nicht überleben.

Hastig tastete er die Konsole hinter sich mit dem Ellenbogen ab. Sie musste hier sein, ein kleiner Knopf, die Falle, die Xander angebracht hatte. Durch den roten Nebel hindurch sah Alec, wie Nisesh das Schwert hob, wurde einem Blitz von vergangener Menschenähnlichkeit in den rauchigen Augen gewahr, durch die freudige Erwartung, die darin funkelte.

Da geschah es.

Die bedrohlichen Silhouetten flohen, verflüchtigten sich wie Rauch, wirbelten davon, bis Nisesh verschwunden war. An seiner Stelle stand ein Mann, zitternd, das Gesicht zu einer starren Grimasse verzogen. Ein Mann ohne Magie.

Ganz nach Plan. Die Funktion des Generators war umgekehrt. Anstatt alle magische Aura der nahen Stadt auf Nishesh zu übertragen, wurde jeglicher Zauber aus der Umgebung gesaugt und er war all seiner Macht beraubt. Nur ein einfacher Mensch war übrig geblieben, verletzlich, fehlerhaft. Ohne einen Funken Magie, genauso wie Alec.

„Nicht, Charlie. Noch – noch nicht!“

Wieder Xander. Er hatte sich an der Maschine nach oben gezogen, stand an der Kante, taumelnd, das Gesicht weiß wie Papier.

Alec hörte ihn nicht über das Rauschen in seinen Ohren, das Pochen seines Herzens, als sich sein Schwert erneut, mit dem seines Gegners traf. Alec trieb ihn zurück, immer weiter dem Abgrund entgegen.

„Wow, Charlie! Wo kommt denn all die Wut her?“

Der Mann lachte und es war das unveränderte Lachen Niseshs in dieser verzerrten Maske aus menschlicher Haut.

„Weißt du, du wirst trotzdem nicht kriegen, was du willst. Mein Tod wird nichts daran ändern. Lustig, was? Du hast nun mal keine Magie."

Niseshs Schwert schepperte gegen die Außenwand des Generators, als es in den Abgrund fiel.

„Du wirst kein Held sein. Niemals. Wir sind gleich, die Einzigen unserer Art, und ich war nie mehr wert als ein Staubkorn. Einfach unnütz. Was maßt du dich an, zu glauben, dein Schicksal wäre anders als meins?"

Das waren die letzten Worte Niseshs, denn Alec schlug ihm den Kopf ab. Es war nicht mehr sein eigenes Blut auf seinen Lippen, aber er schmeckte den Unterschied nicht.

„Ch-Charlie", krächzte Xander, dann knickte er nach hinten über und fiel in die Tiefe.

Und endlich hörte Alec ihn. Ein dumpfer Aufprall und finstere, erdrückende Stille senkte sich über die Höhle.

„Xander?", fragte Alec mit zitternder Stimme, die Augen feucht.

Er legte sich auf den Bauch, spähte in den Abgrund. Und dort fand er seinen Bruder, die Gliedmaßen in unmenschlichen Verrenkungen ausgestreckt. Er hatte die Brille beim Sturz verloren. Die Gläser waren zerbrochen, das Gestell verbogen wie sein eigener Körper. Sein Gesicht sah nach oben, fast anklagend. Offener Mund, blutige Lippen, verklebte Haare und leere Augen, tote Augen.

Der Generator hatte jeglichen Fetzen Magie aus ihm gesaugt, der bei Nisesh und Alec nicht vorhanden war. Aus Xander, dem einzigen anwesenden Geschöpf, das einen Funken Zauberkraft besaß. Das hatte ihm zu viel gekostet. Ihm fehlte die Kraft, die er benötigt hätte, um am Rand der Maschine stehen zu bleiben. Der Plan hatte nicht funktioniert, denn Alec hatte nicht warten können. Aber er schrie nicht.

Niseshs Kopf rollte über den Abgrund, sein Gesicht war zu einem grausigen Lächeln verzogen.

II

Manch einer würde behaupten, dass es grausam war, dass sie ihn nicht hatten sterben lassen.

Ceciel Morgen glaubte fest daran, dass ein jeder seine Bestimmung besaß, der es zu folgen galt, doch nie zuvor hatte sie sich die Frage gestellt, was geschehen sollte, wenn diese erfüllt war.

Die meisten Helden hatten das Glück, bei der Erfüllung ihres Schicksals zu sterben.

Das mag brachial klingen, dabei war allgemein bekannt, dass dies die einzige Chance war, sich für eine Sache – einen Glauben, ein Konzept – zu opfern, was größer ist als man selbst.

Denn die anderen Helden, die mit weniger Glück, mussten nach ihrem letzten Sieg weiterleben, nutzlos, nichts weiter als aus der Mode gekommene Verkaufsschlager. Und genauso werden sie in die Ecke geworfen, sobald sie nicht mehr zu gebrauchen sind.

Bald würde Alec zum Sperrmüll gehören und es gab keinen Zauberspruch dieser Welt, der das ändern könnte. Ceciels Vater hatte es vorausgesagt und trotzdem merkte sie, wie ihr Herz daran zerbrach. Da waren sie nun, er auf dem Bett, sie auf dem Stuhl daneben und sie schwiegen einander an, wie die unzähligen Male zuvor.

Und doch hatten sich die Dinge geändert, denn dies war kein Neuanfang, sondern ein Ende. So kam es Ceciel jedenfalls vor, die noch nicht gelernt hatte, dass oft beides ein und dasselbe war.

„Sie haben dir Weintrauben gebracht", sagte Ceciel und in den letzten Jahren hatte er es sich angewöhnt, zu fragen: „Ohne Kerne?"

Alec zog seine Bettdecke höher. „Könntest du bitte die Heizung hochdrehen?"

Es war das Erste, was er gesagt hatte, seitdem die Faune ihn ins Krankenhaus eingeliefert hatten, und sollte Ceciel mit neuer Hoffnung füllen. Immerhin hatte sie mit zitternden Händen darauf gewartet, seine Stimme zu hören, um sich zu vergewissern, dass es wieder in Ordnung war. Jetzt konnte ihr unmöglich verborgen bleiben, dass sie verloren hatte.

Er wirkte so mager und zerbrechlich in dem dünnen Nachthemd des Krankenhauses und Ceciel wurde schmerzlich bewusst, dass er erst 18 Jahre alt war. Eingefallene Wangen, tiefe Augenringe, blasses Gesicht, Augen schwer von allem, was er gesehen hatte. Das war nicht mehr der Held, den sie gekannt hatte, den die Welt gekannt hatte. Es war unmöglich, zu erkennen, ob das Alec Blackwood war, oder ein Haufen Scherben. Ceciel hatte es stets als ihre Aufgabe angesehen, die Scherben wieder einzusammeln.

Es war grausam, dass sie ihn nicht hatten sterben lassen.

Ihr Magen zog sich zusammen und sie sprang auf, bevor sie sich auf den Boden übergeben konnte.

„Ich muss los, da ist so eine Parlamentsversammlung", würgte sie hastig hervor.

Sie war nicht in der Lage, diesen Anblick zu ertragen, diesen Schatten, der Alecs Platz eingenommen hatte.

„Warte!"

Er griff nach ihrer Bluse, krallte sich an dem teuren Stoff fest. Er kannte Ceciels tiefste Abgründe und entlarvte ihre Ausrede, bevor sie ausgesprochen war. Aber seine Angst, dass dieser letzte Schatten Alec Blackwoods ebenfalls verschwinden würde, wenn sie den Raum verließ, war größer.

Sie blinzelte mit einem Schaudern auf die Überreste seiner bandagierten Hand und überwand sich schließlich, ihre Augen auf sein geschwollenes Gesicht zu richten.

„Bleib", flüsterte Alec, „bitte."

All die Scherben würden weiter voneinander fortgetragen werden. Sein Blick war so flehend, so hilflos, dass es für Ceciel nicht mehr zu ertragen war.

Sie riss sich von ihm los, stolperte ein paar Schritte rückwärts. „Charles. Ich kann nicht. Die brauchen mich da."

Dann ergriff sie die Flucht.

Sie konnte die Leere nicht mehr sehen, die in sein Inneres drang, als sie verschwunden war. Wie er die Decke hochzog, bis zur Nase, die übrig gebliebenen Finger fest darin verhakt, während die salzigen Arme der Furcht nach ihm griffen.

Ceciel verschanzte sich hinter der Tür, starrte den weißen Krankenhausflur entlang wie in Trance. In ihrer rechten Hand hatte sie ein Blatt Papier zusammengeknüllt, das sie mit flinken Fingern entfaltete. Es war ein Flyer, auf dem mit großen Druckbuchstaben stand: ***Willkommen in der Rehabilitationsgesellschaft für Matadoren****.*

Alec Blackwoods Bestimmung hatte sich erfüllt, seine Geschichte war vorüber, die letzte Seite umgeblättert, doch Ceciel würde nicht den Rest ihres Lebens damit verbringen, ihn wieder zusammenzuflicken. Nein, ihre Geschichte hatte gerade erst begonnen.

„Willkommen in der Rehabilitationsgesellschaft für Matadoren“

Du hast das große Biest erschlagen, die Jungfrau in Nöten befreit,
die Welt gerettet – dein Schicksal erfüllt. Was nun?

Versinke nicht in der Bedeutungslosigkeit und
ewigem Selbstmitleid, komm zu uns in die
Rehabilitationsgesellschaft für Matadoren!

Hier kannst du dich von deinem Endkampf erholen –
ganz ohne nervige Paparazzi und den schnöden Alltag,
den du nicht verstehst.

Genieße die wunderschöne Steilküste und die gesunde, salzige
Luft von Tírhain, während wir dich mit unserem 5-Sterne-Service
verwöhnen, bis du bereit für die Welt da draußen bist.
Nur zur Dunkelzeit! Bis zu 20% Wer-Werwolf*-Töter Rabatt auf
all unsere Angebote!

---

* Im Gegensatz zu den meisten Werwölfen können diese Exemplare ihren Blutdurst nicht kontrollieren. Sie sind dafür bekannt, in Vollmondnächten Menschenherzen zu verspeisen, wie die Barbaren.

Die erste Begegnung unserer Hauptfiguren erinnert an eine schlecht geschriebene Badboy-Schnulze

Es ist unabdinglich, sich seiner Angst zu stellen, jeden Tag, bis sie verschwunden ist.

Das hatte sein Mentor Mr Morgen Alec früher gerne erzählt und Alec hatte daran geglaubt. Wenn alle anderen schliefen, hatte er sich einer seiner Ängste gegenübergestellt und seinen Mut trainiert. Er hatte den Hund des Gärtners mit den funkelnden Knopfaugen gestreichelt. Er hatte das federleichte Gewehr in die Hand genommen, das extra für ihn angefertigt worden war, und es mit echten Kugeln geladen. Sogar für eine Stunde in sein Zimmer eingeschlossen hatte er sich, obwohl er meistens zitternd in einer Ecke gesessen hatte, den Arm vor dem Mund, um sich nicht zu übergeben.

Mittlerweile funktionierte diese Methode nicht mehr. Alec glaubte, dass es daran lag, dass er keine elf Jahre mehr alt war. Die Theorie, dass seine Angst zu gewaltig und sein Wille sie zu bewältigen zu schwach sein könnte, war ihm nie in den Sinn gekommen. Denn die Furcht vor dieser Erkenntnis erfüllte ihn mit noch größerem Unbehagen.

Alte Angewohnheiten hielten sich, auch ohne Anhaltspunkt stand er hier und beobachtete die dichten Wolken bei ihrem schwerfälligen Tanz. Die Sonne versuchte, ihre langen Finger durch den undurchdringlichen Schleier zu winden, der den gesamten Himmel wie ein schwerer Vorhang aus Kälte und Eis umhüllte. Unter ihm krachten die Wellen mit voller Wucht gegen das Gestein. Unaufhaltsam, nicht zu bändigen, probierten sie die Küste um sich herum langsam aber sicher zu verschlingen.

Das Meer war hier überall, nicht nur in dieser brodelnden, grünen Suppe, die mit aller Gewalt gegen das Land ankämpfte, sondern auch in der Luft. Der eisige Wind peitschte ihm ins Gesicht, rasiermesserscharf, genauso unumgänglich und versalzen wie das trübe Wasser, das den ewigen Kampf zu seinen Füßen ausfocht.

Irgendwann würde es ihn ebenfalls holen. Eine andere salzige Hölle, die dieser doch so ähnlich war, lechzte mit gebleckten Zähnen an seiner Mantelspitze, zog ihn mit sich wie eine starke Strömung, würde nicht ruhen, bis er keine Kraft mehr zum Kämpfen hatte. Und er war bereits müde, so müde. Sie hatte sein Herz im frostigen, salzigen Griff, hielt seine Seele gefangen und wartete, dass sein Körper ihr hinterher sprang. Alec Blackwood hatte Angst, bald vom Meer verschlungen zu werden.

Ruby hatte erst zwei Tage in der *Rehabilitationsgesellschaft für Matadoren* verbracht und war kurz davor, die Flucht zu ergreifen.

Aber wer konnte ihr das schon verübeln? Es gab so einiges, das an diesem Ort nicht in Ordnung war. Was Rubys Aufmerksamkeit sogleich geweckt hatte und als ihr oberster Beschwerdepunkt galt, war das übermäßig stark ausgeprägte Schubladendenken. Ein Glück, dass sie nur zu Besuch hier war, und nicht das schwere Los gezogen hatte, hier zu wohnen. Es gab zu viele Gemeinsamkeiten mit dem grausamen Internat, in dem sie den Großteil ihrer Jugend verbracht hatte.

Um Rubys Standpunkt zu verdeutlichen, reicht es, sich zur Abendessenszeit im Speisesaal umzusehen. Neben der Theke saßen diejenigen, die die anderen Insassen - ich meine, Patienten -

als „Die Langweiler“ bezeichneten. Allgemein werden sie mit den Worten „depressive Nichtsnutze“ beschrieben, denn sie verbringen den lieben langen Tag damit, von ehemaligen Heldentaten zu schwärmen. Und loben sie nicht die Vergangenheit, beschweren sie sich über die Gegenwart.

Wenn wir uns weiter in die Mitte des Speisesaals bewegen, treffen wir auf die sogenannten „Angeber“, die auch nach mehreren Jahren nicht zu dem Schluss gekommen sind, dass sie sich nicht auf einer Mission befinden, sondern im Ruhestand.

Fragt man eine andere Gruppe Patienten – Entschuldigung, Gäste – so ist Folgendes über die Angeber zu erfahren: „Solche Arschlöcher. Denken, sie können kommen und gehen wie sie Lust darauf hätten, dabei sind die wahrscheinlich schon so kaputt, dass sie sich nachts in den Schlaf weinen müssen.“

Denn, obwohl es in keinem Vertrag geschrieben steht, ist es äußerst kompliziert, die Rehabilitationsgesellschaft für Matadoren wieder zu verlassen.

Die Gruppe, mit der Ruby sich angefreundet hatte, war der Meinung, sie wären die Einzigen in dieser Anstalt – und nichts beschreibt diesen Ort besser – die noch bei Verstand waren. Aber um fair zu bleiben, das sagten alle Bewohner über sich. Und genauso wie die anderen Gruppen hatten sie sich keinen Namen gegeben. Wenn man allerdings die Ohren spitze, war hin und wieder ein geflüstertes „Weicheier“ herauszuhören.

Als Ulf Knochenbrecher, der inoffizielle Anführer der Weicheier, Ruby auf eine Tour durch das Hauptgebäude mitgenommen hatte, war ihm die folgende Beschreibung für seine Gruppe eingefallen: „Wir sind die Einzigen, die verstanden haben, dass es hier eigentlich ganz schön ist. 5-Sterne-Küche, ein riesiger Fernseher und super W-Lan, was willst du mehr?“

Ruby hätte einiges von größerer Bedeutung aufzählen können, ohne mit der Wimper zu zucken, aber ausnahmsweise war es ihr gelungen, stillzubleiben. Sie war nicht hier, um laut ihre Meinung kundzutun, sondern um zu beobachten.

Es gab noch genügend kleinere Grüppchen, die verteilt im Speisesaal saßen, und deren Auffassungen ihr fremd waren. So verlegte sie sich von Diskussionen auf harmlose Fragen.

„Was ist mit denen da drüben?“, fragte sie und zeigte auf fünf düster dreinblickende Wesen in dunklen Kapuzen-Pullovern.

„Hm?“

Knochenbrecher hob den Kopf vom Teller. Er war ein Ork, einer von der großen Sorte, mit zwei gewaltigen Hauern, die ihm aus dem Mund ragten, und einem fehlenden Auge. Trotz seines erschreckenden Erscheinungsbildes – selbst für Orks war er kein Prince Charming – war er die gutmütigste Person, die in der Rehabilitationsgesellschaft für Matadoren hauste.

„Hm?“, wiederholte er und seine Stimme war tiefer als Donner-Grollen. „Ach, die da hinten.“

Er machte eine wegwerfende Bewegung mit der Pranke, wobei er den Teller seiner Sitznachbarin Lycia von der Tischkante fegte.

„Denken, es wäre besser, wenn sie unter sich bleiben, weil sie ja alles, was sie anfassen, automatisch zerstören müssen.“

Lycia lachte schrill auf, ohne den Blick von der Stelle zu nehmen, an der vor Kurzem ihr Teller gestanden hatte. Während Ruby überlegte, ob das nicht eher traurig als lustig war, änderte sich die Stimmung im Speisesaal.

Durch die Zeit im Internat hatte sie gelernt, solche unschönen Veränderungen vor den anderen zu bemerken. Selbst der kräftige Knochenbrecher zuckte zusammen und Ruby erschauderte. Für einen Herzschlag lang verharrten alle in ihrer Bewegung, verstummten so plötzlich, dass ihr Atem unanständig laut klang.

Ein Kichern durchbrach die Stille. Besteck klapperte, Knochenbrecher schlürfte weiter sein Abendessen auf, aber der Zauber war nicht gebrochen. Jeder wählte seine Worte mit Vorsicht, führte sein Essen mechanisch zum Mund.

Jemand war in die bekannte Atmosphäre eingedrungen und hatte sie zerstört. Er stand gegen die Theke der Essensausgabe gelehnt und die Angst der ehemaligen Helden prallte an ihm ab wie an einer Rüstung.

Bitte erwartet von unserer guten Ruby nicht, dass sie zu diesem mysteriösen, jungen Kerl, sofort eine leicht fragwürdige Bindung aufbaut. Bei dem handelt es sich, wie ihr bestimmt erraten habt, um niemanden Geringeres als Alec Blackwood. Ruby hatte keine Lust, bei derartigen Spielchen mitzuspielen. Alles, was sie an Alec fand, war eine schiefe Nase und ein Haufen brauner Haare, unter dem ein Paar müder Augen pausenlos die Ecken des Raumes ohne ehemalige Helden absuchte.

„Nicht hinsehen“, knurrte Knochenbrecher mit gesenkter Stimme, aus Angst, der Eindringling könnte sie von der anderen Seite des Saals aus hören.

Knochenbrecher war zwei Meter hoch, ging ähnlich weit in die Breite und hatte die Welt vor dem grausamen Orkkönig Wolfsfluch beschützt. Und jetzt wagte er es nicht, in Richtung Essensausgabe zu gucken. Nein, lieber beobachtete er den Fremdling aus den Augenwinkeln, als wäre er ein besessener Tiefseekraken, der jeden Moment zum Sprung ansetzt.

Dabei war Alec so müde, dass er niemanden *anhüpfen* könnte, wenn ihm denn der Sinn danach stand. Obwohl seine Augen nach Mord schrien, war die einzige Person, die er erledigen wollte, er selbst.

„Wer ist das?“, hauchte Ruby und versuchte, möglichst beeindruckt zu wirken, um Knochenbrecher nicht zu verstimmen.

Sie kniff die Augen zusammen, in der Hoffnung, besser sehen zu können. Es funktionierte nicht. Sie erkannte kaum, dass der Eindringling nur wenige Jahre älter war als sie selbst. Mit seinen schmalen Schultern und eingefallenen Wangen erinnerte er allerdings eher an einen Greis. Es brauchte geschlagene fünf Minuten, bis sie verstand, wen sie da vor sich hatte. Sie schlug ihre Faust gegen ihre Handfläche.

„Unmöglich!"

Jetzt war Ruby tatsächlich beeindruckt.

„Shhht!", zischten Lycia und Knochenbrecher gleichzeitig.

„Unmöglich", wiederholte sie etwas leiser. „Das ist – das ist –."

Lycia nickte zustimmend. „Alec Blackwood, der Verdammte Auserwählte™."

In der Rehabilitationsgesellschaft für Matadoren gab es eine ganze Menge Auserwählte, aber keiner von denen war *der Verdammte Auserwählte*™, die Krönung schlechthin. Als Alec Blackwood mit elf Jahren ins Geschäft eingestiegen war, hatten die Kinder, eingeschlossen Ruby, ihn vergöttert. Ein niedlicher, fast gewöhnlicher Junge, der zusammen mit seinem Bruder und seiner besten Freundin Monster abschlachtet und das Böse bekämpft. Dieses Konzept ist unsterblich.

„Ein Kindersoldat." Knochenbrecher spuckte das Wort aus, als wäre es Gift.* „Nimm dich vor denen in Acht, kleines Rotkehlchen. Die sind unberechenbar."

„Hey!"

Lycia warf ihm einen bösen Blick zu, doch Knochenbrecher strich ihr nur beschwichtigend über den Kopf. Sie fiel fast vom Stuhl.

„Nicht du, du bist schon vor Jahren aus Clive Hall ausgezogen, dich konnten die nicht irremachen."

Ruby rutschte weiter nach vorne, bis ihre Nase nur noch einen Fingerbreit von Knochenbrechers Hauern entfernt war. „Wer konnte sie nicht irremachen?"

„Na die Geister!", riefen der Ork und Lycia im Einklang.

„Geister? Geister wie in *Geister aus dem Jenseits*?"

---

* Und das war es.

Mit Geistern war nicht zu spaßen und für jemanden, der gerade erfahren hatte, dass welche ganz in der Nähe hausten, leuchtete Rubys Lächeln zu gleißend.

Lycia nickte.

„Geister", wiederholte sie und erschauderte. „Da gibts ein paar drüben, in Clive Hall – klingt ein bisschen wie cliff fall, Klippenfall, was? – bei uns Kindersoldaten, auch außerhalb der Rauhnächte, darum bin ich aus dem Haus so schnell wie möglich raus."

Da sie eine Sirene war, merkte ein Mensch wie Ruby Lycia ihr Alter nicht an. Einzig jemand mit einem besseren Blick für die Magie, einem höheren Magiestandard, wäre in der Lage zu erkennen, dass sie höchstens in der Jugend Rubys Mutter gegen das Böse gekämpft hatte.

„Es gab so viele Selbstmorde, mussten ja ein paar im Vorhang nach Samhūn hängen bleiben", fuhr sie fort.

Rubys Augen weiteten sich. „Selbstmorde?"

Sie konnte nicht verhindern, dass ihr Blick wieder zu Alec Blackwood wanderte. Er hatte sich nicht bewegt, stand still wie eine Statue.

„Die Letzte soll ihr Zimmer gleich neben ihm gehabt haben", flüsterte Knochenbrecher, insofern Orks flüstern können. Alle Köpfe am Tisch drehten sich ihm zu, total unauffällig.

„Lilian Sparks, du weißt schon, die mit den Drachen."

Ruby nickte aufgeregt. Natürlich kannte sie Lilian Sparks, das Mädchen, das die Lóng gerettet hatte, Wächter von Magie und Weisheit. Ohne sie wäre die Welt nicht, was sie jetzt war. Da begriff Ruby und ihr Mund hing offen wie ein Scheunentor.

„Warte, möchtest du damit ernsthaft andeuten, dass sie –."

Es gelang ihr nicht, die Worte aussprechen, zu schwer lagen sie auf ihrer Zunge. Das jemand wie Lilian Sparks an diesem Ort gelandet war und sich das Leben genommen hatte, erschien, der allgemeinen Meinung nach, undenkbar. Wenn Alec Blackwood vergöttert worden war, hatten die Kinder Lilian Sparks angebetet, mit Tieropfern und allem.

Knochenbrecher schnaubte abfällig. „Jedenfalls glauben *die* das."

Mit „die" waren der Direktor und seine Mitarbeiter gemeint. Zum ersten Mal seit Rubys Ankunft äußerte er etwas gegen die Rehabilitationsgesellschaft für Matadoren.

„Meinen, sie habe sich von der Klippe gestürzt, weil sie manisch depressiv war. Aber sie hat nie besonders depressiv ausgesehen, war immer nett und freundlich." Was allgemein das große Problem an manisch depressiv war. „Was ich glaube–."

Knochenbrecher unterbrach sich, als eine Dryaden-Küchenhilfe Alec endlich seinen Teller hinschob.

Er nahm ihn mit nur einer Hand entgegen, schlängelte sich am Tisch der Langweiler vorbei, die wie zufällig die Füße einzogen, öffnete mit der anderen Hand die schwere Eichentür, als würde sie nichts wiegen, und verschwand. Der ganze Saal atmete erleichtert aus, dabei hatte er den ehemaligen Helden nicht einen einzigen Blick zugeworfen.

„Er isst ja gar nicht hier", merkte Ruby an, obwohl sie es ihm bei all der Feindseligkeit kaum verübeln konnte.

„Macht er nie", erklärte Lycia. „Wahrscheinlich veranstaltet er irgendeinen okkulten Scheiß mit dem Zeugs. Beschwört Todesfeen herauf oder so."

Ja, es gab vieles, was für Ruby an diesem Ort nicht zu fassen war, aber als Vegetarierin und überzeugte Optimistin erschreckte sie nichts mehr als diese Aussage.

„Beschwörungen? Wie kannst du sowas nur sagen? Das ist Alec Blackwood, er hat uns alle gerettet. Warum sollte er–."

Sie verstummte, als sie in Knochenbrechers matte Augen sah.

„Manche von denen kommen einfach nicht damit klar, dass sie hier sind", sagte er und obwohl seine Stimme grollte wie eh und je, klang sie seltsam sanft. „Besonders die Kindersoldaten haben meist einen kleinen Knacks – nicht für ungut, Lycia – wollen nicht glauben, dass es vorbei ist. Und wenn sie's dann doch mitbekommen, sorgen sie dafür, dass es genug Aufmerksamkeit um sie herum gibt. Wenn du mich fragst, hat Lilian sich niemals selbst von dieser Klippe gestürzt."

Daraufhin herrschte Schweigen, zu schwer hing die Anschuldigung in der Luft.

„Oh!" Lycias Blick hellte sich auf. „Nachtisch!"

Diejenigen, die lange genug hier lebten, hatten gelernt, dass alle Dinge vergänglich waren – Gerüchte, Verdächtigungen, Morde – doch was blieb, das war der Nachtisch. Das Essen in der Rehabilitationsgesellschaft für Matadoren war köstlich, aber das Dessert stellte den Höhepunkt des kulinarischen Erlebnisses des Tages dar. Selbst Ruby konnte nicht verhindern, dass ihr das Wasser im Munde zusammenlief. Schoko-Brownies mit Nüssen waren einer der Gründe, dass die ehemaligen Helden sich hier festhielten.

In den paar Minuten Ruhe hinderte Ruby niemand mehr daran, richtig nachzudenken, und es kam nie etwas Funktionstüchtiges, oder eher gesagt, nicht zumindest halb Verrücktes, dabei heraus, wenn Ruby richtig nachdachte.

In ihrem ganzen Leben hatte sie keinen einzigen Geist gesehen. Eine pure Zumutung, wie sie entschied. Und überhaupt, wer war besser geeignet, ihr Bericht über die seltsamen Ereignisse an diesem Ort zu erstatten, als eine unsichtbare Macht?

Denn sie war sich ziemlich sicher, dass all diese Anschuldigungen gegenüber Alec übertrieben waren. Sie hatte lange genug im Internat überlebt, um zu verstehen, wie das funktionierte. Eine Gruppe suchte sich ein Opfer aus und erfand Gerüchte, wenn sonst nichts von Bedeutung geschah. Und es war offensichtlich, dass Alec Blackwood hier das Opfer war.

Ruby entschied, während sie eine Gabel voll Brownie in den Mund stopfte, dass sie die restlichen fünf Tage, die sie hier verbringen durfte, dafür nutzen würde herauszufinden, was um

König Lughs Willen hier vorging. Nichts würde sie davon abhalten, nicht einmal die Tatsache, dass es kurzzeitigen Besuchern wie ihr nicht erlaubt war, das Hauptgebäude zu verlassen – wovon die Schlafräume in Clive Hall weit entfernt waren.

Spoiler: Alec ist nicht so gruselig wie ~~erhofft~~ befürchtet

Alec stellte seinen Teller auf den Schreibtisch, dann fiel er mit dem Gesicht voran auf sein Bett und vergrub die zitternden Hände unter der Decke.

Das Meer forderte seinen Tribut. Es war die vierte Rauhnacht und die Wilde Jagd streifte zwischen den Wolken umher. Es war kalt und es war dunkel, ein Schleier aus gefrorenem Salz, der sich über die Erde gelegt hatte.

Er hatte Stunden in dieser Hölle verbracht, ohne ein Wort des Protestes, jetzt war es an der Zeit, sich selbst zu bemitleiden. Was für ein armes, erfrorenes Schwein er war, dass er den Rest seines armseligen Daseins ohne Sinn an diesem grauenhaften Ort verbringen musste. Kaum auszuhalten, all das Selbstmitleid.

Er zog sich die Decke über den Kopf und rollte sich darin ein, in der Hoffnung, sich dadurch aufwärmen zu können, und tat, als würde er schlafen. Ein fieser Hinterhalt, mit dem er versuchen wollte, seine Gedanken für eine Weile von sich abzulenken.*

Als Alec die Schritte hörte, überlegte er in der Tat, ob nicht doch Geister in Clive Hall existierten. Abgesehen von ihm wagte es nur das Personal, dieses Gebäude zu betreten, und auch die hielten sich zu dieser Uhrzeit fern. Es gab niemanden, der verrückt genug wäre, ihn zu besuchen.

Während andere Geschöpfe durch Reisen und Abenteuer aufblühten, hatten diese Alec verbittern lassen. Kaum 21 Jahre alt und schon sah er die Welt mit den abgehärteten und getrübten Augen

* Es funktionierte nicht.

eines viel älteren Mannes. Dieser Gegensatz verstörte Gäste und Personal gleichermaßen und hielt sie seit drei Jahren auf Abstand.

Xander hätte sich über ihn lustig gemacht, über den scharfen Zug um seinen Mundwinkel, aber Xander war nicht mehr da, und der Gedanke an ihn, ließ Alec fast an dem brennenden Verlust ersticken.

Das war es, was ihn vom glorreichen Helden in dieses Häufchen Elend verwandelt hatte. Müde, in der Hoffnung, diese unvorteilhafte Störung ignorieren zu können, griff Alec nach einem Buch und begann darin herumzublättern. Der Titel lautete *Die Wissenschaft des Übernatürlichen* und es war einer dieser Schinken, die niemand sonst zu lesen wagte. Wen interessierte, wie die Magie funktionierte? Allein durch Unwissenheit konnte sie wirken, allein Unwissenheit machte sie aus.

Aber nach Jahren des Kampfes mit Nisesh, der versucht hatte sich die gesamte Magie der Pryddah einzuverleiben, war alles Wunder für Zauber verschwunden. Auch zuvor hatte Alec sich mit der Magie nie wirklich verbunden gefühlt. Es war ein Draht, der ihm fehlte, und allein die Möglichkeit, sich all diese unerklärlichen Dinge mit dem erklären zu können, was er verstand, brachte ihm diese Welt näher.

Ein lauter Knall, als eine Tür – Nein, ein Fenster – zugeschlagen wurde, dumpfe Schritte, nicht mehr zu überhören. Verdächtige Schritte, als würde jemand versuchen durch die Gänge zu schleichen, ohne ordentlich gelernt zu haben, wie man schleicht.

Alec wollte sich das Kissen über die Ohren ziehen und das Geräusch ignorieren. Aber ein halb vergessener Instinkt, ein ewig andauerndes Pochen in seinem Kopf, das jetzt immer lauter wurde, die ständige Angst, die sich mit kalten Fingern an ihm festklammerte, ließ ihn automatisch in den Angriffsmodus übergehen.

Er hatte ein kleines Messer in sein Zimmer geschmuggelt, obwohl Waffen in der Rehabilitationsgesellschaft für Matadoren verboten waren, trug es in seiner Hosentasche, ein Gewicht, das ihn nach unten drückte. Kaum mehr als ein Zahnstocher, aber er hatte oft mit weniger gearbeitet. Er wollte danach greifen, doch eine plötzliche Übelkeit überkam ihn, als seine Finger über den hölzernen Griff strichen, die zwei Stümpfe das glatte Metall berührten.

Das Messer blieb, wo es war, als Alec langsam unter der Decke hervor rutschte, jeden seiner Schritte mit Bedacht setzte. Er öffnete mit einem sanften Klicken seine Zimmertür. Im Gegensatz zum Einbrecher wusste er, wie man richtig schleicht, hielt sich im Schatten versteckt, während er versuchte herauszufinden, welcher der Schlappschwänze mutig genug sein könnte, sich ins Kindersoldatenheim zu wagen. Ceciel würde den Störenfried wahrscheinlich in eine Kröte verwandeln, so wie sie Alec in eine Kröte verwandelt hätte, wenn ihr die Möglichkeit gegeben worden wäre. Denn dass dies ein Geist war, war schier unmöglich, jedenfalls versuchte er, sich das einzureden.

Alec hasste Geister, hasste den Gedanken, dass man auch im Tod keine Ruhe finden könnte, hasste diese leeren Augen, die transparenten Körper, die flüsternden Stimmen.

Er konnte den Gedanken nicht verhindern, dass *er* wiedergekommen sein könnte. Manche Geister hefteten sich an die Lebenden und suchten sie für alle Zeit heim. Und Mr Morgen, der ihm bereits zuvor im Tode als Mentor gedient hatte, war Alec nie wie jemand vorgekommen, der gut loslassen konnte.

Da waren sie wieder, die Schritte. Nein, Mr Morgen, der den Nuth` Aya, den mächtigsten Magiern dieser Welt, angehörte, würde sich niemals ungeschickt wie ein Troll im Porzellanladen an ihn heranschleichen.

Der Gang war dunkel, denn jemand hatte alle Gardinen zugezogen, doch Alec brauchte seine Augen nicht, um sich orientieren zu können. Er kannte dieses Haus gut genug, um zu wissen, dass sich der Lichtschalter nur eine Armlänge von ihm entfernt befand. Ein leichter Luftzug zog an seinem Ohr vorbei.

Jetzt!

Er schlug die Hand weg, die nach seiner Schulter griff, drückte auf den Lichtschalter, die Augen klugerweise geschlossen, um nicht geblendet zu werden.

Als er wieder ins Licht blinzelte, war Ruby gegen die grässliche Blumentapete gepresst, eine knochige Hand an der Kehle. Alec war enttäuscht. Ihr müsst verstehen, er hatte mit etwas Gefährlichem gerechnet, nicht mit einem rothaarigen Mädchen mit nervösem Lächeln, das ihn ansah, als hätte er versucht, sie umzubringen.*

„Du bist kein Geist", platzte es aus ihr heraus.

Es war kein Wunder, dass Alecs dunkle Augenringe und buschigen Augenbrauen sie für einen Moment etwas anderes hatten vermuten lassen.

„Kein Scheiß", knurrte er zwischen zusammengebissenen Zähnen hervor und kam zu dem Entschluss, dass sie wohl nicht die hellste Kerze auf der Torte war.

„Tut mir leid, dass ich dich so überfallen habe", sagte Ruby und lächelte ihn vorsichtig an.

Ein netter Versuch ihn davon zu überzeugen, sie wieder gehen zu lassen.

Er antwortete nicht, also fügte sie noch hinzu: „Ich dachte, du wärst ein Geist. Das ist nämlich so mein Ding, Ghostspotting. Jedenfalls momentan."

Was nur eine halbe Lüge war.

Rubys Blick wanderte zu dem Messer, das eine Handbreit aus Alecs Hosentasche ragte. „Sag mal, sind Waffen hier nicht eigentlich verboten? Damit sich alle richtig entspannen können und so?"

Alec schnaubte. „Ist es nicht verboten, nachts durch die Gänge zu schleichen? Besonders, wenn man nur Besucher ist?"

---

* Was er nur getan hätte, wenn sie etwas bedrohlicher gewirkt hätte.

Er hatte nicht einmal all seine Künste als Detektiv anwenden müssen, um das herauszufinden. Denn 1.) schlich sie für eine Heldin viel zu laut und 2.) war sie, wenn sie doch eine wäre, jung genug, um hier wohnen zu müssen, ein weiterer Kindersoldat. Was sie nicht tat, sonst würde sie nicht so grausam schleichen. Eine Beleidigung für alle Helden. Den kurzzeitigen Besuchern war Clive Hall aufgrund der geringen psychischen Belastbarkeit der Kindersoldaten verboten.

„Touché."

Ruby zuckte grinsend mit den Schultern, aber ihr Blick huschte angespannt hin und her.

„Ich wollte auch gar nicht hier sein – also, ich meine, in Clive Hall. Wollte nur ein bisschen Spazierengehen, Geister suchen und dann", ihre Augen wurden groß, „dann habe ich sie plötzlich gehört – die Musik und das Johlen und das Trampeln der Pferde. Sie zogen über den Himmel – die Wilde Jagd und Lother, Beschützer der Sídlethan, des Feenreiches, und Herr der Samhūn und der Toten, die darin leben, geheiligt sei sein Name, gleich voran! Du weißt schon, *hörst du sie nicht in tiefster Nacht? In heulendem Wind kommt die Wilde Jagd geschwind!* Wie in dem alten Kinderreim."

„Jedes Kind weiß doch, dass man während der Rauhnächte nicht spazieren geht", schnaubte Alec.

Kurz bevor ein Jahr in das nächste überging, wagten die Toten es wieder in die Pryddah, die Oberwelt, aufzusteigen. Sie durchbrachen den Vorhang, der den oberen Teil des weiten Flusses, auf dem die Welten der Lebenden schwammen, von dem unteren Teil des Flusses abtrennte, als wäre er Nebel. Niemand war verrückt genug, die Wilde Jagd zu provozieren, denn wer sie erblickte, ja, sich auch nur zufällig in ihrer Nähe aufhielt, der wurde mitgenommen auf ihren Höllentrip, immer dem Wind nach.

Ruby gab auf. „Also gut, wie wär's damit: Wir verpfeifen uns einfach nicht gegenseitig."

Obwohl das unkontrollierte Zucken Alecs Augenbraue andeutete, dass es, wenn sie ihn weiter nervte, bald niemanden mehr zu verpfeifen gab.

„Ich bin übrigens Ruby, Ruby Eljin."

Sie versuchte, ihm die Hand hinzuhalten, ohne dass Alec sie erwürgte, und da wurde ihm endlich bewusst, wie harmlos sie war. Er ließ sie los, hielt die Fäuste jedoch geballt, zur Sicherheit. „Du solltest besser von hier verschwinden."

Ruby, ganz die gute Abenteuerin, dachte nicht einmal daran, abzuhauen, nicht, wenn die Geister der Jagd über den Nachthimmel zogen.

„Du bist Alec Blackwood, stimmt's?", fragte sie und lächelte breit.

Alec seufzte. Er konnte Ruby auf den ersten Blick nicht leiden, denn ihre Augen funkelten freundlich und treu, als wäre alle Grausamkeit der Welt unbemerkt an ihnen vorbeigezogen. Alecs Augen waren erdig braun. Die Zeit hatte sie verhärten lassen und jetzt glänzten sie so kalt, dass jedem fröstelte, der das Pech hatte, unter diesen Blick zu geraten. Sie schnitten der armen Ruby das Fleisch von den Knochen, aber sie hatte sich fest vorgenommen, nicht wegzusehen.

„Verschwinde von hier", wiederholte Alec. „Du musst nur in den Himmel sehen, dort warten hunderte Jäger, die vor ihrer Zeit gestorben sind. In Clive Hall gibt es keine Geister."

Wenn, dachte Ruby entrüstet, *dann nur, weil sie sich alle vor deinen bösen Blicken in Sicherheit gebracht haben.*

„Hast du das schon mal überprüft?" Sie funkelte ihn herausfordernd an.

„Wieso sollte ich?", erwiderte er mit der Gewissheit eines Geschöpfes, das wusste, dass es keine Gewissheit hatte.

Ruby sah ihn verständnislos an. „Aber möchtest du denn gar nicht wissen, was in deinem eigenen Haus los ist?"

Streng genommen war Clive Hall nicht sein Haus, obwohl Alec momentan als Einziger hier lebte.

„Eigentlich", sagte er mit Nachdruck, „möchte ich, dass du von hier verschwindest."

Und dieser Streit hätte sich wohl in alle Ewigkeiten fortgesetzt, wären sich nicht erneut Schritte zu hören, dumpfer und schwerer als Rubys. Ein Wächter. Alec stöhnte genervt auf. Dieser Tag wurde immer besser.

„Schnell", zischte er und schob Ruby in sein Zimmer, bevor sie protestieren konnte.

Es war ein Werwolf mit glänzendem Fell und leuchtenden Augen. Der ideale Wächter für die Nacht, kaum brauchbar am Tag und furchteinflößend genug, um unerwünschte Gäste fernzuhalten, jedenfalls normalerweise.

Dieser Berg von einem Hund stellte die schwere Tatze nach vorne und legte drohend die Ohren an. „Was machst du hier, Blackwood?"

Geifer rann sein Kinn hinunter, ein Versuch bedrohlich auszusehen, der ihn eher wie einen Patienten im Irrenhaus erscheinen ließ. Keinerlei Manieren, die Werwölfe von heute.

Gedankenversunken fuhr Alec sich durch die Haare. „Es ist nichts, ich dachte nur, ich – Ach, unwichtig."

Der Wolf schlug ungeduldig mit seiner Rute und zeigte die Zähne. „Was?"

Ein anderer Gast hätte jetzt eine Beschwerde beim Direktor wegen Unhöflichkeit eingereicht.

„Ich dachte, dort wäre ein Geist gewesen", erzählte Alec, „da, am Ende des Ganges. Du weißt ja, wie das ist, wenn Lother mit seinem Gefolge vorbeizieht. Sie spüren dieses Beben in der Realität mehr, als wir das tun. Aber dann habe ich das Licht angeschaltet und alles war wieder normal."

Die Nackenhaare des Wolfes stellten sich auf und plötzlich hatte er eine große Ähnlichkeit zu seinem Verwandten, dem

Pudel. Niemand mochte Geister, nicht einmal die Kreaturen der Nacht. Die ruhelosen Toten erinnerten daran, was mit jedem Geschöpf passieren würde, wenn dessen Zeit abgelaufen war.

Der Wolf zog den Schwanz ein und trat winselnd einen Schritt rückwärts.

„Wir haben hier keine Geister", erklärte er wenig glaubwürdig, „sonst würden wir dich nicht hier wohnen lassen. Geh zurück in dein Zimmer."

Der Wolf machte kehrt und jagte den Gang entlang, wobei er mit einem riesigen Satz über die Stelle sprang, an der Alec seinen Geist gesehen hatte. Die Sicherheitskräfte waren wirklich mies. Wer stellte schon Werwölfe zur Paarungszeit ein? Wegen seiner Unkonzentriertheit hatte der arme Kerl nicht einmal die Luft geprüft, sonst hätte er Ruby sofort gerochen. Um diesen ungebetenen Gast musste sich jetzt Alec kümmern.

„Danke", war das Erste, was sie sagte, als er das Zimmer betrat.

Sie hatte sich auf seinen Drehstuhl gesetzt und kreiste in Gedanken verloren um sich selbst.

„Danke wofür?", fragte Alec und versuchte, den alten Stapel Klamotten in einer Ecke zu verstecken. Um es mit den Worten seines geliebten Mentors, Mr Morgen auszudrücken: „Zeige deinem Feind nicht dein Innerstes, sonst wirst du berechenbar." Und sein Zimmer war das Innerste, was Alec besaß. Ein Blick auf all die Unordnung genügte, um eine Analyse über seinen psychischen Zustand abzuschließen.

Allerdings summte Ruby eine fröhliche Melodie in dem chaotischen Zimmer des Helden, der sie vor Kurzem bedroht hatte, und das sagte alles über *ihren* psychischen Zustand.

„Na ja, du weißt schon", sie fuchtelte mit ihren Händen herum, um ihren Standpunkt zu unterstreichen, „danke, dass du mich nicht verraten hast. Also willst du mich doch nicht loswerden." Sie lehnte sich zufrieden in dem Drehstuhl zurück.

„Was hat das eine denn mit dem anderen zu tun?“ Alec zuckte mit den Schultern. „Das ist nur so eine blöde Angewohnheit von mir.“

Ein Helden-Reflex, der ihn, wie er jetzt bemerkte, in eine missliche Lage versetzt hatte. Entweder scheuchte er Ruby weg, sie wurde entdeckt und er bekam den ganzen Ärger, weil er sie nicht gleich gemeldet hatte, oder er musste sich mit ihr rumschlagen, bis der Werwolf seinen Posten aufgegeben hatte. Beides war gleichermaßen anstrengend und er kam zu dem Entschluss, dass er sein Leben hasste.

„Ich hasse euch“, knurrte er, wütend auf Ruby und diesen Wolf und am meisten sich selbst.

„Das glaube ich nicht“, erwiderte sie, ohne zu zögern, „sonst hättest du mir nicht geholfen. Es sei denn –.“

Eine weitere aufschlussreiche Handbewegung.

Alec hob eine Augenbraue. „Es sei denn, ich sperre dich ein und opfere dich für eines meiner dunklen Rituale?“

„Genau! Also weißt du sehr wohl, was die Anderen über dich erzählen.“ Ruby lachte, bis sie bemerkte, dass er keine Miene verzog. „Du willst mich doch nicht wirklich …“ Sie zog einen Finger über die Kehle. „Oder?“

Er schüttelte den Kopf. „Jedenfalls nicht, solange du mich nicht nervst.“

„Dann muss ich es ihnen sagen – du wirst es ja nicht tun, offensichtlich. Das ist doch kein Leben, so ganz abgeschottet und allein“, entschied sie und rückte dabei den Zeiger der Alec-Genervt-Skala ein großes Stück nach oben.

„Mir gefällt's“, erwiderte er schulterzuckend.

Er wollte schlafen. Immerhin, solange er einen gewissen Ruf besaß, musste er sich nicht überlegen, wie er sich korrekt zu verhalten hatte, es dachten eh alle von ihm, was sie sich in den Kopf gesetzt hatten. Nach sieben Jahren Höflichkeit und falschem Lächeln war das befreiend.

„Dieses Feuer in meinem Herzen kann nicht mal mehr die Finger der Bettler wärmen."

„Was?", knurrte Alec.

„Ach, das ist nur so'n Zitat aus den Fragmenten König Lughs." Ruby zuckte mit den Schultern. „Oder so."

„Fragmente?" Er hob eine Augenbraue. „So gut wie nichts ist aus der Regentschaft König Lughs bekannt. Schon vergessen?"

Sie legte den Kopf schief, beobachtete ihn, als wäre er ein Gemälde, dessen Aussagekraft sie nicht ganz verstanden hatte, völlig schamlos.

„Na, weißt du's denn nicht? Die finden in den letzten Jahren immer mehr Brieffetzen, vom Wind getragen. Die sind von ihm, ganz klar. Niemand weiß, wo sie herkommen oder warum sie ausgerechnet jetzt auftauchen. Haben sogar ne Magie-Analyse deswegen durchgezogen und nichts gefunden."

Im warmen Kegel Alecs Schreibtischlampe waren ihre Haare ein gleißender Schweif aus Glut, das flackernde Licht, das die Wilde Jagd über den Himmel trug.

Das bestätigte Alecs Theorie nur. Für ihn gab es zwei Gründe, aus denen sie hier sein könnte. 1.) Sie war lebensmüde. 2.) Sie war von der Presse. Wobei Letzteres das Erstere keineswegs ausschloss. Verrückt war sie auf jeden Fall. Sie trug einen orangenen Rock, auf den sie Schmetterlinge aufgenäht hatte, und normale Leute ließen sich in sowas nicht erwischen.

„Du willst also einen Geist sehen, ja?"

Wenn Alec von selbst damit anfing, hatte das vorherige Gesprächsthema ihn zutiefst verunsichert. Obwohl es unmöglich sein sollte, gelang es ihm, die Augenbraue ein Stück weiter zu heben, sodass er aussah wie eine besonders wütende Riesenkanadagans.

Ruby war so eingenommen von dieser Entdeckung, dass sie eine Weile brauchte, um seine Frage zu verstehen.

„Hm? Heißt das, du weißt, wo hier welche zu finden sind?“ Aufgeregt beugte sie sich nach vorne und fiel fast vom sich weiter drehenden Stuhl.

„Nein“, erwiderte Alec düster. „Wie oft noch? Hier gibt es keine Geister.“

Das dämpfte Rubys gute Laune keineswegs.

„Wenn du das sagst, dann heißt das nur, dass du bis jetzt zu faul warst, nach ihnen zu suchen“, sagte sie mit einem Enthusiasmus, den jeder andere nur schwer mit den Worten „Geist“ und „Suche“ in Verbindung bringen könnte, am allerwenigsten Alec.

„Was haben sie dir eigentlich in der Schule beigebracht?“, fauchte er.

Es war spät und sein letzter Rest Geduld brauchte sich auf, ein explosives Gemisch.

„Ein Geist ist kein freundlicher Toter, der mal eben schnell durch den Vorhang spaziert kommt, um eine nette Tasse Tee mit dir zu trinken. Ein Geist ist eine verlorene Seele, die eines so grausamen Todes gestorben ist, dass sie ihren Weg in die Samhūn nicht mehr findet, von Rache und Angst und Schmerz getrieben, in diesem einen, grausamen Moment festgehalten, verzweifelt nach Lother suchend. Kannst du dir vorstellen, dass jemand mit dir reden möchte, der nicht wirklich hier ist und doch nicht fort, der nichts fühlen kann, abgesehen von dem, was er zu seinem Tode gefühlt hat, der vollkommen verzweifelt ist?“

Alec hustete. Seine Kehle war trocken. Seit langem hatte er wieder eine große Rede geschwungen und er erstickte fast daran. Es herrschte Stille, weil er nicht mehr sprechen konnte und Ruby den Moment auskosten wollte. Dieser Moment, der ihr versicherte, dass es ihr gelungen war, die Nuss zu knacken oder ihr zumindest einen Riss zuzufügen.

Dieser mickrige Ausbruch war das erste Stück echter Alec Blackwood, auf das sie einen Blick erhascht hatte. Jetzt war Ruby sich sicher, dass Knochenbrechers Anschuldigungen komplett unbegründet waren. 79% aller Geister waren Mordopfer und das Risiko, einen Geist zu erschaffen, würde Alec nicht freiwillig eingehen.*

„Bist du schon mal einem begegnet?“ Rubys Frage war eher eine sanfte Feststellung.

Er nickte. „Ja.“

Seine Stimme war matt und er klang, als würde Sandpapier an seiner Kehle reiben.

„Dann musst du mir umso mehr helfen“, sagte Ruby. „Diese verlorenen Seelen, die hier hausen, da muss es doch bestimmt etwas geben, was sie retten kann.“

Sie war so jung und voller Hoffnung und *nervig*. Alec schloss die Augen und sah Mr Morgens rachsüchtigen Geist in Flammen aufgehen.

„Hier gibt es keine verlorenen Seelen“, presste er zwischen zusammengebissenen Zähnen hervor.

Ruby funkelte ihn an. Vielleicht seid ihr genauso unwissend wie Alec und euch war nicht bewusst, dass Menschen funkeln können wie Diamanten oder in diesem Fall Rubine. Nun, es ist eine recht außergewöhnliche Kunst und Ruby beherrschte sie wie eine Meisterin.

Und Alec erkannte, dass er lange verloren hatte. Ihm war der unverzeihliche Fehler unterlaufen, sie zu unterschätzen. Was er für Irrsinn gehalten hatte, war Strategie und er wusste nicht einmal, warum sie hier war– wirklich hier war, denn jetzt durchschaute er die Geschichte mit der Wilden Jagd als einen schlechten Vorwand. Wer hatte sie hereingelassen, diese streunende Katze? Es war unmöglich, ohne ausdrückliche Erlaubnis eines Familienangehörigen oder Freundes in die Rehabilitationsgesellschaft für Matadoren zu gelangen, und ein Besuch durfte nie länger als eine Woche andauern.

---

* Sie war einfach, wie ihre Mutter oft sagte, zu optimistisch für diese Welt.

Da erinnerte Alec sich wieder daran, wie egal ihm die Angelegenheiten der ehemaligen Helden waren. Dieses Mädchen war ihm egal. Allein, dass Ruby seine Kopfschmerzen verursachte, war von Bedeutung. Solange sie ihm seine Ruhe gewährte, erklärte er sich bereit, auf ihre lausigen Tricks hereinzufallen.

Alec seufzte. „Also gut, würdest du endlich von hier verschwinden, wenn ich dir beweise, dass es in Clive Hall keine Geister gibt?"

Ihr Gesicht hellte sich auf, blendete ihn. Sie hielt den Drehstuhl an. „Aber sicher doch!"

Da war es wieder, dieses unnatürlich breite Lächeln. Alec stöhnte und massierte die feine Narbe an seinem Kinn.

„Was bist du?", fragte er und Ruby antwortete, obwohl er die Frage weder an sie noch jemanden anders gerichtet hatte.

„Zu einem Viertel Pixie, aber das macht nicht viel. Darum bin ich immun gegen Feenstaub und mit einem unerschöpflichen Optimismus gesegnet. In meinen Papieren steht einfach nur Mensch, ganz schön fies, was?"

Alec sah in ihre Augen und er hasste, was er dort entdeckte. Schon zu oft war er mit diesem Licht vertraut worden, zu oft hatte er gesehen, wie es wegen ihm erlosch. In Ceciel, in Xander und in sich selbst. Dieser unberechenbare Funke Hoffnung.

Nervig zu sein ist auch eine Superkraft

„Was haben wir jetzt vor?", fragte Ruby mit einem Lächeln, dass den ganzen Raum aufhellte.

Alec hielt sich den Kopf. Seine neuste Theorie war, dass sie radioaktive Strahlung abgab und es ihm deswegen vorkam, als wäre eine Atombombe in seinem Gehirn explodiert. Sehnsüchtig sinnierte er über die Stunden verlorenen Schlafes und vergaß dabei, dass er die meiste Zeit wachgelegen hätte, ohne seinen Kopf von all den finsteren Gedanken abzubringen.

„Wenn du nach Geistern suchst, dann am besten an dunklen, abgelegenen Orten." Was auf so gut wie jeden Teil von Clive Hall zutraf. „Die Meisten waren zu Lebzeiten ganz nette Wesen und wollen niemanden mit ihren Emotionen stören oder sie sind zu gefangen in ihrem Schmerz, um sich zu bewegen."

Er hob seinen zerknitterten Mantel vom Boden auf. Da unten war es genauso eisig, wie auf den Klippen.

„Der beste Ort in Clive Hall, um dich loszuwer – äh, ich meine, dir zu beweisen, dass es hier nicht spukt, wäre der Keller. Wenn es dort keine Geister gibt, dann gibt es sie nirgendwo."

Ruby stieß fast an die Decke, indem sie aufsprang. „Es gibt hier einen Keller?"

Jedes normale Geschöpf würde das misstrauisch stimmen, aber hier hatte der Keller seinen Zweck nicht erfüllt. Es machte eher den Anschein, als wäre Ruby diejenige, die versuchen würde, *Alec* umzubringen.

„Das ist aber ganz schön Klischee, was? Der böse Geist im dunklen Keller."

Alec schnaubte. „Alles hier ist Klischee."

Kritisch begutachtete er ihren Rock, ganz in knalligem Organe gehalten, den himmelblauen Pullover, die roten Haare.

„Hier, damit du weniger auffällst."

Er warf ihr eine graue Mütze zu, die er noch nie in seinem Leben getragen hatte, und hoffte darauf, dass sie sich als versteckte Tarnkappe entpuppen würde.

„Stell dich nicht blöd an, dann wird dich niemand erwischen und ich übernehme keine Verantwortung, wenn du es schaffst dich umbringen zu lassen."

Ruby nickte brav und zog sich die Mütze über die Ohren, ein krasser Kontrast, der ihre roten Haare nur weiter hervorbrachte. Alec musste dem Drang widerstehen, den Kopf gegen die Wand zu schlagen.

„Los jetzt, bevor der Chihuahua von einem Werwolf sich doch noch zusammenreißt und entdeckt, dass er hier Arbeit zu erledigen hat."

Mit einem selbstzufriedenen Grinsen schlenderte Ruby durch die Tür, die er für sie aufhielt.

„Das ging aber schnell", bemerkte sie. „Dafür, dass du so mürrisch tust, war es überraschend einfach, dich zu überzeugen." Sie ließ ihm keine Zeit zu antworten, sondern stolzierte mit erhobenem Kopf weiter, während sie sich für ihren brillanten Plan lobte.

Alec zwängte sich an ihr vorbei und übernahm die Führung.

„Wer hat dich hierher eingeladen?", fragte er eisig.

Dennoch schätzte Ruby den Versuch, den sie als Smalltalk deutete. „Oh."

Sie holte zu ihm auf, obwohl Alec sich sehr bemühte, den Vorteil seiner langen Beine auszunutzen, um vor ihr zu fliehen.

„Oh, das ist eine wirklich lustige Geschichte. Und eine lange noch dazu, nun, ich glaube, ich könnte sie kürzen, aber –."

„Erzähl einfach", knurrte Alec.

Auf einer illegalen Mission in den Keller wäre es besser, stillzubleiben, doch da Rubys Schritte im ganzen Gebäude widerhallten, war sowieso alles zu spät und sie konnten sich in Ruhe unterhalten. Alecs Verdacht, dass sie eine Journalistin war, wuchs mit jedem Wort, das sie ausplauderte. Er hatte nicht vor, zu der Titelstory eines dieser langweiligen Klatschblätter verarbeitet werden.

„Also, es war so“, plapperte Ruby drauf los, „nach der Schule wollte ich ein Jahr Work and Travel machen, die Welt erkunden und so, war gerade in Byuo Aey, aber zum Lichterfest wollte ich wieder nach Hause kommen. Und dann hatte ich noch ein bisschen Zeit hinterher und hab mir überlegt, das zu nutzen, um mir unsere wunderschöne Insel ein bisschen genauer anzusehen.“

Ein kleiner Tipp für später: Zu gut ausgearbeitete Geschichten sind ein typisches Merkmal von schlechten Lügen. Um es mit einer weiteren Weisheit von Mr Morgen zu sagen: „Jede Lüge erzählt uns die Wahrheit.“ Je länger Ruby redete, desto berechenbarer wurde sie. Zumindest hoffte Alec das.

„Also bin ich los, nur mit meinem Rucksack. Blöde Idee, so kurz nach Ende der Dunkelzeit alleine über das Land zu wandern, wenn die Nächte noch so viel länger sind als die Tage. Der Sturm vor vier Tagen hat mich umgehauen und ich war mitten im Nirgendwo, zum Glück habe ich die Rehabilitationsgesellschaft für Matadoren gefunden. Und obwohl sie keine Fremden aufnehmen, konnten sie mich schlecht wieder in den Sturm werfen, darum durfte ich eine Nacht bleiben. Die Zeit habe ich genutzt, um ein paar Gäste besser kennenzulernen und sie davon zu überzeugen, dass ich gerne noch ein Weilchen hierbleiben würde und schwups – hat Knochenbrecher mich als seinen Besucher anerkannt. Ein echt netter Kerl, auch wenn er manchmal eine seltsame Sichtweise hat. Und was hat dich hier her verschlagen?“

Alecs Kopf brummte. So viele Wörter. Wie konnte jemand nur so lange reden, ohne Luft zu holen? Sicher, dass alles ausgedacht war (niemand fand zufällig an diesen Arsch der Welt), versuchte er ihre Frage zu überhören.

Nicht mit Ruby. Sie fragte erneut und beinahe wäre er mit ihr wie mit jeder Bedrohung umgegangen, die ihm in den Weg kam, und hätte sie bewusstlos geschlagen. Aber nein, das hatte er wie ein zivilisiertes, kompetentes Geschöpf zu regeln. Mit Worten, ohne die Wahrheit zu sagen und ohne zu lügen.

„Dasselbe, wie alle anderen auch“, fauchte er grimmiger, als er es beabsichtigt hatte, und fügte angesichts Rubys nichtssagendem Blick hinzu, „ich habe gewonnen und dann war's vorbei. Wo sollte ich denn sonst hin?“

Ihr Mund öffnete, schloss sich wieder, ohne dass ein Laut heraus kam. Aber Alec konnte die Ruhe nicht genießen. Die erstickende Leere nahm den Platz in seiner Brust ein, in den sich zuvor die Worte gebohrt hatten, die jetzt wie giftige Gase in der Luft schwebten.

Endlich räusperte Ruby sich. „Ach, scheiß drauf“, war alles, was ihr darauf einfiel.

Er lachte trocken. „Ja, scheiß drauf.“

Eine neue Theorie formte sich in seinem Kopf. Sie war ein Paparazzo* und sie wollte sich bei ihm einschleimen. Er blieb so abrupt stehen, dass Ruby in ihn hineinstolperte.

„Hey!“, protestierte sie. „Was ist denn jetzt los?“

Er zeigte auf die alte Eisentür, von der bereits die Farbe blätterte, eingerahmt von grauem Gestein. Eindeutig eine Kellertür.

„Da gehts rein.“

Es war ein einfaches Schloss, auf dem sich der Rost ausbreitete, und selbst nach Jahren ohne Übung war es für Alec kein Problem, das zu knacken. Was für eine Enttäuschung.

„Was tust du da?“, fragte Ruby und beugte sich vorsichtig zu ihm hinunter. Sie kicherte. „Du brichst das Schloss auf? Und du machst das auch noch richtig gut! Mann, und du hast all deine

---

* Singular für Paparazzi, wie bei Spagetti und Spagetto

kriminelle Energie verschwendet, indem du in *ein Erholungsheim an der wunderschönen Küste Tírhains* gezogen bist."

Manchmal kam es Alec selbst surreal vor. Mit ein paar gezielten Handgriffen gab das Schloss nach. Die Tür schwang mit einem Quietschen auf und enthüllte eine pechschwarze Dunkelheit. Keine Lampen erhellten den Gang, keine Fenster ließen das fahle Mondlicht auf den Boden fallen.* Seit Ewigkeiten war dieser Keller nicht mehr benutzt worden. Und während sich Alec in dieser Schwärze geschmeidig wie eine Katze fortbewegen konnte, musste Ruby auf andere Mittel zurückgreifen, um nicht die Treppe hinunter zu fallen.

„Was soll das?"

Alec hob schützend die Hände vors Gesicht. Das gleißende Weiß zerstörte sein Sichtfeld und sein Herz sprang ihm fast aus der Brust.

Ruby zuckte mit den Schultern. „Wir brauchen doch ein bisschen Licht, um uns da unten zurechtzufinden."

Sie leuchtete mit der Taschenlampe ihres Handys die schmale Treppe hinunter. Ein neues Modell, bei dem die Lampe, wie bei einem Taschenmesser, an der Seite aufklappte.

„Meinetwegen", knurrte Alec düster. „Bleib immer einen Schritt hinter mir, tritt nur dahin, wo ich hintrete, und verdammt noch mal, streng dich an, leise zu sein."

Ein letzter, verzweifelter Versuch, sie loszuwerden, aber Ruby ließ sich nicht einschüchtern.

„Jetzt werde ich gleich einen richtigen Geist sehen", zwitscherte sie wie einer dieser nervigen Vögel, die 6 Uhr morgens vorm Fenster singen.

Alec ballte seine Hände zu Fäusten und verschwand in der Dunkelheit. Das weiße Licht der Kamera tanzte über die morschen Holzstufen, die sich unendlich in die Tiefe wanden. Die Treppe

---

* Gäbe es Licht, wäre dies wohl kaum der perfekte Ort für einen niedergeschlagenen Geist.

stöhnte auf, als wäre sie lebendig, obwohl er versuchte, sie nur mit den Zehenspitzen zu berühren. Er zuckte zusammen, dabei hatte er entschieden behauptet, dass sich hier höchstens Spinnen versteckten. Hinter ihm hüpfte Ruby aufgeregt über die Stufen, wodurch der Lichtkegel hin und her schaukelte. Er hätte sie unterschreiben lassen sollen, dass sie freiwillig den Keller betreten hatte. Der Direktor würde ihm das niemals glauben, wenn sie erst mal tot war.

Die Treppe endete in einem Raum, der so vollgestellt war, dass es trotz seiner enormen Größe kaum genug Platz gab sich darin zu bewegen. Ein halb zusammengebrochenes Regal voller Spinnweben versperrte ihnen den Weg. Seit Alec der einzige Bewohner in Clive Hall war, sah der Direktor nicht mehr ein, hier unten zu putzen.

„Was machen wir jetzt?“, flüsterte Ruby dicht neben Alecs Ohr. „Rufen wir einfach *oh zeige dich du böser Geist* oder tragen ein paar Formeln der Fómori vor?“

Alec biss sich auf die Zunge, beschwerte sich jedoch nicht, dass sie in seinen Nacken atmete. Gänsehaut breitete sich auf seinem Arm aus. Beide teilten sie das unangenehme Gefühl, beobachtet zu werden.

„Nein“, murmelte er grimmig. „Geister müssen meist Jahrhunderte lang allein mit ihrem Schmerz klarkommen, wenn jemand ihnen Gesellschaft leisten möchte, zieht sie die Wärme des Lebens an wie Mücken das Blut, besonders jetzt, da der Schleier so dünn ist.“

Diese Aussage war schockierend genug, um selbst Ruby zum Schweigen zu bringen. Einzig das Schlürfen ihrer Füße auf den morschen Planken war zu hören. So harrten sie eine Weile aus* und warteten mit angehaltenem Atem darauf, dass etwas geschah. Als Alec gerade den Mund öffnete, um zu verlauten, dass sich alles genau wie erwartet abgespielt hatte, wurde er unterbrochen.

---

* Um genau zu sein, sieben Minuten.

Das Geräusch war so behutsam und zart, dass es ein Windstoß hätte sein können, wären sie nicht unter der Erde. Es klang wie ein Summen, eine sanfte Melodie.

„Na sowas", sagte Ruby, um die Stimmung aufzulockern „pfeifen kannst du Wunderkind also auch noch."

Alec drehte sich zu ihr um und seine Augen waren schwer von einer unsichtbaren Last.

„Das bin ich nicht", sprach er das Unvermeidliche aus.

Das Pfeifen näherte sich, erhielt eine Melodie.

„Ich kenne dieses Lied", flüsterte Ruby, „das ist *Schlaf kleiner Drache*. Das hat meine Oma mir immer vorgesungen, bervor ich ins Bett gegangen bin."

Der Lichtkegel ihres Handys hüpfte zitternd auf und ab und Alec musste die Augen zusammenkneifen, um den Raum zu untersuchen. Niemand war zu sehen.

Dann wurde es still.

„Wo ist es hin?", fragte Ruby in die gähnende Leere hinein, nicht, weil sie auf eine Antwort wartete, sondern um das drückende Schweigen zu durchbrechen.

Ihre Nackenhaare stellten sich mit einem Prickeln auf, das bis in ihre Fingerspitzen schoss, und zum ersten Mal in Rubys Leben war ihre Angst kurz davor ihre Neugier zu überwinden. Eisige Nadeln bohrten sich in ihren Hinterkopf und ließen ihr einen Schauder den Rücken hinunterlaufen, als würde jemand kühlen Atem in ihren Nacken hauchen.

Alec packte ihren Arm, quetschte ihn wie einen Schraubstock.

„Nicht umdrehen!", formte er mit den Lippen.

Zu spät.

Wie eine schneidende Böe fuhr der Geist durch ihn hindurch, ein blasser Hauch ohne jegliche Proportionen. Alec krallte sich an Ruby fest, zwang seine Beine, sich zu beruhigen, während eine Welle aus Angst und Verzweiflung ihn durchflutete. Und da war der Geist, allein sichtbar durch den Staub, den er eingefangen hatte, und das Licht der Kamera, das sich an seinem Körper brach.

„Alec", hauchte die Gestalt. Das Rascheln der Blätter während eines Sturmes.

Alecs Unterlippe zitterte wie die eines Kleinkindes kurz vor dem Zusammenbruch.

„Lilian", krächzte er mit gebrochener Stimme.

Lilian Sparks, die vor zwei Jahren Selbstmord begangen hatte.

„Alec", wiederholte der Geist, „allein, so schrecklich allein."

Ihr raues Flüstern klang, als würde es von weit weg zu ihnen herüberdringen, wie bei einer schlechten Telefonverbindung.

„Warst du die ganze Zeit hier unten und hast dich versteckt?"

Alec hatte die Schultern hochgezogen, sein gesamter Körper bebte vor Anstrengung. Selbst Ruby hatte es nur ihrem ausgeprägten Forscherdrang zu verdanken, dass sie nicht auf dem Absatz umkehrte.

„Allein", flüsterte Lilian, streckte eine durchscheinende Hand nach ihm aus.

Er zucke nicht zurück.

„Hilfe."

Ihr Hauchen wurde zu einem Wimmern, einem dieser unterdrückten Schreie, die in der Brust schmerzen und niemals enden.

„Hilf mir."

Ruby konnte sich nicht mehr zurückhalten. „Klar doch", platzte es aus ihr heraus, „wir helfen, wobei auch immer du willst."

Lilian zog ihre Hand von Alecs Wange zurück, drehte ihr den Kopf zu, als hätte sie dieses rothaarige Menschenmädchen vorher nicht bemerkt. In einer flackernden Bewegung aus Wind und Licht flog der Geist durch sie hindurch.

Zuerst schmeckte Ruby Salz, dann drückte es sie nieder wie eine gewaltige Welle, die über ihrem Kopf zusammenschlug, sie in die Tiefe zog. Hagelkörner bohrten sich ihr wie Pfeilspitzen ins Gesicht, Wind riss an ihrer Kleidung und dort war das Meer, das unüberwindbare Meer. Ja, die See war da, so weit das Auge reichte, und keine Rettung war in Sicht. Niemand sah, wie ihr Herz in tausend Stücke zersprang, sich in niemals endenden Qualen in ihr Fleisch bohrte. Sie war leer und doch kurz davor zu platzen, gefüllt von einem einzigen Wunsch. Dem Wunsch, dass es vorbei war. Und da wusste sie, dass sie springen musste.

Nach Luft ringend kämpfte Ruby sich an die Oberfläche zurück, versuchte das salzige Wasser in ihrem Rachen auszuspucken. Ihre Füße verloren den Halt, doch Alec fing sie rechtzeitig auf, hielt sie aufrecht wie eine Puppe. Alle Kraft verließ sie, bis brennende Tränen ihre Wange hinunterliefen.

„Ruby", hauchte Lilian ihren Namen, als wäre er ein echter Rubin, „Ruby. Alec. Helft mir."

Sie stimmte ein Lied an, dasselbe Schlaflied, das Ruby früher jeden Abend gehört hatte.

„Lilian", sagte Alec, klammerte sich an ihren Namen wie an einen Rettungsring, „wie kann ich dir helfen?"

Er erhielt keine Antwort. Lilian war genauso leise verschwunden, wie sie erschienen war. Die einzige Spur, die sie zurückgelassen hatte, war aufgewirbelter Staub, der sich wie Asche auf Alecs Haar absetzte.

„Wir – wir müssen hier weg", würgte er hervor, als er wieder halbwegs zu Sinnen gekommen war.

„Was?" Rubys Füße klebten auf dem Kellerboden. In ihrem Kopf hallten Lilians Erinnerungen nach, Fremdkörper zwischen ihren eigenen Gedanken. „Das kann doch nicht alles sein. Lilian ist niemals einfach so verschwunden. Wir müssen sie suchen, damit sie uns sagen kann, was sie braucht. Ich weiß, das ist kein Kampf gegen Nisesh und du rettest damit nicht die Welt, aber einem Helden sollte egal sein, wie klein eine Mission ist."

Alec war zu müde, um sich mit ihr anzulegen. Sie würde eh alle Antworten aus ihm herauspressen.

„Sie ist nicht hier", seufzte er, „was wir gesehen haben war nur ein schwacher Abdruck ihrer Seele, eine Projektion. Ich schätze, die Rauhnächte haben ihr Kraft gegeben, sonst hätten wir sie gar nicht gesehen."

„Ihre Präsenz ist dort am stärksten, wo sie sich auch zu Lebzeiten gerne aufgehalten hat, nicht wahr?" Rubys mit Tränenbahnen überzogene Wangen glühten. „Sie binden sich an die Plätze und auch an Objekte, die sich in ihrem Besitz befunden haben, die ihnen viel bedeuteten."

Das Lächeln hatte wieder auf ihr Gesicht gefunden. Wenn Alec sein Bett heute noch sehen wollte, durfte er ihr keine verrückten Ideen mehr in den Kopf setzen. Aber er hatte ein loses Mundwerk, dass niemand kontrollieren konnte, vor allem er nicht.

„Ihr Zimmer, zum Beispiel", sagte er.

„Das links von deinem?", fragte Ruby und biss sich auf die Lippe.

„Ja, wieso?"

„Dann wohl eher nicht."

Alec hob eine Augenbraue.

„Guck mich nicht so an! Ich musste mich doch verstecken, als ich vor der Wilden Jagd geflohen bin, und die Zimmer sind nicht verschlossen."

Das waren sie, weil niemand es je gewagt hatte, in Clive Hall einzubrechen. Nicht einmal Alec schloss ab, obwohl er das niemals zugeben würde.

„Ist doch auch egal." Ruby hakte ihre Finger ineinander. „Jedenfalls war da drinnen nix, nur die typische Einrichtung. Tut mir leid."

Alec blinzelte, neigte den Kopf zur Seite. Für einen Helden hatte er eine erstaunliche langsame Reaktionsgeschwindigkeit.

„Sie haben ihr Zeugs … weggeräumt?" Er fuhr mit einer Hand durch die Haare. „Einfach … weggeräumt?"

Wenn ihr Zimmer nicht mehr ihr Zimmer war, dann würde Lilian sich nicht daran binden. Sie gehörte zu den größten Helden ihrer Zeit, also hatte sie eine Wikinger-Bestattung erhalten und ihre Überreste lagen auf dem Grund des Meeres. Keine Chance, so an ihren Geist zu gelangen.

„Verdammt! Es gibt nichts – verdammt!"

Er zuckte zusammen, als Ruby ihm aufmunternd auf die Schulter klopfte. „Wir finden schon was. Sie muss ja irgendwo in der Nähe sein, oder?"

„Hast du gerade *wir* gesagt?"

Alec verengte die Augen wie ein Raubtier, dass seine Beute fixiert, eine Eiseskälte in der Stimme, der sich nicht einmal Ruby entziehen konnte.

Sie zuckte mit den Schultern und ließ ihren Blick über den Keller schweifen. „Ja, wieso? Du willst nach Lilian suchen, ich will es auch. Wäre doch dumm, sich nicht zusammenzutun."

„Wir", fauchte Alec, „werden nichts *zusammen tun*. Ich habe dir deinen Geist gezeigt, du hast versprochen danach zu verschwinden. Diese Sache – Lilian – geht dich nichts an. Du bist nur eine Besucherin, die aus Spaß hier ist und das ist nun mal kein Spaß."

Er hustete, übertönte die Dramatik in seiner Rede gerade genug, damit Ruby wieder Mut schöpfte.

„Ich weiß, dass das kein Spaß ist", sagte sie mit einem vorsichtigen Lächeln, „ich habe gesehen – gefühlt, was sie jeden Moment fühlt und davor kann ich doch nicht die Augen schließen und abhauen. Du bist nicht der Einzige, der um Hilfe gebeten wurde, Alec Blackwood."

Alec verschränkte die Arme vor der Brust und sie ahmte die Bewegung nach.

„Dann arbeite halt nicht mit mir zusammen, meinetwegen. Das hält mich nicht davon ab, die ganze Rehabilitationsgesellschaft für Matadoren zu durchsuchen, bis ich Lilian gefunden habe."

Alecs Nasenflügel zuckten unkontrolliert, als wäre er kurz davor dafür zu sorgen, dass Ruby niemandem mehr helfen konnte. Er holte tief Luft, wie Xander es ihm beigebracht hatte, und legte wieder seinen berechnend-kühlen Gesichtsausdruck auf.

„Bitte, solange du mich in Ruhe lässt."

Er zwängte sich an ihr vorbei und stapfte die knarzende Treppe hinauf, bohrte die Finger in die Kopfhaut, um seinem Gehirn zu befehlen, schneller zu denken. Das half nicht, bei dem Chaos, das in diesem Kopf herrschte.

„Oh, ich werde dir nicht in den Weg kommen", versprach Ruby beiläufig. „Immerhin hast du keinen Plan und ich eine Spur."

Sie begutachtete ihre abgeknabberten Nägel. Eine Maniküre würde ihr guttun.

„Ich würde sie ja mit dir teilen, wäre ich mir sicher, dass du dann nicht davonrennen und mich ausschließen würdest."

Alec hielt an, biss die Zähne zusammen, dass sie fast zersprangen. Als paranoider Held war es ihm unmöglich, sich dazu durchzuringen, ihr zu trauen. Immerhin konnte das genauso gut ein Bluff sein. Er hob die Nase in die Luft.

„Na gut", seufzte Ruby mit einem Kopfschütteln „ich werde morgen Abend wiederkommen und dann kannst du entscheiden, ob du mir helfen willst oder nicht."

Alec hätte sie wirklich nicht vor diesem Werwolf beschützen sollen, jetzt glaubte sie, sie könne sich alles erlauben.

„Ich könnte einen der Wächter rufen und dann wäre ich dich für immer los", erinnerte er sie.

Ruby lachte. „Vielleicht wirst du das tun, vielleicht auch nicht." Es lag eine Entschlossenheit in ihrem Funken sprühenden Blick, die Alec nicht ganz geheuer war.

„Wie auch immer, ich liebe das Abenteuer. Wie war das noch gleich? Wir müssen das Objekt verbrennen, an das sie sich gebunden hat, oder?"

„Nein!“, kreischte Alec so schrill, dass er selbst davon zusammenzuckte.

Er hörte wieder Mr Morgens erschütternde Schreie. Die flackernde Hitze ließ seine Augen tränen, während Morgen Manor verbrannte.

„Nein“, wiederholte er etwas gemäßigter, „verbrennen bringt niemandem Frieden, es ist nur eine stümperhafte Methode, das Ungeziefer im Keller loszuwerden.“

Obwohl die Geister-Schädlingsbekämpfer da anderer Meinung waren.

„Dadurch kommen Geister nicht in das Totenreich, denn Lother wird sie nicht über den weiten Fluss bringen können. Die verlorenen Seelen werden in den Wellen untergehen und ewig unter Höllenqualen verbrennen.“

Über die Jahre hatte Alec „melodramatische Reden halten“ zu seiner Spezialität entwickelt.

Ruby legte den Kopf schief. „Also nicht verbrennen. Aber wie sonst erlöst man einen Geist?“ Das hatte sie nicht in der Schule gelernt.

Alec beschleunigte seinen Gang, damit sie ihn nicht dabei erwischte, wie er sich eine schlaue Ausrede ausdachte.

„Das ist unterschiedlich und hängt davon ab, durch welches Gefühl der Geist an den Vorhang gebunden wurde“, sagte er ausweichend. „Jemand muss der aufgewühlten Seele ihren Frieden verschaffen, das ist es, was Lilian verlangen wird.“

„Klingt logisch“, Ruby biss sich auf die Lippe, „ich hätte da noch eine letzte Frage.“

Innerlich stöhnte Alec auf, aber er hatte gelernt, dass er gegen sie nicht ankam. Irgendwann würde eine ihrer *Erkundigungen* zu einem kleinen Unfall führen.

„Habe ich überhaupt eine Wahl?“

Ruby grinste. „Nein. Also“, sie holte tief Luft, „wenn du es hier so sehr hasst, und das sieht man dir an – das sieht man vielen hier an – warum verschwindest du dann nicht einfach? Es ist ja nicht so, als würde man dich zwingen hierzubleiben."

Die Bombe war abgeworfen und in Alecs Kopf versuchten sich alle Gedanken davor in Sicherheit zu bringen. Sein Mund öffnete und schloss sich, aber es kam kein Ton heraus. Dabei musste er antworten, oder sie würde ihn niemals in Ruhe lassen.

„Das nächste Mal im Speisesaal, sorg für Lärm, Aufruhr, und guck dich um. Dann weißt du, warum niemand die Rehabilitationsgesellschaft für Matadoren verlässt."

Da war es, sein rettendes Zimmer. Alec knallte Ruby die Tür vor der Nase zu, bevor sie auf die Idee kommen konnte, ihm eine weitere Frage zu stellen, ließ sich zu Boden sinken, den Rücken gegen das Holz gepresst. Erst jetzt schlugen die Ereignisse des Tages ein, drückten ein untragbares Gewicht auf seine Schultern. Lilian war ein Geist, Lilian, die nichts davon verdient hatte.

„Ich habe übrigens Recht gehabt", drang Rubys dumpfe Stimme zu ihm hindurch, „es gibt sehr wohl Geister in Clive Hall."

Alec lachte matt und verbarg das Gesicht in den Händen. Es half nicht. Er sah trotzdem, wie Lilian sich mit dem Rücken an seine Tür gesetzt hatte, damals, als er der Neue gewesen war.

„Es ist irgendwie nicht überraschend, dass die Meisten, die hier her kommen, ihren Verstand verlieren, oder?"

Das war das Erste, was sie zu ihm gesagt hatte, und es beschrieb, wie er später herausfinden sollte, das Leben in der Rehabilitationsgesellschaft für Matadoren ziemlich gut.

Alec war kaum ein paar Monate in der Anstalt, die meiste Zeit schlief er und wenn er wach war, tat er so, als wäre er es nicht. Zuerst hatte er im Krankenhaus gelegen, aber inzwischen war er auf sein eigenes Zimmer verlegt worden und ihm kam die grauenhafte Ahnung, dass er länger hierbleiben würde, als geplant. Nicht, dass ihn das störte. Er hatte keinen anderen Ort. Morgen

Manor hatte er abgefackelt, Xander war tot und Ceciel hatte ihn hier abgeliefert. Mit jedem Atemzug starb er etwas mehr.

Und in diese einsame Blase brach Lilian ein, nicht auffällig und dröhnend wie ein Blitz, sondern so sanft und heimlich, dass er es erst merkte, als es zu spät war.

„Du bist Alec Blackwood, stimmt's?"

Sie würde nicht nachlassen, denn sie war eine Heldin gewesen und Aufgeben lag ihr nicht im Blut.

„Ich hab dich im Fernsehen gesehen. Danke, dass du mal auf meine Drachen aufgepasst hast. Ich bin übrigens Lilian Sparks, keine Ahnung, ob mich da draußen noch jemand kennt."

Alec versteckte den Kopf unter der Decke und versuchte, sich im schwarzen Nichts zu ertränken, aber ihre Worte hielten ihn über Wasser.

„Versuch nicht so zu tun, als wärst du nicht da. Ich sehe die Schwester immer mit was zu Essen rein – und rauskommen. Du bewegst dich wohl nie, was? Die Wände sind so dünn und trotzdem bist du nicht zu hören. Meine letzte Nachbarin hat die ganze Nacht durchgesungen, bis sie zu den Invaliden in den Westflügel gesteckt wurde. Oh, schon so spät? Es gibt gleich Abendessen, aber keine Sorge, ich komme wieder."

Alec drehte sich um und schlief ein, doch Lilian hielt ihr Versprechen und am nächsten Tag saß sie erneut vor seiner Tür und am Tag darauf auch und an allen folgenden. Sie erzählte und er versuchte sie zu ignorieren. Irgendwann hörte er ihr zu, dann passte er auf, dass er nicht schlief, wenn sie vorbei kam und schließlich richtete er sich sogar in seinem Bett auf, um sie besser zu verstehen.

„Die haben gesagt, du hättest eine Anfrage auf Besuch bekommen, aber du hast sie abgelehnt. Freu dich, dass dich überhaupt wer sehen will. Meine Oma ist vor zwei Jahren gestorben und mein Onkel hat Alzheimer, die waren die Einzigen, die sich noch an mich erinnert haben."

Es machte laut *Rums,* als Alec sich auf den Boden fallen ließ.

„Hast du dich gerade bewegt?“

Schweigen.

„Heilige Fómori, das hast du! Du hörst mir echt zu! Das kannst du jetzt nicht mehr zurücknehmen. Wir sind soeben offiziell beste Freunde geworden.“

Alec lehnte sich mit dem Rücken gegen die Tür und Lilian legte auf der anderen Seite ebenfalls den Kopf ab. Er konnte nicht sprechen, zu lange hatte er seine Stimme nicht benutzt, aber es waren keine Worte nötig.

Das war der Tag, bevor sie sich von der Klippe stürzte. Man fand ihre Leiche am Strand, mit geschlossenen Augen, als würde sie schlafen.

Alec erfuhr erst einen Tag später davon. Er stand auf und sah das erste Mal seit Ewigkeiten in den Spiegel. Seine Haare waren lang gewachsen und er schnitt sie selbst, bevor er zur Beisetzung ging.

Der Direktor hatte eine Wikinger-Bestattung vorbereitet, wie es für Helden üblich war. Nie zuvor hatte Alec ihr Gesicht gesehen, höchstens im Fernsehen, bleich und von kohlschwarzem Haar eingerahmt. Das Boot war eine Nussschale aus zusammengehämmerten Brettern. Die anderen Patienten hatten es selbst gebaut und setzten es mit hunderten Pfeilen in Brand.

Leuchtend rot stiegen die Flammen zum Himmel empor, leckten am Firmament, bis die kühlen Wellen sie verschlangen. Es war windstill und es dauerte, bis die grüne Brühe nach Lilians Körper griff und sie mit in die Tiefe zog. Als die Dunkelheit hervorkroch und die Sterne wie tausende Glühwürmchen über den Himmel kletterten, sang der Gott der Wellen ein Freundenlied, denn er wusste, dass Alec ihr bald folgen würde.

Alec ist ein Versager auf so vielen Linien, dass mit ihnen das Wort VERSAGER nachgebildet werden könnte

Ruby machte sich Sorgen. Das war höchst ungewöhnlich für sie, die sich, nach den Worten ihrer Mutter, am Liebsten einfach treiben ließ, ohne lange über ihre Handlungen und deren Folgen nachzudenken. Und dann war es ausgerechnet Alec Blackwood, der dieses nagende Gefühl verursachte.

Es war kurz vor 19 Uhr und er hatte sich heute nicht im Hauptgebäude blicken lassen.

„Er taucht eh nur zu den Mahlzeiten auf", meine Lycia.

Allerdings war er weder zum Frühstück noch zum Mittag erschienen. Ruby hatte von Anfang bis Ende wie hypnotisiert auf die schweren Eichentüren gestarrt und gewartet. Ihr sechster Unruhestifter-Sinn verriet ihr, dass Alec dabei war, etwas Dummes zu anzustellen. Und das ohne sie.

„Hey, Ruby!" Knochenbrecher fuchtelte mit seiner grünen Tatze vor ihrer Nase herum, wobei er ihre volle Teetasse umstieß. „Willst du deinen Nachtisch denn gar nicht essen?"

Er versuchte, den Blick von ihrem Teller loszureißen, und wischte den Speichel aus dem Mundwinkel.

Ruby starrte auf den lauwarmen Apfelstrudel mit halbgeschmolzenem Vanilleeis.

„Hmm..." Sie biss sich auf die Lippe, dann griff sie mit etwas zu viel Enthusiasmus nach ihrem Besteck.

„Doch!"

Ihren Nachtisch konnte ihr niemand verderben, auch nicht Alec Blackwood. Beleidigt sog Knochenbrecher den Spucke-Faden ein, der an seinem Hauer herabhing. Lycia schob dem Ork ihren halb leeren Teller zu, über den der sich ohne Messer und Gabel hermachte.

„Da!", zischte sie, griff nach seinem Arm. „Er ist wieder da."

Die Luft knisterte erneut von unterdrückter Spannung und Ruby seufzte vor Erleichterung auf. Alec hatte sich nachts nicht von der Klippe gestürzt und … weshalb hatte sie sich noch gleich Sorgen gemacht?

Rasch schlang sie den letzten Bissen hinunter und nuschelte mit vollem Mund: „Ich bringe mein Geschirr weg."

Knochenbrecher warf Lycia einen halb besorgten, halb belustigten Blick zu.

„Armes Mädchen", flüsterte er in seinem typischen Donner-Grollen, „hat keine Ahnung, worauf sie sich da einlässt. Dabei haben wir sie gewarnt, jawohl, das haben wir."

Ruby hörte ihn nicht, denn sie war zu beschäftigt damit, nicht vor Schreck zu schreien. Alecs Gesicht hatte einen ungesunden Grauton angenommen, sodass seine Sommersprossen herausstachen. Die braunen Augen waren matt und blutunterlaufen, die Haare ein Vogelnest. Er hatte etwas von einem Zombie, und nicht von der ansehnlichen Sorte.

Sie winkte ihm zu und bewegte sich total unauffällig in seine Richtung, als Alec eine Augenbraue hob und mit dem Daumen auf ihren Teller zeigte.* Was er letzte Nacht gesagt hatte, war sein voller Ernst gewesen. Und Ruby, die Experimente liebte, warf einen wehleidigen Blick auf das Porzellan – was eine schöne Verzierung, blaue Blumen und hey, ein feingliedriger Schmetterling – bevor sie ihre Finger vom Teller löste.

---

* Weil er, wohlgemerkt, Alec Blackwood war und einen Ruf zu verlieren hatte, wenn er sich mit jemandem sehen ließ.

Es polterte dumpf, als er auf dem Boden aufschlug, und es klirrte etwas leiser, als die Scherben über die Fliesen sprangen, dann war es still. Kein ironisches Klatschen folgte, wie man es in Speisesälen gewohnt war.

Alec stützte sich mit einer Hand an der Theke ab, seine Unterlippe zitterte, bis er darauf biss. Hunderte Augenpaare bohrten sich in Rubys Rücken. Knochenbrecher war aufgesprungen und hatte die Fäuste geballt, stand still wie eine Statue. Lycia hatte sich unter dem Tisch versteckt und die Arme um den Körper geschlungen, während sie wie ein Kleinkind vor und zurück schaukelte. Ein Zwerg wimmerte, die Nixe im Wasserbecken daneben war untergetaucht und ein Vampir hatte die Zähne ausgefahren. Alle starrten sie Ruby an, als hätte sie keinen Teller fallen gelassen, sondern eine Granate.

Versteht ihr jetzt, weshalb all diese schwerterschwingenden Helden, die Monstertöter und Weltenretter, Entdecker und Streitschlichter, den Rest ihres Daseins in der Rehabilitationsgesellschaft für Matadoren verbringen?

Niemand zwang sie hier zu sein und doch hatten sie die Entscheidung nicht freiwillig getroffen. All diese Gleichgültigkeit, Arroganz und jegliche Akzeptanz ihres Schicksals war eine Fassade, um zu verstecken, wie zerstört sie waren. Sie waren ausgebrannt und deswegen konnten sie nie wieder zurück in eine Welt, die mit solch heißem, blendenden Licht lockte.

Alec verließ den Raum, denn er hatte alles gezeigt, was es zu zeigen gab. Ein letztes Mal drehte er sich nach Ruby um, bevor er sie mit ihren Gedanken allein ließ.

„Siehst du“, sagten seine matten Augen, „es ist gut, so wie es ist, also verschwinde und lebe dein wunderschönes Leben.“

Ruby ballte die Fäuste zusammen. Hatte er tatsächlich geglaubt, das könnte sie entmutigen? Es hatte ihr Feuer nur weiter entfacht. Es würde ihm so passen, den behaglichen Weg zu wählen, aber nicht mit ihr.

Da war sie wieder, diese verräterische Flamme Hoffnung und sie brannte heißer in Ruby als je zuvor, nun, da sie eine Herausforderung hatte. Sie schwor sich, Lilian Sparks zu retten und Alec Blackwood gleich dazu.

⚜

Alec starrte auf seine Zimmertür und wartete, dass es klopfte. Dieses verzweifelte Nichtstun war kaum auszuhalten. Nachdem er letzte Nacht Stunden an Lilians Gedenkstein gesessen hatte, bis seine Beine so steif gefroren waren, dass es ihm schwerfiel, sie zu bewegen, hatte er es schließlich eingesehen. Er konnte sie ohne Rubys Hilfe nicht finden. Es war eine schmerzliche Erkenntnis und die Tatsache, dass sie nicht wie vereinbart auftauchte, machte es nicht besser. Nicht, dass es ihn kümmerte, ob die Wächter sie im hohen Bogen rauswarfen, jedenfalls nicht solange sie ihm vorher von ihrer Spur erzählte.

Als er vor Ungeduld kurz davor war ins Hauptgebäude zu marschieren und jede noch so verstaubte Ecke nach ihr abzusuchen, klopfte es endlich.

Er machte sich keine Mühe, seinen Ärger zu verstecken, und riss die Tür so heftig auf, dass Ruby zurückschreckte.

„Wenn es dir wirklich so wichtig ist, Lilian zu helfen, dann solltest du das besser etwas ernster nehmen."

Sie zuckte mit den Schultern.

„Es ist nicht leicht, eine Lücke zwischen den Nachtwächtern zu finden, egal wie inkompetent sie auch sind."

Damit hatte sie eine ähnliche Meinung über die Werwölfe wie Alec, was ihm überhaupt nicht gefiel. Er schnaubte und ließ sie ein.

„Weißt du, ich habe mir schon fast Sorgen um dich gemacht", sagte Ruby und warf sich auf den Drehstuhl, „du sahst heute

Abend aus wie ein Zombie. Dachte schon, du wolltest unsere Gehirne zum Nachtisch verspeisen."

„Ach was", berichtigte Alec, „was würden mir die winzigen Gehirne von diesen Spinnern nutzen?"

Ruby lachte. „Hey! Das sind meine Freunde."

Dass sie die Gäste dabei erst seit ein paar Tagen kannte, schien keine Rolle zu spielen.

„Aber wirklich, geht's dir gut?"

Alec wich ihrer Frage mit Bravour durch eine Gegenfrage aus.

„Willst du noch die ganze Nacht hier herum sitzen und plaudern oder können wir endlich nach Lilian suchen?"

„Richtig, äh", Ruby biss sich auf die Lippe, „inzwischen bist du wahrscheinlich selbst darauf gekommen, aber wäre es nicht möglich, dass Lilian sich in der Abstellkammer aufhält?" Sie wedelte mit den Händen. „Das hat sich in meinem Kopf irgendwie besser angehört."

In *Alecs* Kopf arbeitete es währenddessen. „Was?", fragte er entgeistert.

„Na ja, Knochenbrecher meinte, dort packen sie alles hin, was die Bewohner der Rehabilitationsgesellschaft zurücklassen, wenn sie … gehen. Dort muss sich auch Lilians Zeug befinden und vielleicht hat sie sich an diesen Ort gebunden", erklärte Ruby. „Es wäre doch einen Versuch wert."

„Ja, richtig", sagte Alec langsam, „die Abstellkammer, gute Idee."

Noch nie in seinem Leben hatte er von einer Abstellkammer gehört. Was daran lag, dass Ruby eine Führung durch das Hauptgebäude erhalten hatte und er nicht.* Zwar besaß er einen sehr anschaulichen Plan aus einer der Broschüren, doch dieser erwähnte keine Räume, zu denen nur das Personal Zutritt hatte. Vielleicht hätte er das Hauptgebäude erkunden sollen, anstatt sich so gut wie möglich davon fernzuhalten. Um fair zu sein, die Blicke

---

* Es hatte ihn auch niemand danach gefragt.

der anderen Gäste ließen ihm einen Schauer den Rücken hinunterlaufen. Sie starrten ihn an wie ein exotisches Tier.

„Wo ist das noch gleich?“

Ruby grinste. „Im linken Turm.“

„Welches links?“

„Äh, von der Vorderseite des Herrenhauses aus?“

Alec nickte. „Gut, wir müssen vorsichtiger sein. Im Hauptgebäude haben sie mehr Wachen.“

„Was du nicht sagst“, schnaubte Ruby.

Heute hatte sie sich sinnvoller für einen Einbruch gekleidet und trug praktische Jeans, dafür aber einen gelben Pullover, den sie kaum unter ihrem karierten Mantel verstecken konnte. Alec hielt ihr mit zusammengezogenen Augenbrauen die Tür auf. Sie war kein so massiver Klotz am Bein, wie er angenommen hatte, und das machte sie für ihn noch unerträglicher.

„Im zweiten Stock befindet sich ein offenes Fenster, von da kann aus man gut an der Wand nach unten klettern“, flüsterte Ruby. „Anscheinend hat das seit Jahrzehnten niemand mehr angefasst. Da oben ist alles voller Schleim.“

Würde einer von ihnen die Geschichte des zweiten Stockes kennen – nein, wahrscheinlich würde nicht einmal das sie davon abhalten, ihn zu betreten. Seit vierzig Jahren waren dort keine Gäste mehr untergebracht, denn eine verrückt gewordene Hexe hatte einen grausamen Fluch gewirkt, der das gesamte Stockwerk mit Schleim bedeckt hatte. Und trotz all des Geldes, das die Rehabilitationsgesellschaft für Matadoren durch die Helden einnahm, war nicht genügend für eine Reinigung übrig.

„Hier.“

„Hm?“

Ruby stupste Alec zögerlich an, einen Apfel in der Hand.

„Was ist das?“, fragte er und hob eine Augenbraue.

„Ein Apfel“, erwiderte sie.

„Und?“

Sie hielt die Frucht hoch wie eine Trophäe, rot und glänzend.

„Du hast den ganzen Tag über nichts gegessen, und wenn ich solange nichts zu Essen bekommen hätte, wäre ich verdammt hungrig."

Alec wollte erwähnen, dass er nun mal nicht sie und nicht das kleinste bisschen hungrig war und kein Essen von Fremden annehmen würde, als sein Magen ihn mit einem nicht zu überhörenden Knurren verriet. Er griff nach dem Apfel.

„Danke."

Es brauchte drei Bisse, dann war die Frucht samt Gehäuse verschwunden. Er wischte sich mit dem Ärmel den Mund ab.

„Wow", sagte Ruby, „hat dir denn niemand beigebracht, dass es ungesund ist, sein Essen so hinunterzuschlingen?"

Alec war beigebracht worden sich zu beeilen, wenn er nicht hungrig bleiben wollte.

Sie stiegen eine verstaubte Treppe hinauf und mit jeder Stufe sammelte sich mehr klebriger Schleim unter ihren Schuhen. Das Fenster sah nicht nach Jahrzehnten ohne Benutzung aus, sondern so, als würde es seit Jahrhunderten vor sich hinsiechen. Der hinein gewehte Dreck hatte Spuren an den Wänden hinterlassen und das hölzerne Fensterbrett war morsch und knarzte, als Alec eine Hand darauf legte.

„Ist gar nicht so übel, wie es aussieht", versprach Ruby.

Die Scharniere quietschten, als sie das Fenster gerade weit genug öffnete, um hindurch zu schlüpfen. Erneut regte sich Misstrauen in Alec. Weshalb nahm sie das Risiko auf sich, eine Wand hochzuklettern und von den Wächtern gefasst zu werden? Alles, weil sie eines Tages Lust auf Geisterjagd bekommen hatte. Entweder spielte sie Spielchen mit ihm, oder sie war vollkommen verrückt.

„Ich gehe zuerst", knurrte Alec und schob sich an Ruby vorbei, bevor sie protestieren konnte.

Er vertraute ihr nicht, das war der einzige Grund, und nicht, dass die Letzten bessere Überlebenschancen hatten.

Das Holz war rutschig von schleimigen Fußabdrücken.* Das Fenster lag nicht sonderlich hoch, sodass er einen Sprung hätte wagen können, wäre er nicht so aus der Übung. Stattdessen zog er die langen Beine über den Fenstersims und kletterte ein Stück weiter, bevor er sich auf den Boden fallen ließ.

All das geschah so schnell, dass Ruby vor Staunen der Mund offen stehenblieb. Auch mit Übung fiel ihr Abstieg wackelig aus. Sie quälte sich die Hauswand hinunter wie ein hinkender Dachs, aber dafür, dass sie es trotz allem versuchte, hatte sie mindestens genauso viel Bewunderung verdient. Nicht, dass Alec ihr die jemals geben würde.

Sie standen an der Rückseite des Gebäudes, der sicherste Weg war am Friedhof vorbei und hinter dem Krankenhaus entlang. Selbst für Werwölfe war diese Stelle zu düster.

„Komm mit."

Alec bedeutete Ruby ihm zu folgen und zu seiner und ihrer eigenen Überraschung gab sie keine Widerworte.

„Hier bin ich noch nie lang", stellte sie fröstelnd fest.

Finstere Orte, um die der Wind pfiff, versuchte sie so gut wie möglich zu vermeiden, wie es für gesunde Menschen üblich war.

„Es hat irgendwie etwas Verbotenes an sich, so hinterrücks herumzuschleichen."

Und das war wesentlich unschicklicher, als mitten in der Nacht durch ein Fenster in ein Gebäude einzusteigen, das man nicht betreten durfte. So funktionierte Ruby nun mal.

Ihr Blick hellte sich wieder auf. „Hey, könntest du mir nicht eine Führung geben? Der einzige Grund, aus dem ich Clive Hall gefunden habe, war, dass Knochenbrecher mir erzählt hat, es wäre das grusligste Gebäude auf dem ganzen Grundstück."

---

* Immerhin war Ruby hier öfter ein – und ausgegangen, als Alec wissen sollte.

Alec biss die Zähne zusammen. „Du wirst wohl sonst nie die Klappe halten, oder?“, murrte er.

Für ihn war unverständlich, dass irgendjemand diesen Ort freiwillig aufsuchte. Hier gab es nichts. Nichts außer dem Wind, der um die Ecken der schmutzigen Gebäude pfiff, und dem schmutzigen Meer, das gegen die schmutzigen Klippen kämpfte und in der Ferne mit dem schmutzigen Himmel zu einer undeutlichen, schmutzigen Linie verschwamm.

Er deutete auf eine verfallene Mauer. „Das ist der Friedhof, obwohl dort keine Leichen liegen, die wurden alle ins Meer geworfen, um die Beweise verschwinden zu lassen. Da gibt's nur ein paar Gedenksteine. Irgendwo dahinten sind die Wohnheime der restlichen Patienten und das hier ist der Westflügel des Krankenhauses.“

Rubys Augen weiteten sich „Der Westflügel?“, fragte sie. „Du meinst, da wo sie die Verrückten lagern?“

So konnte man es auch ausdrücken.

„Sie sind nicht verrückt“, verteidigte Alec die Patienten – eine außerordentliche Seltenheit. „Einigen passieren da draußen nun mal schlimme Dinge, unvorstellbare Dinge, die niemand erleben sollte, und das hinterlässt Spuren.“

Der Wind frischte auf, untermalte seine schweren Worte mit einem klagenden Heulen.

Alec runzelte die Stirn. „Und du solltest davon eigentlich nichts wissen.“

Wenn das an die Ohren der Presse gelangen würde, dann wäre es mit der Ruhe endgültig vorbei.

Ruby zuckte zitternd mit den Schultern. „Ich habe so meine Quellen.“

Die weitestgehend aus Knochenbrecher bestanden, der wirklich alles für eine Extra-Portion Nachtisch tun würde.

„Aber, du musst schon zugeben“, sagte sie, „mit diesem Ort ist was so richtig falschgelaufen.“

Eigentlich stimmte Alec ihr zu, doch er hatte nicht die Kraft, das Gespräch weiterzuführen, und so verbrachten sie den Rest des Weges in Stille, wie es bei Geheimmissionen üblich war. Der Wind blies ihnen in den Nacken, als versuchten die eisigen Böen selbst, sie mit ihrem hoffnungslosen Jaulen von diesem Ort zu vertreiben. Alec erschauderte. Es war leicht, zu vergessen, was sich hinter diesen grauen Mauern verbarg, wenn ihr Anblick zum Alltag wurde.

„Hast du auch einen Geheimgang, durch den wir unbemerkt ins Hauptgebäude gelangen können?“, fragte Alec nur halb sarkastisch, nachdem der Westflügel zu einer bedrohlichen Präsenz in ihrem Rücken zusammengeschrumpft war.

Ruby zuckte mit den Schultern. „Da steht ein Baum fast direkt an meinem Zimmer, da kann man ganz einfach durchs Fenster klettern. Mann!“ Sie verzog das Gesicht. „Manchmal kommt es mir so vor, als würden die wollen, dass ich gegen ihre Kunden-Erholungsregeln verstoße.“

Die Besucherzimmer lagen an der Rückseite des Gebäudes, sodass sie sich im Schatten versteckt anschleichen konnten. Die Silhouette eines der Werwölfe zeichnete sich gegen den Mond ab, doch Alec hatte darauf geachtet, dass der Wind ihren Geruch von ihm fortwehte.

Der Baum stellte sich als eine stattliche Eiche mit ausladenden Ästen und vernarbter Rinde heraus, die genauso lange an diesem Ort stand, wie die Rehabilitationsgesellschaft selbst. Es war einer dieser Bäume, bei dem es einem in den Fingern kribbelte, bis hoch hinauf in die Krone zu klettern.

Ruby ging voraus, während Alec die Umgebung nach weiteren Wächtern absuchte. Er folgte ihr erst, als er hörte, wie sie den Fensterrahmen gegen die Wand knallen ließ.

Früher war er gerne auf Bäume geklettert, zusammen mit Xander, aber nachdem sie in die Stadt gezogen waren, hatten sich kaum welche finden lassen, auf die es zu klettern erlaubt war.

Alec klammerte sich an einem Ast fest, nutzte den Schwung und flog mit den Füßen voran durch das Fenster. Ruby applaudierte, als er vor ihr zum Stehen kam, und er verbeugte sich mit einem bescheidenen Lächeln.

„Es gibt eine Wache in der Lobby und die müssen wir ausschalten, wenn wir den Turm erreichen wollen." Alec kam gleich zur Sache.

Ruby nickte wissend. Sie hatte sich über dieses Problem die ganze Nacht den Kopf zerbrochen und eine mehr oder weniger befriedigende Lösung gefunden.

„Mach dir keine Sorgen", sagte sie, „ich werde den Wächter ablenken, während du nach Lilian suchst."

Alec hob eine Augenbraue. „Du hast mich dazu gezwungen dich mitzunehmen."

Etwas Außergewöhnliches war geschehen. Jeder von ihnen hatte seine Auffassung geändert. Ruby war bereit, ihre Neugier für das größere Ganze zu opfern, und Alec protestierte dagegen, dass sie ihn sich selbst überlassen wollte. Beide waren der Meinung, dies wäre nur passiert, weil der eine sich unbedingt gegen den anderen hatte stellen müssen.

Ruby verschränkte die Arme. „Richtig, ich will helfen. Und das erscheint mir momentan die beste Möglichkeit, dies zu tun. Du kannst auch gerne versuchen, den Wolf abzulenken, aber ich glaube, du verstehst Lilian besser als ich."

Dagegen konnte Alec nichts einwenden, wofür er voll und ganz Ruby die Schuld gab.

„Außerdem", fuhr sie mit einem verschmitzten Grinsen fort, „habe ich schon die perfekte Lösung, um den Werwolf zu verwirren."

Sie sprang zu einem unförmigen Reiserucksack, den sie halb unter das Bett geschoben hatte, steckte ihren Kopf in eine der Taschen und kehrte mit einer kleinen Flasche teuren Parfüms zurück.

„Riech mal!"

Es war üblich, sich einen Tropfen davon auf das Handgelenk schmieren, aber weil sie Ruby war, sprühte sie Alec stattdessen eine ganze Ladung ins Gesicht.

Er musste husten, beugte sich mit verzogenem Mund vorneüber.

„Willst du mich umbringen?", keuchte er.

„Übles Zeugs, was?" Ruby lachte. „Hab ich von einer Tante mit echt schlechtem Geschmack Geschenk bekommen. Eigentlich wollte ich, dass es auf der Reise ganz aus Versehen verloren geht, aber jetzt hat es wohl doch seine Bestimmung gefunden. Hiermit kann ich selbst die Nase eines Werwolfs zukleistern, der wird dich niemals riechen."

Alec nickte nur, weil er mit jedem Wort mehr des üblen Gestankes in sich aufnahm.

Damit war es ihnen gelungen, etwas zu entwickeln, was entfernt an einen Plan erinnerte, und so ermutigt schlichen sie los. Die Tür der Lobby stand offen, wie erwartet. *Komm und geh wie du willst, fühl dich wie zu Haus,* war das offizielle Motto der Rehabilitationsgesellschaft für Matadoren, obwohl es nichts gab, was die Situation der Gäste schlechter beschreiben könnte. Ruby nickte Alec zu und versuchte, ihm durch einige umständliche Symbole in Zeichensprache deutlich zu machen, dass sie vorgehen würde und er warten solle, bis die Luft rein war.

Der Werwolf hatte sich auf den weichen Teppich in der Mitte des Raumes gelegt und beobachtete mit aufmerksam zuckenden Ohren den Eingang. Ruby versuchte nicht, sich zu verstecken, schlenderte mit den Händen in den Taschen auf die schwere Eichentür zu, die zum Speisesaal führte.

Der Werwolf witterte sie sofort, hustete angewidert und gab ihr eine einzige Warnung in Form eines tiefen, bedrohlichen Knurrens, dann preschte er los, sprang an ihr hoch wie ein kläffender Hund, der seine nächste Mahlzeit roch.

Alecs Hand schwebte über dem Messer, aber der Werwolf hatte seine Manieren nicht vergessen, und zerfetzte Ruby vorerst nicht. Immerhin ließ sich Blut so schlecht aus dem Teppich waschen und die Säuberung wollte er nicht mit seinem eigenen Geld bezahlen.

„Was willst du hier? Du bist keine von denen“, bellte er und zeigte die Zähne, um unmissverständlich klarzustellen, was die falsche Antwort zur Folge haben würde.

Ruby schrie einen Ton zu hoch, um glaubwürdig zu wirken. Damit machte sie ihrerseits darauf aufmerksam, dass sie verstanden hatte, und nein, diese Folgen wollte sie tatsächlich nicht zu spüren bekommen.

„Antworte!“, kläffte der Wolf.

Ruby kratzte sich am Kopf. „Eigentlich habe ich mich nur gefragt, ob ich hier wohl irgendwo ein Glas Milch finde.“

„Du bist keine von denen“, wiederholte er und hinterließ dabei einen riesigen Geiferfleck auf dem hübschen Teppich*, „die alten Helden riechen nach Verzweiflung und Trostlosigkeit.“

„Damit hast du wohl recht“, flötete Ruby, die das Ganze als Kompliment angesehen hatte und nicht als Einladung, gefressen zu werden. „Ich besuche meinen alten Kumpel, Ulf Knochenbrecher, du weißt schon, den riesigen Ork.“

Mehr musste sie nicht sagen. Der Wolf zog widerwillig den Schwanz ein. Es hieß, Knochenbrecher habe einmal einen Werwolf, der ihm dumm gekommen war, in der Mitte durchgebrochen und an einem Spieß über dem Feuer geröstet.

„Was wolltest du noch gleich?“, murrte er und verzog die Lefzen zu einem unvorteilhaften Grinsen.

Damit war Ruby fürs Erste sicher, es sei denn, sie nervte den Wolf so lange, dass er seinen Respekt gegenüber Knochenbrecher seinem eigenen Blutdurst unterordnete.

---

* Mindestens genauso schwer zu entfernen wie Blut, aber wir wollen nicht kleinlich sein.

Alec drückte sich die Wand entlang. Die Tür zum Turm befand sich auf der anderen Seite des Raumes, gedrungen und aus groben Holzplatten zusammengeschraubt, was von einer Tür zu einer Abstellkammer im gewissen Maße zu erwarten war. Und, damit die Angelegenheit sich nicht zu einfach gestaltete, mit einem protzigen Schloss versehen.

Ruby hatte sich so platziert, dass der Wolf der Tür den Rücken zuwandte, während sie sich über ihre lästige Schlaflosigkeit ausließ und alle Mittel dagegen aufzählte, die kaum Wirkung zeigten. Dadurch hatte Alec genügend Zeit das Schloss zu inspizieren. Für eine alte Tür war es übertrieben neu, aber keine Herausforderung für ihn. Ein paar gekonnte Handgriffe, dann gab das Schloss mit einem leisen Klicken nach. Er hatte all seine Kunstfertigkeit aufgewandt, es sachte zu knacken, und es war wirklich grausam von den Scharnieren, so zu ächzen, als er die Tür aufschob.

Die Ohren des Wolfes zuckten. „Was ist das?" Er ruckte den Kopf herum, doch da hatte Alec die Tür bereits hinter sich geschlossen.

„Sag mal", setzte Ruby zu einem letzten Ablenkungsmanöver an, „putzen sich Werwölfe eigentlich die Zähne?"

Der monströse Hund zog die Lefzen zurück und zeigte eine Reihe gelb-brauner Säbel. „Nein, das ist nicht gut fürs Image, wer will schon einen sauberen Werwolf anheuern?"

Ruby legte den Kopf schief. „Ganz ehrlich? Ich finde, kaputte Zähne sehen echt blöd aus. Meine Mutter ist Zahnärztin, ich könnte bei ihr bestimmt einen Termin für dich einrichten lassen. Sie hat noch nie einen Werwolf behandelt und würde sich bestimmt freuen."

Die giftgelben Augen des Wolfes weiteten sich. „Das würdest du wirklich tun?"

„Klar doch. Da würde dein Rudel bestimmt ganz neidisch gucken. Und all die armen Teenager-Mädchen stehen auch eher auf Hygiene als auf Alpha-Gehabe."

Im Inneren des Turmes war es stockduster und Alec stieß gegen mehrere scharfe Kanten, bevor er auf die Idee kam seine Taschenlampe anzuschalten. Er stand in einem Raum, dessen Grundform rund war, aber hunderte unnütze Objekte sorgten dafür, dass es kaum genug Platz gab die Arme auszubreiten. Selbst die rostige Wendeltreppe war mit Schuhkartons vollgestellt.

Alec holte tief Luft und zählte bis zehn, um sein klopfendes Herz zu beruhigen.

„Lilian?“, rief er einem verschmierten Spiegel entgegen.

Keine Antwort.

„Verdammt.“

Dann stieg er über den Müll hinweg die Wendeltreppe hinauf.

Es sollte unmöglich sein, aber durch Pressen und Schieben war es dem Personal gelungen, die zweite Etage mit noch mehr Gerümpel vollzustellen. Allerdings blitzten auch einzelne goldene Kronen und diamantenbesetzte Schmuckstücke zwischen all dem Schund auf.

Lilian blieb verschwunden.

Eines Tages, dachte Alec, *werden auch meine Habseligkeiten hier abgestellt – wenn der Direktor sie nicht versteigern lässt.* Der Gedanke ließ ihn erschaudern.

In der dritten Etage häuften sich magische Objekte, die selbst Alec ohne Sinn für Magie erkannte. Er rief nach Lilian. Als einzige Antwort zeigte ihm eine Kristallkugel auf einem goldenen Podest einen Mann mit gezwirbeltem Bart, der einen hohen Zylinder zog.

Eine über die Jahre angelernte Heldenerfahrung sagte Alec, dass er Lilian in der letzten Etage antreffen sollte, und als er die Objekte erkannte, die dort verstreut lagen, wäre er fast umgekehrt.

„Warum müssen Helden immer so dramatisch sein?“, seufzte er.

Mit der Zeit hatte Alec gelernt, auch ohne angeborenes Warnsystem zu erkennen, wann dunkle Magie am Werk war. Xander hatte es ihm einst als Nadelstiche beschrieben, die sich in seinen

Nacken bohrten. Er hätte es in diesem Raum voll kompensierter Bosheit keine fünf Minuten ausgehalten. Alec spürte nichts, aber der blutbefleckte Mantel, der in der Luft schwebte, und die dazu passenden mit Blut gefüllten Schuhe waren ein deutliches Zeichen. Zusätzlich war die gesamte Etage mit Schleim bedeckt, einzig ein abgenutzter Holzstock, der offensichtlich für den Glibber sorgte, war unbefleckt.

Ein Windhauch wehte Alec die Haare ins Gesicht.

„Lilian, ich bin da." Er unterdrückte ein Aufschluchzen. „Ich bin endlich für dich da. Es tut mir leid, dass ich so lange gebraucht habe."

Ein Summen. Sie sang wieder *kleiner Drache*. Sie hatte es ihm vorgesungen, als sie noch am Leben und er derjenige ohne Perspektive gewesen war, wenn sie nicht mehr gewusst hatte, was sie sagen sollte. Der Wind frischte auf, doch Alec merkte es nicht. Er stand im Auge des Sturms und für ihn herrschte Ruhe, während um ihn herum das Chaos tobte.

„Alec", flüsterte die Böe, „ich habe so lange gewartet."

„Ich weiß und es tut mir leid", brüllte er zurück. Er suchte nach einem Bild in dem Wirbel, der rings um ihn entstanden war, suchte nach Lilian. „Was muss ich tun?"

Sie ignorierte ihn.

Eine sanfte Brise fuhr seine Wange entlang. „So lange gewartet deine Stimme zu hören", hauchte der Wind und schaffte es beinahe, liebevoll zu klingen. „Hübsche Stimme, sehr hübsche Stimme. Du solltest sie öfter benutzen. Ich hätte sie so gerne gehört, nur ein Mal."

Brennende Tränen rannen Alecs Wange hinunter. „Es – es tut mir leid."

Die Böe warf ihn beinahe gegen den blutbefleckten Mantel.

„Nein!", heulte der Wind so schrill, dass es Alec in den Ohren wehtat. „Alle sagen immer, dass es ihnen leidtut. Was tut euch leid, was? Warum muss sich immer alles um euch drehen? War es eure Entscheidung? Nein! Ich habe das getan und nichts was ihr hättet sagen oder tun können, hätte etwas daran geändert."

Woher sollte sie das wissen? Aber Alec war nicht hier, um sich zu streiten.

„Okay", er versuchte, den Wind zu übertönen, „es tut mir – ich meine, ich habe verstanden."

Ein Seufzen, sanft und traurig zugleich. „Nein, das hast du nicht. Aber du hast noch nie sonderlich viel verstanden."

Alecs Wangen brannten von Wind und Salz. Er schloss die Augen und war an den Rand der Klippen zurückversetzt, fror zähneklappernd ein.

„Wie kann ich dir helfen, deinen Frieden zu erlangen", brachte er unter großen Mühen hervor.

Die Böe jagte durch den Raum, klang fast wie ein Lachen. „Deine Stimme, deine schöne Stimme. Sing für mich."

Sie pfiff wieder ihr Lied, spielte mit seinen Haaren.

„Wird dich das wirklich retten?" Alec wog die Wahrscheinlichkeit ab, sie mit seinem schiefen Gesang zu verschrecken.

„Nein", plötzlich klang sie schrecklich ernst, „aber es wäre nett gewesen."

Und dann stand sie vor ihm, eine Mischung aus Wind und Licht. Er hatte Lilian nie lebend gesehen, nur im Fernsehen oder auf Plakaten, und selbst als Geist konnte ihr keines davon gerecht werden. Ihre mandelförmigen Augen leuchteten freundlich und waren im gleichen Augenblick so voller Trauer, dass Alec es nicht wagte, sie direkt anzusehen. Mit 25 Jahren war sie von der Klippe gesprungen, und obwohl sie nicht gealtert war, machte dieser Blick sie weiser und kindlicher zugleich.

Ihre Lippen kräuselten sich zu einem Lächeln, das Alec das Herz brach.

„Da gibt es nichts, was du tun kannst, und dabei wärst du der Einzige, der es tun könnte", flüsterte sie so anteilnamhaft, als wäre *er* der Geist.

Alec wollte lachen, doch ihm entquoll nur ein trockenes Gurgeln, wie bei einem Ertrinkenden, der von der Wasseroberfläche träumte. „Siehst du", sang Lilian vor sich hin, „du hast es schon wieder nicht verstanden."

Es stimmte. Alec hatte alle Regeln gebrochen, die es in der Rehabilitationsgesellschaft für Matadoren gab, und sich ausgerechnet mit Ruby verbündet, nur um zu erfahren, dass er von nichts eine Ahnung hatte und keine Möglichkeit besaß, das zu ändern. Sein Leben lang war er eine Schachfigur gewesen, die von allen herumgeschoben wurde, die ihn in die Finger bekamen. Er hatte genug. Nur dieses eine Mal wollte er selbst entscheiden.

„Ich habe das heilige Buch der Aoyllonen vom höchsten Berg der Welt gerettet, den großen Kriegsmeister der Trolle im Zweikampf besiegt und Nisesh vernichtet. Sag mir nicht, was ich tun kann und was nicht."

Seine Stimme zitterte so heftig, dass sie über das Brausen des Windes kaum zu verstehen war.

„Danke", hauchte Lilian und schenkte ihm ein echtes Lächeln. „Ich habe versucht, meinen Frieden zu finden, habe es wirklich versucht. Neun Jahre an diesem grässlichen Ort. Ich wollte mich ausruhen, wieder zu Kräften kommen, aber es ist schlimmer geworden, immer schlimmer."

Der Wind heulte auf, glitt durch Ritzen in Wand und Boden und wirbelte Schleimtropfen in die Luft.

„Da war nichts mehr von mir übrig oder zu viel von allem. Es war einfacher, es enden zu lassen, solange ich noch konnte."

Der Wind streckte die Finger nach dem Holzstock aus, nach Mantel und Schuhen. Vergesst nicht, dass Lilian ein Geist ist, unberechenbar, leicht zu reizen und ausgestattet mit einer instabilen Macht, eine tickende Zeitbombe.

Sie schwebte einen Schritt näher an Alec heran. „Ich will, dass du lebst, für mich. Das ist eine Sache, die ich nie wirklich hinbekommen habe. Leben, richtig leben."

Alec lachte. „Aber ich lebe doch, oder hat mein Herz aufgehört, zu schlagen, ohne dass ich es mitbekommen habe? Bin ich auch ein Geist?“ Und dann, weil er an Ruby denken musste: „Oder ein Zombie?“

Lilian schüttelte den Kopf. „Du wirst das alleine nicht hinbekommen“, hauchte sie in sein Ohr, als wäre es das größte Geheimnis auf der Welt, „Ich wünschte –.“

Sie hielt inne, ein feines Kitzeln an seinem Ohr.

„Ich hatte gehofft, du würdest dieses Mädchen mitbringen. Ruby. Ohne sie wirst du es nicht schaffen. Wo ist sie?“

Das war alles, was es brauchte, um die kläglichen Überreste Alecs Selbstbeherrschung zu brechen. Einen Toten sollte man nicht reizen, man sollte immer ruhig und verständnisvoll bleiben. Alec besaß keine dieser Qualitäten.

„Sie kann dir nicht helfen“, versuchte er Lilian, einen ruhelosen Geist, zur Vernunft zu bringen. „Du kennst sie doch gar nicht. Ruby ist eine Außenseiterin und weiß nicht, was hier abläuft, ist nur zum Urlaub hier. Sie kann nichts für dich tun.“

Der Wind übertönte seine Worte mit einem Heulen, unter dessen schierer Kraft der Turm sich ein Stück zur Seite lehnte. Die Wände knarzten gefährlich.

„Das soll sie auch gar nicht!“

In all dem Chaos stand Lilian unbeeindruckt wie ein Fels in der Brandung, ohne etwas von der Macht zu bemerken, die sie entfesselt hatte.

„Sie soll *dir* helfen.“

„Ich brauche keine Hilfe.“ Die Worte verließen seinen Mund, bevor er einen klaren Gedanken fassen konnte.

Die Dielen gaben ein angestrengtes Stöhnen von sich. Die schwere Last auf ihrem Rücken hatte sie an ihre Grenze getrieben.

„Du lügst!“

Lilian kreischte und Alec musste sich die Hände auf die schmerzenden Ohren pressen, um nicht umgeworfen zu werden.

Die Fenster zerbrachen mit einem grellen Klirren und Glassplitter gruben sich in seine Arme.

„Willst du mir überhaupt helfen? Ist das nicht mehr als ein Spiel für dich?“ Da war sie, die unberechenbare Wut, die er entfesselt hatte. „Ein kleines, hübsches Spiel, um sich wieder als Held fühlen zu können. Aber du hast vergessen, dass mit dem Heldendasein auch die Monster zurückkehren.“

Der Wind hob Alec von den Füßen, wirbelte ihn herum wie ein totes Blatt.

„Nein, du –.“

Er schlug mit dem Rücken so hart gegen die Wand, dass seine Zähne klapperten.

„Ich bin ein Idiot. So habe ich das nicht gemeint“, setzte er neu an. Lilians Wut war zu laut, um zuzuhören. Eine eisige Böe warf ihn auf den Boden, bevor sie ihn weiter durch die Luft schleuderte, seinen Kopf gegen die Decke schlug.

Dann ließ sie ihn los.

Alec ruderte mit den Armen, suchte nach einem Weg, seinen Sturz zu bremsen. Seine Hände schlossen sich um etwas Raues, Schweres, das nicht von Schleim bedeckt war. Der Gehstock der Hexe aus dem zweiten Stockwerk.

Lasst mich eine kleine Geschichte über Daphne Mezerum erzählen. Stellt sie euch als dauerlächelnde, pummlige Hexe vor, die ausgesprochen guten Kamillentee kochen konnte – den besten auf der ganzen Welt hatte es einst geheißen. So einige hatten probiert, ihr Rezept zu stehlen. Kurz vorm Erreichen ihrer hexanischen Volljährigkeit, war sie von einem dunklen Magier entführt worden. Er versuchte, Daphne ihrer besonderen Fähigkeiten zu berauben – nein, es ist nicht von ihren Teekoch-Künsten die Rede –, um so zum mächtigsten Wesen aller Zeiten aufzusteigen.

Es gelang der jungen Heldin zwar, ihren Erzfeind zu besiegen, doch sie musste einen schrecklichen Preis dafür zahlen. Sie verlor nicht nur ihre geistige Gesundheit, sondern auch die Erinnerung an jegliche Teerezepte. Durch diesen Verlust war es ihr unmöglich, in einen Hexenverbund aufgenommen zu werden. Außerdem hatte sie eine neue Leidenschaft dafür entwickelte, Nacktschnecken in den Betten ihrer Hexenschwestern zu verstecken, und die Hexen schoben sie kurzerhand in die Rehabilitationsgesellschaft für Matadoren ab.

Von ihren Schwestern beleidigt und zutiefst unzufrieden mit dem Personal, beschloss sie, ihren letzten Fetzen Vernunft in einen Gehstock einzuschließen, damit der klägliche Rest ihres Seiens diese Erniedrigung nicht mehr miterleben musste. Kurz nachdem sie in Clive Hall eingeliefert worden war, nahm der Direktor den Bau des Westflügels in Angriff und wie sie dorthin gelangte, ist ja allgemein bekannt.

Der Stab wurde in die Abstellkammer verbannt, wo er jahrelang vor sich hin rottete. Leider tat das Alleinsein dem kläglichen Rest ihres Verstandes nicht gut. Er wurde ebenfalls verrückt und schwor jeden, der es wagte, ihn zu berühren, mit lauwarmem Tee zu übergießen. Nach einer schweren Identitätskrise verwandelte der Tee sich in eine zähe Schicht Schneckenschleim, die Mission des Stabes jedoch änderte sich nicht.

Für Jahrzehnte hatte er an die Wand gelehnt gestanden und gewartet, jetzt war es an der Zeit, seine Rache auszuüben. Er richtete seinen Schleim auf den armen Idioten, der es gewagt hatte, ihn zu berühren, freute sich bereits auf die angewiderten Schreie und fand … nichts.

Die ganze Welt war von Magie durchzogen. Jeder Gegenstand speicherte einen Teil davon, in jedem Lebewesen, selbst in Menschen, floss ein kleines Quäntchen Magie, aber das Geschöpf, das die Hände an den Stab gelegt hatte, war ein schwarzes Loch.

Da war nichts, totale, unbegreifliche Leere. Und trotzdem fühlte der Stock einen Herzschlag, hörte Atem. Da war nichts und da war doch etwas. Der klägliche Rest des Verstandes von Daphne

Mezerum konnte dieses Paradoxon nicht erfassen. Also ignorierte der Stab das Unmögliche und produzierte Schleim.

Ihr müsst verstehen, Alec wies tatsächlich Ähnlichkeiten mit einem schwarzen Loch auf. Sein Magiestandard betrug 0%, eine Einzigartigkeit, dank der er sich Nisesh so ausgezeichnet hatte entgegenstellen können.

Solange er nicht mit Magie in Kontakt kam, war er ein Durchschnittsmensch, aber sobald er mit Zaubersprüchen bombardiert wurde, kam seine Abwehrfunktion zu tragen. Leonardo Alexandré de Jouville hatte im 18. Jahrhundert festgelegt, dass elektrisch unterschiedlich geladene Körper einander anziehen, während gleich geladene sich gegenseitig abstoßen. Dieses Gesetz der Physik ist, so wie die meisten Gesetze, nicht auf die Magie übertragbar. Einer der Gründe, weshalb es zu den großen Kriegen zwischen Menschen und Fabelwesen kam, ist die abstoßende Haltung zueinander. Nach diesem Prinzip funktioniert ebenfalls, was wir als den *Blackwood-Defekt* bezeichnen.

Eine weitere bedeutungsvolle Erkenntnis der Naturwissenschaften war, dass es mindestens zwei Stoffe braucht, um eine Reaktion zu aktivieren. Dieses Gesetz trifft, ausnahmsweise, auch auf die Magie zu. Darin unterschied Alec sich wesentlich von einem schwarzen Loch. Während diese letzten Punkte des Chaos im großen Fluss alles um sich herum verschlangen, sorgte er dafür, dass Magie an ihm abprallte.

Es gab keinen Partner, mit dem der Stab reagieren konnte. Stattdessen wurde all der Schleim, der eigentlich auf Alec gerichtet war, in die Umgebung abgeleitet. Die Rehabilitationsgesellschaft für Matadoren wurde von einer Schleimwelle überrollt. Nur zwei Dinge blieben verschont: Der Gehstock der Hexe Daphne Mezerum und Alec Blackwood.

Alecs Kopf schlug im selben Moment auf den Dielen auf, in dem der Stab zurück in seine einsame Ecke rutschte.

„Lilian, hör mir zu", wollte er rufen, doch die Worte verließen seinen Mund nicht. Weiße Lichtpunkte tanzten vor seinen Augen umher. Auch ein Kopfschütteln ließ den Nebel nicht vertreiben, der ihn wie eine weiche Wand umgab.

„Ich will dir wirklich helfen, aber du wirst besser erklären müssen, was du brauchst", versuchte er Lilian zu beruhigen.

Seine Mühe war vergebens. Sie hatte sich im Wind aufgelöst und er sah nur noch verschwommen.

Das nächste, an das Alec sich später erinnern würde, war, wie er sich im schleimbedeckten Büro des Direktors wiederfand.

Das Büro des Grauens und der Langeweile

„Mr Blackwood“, begann Dr. Chadir und rückte dabei die schmale Brille auf seinem Schnabel zurecht, „Sie haben nicht nur unser gesamtes Gelände demoliert und all unsere Versorgungsmittel unbrauchbar gemacht“, dicke Schlieren Schleim flossen von einem Haufen auf seinem Kopf in seinen Mund, sodass er nach jedem zweiten Wort ausspucken musste, „nein, Sie haben unseren Gästen auch gewaltige seelische Schäden hinzugefügt, für die wir uns verpflichtet haben, aufzukommen. Deswegen kann –.“

„Aber hat mich mal jemand gefragt, ob ich überhaupt schuldig bin?“, unterbrach Alec ihn.

Dr. Chadir blinzelte, wie es nur eine zwei Meter große Vogel-Chimäre – ein richtiger Vogelriese – kurz vor einem Wutausbruch konnte.

Alec hob herausfordernd das Kinn. „Da tauchten einfach drei riesige Werwölfe auf, die mich gepackt und hier her geschleppt haben. Vielleicht bin ja ich derjenige mit den seelischen Schäden.“

Obwohl Dr. Chadir keine Augenbrauen hatte, gelang es ihm, den Eindruck zu vermitteln, als würde er sie genervt anheben.

„Wir haben Sie als Einzigen nicht mit diesem zähflüssigen Saft bedeckt vorgefunden, während Sie aus dem Teil unserer einst *aseptischen* und wertgeschätzten Rehabilitationsgesellschaft gestolpert kamen, in dem das *singuläre* Relikt aufbewahrt wird, das in den falschen Händen zu solch einer Gräueltat fähig wäre. Die einzige Frage, die wir Ihnen zu stellen haben, ist demnach, ob Sie diese Katastrophe aus voller Absicht *provoziert* haben oder ob es sich um ein durch *Inkompetenz* gewirktes Missgeschick handelt.“

Bei diesen hochsprachlichen Anschuldigungen war es wahrlich keine gute Idee, auf nicht schuldig zu plädieren.

„Tatsächlich war es eher ein Unfall“, beichtete Alec kühl. „Aber wenn Sie mir noch eine Frage erlauben würden. Was macht *sie* bei meinem Urteil?“

Mit *sie* war Ruby Eljin gemeint, die sich weit in ihren imposanten, schleimbedeckten Sessel zurücklehnte und die Unterhaltung bisher mit einem verschmitzten Grinsen verfolgt hatte. Als Alec ihren Namen nannte, fiel sie vor Empörung fast vom Stuhl.

„Genau! Was habe ich eigentlich verbrochen? Das ist eine weitere ungerechte Anklage.“

Dr. Chadir versuchte Ruby mit seinen gelben Augen zu durchbohren, aber sie konterte mit einem unerwarteten Lächeln, eine schlaue Kriegstechnik, mit der sich die meisten Wesen überrumpeln ließen.

„Nein“, schnarrte der Direktor, dessen Verunsicherung sich auf ein Aufplustern seines Gefieders beschränkte, „es ist kein Versehen, dass Sie hier sind, Ms. Eljin. Sie sind seine Gehilfin.“

Das stimmte nicht ganz, denn 1.) war nicht sie die Gehilfin. Größtenteils hatte *sie* sich dieses ausgeklügelte Verbrechen ausgedacht, abgesehen von der Sache mit dem Schleim. 2.) war diese Schuldzuweisung eine Spekulation ohne Beweise. Und 3.), wer hätte denn ahnen können, dass Alec die Rehabilitationsgesellschaft für Matadoren in einen Schleimpalast verwandeln würde?

Aber Dr. Chadir sah kaum in ihre Richtung. Er erklärte die Rechtslage und zählte alle in der Nacht begangenen Verbrechen auf.* Nicht sonderlich packend. Anstatt betreten zuzuhören, starrte Alec den Direktor so böse an, dass die Fliegen, die um den Schleimhaufen auf dessen Kopf herumflogen, in Ohnmacht fielen. Ruby beobachtete ihn dabei.

---

* Es verstieß sogar gegen die Hausordnung, sich nach 22 Uhr ohne triftigen Grund auf den Gängen aufzuhalten, von wegen „Komm und geh, wie du willst“.

„Mr Blackwood, da wir Sie also nicht verklagen können, ohne einen Volksaufstand zu bewirken, womit wir die Sicherheit unserer geschätzten Gäste gefährden würden", Dr. Chadir erzeugte einige missbilligende Klick-Geräusche mit dem Schnabel, um sich über die allgemeine Dummheit des einfachen Volkes auszulassen, das noch dümmere Helden verehrte, „ist das Einzige, *zu dem wir die Befugnis* haben, Sie aus unserer wunderbaren Rehabilitationsgesellschaft zu verbannen, und alles andere auf die Rauhnächte zu schieben."

Einen weiteren Anteil daran besaß die Tatsache, dass Alec als Held einfach die besseren Anwälte besaß. Bei all dem Schaden, den er bereits angerichtet hatte, war es noch niemandem gelungen, ihn zu verklagen. Alec musste sich zusammenreißen, um Dr. Chadir nicht blöd anzuglotzen.

„Sie wollen mich rauswerfen?", hakte er nach, um sich zu versichern, dass niemand Rubys Apfel vergiftet hatte und er nur halluzinierte.

Die Augen des Direktors leuchteten gelb. Nein, Alec hatte richtig gehört. Die wollten ihn loswerden und das schon seit einer ganzen Weile. Mit seiner unumgänglichen Art störte er die Gäste und das wirkte sich auf die Internet-Bewertungen aus.

„Wissen Sie eigentlich, wie viel Geld ich Ihnen bezahle?", donnerte Alec und ließ den Kapitalisten heraushängen, wie Mr Morgen es ihm beigebracht hatte.

Selbst Dr. Chadirs Blinzeln sah abwertend aus.

„Das tue ich. Wissen Sie denn, wie viel Geld Sie mir bezahlen?"

Alec kratzte sich am Kopf. Er hätte bei den Unternehmer-Übungen besser aufpassen sollen. Er hatte nie daran gedacht, einer der

Rechnungen, die die Putzkräfte vor sein Zimmer legten, Beachtung zu schenken.*

„Und nun zu Ihnen." Dr. Chadirs Blick schweifte weiterhin an Ruby vorbei, als wäre sie nicht anwesend. „Da wir Ihnen keine schwerwiegenden *Freveltaten* nachweisen können, werden wir Ihnen ebenfalls nur Hausverbot *zuteilwerden lassen*."

Ruby versuchte ihr Bestes, um möglichst bestürzt auszusehen. Alles aus reiner Höflichkeit, denn es war nicht gerade die schlimmste Strafe, diesen Ort voller Depressionen und Weinerlichkeit zu verlassen, um sich ein anderes Hobby zu suchen. Sie würde sich auf Alec als Versuchsobjekt beschränken. Diese Anstalt besaß zu viel Melancholie, um sie vollständig in Angriff zu nehmen.

Das war echt aufregend. Ruby hatte erst ein Mal Hausverbot erhalten, bei der Großmutter ihrer Freundin aus der neunten Klasse, nachdem sie diese zu einer Teestunde bei einer Troll-Familie mitgenommen hatte. Sie hatte vergessen, sie hinsichtlich der unterschiedlichen Sitten vorzuwarnen, und das Treffen war eskaliert, als die Trolle den rohen Schweinskopf serviert hatten.

„Das war's jetzt, einfach so? Nach allem, was wir gemeinsam durchgemacht haben?", beschwerte sich Alec.

Es war nur eine Frage der Zeit, bis der wacklige Schleimturm auf Dr. Chadirs Kopf einstürzen würde.

„Wir sind keine Untiere", der Stimme des Direktors fehlte jegliches Taktgefühl, „Sie können bis morgen hier verweilen."

In einem, wohlgemerkt, mit grünem Glibber verseuchten Zimmer.

---

* Ceciel hatte es so geregelt, dass das Geld automatisch überwiesen wurde, und wäre sie hier gewesen, hätte sie sich vorgebeugt, die genaue Summe Goldmünzen genannt und eine zusätzliche Entschädigung für *ihre* seelischen Schäden gefordert.

Alec hob herausfordernd das Kinn. „Bevor ich gehe, gibt es da noch eine Sache, vor der ich Sie warnen muss, Dr. Chadir."

Der Schleimhaufen auf dem Kopf des Vogels neigte sich gefährlich nach vorne.

Alec setzte eine ernste Miene auf. „Was auch immer Sie tun, sehen Sie auf keinen Fall runter."

Als Geschäftsmann und Psychologe lernt man, niemandem zu vertrauen, der auf der anderen Seite des Tisches sitzt, und so ignorierte Mr Chadir die Warnung nicht nur, nein, er handelte sogar genau gegensätzlich und ruckte seinen Kopf in einer abgehackten Bewegung nach unten.

Mit einem schlurfenden Geräusch landete eine *exorbitante* Ladung Schleim auf seinem gebogenen Schnabel.

Ruby versuchte, mit ihrer Hand ein unangebrachtes Kichern wieder in ihren Mund hinein zu drücken, an dem sie beinahe erstickte.

Alec nutzte die Aufregung, indem er seinen Stuhl zurück schob und das Büro des Direktors ohne ein weiteres Wort verließ.

„So", sagte Ruby, nachdem sie zu Genüge nach Luft geschnappt hatte, „und jetzt wäre ich Ihnen sehr verbunden, wenn Sie einige meiner Fragen beantworten könnten."

Dr. Chadir seufzte geschlagen und versuchte, seinen Schnabel an einem schleimdurchnässten Taschentuch sauber zu wischen.

TEIL 2

Ich lag falsch.

Die Dunkelheit
Kommt uns nicht holen,
Schleicht sich nicht ein
Auf leisen Solen.

Nein, sie war schon immer da.

Sie war in mir
Und du hast es als Einziger gesehen
Und bist erschaudert.

Ich wünschte,
Sie würden alle vor mir fliehen.

So wie du.

– König Lugh von Tírhain, Fragmente der Briefelegien

III

„Das ist alles die Schuld des Nuth'Ayas", murmelte Charlie vor sich hin und gewissermaßen hatte damit er sogar Recht.

Er hätte den Ring einfach einstecken sollen, anstatt ihm dem Magier zurückzugeben. Dieser Blick, mit dem er den Jungen angesehen hatte, als würde er seit Jahren darauf warten, ihm zu begegnen.

Und all das, weil Charlie ein einziges Mal hatte höflich sein wollen.

„Scheiß auf Höflichkeit." Obwohl er flüsterte, hallte seine Stimme in dem Gewölbe nach. „Das mach ich nie wieder."

Angesichts seiner ausweglosen Lage wäre es nicht unwahrscheinlich, dass er sich sogar bis zum Ende seines Lebens daran halten würde. Immerhin hatten seine Entführer versprochen ihn umzubringen, wenn er seine besonderen Fähigkeiten nicht innerhalb der nächsten Stunde zeigte. Was sich als sehr schwierig herausstellte, da Charlie von diesen „Fähigkeiten" bis vor Kurzem noch nichts gewusst hatte und sich stur weigerte, sie anzuerkennen. Und was die mit Ethan anstellen würden … nun, dafür brauchte es keine sehr lebhafte Fantasie.

Charlie schlug in die Dunkelheit und traf auf kühlen Stein. „Alles nur wegen dieses bescheuerten Magiers!"

Er hatte den Jungen in eine Seitengasse gezogen, die vorher ein schiefes Haus versperrt hatte, und ihn irre angegrinst.

„Du bist es, du bist es!", hatte der Nuth'Aya gerufen. „Nach fünf Jahren!"

Er hatte ihn an den Schultern gepackt und gefragt, wo Charlie wohnte und wie alt er war.

Selbst mit elf Jahren war er nicht dumm genug, dem Magier das zu verraten. Er war ein Waisenkind und hatte seine Lektion früh gelernt.

Die Erinnerung an Jimmy aus dem vorletzten Waisenhaus und den weißen Truck, der ständig auf der Straße auf und ab gekreuzt war, hatte sich in sein Gedächtnis eingebrannt. Eines Tages war das Auto verschwunden, genauso wie Jimmy.

Aber trotz all seiner Vorsicht war Charlie jetzt hier und was die Angelegenheit noch verschlimmerte, er hatte Ethan mit hinein gezogen.

Dabei hatte er dem verrückten Magier nicht einmal seinen Namen verraten. Nicht, dass der sich dafür interessiert hatte, mit all seinem Gefasel über die Vorsehung.

„Du wirst Nisesh besiegen!"

Kein besonders guter Trick. Jedes Kind wusste, dass es sich vor Amateur-Propheten in acht zu nehmen hatte, die sie als den nächsten Retter der Welt verkündeten.

„Sieh doch nur!"

Als Charlie versucht hatte, wegzurennen, hatte der Magier seinen Ring auf die Gegenstände um sich herum gehalten. Der Edelstein in der Mitte des Schmuckstücks hatte mal schwächer, mal stärker in den unterschiedlichsten Farben aufgeleuchtet. Ein äußerst seltener Stein, der die Aura ringsumher anzeigte. * *Der Nuth'Aya hatte den Ring auf seine eigene Brust gerichtet und es entstand ein Licht, gleißender als das der Sterne.*

Dann hatte er auf Charlie gezeigt und der Stein hatte jegliche Farbe verloren.

Der Magier hatte mit einem dünnen Lächeln auf den Ring gestarrt und in seiner Aufregung war es Alec gelungen, zu entkommen. Von der Begegnung hatte er nur Ethan erzählt und sie hatten beide darüber gelacht, bis ihnen Säcke über die Köpfe gestülpt worden waren und man sie an alte Liegen in einem halb zerstörten Haus geschnallt hatte.

Zum Glück waren die Entführer zu dumm, um Charlie und Ethan unterscheiden zu können, und so hatten sie die Zwillinge eingesperrt. Sie legten ihre Hoffnung darauf, dass einer von ihnen unter Stress seine Fähigkeiten offenbarte.

---

* Allein wegen des Geldes hätte Charlie ihn stehlen sollen.

Charlie spitze die Ohren. In der totalen Finsternis funktionierten seine anderen Sinne besser und gerade hatte er eindeutig einen dumpfen Aufprall vernommen.

Ein Schrei, Kampfgeräusche.

Das war nicht die Polizei.

Er rutschte in die hinterste Ecke des Raumes, hoffte, dass ihn dort niemand entdecken würde. Ein Donnern wie bei einem zusammenbrechenden Berg erzitterte den Boden, ließ Staub auf seine Haare regnen.

Dann wurde die Tür aus ihren Angeln gerissen.

Er blinzelte mit tränenden Augen gegen das plötzliche Licht.

Da stand eine Gestalt, komplett in schwarz gekleidet. Blaue Flammen tanzten um ihre Hand.

„Komm mit mir“, sagte der Schatten.

Charlie ballte die Fäuste, presste sich gegen die Wand. „Und wenn ich das nicht will?“

Er wollte zu Ethan.

Die Gestalt riss sich die Kapuze vom Gesicht. „Du willst was? Meine Mutter ist für diese dämliche Prophezeiung gestorben. Du kommst jetzt mit!“

Ein Mädchen mit dunkler Haut und spitzen Ohren funkelte ihn aus veilchenblauen Augen an. Sie war nicht älter als Charlie, aber durch ihre brennende Wut sah sie aus wie eine Kriegerin König Lughs.

Er nahm all seinen Mut zusammen. „Und was ist mit meinem Bruder?“, fragte er trotzig.

„Oh.“ Das Mädchen kratzte sich an der Nase.

Ein Ork, der mindestens doppelt so groß wie sie, stürzte sich mit einem barbarischen Kriegsschrei auf sie, aber das Mädchen wischte ihn mit einer Handbewegung beiseite. Eine unsichtbare Kraft schleuderte ihn durch das Gewölbe, direkt vor Charlies Füße.

„Ein Bruder. Davon hat Dad mir nichts erzählt.“

„Dad?“

„Er hat mich geschickt, um dich zu retten. Du müsstest ihn kennen: groß, Kahlkopf, Ziegenbärtchen.“

Der verrückte Magier, der mit der Vorsehung. Charlie versuchte, sich an die Wand zurückzuziehen, doch das Mädchen griff nach seinem Arm und schleifte ihn mit sich.

„Na komm schon. Oder willst du von denen seziert werden?"

Er schüttelte den Kopf, weil sein Mund zum Sprechen zu weit offen stand.

„Ich bin übrigens Ceciel y Lūghy Morgenstern."

Schritte, wütendes Brüllen.

Das Mädchen rollte mit den Augen, bildete einen blauen Feuerball zwischen ihren Händen. „Na toll, jetzt haben die auch noch Verstärkung gerufen."

Sie sagte es, als wäre das Charlies Schuld.

Ein kleiner, griesgrämiger Gremlin

„Was soll das heißen, Sie können mir keine Fahrkarte geben?"

Der arme Verkäufer zuckte unter Alecs unheilvollem Blick zusammen und beharrte nur weiter auf seinem Standpunkt, weil eine Glaswand sie voneinander trennte.

„Ihre – Ihre Kreditkarte scheint nicht zu funktionieren, sie blockiert das Gerät wegen all des –."

Der Verkäufer senkte den Blick mit roten Wangen auf die tropfende Karte in seinen Händen, während er abwägte, was Alec mit ihm anstellen würde, wenn er es wagte, diese lächerlichen Worte in den Mund zu nehmen.

Alec beugte sich so weit nach vorne, dass sein Atem die Glasscheibe beschlug.

„Wegen des *was*?", fragte er gefährlich sanft.

Der Adamsapfel des Verkäufers tanzte auf und ab. Er versuchte, seine Angst hinunterzuschlucken, und Alecs zusammengekniffene Augenbrauen halfen dabei nicht sonderlich. Dadurch sah er aus, als würde er bereits einen Mord planen.

„Wegen des – des", der arme Kerl würgte die Worte regelrecht hervor, „wegen des Schleims."

Alec warf einen großzügigen Blick auf seine Uhr.

„Lieber Mr Kartenverkäufer, der nächste Zug nach Ceth'awna fährt in zehn Minuten ab, danach müsste ich fast drei Stunden auf den Nächsten warten und dann würde ich sehr, sehr wütend werden. Also wäre es sehr freundlich, wenn Sie einfach Ihren Job erledigen würden und mir eine einzige, kleine Fahrkarte verkaufen könnten. Kann doch nicht so schwer sein, oder?"

Alecs Opfer versuchte seine Unsicherheit mit einem Räuspern zu überspielen. „Ich möchte Ihnen ja auch eine Fahrkarte verkaufen, nur, äh, hat der Kartenleser Probleme mit ihrer Kreditkarte. Wenn Sie vielleicht etwas Bargeld hätten …"

„Denken Sie etwa, wenn ich genug Zeit hätte, Bargeld abzuheben, würde ich noch hier stehen?", wetterte Alec.

Er hatte einen unglaublich schlechten Morgen hinter sich und mit jedem Augenblick wurde der Tag schlimmer. Kurz nach seinem nicht sehr vielversprechenden Gespräch mit dem Direktor der Anstalt war er zurück in sein Zimmer gestürmt und hatte nachgesehen, wie viel er der Rehabilitationsgesellschaft für Matadoren monatlich zahlte. Es war eine beträchtliche Summe, von der nicht einmal gewusst hatte, dass er sie besaß.

Dann hatte er versucht, seine Koffer zu packen, nur um festzustellen, dass es nichts zum Packen gab. All seine Sachen waren so durchweicht, dass sie für seinen überstürzten Aufbruch unbrauchbar waren, und so hatte er sich auf einen kleinen Rucksack beschränkt. Seinen letzten Batzen Bargeld hatte er einem Taxifahrer in die Hand gedrückt, der ihn zum nächsten Bahnhof gefahren hatte.

Wie sich herausgestellt hatte, war der nächste Bahnhof nichts als eine Ansammlung von einem kaum in 20 Meter Höhe schwebendem, aus losen Brettern zusammengehauener Unterschlupf mit dem Schild „Thywll-Bahnhof" und einem Fahrkartenhäuschen samt inkompetentem Verkäufer. Trotz der Abgeschiedenheit und der Dunkelheit, die sich über der Haltestelle ausbreitete, hatte sich eine Handvoll Dörfler am Bahnsteig zusammengedrängt, die das Gespräch aus sicher Entfernung verfolgte.

„Es – es tut mir wirklich leid, aber wenn Sie kein Geld haben", der Verkäufer schob ihm die schleimige Kreditkarte angewidert zurück, „dann kann ich Ihnen leider kein Ticket geben."

„Aber ich habe doch Geld!“, rief Alec aus vollem Halse und der arme Kerl zuckte zusammen. „Sie und ihr Kartenleser sind nur zu inkompetent es anzunehmen.“

Ein Schnaufen und Rattern kündigte den Zug nach Ceth'awna an. Einen Zug, in den Alec niemals einsteigen würde, wenn ihm nicht schnell eine Methode einfiel, den Fahrkartenverkäufer so zu verängstigen, dass er ihm eine Karte gab.

„Nächster bitte“, verlangte der Verkäufer und wagte es doch tatsächlich, seinen Kunden zu ignorieren.

„Zwei Karten nach Ceth'awna bitte.“

Plötzlich stand da Ruby, zurückgekehrt um Alec für alle Zeiten zu quälen. Sie klatschte dem erleichterten Verkäufer einige durchweichte Scheine auf den Tisch.

Dessen überschwängliches Lächeln fiel wieder in sich zusammen, als er den Schleim bemerkte, der überall an ihr klebte.

„Ähm –.“

„Machen Sie bitte schnell, ja? Der Zug steht schon da.“

Langsam zog der Verkäufer die nassen Scheine zu sich und kramte zwei Fahrkarten hervor. „Hier bitte“, sagte er matt, „ihre Fahrkarten. Gute Reise.“

Ruby lächelte höflich. „Danke.“ Dann wandte sie sich an Alec. „Kommst du mit oder würdest du doch lieber in Thywll bleiben?“

Das Einzige, was für ihn mehr Schande bedeutete, als die Hilfe von ausgerechnet Ruby anzunehmen, war in diesem Kuhkaff gestrandet zu sein. Es lag viel zu nah an der Rehabilitationsgesellschaft für Matadoren und seinen seelisch geschädigten Einwohnern. Er würde diese Schande also überstehen. Widerwillig folgte er Ruby, die mit einem siegessicheren Grinsen die Treppen zum wartenden Zug hinaufstieg.

Die Türen schlossen sich, kaum dass Alec das Abteil betreten hatte. Es war kein moderner Zug, denn die Weiterentwicklung des Zugsystems von Tírhain war vor fünfzig Jahren eingeschlafen, sondern eine alte Eisenbahn mit beschlagenen Goldverzierungen, deren weißer Rauch noch Kilometer in der Ferne zu sehen war. Sie würden erneut umsteigen müssen, um nach Ceth'awna zu gelangen, doch dafür war das Abteil gut gefüllt, vor allem von Geschöpfen, die Alecs Streit mit dem Kartenverkäufer beobachtet hatten.

Eine faltige Koboldin rümpfte die Nase und verließ, ihren protestierenden Ehemann hinter sich herziehend, das Abteil. Eine Familie mit zwei Kindern und einem schreienden Baby entschuldigten sich für die Störung und erklärte, dass sie alle einmal auf die Toilette mussten. Sie kehrten nicht zurück, hinterließen dafür aber einen großen Viererplatz mit Tisch. Alec beanspruchte die roten Samtsitze sogleich für sich und lehnte den Kopf gegen das Fenster.

Unter ihm breitete sich die typisch hüglige Landschaft der Küsten Tírhains aus. In einem Tal lag eine Handvoll Häuser verstreut, das Dorf Thywll. Der passende Wald erstreckte sich nicht weit entfernt, obwohl der Zug noch nicht hoch genug aufgestiegen war, um ihn sehen zu können. Zu dieser Jahreszeit würden die Bäume mit Eiskristallen besetzt sein. Früher hatten Alec und Xander versucht, die Eisblätter zu sammeln und aufzubewahren, aber sie waren entweder zerbrochen oder geschmolzen. Ein schmerzliches Ziehen in seiner Brust erinnerte ihn daran, wie sehr er diesen Anblick vermisst hatte, irgendeinen anderen Anblick als den des Meeres und seines Zimmers.

Ruby ließ sich auf den Platz ihm gegenüber fallen. „Da gibt es noch so einiges, über das wir uns unterhalten müssen", stellte sie fest.

Alec sah sich um. Alle Passagiere waren vor ihnen geflüchtet und saßen mindestens fünf Sitze entfernt.

„Was meinst du, liegt die stille Missbilligung der Fahrgäste daran, wie ich den Fahrkartenverkäufer, der es übrigens verdient hat, angeschrien habe, oder daran, dass du komplett mit Schleim bedeckt bist?", fragte er in einem so ernsten Tonfall, dass Ruby nicht anders konnte, als laut loszulachen.

Dies brachte ihr weitere Nasenrümpfer ein, doch die wusste sie geschickt zu ignorieren.

„Beides", prustete sie. „Coole Aktion übrigens, obwohl Schleim in den Socken echt nervig ist. Hat diese Schlafmützen mal ordentlich wachgerüttelt, von wegen *seelische Schäden*."

Alec zuckte mit den Schultern. „Das wollte ich nicht."

„Ist doch egal, wenn macht es das nur besser."

Er hob eine Augenbraue. Obwohl er die Zähne zusammenbiss, erkannte selbst er an, dass diese Angelegenheit, objektiv betrachtet, die beste Darbietung war, die er in den letzten drei Jahren zusammenbekommen hatte.

„Ein Glück, dass ich dich grade noch so erwischt habe, was?", plapperte Ruby weiter. „Ich wollte schon früher mit dir reden, aber du bist nach dem Gespräch mit dem Direktor gleich abgehauen und hast mich dazu gezwungen, dir schleimbedeckt hinterherzurennen."

„Warte kurz." Alec kniff angestrengt die Augen zusammen. „Musst du überhaupt in diese Richtung?"

Ruby kratzte sich am Nacken. Ein klares Nein. „Eigentlich muss ich in gar keine Richtung. Ich reise so rum, schon vergessen? Ohne wirkliches Ziel."

Sie hielt also weiterhin an dieser Lüge fest. Alec war der Meinung, dass er sich nach allem, was sie durchgemacht hatten, das Recht verdient hatte, die Wahrheit zu erfahren.

„Machen wir doch einen Deal", schlug er vor, „ich erzähle dir, was in dem Turm geschehen ist, und im Gegenzug sagst du mir den echten Grund, aus dem du in die Rehabilitationsgesellschaft für Matadoren gekommen bist."

Kurz flackerte Unsicherheit in ihren Augen auf, doch dann hustete Ruby und war wieder ihr normales, grinsendes Selbst.

„Das ist ein ganz schön unfairer Zug, ich habe dir bei dieser Sache geholfen“, stellte sie fest, ohne ein Zeichen der Verärgerung zu zeigen.

Alec starrte sie mit undurchdringlicher Miene an. „Und ich finde es unfair, sich ohne triftigen Grund in das Leben emotional geschädigter Trauma-Patienten einzuschleichen und ihren Zustand dadurch auch noch zu verschlechtern.“

Ruby wich keinen Millimeter zurück und nahm die Herausforderung zum Nicht-Blinzel-Wettbewerb furchtlos an.

„Na schön“, seufzte sie, „jetzt, da alles vorbei ist, wird die Wahrheit wohl niemandem mehr schaden, nicht, dass sie das jemals getan hätte, so oder so, aber du weißt ja wie diese Rehabilitationsleute so drauf sind. Jedenfalls – verdammt meine Augen!“

Sie blinzelte heftig, wischte die Tränen mit dem Handrücken weg. Alec erlaubte sich ein überhebliches Zucken seines Mundwinkels.

„Du hast mich enttarnt. Es war wirklich kein Zufall, dass ich in die Rehabilitationsgesellschaft für Matadoren gekommen bin“, gab Ruby zu. Sie biss sich auf die Lippe. „Ich glaube, ich sollte ganz am Anfang beginnen. Das wird eine lange Geschichte.“ Bei ihr hatte Alec nichts anderes erwartet.

„Ich will Künstlerin werden, wollte ich schon, seitdem ich zu meinem vierten Geburtstag einen Eimer Fingerfarbe geschenkt bekommen habe. Anfangs war das keine große Sache, meine Eltern meinten, dass ich das eh nicht durchziehen würde, und deshalb war mein Wunsch ihnen relativ egal. Aber dann wurde ich älter.“

Was ein Wunder.

„Da sagten meine Eltern mir subtil, dass ich mir doch einen anderen Job aussuchen solle, einen für den ich studieren kann. Und ja, Kunst kann man studieren, aber sie haben irgendwas von einem *echten* Studium gefaselt. Ich habe mich umgehört und nachdem ich eine Weile nachgedacht habe", eher eine halbe Stunde später, „habe ich die perfekte Lösung gefunden."

Sie legte eine Kunstpause für die Spannung ein.

„Das Goldsmith College of Art."

Sie erwartete eine Reaktion, am besten ein ehrwürdiges Raunen, aber Alec war dem gegenüber so gedankenlos wie eh und je.

„Sollte ich jetzt beeindruckt sein?", fragte er vorsichtshalber nach.

Ruby schnaubte beleidigt. „Verdammt, ja, das solltest du! Sag mir jetzt nicht, dass du nicht weißt, was Goldsmith ist."

Darum sagte Alec gar nichts.

Ihr Kiefer klappte nach unten. „Echt jetzt? Das ist das Norland für Kunststudenten."

Er wackelte mit den Augenbrauen, um nicht in die Verlegenheit zu geraten, nachzufragen. Also nahm Ruby sich die Zeit und erleuchtete ihn.

„Goldsmith ist nicht nur irgendeine Kunsthochschule, zu der du gehst, dir einen Tutor suchst, ein paar Bilder malst und dann deinen Abschluss kriegst. Die verstehen Kunst und wissen, dass Kreativität Freiraum braucht."

Zwar richtete Ruby ihren Blick auf Alec, doch sie sah durch ihn hindurch, in eine fremde Welt, in der sie mit anderen Kunststudenten über Gupaxez' weinende Nymphen fachsimpelte. Sie hatte einen Traum, was für eine schöne, idiotische Sache.

„Jedenfalls nehmen die nicht jeden", fuhr Ruby fort. „Du musst eine Bewerbungsmappe mit deinen besten Werken schicken, etwas ganz Besonderes, und du hast nur eine Chance. Also habe ich mir nach der Schule ein Jahr freigenommen, um mich genügend auf die Aufnahmeprüfung vorzubereiten, um Inspiration zu sammeln."

Da schwang ein Hauch Unsicherheit in ihrer Stimme mit, so fein, dass Alec ihn fast überhörte. Er hatte verstanden.

„Da hast du dir gedacht, gut, tue ich was Ausgefallenes und suche mir meine Inspiration, dort, wo sicherlich noch kein anderer Bewerber war, was die psychisch belasteten Patienten, die ich dabei ausnutze, davon halten, ist mir komplett egal. Das ist sogar noch egoistischer, als ich gedacht hätte."

Einige Wesen würden alles tun, damit sich ihre Träume erfüllten. Der heiße Zorn, der in Alec brodelte, versteckte nur die tiefe Enttäuschung über sich selbst, denn er hatte fast geglaubt, Ruby tolerieren zu können.

Sie sah ihn mit Augen an, die vor Sanftmut leuchteten.

„Wenn du so denkst, dann verstehst du nicht, was Kunst ist", sagte sie und zum ersten Mal war etwas wie Mitleid in ihrem Blick zu erkennen. „Man erschafft Kunst nicht für sich selbst, sondern für andere. Ich hatte nicht vor, die Bewohner der Rehabilitationsgesellschaft auszunutzen, sondern ihnen zu helfen."

Alec fuhr sich durch die Haare. Nein, er verstand tatsächlich nicht, abermals, aber davon ließ Ruby sich nicht entmutigen.

„Also was ist jetzt?", wollte sie wissen. „Erzählst du mir, wie du die Rehabilitationsgesellschaft für Matadoren mit einer Schleimschicht überzogen hast?"

Da Alec dabei kaum eine Wahl blieb, berichtete er ihr von all den Gegenständen, die er im Turm gesehen hatte und wie er schließlich Lilian begegnet war. Selbst die Stelle, wie sie nach Ruby gefragt hatte, ließ er nicht aus.

Als er geendet hatte, brach sie in herzliches Gelächter aus, weil er es nach all seinen unqualifizierten Kommentaren verdient hatte, wie ein Blatt im Laubfall durch die Luft geschleudert zu werden. Nachdem sie sich wieder beruhigt hatte, wurden ihre Lippen zu einem ernsten Strich, weil sie an all das Grauen dachte, was Lilian hatte durchleben müssen.

„Mein Angebot steht", sagte sie nach längerem Warten, „ich helfe dir dabei *zu leben* oder was auch immer, wenn es das ist, was Lilian will. Ich hätte nur noch eine Frage."

Alec stöhnte.

„Was ist dein Plan?"

Er biss die Zähne zusammen. Sie hatte ihn erwischt, darüber hatte er nicht nachgedacht. Er hatte sich seinen Kontostand angesehen und festgestellt, dass sich eine ordentliche Summe darauf angehäuft hatte, doch er wusste nicht, was er damit anfangen sollte. Sich ein neues Leben aufbauen? Welches Leben?

Zum Glück wurde er von weiteren Grübeleien abgehalten, die fast dafür sorgten, dass sein Kopf zersprang. Vor zwei Haltestellen hatte eine Gruppe Jugendlicher die Plätze neben ihnen belegt. Seit einer Weile versuchten sie, so diskret ein Foto von Alec aufzunehmen, dass es aussah, als würden sie ein Selfie schießen. Nicht einmal Alecs Hinweise darauf, dass sie den Datenschutz und seine Privatsphäre verletzten, hielt die Teenager davon ab nach einem Autogramm und dem dazugehörigen Beweisfoto zu fragen. Dass er nicht der berühmte Alec Blackwood war, glaubten sie ihm auch dann nicht, als Ruby ihn unüberhörbar mit „Gareth" ansprach.

Sie hatten sogar die Frechheit, sie seine neue Assistentin zu nennen, jetzt, da sein Bruder „nicht mehr da war". Salzwasser stieg in Alec auf und er verließ das Abteil unter dem Vorwand, mal dringend auf Toilette zu müssen. Dabei brach er alle drei goldenen Regeln im Umgang mit Fans, die Mr Morgen ihm beigebracht hatte, und ließ Ruby in den Krallen dieser Bestien zurück. Aber keine Sorge, sie zahlte es ihm heim, indem sie den Teenagern erzählte, sie hätten gerade eine verrückte Hexe bekämpft, als er auf einer Bananenschale ausgerutscht sei. Dadurch waren sie beide von einem Fluch getroffen worden. Die Bösewichtin habe Ruby mit Schleim übergossen, Alec jedoch wurde mit einem schlimmen Durchfall verflucht. Daraufhin murmelten die Jugendlichen etwas von „ist doch egal, Alec Blackwood ist sowieso so was von 2838" und stiegen an der nächsten Haltestelle aus.

Er blieb noch eine weitere halbe Stunde verschwunden und betrat das Abteil erst wieder, nachdem ein rotgesichtiger Herr ihn aus der Toilette vertrieben hatte. Auf alle Versuche Rubys, ihn auf die Gruppe Fans anzusprechen, antwortete Alec mit einem vielsagendem „Hmpf", dann zerrte er seinen Rucksack hervor und setzte eine klobige Sonnenbrille sowie die graue Mütze auf, die er zuvor Ruby geliehen hatte.

„Was soll das denn werden?", fragte sie und beobachtete kichernd, wie der Schleim Alec in die Haare lief.

Er zuckte mit den Schultern. „Tarnung?"

Und zwar eine wirklich miese. Die unförmige Sonnenbrille sah mit seinem mürrischen Gesicht albern aus und er erschien umso mehr wie eine Berühmtheit, die verzweifelt versuchte, unerkannt zu bleiben. Aber solange Alec nichts von diesem Fashion-Desaster wusste, blieb Ruby zumindest genügend Zeit den ungewöhnlichen Anblick auf Papier zu bannen.

Nach all dem Schlafentzug der letzten Tage war er im Nu eingeschlafen, den Kopf gegen die Fensterscheibe gelehnt, als würde er selbst im Traum die sich stetig verändernde Landschaft beobachten. Die Sonnenstrahlen tanzten über sein Gesicht und ließen es in warmen Sand- und Ockertönen leuchten, die Sommersprossen wie feurige Sprenkel Licht. Bleistift würde diesem Anblick nicht gerecht werden, Ruby brauchte ihre Buntstifte. *Schon seltsam,* dachte sie, *wie unerwartet schön eine Person sein kann, wenn sie aus ihrem gewöhnlichen Alltag entfernt wird.*

„Kaffe und Kekse?"

Eine Gnomin in Uniform riss Ruby aus ihren Gedanken. Sie schob einen himmlisch duftenden Wagen vor sich her und Rubys Magen knurrte vorwurfsvoll auf, also bestellte sie zwei große Teller Kekse, Tee und einen schwarzen Kaffee.

Alec wachte erst auf, als die Zugbegleiterin das Essen auf ihren Tisch schob. „Hey, ich kann für mich selbst bezahlen!", protestierte er etwas zu spät.

Ruby schüttete Milch in ihren Tee. „Ach so", bemerkte sie trocken, „deshalb hast du auch so schnell eine Fahrkarte bekommen, was?"

Von dem süßen Duft der Kekse angezogen beschloss Alec rasch, ihr später alles Geld zurückzuzahlen und es dabei zu belassen.

„Ich trinke keinen Tee", murmelte er mit dünner Stimme.

Sie schob ihm die Tasse Kaffee hin und er hob eine fragende Augenbraue.

Ruby zuckte mit den Schultern. „Du siehst wie ein Kaffeetrinker aus, immerhin guckst du schon wie ein kleiner, griesgrämiger Gremlin."

Dagegen hatte Alec nichts auszurichten und er schluckte in einem Bissen drei aufeinandergestapelte Kekse hinunter. *Das wäre mal ein ordentlicher Heldenname,* fand Ruby mit einem amüsierten Schnauben, von wegen der Verdammte Auserwählte™, *der Verschlinger würde viel besser zu ihm passen.* Nachdem er den Teller regelrecht sauber geleckt hatte, schielte Alec mit einem langgezogenen Stöhnen auf seine Uhr.

„Erst zwei Stunden! Wie können wir erst *seit zwei Stunden* hier drinnen sein?"

„Keine Sorge, bald steigen wir um und dann kannst du dich wieder bewegen." Ruby wunderte sich, ob er bei jeder seiner Missionen die Füße nicht hatte stillhalten können.* „Ist dir langweilig?", fragte sie mit einem breiten Grinsen, als würde sie sich besser schlagen.

Sein schmerzverzerrtes Gesicht sprach Bände. „Was zeichnest du da?" Alec deutete auf den ihm gefährlich nahe liegenden Zeichenblock. „Darf ich mal sehen?"

---

* Nur, wenn er sinnlos irgendwo hatte herumsitzen müssen. Einzig einem fehlenden Ausweg und dauerhaften Kopfschmerzen hatte er es zu verdanken, dass er drei Jahre in der Rehabilitationsgesellschaft für Matadoren überlebt hatte.

„Nein!“, rief Ruby mit etwas zu heftig und ihre Wangen färbten sich rot. *Verdammt,* dachte sie und stopfte sich einen Keks in den Mund, um sich nicht rechtfertigen zu müssen. „Wenn du dich beschäftigen willst, dann lass uns doch ein Spiel spielen. Ich sehe was, was du nicht siehst, und das ist ein sehr schlecht gelau –.“

Der Zug blieb so abrupt stehen, dass sie nach vorne fiel. Sofort positionierte Alec sich wieder vor dem Fenster, suchte die kahle Eislandschaft ab.

„Da draußen ist nichts“, murmelte er, „kein Bahnhof oder sonst was. Was ist passiert? Hat wer den Zug aufgehalten?“

„Nein“, Ruby seufzte genervt, „viel schlimmer. Ein technischer Defekt.“

Weshalb Zügen und strahlenden Muskelpaketen nicht zu trauen ist

„Sehr geehrte Passagiere", dröhnte eine gezwungen freundliche Stimme aus den Lautsprechern, „wir entschuldigen uns vielmals für die Unannehmlichkeiten. Anscheinend liegt ein technischer Defekt vor, durch den wir, ohne Ihre Sicherheit zu gefährden, diese Reise nicht fortsetzten können. Wir bitten um ihr Verständnis. Wir befinden uns nur wenige Kilometer vom angepeilten Bahnhof entfernt, in dem der nächste Zug nach Ceth'awna wartet. Daher haben wir einige Taxis bestellt, die Sie in Kürze in die nächste Ortschaft fahren werden. Wir bitten Sie, den Zug zu verlassen, solange der Fehler noch nicht behoben wurde."

Die Türen öffneten sich mit einem dumpfen Pfeifen und die Wendeltreppen wurden nach unten gelassen.

„Bei den Fómori, warum ausgerechnet jetzt?", hallte ein kollektives Stöhnen durch den Zug.

Es war allgemein bekannt, dass die alten Eisenbahnen ständig Aussetzer hatten, immerhin waren sie seit dem zweiten Menschenkrieg in Benutzung, dafür waren die Reisen entsprechend billig und ungewollte Abenteuer garantiert.

„Ich wollte doch noch meinen Tee austrinken", seufzte Ruby und warf ihrer halb vollen Tasse einen bekümmerten Blick zu.

Alec presste die Nase gegen das Fenster. Flache, mit funkelnden Eiskristallen bedeckte Felder so weit das Auge reichte, dazwischen verstreut liegende Baumgruppen und keine Zivilisation in Sicht. Sie waren so fern vom hektischen Treiben Ceth'awnas, wie nur irgendwie möglich. Er vermisste die Luftschiffe, mit denen er zu seiner Heldenzeit verreist war, und die stets pünktlich kamen. Leider hatten diese die reichsten der Reichen und Parlamentsmitglieder* für sich reserviert.

Eine Stewardess marschierte zügig durch die Reihen und sorgte dafür, dass ein jeder Passagier seine Sachen packte und sich beeilte, aus dem Zug zu verschwinden. Eine Gänsehaut breitete sich auf Alecs Armen aus. Seine Helden-Sinne hatten sich aktiviert.

„Komm", zischte er und zog an Rubys Ärmel, hob ihren Rucksack von der Ablage.

„Du musst dich nicht so beeilen", keuchte Ruby, als sie ihm die Wendeltreppe hinunter folgte, „das ist doch nur ein kleiner Defekt, der Zug wird nicht in die Luft fliegen oder so."

Alec fuhr mit dem Daumen über seine Fingerstümpfe, während er versuchte, sich einzuhämmern, dass Ruby recht hatte. Dies war keine Heldengeschichte, sondern die echte Welt, in der Kreditkarten nicht funktionierten und Züge einfach Defekte hatten. Kein Grund zur Sorge.

Kaum stand Alec mit beiden Beinen auf dem Boden, wurde seine neue Hoffnung durch eine heftige Explosion erschüttert. Die Druckwelle war so gewaltig, dass Ruby von der Treppe fiel und vor seinen Füßen landete.

„Scheiße", fauchte sie, „war ja klar, dass das jetzt passieren musste."

Der hinterste Wagon bestand nur noch aus einem verkohlten Gerippe, aus dem die Sitzreihen wie abgebrochene Zähne ragten. Alec sog scharf die Luft ein. Kleine Explosionen, Verkehrsmittel lahmlegen, er kannte dieses Muster. Die wage Erinnerung an dampfende Hitze schlug ihm ins Gesicht und ein alles verzehrender Schmerz durchfuhr seinen Arm.

„Komm schnell!" Er packte Ruby und zog sie hoch. „Wir müssen von hier verschwinden oder wenigstens – verdammt!"

---

* Wobei beides meist ein und dasselbe war.

Die Passagiere hatten sich unter den Gleisen zusammengedrängt und überlegten, ob es von Vorteil wäre nach Hilfe zu rufen, oder ob sie lieber weiter gaffen sollten.

„Hey, ihr hohlköpfigen Idioten!“ Das verschaffte Alec ihre Aufmerksamkeit. „Weg da! Na los, haut ab!“

Ein Meer aus unverständlichen Augenpaaren glotzte ihn an. Er glotzte zurück und versuchte, diese geballte Dummheit zu erfassen. Die Sache war, im Gegensatz zu den aufdringlichen Jugendlichen, erkannten sie ihn nicht als Helden und interessierten sich damit nicht für seine Versuche, sie zu retten.

„Alec“, Ruby klang ernst, obwohl sie ihren Mitreisenden entschuldigend zulächelte, „was genau geht hier vor sich?“

Alecs Augen weiteten sich. „Scheiße.“

Einige Schurken waren sehr nachtragend und so kam es immer wieder vor, dass ein Held auch im Ruhestand angegriffen wurde. Und Alec hatte mehr als genug Grund gegeben, ihn zu hassen. Sein Herz schlug in dem Rhythmus, mit dem die rauchenden Kugeln aus Feuer auf ihn niedergegangen waren, und sein Magen zog sich zusammen.

„Ruby, hör mir zu“, flüsterte er, „du musst so weit von hier weg wie nur möglich, versuch so viele von den Flachzangen mitzunehmen, wie du kannst. Beeil dich, er sucht nur nach dem passenden Zeitpunkt für einen dramatischen Auftritt.“

Ruby bewegte sich kein Stück. Sie war sehr schlecht darin, Befehle zu befolgen ohne zu wissen wieso. „Wer kommt?“, zischte sie.

Alec musste diese Frage nicht mehr beantworten.

Mit einem ohrenbetäubenden Knall brach die Seite des nächsten Wagons heraus und ein Schwert schwingender Mann schoss wie eine Rakete in die Luft, die Flügel eng am Körper.

„Ich bin Kräbbus der III.“, schrie ein schmales Stimmchen und ein rotgesichtiger Zwerg kämpfte sich aus den Überresten des

Wagons hervor, „ich lasse mich von niemandem bestechen, ganz besonders nicht von Helden-Abschaum wie dir."

Ein Feuerball flog auf die Stelle zu, an der soeben der geflügelte Mann in der Luft geschwebt hatte. Endlich bewegten sich die Zuschauer, kreischten und rannten durcheinander, wie es von einer panischen Menge erwartet wurde, während Alec noch versuchte, das Geschehen zu verarbeiten. Für einen Helden, sogar einen Ehemaligen, war es unmöglich, zu verstehen, dass ein Schurke nicht hinter ihm selbst her sein sollte. Aber genau das war passiert. Der geflügelte Mann war der Verfolgte, nicht Alec.

Ein weiterer Feuerball erleuchtete den grauen Himmel und dieses Mal traf der Schütze sein Ziel. Mit einem Brüllen, das die Halme der Eisgräser erzittern ließ, stürzte der Held zu Boden, schlug mit brennendem Flügel um sich wie ein Verrückter. Der Gestank von verkohlten Federn erfüllte die Luft.

Krábbus lachte. „Da hat wohl jemand vergessen, dass Federn extrem brenbaaar!"

Sein selbstgefälliger Kommentar endete in einem angriffslustigen Kreischen, als ein brauner Ball mit scharfen Adlerkrallen – ein Greif – ihn aus dem Zug warf und auf den Boden schmetterte. Mit aller Kraft versuchte der Zwerg, sein magisch modifiziertes Gewehr auf den neuen Angreifer zu richten, doch der war zu schnell, flog in einem Wirbel aus goldenem Fell und Federn vor seinen Augen herum.

Der Zug schwankte und der verkohlte Wagon lehnte sich gefährlich weit über den Rand der Schienen hinaus. Inzwischen hatten die meisten Schaulustigen bemerkt, dass es kontraproduktiv war, wie aufgescheuchte Lemminge im Kreis herumzurennen, und sich in sichere Entfernung begeben, um das Geschehen ungestört zu filmen. Einzig der Held mit den brennenden Flügeln stand noch in der Gefahrenzone, beide Beine fest auf dem Boden und das Schwert umklammert.

Alec seufzte geschlagen. „Hey“, rief er und der Held drehte sich zu ihm um, die Augen weit wie Scheunentore aufgerissen. „Lauf! Der Wagon stürzt gleich runter.“

Ein Feuerball traf die Schienen und Alec wurde beinahe von den Füßen gerissen. Der Greif flog in einer grauen Staubwolke an ihm vorbei und krachte gegen eine der Wendeltreppen. Der Zug erzitterte. Endlich wandte der Held sich wieder seinem Gegner zu, hob sein glänzendes Hiebschwert und –.

„Alec!“ Ruby packte seinen Mantel und zog ihn nach hinten, bis er stolperte.

„Was zum –?“

Der Rest seines Satzes wurde von einem dröhnenden Krachen übertönt und der zerstörte Wagon landete direkt vor seinen Füßen. Was für eine Ironie, bedenkt man, dass Alec den Helden davor hatte retten wollen, nur um selbst gerettet werden zu müssen.

Ruby griff nach seiner Hand und führte ihn weg von dem zerschmolzenen Klotz „Los, wir stehen hier nur im Weg“, rief sie und plötzlich verschwand das Rauschen in Alecs Ohren.

Es stimmte. Es gab nichts für ihn zu tun. Die Kämpfenden kamen auf sie zu, ein Wirbelsturm aus Metall und Feuer, und er trat zur Seite.

„Ha!“, erscholl ein Siegesruf.

Blut spritze in alle Richtungen und der Geflügelte hob grinsend eine abgetrennte Zwergenhand in die Luft. Die Schaulustigen klatschten anerkennend, brachen erleichtert in Jubel aus. Der Held winkte seinen Fans mit einem Lächeln zu, das Herzen schmelzen ließ, dann wandte er sich an den Greifen an seiner Seite.

„Zeit zu verschwinden, Hēro.“

Das Tier stieß ein zustimmendes Kreischen aus und packte den winselnden Krábbus mit scharfen Krallen.

„Vielleicht sieht man sich ja mal wieder“, rief der Held mit einem unverkennbar aeyischem Akzent.

Er breitete die verkohlten Flügel aus und erhob sich taumelnd in die Lüfte, sein Helfer folgte mit dem Schurken im Gepäck. Zurück ließen sie eine blutverklebte Hand, die sich noch eine Weile auf dem Boden wandte und Funken sprühte, bevor sie den Kampf endgültig aufgab.

„Wow", sagte Ruby in die erstaunte Stille hinein, „das war wahrscheinlich das erste Mal in der Geschichte des Bahnverkehrs, dass deren Sicherheitsmaßnahmen tatsächlich etwas gebracht haben."

Alec biss die Zähne zusammen. Dass ausgerechnet Ruby ihn in einem schwächlichen Moment der Unaufmerksamkeit gerettet hatte, war unverzeihlich. Seit langem hatte er sich nicht mehr so nutzlos gefühlt, und das, obwohl er drei Jahre in der Rehabilitationsgesellschaft für Matadoren verbracht hatte. Er wäre an seiner Scham wohl erstickt, hätte ein schrilles Hupen nicht seine Gedanken unterbrochen. Die Taxis waren angekommen, um sie zum nächsten Bahnhof zu bringen.

Sofort stürmten die Passagiere darauf zu, hieben mit ihren Ellenbogen um sich, als wäre es eine Angelegenheit von Leben und Tod. Zwar hatten sie ein traumatisches Ereignis durchlebt und dabei zugesehen, wie einem Zwerg die Hand abgehackt wurde, aber auch der blutigste Kampf änderte nichts an der Tatsache, dass sie unbedingt ihren nächsten Zug erreichen mussten. Weitere Taxis flogen herbei, einige waren kaum mehr als auf Besen geschraubte Sitze, andere von Pegasi gezogene Kutschen.

„Können wir jetzt einfach gehen?", fragte Ruby zögerlich. „Ich habe noch nie einen Schurkenangriff erlebt, aber sollten wir nicht auf die Polizei warten, damit die unsere Zeugenberichte aufnehmen können, so wie bei jedem Verbrechen?"

Alec lachte. „Das ist nicht *jedes Verbrechen*. Und glaub mir, wenn die Leute kommen, die sich um die Heldenangelegenheiten kümmern, möchtest du nicht mehr da sein."

Auch ihn sollte der Gedanke an *diese Leute* mit Grauen füllen, aber er war zu beschäftigt damit, die letzten Scherben seines Egos zusammenzukehren.

Erstmals seit dem Tod seines Verbündeten, Nisesh, wagte Kräbbus sich wieder an die Oberfläche und dann erdreistete er sich, seinen alten Erzfeind nicht anzugreifen, selbst wenn er die Gelegenheit dazu hatte.

Nein, er hatte Alec nicht erkannt, weil er zu sehr mit seinem *neuen* Erzfeind beschäftigt gewesen war.

„Komm, lass uns ein Taxi suchen", schlug Ruby mit einem breiten Grinsen vor und hüpfte auf einen langen Besen mit Samtsitzen zu.

Eine junge Hexe saß darauf und betrachtete mit zusammengepressten Lippen ihre Fingernägel, als Ruby gegen den Besenstiel klopfte. „Hallo, könnten Sie uns bitte zum nächsten Bahnhof bringen?", flötete sie.

Die Hexe nickte. „Das macht sieben Silbermünzen. Keine Sorge, dass kriegen Sie von der Bahn alles wieder zurückgezahlt, wenn Sie–." Endlich sah sie auf, erkannte den Schleim, der von Ruby tropfte, und verzog das Gesicht. „Ne", sagte sie entschieden, „ich nehme niemanden mit, der so dreckig ist. Wisst ihr, wie lange ich die Hübsche hier schrubben müsste, wenn du dich da drauf setzt?"

Und so stritten sie sich ein zweites Mal an diesem Tag mit einem Mitarbeiter der öffentlichen Verkehrsmittel, ohne Erfolg. Die Hexe beharrte darauf, dass die Reinigung ihres Besens sie mehr kosten würde als die Fahrt, selbst wenn Ruby ihr das Doppelte bezahlte. Jedoch erzählte sie freundlicherweise, dass der Weg zu Fuß in knapp unter zwei Stunden zu schaffen sei. Dann erinnerte sie sich, dass sie andere Verabredungen hatte, und stieg auf ihrem Besen in die Luft, bevor Alec zu einer Schimpftirade ansetzte.

„Ja, verschwinden Sie nur", rief er ihr hinterher. „Unser Geld ist sowieso viel zu gut für Sie."

Aber auch das konnte ihn nicht lange trösten. Die letzte Kutsche flog mit einem Rattern davon und ließ sie mit den aufgeregt um den Zug herumwuselnden Arbeitern und der abgeschlagenen Hand zurück.

Ruby boxte Alec in die Rippen, verflucht sei ihr unergründlicher Enthusiasmus. „Ich dachte, du möchtest diese gewissen *Leute* nicht treffen. Wohin ging's noch gleich? Da lang?"

Sie deutete nach rechts.

„Nein", seufzte Alec und richtete ihren Finger ein Stück weiter in die entgegengesetzte Richtung.

Sie nickte entschieden. „Ah ja, das Feld sieht doch gleich viel einladender aus, als das da drüben."

Um ehrlich zu sein, unterschieden sich die Wiesen kaum. Grau waren sie, unendlich weit und trist. Nach einer halben Stunde hatten sie sich verlaufen.

„Oh, die Sonne geht auf", stellte Ruby fest und verfolgte mit angehaltenem Atem das Spektakel über ihren Köpfen.

Die langen, orange-roten Strahlen der Morgendämmerung zerschnitten den dunkelgrauen Himmel wie Klingen aus Licht, durchleuchteten die dünnen Wolken, die als goldene Fetzen durch die Luft jagten.

„Keine Bäume – keine Häuser, hast du sowas schon gesehen?"

Sie hielt an, um ein Foto zu schießen. Alec blieb ignorant gegenüber den Vorzügen der Natur. Wie lange war es her, seitdem er geschlafen hatte? Sein Kopf schmerzte vor Müdigkeit.

„Also hattest du schon eine Vorgeschichte mit Krábbus, was?", fragte Ruby so plötzlich, dass Alec stolperte.

Er rieb sich die schmerzenden Schläfen. „Krábbus hat mal mit Nisesh zusammengearbeitet und ein paar Mal versucht, mich umzubringen, als ich noch ein Held gewesen bin. Seine *Haustiere* haben mich fast verkohlt."

„Lustig, wie du das sagst, als wärst du plötzlich kein Held mehr."

Alec zuckte mit den Schultern. Sein linker Arm juckte, als krabbelten hunderte Ameisen unter seiner Haut, dort, wo sich die speerförmige Brandwunde hinzog. Er hielt ihn wie in einem Schraubstock umklammert, presste ihn fest an den Körper.

Ruby tat so, als würde sie es nicht bemerken. „Weißt du, was meine Meinung zu diesem Krábbus-Kerl ist?" Sie grinste ihm verschwörerisch zu. „Der hat bestimmt was zu kompen –." Ein schriller Schrei brach aus ihr hervor.

„Ja", erwiderte Alec, „das beschreibt ihn ziemlich gut. Ein einzelner Angstschrei."

Er drehte sich um, damit er ihr Lächeln sehen konnte, doch da war keine Ruby mehr. Allein das eisbedeckte Feld erstreckte sich endlos in die Ferne. Er sah nach unten.

Da war ein Loch im Boden, schwarz auf Grau, ein Tintenfleck auf dreckigem Papier. Es war recht ungewöhnlich für ein Loch, sich an solch einer Stelle mitten im Nirgendwo zu positionieren, wo doch an einem belebteren Ort viel mehr Geschöpfe hineinfallen würden, aber dieses Mysterium stand nicht auf Alecs Prioritätenliste. Ihm ging nur durch den Kopf, wie vorhersehbar es war, dass Ruby, die nie aufpasse, wo sie hintrat, ausgerechnet in das einzige Loch auf dem ganzen Feld fallen musste.

Er stieß einen langen Seufzer aus, dann sprang er ihr hinterher.

Das tiefe Loch der Melancholie und des Verderbens

Ruby schrie, als sie wie auf einer Achterbahn durch die Dunkelheit rutschte, denn das war eine typisch menschliche Reaktion, wenn sich ihr Umfeld so unvorstellbar schnell änderte. Hätte sie gewusst, dass sie sich nur einen Helden anschaffen musste, um jede Menge Abenteuer zu erleben, dann hätte sie schon früher daran gedacht.

Der steile Tunnel endete abrupt und unter ihr lauerte finsteres Nichts. Die Luft wurde ihr aus den Lungen gepresst, als sie auf dem Stein aufschlug. Die Öffnung, aus der sie gekommen war, erstreckte sich vielleicht zwei Meter über dem Boden, ein perfekt rundes Loch in einer Wand aus Fels.

Ruby war ein schlaues Mädchen und so fiel ihr sogleich auf, dass etwas nicht stimmte. Sie rieb sich die Augen. Wie war es möglich, dass sie tief unter der Erde noch sehen konnte, als würde die Sonne über ihr brennen? Sie wandte ihren Kopf nach oben zur Decke, wo sich mehr Gestein ausbreiten sollte, und vergaß zu atmen.

Die Höhle war weiter, als das Auge reichte, und von schemenhaften Steingebilden überzogen. Das Gewölbe war so hoch, dass sie für Rubys schlechte Menschenaugen nicht auszumachen sein sollte. Jemand hatte dort oben Wegweiser befestigt, leuchtend blaue Adern, die sich wie verzweigte Flüsse durch das Gestein wanden und detaillierte Muster aus Sternen und Vögeln und weiteren Geschöpfen des Himmels bildeten. Der Anblick war so atemberaubend, dass Ruby nicht anders konnte, als vor Ehrfurcht und Staunen zu lachen.

Ein Kieselstein rollte gegen ihren Fuß, drehte sich dreimal im Kreis, bevor er zum Erliegen kam. Da wurde ihr endlich bewusst, dass sie nicht alleine war. Ein brummendes Seufzen hinter ihr, so gedämpft, dass es wie ein verirrter Luftzug klang.

Währenddessen schlitterte Alec durch den Tunnel und war zutiefst gelangweilt von seinem Fall. Er legte die Hand vor den Mund und gähnte. Das Ganze war nicht so spektakulär abgelaufen, wie er geplant hatte, und während er durch die Dunkelheit rutschte, kam er sich ziemlich blöd vor. Gerade als er überlegte, ob er schreien sollte, um zu testen, wie weit seine Stimme widerhallte, endete der Tunnel abrupt und er schlug auf hartem Stein auf. Eine höchst unerfreuliche Erfahrung, die auch Alecs letzte Hoffnung zerstörte. Die Höhle war zu ausladend, um als verlassener Gnom-Bau durchzugehen.

„Also gut", seufzte er, „wer sonst hat hier das Licht angeschaltet?" Vorsichtig richtete er sich auf und klopfte den Staub von der Kleidung.

„Ich glaube, ich weiß, wo wir sind", flüsterte Ruby in sein Ohr.

Alec ballte die Hände zur Faust und wirbelte ruckartig herum. „Schleich dich doch nicht so an", zischte er und dann, weil er sich genötigt fühlte, etwas Nettes zu sagen, „wenigstens bist du noch am Leben."

Es wäre wirklich schade, hätte er all den Aufwand betrieben nur, um herauszufinden, dass sie doch tot war.

„Mutig von dir, mir zu folgen", stellte Ruby mit einem leichten Grinsen fest.

Alec hob eine Augenbraue. Er verstand nicht, was sie ihm damit sagen wollte.

„Ich meine, du hast doch vorher bestimmt Hilfe gerufen", fuhr sie fort. „Es wäre nämlich ganz schön dumm, wenn wir jetzt beide in diesem Loch säßen, ohne dass irgendwer, der uns befreien könnte, davon wüsste."

Alecs Gesicht färbte sich weiß. Natürlich hatte er nicht daran gedacht, immerhin war er normalerweise derjenige, der um Hilfe gebeten wurde und nicht andersherum. Aber um ihn zu entlasten, er hätte den Rettungsdienst sowieso nicht anrufen können, weil er kein Handy besaß.

„Sorry, dass ich deine Chancen auf ein langes, erfülltes Leben gerade um ein ganzes Stück verringert habe." Er schlug sich die Hand vor den Kopf und bei dem widerhallenden Geräusch zuckte Ruby zusammen. „Ich bin ein Idiot!"

„Shhht! Ich vergebe dir, aber sei bitte leise."

Und da bemerkte Alec endlich das gigantische, geschuppte Untier in seinem Rücken. „Das ist doch wohl ein kranker Witz", fauchte er.

Gerade erst hatte er von dem Wyvern erzählt, der seinen Arm verkohlt hatte, und jetzt lag eines dieser Biester direkt vor ihm und schlief. Obwohl sie sich kaum von dem Felsen unterschied, auf dem sie sich ausgebreitet hatte.*

Die ledernen Flügel, die die Wyvern weit von sich gestreckt hielt, waren mit Löchern und Brandflecken übersäht, die spröden Schuppen von Schmutz und Geröll bedeckt und wulstige Narben schlängelten sich um die geschlossenen Augen. Sie sah aus, als hätte sie sich seit Jahrhunderten nicht mehr bewegt und würde unter der leichtesten Berührung zu Staub zerfallen. Nur ein mattes Zucken der Nüstern zeigte, dass die Wyvern noch lebte und, sollte

---

* Ja, es war eine sie, obwohl Alec das erst erkennen würde, wenn er sie mit dem falschen Pronomen angesprochen hatte und deswegen erneut an einen Spieß gebunden über dem Lagerfeuer geendet war.

sie aus ihrem Schönheitsschlaf geweckt werden, eine tödliche Feuersbrunst auf die Eindringlinge regnen lassen würde.*

„Wir müssen hier weg",Alec rieb sich den Arm, „vielleicht können wir versuchen, durch den Tunnel zurück zu klettern."

Ruby zuckte mit den Schultern. „Vielleicht schaffst du das, ohne Lärm zu machen, ich aber nicht."

„Wenn der Wyvern nicht aufgewacht ist, als wir runter gefallen sind, wird er es auch nicht tun, wenn wir wieder nach oben klettern", gab Alec zurück, dabei waren optimistische Vermutungen eigentlich Rubys Gebiet.

„Wir könnten sie in den Bauch piksen und sehen, was dann geschieht", schlug sie vor. Danach würden sie zumindest wissen, wie tief der Schlaf der Wyvern war.

„Hmm", murmelte Alec und legte den Kopf schief, „gar keine so schlechte Idee. Du übernimmst das Piksen und ich verstecke mich hinter einem Felsen und beobachte."

Ruby schnaubte. „Schön, du Klugscheißer. Versuch, nach oben zu klettern, und sag mir dann, ob ich das auch schaffen würde."

Ein Grinsen huschte über sein Gesicht, bevor Alec es verhindern konnte. „Deine Idee ist gar nicht mal so schlecht, du könntest versuchen, den Wyvern so vollzuquatschen wie den Werwolf, ein verwirrter Feind ist immer gut."

Das Loch ragte weniger als zwei Handbreiten über seinem Kopf auf, sodass es möglich war, sich mit Kraft daran hochzuziehen.,

„Jetzt bist du einfach gemein", schmollte Ruby. Sie erhielt keine Antwort, da er seine Zähne fest zusammengebissen hatte.

Der Tunnel hatte glatte Wände, die gerade so weit voneinander entfernt waren, dass Alec mit ausgestreckten Armen und Beinen dagegen drücken und sich davon abstoßen konnte. Er presste die

---

* Trotz des Friedensvertrags, der zwischen allen Völkern geschlossen worden war, konnten Wyvern sehr launisch werden, wenn sie aus ihrem oft monatelangen Schlaf gerissen wurden.

Zähne zusammen. Seine Schultern schmerzten, als wären sie kurz davor, auszureißen, und er konnte nicht erwarten, dass Ruby das durchhalten würde, ohne abzurutschen. Vielleicht sollte er versuchen, sie von unten zu stützen, aber das würde mehr Kraft erfordern, als seine spindeldürren Arme besaßen.

Seine Finger glitten an dem Fels ab. Der Tunnel war breiter geworden.

„Scheiße", fluchte Alec, versuchte an den glatten Wänden Halt zu finden, doch seine Hände kratzen nur wirkungslos über das Gestein. Er rutschte bäuchlings zurück, unfähig irgendwas anderes zu tun, als hilflos um sich zu schlagen. Seine Füße traten nach Stein, erwischten einzig Luft und er fiel.

Ruby schrie auf, als er gegen sie flog. Sie stolperte rückwärts, stieß auf etwas Hartes und verlor das Gleichgewicht.

„Scheiße", wiederholte Alec. „Beweg dich jetzt nicht. Bleib einfach ganz ruhig."

Da es nicht viel gab, was sie sonst tun könnte, gehorchte Ruby und versuchte, das bedrohliche Ziepen in ihrem Hinterkopf zu ignorieren. Der warme Stein, auf dem sie lag (und der kein Stein war), bewegte sich.

„Ich bin auf ihr drauf, oder?", flüsterte sie mit zitternder Stimme, denn solange sie redete, konnte sie nicht schreien. „Und sie hat sich gerade bewegt, weil sie am Aufwachen ist."

„Ja", erwiderte Alec sanft. Die Narbe an seinem Kinn zuckte vor Anspannung.

Ein tiefes Brummen erfüllte die Höhle wie ein träger Bienenschwarm, der langsam aber sicher erkannte, dass sein Honig im Begriff war gestohlen zu werden.

„Lauf!", schrie Alec und warf jede Vorsicht über den Haufen.

Das hätte er Ruby nicht sagen müssen. Sie war bereits aufgesprungen, versuchte sich vor dem immer lauter werdenden Grollen in Sicherheit zu bringen. Ein Feuerstrahl verfehlte ihr

Gesicht um Haaresbreite und tauchte die Höhle in ein flackerndes Rot.

„Wir müssen uns irgendwo verstecken!", sprach Alec das Offensichtliche aus.

Er suchte hinter einem Stalagmiten Schutz, doch das Feuer der Wyvern lockte ihn rasch dahinter hervor. Das Tier war alt und musste sich erst den Schlafsand aus den Augen reiben, bevor es wieder zielsicher treffen konnte. Das war ihre Chance.

„Bleib in Bewegung!", riet er und wäre fast von einer Feuersbrunst erwischt worden.

„Was denn nun?", keuchte Ruby, die mit dem Mut der Verzweiflung versuchte, näher an ihn heranzukommen. „Wegrennen – verstecken, beides gleichzeitig funktioniert nicht."

Die Wyvern brüllte frustriert, als sie das Mädchen erneut verfehlte. Dicke Rauchwolken bildeten sich um das Untier herum, sodass es nur noch schemenhaft auszumachen war. Bald würde der Rauch auch ihnen die Sicht erschweren.

Alec fiel aus seinem Versteck, riss die Augen weit auf. „Blind, Ruby!", rief er und versenkte sich dafür die Mantelspitze. „Er ist blind und muss sich auf seine anderen Sinne konzentrieren."

Ruby griff nach seiner Hand. „Schon kapiert", zischte sie neben seinem Ohr, „ich weiß, wo wir hinmüssen." Dann zog sie ihn mit sich.

Der Rauch hatte sich inzwischen verteilt, doch die Wyvern produzierte ständig Neuen, ließ ihn aus Maul und Nüstern strömen. Alec schloss die Augen, versuchte sich mehr auf seine anderen Sinne zu konzentrieren. Selbst im Eifer des Gefechts drängte sich ihm die Frage auf, weshalb die Wyvern sie umbringen wollte. Sicherlich war es keine gute Idee gewesen, sie aufzuwecken, aber diese Reaktion würde vom Parlament trotzdem schwer geahndet werden. Und dann war da all der Staub auf ihren Schuppen, der nur bedeuten konnte, dass sie seit Ewigkeiten hier unten hauste. Sie besaß einen entschiedenen Heimvorteil.

Ruby zog stärker an seiner Hand, als sie zwischen den Steingebilden eintauchten, die ihnen bereits bei ihrer Ankunft aufgefallen waren. Alec öffnete die Augen und erstickte fast an dem verschwommenen Grau um sie herum. Seine Lungen brannten und sein Pullover kratzte an den alten Brandnarben.

Während seine Gedanken noch um den Drachen kreisten, war Ruby bereits dabei sie zu retten. Sie steuerte auf den nahestehendsten Felshaufen zu, umrundete ihn keuchend, fand nicht, was sie suchte, und rannte zum Nächsten. Hinter ihnen erleuchtete das Feuer der Wyvern den Rauch. Sie mussten sich beeilen. Bei diesem Felsen hatte sie mehr Glück. Zwischen all dem Gestein steckte ein Stück dunkles Holz. Und es war kein beliebiges Stück Holz, sondern es war eine Tür, die Ruby aufriss und mit zitternden Händen wieder hinter ihnen schloss, als die Wyvern sich zischend durch die Gassen schlängelte. Die Felshaufen waren keine Haufen, sie waren Häuser und dies war nicht nur irgendeine Höhle, es war eine Stadt, eine verlassene Stadt.

„Woher wusstest du das?", keuchte Alec und lehnte seinen Kopf gegen die steinerne Wand.

Ruby grinste schief. „Die Kunstwerke an der Decke, der Luftschacht, durch das wir gefallen sind, und diese Steinbauten – ich dachte, es wäre offensichtlich, dass wir uns in einer der verborgenen Städte befinden, in einer Blase im weiten Strom des ewigen Flusses, wie heißen sie noch gleich?"

„Îra."

Wie die anderen Welten schwammen die Îra im großen Fluss, doch hin und wieder prallten sie gegen die Pryddha und verhakten sich, sodass ein Übergang zwischen den Welten möglich war. Und das an den ungewöhnlichsten Stellen – wie einem Loch in einem Feld.

„Aber du warst ja zu beschäftigt mit der Wyvern, um mir zuzuhören. Kannst du es nicht fühlen? Diese uralte Magie?"

Beschämt biss Alec sich auf die Unterlippe. Die Geschichte mit Krábbus hatte ihn zu sehr aus der Bahn geworfen, jetzt musste er sich wieder konzentrieren.

Ruby durchschritt mit einem Schaudern den Raum, der die Form eines ausgebeulten Quadrates besaß. „Es muss grauenhaft gewesen sein, all seine Habseligkeiten zurückzulassen und ins Unbekannte zu fliehen, in eine Welt, die man seit Jahrzehnten nicht mehr betreten hat“, stellte sie fest. „Überleg doch mal, wie es wäre, wenn jemand einfach dein Zuhause ausräuchern würde.“

Für Alec gab es da nicht viel zu überlegen, ihm war das schon ein, zwei Mal geschehen und zuletzt war er selbst es gewesen, der Fackeln auf Morgen Manor geworfen hatte. Aber das war nichts, was ein Held mit guten Manieren erwähnen würde.

Die Inneneinrichtung hatte sich seit über hundert Jahren nicht mehr verändert und sah noch genauso aus, wie an dem Tag, an dem die Bewohner überstürzt die Flucht vor den Menschen hatten ergreifen müssen. Schränke und Stühle standen da, als wäre der Besitzer nur kurz in den Urlaub gefahren und plante jeden Moment zurückzukehren, eine lange Wendeltreppe schlängelte sich an dem Fenster vorbei in die Höhe.

„Ich meine, wie konnten die Völker hier unten so zusammengepfercht leben“, fuhr Ruby fort, „unter der Erde, ohne ihren typischen Lebensraum, fast wie die Gesellschaft der Pfeiljäger. Kennst du das Buch? So'n Haufen Kinder ist in einer abgeschotteten Blasenwelt eingesperrt und baut ein eigenes Dorf auf, jagt mit selbstgebastelten Pfeilen und Bogen und so.“

Alec schnaubte. „Das wird die Völker nicht gestört haben. Da war Technik ja noch die Sache der Menschen, jedenfalls bis zum ersten großen Krieg, als die Menschen entschieden haben, das Kriegsrecht zu brechen und alle unterirdischen Städte abzufackeln.“

Die Wut, die in seiner Stimme mitschwang, war so schneidend, dass es schien, als wäre Alec selbst kein Mensch, sondern ein Fabelwesen.

„Die Menschen?“, fragte Ruby verwirrt. „Aber ich dachte immer –.“

Ein dumpfer Stoß gegen die Außenwände des Hauses ließ die Möbel erzittern und sie tastete nach seiner Hand.

Die Wyvern zischte gereizt. „Ich weiß, dass ihr da drinnen seid!“, fauchte sie. „Ich kann euch vielleicht nicht sehen, aber ich kann euch hören und riechen.“

Ein sprechender Wyvern, das bedeutete nie etwas Gutes. Normalerweise bevorzugte diese engstirnige Untergruppe der Drachen es, sich durch Zischlaute und Knurren in ihrer eigenen Sprache zu verständigen. Nur wenige benutzten freiwillig die gemeine Zunge.*

„Keine Sorge“, sagte Alec, „solange wir hierbleiben kann uns nichts geschehen.“

Ein abgehacktes Knurren hallte von den Wänden wieder, ein Versuch der Wyvern zu lachen. Rauch verpestete die Luft und dann landete eine Feuersalve da, wo eben noch Alec gestanden hatte. Milchig trübe Augen starrte ihn durch eines der Fenster an, ein Fenster, das wegen des fehlenden Windes in der Îra nicht mit Glas verschlossen war.

Bevor die Wyvern einen weiteren Angriff wagen konnte, zog Alec Ruby die Treppe hinauf.

„Da hat sich wohl jemand geirrt“, kommentierte die trocken und verkohlte sich im Gegenzug die Haare.

Auch die nächste Etage war mit einem ganzen Satz Fenster versehen. Trotz ihrer Blindheit war die Wyvern eine ausgezeichnete Fliegerin. Schwere Flügel schlugen Geröll zur Seite und verkrümmten sich so, dass sie auf der Stelle in der Luft schwebte.

---

* Wäre Lilian das Drachenmädchen noch am Leben, hätte sie die Wyvern sicherlich in ihrer eigenen Sprache besänftigen können.

Eine Technik, wie Alec schaudernd bemerkte, die nur im Militär gelehrt wurde. Feuer drang auch in dieses Zimmer ein und in die nächste Etage und die Übernächste.

Der einzige Lichtblick war, dass die Räume enger wurden und die Zahl der Fenster abnahm, je höher sie kamen. Die Hochhäuser der verborgenen Städte waren so aufgebaut, dass unten Wohnungen für die größeren Wesen und oben für die kleineren eingerichtet waren. Zwerge hatten Zimmer in gewaltige Stalagmiten gehämmert und aus massigen Blöcken Möbel gemeißelt, Holz war nur selten verwendet worden. Der einzige Grund, warum das Haus um sie herum noch nicht in Flammen stand. Aus Angst, in der Îra zu ersticken, gab es für Rauch stets genügend Abzugsmöglichkeiten. Trotzdem setzte die Wyvern alles daran, ihnen durch kontinuierliche Salven schwerer Rauchsalven zumindest das Atmen zu erschweren.

Inzwischen war die Decke so niedrig, dass sie kaum noch aufrecht stehen konnten.

„Ich glaube“, keuchte Alec, „dass wir nicht viel weiter nach oben können.“

Er wartete auf die Feuersalve, die jedes seiner Worte begleitete, doch der Angriff blieb aus.

Stattdessen erklang das empörte Gebrüll der Wyvern. „Lange könnt ihr euch da drinnen nicht verstecken, und wenn ich euch ausräuchern muss!“

Ruby und Alec grinsten einander an. So hoch oben waren die Zimmer zu bescheiden, um Fenster zu besitzen, und damit waren sie vorerst in Sicherheit.

„Bestimmt war das Leben hier unten grauenhaft, aber stell dir doch mal vor“, sinnierte Ruby, „so ganz ohne Menschen und mit all diesem Vertrauen – die Schlafzimmer haben keine Türen, die Mieter teilen sich den Rest des Hauses …“

Die Wyvern kreischte schrill und Alec stimmte ihr mit zuckendem Kinn zu.

„Dafür fanden die Völker es bestimmt nicht gut, abgeschnitten von der Pryddah zu leben, die doch seit Ewigkeiten schon genauso ihre Welt wie auch die der Menschen gewesen ist", gab er zu bedenken.

Alec kam es jedenfalls wie ein Albtraum vor. Als kleiner Junge hatte er sich schon zwischen den engen Gassen und hohen Gebäude Ceth'awnas wie ein Tier im Käfig gefühlt.

Ruby hustete trocken, als der Rauch sich mit langsamen Fingern auch in dieses Zimmer einschlich. „Wenn sie ständig durch die unteren Fenster speit, kann der Rauch nicht schnell genug abziehen. Wir müssen etwas tun, oder wir werden ersticken."

Diese Erkenntnis war ohne Umstände zu finden, doch die Frage nach dem *was*, war nicht so einfach beantwortet, daher griff Alec auf eine universale, wenn auch nicht sehr galante, Lösung zurück. Seine Augen tasteten den Raum ab. Er brauchte einem spitzen Gegenstand. Ein Stalagmit, der einst als Hutständer gedient hatte, ragte aus dem Boden, lang und dünn und genau in der passenden Größe.

„Hilf mir!", forderte Alec Ruby auf, dann zog er an der Steinnadel ziehen, als würde sein Leben davon abhängen.*

„Was hast du damit vor?", fragte sie mit zusammengekniffenen Lippen, tat aber wie geheißen, da der Rauch ihr bereits in der Kehle brannte.

Alec zog kräftiger. „Ist doch klar", presste er zwischen zusammengebissenen Zähnen hervor, „ich nehme das Ding, warte bis der Wyvern wieder versucht Feuer zu speien und ramme es ihm – äh, ihr, durch das Maul bis ins Gehirn."

Er sprach darüber, als würde er eine Bemerkung über das Wetter machen.

Ein Krachen, dann wurden Ruby und Alec durch den Raum geschleudert. Sie hatten es geschafft und damit gleichzeitig ein

---

* Was es gewissermaßen auch tat.

über hunderttausende Jahre entstandenes Kunstwerk zerstört. Nicht, dass sie das momentan interessierte.

„Nein!", rief Ruby, die sich als Erste wieder gefangen hatte. „Ich werde nicht zulassen, dass du diese … alte Dame einfach ermordest."

Alec seufzte genervt. Darum hasste er es, mit Zivilisten zusammenzuarbeiten. Während Xander oder Ceciel voll auf seiner Seite gewesen wären, versuchten die nicht nach der schnellsten Lösung suchen, sondern nach der, die ihre armen Nerven nicht überstrapazierten.

„Diese *alte Dame* versucht, uns umzubringen."

Er hob sein provisorisches Schwert auf und hätte es am Liebsten gleich wieder fallengelassen. Seine Fingerstümpfe juckten, erinnerten ihn an das, was geschehen war, als er das letzte Schwert aufgehoben hatte. Selbst sein Körper hatte sich gegen ihn gestellt, drehte ihm den Magen um, ließ seine Finger zittern. Verschwommene Schatten, die er fast vergessen hätte, tanzten über die Steinwand.

„Es muss einen anderen Weg geben", entschied Ruby trotzig. „Ist dir nicht auch irgendwas … Seltsames an ihr aufgefallen?"

Natürlich war es das. Das enorme Alter der Wyvern und ihre militärische Laufbahn waren mehr als offensichtlich.

„Warum versteckt sie sich hier unten und warum bei König Oberon sind wir noch nicht erstickt?", rief sie.

Alec hustete theatralisch, dann bemerkte er, dass der Rauch tatsächlich abgezogen war, und verschluckte sich fast vor Schreck.

„Ich meine, sollten wir nicht ausgeräuchert werden?", fragte Ruby. „Hallo, Frau Wyvern sind Sie noch da?"

Die Wyvern gab ein bedrohliches Grollen von sich, ein klares Zeichen, dass sie keinesfalls vorhatte aufzugeben.

Alec versuchte heldenhaft, seine Übelkeit zu unterdrücken, und packte die Steinnadel fester. „Sie ist schon alt, ihr Feuer funktioniert nicht mehr so gut, wie das der jüngeren Wyvern, wahrscheinlich braucht sie eine Weile, um nachzuladen."

Das wäre ihre Chance anzugreifen, aber glücklicherweise hatte Ruby eine andere Idee, die ihre zerbrechlichen Nerven nicht überstrapazieren würde.

„Du hast vergessen, die wichtigste Frage zu stellen", erinnerte sie Alec. „Warum greift die Wyvern überhaupt an?"

Er zuckte mit den Schultern. Natürlich hatte er sich das gefragt, aber er hatte es hinter die Überlegung zurückgestellt, aus welchem Winkel er am Besten seinen Steinspeer abfeuern sollte.

„Weil sie abgrundtief böse ist?", schlug er vor.

Zu lange nachdenken war während eines Kampfes nie gut und kein Beweggrund würde etwas an dem Blutbad ändern können, was dann folgen würde.

„Ich glaube, hier liegt ein großes Missverständnis vor", erklärte Ruby sanft und legte die Stirn in Falten. „Tut mir leid, ich muss jetzt etwas ausgesprochen Dummes tun."

Dann stürmte sie die Treppe hinunter.

Salz stieg in Alec auf. Er erkannte, was sie ihm zu erklären versucht hatte. Die Wyvern war genauso wie er der Meinung, die einzige Lösung zu überleben wäre den Feind zu eliminieren, und deswegen würde sie keinen Schritt zurückweichen, auch nicht vor Ruby.

„Warte!", rief Alec, doch sie rannte schon auf das nächste Fenster zu, das groß genug war, um den Kopf hindurch zu stecken.

Und obwohl er sie für ihre Leichtsinnigkeit verfluchte, war er jederzeit bereit der Wyvern sein provisorisches Schwert in den Rachen zu rammen, sollte die auf die Idee kommen, Ruby etwas anzutun.

„Hallo! Wir haben uns noch nicht richtig vorgestellt. Ich bin Ruby und der grimmige Kerl hinter mir ist Alec. Bevor du versuchst, mich umzubringen, sollte ich erwähnen, dass ich gerade eine weiße Flagge schwenke, jedenfalls in Gedanken. Alles, was ich brauche, ist eine kleine Waffenruhe, lass mich erklären und vielleicht willst du uns dann gar nicht mehr umbringen."

Die Wyvern zischte matt. „Und warum sollte ich euch Glauben schenken? Ihr Menschen stinkt alle gleich, verpestet die Luft mit eurem Verrat."

Auf dieser Etage waren die Fenster wieder in regelmäßigen Abständen in die Wand eingehauen, sodass Alec an einer Öffnung nicht weit von Ruby entfernt platznehmen konnte. Von hier aus war die Wyvern gut zu sehen und im Notfall würde er seine Felsnadel wie einen Wurfspeer auf ihr Herz werfen.

Ruby lehnte sich ein ganzes Stück aus dem Fenster, sodass sie ihren Kopf praktisch auf dem Silbertablett servierte. „Dann streng deine Nase mal etwas mehr an. Überprüfe meinen Geruch."

Die Nüstern der Wyvern zuckten, während sie damit rang, ob es die Mühe wert war, zu tun, was das kleine Würstchen verlangte, oder ob es nicht einfacher wäre, die Störenfriede zum Frühstück zu verspeisen. Nach einer Weile hin und her entschied sie sich für Ersteres und sog angespannt die Luft ein.

Ihr entfuhr ein wütendes Fauchen. „Das ist doch nicht möglich! Was ist das für ein Trick?"

Ruby blieb ganz ruhig. „Das ist kein Trick", sagte sie langsam, sodass die Worte genügend auf den Drachen einwirken konnten. „Deine Nase spielt dir keinen Streich. Ich bin zu drei Vierteln menschlich und zu einem Viertel Pixie."

Damit hatte sie die Wyvern noch nicht überzeugt. „Was bist du?", knurrte das Biest und bleckte die Zähne. „Eines dieser *wissenschaftlichen Experiment*e der Menschen?"

Ruby lachte. „Ich bin kein Experiment", erklärte sie, „mein Vater ist ein Mensch und meine Mutter ist eine halbe Pixie, sie sind normale Eltern und versuchen für mich und meine drei Brüder zu sorgen."

Die Wyvern holte tief Luft, doch Ruby unterbrach sie, bevor sie etwas erwidern konnte. „Ehe du mir erzählst, wie unmöglich das alles ist, würde ich gerne eine Sache von dir wissen. Seit wann bist du hier unten alleine?"

Die Nüstern der Wyvern zuckten verunsichert. „Ich – ich weiß es nicht", gab sie zögernd zu, „die Glocke, die Tag und Nacht einläutete, ist nicht mehr in Betrieb und ich schlafe, bis ich wieder hungrig bin. Es können Jahrzehnte vergangen sein." Ein tiefes Grollen drang aus ihrer Kehle. „Und wessen Schuld ist das? Ihr kleinen Würmer glaubt doch tatsächlich, ihr könntet euch über alle Völker erheben."

Eigentlich war der große Krieg ja genauso Fehler der Fabelwesen gewesen und mindestens genauso viele Menschen wurden abgeschlachtet, wie hochmagische Wesen, aber das spielte für einen Wyvern wohl keine Rolle. Hitze stieg auf, ließ die Luft um sie herum flimmern. Ihre Feuerkraft kehrte zurück und Alec bereitete sich darauf vor, den Stalagmiten zu werfen.

„Nein, hör mir doch zu", sagte Ruby geduldig wie eine Mutter, die ihrer Tochter die Regeln im Kindergarten erklärte, „der große Krieg zwischen den Menschen und den Völkern ist schon lange beendet, um genau zu sein, schon seit hundert Jahren."

Diese Information traf die Wyvern härter, als Alecs Speer es jemals gekonnt hätte. Sie stieß einige Flüche in ihrer eigenen, kehligen Sprache aus.

„Ich soll seit hundert Jahren hier unten feststecken?" Sie schnaubte bitter. „Das ist unmöglich, sie hätten mich niemals vergessen. Ich bin Ingrid Crafamoig und ich habe diese Stadt mit meinem Leben beschützt." Rauch quoll aus ihren Nüstern.

Alec positionierte sich so hinter dem Fenster, dass ein Feuerstrahl ihn nicht treffen konnte. „Die meisten Îra wurden während des Krieges aufgegeben und danach nie wieder betreten. Die Lage vieler der Taschenwelten ist heutzutage unbekannt, weil die hochmagischen Völker kaum Dokumente hatten, wahrscheinlich ist auch diese Stadt nirgends verzeichnet", erklärte er.

Ingrid drehte ihm den Kopf zu, die milchig trüben Augen zuckten orientierungslos hin und her. „Wenn ihr wirklich die Wahrheit erzählt, haben wir – haben wir dann den Krieg gewonnen?"

„Niemand hat gewonnen", erwiderte Ruby unnatürlich ernst, „es gab ein gewaltiges Unentschieden und letztlich wurde sich geeinigt so zu leben, wie es schon immer vorhergesehen war", sie erwähnte den zweiten großen Menschenkrieg dabei klugerweise nicht, „Menschen und magische Wesen – Seite an Seite und in Harmonie, ein Gleichgewicht zwischen Technik und Magie."

Das klang, als würde es geradewegs aus der Propaganda des Parlaments stammen.

Ingrid lachte trocken. „Ihr seid ganz schön gewieft", knurrte sie und Rauch strömte aus ihrem Maul hervor, während sie sprach, „beinahe hätte ich euch geglaubt. Aber ein Zusammenleben zwischen Menschen und Völkern ist einfach unmöglich. Es gibt einen Grund, weshalb wir in erster Linie getrennt wurden."

Bevor Ruby die Augen verdrehen und erwidern konnte, dass nichts unmöglich war, einige Geschehnisse nur unwahrscheinlicher als andere, schnaubte Ingrid angewidert. „Ihr könnt mich nicht täuschen, nicht mich. Seht euch doch um. Seht doch, was ihr mit dieser Stadt angestellt habt."

Sie deutete mit dem Schwanz auf einen Punkt zwischen zwei Hochhäusern.

„Ein Berg Schutt?", fragte Alec und hob eine Augenbraue.

Dann sah er genauer hin und erstarrte. Ruby stieß einen erstickten Schrei aus.

Es war kein Schutthaufen. Es war ein Grab. Der Berg bestand aus Asche, weißer oder glitzernder, leuchtender oder bunter, meistens jedoch grauer, Asche. Einige der Wesen hatte Ingrid nicht verbrennen können. Ihre Leichen zierte das gewaltige Massengrab wie Dornen eine hässliche, stinkende Rose. Der Kopf eines Trolles, der sich im Tode zu Stein verwandelt hatte, hielt am Fuße des Haufens Wache. Ein Donnervogel mit ausgebreiteten Flügeln überblickte die Stadt durch gläserne Augen. Auf der Spitze des Berges hatte sich wie im Schlaf ein roter Wyvern zusammengerollt, der die Asche der Toten bewachte, als wäre sie ein Goldhaufen.

„Das“, zischte Ingrid und spuckte jedes Wort aus wie Gift, „ist euer Verdienst. Der Verdienst der Menschheit. Ihr kamt mitten in der Nacht und wir waren nicht auf den Angriff vorbereitet, dachten, eure Maschinen könnten unseren Schutzwall niemals durchdringen. Aber das taten sie. Meine Mannschaft und ich, wir sollten euch aufhalten, während die Stadt evakuiert wurde, aber ihr wart zu viele. Ihr habt den Fluchtweg gefunden und eure grässlichen Bomben – eure grässlichen Bomben haben Felsen regnen lassen, bis er verschwunden war.“ Ingrid zitterte am ganzen Körper. „Dann habt ihr euch über alle hergemacht, die nicht fliehen konnten. Mütter, Kinder, Alte und Schwache. Es war euch egal, denn sie waren einfach der Feind. Und als ihr bemerkt habt, dass wir nicht aufgeben würden, habt ihr auch die anderen Ausgänge verschlossen und uns hier verrotten lassen.“

„Und du warst die Einzige, die überlebt hat?“, fragte Ruby mit bebender Stimme.

Ingrid schnaubte. „Natürlich nicht. Nicht all meine Freunde starben während des Angriffs, jedenfalls nicht sofort. Einige wurden durch ihre Wunden dahin gerafft, andere bekamen Fieber und wurden nie wieder gesund und ein paar haben es hier nicht mehr ausgehalten, begannen Selbstmord oder versuchten, die steilen Löcher emporzuklettern, die uns noch mit der Pryddah verbanden, rutschten ab und brachen sich das Genick.“

Alec erschauderte, als er erkannte, dass ihn das gleiche Schicksal hätte ereilen können, wäre nicht Ruby da gewesen um ihn aufzufangen.

„Einige wenige starben in den letzten Jahrzehnten an Altersschwäche. Der einzige Grund, aus dem ich noch nicht verrückt geworden bin, ist die Einzelgänger-Veranlagung aller Wyvern.“

Ingrid lachte, aber sie klang müde und hohl. „Ich bin hier unten geboren, müsst ihr wissen. Früher war es mein größter Wunsch, einmal den Himmel zu sehen. Ich habe Rauch durch die Löcher gepustet in der Hoffnung, dass mich jemand finden und retten würde. Inzwischen will ich einfach nur noch, dass es vorbei ist."

Sie holte tief Luft und der Rauch um ihre Nüstern herum verzog sich. „Darum werde ich euch nicht umbringen, obwohl ich mich bei eurem Geruch am Liebsten übergeben würde. Die Zeit kann euch viel grausamer quälen, als ich es jemals könnte."

Ihre Stimme tropfte vor Abneigung, aber Ruby war eben Ruby und es gelang ihr, selbst diesen deutlichen Hinweis zu ignorieren.

„Und was ist, wenn wir einen Ausweg finden?", fragte sie.

„Oder vielleicht fangen wir an Fledermäuse mit dem Speer zu erledigen, erfinden neue Kulturen und bekommen ganz viele Kinder, die von da an die Höhle überfluten und dich bis in alle Ewigkeit nerven, bevor *sie* irgendwann einen Ausgang finden", fügte Alec hinzu, der ebenfalls nicht wusste, wann es besser wäre, seine scharfe Zunge in Zaum zu behalten.

Ruby grinste ihn an. „Du hast es gelesen, oder?"

„Was?"

„*Die Gesellschaft der Pfeiljäger.*"

„Kann schon sein."

Ingrid schnaubte vor Wut, zeigte Alec ihre Zähne. „Das glaubst du nicht einmal selbst, kleiner Soldat. Versuchst, groß und tapfer zu wirken, mit deinem kleinen Zahnstocher", er packte die Felsnadel fester, „aber das bist du nicht. Du weißt, dass es keine Rettung gibt. Für keinen von uns. Ich kann sie riechen, deine Angst."

Alec hob trotzig das Kinn. Von einer uralten Wyvern würde sich der Verdammte Auserwählte™ doch nichts vormachen lassen.

„Wir werden einen Weg finden", versprach er kühner, als er sich fühlte, „da, wo du noch nicht geguckt hast, nur um dir zu zeigen, wie falsch du liegst."

Ingrids vernarbte Augen verengten sich zu schmalen Schlitzen. „Tu das, kleiner Soldat. Trete mit deiner kleinen Nadel gegen den Stein an, wenn du es dich traust. Er ist ein unnachgiebiger Gegner, schläft nicht, isst nicht, altert nicht und kann nicht getötet werden. Zerkratz deine weiche Haut am Fels. Und wenn du fertig bist, werde ich deine Knochen auflesen und sie zu den anderen hinzufügen."

„Wow", Ruby hob besänftigend die Hände, „mal ganz ruhig. Niemand wird hier sterben, klar? Uns wird nichts passieren, solange wir nur –." Sie rümpfte die Nase. „Versuchst du jetzt doch wieder, uns auszulöschen, Ingrid?"

„Was soll das denn bedeuten?", schnaubte der Wyvern.

„Na der Rauch." Ruby zeigte auf die Wolke, die durch die gewundenen Gassen kroch, bereits an den Flügeln des Wyverns leckte.

„Das ist kein Rauch", krächzte Alec und umschloss die Steinnadel in seinen Händen, dass seine Fingerknöchel sich weiß färbten. Ingrid hatte gemeint, er würde sich fürchten, in dieser Höhle sein Ende zu finden. Sie hatte sich geirrt. Vor dieser Wolke fürchtete er sich, eiskalte, erstarrende Furcht.

„Was ist es dann?" Ruby trat langsam einen Schritt vom Fenster zurück. „Ich glaube, du solltest von hier verschwinden, Ingrid."

Aber es war zu spät. Die Wolke – das *Gas* – hatte die Wyvern vollständig umhüllt, war in ihren Rachen gedrungen, als sie versuchte Feuer auf den unsichtbaren Feind zu spucken. Ihre Nüstern zuckten, die schweren Flügel schlugen langsamer und dann stürzte sie.

Alec packte Ruby am Arm. „Weißt du noch, *diese Leute*, denen du nicht begegnen willst?"

Sie nickte.

„Wir sind gerade dabei ihnen zu begegnen."

Dann nahm er den Ärmel vor den Mund und stürzte die Treppe hinunter, griff zitternd nach Rubys Hand. Es war die Mühe nicht wert. Das Gas drang durch die Fenster, füllte den Raum in einer erschreckenden Geschwindigkeit.

Als die Reinigungsfirma das Zimmer betrat, waren Ruby und Alec bereits bewusstlos.

Kurze Snackpause

Videomaterial für den Unterricht der 9. Klassen aus der Reihe „Helden erklären Geschichte", Teil 5 mit Alec Blackwood 2834, Pannen

⚜

Hey, werte Mitschüler, ich bin heute hier, um euch etwas über die zwei großen Kriege zu erzählen, die unsere Welt verändert haben. Und das, obwohl ich genauso wenig wie ihr davon weiß und alles nur von einem Blatt ablese, immerhin habe ich das Thema auch noch nicht in der Schule behandelt. Oh richtig, ich gehe ja gar nicht in die Schule. Ich möchte jetzt echt nicht in eurer Haut stecken.

⚜

Also, die Menschheit entwickelte sich immer weiter, breitete sich aus, erfand cooles Zeugs und beeinträchtigte damit die Fabelwesen so sehr, dass diese sich immer weiter zurückziehen mussten. Es gab auch sowas wie Hexenverbrennungen. Ja, das war genauso übel, wie es klingt. Und die Menschen, die Magie ausüben konnten, die Druiden, Seher und Barden oder wie sie damals hießen, schickten sie in die Mienen.

Und was taten die hochmagischen Völker? Nein, sie lehnten sich natürlich nicht gegen die Menschen auf. Sie entschieden sich dafür, eher passiv zu bleiben, und wirkten einen gigantischen Zauber, durch den die Menschen praktisch vergaßen, dass sie existierten. Nur Legenden und Märchen aus der Vergangenheit blieben ihnen. Echt billig, was? Aber glaubt mir, es kommt noch besser.

Was, ich soll mich ans Script halten? Das in meiner Hand? Mann, seid ihr alle langweilig.

⚜

Für ein paar Jahrzehnte entwickelten sich Menschheit und Völker also auseinander. Die hochmagischen Wesen zogen sich weiter in die Schatten zurück und verkrochen sich in die verborgenen Städte der Îra. Währenddessen breiteten die Menschen sich über die gesamte Pryddha aus und verwandelten sich nicht, wie von den Völkern angenommen, in eine primitive Lebensform zurück. Ihr wisst schon, das Ganze, ach, das sind doch nur Affen ohne Fell Gelabere.

Genau das Gegenteil passierte. Durch ihren Erfindergeist fanden die Menschen immer neue Wege, auch ohne Magie zu überleben. Und sie wurden, wer hätte es gedacht, nur noch gefährlicher. Da geschah natürlich, was geschehen musste und – genau, das Script.

⚜

So langsam begannen die Fabelwesen sich ungerecht behandelt zu fühlen, da sie gegen ihrer Natur unter der Erde hausen mussten. Was ihrer Meinung nach die Schuld der Menschen gewesen ist und dazu führte, dass der Menschenhass, der seit Jahrzehnten in den verborgenen Städten brodelte, überzukochen drohte. Die Völker waren bereit, gegen den Rat der Magie, der sich gegen einen Vernichtungskrieg ausgesprochen hatte, zu rebellieren. Die Bedenken der Herrscher waren dabei, dass die Menschen zu mächtig geworden seien, selbst ohne Magie.

Was denn jetzt? Ich habe doch alles – Oh, mein Tonfall gefällt Ihnen nicht? Schon verstanden.

⚜

Bei einer Bohrung trafen Menschen aus Byuo Aey zufällig auf die Îra „Sternenwind", töteten die Bewohner oder missbrauchten sie zu Forschungszwecken, da sie diese für Außerirdische hielten und der Vergessens-Zauber nur langsam brach. Das führte zur sogenannten „Unterrevolution", allgemein auch als „Schlammfehde" bezeichnet, da Erdgeister dabei eine riesige Schlammlawine auf den Tagungsort des Rates der Magie stürzen ließen, um –. Sorry, ich weiß, dass das nicht lustig ist, aber Schlammfehde?

⚘

Der neue Kriegsführer rief also nach dem alten Gesetz, das ihm die Alleinherrschaft in Notsituationen übertrug, das Heer zusammen und griff die aeyische Stadt Mháhn an.

Das markierte den Beginn eines fünfjährigen Krieges, der Leid und Zerstörung über alle Wesen brachte. Letztlich stellte sich heraus, dass die Völker die Menschen unterschätzt hatten – was ein Wunder. Nach einer fast vollständigen Vernichtung Byuo Aeys schlossen sie sich zu einem Bund zusammen, der alle Menschenherrscher vereinte, und alle großen verborgenen Städte - unvorhersehbarer Weise - auslöschten.

Was, ich soll mich erwachsener verhalten? Entschuldigen Sie mal, ich bin nun mal nicht erwachsen und wenn mir jemand dieses Script ein paar Tage früher zugeschickt hätte und nicht erst kurz, nachdem ich von einer Mission zurückgekehrt bin, dann –.

⚘

Kurz bevor sich die gegnerischen Mächte vollständig zerstören konnten, gelang es den Widerstandskämpfern die Kriegsführer der jeweiligen Seiten – man nennt sie auch Diktatoren – durch ein Attentat hinterrücks zu ermorden und so den Krieg zu beenden. In vollkommener Verwirrung blieb den Gegnern nichts anderes übrig, als einen vorläufigen Frieden auszuhandeln, bei dem den Völkern ein Leben auf der Oberfläche möglich gemacht wurde. Der Frieden war auch nicht perfekt und die Bedingungen ziemlich schlecht durchdacht, was wahrscheinlich daran lag, dass alle klugen Köpfe wegen des Krieges gestorben sind.

Was? Ja, ich habe keine Lust, hier zu sein, gut erkannt, aber Mr Morgen hat mich dazu gezwungen, nicht wahr, Mr Morgen? Suchen Sie sich doch einen anderen Helden, wenn es Ihnen nicht passt.

– Fortsetzung folgt –

Die Reinigungsfirma lässt grüßen

Ruby war bereits wach, summte eine kleine Melodie und mampfte dabei eine Packung Kekse, als Alecs Kopf so heftig gegen die Wand des Trucks knallte, dass er aus dem Schlaf gerissen wurde.

Er wollte schreien, aber sein Mund war so trocken, dass nur ein heiseres Husten herauskam.

„Scheiße", krächzte er.

Ihm war schlecht und er unterdrückte nur mit Mühe einen Würgereiz, eine der Nebenwirkungen des Gases, mit dem sie betäubt worden waren.

Ruby zeigte natürlich keine Anzeichen von Übelkeit, denn nichts konnte ihre gute Laune mindern. „Hier." Sie reichte ihm eine zerquetschte Flasche Wasser. „Wie geht's dir?"

Alec war zu beschäftigt damit, das Wasser anzustarren, um ihre Frage zu beantworten. „Haben *die* dir das gegeben?", fragte er.

„Ja?"

„Und du *trinkst* das?"

Ruby zuckte mit den Schultern. „Wieso nicht? Was sollen sie denn machen, uns noch mal betäuben?" Sie grinste schief. „Außerdem ist das genau genommen *mein* Wasser aus *meinem* Rucksack, genauso wie die Kekse."

Irgendwo in den Tiefen ihrer Taschen hatten *diese Leute* ihre letzten Reste Verpflegung gefunden und entschieden, dass dies ihre beste Möglichkeit war, ihre Gefangenen nicht Verhungern zu lassen.

Alec erkannte in all dem natürlich sogleich ein Komplott. Seine Augen überflogen den engen Container, in dem sie eingesperrt waren. Graue, glänzende Wände, zwei gegenüberliegende Bänke und eine breite Tür, bei der nicht einmal er in die Versuchung kam, sie zu öffnen. Er hatte nicht vor, bei dieser Geschwindigkeit und der Höhe hinauszustürzen. Eigentlich sollte hier kein Platz für Kameras sein, aber das waren *diese Leute* und die konnten alles.

„Das haben sie dir nur gegeben, damit du dich sicherer fühlst", murmelte er.

„Und? Ich habe Hunger." Ruby hielt ihm die Packung Kekse entgegen. „Willst du nun was oder nicht?"

Alec verzog nur das Gesicht, obwohl sein leerer Magen sich protestierend zusammenzog. Man hatte sich nicht die Mühe gemacht, ihnen Handschellen anzulegen, aber das war auch nicht nötig. Es gab keine Möglichkeit zur Flucht, jedenfalls nicht solange sie noch unterwegs waren. Sobald der Wagen anhielt, nahm Alec sich fest vor, würde sich das natürlich ändern.

„Wie lange sind wir schon hier drinnen?", fragte er.

„Ich weiß es nicht", Ruby leckte sich die Krümel von den Fingern, „ich bin vor einer halben Stunde aufgewacht und da lag all das schon bereit. Alle Uhren oder Ähnliches haben die uns abgenommen."

Trotz der aussichtslosen Situation war sie so ruhig wie eh und je und summte ihre Melodie.

„Was summst du da?", würgte Alec hervor, der sich zu sehr an Lilians Pfeifen erinnert fühlte.

„Weiß nicht, hab ich mir ausgedacht", erwiderte Ruby knapp, „das hilft gut dabei, wieder runterzukommen." Sie presste die Lippen zusammen und ein kurzer Anflug von Unsicherheit huschte über ihr Gesicht. „*Diese Leute*. Wer sind die genau?"

Alec hob das Kinn, rieb seine Fingerstümpfe. *Diese Leute* waren kein Gesprächsgegenstand der Helden, besonders nicht der Helden im Ruhestand.

„Das Amt für die Geschäfte der Helden", sagte er, „kurz AGH oder inoffiziell auch die Reinigungsfirma."

„Amt für die Geschäfte der Helden?“ Der Wagen geriet in eine Windböe und schaukelte in der Luft, sodass ihre Köpfe gegen die Wand knallten. Es war, als würde selbst der Truck Ruby belehren wollen, diesen Namen nicht zu benutzen.

„Warum habe ich noch nie was von denen gehört?“

Alecs Lachen endete in einem weiteren Husten. „Weil sie die Reinigungsfirma sind und genau das ihr Job ist. Sicherzugehen, dass niemand etwas von dem erfährt, was sie verheimlichen wollen.“

Er suchte in seinen Taschen nach dem kleinen Messer, doch das hatten *diese Leute* ihm abgenommen.

„Was denkst du denn, wie es kommt, dass trotz eines riesigen Showdowns in Ceth'awna nur wenig später alle Leichen entsorgt und das Blut von den Straßen gewischt wird, bevor einer der Zivilisten einen Anfall haben kann? Oder warum die großen Helden im Fernsehen anscheinend niemals einen Fehltritt machen? Scheiße, ich wurde mal während einer Live-Show *angeschossen* und zwei Tage später war die Sache vergessen.“

Rubys Augenbrauen schossen nach oben. „Du wurdest angeschossen?“

Davon wusste sie tatsächlich nichts, aber das war gerade nicht das Thema.

„Ich meine, wow, also sind die so ne Art Geheimorganisation? Mit Geheimagenten und allen?“ Sie zögerte. „Und gehören sie zu den Guten oder zu den Bösen?“

„Geheimagenten würde ich sie nicht wirklich nennen“, erwiderte Alec. „Es sind einfach die Putzkräfte, die dafür sorgen, dass alles so läuft, wie es dem Parlament gefällt. Sorry, ich meine, *die dafür sorgen, dass das Gleichgewicht der Welt erhalten bleibt.*“

Das klang sogar nach einem der Wahlsprüche des AGHs. Mr Morgen würde das befürworten.

„Und gut oder böse? Das kommt darauf an, wie es gerade läuft. Sie sind nur ein Instrument und genauso gut oder böse wie jede andere Waffe."

Ruby schnaubte. „Waffen sind niemals gut. Sie zerstören jede Chance auf friedliche Verhandlungen."

Und obwohl Alecs Kinnnarbe aufgeregt zuckte, ließ er diese Behauptung so in der Luft stehen zugunsten der dringenderen Probleme.

„Aber dass sie uns betäubt und in ihren Kofferraum eingesperrt haben, das ist definitiv schlecht. Sehr schlecht. Wenn sie wissen, wer ich bin", was machte er sich eigentlich vor, natürlich wussten die, wer er war, „es tut mir echt leid, aber dann sind wir so richtig am Arsch."

„Weil du so ein berühmter Held bist, von dem alle was wollen?", fragte Ruby.

Alec grub die Fingernägel in die Handflächen, bis es blutete. „Weil ich das einmal war und es jetzt nicht mehr bin", knurrte er, „und weil die wissen, dass es jetzt niemanden mehr gibt, der eine schützende Hand über mich hält."

Ja, bei der Reinigungsfirma brauchte selbst, oder gerade eben, ein griesgrämiger Gremlin wie Alec jemanden, der ihn beschützte, damit *diese Leute* ihn nicht auffraßen. Im übertragenen Sinne und im wörtlichen.

„Aber", Ruby zögerte, „warum waren die in der ersten Linie da unten? Haben sie dich überwacht, seitdem wir die Rehabilitationsgesellschaft für Matadoren verlassen haben?"

Das war eine erschreckende Theorie, die Alecs schmerzender Kopf kaum verarbeiten konnte. Jetzt war ihm wirklich danach, sich zu übergeben.

„Denkbar", krächzte er, „aber relativ unwahrscheinlich. Gutmöglich, dass wir einfach zur falschen Zeit am falschen Ort waren und das alles ein Zufall war. Vielleicht haben sie die Îra entdeckt und wollten sich Ingrid schnappen, wir sind nur das Sahnehäubchen."

Es war typisch für die Reinigungsfirma, sie zu betäuben und mitzunehmen, einfach, weil sie ihnen in den Weg gekommen waren. Aber nicht einmal Ruby war optimistisch genug, um sich an diese Hoffnung zu klammern.

„Was haben die wohl mit Ingrid gemacht?", fragte sie und Alecs Gesicht nahm eine ungesunde Weißfärbung an.

Ihr wollt bestimmt nicht wissen, was *diese Leute* mit denjenigen anstellen, die nicht in ihr Bild passen, also werden ihre Methoden hier nicht näher erläutert. Wenn ihr euch das Schlimmste vom Schlimmsten vorstellt, dann seid ihr schon auf dem richtigen Weg.

Als Rubys Gedanken in diese dunkelsten Ecken wanderten, entschied sie sich schnell, das Thema zu wechseln und sich um Ingrid zu kümmern, wenn sie eine Möglichkeit dafür hatte und nicht irgendwo eingesperrt war.

„Das wäre aber ein ganz schön großer Zufall, was?", sagte sie und kicherte, um das Zittern in ihrer Stimme zu verbergen. „Erst dieser Held, dann das Taxi, das uns nicht mitnehmen wollte, und dieses verdammte Loch – ich bin da einfach *reingefallen*. Alles nur, damit *diese Leute* uns erwischen. Und das ist alles an einem einzigen Tag passiert. Das sind *lächerlich* viele Zufälle."

Alec sah auf seine Füße. „Das war wahrscheinlich ich", gab er schuldbewusst zu. „Anscheinend habe ich es mir immer noch nicht abgewöhnt, ausweglose Situationen anzuziehen. Das war Teil meines Geschäfts, weißt du, und es ist schwer, alte Angewohnheiten wieder loszuwerden."

Ruby lachte auf, dann sah sie in sein Gesicht. Er hatte die Augen niedergeschlagen und die Narbe an seinem Kinn zuckte verdächtig.

„Kein Witz?", fragte sie nach einem kurzen perplexen Schweigen.

Er schüttelte den Kopf. Kein Witz.

„Da gibt's echt einen Trick?"

Ihre Augen leuchteten auf und sie begann wieder zu strahlen, was Alec so sehr verwirrte, dass er seine Heldenverschwiegenheit für einen Moment vergaß.

„Klar doch. Was meinst du, weshalb wir so viele Abenteuer erleben und ihr Zivilisten kein Einziges?" Es sah doch tatsächlich so aus, als würde sich sein Mundwinkel nach oben ziehen. Dann löste sich der Zauber. „Aber die Sache muss ein Geheimnis bleiben. Hast du einmal damit angefangen, lässt sich die Wirkung nur schwer abstellen und ich bin mir ziemlich sicher, dass du diese Macht nur missbrauchen würdest."

Ruby zog eine Schnute. „Gar nicht wahr. Ich würde super damit umgehen", grummelte sie und musste fast selbst darüber lachen.

„Sehr glaubwürdig", erwiderte Alec trocken.

Der Wagen legte sich in die Schräge, ein Landemanöver.

„Halt dich bereit", zischte er, spielte all die Möglichkeiten in seinem Kopf ab, die Putzkräfte zu erledigen.

Wenn *diese Leute* einen Fehler begangen hatten, dann war es, Alec Blackwood keine Handschellen anzulegen, und dafür würden sie bezahlen.

Bevor er sich seinen Racheplänen weiter hingeben konnte, schrie Ruby auf und zeigte an die Decke. Weißes Gas legte sich auf den schmalen Raum nieder, drang in ihre Lungen, denn natürlich hatten *diese Leute* daran gedacht, was Alec Blackwood mit ihnen anstellen würde, wenn sich ihm die Gelegenheit bot. Dunkelheit legte sich über sie, noch bevor er einen Fluch ausstoßen konnte.

Die Putzkräfte verzogen nicht einmal ihre monotonen, wie aufgemalten Gesichter, als sie die beiden aus dem Wagen schleppten.

Das Betäubungsmittel war heftig und weder Ruby noch Alec bemerkten, wie sie in ein hohes Gebäude getragen wurden. Erstere weil in ihrem Kopf eine schwarze Leere herrschte und Letzterer, weil ihn Albträume plagten, die schrecklicher waren als alles, was ihm in den zurückliegenden Tagen geschehen war.

Er sah Xander vor sich in Morgen Manor, wie er lachend durch die riesigen Räume rannte, die trotz all der hohen Fenster und glühenden Kamine kalt und abweisend wirkten. Alec rief nach seinem Bruder, wollte ihn warnen, doch es war bereits zu spät. Xander wanderte direkt in Niseshs Arme, der sein grausamstes Lächeln aufgesetzt hatte und dem Jungen ohne zu zögern mit einem Messer aus Stein über die Kehle fuhr. Alec schrie auf, aber nicht laut genug, um aufzuwachen.

Plötzlich war Xander verschwunden und an seiner Stelle stand Lilian, schrecklich verunstaltet mit gebrochenem Genick und bleicher Haut. Sie wollte ihm etwas zuflüstern, etwas von Bedeutung, aber Alec konnte sie nicht hören. Sie war zu weit entfernt und es wäre verrückt von ihm, sie näher heranzulassen.

Als er schließlich doch aufwachte – nach Luft schnappend und zitternd – war er alleine in einem weißen Raum ohne Fenster oder Mobiliar, fast wie in einer Zelle. Nur eine Glaswand erlaubte ihm den Blick auf einen langen Gang, in dem Stühle und ein Tisch standen.

Das *war* eine Zelle. Nicht, dass er das auf Anhieb wahrnahm, denn seine Augen waren verklebt und sein leerer Magen zog sich so krampfhaft zusammen, dass er in die Embryo-Position rutschte. Dieses Gas bekam ihm wirklich nicht gut und mit jeder Salve, der er ausgesetzt war, verschlimmerten sich die Nebenwirkungen. So lag er eine Weile da, Minuten wurden zu Stunden, doch Alec versuchte gar nicht, sich zu bewegen. Das war eine alte Arbeitsweise der Reinigungsfirma, sie wollten, dass er unruhig wurde und sich damit später problemlos brechen ließ. Aber er kannte alle ihre Techniken.

Schließlich gaben *diese Leute* auf und Schritte näherten sich Alecs Zelle. Die Stimme, die flüsternd auf die Putzkräfte einredete, erkannte er schon von Weitem.

„Sir Levin y Gælian Donerkëil“, rief er, denn trotz des Kratzens in seinem Hals wäre Alec verdammt, wenn er *dem* das erste Wort überließe, „wie schön, Sie wiederzusehen. Obwohl mir andere Umstände besser gepasst hätte.“

„Glauben Sie mir, da bin ich ganz Ihrer Meinung, Charles.“

Alec zuckte zusammen. Ein untersetzter Mann trat vor die Glasscheibe und betrachtete ihn mit einem hungrigen Grinsen, als wäre Alec die leckerste Torte in einer Konditorei voll außergewöhnlicher Backwaren.

„Es tut mir sehr leid, Sie so grob behandeln zu müssen, aber Sie und Ihre kleine Freundin haben uns überrascht. Sie hätten nicht dort unten sein sollen. Eigentlich hätten Sie nicht einmal auf diesem Teil der Insel sein sollen.“

Sir Këil trug den Beinamen Gælian, was bedeutete, dass er aus einem Cantewy von Übersee stammte, nicht aus Tírhain, und damit ein Fremdling war. Das Cantewy dieser Umgebung hieß Lūghy, nach dem großen König Lugh, und wurde seit Jahrzehnten von der Morgen-Familie geleitet. Diese Bezirke, mit denen die Nuth'Aya die Pryddha einteilten, waren für die Magier von hoher Bedeutung und es war ungewöhnlich, dass einer von ihnen sein Cantewy ohne guten Grund verließ. Noch ungewöhnlicher war, dass Ceciel einem so starken Feind Eintritt ließ.

Denn obwohl er gedrungen und seine Stimme schmalzig war, zeigte sich die Macht der Götter zumindest in Sir Këils Haltung. Seine Haut war mehlig und bleich, die silberglänzenden Haare von Magie an Ort und Stelle gehalten, sodass keine Strähne über die spitzen Ohren fiel, und seine blauen Augen funkelten aufmerksam wie Eissplitter.

Alec richtete sich mit zusammengebissenen Zähnen auf. „Tja, ich war nun mal da“, erwiderte er, „so leid es mir auch tut, Sie überraschen zu müssen. Ich weiß doch, wie sehr Sie das hassen.“

Es gelang ihm, ein süffisantes Lächeln hervorzuwürgen, das angesichts seiner Situation höchst unangebracht war, aber dafür sorgte, dass Sir Këils Augenbraue unmerklich nach oben zuckte. Wenn die Nuth'Aya etwas hassten, dann unterlegen zu sein.

„Charles“, seufzte der Magier, „ich dachte, gerade Sie würden wissen, dass es keine gute Idee ist, sich gegen uns zu stellen.“

Alec zuckte mit den Schultern. „Um ehrlich zu sein, war das alles nur ein dummer Zufall.“ Er gähnte. „Sie wissen schon, dieses Helden-Radar und wer konnte ahnen, dass Sie sich so weit aus ihrem Cantewy heraustrauen. Es wäre wirklich freundlich, wenn Sie mich dann wieder gehen lassen würden.“

Nicht sehr schlau, so mit einem Nuth'Aya zu reden, aber Alec konnte nicht anders Konversation betreiben. Er musste sein Gegenüber zumindest unterschwellig beleidigen.

„Um ehrlich zu sein ist es illegal, dieses Helden-Radar zu benutzen, wenn man kein Held mehr ist.“ Das raubtierhafte Grinsen kehrte auf Sir Këils Gesicht zurück. Ein neues Gesetz, das er eben erst beschlossen hatte. „Also werde ich Sie und Ihre Freundin noch etwas hierbehalten müssen, es sei denn…“

„Schon verstanden“, Alec rollte mit den Augen, „was willst du von mir?“

Seine plötzliche Sinneswandlung hatte nichts mit der Tatsache zu tun, dass die Reinigungsfirma damit auch Ruby bedrohte, überhaupt nicht.

Oh, wie er Sir Këil verabscheute, und das sogar mit Recht. König Lugh war der letzte, dem die Ehre gebührt hatte, jemanden zum Ritter geschlagen, aber auf dubiosen Wegen, die hier nicht weiter erläutert werden, war es dem Magier gelungen, diesen Titel zu ergattern. Und das war nicht das Einzige, was mit dem Nuth'Aya nicht stimmte.

„Eigentlich hätte mir klar sein sollen, dass Sie der nächste Leiter der Putzkräfte werden“, knurrte Alec, „wer sonst wäre hinterhältig und gewissenlos genug für diesen Job?“

Solche Aussagen nahm Sir Këil als Kompliment und jene, die es wagten, sie ihm ins Gesicht zu sagen, aß er zum Frühstück.

„Wie heißt es noch so schön? Diejenigen mit Macht sind meist die, die sie am wenigsten verdienen." Das hingegen gefiel dem Magier nicht.

Er straffte seine Schultern. „Jetzt, da Ihr Mentor nicht mehr mitmischt, gibt es immerhin keine wirkliche Konkurrenz mehr", erwiderte Sir Këil kühl.

Die beiden Vertreter des Rates der Nuth'Aya hatten politische Schlachten miteinander ausgefochten, bei denen zu viele Unglückliche ins Kreuzfeuer geraten waren, darunter auch Alec. Obwohl es ihm noch niemand nachgewiesen hatte, wurde geflüstert, dass Sir Këil an dem Hinterhalt, der zu Mr Morgens Tod geführt hatte, ebenfalls beteiligt gewesen war. Dieser Hass lag nicht nur an der uralten Fehde zwischen den zwei Cantewys, sondern hatte sich zu etwas Persönlichem entwickelt. Dem Magier war nicht zu trauen, eine Voraussetzung für den Vorsitzenden des AGH.

Sir Këil verzog den Mund, aber das Lächeln erreichte seine Augen nicht. „Lassen wir diese alten Leichen doch im Keller liegen", schlug er vor. „Sagen wir es so, ich habe nun Macht und Sie haben keine mehr, Charles. Ich werde Ihnen einen letzten Vorschlag unterbreiten."

Er machte eine Handbewegung und die restlichen Putzkräfte entfernten sich von der Zelle.

„Wir haben diese Îra schon seit einer ganzen Weile beobachtet, seitdem das erste Mal Rauch aus einem der Luftschächte gestiegen ist. Aber sobald dieser verschwunden war und wir versuchten, uns auf diese Stelle zu konzentrieren, konnten wir sie nicht mehr finden. So vergingen Jahre, aber die verborgene Stadt wollte unbedingt verborgen bleiben."

„Kriegsmagie", murmelte Alec düster.

Sir Këils Augenbraue zuckte. „Natürlich. Erst vor kurzem ist es uns gelungen, diese alten Zaubersprüche zu überwinden und einen Weg in die Stadt zu finden. Und Sie, Charles", der Magier lehnte sich so weit nach vorne, dass sein Atem das Glas befeuchtete, „Sie haben einen Eingang innerhalb von wenigen Sekunden gefunden, ohne überhaupt danach zu suchen."

Alec zuckte mit den Schultern. „Sie wissen, wieso", sagte er und hielt sich beim Gähnen nicht mal die Hand vor den Mund.

„Ja, das wissen wir", da war er wieder, dieser Raubtierblick, „Ihr Magiestandard beträgt 0%. Das sollte unmöglich sein. Sie sind einzigartig, eine Mutation, ein Fehler im System. Sie haben keine Magie und Magie kann Ihnen nichts anhaben."

Alec zuckte mit den Schultern. Das hatte er schon oft genug gehört.

„Mit unserem Netzwerk, unseren Mitteln und Ihren Fähigkeiten, wären wir unaufhaltsam. Sie wären eine große Bereicherung für das AGH und wir könnten Ihnen endlich wieder einen Sinn geben, etwas, wofür es sich zu leben lohnt. Es wäre ein Dienst für die gesamte Welt. Immerhin", Sir Këil setzte sein süffisantes Grinsen auf, „wurde unsere wunderbare Organisation von König Lugh selbst ins Leben gerufen."

„Wie eine Schachfigur herumgeschoben zu werden? Wie eine Trophäe ausgestellt?" Alec schnaubte angewidert. „Ja, dafür lohnt es sich bestimmt zu leben. Keine Chance, da bin ich gerade erst drüber hinweg." Dabei war er keineswegs darüber hinweg. Nicht, dass er dem Magier das verraten würde. „Ich habe schon eine Verpflichtung." Die Verpflichtung gegenüber Lilian. „Suchen Sie sich ein neues Spielzeug, dieses hier ist fertig mit Ihrem Scheiß."

Sir Këil nickte und senkte den Blick. Mit dieser Antwort hatte er bereits gerechnet. „Sie wollen also nicht mit uns kooperieren. Sehr schade", seufzte er. „Aber wir brauchen Sie nun mal, Charles, und können es uns nicht leisten, Sie wieder gehen zu lassen, jetzt, da wir Sie endlich ganz für uns haben."

Ein weiterer Vorteil der Rehabilitationsgesellschaft für Matadoren. Sie hatte für Alec wie eine Art Schutzschild fungiert, denn selbst der Reinigungsfirma war dort der Zutritt versagt.

„Sie werden doch verstehen, wenn wir Ihre Hilfe für ein paar Versuche anfordern müssen?“

Die Farbe wich aus Alecs Gesicht. Versuche, das konnte alles bedeuten, denn es gab nur Geflüster über die dunkelsten Experimente, die die das AGH selbst vor dem Parlament geheim hielt.

„Das können Sie nicht machen“, zischte er, „das verstößt nicht nur gegen das Gesetz, sondern gegen die Rechte aller Geschöpfe.“

„Die Rechte aller *magisch veranlagten* Geschöpfe.“ Sir Këil grinste und offenbarte eine Reihe unnatürlich weißer Zähne. „Aller Wesen, deren Magiestandard auch nur ein winziges Prozentchen beträgt. Rechtlich gesehen, sind Sie gar kein Lebewesen, Charles, und das bedeutet, wir können mit Ihnen machen, was wir wollen.“

Und das war die grausame Wahrheit. Der Magiestandard eines jeden Wesens wurde gemessen, kaum dass es die Volljährigkeit erreicht hatte, und egal ob Nuth'Aya oder Mensch, alle besaßen sie etwas Magie in sich. Alle abgesehen von Alec. Bei einem Gerichtsverfahren, das noch nie eingetreten war, würde die Reinigungsfirma gewinnen.

Sir Këil schnippte mit den Fingern und vier Putzkräfte traten hervor. „Bringen Sie ihn in unser Labor und versuchen Sie, ihn wenn möglich nicht bewusstlos zu schlagen, wir brauchen ihn wach. Und glauben Sie mir, er macht es einem verdammt schwer, ihn nicht bewusstlos schlagen zu wollen.“ Der Magier nickte seinem Gefangenen zu. „Es tut mir sehr leid, aber ich werde Sie jetzt alleine lassen müssen. Ich habe noch einige wichtige Meetings.“

Alec schnaubte, als Sir Këil sich umdrehte und davon stolzierte. Der hatte natürlich nichts Wichtigeres zu erledigen, doch so konnte er sich seinem Gefangenen überlegener fühlen.* Umso besser für Alec, denn das erleichterte ihm die Flucht. Vier Gegner, er hatte es schon mit mehr aufgenommen. Obwohl er zu der Zeit

* Ja, der Kerl hatte tatsächlich etwas zu kompensieren.

ständig trainiert hatte und nicht kurz vor dem Zusammenbruch stand.

„Komm her“, säuselte eine der Putzkräfte, als wäre er ein Mantikor im Käfig, den es zu bändigen galt. „Wir werden dir nichts tun.“ Die Nuth'Aya – die würde Alec zuerst ausschalten müssen – machte eine Handbewegung und die Glasscheibe bewegte sich nach oben.

„Jedenfalls solange du kooperierst“, fügte eine weitere Putzkraft hinzu und betrat die Zelle, zog ein paar herkömmliche Handschellen hervor. Für einen Menschen war nicht mehr nötig. „Ich werde dir die jetzt anlegen, okay?“

Alec streckte dem Gefängniswärter gefügig die Arme hin und sah mit seinem heftigen Blinzeln tatsächlich so jung aus, wie er war. Die Putzkraft bemerkte ihren Fehler ihn für gehorsam zu halten erst, als Alec ihr bereits die Handschellen abgenommen und sie gegen die Wand der Zelle gedrückt hatte.

Die Magierin schrie auf und versuchte, den Durchgang wieder schließen. Er war schneller, stürzte sich auf sie, bevor ihre violetten Augen zu leuchten beginnen konnten, drückte ihr die Kette der Handschellen an die Kehle, während sie wimmernd mit den Fäusten auf ihn einprügelte. Das war der größte Fehler der meisten Nuth'Aya, sie vergaßen zu lernen, sich ohne ihre Kräfte zu verteidigen. Ihre Augen wurden gläsern, sie rang nach Atem und plötzlich drehte sich alles um Alec herum, als wäre er derjenige, der erstickte. Er schlug ihr gegen den Kopf, hart genug, damit sie das Bewusstsein verlor, und wandte sich den zwei übrig gebliebenen Putzkräften zu.

Er dachte nicht über das nach, was er tat, funktionierte automatisch wie eine gut geölte Maschine, und das, obwohl er eigentlich aus der Übung war. Einem Gegner trat er die Beine weg, schlug ihn auf die gleiche Weise bewusstlos wie die Magierin. Die andere Putzkraft zog eine Pistole, kam jedoch nicht mehr dazu, sie zu benutzen.

All das geschah in so kurzer Zeit, dass Alec schwer atmete, als er der Einzige war, der sich wieder aufrichtete. Die schlaffen Körper verschwammen vor seinen Augen, während die Schreie der Putzkräfte, das Knacken seiner Fäuste gegen ihre Knochen, sich wie bei einer kaputten Schallplatte in seinem Kopf wiederholte. Wäre sein Magen nicht so leer, Alec würde sich übergeben. Er würgte trocken, stütze sich an die Wand, suchte nach Halt. Nur diesen einen Moment gab er nach, dann taumelte er weiter. Vielleicht war es nicht sehr schlau, in seiner Verfassung gegen die Reinigungskräfte anzutreten, aber es hatte zu viel zu erledigen, um darüber nachzudenken. Er musste Ruby finden.

Alec schenkte den restlichen Zellen, von denen die meisten leer waren, nicht weiter Beachtung. Ruby würden sie niemals ins Gefängnis stecken, sie war zu harmlos. Auch den jammernden Krábbus bemerkte er nicht, der die Hände gegen die Glasscheibe presste und ihm die übelsten Verwünschungen hinterherrief.

Der Gang endete mit einem Fahrstuhl, der sich in genau dem Augenblick öffnete, in dem Alec sich davor stellte. Dunkle Augen glotzten ihm rund wie Teller entgegen. Er nutzte den Überraschungseffekt und drückte seinen Gegner gegen die Fahrstuhlwand, einen Arm um die Kehle des Fremden geschlungen, während er mit dem anderen auf die Knöpfe presste.

„Nicht schreien", zischte Alec, „oder das wird ein noch schlimmeres Ende für dich nehmen."

Sein Gegner sah keineswegs verängstigt aus, nur ein bisschen genervt. „Alter, was soll das? Ich habe das Recht, hier unten zu sein. Ich habe euch einen eurer Gefangenen beschafft, falls ihr das vergessen habt."

Alec machte keine Anstalten sich zurückzuziehen.

„Ihr seid doch alle verrückt", murmelte sein Gegner.

„Wo ist Ruby? Die, die ihr aus der verborgenen Stadt geholt habt?"

Eigentlich sollte ihm inzwischen auffallen, dass es sich bei dem Mann vor ihm keineswegs um eine Putzkraft handelte. Immerhin trug er weder einen perfekt sitzenden Anzug noch einen monotonen Gesichtsausdruck. Aber Alec hatte momentan Wichtigeres zu erledigen, als seine Feinde auseinanderzuhalten.

Die Putzkraft, die keine Putzkraft war, seufzte. „Tut mir leid, Alter."

Dann legte sich etwas Schweres, Kratziges um Alec und sein Gesicht wurde in einen Haufen Federn gepresst. Er hatte nicht nur übersehen, dass der Mann kein Feind war, auch die riesigen Flügel auf seinem Rücken waren ihm nicht aufgefallen. Seine Arme wurden runter gedrückt, aber Alec weigerte sich, in die Knie zu gehen. Stattdessen biss er so fest wie möglich zu, bis er Fleisch unter den Federn schmecken konnte.

Sein Gegner unterdrückte einen Aufschrei, lockerte seinen Griff. Alecs Hände waren frei und er vergrub sie in den Federn, riss an ihnen und drehte die Kiele herum, sodass sein Feind die Umklammerung lösen musste.

Sie trennten sich, begutachteten einander wie zwei Fómori im Angesicht des Todes. Die Augen des geflügelten Mannes leuchteten golden auf und ein Schwert materialisierte sich in seiner rechten Hand. Und nicht nur irgendein Schwert, sondern eines mit breiter werdender Klinge, etwas mehr als einen halben Meter lang und alt, beinahe Antik– ein Kopis, interessante Waffenwahl.

Alec sah auf seine Finger. Das helle Blut leuchtete im grellen Licht des Fahrstuhls, als wolle es ihn anklagen, noch ganz heiß von der Körperwärme seines Gegners, so heiß, dass es auf der Haut brannte. Er wandte den Blick ab, aber auch in seinem Mund schmeckte er das fremde Blut, metallen und warm, und er spuckte es dem Mann vor die Füße.

„Weißt du", sagte sein Gegner und stellte braun-weißen Federn auf, „eigentlich wollte ich dir nichts tun, aber dann hast du mich gebissen und das war echt mies."

Und endlich erkannte Alec den Helden, denselben Helden, wegen dem der Zug angehalten hatte. Der Held, der Krábbus die Hand abgehackt hatte.

„Weißt du", höhnte Alec, „eigentlich wollte ich dir auch nichts tun, aber dann hast du versucht, mich mit deinen Flügeln zu erdrücken. Ich gebe dir noch eine Chance, bevor du dich als Fleck auf dem Boden wiederfindest. Wo haben sie Ruby hingebracht?"

Die Mundwinkel des Helden zuckten amüsiert. Wer konnte ihm verübeln, dass er annahm, Alec würde mit bloßen Händen keine Chance gegen ihn haben? Das würde sein größter Fehler sein.

„Du siehst nicht wie eine Putzkraft aus, also, was bist du? Ein Praktikant?", fragte er.

Der Fahrstuhl blieb stehen und die Türen öffneten sich, doch keiner von ihnen machte Anstalten, sich zu bewegen.

„Ich bin kein Fan von *alle guten Dinge sind drei*", knurrte Alec und hob warnend eine Augenbraue. „Und wenn du mir nicht geben kannst, was ich brauche, dann –."

„Rico! Du solltest ihn doch retten und nicht versuchen, ihn umzubringen", unterbrach eine fauchende Ein-Viertel-Pixie den Streit. „Ich dachte, das hätten wir geklärt."

Noch eine Pause für Getränke

Videomaterial für den Unterricht der 9. Klassen aus der Reihe „Helden erklären Geschichte", Teil 5 mit Alec Blackwood 2834, Pannen

– Fortsetzung –

Die Bedingungen für den Frieden nach dem ersten großen Menschenkrieg waren sehr hart und trafen die Völker sowie die Menschheit gleichermaßen. Zwar wurde den Fabelwesen ein Lebensraum auf der Erde garantiert, doch hatte dies auch Einschränkungen. Menschen wurden streng von ihnen getrennt. Was eine echt schlaue Aufteilung war, immerhin wurde eine Masse Menschen, die vorher die ganze Welt bevölkert hatte, auf nicht mal die Hälfte davon gedrängt.

Das hat ja super funktioniert, ist doch egal, wie viele Menschen ihr Zuhause verlieren und durch die Überbevölkerung an Hunger oder Krankheiten sterben. Aber wir haben einen Fehler gemacht? Was, nein! Die sind doch die Bösen. Halten Sie doch selbst die Klappe, ich habe einen Film zu drehen.

Um einen erneuten Kriegsführer mit der Macht über alle Völker zu verhindern, wurden die magischen Wesen nach dem menschlichen Staatenprinzip verteilt, wobei jede Art ein eigenes Land mit Grenzen erhielt, die nicht zu übertreten waren. Grenzen sind – Wir wissen, was Grenzen sind, danke.

Viele Wesen waren mit der Abschottung voneinander nicht zufrieden und fühlten sich von dem Friedensvertrag und somit auch den Menschen ungerecht behandelt, sodass dieser stellenweise ignoriert wurde. Es kam trotzdem zum Austausch zwischen den verschiedenen Völkern. Die Menschen litten ebenfalls, nur dass sie die Fabelwesen dafür verantwortlich machten.

Mann, waren alle verzaubert, die sich an diesen Vertrag gesetzt haben, oder ist ihnen nur das Gehirn ausgelaufen?

Heutzutage sind viele Historiker der Meinung, dass die Öffnung der Ländergrenzen zwischen den Völkern nur ein Vorwand für die Menschen war, einen weiteren, lange geplanten Krieg zu beginnen, um den verlorenen Lebensraum wiederzuerlangen.

Aber nicht zu vergessen, dass auch die Fabelwesen für den Krieg gerüstet haben. Was? Ich wollte doch nur mal erwähnen –

Dank der weiterentwickelten Waffen war der zweite große Menschenkrieg noch verheerender als der erste. Die Magiewesen wussten, dass sie nicht mit verzauberten Schwertern gegen Giftgas und Granaten ankommen konnten, und entwickelten eigene, vernichtendere Waffen. Der Krieg wurde auf der Seite der Fabelwesen vom Parlament der Völker geführt, das aus einem Abgeordneten jedes Volkes bestand, den die Bevölkerung selbst wählen konnte.

An der Spitze der Menschheit stand zuerst ein ähnliches Gremium, das aber wegen zu langem Zögern bei wichtigen Entscheidungsfragen bald abgesetzt und durch einen neuen Kriegsführer ersetzt wurde.

Ja, da gehen wir so wischi-waschi in einem Satz drüber, was? Welches Gremium? Und als wäre das Parlament viel besser.

⚜

Nach über zehn Jahren Tod und Verderben hatte eine Kriegsmüdigkeit Völker und Menschen gleichermaßen ergriffen. Auf Initiative einiger Völkerrechtler aus einer Anti-Kriegs-Bewegung begann die Bevölkerung der Fabelwesen und die der Menschen kurze Briefe an die jeweils andere Regierung zu schicken. In diesen stellten sie ihr Leid dar und erklärten, wie sehr sie sich Frieden wünschten.

Das ist seltsam, in einem Buch in der Morgen Bibliothek habe ich aber gelesen, dass die Menschen damit begonnen haben und die Völker bei der Idee erst viel später mit eingestiegen sind. Sie wissen schon, als das Parlament nicht auf die Nachrichten reagiert hat und die Menschen sie deswegen direkt ans Volk schicken mussten. Ja, das habe ich so gelesen. Oh, das war ein verbotenes Buch? Was weiß ich denn, dass Mr Morgen verbotene Bücher besitzt. Halt, es gibt verbotene Bücher?

Ach so, wegen der gefährlichen Magie darin, klar. Dann ist's ja kein Problem für mich, sie zu lesen.

⚜

Entschieden nach einer besseren Lösung als Krieg zu suchen, gingen die Menschen auf die Straße, um gegen die Politik des Kriegsführers zu protestieren. Inspiriert von den Demonstrationen ihrer Feinde und den Bitten ihres eigenen Volkes schickte das Parlament Bedingungen für einen Waffenstillstand an die Menschen, die ein friedliches Zusammenleben aller Wesen anstrebten.

Also ist es auch nicht wahr, dass das alte Parlament abgesetzt werden musste, damit diese Bedingungen unterbreitet werden konnten?

Nein, ich vertraue natürlich keinen Informationen aus einem verfluchten Buch, darum frage ich doch.

Der Kriegsführer hatte sich so sehr an der Vorstellung des Sieges festgebissen, dass er keine Forderungen akzeptierte und sich entschloss, den Krieg bis zur Vernichtung fortzuführen. Aus Angst vor Aufständen wurde der Bevölkerung nichts über diese Entscheidung mitgeteilt, doch dank ihrer engen Verbindung zu den Völkern und dem Beistand des Parlaments erfuhren sie trotz allem davon.

Die Arbeiter der Kriegsindustrie zerstörten die Fabriken, Frauen und Kinder sammelten sich zu einem großen Demonstrationszug und sorgen für eine friedliche Revolution. Ohne jegliche Unterstützung hatte der Kriegsführer keine Macht mehr und wurde von einer Übergangsregierung ersetzt, die sofort mit den Friedensverhandlungen begann.

Es war, als würden alle plötzlich ihr Gehirn einschalten und erkennen, dass das einzig Gute vom Parlament und vom Parlament alleine kam.

Und ich dachte, das würde euch freuen. Mann, das ist ein scheiß Propaganda-Film, gar nicht gut für die Bildung. Wie tief wollt ihr dem Parlament noch in den A–?

Okay, meine Klappe ist zu. Ab jetzt. Schwer, wenn ich eigentlich das Zeugs hier–.

Okay!

Nach beinahe zwei Jahren voller Debatten entschieden die Völker, dass die Trennung von Menschen und dem Rest der Welt, Technologie und Magie, zu diesen grauenhaften Kriegen geführt hatte. Somit wurde beschlossen, alle Trennungslinien zu beseitigen und die Menschen mit in das Parlament zu integrieren. Die Grenze zwischen Magie und Technologie sollte fließend sein, Menschenkinder sollten neben Aoyllonen und

Drachen aufwachsen, sodass ein getrenntes Leben geradezu unmöglich ist.

Heute hat die Pryddha sich zu einem Ort entwickelt, an dem jedes Wesen unabhängig von seinem Magiestandard wertgeschätzt und respektiert wird, ganz unter dem Motto „die Welt ist die Grenze“. Die Völker leben in Harmonie miteinander und jegliche Gefahren werden von den Helden tapfer bestritten.

Nun ist es an uns dafür zu sorgen, dass – dass auch die nächste Gen – Gen – sorry – Generation ein Leben in Frieden führen kann.

Nein, ich lache nicht, ich habe nur Atem – Atemprobleme.

Blut ist dicker als Helden-Rivalitäten (jedenfalls meistens)

Ruby zerrte Alec aus dem Fahrstuhl, bevor der pfeifend die Türen schloss und sich aus der unangenehmen Situation entfernte.

Der Held senkte sein Kopis. „Das kann doch nicht wahr sein." Seine Augen leuchteten auf wie bei einem Kind, das ein neues Spielzeug bekommen hatte. „Das ist Alec Blackwood? Echt jetzt? Ich meine, du hast erwähnt, dass er etwas mager sein könnte …"

„Hey! Ich bin nicht *mager*", fauchte Alec und ballte die Fäuste, „wir können nun mal nicht alle so fett sein wie du."

„Ich bin nicht *fett*", erwiderte der Held und hob wieder das Kopis. „Das sind Muskeln. Ich dachte eigentlich, ein so weltweit anerkannter Held wie du würde das wissen. Aber vielleicht sind all diese Auszeichnungen ja nichts als Schall und Rauch."

Ruby schritt ein, ehe die zwei Idioten erneut aufeinander losgehen konnten. Natürlich. Sie kannten sich kaum fünf Minuten und beleidigten einander schon.

„Hallo? Wisst ihr noch, wo wir gerade sind?" Sie legte die Hand auf Alecs Arm und schob ihn zur Seite. „Wir sind gerade von *diesen Leuten* geschnappt worden und versuchen, zu entkommen, es wäre sehr hilfreich, wenn ihr das bodyshaming mal lassen könntet, um euch auf die wirklich wichtigen Dinge zu konzentrieren." Sie verzog das Gesicht. „Wie zum Beispiel meinen Rucksack zu finden."

„Oder herauszufinden was genau hier los ist", knurrte Alec. „Warum bei allen Fómori bist du frei." Er deutete auf Ruby. „Und was will der hier?" Er verzog das Gesicht in Richtung des Helden.

Ruby seufzte, dann zog sie Alec den Gang entlang und in ein fensterloses Zimmer hinein. „Das“, sagte sie, „ist Nathan Rico Lãpez, ein Heldenkollege aus Byuo Aey und eigentlich sollte er dich retten.“

Während Alec in seiner Zelle gesessen hatte, war Ruby in eben jenes Zimmer verschleppt worden, in dem sie sich nun versteckten.

Abgesehen davon, dass es keine Fenster besaß, sah es ganz freundlich aus, also beschloss sie, sich fürs Erste nicht zu sorgen, und wartete darauf, was als Nächstes geschehen würde.

Sir Këil ließ sich früher bei ihr blicken, als bei Alec, denn er ging davon aus, dass ihr Widerstand im Handumdrehen bröckeln würde. Fehlanzeige. Ruby verriet ihm nichts, jedenfalls nichts von Bedeutung, und faselte so lange über die unwichtigsten Themen, dass er freiwillig das Zimmer verließ.

Während er gescheitert war, hatte Ruby umso mehr in Erfahrung gebracht. Sie wusste jetzt nicht nur, dass *diese Leute* ganz schöne Arschlöcher waren, sondern auch, dass sie es auf Alec abgesehen hatten und glaubten, er wäre wieder im Geschäft mit ihr als neuen Sidekick. Was ohne offizielle Registrierung durch das AGH mehr als nur strafbar war. Was sie nicht in Erfahrung gebracht hatte, war, was sie mit Alec vorhatten oder was mit Ingrid geschehen war.

Kurz nachdem Sir Këil verschwunden war, klopfte es erneut und noch bevor Ruby „Herein“ rufen konnte, wurde die Tür aufgetreten.

„Oh, hallo“, sie grinste schief, „du bist's. Hast du auch ein paar Putzkräfte verärgert?“

„Nein, ich habe einen Bösewicht hier abgeliefert“, erwiderte der Held, „wollte nur mal nachsehen, wen *diese Leute* sich heute geschnappt haben.“

Sein Greif quetschte sich neben ihn in den Raum und kreischte vorwurfsvoll.

„Schon gut", der Held knirschte mit den Zähnen, „meine Freundin hier meint, ich solle dir helfen. Also wenn du Lust hast, aus dem Saustall auszubrechen …"

Ruby vertraute dem Helden sogleich vollkommen, wie sie jedem vertraute, der ihr freundlich zulächelte. Er besaß eine Aura, die Weltenretter schrie. Die goldbraune Haut schimmerte selbst im grellen Licht der alten Deckenleuchten, die schwarzen Haare waren genau die richtige Art von gewellt, die dunklen Augen rund und warm. Egal, was Alec sagte, da war kein Gramm Fett an ihm zu finden.* Nicht zu vergessen die imposanten Falkenflügel. Kurzum, Nathan Rico Lãpez – aber wehe, ihr nennt ihn anders als Rico – sah aus, wie die Hauptfigur eines schlechten Action-Dramas und allein das qualifizierte ihn, eine der heißbegehrten Lizenzen der Reinigungsfirma zu erwerben.

„Klar will ich hier weg", Ruby setzte ihr breitestes Grinsen auf, „aber dann musst du mir auch helfen, meine anderen Freunde zu befreien."

Als sie Rico endlich erzählt hatte, wer diese Freunde waren, wurde er plötzlich still. Obwohl er natürlich kein Problem damit hatte Alec Blackwood, den Verdammten Auserwählten™, zu befreien, wie er alle fünf Minuten mit einem breiten Grinsen beteuerte.

Das alles berichtete Ruby Alec, wobei es ihr gelang die ganze Geschichte, in zwei Sätze zu packen, die größtenteils aus „diese Arschlöcher sind scheiße" und „Rico ist jetzt unser Freund, bitte nicht umbringen" bestanden.

Alec hob eine Augenbraue. „Der Kerl, der unseren Zug angehalten hat." War ja klar, dass ihm das passieren musste. „Wo ist denn –?" Ein Krächzen, dann schob der Greif den Schnabel durch die Tür, die Kopffedern aufgestellt. „Ah."

---

* Er war auch eine Handbreite größer als Alec, nicht, dass das irgendjemanden stören würde.

„Wir müssen los, die haben uns entdeckt", übersetzte Rico. „Bleibt am Besten hinter mir."

Als er sah, wie Alecs Mundwinkel zuckten, fügte er noch hinzu: „Ich bin der Einzige, der weiß, wo hier der Ausgang ist."

Er fuhr mit der Hand durch das Fell des Greifs. „Wenn ich vorstellen dürfte: Das ist Hēro, sie hält mir auf meinen Abenteuern den Rücken frei und hält mich davon ab zu viel Scheiße zu bauen."

Alec nickte dem Greifen zu. „Schön dich kennenzulernen."

Hēro senkte höflich den Kopf, drängte sich an ihrem Partner vorbei und übernahm die Führung. Anstatt wieder den Fahrstuhl zu benutzen, stürmten sie auf eine unscheinbare Tür daneben zu, die sie zu einem unbenutzten Treppenhaus führte.* In verblassender Farbe prangte die Zahl -4 an der Wand.

„Soll das ein Scherz sein?", jammerte Ruby. „Wie sollen wir vor *diesen Leuten* fliehen, wenn wir außer Atem sind, noch bevor wir überhaupt damit angefangen haben wegzurennen?"

Hēro schnaubte verärgert und Alec stimmte ihr grimmig zu. „Möchtest du etwa im Fahrstuhl eingesperrt sein? Ohne Fluchtmöglichkeit und gemeinsam mit was-weiß-ich-wie-vielen Putzkräften?"

Obwohl er selbst erwägte, ob *diese Leute* brennenden Waden nicht vorzuziehen wären.

„Und ich kann Alec währenddessen seine Seite unseres kleinen Geschäfts offenbaren", knurrte Rico, „wie du vergessen hast zu erwähnen."

Oh, richtig. Da war ja noch etwas. Als unser strahlender Held erfahren hatte, dass er Alec Blackwood, den Verdammten Auserwählten™, retten sollte, war ihm plötzlich eingefallen, eine Gegenleistung für seine Bemühungen zu verlangen.

---

* Selbst bei *diesen Leuten* wirkte es nicht sonderlich cool, verschwitzt und nach Atem ringend bei einem Verdächtigen aufzutauchen.

Alec ballte die Fäuste. „Was soll das denn bitte bedeuten? Habe ich mich verhört, als du gemeint hast, du wärst ein Held? Soweit ich mich erinnern kann, läuft das unter dem Prinzip *alles für nichts*."

Seine Stimme hatte einen drohenden Unterton angenommen, den Rico geflissentlich überhörte.

Er zuckte mit den Schultern. „Harte Zeiten verlangen harte Maßnahmen." Trotzdem wagte er es nicht, Alec direkt anzusehen. „Alles, was ich verlange, ist ein kleiner Gefallen. Du weißt schon, eine Hand wäscht die Andere. Ich helfe euch hier raus und dafür müsst ihr etwas von gleichem Wert für mich tun."

„Und was ist das?", fragte Alec misstrauisch.

Mit kleinen Gefallen kannte er sich aus, sie waren Mr Morgens Lieblingswährung gewesen und hatten schon öfters dafür gesorgt, dass sie sich in ausweglosen Situationen wiederfanden. Aber Alec hatte gelernt und inzwischen wusste er, wie er das Einlösen dieser Gefallen umgehen konnte.

„Möchtest du das wirklich jetzt besprechen?", antwortete Rico mit einer Gegenfrage und deutete auf die Treppen, die sich über ihnen in die Höhe wanden.

Ja, das wollte Alec, denn dass Rico seiner Frage auswich, konnte nur bedeuten, dass dieser Gefallen nicht so klein war, wie er es erscheinen ließ, und er hatte keine Zeit für solche Spielchen. Er hatte bereits eine Aufgabe. Lilian zu helfen.

Alec zog seine Augenbrauen weiter nach oben. „Ist Ruby auch mit in deinen *kleinen Gefallen* eingebunden?"

„Natürlich", keuchte Ruby einige Stufen unter ihm, „aber keine Sorge, mir macht es nichts aus, anderen zu helfen. Hätte ich wahrscheinlich eh getan, hätte er nur nett gefragt."

„Du weißt doch gar nicht, welche Art Hilfe das ist", erinnerte Alec sie. „Vielleicht will er dich als Fluchtwagenfahrer für einen Bankraub oder braucht dich, um einen Mord zu vertuschen."

Es gelang Ruby, all ihre Frustration in ihr nächstes Schnaufen zu legen. „Und wenn schon, dann finden wir da auch irgendwie einen Weg drumrum. Alles ist besser, als bei *diesen Leuten* zu bleiben."

Alec öffnete den Mund, um ihr zu widersprechen, aber angesichts der Tatsache, dass die Reinigungsfirma ihn als Versuchsobjekt benutzen wollte, musste selbst er erkennen, dass dies nicht die klügste Idee war.

„Na gut", knurrte er, „ich werde dir einen Gefallen schulden."

Solange er keinen Schwur darauf ablegte, war dieses Versprechen sowieso nur leere Worte.

Hēro stupste Rico an.

„Richtig!" Der doch nicht so tolle Held breitete seine Flügel aus, um größer auszusehen. „Ich möchte, dass ihr darauf schwört."

Alec stöhnte auf. „Dein Ernst?"

„Mein voller Ernst." Rico blieb so abrupt stehen, dass Alec fast in ihn hineinrannte. „Mit Blut besiegelt."

„Mit Blut?"

Hēro krächzte zustimmend.

Es gab nichts Schlimmeres als einen Blutschwur, denn er wurde mit so machtvoller Magie vollführt, dass es unmöglich war, ihn zu brechen.*

„Was'n das für'n Schwachsinn?"

Alec suchte bei Ruby nach Hilfe, aber die zuckte nur unbeteiligt mit den Schultern. „Ein Blutschwur, okay."

Etwas Blutvergießen war nichts im Gegensatz zu *diesen Leuten*.

„Gut, gebt mir eure Hände." Mit einer lässigen Handbewegung ließ Rico sein Kopis erscheinen.

---

* Eigentlich stand Ceciel kurz davor, einen Weg zu finden, aber den würde sie nicht mal verraten, wenn sie um ihr eigenes Leben bangte.

„Warte, jetzt?“ Ruby riss die Augen auf. „Was ist mit der ganzen Flucht-Angelegenheit? Sollten wir das nicht zuerst erledigen?“

„Da haben wir ja bessere Chancen, alleine loszuziehen“, fügte Alec hinzu, der immer noch hoffte, Rico überwältigen zu können, sobald sie wieder auf freiem Fuß waren.

„Dann müssen wir uns wohl beeilen“, fauchte Rico und strich fast zärtlich mit der Spitze seines Hiebschwerts über die eigene Handfläche.

Ruby seufzte und hielt ihm ihre Hand hin. Sie zuckte kurz, als die Klinge über ihre Haut streifte und einen dünnen Fluss aus Blut hinterließ. Dann war Alec an der Reihe. Alles in ihm lehnte sich dagegen auf, sich freiwillig von Rico verletzen zu lassen, aber er schloss die Augen und ließ es über sich ergehen, ohne den Helden zu erschlagen.

„Wir müssen unsere Hände zusammen halten.“

Ihr Blut vermischte sich zu einer funkelnden Lache, als sie die Handflächen aneinanderdrückten.

„Und jetzt sprecht mir nach: *Ich schwöre dem Besitzer der Klinge, die unser Blut vereint, Treue und Gefolgschaft bei seiner Mission. Ich schwöre ihm zu helfen und nicht von seiner Seite zu weichen, bis er mich von meinen Aufgaben entlässt. Außerdem lasse ich es zu, dass er ein gemeinsames Bild von uns fürs Internet macht, um mehr Follower zu bekommen.*“

Alec und Ruby sprachen die Worte. Das Blut wurde warm, löste sich von ihrer Haut und verdampfte. Damit war der Schwur besiegelt. Nur die Tropfen auf Alecs Hand waren nicht verschwunden, aber er zog sie so schnell weg, dass einzig Hēro der Greif es bemerkte.

„Schön, können wir jetzt weiter?“, knurrte Alec und wischte die Hand an der Innenseite seines Mantels ab. „Ich habe keine Lust, als ein Experiment zu enden.“

Rico zuckte mit den Flügeln. „Klar doch. Macht euch bereit.“

Die Warnung kam etwas zu spät. Er stieß bereits die Tür auf und schwang sein Kopis, schlug zwei Putzkräfte nieder und rammte Alec dabei die Flügel ins Gesicht, dass er husten musste. Dann rannte der Held los, Hēro im Schlepptau, und streckte in einer schwindelerregenden Geschwindigkeit jeden nieder, der ihm in den Weg kam.

„Hier ist euer Zeug. Und macht schnell."

Er stieß eine Tür auf, blieb jedoch davor stehen für den Fall, dass sich weitere Gegner näherten.

In dem Raum lagen ihre Sachen, ordentlich auf einem Tisch ausgebreitet, als warteten sie nur darauf, dass ihre Besitzer kamen, um sie zu retten. Ruby wollte bereits mit ausgestreckten Armen auf ihren Rucksack zurennen, als Alec sie an der Schulter packte.

„Nicht", murmelte er, „die haben bestimmt magische Banne aufgestellt."

Er ließ seinen Blick durch den Raum wandern, fand aber auf die Schnelle keine technischen Fallen und trat ein. Seine Uhr, sein Rucksack, alles war wieder da, ohne einen Kratzer. Selbst Ruby war nicht naiv genug, um daran zu zweifeln, dass die Reinigungsfirma irgendwas mit ihren Sachen angestellt hatte. Es wäre einfacher, sie hier zu lassen, aber Alec wollte nicht, dass *diese Leute* Verdacht schöpften, also warf er Ruby ihren Rucksack zu und entschied, sich darüber später nachzudenken.

„Jetzt aber nichts wie raus hier."

Ruby sah ihn an, als hätte er soeben eine Katze überfahren. „Wir können doch nicht einfach abhauen. Hast du da nicht noch jemanden vergessen?"

Gerade als Alec nachfragen wollte, kam auch in seinem Dickschädel die Nachricht an.

Er stöhnte auf. „Ingrid? Ernsthaft? Sie hat versucht, uns umzubringen, falls du dich noch erinnern kannst."

„Und dann hat sie sich umentschieden", protestierte Ruby.

„Ja, um uns langsam verrecken zu lassen und unsere Asche ihrem Leichenberg hinzuzufügen."

Ruby verschränkte die Arme und blieb mitten im Gang stehen. Einem Gang, der jeden Moment von Putzkräften überfüllt werden könnte. Sie würde sich nicht bewegen.

„Na schön, wie du willst", knurrte Alec. Dafür hatten sie wirklich keine Zeit. „Aber wehe, die erwischen uns."

„Ingrid ist ein Wyvern, stimmt's?", stellte Rico sicher.

Dann beugte er sich zu Hēro hinunter, die mit dem Schnabel klickte und Zeichen mit ihrem Löwenschwanz schlug. Als einzige, die nicht in der gemeinen Zunge sprach, hatte sie den Plan der Basis auswendig gelernt, oft auch als *die Abstellkammer* bezeichnet. Das war ein typisches Beispiel für Heldenlogik.

„Wenn stimmt, was ihr über sie gesagt habt, wollen die sie zuerst untersuchen und das einzige Labor, das groß genug für einen Wyvern ist, befindet sich außerhalb dieses Gebäudes", übersetzte Rico.

„Na dann", zischte Alec, „wollt ihr hier festwachsen?"

Und einmal folgten sie seinem Befehl und rannten los. Hēro übernahm wieder die Führung, warnte sie mit einem schrillen Kreischen und stürzte sie sich auf die Putzkräfte, die den Weg verstellten. Ein Nuth'Aya – nicht Sir Këil, König Lugh sei Dank – warf blaue Feuerbälle, aber es gelang Alec, unter ihnen hindurch zu schlittern und ihn von den Füßen zu reißen, bevor er damit ernsthaften Schaden anrichten konnte. Trotz all der Macht der Reinigungsfirma brachten sie es fertig bis zu einer unscheinbaren, vielversprechenden Tür vorzudringen, die mit Notausgang gekennzeichnet war.

Rico duckte sich dahinter, öffnete sie einen Spaltbreit und runzelte die Stirn. „Das kann doch nicht sein. Warum wartet da niemand auf uns? *Diese Leute* müssen doch wissen, dass uns zu umzingeln der einfachste Weg wäre uns aufzuhalten."

„Weil die einen anderen, viel gemeineren Plan haben." Alec hob eine Augenbraue. „Ist doch offensichtlich bei jemandem wie Sir Këil."

Ruby schlug ihm gegen den Arm. „Ist das wichtig? Das ändert doch nichts an dem, was wir vorhaben."

Es änderte sehr wohl etwas, bewies es doch umso mehr, dass es sich hierbei um eine Falle handelte. Und sie würden direkt hinein laufen, wenn sie so weiter machten wie zuvor. Nicht, dass unsere tapferen Helden sich dafür interessierten, jedenfalls niemand abgesehen von Alec und der war zu müde, um sich mit Ruby zu streiten.

Mit einem weiteren, misstrauischem Blick öffnete Rico die Tür und wurde nicht erschossen, also folgten ihm die anderen nach draußen. Von außen sah die Abstellkammer genauso aus, wie man sich eine Abstellkammer für die bedeutungslos gewordenen Helden und Bösewichte vorstellen würde. Bedeutungslos. Ein bröckelndes Mehrfamilienhaus, wie es in jeder Stadt zu finden war, nur, dass es nicht in einer Stadt, sondern einsam im Wald stand. Das einzige andere Gebäude in der Nähe war eine Art Lagerhalle, die aussah, als würde sie noch aus der Zeit vor den großen Menschenkriegen stammen.

„Halten sie da Ingrid gefangen?", fragte Ruby.

Hēro krächzte zustimmend. Das Tor, das beinahe eine komplette Wand einnahm, war definitiv groß genug, um jedes Wesen hindurch zu lassen. Und es war verschlossen.

Ruby rüttelte an der Tür. „Scheiße. Gibt es noch einen anderen Eingang?"

Der Greif schüttelte sich. Ein klares Nein.

„Kannst du dein Ding machen?", bat Ruby Alec.

Der musste nur einen kurzen Blick auf die Tür werfen, um zu erkennen, dass die Sache aussichtslos war. „Nee, die kann ich nicht knacken. Diese Leute benutzen hier keine Schlüssel, nur so ne ID-Karten. Solange wir keine davon haben –."

Mit einem selbstzufriedenen Grinsen zog Rico eine weiße Plastikkarte aus seiner Hosentasche hervor.

„Arschloch. Wo hast du die überhaupt herbekommen?"

Der Held zuckte mit den Schultern. „Ach, du weißt schon. Während man so ein paar Putzkräfte erledigt, bieten sich da einige Möglichkeiten und –." Hēro breitete vorwurfsvoll die Flügel aus. „Schön, es war der Greif, aber nur, weil ich sie darum gebeten habe."

Das genügte Alec. „Dann gibt das Ding mal her."

Er rupfte die Karte dem Helden aus der Hand und hielt sie gegen das Lesegerät. Es surrte und in dem hohen Tor öffnete sich eine schmale Tür, die vorher nicht sichtbar gewesen war.

Alec beugte sich zu Hēro hinunter. „Könntest du draußen bleiben und uns warnen, sobald die kommen?"

„Hey!", protestierte Rico. „Ich bin der Einzige, der meinem Greifen Anweisungen geben – Autsch, schon okay! Du bist dein eigener Boss."

Hēro hatte ihm den Schnabel ins Bein gerammt, um daran zu erinnern, wie wenig ihnen ein Wettstreit momentan half.

„Also willst du die Wächterin spielen?"

Der Greif zuckte mit den Flügeln und und versteckte sich hinter einer Ecke, verschwand sofort im Schatten. Die Sonne sank bereits tiefer, so lange waren sie schon in der Gewalt der Reinigungsfirma.

„Kommt ihr endlich?", fragte Ruby mit einem leichten Zucken ihres Mundwinkels, dann steckte sie den Kopf durch die Tür. Sie sog scharf die Luft ein, drehte sich ihren Komplizen mit breitem Grinsen zu. „Sie ist hier! Ingrid, Ingrid, wir sind gekommen, um dich hier rauszuholen."

Die Wyvern antwortete nicht, aber davon ließ Ruby sich nicht irritieren. Sie stürmte in das Labor, ignorierte die Wissenschaftler, die verwirrt von ihrer Arbeit aufsahen.

„Komm schon, Ingrid. Beweg dich, oder haben die dich immer noch unter Vollnarkose?“

Ingrid bewegte sich nicht.

Alec legte eine Hand auf ihr Schulter, drückte fest zu, bis sie sich umdrehen musste. „Ruby“, murmelte er unnatürlich sanft.

Die plötzliche Wärme passte nicht ganz zu seiner kratzigen Stimme und das war das Einzige, an das sie denken konnte. Sie ignorierte alles andere, was Alec ihr mitteilen wollte.

„Ingrid!“, rief sie erneut. „Der frühe Vogel fängt den Wurm. Na los, *wach auf*!“

Aber als sie die Fee im Schutzanzug sah, die Schuppen von Ingrids Klaue streifte, musste auch sie erkennen, dass die Wyvern nicht unter Vollnarkose stand. Ein Kobold schwebte in der Luft und nahm Proben ihrer Augenschleimhaut, während eine weitere Putzkraft einen ihrer gelblichen Zähne untersuchte.

Was, ihr habt auch nicht damit gerechnet, dass Ingrid tot ist? Nun, dann seid ihr genauso optimistisch wie Ruby. Sir Këil war ein Bösewicht, aber was noch wichtiger war, ein kaltherziger Geschäftsmann, und er hatte erkannt, dass eine uralter Wyvern mit einem unbändigen Menschenhass keinen Nutzen für die heutige Gesellschaft besaß.

„Nein“, schluchzte Ruby, wollte zu Ingrid rennen, strauchelte. „Warum haben die – warum haben die das gemacht?“

„Weil dieses Objekt eine Gefahr für die Völker dargestellt hat.“

Sir Këil stand in dem Tor, das sich jetzt hochgeschoben hatte und den Blick auf eine Reihe von Putzkräften freigab.

„Es hätte für Unruhen sorgen können und wir sind dafür zuständig, genau das zu vermeiden, den Frieden aufrecht zu erhalten. Wir hatten keine andere Wahl, als es ruhig zu stellen. Das ist das beste für alle gewesen. Es ist nicht so, als hätte das Objekt in dieser Welt voller Menschen leben wollen.“

„Ach ja?“, rief Ruby. „Und warum habt ihr Ingrid das nicht selbst entscheiden lassen? Sie war nämlich ein lebendiges, denkendes Wesen, das selbst Entscheidungen treffen kann und kein Objekt, mit dem ihr machen könnt, was ihr wollt. Wenn das erst mal raus kommt – dann ist das mit eurem Frieden aber vorbei."

Sir Këil lächelte wie ein Raubtier. „Genau deshalb wird es auch niemand erfahren", säuselte er. „Genau wegen diesem Ausdruck auf deinem Gesicht. Du bist *beunruhigt* und das ist wirklich schlecht für die Gesundheit, wusstest du das? Überleg doch mal, wie es der Welt gehen würde, wenn alle so *beunruhigt* wären. Das müssen wir verhindern, um jeden Preis. Verstehst du?" Seine Stimme war weich wie Seide. „Wir müssen euch doch beschützen."

Ruby zuckte zurück, als hätte der Magier sie geschlagen. „Was ist nur – Ingrid hätte niemandem etwas getan, wenn wir ihr alles richtig hätten erklären können. Aber das war zu viel Aufwand für euch, nicht war? Oder hattet ihr einfach Angst, dass sie eine Geschichte erzählen könnte, die euch nicht passt?" Das Lächeln auf Sir Këils Gesicht verschwand. „Das ist es, nicht wahr? Ihr habt Angst, dass dieses wacklige Image, das ihr aufgebaut habt, kippen könnte. Die ganze Geschichte mit den Helden."

Der Magier lachte, aber es klang gezwungen. Die Situation war ihm außer Kontrolle geraten, also tat er, wie er es vor Jahren in der Ausbildung gelernt hatte. Er ignorierte das Problem und machte weiter.

„Sie ist ganz schön temperamentvoll, dein neuer Sidekick, und der Groschenheld da drüben ist auch neu", sagte er zu Alec.

Rico stieß ein empörtes Schnaufen aus.

„Aber was anderes hätte ich auch gar nicht von dir erwartet. Wenn du eine neue Lizenz haben willst, hättest du einfach nur fragen müssen, weißt du."

„Ich will keine von deinen verdammten Lizenzen", bellte Alec zurück, zuckte zusammen, als seine Hand das Messer in seiner Hosentasche streifte. „Ich will, dass Sie mich und meine Partner hier einfach in Ruhe lassen. Suchen Sie sich wen anderes, den Sie nerven können, sonst werden Sie noch der Erste sein, der anfängt zu heulen."

Was angesichts der offensichtlichen Machtverteilung nicht sehr wahrscheinlich war.

Sir Këil schüttelte seufzend den Kopf. „Du willst es mir also nicht einfach machen, Charles. Das ist wirklich bedauerlich."

Er hob die Hand, um das Zeichen für das Gas zu geben, das sie alle in Ohnmacht versetzen würde. Aber noch bevor er die Finger spreizen konnte, sprang Hēro auf seine Brust und drückte ihn auf den Boden. Sie war aus dem Nichts gekommen, wälzte sich mit dem Magier herum und brachte dessen Gefolgsleute damit aus dem Konzept.

Rico nickte Alec knapp zu, dann materialisierte er sein Kopis und folgte seinem Greifen in den Kampf, bahnte einen Weg durch die Putzkräfte.

Alec legte einen Arm um Ruby und stieß sie von Ingrid weg.

„Nein!" Sie versuchte sich von ihm losreißen. „Wir können sie doch nicht einfach hier lassen."

Er führte sie in Ricos Schlagschatten, dorthin, wo es sicher war. Er rammte eine Putzkraft zur Seite. Jedenfalls relativ sicher.

„Da ist nichts mehr, was wir zurücklassen könnten", knurrte er, „nur eine Leiche." Das schockte Ruby genug, um sie fürs Erste ruhig zu stellen. „Wirst du nichts Dummes tun, so wie unsere Freunde hier noch mehr zu verärgern, wenn ich dich jetzt loslasse?"

Sie antwortete nicht, aber angesichts all der potenziellen Gefahrenquellen, die auf sie zustürmten, war sie das geringste Problem, also ging Alec nicht weiter darauf ein und widmete sich den anstürmenden Putzkräften.

„Wo müssen wir hin?", brüllte er Rico zu.

„Einfach mir hinterher", lautete die nicht sehr zufrieden stellende Antwort.

Alec verbiss sich ein paar Flüche, die für keine anständigen Ohren bestimmt waren, und ließ seine mehr oder weniger kontrollierten Aggressionen an der armen Putzkraft aus, die dreist genug war ihm zu nahe zu kommen. Sein Messer brannte sich beinahe durch seine Hosentasche, doch Alec entschied, dass er einfach keine Zeit hatte, es zu zücken. Vielleicht war er ein Spezialist in so gut wie allen bekannten Kampftechniken und einigen, die eigentlich nicht existierten, aber die Lektionen darüber anderen die Kontrolle zu überlassen hatte er dafür verschlafen.

Sie erreichten einen hohen Drahtzaun, einen der Sorte, vor dem in schlechten Filmen ein großes gelbes Schild steht, auf den die verlockenden Worte „betreten verboten“ oder „Militärgebiet“ und „Radioaktive Strahlung“ zu finden sind. Es war ein ganz hübscher Zaun, wäre da nur ein Durchgang. Noch bevor Alec einen bissigen Kommentar abgeben konnte, unterbrach ihn ein heiseres Kreischen. Sir Këil war es endlich genug und er stieß Hēro mit einer großen Druckwelle von sich. Der Greif schlitterte über den Rasen und kam kurz vor dem Zaun zum Liegen, die Flügel weit von sich gestreckt.

„Komm schon, steh auf“, murmelte Rico, aber Hēro regte sich nicht.

Sir Këils Augen leuchteten auf und der Greif wurde noch ein Stück nach hinten geschleudert.

„Scheiß Biest“, fauchte er, strich seinen zerfetzten Anzug glatt. „Ich dachte, dein Herrchen und du, ihr wärt auf meiner Seite.“

„Auf der Seite eines kranken Mörders, der diejenigen, die keine verdammte Lizenz haben, entführen und foltern will?“, höhnte Ruby an Ricos Stelle. „Sicher doch.“

Ihre Wangen waren leicht gerötet und sie zitterte am ganzen Körper, aber das konnte sie nicht davon abhalten, Sir Këil für seine Taten zur Rechenschaft zu ziehen.

Der Nuth'Aya drehte sich zu ihr um, bleckte die Zähne. „Ihr seid noch dümmer, als ich dachte, wenn ihr wirklich geglaubt habt, ihr könntet dem Amt für die Geschäfte der Helden entkommen."

Er machte einen wackligen Schritt in ihre Richtung, zog die Magie aus der Luft und ballte sie um sich wie ein kleines Gewitter, das krachend und donnernd um seinen Kopf tobte. Nur darauf wartete, losgelassen zu werden.

Ruby zuckte nicht zurück. „Und ihr seid verdammt kleingeistig, wenn ihr glaubt, ihr könntet mit allem, was ihr angestellt habt, einfach so durchkommen."

Alec zupfte an ihrem Ärmel, aber sie stieß ihn zur Seite, ohne ihn auch nur eines Blickes zu würdigen.

„Irgendwann wird das alles über euch hereinbrechen."

Ein Blitz zuckte durch die dunklen Wolken um Sir Këils Kopf, leuchtete auf, als er die Luft wie ein Messer zerschnitt.

„Alles was?", fragte er gefährlich schroff. „Wir tun nur, was das beste für die Welt ist. Aber ich erwarte nicht, dass ihr das versteht."

Dann hob er die Hand, um ein Blitzgewitter auf sie loszuschicken. Hēro war schneller. Der Greif stürzte sich von hinten auf ihn, bevor Sir Këil seine gebündelte Macht richtig ausrichten konnte, und sie entlud sich in alle Richtungen, warf die Putzkräfte um, die ihm zur Hilfe hatten kommen wollen. Rico und Alec klammerten sich gerade noch rechtzeitig am Zaun fest, Ruby hielten sie zwischen sich. Es krachte und donnerte, schwarze Wolken hingen tief wie Nebel und versperrten ihnen die Sicht.

„Jetzt!", brüllte Rico und drückte Ruby an seine Brust. „Hēro, komm schon!"

Hēro stieß ihren Gegner ein letztes Mal in die Erde, die sich unter heftigen Regenfällen aufzuweichen begann, dann breitete sie die Flügel aus und hielt auf den Zaun zu.

„Was soll das werden?", fragte Alec. Er wollte sich gerade beschweren, dass sie die schlechte Sicht besser nutzen sollten, um einen Durchgang im Maschendraht zu finden, als sich scharfe

Krallen in seinen Mantel gruben und er den Boden unter den Füßen verlor.

Rico hat Probleme

Hēro war jung und noch nicht voll ausgewachsen, aber dank Ricos Training hatte sie ordentlich an Muskeln zugelegt und es gelang ihr, Alec mit geringfügigem Taumeln in die Luft zu heben. Der erkannte sofort, was sie vorhatte.

„Das wird nicht funktionieren", rief er über das Donnern hinweg, „es gibt einen Schutzschild um die ganze Anlage herum, auch in der Luft. Da kommt ihr nicht durch."

„Danke für die Warnung." Rico presste Ruby eng an sich. „Gut festhalten!"

Dann erhob er sich ebenfalls in die Lüfte. Nur das leichte Hinken seines linken Flügels erinnerte daran, dass er vor ein paar Stunden noch lichterloh gebrannt hatte. Ein beschleunigter Heilprozess, das war eine Eigenschaft, um die sich viele Helden schlagen würden. Er schwenkte sein Kopis und zerschnitt den Himmel vor ihnen. Ein blaues Leuchten, dann erschien kaum sichtbar ein Riss in der Luft.

„Da durch", wies Rico seinen Greifen an. Mit einem überheblichen Grinsen an Alec fügte er hinzu: „Das ist ne Götterwaffe. Damit kann ich einfach *alles* zerschneiden."

Noch bevor er sich eine bissige Erwiderung überlegen konnte, weshalb das Hiebschwert trotz allem nur eine Waffe für Loser war, hatte Hēro ihn bereits durch den Riss geworfen. Das Abrollen auf dem schlammigen Boden presste die Luft aus seinen Lungen. Als er auf wackligen Beinen wieder zum Stehen kam, waren Rico und Ruby neben ihnen gelandet.

„Danke", sagte Ruby und klopfte ihrem Retter auf den Flügel. „Was jetzt?"

Alec sah sich um. Die Gewitterwolken machten es ihnen unmöglich, weiter als zwei Meter zu sehen, aber das Knarzen der Bäume und das Klirren der zerbrechenden Eisblätter konnte auch durch den Donner und die zuckenden Blitze nicht versteckt werden.

„Rennen", erwiderte er, „wir müssen so schnell rennen, wie wir nur können und hoffen, dass ein Wunder geschieht und die uns nicht sofort wieder einfangen."

„Hier lang." Rico legte die Flügel eng an den Körper, um nicht mit den eng stehenden Bäumen zu kollidieren. „Da hinten ist irgendwo eine Stadt."

Und dann rannten sie, wie sie noch nie zuvor in ihrem Leben gerannt waren, zwischen schwarzen Wolken und zuckenden Blitzen und peitschenden Ästen hindurch, während der Regen sie bis auf die Knochen durchweichte. Sie bemerkten nichts davon. Sie dachten nur an das, was die Putzkräfte mit ihnen anstellen würden, wenn die sie erwischten. Der Gedanke war erschaudernd genug, dass selbst Ruby ihre Trauer und Wut vergaß, und es schaffte, mit den Helden mitzuhalten.

Sie hielten nicht einmal an, als die Gewitterwand sich zurückzog, wie ein Hund, den sein Herrchen endlich angeleint hatte, und den Blick auf den eisbehangenen Wald freigab. Es war sowieso zu spät, sie hatten jegliche Orientierung verloren und Hēro in den Himmel zu schicken, würde nur die Aufmerksamkeit des AGH wecken. Niemand sprach dieses kleine Problem an, denn ihnen fehlte der Atem und es war gut möglich, dass sie beim Versuch zu reden einfach auf der Stelle umfielen. Nur ein Wunder konnte jetzt helfen und da sie zwei Helden dabei hatten, die Wunder genauso wie Gefahren anzogen, geschah genau das.

Ein Trampelpfad tauchte vor ihnen auf, so verwuchert, dass sie ihn nur entdeckten, weil Ruby ihr Kopf schon vor einer ganzen Weile zu schwer geworden war und er nutzlos nach unten hing. Sie stolperte in Alec hinein, der sie fast mit all den neuen Flüchen übergossen hätte, die er sich auf der Flucht ausgedacht hatte. Zum Glück war er zu erschöpft zum Sprechen, denn es gab Ruby genügend Zeit auf den Weg vor sich zu deuten und den sauerstoffmangelnden Gehirnen ihrer Komplizen deutlich zu machen, was das zu bedeuten hatte.

„Wir können nicht darauf weiter", keuchte Alec. „Das werden die erwarten."

Rico stimmte ihm zu, das zweite Wunder auf ihrer Flucht. „Aber die Richtung ist gut." Er marschierte auf und ab, weil seine Beine aufgeben würden, wenn er auch nur daran dachte, sich auszuruhen. „Wir halten uns etwas davon entfernt und gucken, ob wir die Stadt von hinten betreten können."

Da sie momentan nicht die Kraft hatten, sich einen besseren Plan zu überlegen, taten sie genau das. Sie mieden den Pfad, versuchten, seiner Richtung ungefähr zu folgen und dabei nicht über im Weg liegende Baumstämme zu stolpern. Mit allem Handwerk, das sie noch zusammenkratzten, gelang ihnen diese Multitasking-Aufgabe, bis sie das Ende des Waldes erreicht hatten. Es geschah so plötzlich, dass sie das offene Feld fast übersehen hätten und einfach weiter gerannt wären.

„Und was machen wir jetzt?", schnaufte Ruby ganz rot im Gesicht.

Das Feld war nicht so weitläufig wie das mit dem Loch zur Îra und Putzkräfte waren nirgends zu sehen. Nur wenige hundert Meter entfernt wartete verheißungsvoll die Stadt auf sie. Wobei Stadt bei dieser Ansammlung von Häusern wohl das falsche Wort wäre. Ihre Skyline erstreckte sich nicht so imposant in die Höhe wie in Ceth'awna, aber sie deutete auf kein rückständiges Kuhkaff wie Thywll hin, unauffällig genug für die Reinigungsfirma, um hier eine Basis aufzubauen. Graue Dächer warfen lange Schatten über verlassene Fußwege und alte Straßen, die dringend neu geteert werden mussten. Die höchsten Gebäude waren zwei Kirchtürme und ein schmutzigweißer Einkaufskomplex in Würfelform. Es war so still, wie es nur auf dem Lande still sein konnte.

„Ich sage, wir laufen einfach los", schlug Rico vor. „Wenn die Putzkräfte sich hier irgendwo verstecken, dann werden die uns eh erwischen."

Alec warf einen wachsamen Blick auf das Feld vor ihnen. Keine Deckung, fast, als hätte die Stadt es über Nacht angelegt, nur um sie zu ärgern. Er wollte widersprechen, doch da war Hēro bereits über die unsichtbare Grenze getrottet und hatte die Krallen im kniehohen Eisfarn vergraben. Die Gräser klirrten und zerbrachen unter ihren Füßen zu scharfen Kristallen, aber abgesehen davon war nichts zu hören. Nur einer dieser Vögel, die dumm genug waren, nicht in den Süden zu ziehen, sang sein fröhliches Lied.

Auch in der Stadt erwarteten sie keine bösen Überraschungen.* Und so entschieden sie sich, den Bahnhof zu suchen, um dort den nächsten Zug nach Ceth'awna zu nehmen. Denn natürlich wollte Rico nach Ceth'awna, da wollten alle hin, die nicht aus Tírhain stammten, und die Aeyaner waren am schlimmsten.

Der Bahnhof war das Zentrum der Ortschaft, die den Namen Stadt nicht ganz verdient hat, und die Geschäfte gruppierten sich um die schwebende Plattform wie Bienen um ihre Königin. Er war nichts im Gegensatz zu den Bahnhöfen in Ceth'awna, aber zumindest besaß er vier Bahnsteige und einen Snack-Automaten.

Ruby marschierte sofort auf einem Fahrkartenverkäufer zu, der in seinem Häuschen fast eingeschlafen war, während Rico sich dem Snack-Automaten zuwandte. Nach einer längeren Diskussion erfuhr Erstere, dass es hier sehr wohl eine Direktanbindung nach Ceth'awna gab. Allerdings fuhr der Zug am Sonntag, ein wirklich

---

* Abgesehen von einer streunenden Katze, die sich fast in einen Kampf mit Hēro verwickeln ließ, bis Ruby ihr beruhigend über das Fell strich und ihr ihren letzten Müsli-Riegel hinwarf, der eigentlich nicht für Katzen geeignet war und ihr später grausame Magenkrämpfe bereiten würde.

blöder Tag für eine Flucht, nur zweimal und sie hatten den letzten um wenige Minuten verpasst. Aber vielleicht, wenn es ihnen rechtzeitig gelänge, in die nächste Ortschaft zu kommen, mit einem Taxi*, dann könnten sie dort zusteigen.

„Ach, vergiss die blöden Fahrkarten", schnaubte Rico und warf sich eine Handvoll Bonbons ein, als Ruby ihnen erzählte, wie ihr Helden-Glück sie wohl doch verlassen hatte. „Wir machen das auf die richtige Art. Die aeyanische Art."

Sie legte den Kopf schief.

„Bist du schon mal in Byuo Aey Zuggefahren?", fragte Rico. „Nicht im Osten, sondern unten im Süd-Westen?"

„Nein", erwiderte sie und ihre Augen leuchteten auf, „aber ich habe davon gehört. Ist das nicht eigentlich verboten?"

Alec hob eine Augenbraue. „Nicht für Helden", äffte er Rico nicht sehr überzeugend nach, denn dem gelang es, den Sarkasmus in Alecs Stimme komplett zu überhören.

„Genau", sagte der Held. „So leid es mir auch tut, wir werden euch noch mal tragen müssen, wenn ihr nicht vorher von *diesen Leuten* erwischt werden wollt."

Weil er sich bereits denken konnte, dass Alec alles lieber wäre, als erneut durch die Luft getragen zu werden, griff Rico nach Ruby. Damit zwang er Hēro, sich seinem Helden-Kollegen anzunehmen und sich von ihm die Pfoten zerkratzen zu lassen.

Der Fahrkartenverkäufer hatte nicht gelogen, sie mussten nicht lange über die Schienen hinweg fliegen – Alec hatte sich unter Beschwerden auf den Rücken des Greifs gehievt – bevor sie den Zug entdeckten. Er war ein neueres Modell, insofern es neuere Modelle im Bahnverkehr gab, und schneller, als die Eisenbahn die Rico in die Luft gejagt hatte. Aber sie fuhr gerade aus dem Bahnhof des Nachbarortes heraus und hatte nicht volle Fahrt aufgenommen.

---

* „Auf keinen Fall!" – Zitat, Alec Blackwood

„Haltet euch bereit“, brüllte Rico über das Hupen der Bahn und das Zischen der Räder hinweg.

Er verlor stockend an Höhe, behindert von dem zusätzlichen Gewicht, das ihm selbst mit all dem Training langsam zu schaffen machte. Hēro krächzte eine Antwort, dann ließ sie Alec auf das Dach eines Wagons fallen. Der rollte fast vom Rand, aber glücklicherweise landete Rico direkt vor ihm. Denn obwohl Alec eigentlich keine Kontrolle über seinen Sturz hatte, war seine stille Verachtung gegenüber dem anderen Helden groß genug, um ihn zurückweichen zu lassen.

„Sag mal, geht's noch?“, rief er dem Greifen zu, aber Hēro besah ihn nur mit einem kritischen Blick aus dem Augenwinkel, bevor sie sich auf dem Dach zusammenrollte und einschlief.

Ruby grinste breit und ließ sich fallen, aus Angst bei der nächsten Kurve in die Tiefe zu stürzen. „Danke noch mal“, sagte sie.

Rico winkte galant ab.

„Obwohl die ganze Sache echt spannend ist“, fuhr sie fort, „ist es nicht doch ein bissen unfair als blinder Passagier mitzufahren? Ich meine, Alec und ich, wir haben rein theoretisch eine Fahrkarte. Die nette Frau hat gesagt, als du unseren Zug angehalten hast, dass wir trotzdem nach Ceth'awna kommen, ohne was extra zu bezahlen. Aber was ist mit dir?“

Rico zuckte nur mit den Schultern und setzte sich ihr gegenüber. „Ich bin ein Held, ich brauche so etwas nicht. Außerdem, schau dich doch nur um. Diese Dächer sind dafür gemacht, dass man auf ihnen landet und Kämpfe ausfechtet. Nur deswegen fährt doch überhaupt noch jemand mit diesen veralteten Teilen. Wegen des Abenteuers.“

Ruby schnalzte nur vorwurfsvoll mit der Zunge. „Helden“, sagte sie.

„Helden“, stimmte Alec zu.

Die Fahrgäste wünschten sich keinen Kampf auf dem Zugdach. Als sie den Aufprall über ihren Köpfen hörten, hofften sie inständig, dass ihr Zug dieses Mal nicht stehen bleiben würde und sie endlich in Ruhe ihre Zeitung zu Ende lesen konnten.

„Diese Leute“, Ruby klang wieder schrecklich ernst, „sind wir die jetzt los oder werden die uns noch nach Ceth'awna verfolgen?“

Rico breitete die Flügel aus, um den Fahrtwind etwas von ihnen abzuschirmen. Es war tatsächlich dafür gesorgt worden, dass sich Helden und Schurken auf diesen Dächern duellieren konnten, aber das bedeutete nicht, dass sie auch darauf ausgelegt waren, für einen längeren Aufenthalt zu sorgen. Wenn die Wilde Jagd sie hier oben entdeckte, würde sie diese Anmaßung aufs Schlimmste bestrafen.

„Ich weiß nicht“, gab er zu. „Was man sich so über die erzählt – ich hätte nicht gedacht, dass die so einfach zu besiegen sind.“

„Weil sie das nicht sind.“

So wie sich Alecs Miene verdüsterte, wirkte es, als wäre es besser, sich freiwillig vom Zug zu stürzen in Aussicht auf das, was noch folgen würde.

„Sie hätten uns besiegen können, mindestens hundert Mal. Die wussten doch, dass wir höchstwahrscheinlich zum Bahnhof gehen würden. Spätestens da hätten sie auf uns gewartet. Selbst jetzt könnten sie uns noch holen kommen. Nein.“ Er ballte seine Fäuste. „Sie wollten, dass wir entkommen, weil sie sich noch keinen Reim auf uns – auf mich – machen können. Sie wollen sehen, was wir als Nächstes vorhaben.“

Ruby schnaubte. „Was soll das denn jetzt wieder bedeuten? Wenn sie uns – *dich* – nicht verstehen würden, würden sie uns einfach aus dem Weg räumen, genauso wie Ingrid.“

„Das können sie nicht“, seufzte Alec. „Ich bin zu wertvoll für sie. Alec Blackwood, der Verdammte Auserwählte™. Schon vergessen?“

Die Sache, mit dem rechtlich gesehen nicht am Leben sein und den Experimenten ließ er aus.

„Sie haben gemerkt, dass hier was nicht stimmt. Ich meine, ich sollte in Rente sein, habe sogar meine Lizenz auslaufen lassen. Und dann sage ich ihnen auch noch, dass ich nicht wieder angefangen habe und die sich mal wieder verpissen können.“ Er fuhr über seine Fingerstümpfe und erschauderte. „Die wollen wissen, was wir als Nächstes vorhaben, um zu sehen, ob wir zu einer Gefahr werden oder ob sie noch mal Geld aus uns rausschlagen können.“

„Ich habe aber schon einen Vertrag“, protestierte Rico. „Ich meine, die Wüstengeister- und Wesen, die Ma’t. Ich arbeite zwar nicht wirklich für die, aber sagen wir mal so, ich passe auf, dass sie nicht zu viel Scheiße anstellen.“

Alec unterdrückte ein genervtes Stöhnen. „Wie lange bist du im Geschäft, ein paar Monate, ein Jahr?“

„Zwei Jahre“, erwiderte Rico und spreizte die Flügel.

Alec bis die Zähne zusammen. Es war einfach nur peinlich, sich von solch einem Neuling austricksen zu lassen.

„Dann bist doch noch zu jung, um zu wissen, dass *diese Leute* ihre Finger echt überall im Spiel haben“, erklärte er, obwohl Rico eigentlich ein paar Jahre älter war als er. Es gefiel ihm bloß, melodramatisch zu klingen. „Vielleicht tun sie so, als würden sie dich rekrutieren wollen, aber du arbeitest schon für die, seitdem du ins Geschäft eingestiegen bist und deine Lizenz erworben hast.“

Alec nahm seinen Rucksack ab und steckte seinen Arm hinein.

„Und die wissen, wie man aus allem Geld macht. Wahrscheinlich haben sie hier irgendwo –.“

Er zog seine Uhr hervor, öffnete sie mit den Einbruchswerkzeugen, die *diese Leute* freundlicherweise nicht konfisziert hatten.

„Ah, hier.“

Ein winziges, blinkendes Gerät lag zwischen zwei seiner Finger gepresst und er warf es mit einem großen Schwung vom Zug.

„Guck mal in deinem Rucksack nach“, bat Alec Ruby, „überall dort, wo man gut ein kleines Ortungsgerät oder eine Wanze verstecken könnte, ohne dass es kaputt geht.“

Mindestens eine halbe Stunde lang widmeten sie sich allem, an das *diese Leute* hatten Hand anlegen können. Selbst Rico untersuchte seine Ausrüstung, obwohl er mehr oder weniger zufällig in die Sache mit reingerutscht war.*

Wenn es etwas gab, womit das AGH sich auskannte, dann war es Gründlichkeit. Ihre ehemaligen Klienten unterschätzten sie niemals, und dass Alec darauf ausgebildet worden war, jeder Überwachung zu entgehen, wussten sie nur zu gut.

Er hatte eine Handvoll Ortungsgeräte zusammengesammelt, die sie alle nacheinander auf die vereisten Felder warfen, über die ihr Zug hinweg flog.

Ruby schlug sich vor den Kopf. „Was ist mit Zaubern?“, fragte sie. „Wenn die so gut vorbereitet sind, haben sie bestimmt ein paar Banne über unsere Sachen gesprochen oder so.“

Alec biss die Zähne zusammen, um seine Frustration nicht aus vollem Halse kundzugeben. Wieder einmal hatte er vergessen, dass die Magie ihm zwar nichts anhaben konnte, seiner Tasche und seinen Klamotten aber schon.

„Gut möglich“, murmelte er. „Wir müssen sie so schnell loswerden, wie wir nur können.“

„Auf keinen Fall.“

Ruby umarmte ihren Rucksack, der, wie sie herausgefunden hatten, nachdem sie für über 15 Minuten fast vollständig darin verschwunden war, einen durch Magie vergrößerten Innenraum besaß.

„Oder wir finden jemanden, der solche Banne erschnüffeln kann“, schlug Rico rasch vor. „Hēro.“ Er pikste seinem Greifen in die Flanke. „Mach dein Ding.“

---

* Dass es keine wirklichen Zufälle im Fall Helden gibt, haben wir inzwischen wohl geklärt.

Sie streckte sich verschlafen, beugte sich über Rubys Rucksack.

„Sie ist bei den Ma't aufgewachsen, darum hat sie ne empfindliche Nase bekommen", erklärte Rico.

Der Greif schüttelte die Kopffedern, dann legte sie sich wieder hin und schlief ein.

„Nichts", übersetzte der Held das Offensichtliche.

Was angesichts der Gründlichkeit der Reinigungsfirma mehr als nur ungewöhnlich war.

„Vielleicht wollen sie nicht, dass jemand ihre Magie an uns riecht", schlug Alec vor, obwohl diese Verschwörungstheorie selbst für ihn zu billig war.

Alle, die ihren Handabdruck erkennen könnten, waren entweder auf deren Seite oder hatten nicht genug Macht, um etwas gegen sie auszurichten.

„Ist doch auch egal." Rico holte eine Packung Gummitiere hervor, die er dem Snack-Automaten am Bahnhof abgeknöpft hatte. „Die werden uns fürs Erste in Ruhe lassen und wir sind auf dem Weg nach Ceth'awna, genauso, wie es sein sollte."

Sofort spannte Alec sich wieder an. Vergesst nicht, dass Rico eine Gegenleistung für seine Hilfe gefordert hatte und diese ausgerechnet mit einem Blutschwur besiegeln wollte.

„Wirst du uns jetzt endlich sagen, was unsere Aufgabe ist oder hast du es dir mit deinem kleinen Gefallen noch mal anders überlegt?"

Ricos Mundwinkel zuckten und er verzog das Gesicht, als wäre ein Troll über ihn hinweg getrampelt. „Der Gefallen, richtig." Er fuhr sich durch die Haare. „Vergesst nicht, dass ihr mich nicht umbringen könnt. Nicht, solange wir aneinandergebunden sind."

Das war das Tolle an einem Blutschwur. Er zwang die Teilnehmer nicht nur dazu, zusammenzubleiben, bis deren Versprechen erfüllt war, er stellte auch sicher, dass der Vertrag von einem der Mitglieder nicht auf andere Weise gebrochen wurde. Alec wäre nur zu gerne auf Rico losgegangen, um ihm zu beweisen, dass er deswegen keinesfalls harmlos war. Vielleicht konnte er ihn nicht mehr töten, aber wenn Alec mit ihm fertig war, dann würde er sich wünschen, es wäre anders.

„Wie könnten wir das jemals vergessen“, erwiderte Ruby süßlich und drückte Alecs Arm zur Seite, bevor der Rico eine reinhauen konnte. „Wenn du mal die Gummitiere rüberreichst jedenfalls.“

„Gut.“ Der Held nickte zufrieden. „Ich möchte euch nämlich bitten, mir dabei zu helfen etwas zu stehlen. Fürs Allgemeinwohl, versteht sich ja.“

Alec stöhnte auf. „Ich hab's dir doch gesagt, Ruby. Er will uns als Komplizen für seine kriminellen Machenschaften einspannen.“ Bevor Rico protestieren konnte, fügte er hinzu: „Was sollen wir denn fürs Allgemeinwohl stehlen, hm? Wenn wir dafür ins Gefängnis kommen, ist das übrigens nicht sehr gut fürs Allgemeinwohl.“

Rico legte die Federn an. „Eigentlich ist es nicht wirklich stehlen. Eigentlich gehört der Gegenstand um den es geht sogar dir. Jedenfalls teilweise. Irgendwie.“ Wenn Alec den Bullshit vorher nicht gerochen hatte, dann wurde ihm zumindest jetzt klar, wie tief er in der Patsche saß. „Eigentlich ist es nur ein Buch“, fuhr der Held fort, „das *Dryadarium*.“

Würde Ruby nicht noch immer seinen Arm umklammern, Alec hätte es sich anders überlegt und einen Weg gefunden, Rico doch umzubringen.

„Das *Dryadarium*?“, fauchte er. „Bist du verrückt geworden?“

Ruby legte den Kopf schief. „*Dryadarium was*?“

In seinen jüngeren Jahren hatte Alec alle Bücher verschlungen, die er in die Finger bekommen hatte, nach geheimem Wissen zwischen den Zeilen gesucht, das ihm bei seinen Kämpfen behilflich sein könnte, ihn die Welt vergessen ließ. Er hatte jedes Buch in der Morgen Bibliothek mindestens einmal in der Hand gehalten. Daher wusste er auch, dass es gefährliche Bücher gab, Bücher, die nicht stumm in ihren Regalen warteten, sondern von dunkle Geheimnissen flüsterten. Bücher, mit denen man besser nicht allein war. Das *Dryadarium* gehörte zu dieser Sorte.

Alec überließ es Rico, zu antworten, in der Hoffnung, so mehr über dessen Vorhaben zu erfahren.

„Das *Dryadarium*, eines der mächtigsten Bücher auf der ganzen Welt und laut einigen verschroben Nuth'Aya auch das gefährlichste." Rico verzog das Gesicht. „Was totaler Unsinn ist. Das Buch an sich ist kein bisschen gefährlich, es sind die Wesen, die es benutzen wollen, vor denen man sich fürchten sollte."

Ruby lachte. „Du willst es aber auch benutzen."

„Oh, ich bin gefährlich. Sehr gefährlich." Das Gesicht des Helden verdunkelte sich.

Rico war einer von denen, die sich nach jeder halbwegs heldenhaften Tat als Ungeheuer bezeichneten, weil sie eine nicht treffbare Entscheidung getroffen hatten. Er war nicht *wirklich* gefährlich, keine Sorge.

„Im *Dryadarium* sind alle Geheimnisse der Aoyllonen zusammengefasst. Die der Líosaoyllonen, die über die Sonne wachen, und die der Draccaoyllonen, die den Mond hüten", fuhr Alec fort, weil Rico weiterhin in seiner Trübsal schwelgte. „Darin wird erklärt, wie Tag und Nacht zustande kamen und wie die Hohen, die noch über den Göttern stehen, die Aoyllonen erschufen, um für Ordnung in dieser Welt zu sorgen."

Er senkte die Stimme, obwohl es sehr unwahrscheinlich war, dass sie auf dem Dach eines Zuges belauscht wurden. „Das Problem mit dem Buch ist, dass es niemals den Aoyllonen gehören kann. Es ist eine Art Vertrauensbeweis oder auch ein Versprechen, fast eine Art Vetorecht. Wenn die Aoyllonen die Kontrolle über Nacht und Tag verlieren oder ihre Macht missbrauchen, dann können die Völker das *Dryadarium* benutzen, um das Gleichgewicht wieder herzustellen."

Alec schnaubte. „Als ob das wer machen würde. Es waren bisher nur die Völker, die die Macht dieses Buches missbrauchen wollten. Es wurden schon Kriege darüber ausgefochten, grausame Kriege, und zu guter Letzt haben der Líos und die Dracc, die Anführer der Aoyllonen, es uns anvertraut – Ceciel und Xander und mir."

Er wurde still, als er bemerkte, was das bedeutete. Das *Dryadarium* verweilte momentan in Ceciels Besitz und um sein Versprechen einzuhalten, würde er in ihr Haus einbrechen. Sein Magen verkrampfte sich und obwohl er seit Stunden nichts mehr gegessen hatte, musste er würgen.

„Dieses *Dryadarium*", tiefe Falten bildeten sich auf Rubys Stirn, „wenn es wirklich so wichtig ist, warum wusste ich dann nichts davon?"

„Na, das ist zu gefährlich", sagte Rico, als wäre es das Offensichtlichste auf der Welt. „Hast du nicht zugehört? Kriege wurden deswegen ausgefochten. Je weniger davon wissen, desto besser."

Ruby wollte widersprechen, überlegte es sich dann jedoch anders und nickte mit zusammengebissenen Lippen „Das hatte ich schon befürchtet. Also hatte Krábbus wohl auch was damit zu tun?"

Rico grinste. „Du würdest echt einen guten Sidekick abgeben."

Ruby versuchte das nicht als Beleidigung aufzufassen.

„Krábbus ist der Letzte, der mit dem Buch gesehen wurde, und das ist schon Jahre her. Also habe ich ihn mir vorgenommen und er hat gemeint, er habe das *Dryadarium* an Alec Blackwood verloren." Sein Grinsen breitete sich über das ganze Gesicht aus. „Und siehe da, kaum habe ich ihn den Putzkräften übergeben, stoße ich auf den berüchtigten Auserwählten. Was ein *Glück*."

Dieses Wort sollte verboten werden.

Alec würgte die Übelkeit hinunter. „Dürfte ich dir einen Rat geben?"

Rico zuckte mit den Schultern.

„Lass es. Such dir einen anderen Gefallen für uns. Das *Dryadarium* ist eine Nummer zu groß.“

All das Blut das vergossen worden war, um dieses Buch zu retten, hallte noch in Alec nach, erinnerten ihn, weshalb es niemals in die falschen Hände fallen durfte. Und Nathan Rico Lãpez' Hände waren definitiv nicht dafür geeignet.

Rico sah ihn entgeistert an. „Aber ich brauche es! Ich habe nicht vor, die Sonne anzuhalten oder den Mond zu stehlen, ich will nur –.“ Seine Flügelfedern richteten sich auf. „Ich brauche es nur, um die Aoyllonen zu finden.“

Und erneut war es Ruby, die die entscheidende Frage stellte. „Aber musst du dafür nicht nur ins Feenreich, die Sídlethan, und ein bisschen rumfragen? Deren Palast ist ja kaum zu übersehen.“

„Normalerweise wäre das so“, Rico rupfte ihr die leere Gummitier-Tüte aus der Hand und ersetzte sie durch eine Volle, „aber das Orakel hat entschieden und ein neuer Líos und eine neue Dracc müssen die Plätze der Wächter über Sonne und Mond einnehmen. Dafür führen die Aoyllonen irgendein Ritual aus, für das sie durch die ganze Welt reisen und sich dann an irgendeinem geheimen Ort niederlassen. Eines dieser lächerlichen Geheimnisse, von denen nur im *Dryadarium* berichtet wird.“

Ruby drückte Alec die Tüte in die Hand, der sich deren Inhalt in einem Zug in den Mund schüttete. Diese Geschichte nahm eine enttäuschend langweilige Wendung. Das Potential eines der gefährlichsten Bücher der Welt sollte von seinem Dieb nicht mal richtig ausgenutzt werden. Nein, Ceciel würde das *Dryadarium* niemals stehlen lassen, damit es als bessere Landkarte diente.

„Du willst das Buch, um eine Handvoll Aoyllonen zu finden“, stellte Alec trocken fest, „und das, obwohl du von all dem Chaos weißt, das dieses Buch anrichten wird.“

„Es muss sein.“ Ein Schatten, wie ihn nur waschechte Helden heraufbeschwören konnten, legte sich auf Ricos Gesicht. „Der Weltfrieden könnte davon abhängen.“

Alec gähnte gelassen. „*Der Weltfrieden*, so ein dehnbarer Begriff. Nur weil es keinen Krieg gibt, leben wir also in Frieden. Aber warum gibt es dann die Helden, hm? Sicherlich nicht, um gute Vorbilder für den Rest der Welt zu spielen. Sie sind da, um die Zerstörung der Welt aufzuhalten, immer und immer wieder, weil die Welt nie genug haben kann. Ein schöner Frieden ist das. Nein, der Weltfrieden ist kein Grund, um das *Dryadarium* zu stehlen. Wenn du ihn nicht rettest, wird es schon ein anderer tun."

Rico schreckte zurück, als hätte Alec ihn gebissen. „Wie kannst du nur vergessen haben, was es bedeutet, ein Held zu sein?", flüsterte er mit zitternder Stimme.

Alec kniff die Augen zusammen. „*Held*, noch so ein dehnbarer Begriff."

„Nun, es gibt irgendeinen Frieden, der bewahrt werden muss", zischte Rico, „und ich werde alles dafür tun, damit nichts und niemand ihn zerstört. Du hast dabei übrigens gar kein Mitspracherecht. Blutschwur, schon vergessen?"

Alec war drauf und dran etwas sehr Dummes zu antworten, aber Ruby rettete ihn. Erneut „Wovon hängt dieser Frieden oder auch nicht Frieden denn jetzt ab?"

Es war genau die richtige Frage, um Rico wieder in bekanntes Territorium zu locken.

Seine Augen huschten umher. „Das ist eine Geheimmission, wenn ich euch das jetzt erzähle, dann müsst ihr den Rand halten, kapiert?* Während der Vorbereitung ihres Rituals kamen die Aoyllonen auch nach Byuo Aey und besuchten dort einige der Ma't, von denen ich euch schon erzählt habe. Es kam zu Meinungsverschiedenheiten, was die Machtbereiche der Ma't und die des neuen Líos über die Sonne angeht, einige Ma't wurden handgreiflich und jetzt sieht es so aus, als würden die Aoyllonen den Natur-

---

* Auszug aus dem Wörterbuch für Helden: Geheimmission, die – Codename für Angelegenheiten auf eigene Faust regeln, obwohl der Vorgesetzte es verboten hat.

geistern ihr letztes bisschen Macht über Sonne und Mond auch noch entziehen wollen. Bevor es zum Kampf kommen kann, soll ich versuchen mit den Aoyllonen zu verhandeln.“ Rico holte tief Luft. „Darum brauche ich Hilfe, Blackwood. Das *Dryadarium* wurde in deine Obhut gegeben, also könntest du es mir doch sicherlich beschaffen, oder?“

Einst war Alec der Hüter des Buches gewesen, aber inzwischen lag es vollständig in Ceciels Gewalt.

„So einfach ist das nicht“, murmelte er. „Wir reden hier über Ceciel y Lūghy Morgenstern, wenn du Glück hast und die Lage so schlimm ist, wie du sagst, überlässt sie es dir vielleicht freiwillig. Wenn du es stehlen willst, hast du keine Chance.“

„Es geht aber nicht anders!“

Hēro zuckte erschrocken zusammen, als ihr Partner aufgebracht mit den Flügeln schlug. Alec hob eine Augenbraue.

„Wir müssen es so machen. Solange es nicht nötig ist, soll niemand von diesem … Missverständnis erfahren“, erklärte Rico etwas leiser. „Und wir haben nur Zeit bis zur letzten Rauhnacht.“

„Bis zur letzten Rauhnacht!“, rief Alec bestürzt. „Das ist in sechs Tagen!“

Rico sah auf seine Hände. „In fünf. Wir befinden uns in der 7. Rauhnacht.“

„In der –.“ Alec hielt inne.

Sie hatten einen Tag in der Putzkammer verschlafen, und es war ihm nicht aufgefallen. Ein echter Dämpfer für jemanden, der viel von seiner Zeiteinschätzung hält.

„Schön, was ist dein Plan?“, fragte Ruby, die bereits erkannt hatte, dass es keinen anderen Ausweg gab als zu erledigen, was der Held von ihnen verlangte.

Hēro stieß ein schnippisches Krächzen aus.

„Halt die Klappe“, fauchte Rico den Greifen an. „Pläne sind halt nicht so meine Stärken, na und? Du hast dir doch auch nichts ausgedacht.“

„Ihr habt nicht mal einen Plan?", stöhnte Alec. „Warum habe ich deine Bedingungen akzeptiert und bin nicht einfach bei *diesen Leuten* geblieben? Das wäre weniger nervig als dieses Selbstmordkommando. Weißt du, was Ceciel mit denjenigen anstellt, die bei ihr einbrechen?"

„Also ich habe einen Ansatz", versuchte Rico seine Ehre zu retten. „Heute wollte ich die Verteidigungsmaßnahmen ein bisschen auskundschaften und mich morgen dann ins Haus einschleichen, bei dieser Gala, die sie bei sich organisieren will. Eine dieser Partys zu Ehren der Rauhnächte. Was die Reichen und Schönen halt so in ihrer Freizeit machen, damit sie sich nicht langweilen."

Mr Morgen hatte ebenfalls gerne an solche Reichen-Partys teilgenommen, sie waren ein Symbol der Macht, aber er hatte nie zugelassen, dass welche in Morgen Manor abgehalten wurden. Zu viele Geheimnisse hatten sich dort versteckt. Das Ceciel nun Gäste auf ihre neue Residenz einlud, hatte nichts Gutes zu bedeuten.

„Du willst dich einfach so auf ihre Gala schmuggeln? Nein, das wird nicht funktionieren. Ceciel wird überall Wachen positioniert haben, um ihre Gäste davon abzuhalten etwas zu sehen, was sie nicht sehen sollen. Du brauchst eine richtig gute Ablenkung, wenn du überhaupt eine Chance haben willst."

Ruby sah Alec mit diesem Funkeln in den Augen an, das sicherlich nicht gesund war. Er fuhr sich durch die Haare. Sein Kopf schmerzte.

„Wir werden uns aufteilen müssen. Während Rico das *Dryadarium* holt, muss jemand die Aufmerksamkeit der Wachen auf sich ziehen."

„Oh, das kann ich übernehmen!", rief Ruby dazwischen. „Du weißt, wie gut ich in so'nem Zeug bin."

Hēro öffnete ein Auge und stieß Rico mit dem Schnabel an.

„Hēro ist auch echt gut darin", übersetzte ihr Partner.

„Gerade dann wird Ceciel bemerken, dass etwas nicht mit rechten Dingen zugeht“, fuhr Alec fort, „also muss sich auch jemand um sie kümmern und sie davon abhalten, etwas zu unternehmen.“

Dieser jemand war natürlich er, der einzige mit genügend Erfahrung, wenn es darum ging, Ceciel aus dem Konzept zu bringen. Nur, dass Ceciel genauso gut ihn aus dem Konzept brachte, erwähnte er nicht. Es war kein sonderlich solider Plan, aber Alec setzte darauf, dass Ceciel in drei Jahren genug Material gesammelt hatte, über das sie ihn anschreien konnte.

Ricos ganzes Gesicht schien sich zu bewegen, seine Augenbrauen zuckten, er biss sich auf die Lippe, während er versuchte nachzudenken. Ihm gefiel es nicht, dass Alec die vollständige Kontrolle über seine Operation übernommen hatte, aber er wusste auch, wer von ihnen in diesem Gebiet die meiste Erfahrung hatte.

„Klingt plausibel“, knurrte er.

„Und danach sind wir von deinem Blutschwur befreit?“, hakte Alec nach.

Rico zuckte mit den Schultern. „Ihr seid von meinem Blutschwur befreit, wenn ich es euch sage.“

Was alles und nichts bedeute. Alec kam der Gedanke, dass es wirklich besser gewesen wäre, bei der Reinigungsfirma zu bleiben, als es im Namen dieses Idioten ausgerechnet mit Ceciel Morgen aufzunehmen.

TEIL 3

Es ist seltsam,
Wie du mich nicht rufen hören kannst,
So verzweifelt,
So schrill.

Während diejenigen,
Die ich nicht meine Feinde nennen
~~Will~~ kann
Auf mich zumarschieren.

Alle sagen,
Ich gebe ihnen Hoffnung,
Ihr Lichtbringer.

Doch die Wahrheit ist,
Dies ist der letzte Teil,
Der noch von mir übrig ist.

Der Teil,
Der nach dir
In den Schatten ruft.

– König Lugh von Tírhain, Fragmente der Briefelegien

IV

Es klopfte genau vier Mal.

Ruben y Lūghy Morgenstern strich sein langes Gewand aus schwarzem Leinen zurecht, bevor er mit einem „Herein!“ antwortete. Er wusste zwar bereits, wer sein Gast war, und dass sie sich nicht um die traditionellen Nuth'Aya-Gewänder scherte, aber als Parlamentsvorsitzender waren es die anderen, die sich Sorgen um ihre Kleidung machen mussten.

Nachdem sie sich kurz gesammelt hatte, trat Ceciel ein. Ein flüchtiges Lächeln kräuselte Mr Morgens Lippen. Jeden sonst hätte das verunsichert, aber nach all den Jahren konnte sie kaum noch etwas erschüttern.

„Vater.“ Sie versuchte, monoton zu klingen, doch er fühlte ihr Herz schneller schlagen. „Du wolltest mich sehen.“

In falscher Überraschung hob Mr Morgen eine Augenbraue. „Habe ich das gesagt?“

„Deine Aura hat es mir verraten.“

Ja, das hatte sie, schließlich wollte er es so. Ihr müsst verstehen, Ceciel war 15 Jahre alt und noch immer leicht zu manipulieren. Aber sie verbesserte sich stetig und würde bald ihren Vater überholen. Sie wusste, dass er sie um etwas bitten würde. Etwas, das ihr nicht gefiel.

Mr Morgen ließ sich Zeit. Er schob den Brieföffner wieder an seinen Platz zurück, sodass ein perfektes Gleichgewicht auf seinem Schreibtisch herrschte. Dieser Brieföffner begleitete ihn schon ein ganzes Leben, eine Nachbildung des königlichen Schwertes Fráhtur, des Rächers, die ihm Glück bringen sollte. Und Glück war es, was er jetzt brauchte.

„Ihr habt heute gute Arbeit geleistet“, sagte Mr Morgen, „ganz Ceth'awna vor dem Untergang gerettet.“

Ceciel fiel nicht darauf rein. Das war eine ihrer ersten Lektionen gewesen, vertraue niemandem, der dir Komplimente macht.

Sie schnaubte trocken. „Und wo warst du? Beim Teetrinken mit den Abgeordneten des Parlaments."

Mr Morgen schüttelte seufzend den Kopf. „Hast du etwa vergessen, worum es bei dieser Mission geht? Wir haben die Fäden in der Hand, vergiss das nie."

Ceciel verschränkte ungeduldig die Hände hinter dem Rücken, aber ihr Vater ignorierte ihr Unwohlsein.

„Ich habe euch nicht geholfen, weil ich wusste, dass ihr diesen Kampf alleine gewinnen müsst. Ihr seid bald alt genug und ihr müsst für den Endkampf gewappnet sein. Außerdem", er breitete grinsend die Arme aus, „habt ihr die Aufgabe doch gut gemeistert."

Ceciel hob halb belustigt halb verärgert eine Augenbraue. „Alec hat sich den halben Arm abfackeln lassen."

Daran musste sie Mr Morgen nicht erinnern, immerhin war er für das Marketing der Gruppe zuständig und wusste nur zu gut, wie knapp sie diese Angelegenheit überstanden hatten. Hätte der Wyvern Alecs Gesicht erwischt, wäre es vorbei gewesen mit den Titelbildern auf all den beliebten Magazinen. Alec hatte sein Glück bereits strapaziert, als er mit einer gebrochenen Nase aus einem Kampf zurückgekehrt war. Zu Mr Morgens Freude fanden die Mädchen das eher verwegen als hässlich.

„Berichte, Tochter", der Magier grinste breit, „wie hat sich unser Held sonst geschlagen?"

Er würde nicht zulassen, dass etwas so Belangloses wie die Pubertät Ceciel dazu brachte, sich von ihm abzuwenden.

„Xander hatte wieder einen seiner dummen Pläne, aber mit ein bisschen Zauberei hat er letztlich fast funktioniert, nur zum Schluss wurde es brenzlig. Dann lag es wieder an Alec, alles zu beenden, und er hätte es doch tatsächlich fast geschafft, Nisesh zu schnappen. Aber dann hat der Mistkerl ihn vor die Entscheidung gestellt, die Stadt zu retten oder ihn zu besiegen, und es ist ja klar, was Alec getan hat."

Ceciel biss sich in Gedanken versunken auf die Unterlippe. „Hat er das Richtige getan, als er Ceth'awna über Nisesh gestellt hat?"

Ihr Gesicht verdüsterte sich. „Findest du das etwa lustig?"

Mr Morgen hatte nicht gelacht, nicht einmal den Mund verzogen, aber sie hatte das Flattern in seiner Aura gespürt, seinen Schutzwall durchdrungen.

„Gar nicht so schwer, wie du es denkst", kommentierte sie seinen Gedankengang. „Also hat Alec richtig gehandelt?"

„Richtig handeln, gut oder schlecht", Mr Morgen schüttelte den Kopf, „ich dachte, wir hätten uns geeinigt, dass es uns nicht zusteht, über solche Dinge zu urteilen."

Seine Tochter hob herausfordernd eine Augenbraue, also fügte er hinzu: „Von unserem Standpunkt aus hat Alec natürlich das richtige getan, er hat unser Image verbessert und die größte Stadt auf dieser Seite des Ozeans gerettet. Er hätte Nisesh sowieso nicht besiegen können, die Vorsehung sagt klar, dass er dafür volljährig sein muss. Das wäre eine Katastrophe gewesen!"

„Wenn das stimmt", Ceciel zögerte, was überhaupt nicht zu ihr passte, „warum machen wir uns dann die Mühe und bekämpfen Nisesh jetzt schon?"

Da kam sie also, die Frage der Fragen. Natürlich war Ceciel die Erste im Bunde, die sie erkannte, immerhin war sie die Intelligenteste.

Mr Morgen lächelte. „Ein Held, meine kleine Ceciel, wird nicht geboren", er legte eine Kunstpause ein, „er wird geschmiedet, wie ein gutes Schwert. Dafür braucht es Kraft und Geduld, oft dauert es Jahre, bis die Schneide scharf genug ist, um das Biest richtig zu erledigen, aber dieses Meisterwerk ist nicht mit Gold aufzuwiegen."

Die Mundwinkel seiner Tochter zuckten belustigt. „Und du bist der Schmied, oder was?"

„Nein", erwiderte Mr Morgen sanft, „wir sind es, Ceciel, wir gemeinsam."

Das war alles, was es brauchte, um sie zu überzeugen, diese Prise Anerkennung. Dabei war es doch offensichtlich, dass wegen der modernen Technik heutzutage jedes Schwert Fließbandarbeit war.

Ceciel zuckte mit den Schultern. „War das dann alles? Ich wollte die Jungs noch im Krankenhaus besuchen, Xander hat es wie durch ein Wunder geschafft, den Blutfluch zu überleben."

Natürlich hatte er das. Mr Morgen versuchte seine Verärgerung vor Ceciel zu verbergen. Der Bruder war ihm schon immer ein Klotz am Bein gewesen und wäre er gestorben, hätte Alec zumindest durch das weltweite Mitleid mehr Anerkennung gewonnen. * *Aber er hatte Wichtigeres zu erledigen, er musste seine Tochter überzeugen, den nächsten Schritt zu setzen.*

„Weißt du, was das Traurigste an Geschichten ist?"

„Dass sie enden?"

Mr Morgen lachte sanft. „Aber nein, meine Liebe. Das hatten wir doch schon. Geschichten, die niemals enden, sind grauenhaft. Vielleicht hatten sie einen außergewöhnlichen Anfang, ja, vielleicht war sogar die Mitte ganz gut, aber dann ziehen sie sich hin und die Charaktere vergessen, wer sie mal waren. Die Fans vergessen, was der Held ihnen bedeutet hat, selbst jene, die einst jeden Schritt mit angehaltenem Atem verfolgt haben, tun es. Nein, ein schnelles Ende, ein schmerzvolles, das ist es, was eine gute Geschichte braucht. Wer will schon von dem glücklichen Ehemann hören, wenn es auch den brennenden Märtyrer gibt?"

„Was ist es dann?", fragte Ceciel, und nicht einmal ihrem Vater gelang es, die Kälte in ihrer Stimme zu überhören.

„Das Traurigste an Geschichten ist." Mr Morgen hielt inne. „Ja, das Traurigste an Geschichten ist, dass es so viele von ihnen gibt. Man kann sich gar nicht entscheiden, mit welcher man anfangen soll. Ein Diamant begraben unter einem Haufen Heu mag vielleicht niemals gefunden werden."

„Vielleicht gefällt einem das Heu aber besser. Einige Spezies ernähren sich von Heu. Was bringt einem schon ein kalter, funkelnder Diamant?"

---

* Oder besser ausgedrückt, verrückte Fangirls / Boys.

Mr Morgens Lächeln verhärtete sich. „Nur Esel fressen Heu. Ein Diamant ist ein Beweis deiner kalten, funkelnden Macht und wenn er nur so geschliffen ist, dass er von allen Seiten strahlt, wird er selbst unter einem Berg von Dreck zu finden sein."

„Ich muss noch so einiges mit dir besprechen", sagte Mr Morgen, kühl wie immer, bevor Ceciel aus dem Büro stürmen konnte. „Wie bereits erwähnt, ihr werdet langsam erwachsen."

Sie wusste sofort, wovon er sprach und dieses Mal gelang es ihr nicht, ihre Emotionen zu verstecken. „Vater", krächzte sie mit zitternder Unterlippe, „bitte nicht. Wie soll uns das denn voranbringen?"

„Ach komm, diese Diskussion hatten wir doch schon und du warst immer einverstanden. So schlecht sieht er doch gar nicht aus", versuchte Mr Morgen seine Tochter zu beschwichtigen.

Obwohl Ceciel ihm durchaus zustimmen musste, dass Alec Blackwood alles andere als hässlich war – jedenfalls solange er sich nicht das Gesicht verbrennen ließ – brachte das ihr Innerstes zum Kochen.

„Darum geht es doch gar nicht. Es gibt keinen Grund, aus dem wir zusammenkommen sollten. Sind Helden ohne Freundin nicht sowieso viel beliebter?"

Mr Morgen lächelte verschmitzt. „Denkst du etwa, dass es mir nur um Profit geht? Hinter jedem starken Mann steht eine stärkere Frau. Alec braucht dich, sonst wird er noch sterben, bevor er Nisesh besiegt. Er wird erwachsen. Er wird nicht mehr tun, was ich ihm sage, ohne Fragen zu stellen."

„Oh, super", Ceciel hob eine Augenbraue, „du willst also, dass ich ihn noch mehr manipuliere, als sowieso schon."

Genau das war das Problem. Sie hatte nichts dagegen, Alecs feste Freundin zu sein, überhaupt nichts, aber trotz Mr Morgens Einfluss hatte sie sich zu sehr in ihre Rolle eingefunden. Sie entwickelte tatsächlich Vorbehalte, ihre Freunde auszunutzen.

„Möchtest du die Welt etwa untergehen lassen, weil du zu viele Skrupel hast?", fragte Mr Morgen müde. „Alec und Xander sind deine Kameraden, aber sie sind auch das erfolgreichste Verbrechen bekämpfende

Geschwister-Duo aller Zeiten. Das Schicksal der Welt hängt von ihnen ab – und damit auch von dir. Alles, worum ich dich bitte, ist dem Verdammten Auserwählten™ ein bisschen den Kopf zu verdrehen."

Ceciel biss sich auf die Lippe. „Natürlich möchte ich die Welt retten, ich habe immer alles getan, was du mir gesagt hast, aber was ist wenn –." Sie hielt inne, suchte nach den richtigen Worten, bevor die Wahrheit aus ihr heraussprudelte. „Es ist doch auch möglich, dass er mich gar nicht so mag. Dann wäre dein ganzer Plan aufgeschmissen."

Das, wie selbst Mr Morgen erkannte, war nichts als lächerlich. Teenager waren echte Nervensägen. „Natürlich will er was von dir!"

*Ceciel war nicht sonderlich überzeugt. „Woher willst du das wissen? Er hat keine Aura und du kannst seine Gedanken nicht lesen."**

„Man muss kein Magier sein, um zu sehen, dass er dich mag", erwiderte Mr Morgen in aller Selbstverständlichkeit.

Aber er hatte seiner Tochter gelehrt, dass sie an nichts glauben sollte, was nicht auch bewiesen werden konnte.

Er grinste sie an, um die Stimmung etwas aufzulockern. „Mach dir keine Sorgen, die Beziehung wird eh nicht lange halten. Immerhin ist es sehr unwahrscheinlich, dass Alec Blackwood sein 18. Lebensjahr übersteht."

Das war natürlich genau das, was Ceciel hatte hören wollen.

---

* Manchmal kam es ihr vor, als wäre da sowieso nichts, was man lesen könnte, und manchmal hatte sie damit sogar recht.

Endlich! Eine Waschmaschine!

Alec blinzelte in den imposanten Lichtkegel, der plötzlich vor ihm aufgetaucht war.

Die Sonne hatte sich hinter die sanften Hügel zurückgezogen und vor kurzem noch hatte der graue Himmel mit Sternen geglitzert. Doch die kleinen Lichtpunkte hatten die Flucht ergriffen, wurden überstrahlt angesichts des gewaltigen, leuchtenden Monsters, das sich vor ihnen auftürmte. Ceth'awna.

Alec hatte geschlafen, mit halbgeschlossenen Liedern, für jede Gefahr bereit, geträumt von … von, er konnte sich nicht mehr ganz erinnern, aber der Traum hatte einen salzigen Nachgeschmack hinterlassen und eine wehleidige Erinnerung an seinen Bruder. Er dachte an Lilian, die wohl für alle Ewigkeit einsam auf Rettung warten musste, hob den Kopf und fiel vor Schreck fast vom Zug.

Ceth'awna war eine Stadt, die sich schon vom Weiten ankündigte mit Ausläufern von Vorstädten, die ihre Fühler kilometerweit in jede Richtung erstreckten. Aber die hatte Alec verschlafen und jetzt kauerte er nieder, um sich vor der größten Metropole auf dieser Seite der Pryddha zu verstecken.

Die Außenbezirke Ceth'awnas waren gedrungen, als würden die braunen Backsteinhäuser mit den flachen Dächern vor den Wolkenkratzern in der Mitte der Stadt niederknien, dem strahlenden Herz Ceth'awnas. Vom Zug aus wirkte es, als würde die Metropole den Neuankömmlingen lächelnd die juwelenbesetzte Hand hinstrecken, ihnen den Atem rauben, um all ihre Hässlichkeit zu verstecken. Selbst Rico war beeindruckt, obwohl er es nicht zugeben wollte und etwas von wegen „in Byuo Aey gibt es größere Städte"* murmelte.

Die Gehwege waren eng und grau, der Luftweg kaum befahren, aber in der Ferne verdichtete sich der Verkehr. Kleine, schwarze Punkten schwirrten wie Bienen um das Herz Ceth'awnas herum. Die Gebäude nahmen an Höhe und Breite zu, jedes in einem anderen, außergewöhnlichen Design, angepasst an die verschiedenen Wesen, die sich hier angesiedelt hatten.

Gläserne Häuser gefüllt mit künstlich bewegtem Wasser für Nixen und Selkies. Sich in den Himmel schraubende, baumartige Gebilde, deren Fassaden mit langen Ästen und tiefen Löchern versehen waren und in denen sich alle möglichen vogelartige Wesen tummelten. Berge angehäuft aus Kristall und Eisen, die Zwergenschmieden in sich bargen. Die unwirklichen, schwebenden Paläste der Luftgeister, die mit jeder Brise durch den Straßenverkehr wirbelten. Und die größten Wunder von allen: die leuchtenden und blinkenden Türme der Menschen, die jede Kunstfertigkeit der Technologie zur Schau stellte, die man sich hatte ausdenken können. An der Außenwand angebrachte, gläserne Fahrstühle, hängende Gärten auf den Dächern, Gebäude die in einen einzelnen Film verwandelt waren oder sich mit dem Spruch „Willkommen in Ceth'awna, dem Königreich Lughs" ankündigten.

Die Wege wurden schwarz vor Geschöpfen, der Lärm ohrenbetäubend, als würde die Stadt ihre Gäste mit ihrer eigenen Melodie aus Verkehrslärm und Maschinengesang begrüßen, sie in ihren Bann ziehen.

Ein Hexenbesen schoss haarscharf am Zug vorbei, eine fliegende Kutsche hupte dröhnend genug, um einen Pegasus ins Schlingern zu bringen. Ceth'awna war so weitläufig, dass sie

---

* Eine Lüge. Während der Menschenkriegen waren alle großen Städte in Byuo Aey zerstört worden und die meisten Geschöpfe dort zogen als Nomaden durch die gläsernen Wüsten, um den Geistern in den Ruinen zu entkommen.

bedrängend wirkte, so vielfältig, dass nichts als eine breite Masse zu erkennen war, so individuell, dass alle nur an sich selbst dachten. Sie war wie das Meer. Kalt, ungezähmt und bereit jeden zu verschlingen, der nicht aufpasste.

„Wir müssen hier runter", brüllte Rico ihnen über den Verkehrslärm zu. „Die dürfen uns am Bahnhof nicht erwischen."

„Ich dachte, Helden dürfen so was", erwiderte Alec spöttisch, aber es ging in einer schrillen Huptirade verloren.

Hēro stupste ihn verschlafen blinzelnd an und dieses Mal wehrte er sich nicht. Er griff nach dem Kopfgefieder des Greifs und hielt sich so gut daran fest wie nur möglich. Sie stieß sich vom Dach des Zuges ab, schlingerte hin und her, bevor sie sich im Flugverkehr einfand, einem System, das niemand verstand und das jeden verrückt machte, der versuchte es zu verstehen. Luftstraßen stapelten sich über Luftstraßen, kreuzten sich oder stießen auf Luftinseln, die aus dem Nichts aufgetaucht waren. Nachdem sie beinahe gegen eine pompöse Kutsche gestoßen wäre, gab sie es auf und verließ die Luftstraße, landete auf einem breiten Platz vor dem Bahnhof.

Niemand kümmerte sich um die Gestalten, die aus dem Himmel fielen. Gute Bürger Ceth'awnas standen über solchen seltsamen Angelegenheiten, die sie nichts das Geringste angingen und nur ihre Pläne durchkreuzen würden, wenn sie sich länger damit beschäftigten.

„Also auf zu Ceciels Haus?", fragte Ruby, als Rico sie sicher neben Alec und Hēro abgesetzt hatte.

„Geht ihr schon mal vor."

Alec richtete den Blick auf das Tor des Bahnhofs, aus dem Wesen aller Art quollen. Vor vielen, vielen Jahren war er mit Xander und seiner Mutter durch ebendiese Tore getreten. Damals hatte Ceth'awna nach Hoffnung und Zukunft gerochen.

„Ich habe noch was zu erledigen."

„Du hast was zu erledigen?“ Rico schlug mit seinen Flügeln um sich. „Wir müssen herausfinden, wie gut Ceciel Morgens Sicherheitsmaßnahme sind und den besten Weg für mich, in ihre Bibliothek zu kommen. Und du, die Person, die sie am Besten kennt *auf der ganzen verdammten Welt,* hat was zu erledigen?“

Alec sah einem Feenpaar zu, das ein quengelndes Kind hinter sich her schleppte. „Genau. Ich würde sagen wir treffen uns hier wieder, wenn ihr mit eurer Besichtigung fertig seid.“

Rico gab eine gute Interpretation von Alecs genervtem Stöhnen von sich. „Das kann doch nicht – Ruby, sag doch auch mal was!“

„Die Sache kann nicht warten?“, fragte Ruby sanft.

Alec zuckte mit den Schultern und versuchte, möglichst unbeteiligt auszusehen. „Du weißt doch“, sagte er, „unsere eigentliche, äh, Mission, für die muss ich was erledigen.“

„Okay.“ Ruby dachte an Lilian und etwas Unglaubliches geschah. Sie fragte nicht weiter nach. Dann wandte sie sich an Rico. „Es ist wirklich wichtig. Nur weil wir dir einen Schwur geschworen haben, heißt das nicht, dass wir nicht auch eigene Verpflichtungen haben.“

Rico wrang mit den Händen und suchte Hilfe bei seiner letzten Verbündeten, aber Hēro zuckte unbeteiligt mit den Flügeln.

„Na schön“, fauchte er, „setz halt unser ganzes Vorhaben aufs Spiel, mir doch egal.“ Er drehte sich mit einer Manier um, die eher an ein Kleinkind als an einen Helden erinnerte, und vergrub die Hand in Hēros Fell. „Alle, die ihren Verstand nicht verloren haben, folgen mir zu den Tunneln. Da sind doch eure Fortbewegungsmittel, oder? Also die, die weniger gefährlich sind als der Luftverkehr.“

Ruby warf Alec noch einen letzten, besorgten Blick zu, dann stieg sie hinter Rico die Treppen zu den Bahn-Tunneln hinab.

Alec war alleine, oder so alleine, wie man in Ceth'awna eben sein konnte. Der breite Strom, der sich aus dem Bahnhof auf die Straßen ergoss, riss ihn mit und er ließ sich davon durch die

Gassen treiben. Er wusste genau, welchen Weg er einzuschlagen hatte. Düster und grau und verlassen, trotz der unerschöpflichen Massen an unzufriedenen Wesen, deren leidvolles Klagen sich unter das Lied der Stadt mischte. Auch nach all den Jahren hatte sich der Stadtplan in sein Gedächtnis eingebrannt. Mit der linken hielt Alec seine rechte Hand fest umklammert, streifte über die Fingerstümpfe.

Er hatte jegliches Zeitgefühl verloren, als er endlich vor den Friedhoftoren stand. Ehrfurcht gebietend und düster überblickten sie die vollen Straßen, Relikte aus einer anderen Zeit, so fehl am Platz, dass Alec am Liebsten umgekehrt wäre. Aber jetzt gab es kein Zurück mehr. „Einen Moment Ruhe, bitte", war über die Tore eingraviert worden.

Er gab ihnen diesen Moment, dann trat er ein. Ein gedrungenes Kassenhäuschen wartete auf ihn. Angeblich war es angebracht worden, um den Gedenkhof der Helden – immerhin lagen hier keine wirklichen Leichen – vor einem übermäßigen Besucherandrang zu schützen. Dabei waren alle anderen Museen doch auch kostenlos.

Es gab einen zweiten Eingang für Verwandte und Freunde der Verstorbenen, aber Alec hatte keine Lust erkannt zu werden, also gab er sich als Besucher aus und zahlte mit dem Bargeld, das Ruby ihm geliehen hatte. Er sollte eine Liste erstellen mit all dem Geld, das er ihr schuldete …

Der Gedenkhof war ausladend und verwinkelt genug, dass sich die Massen verliefen. Je weiter Alec sich vom Kassenhäuschen entfernte, desto weniger Besucher bekam er zu Gesicht.

Vor Xanders Gedenkstein warteten nur drei Kobolde. Er war nicht so stattlich oder detailreich wie andere Steine, aber das hätte Xander auch nicht gefallen. Ceciel hatte ihn ausgesucht und auf alles geachtet. Darauf stand, was er immer auf seinem Gedenkstein hatte stehen sehen wollen: „Ich bin zwar tot, aber trotzdem hübscher als du." Dieser Spruch war so hirnlos, so unbedeutend, *so Xander*, dass Alec die Knie weich wurden.

Er konnte sich kaum an die Bestattung erinnern. Damals hatte sein Kopf noch zu sehr geschmerzt und das einzige, um das er sich hatte kümmern können, war die Augen lange genug aufzuhalten, um nicht vollkommen zerstört zu wirken. Alleinig dafür hatte er die Rehabilitationsgesellschaft für Matadoren in den letzten drei Jahren verlassen, und von der Reizüberflutung hatte er sich noch Monate danach erholen müssen.

Dann fiel sein Blick auf den Platz neben dem Gedenkstein und Alec erstickte fast an dem Knoten in seinem Hals. Es war nur ein mickriges Stück gefrorener Boden, kahl und unbedeutend, gerade groß genug für einen zweiten Stein. Ein Stein, der nur darauf wartete, dorthin gesetzt zu werden.

Er starrte auf die harte Erde, hörte ihr verführerisches Flüstern und tat etwas, was er noch nie zuvor gewagt hatte. Er kehrte auf dem Absatz um und floh stolpernd von dem Gedenkhof, sodass er auf die Touristen nur wie ein weiterer ruheloser Geist wirkte.

Die Straßen erschienen ihm plötzlich enger, die vorübergehenden Gestalten ignorierten ihn nicht mehr, sondern warfen ihm lange, verurteilende Blicke zu. Als wüssten sie, dass Alec nicht war, wo er sein sollte. Gerne würde er auch vor dieser Stadt wegrennen, aber sie würde ihn doch wieder einholen. Er unterdrückte die salzige Angst, die seine Lungen füllte, suchte ihren Treffpunkt und wartete darauf, dass seine Freunde zurückkehrten.

Ricos wütendem Funkeln und Hēros genervtem Federspreizen konnte er ausweichen, aber Rubys besorgter Blick verfolgte Alec selbst in den knappen Momenten, in denen sie sich von ihm abwandte.

Er konnte erst wieder richtig atmen, als sie ein Hotel gefunden hatten und er die Zimmertür hinter sich zuschlug. Das schwere Gewicht, das auf seiner Brust lag, seine Kehle zuschnürte, löste sich auf. Ein lautloses Schluchzen brach aus ihm hervor, als er auf den Boden sank, den Kopf gegen die kühle Wand gelehnt. Alec wollte die Augen schließen, doch dann sah er die leere Fläche neben Xanders Gedenkstein vor sich. Sie hatte sich in seine Schädelwand eingebrannt.

Da sollte eigentlich sein Name stehen, aber wegen eines kleinen, lächerlichen Fehlers war er in der Nacht nicht gestorben. Und das Schlimmste daran war, dass er nicht mit Sicherheit sagen konnte, ob er bereit gewesen wäre, diesen Preis zu zahlen. Xander war es nicht gewesen und dadurch wuchs Alecs Schuld umso mehr. Dann war da Ceciel, die ihn allein gelassen hatte und die er allein gelassen hatte. Morgen würde er sie wiedersehen, zum ersten Mal nach drei Jahren.

„Hey! Du wirst niemals erraten, was die hier haben. Waschma –. Ach du Scheiße!"

In seinem Drang, sich so schnell wie möglich in einen dunklen Raum zurückzuziehen, wo niemand ihm sehen konnte, hatte Alec vergessen, seine Tür abzuschließen und für gewisse Wesen war „klopfen" ein Fremdwort.

„Alles in – äh – Ordnung mit dir?" Ruby kniete sich neben ihn. „Was für eine dumme Frage, offensichtlich nicht. Willst du nicht aufstehen und dich, keine Ahnung, ins Bett legen?"

Alec schüttelte den Kopf.

„Oh, okay."

Ruby hatte sich umgezogen und trug jetzt eine schwarze Jogginghose und einen blauen Hoodie, auf dem ein Grokin abgebildet war, der einen Fledflatter umarmte.* Ihre Kleidung schien überraschend schleimfrei.

„Vielleicht würde es dir helfen, wenn du erstmal duschen gehst und dich dann umziehst? Die haben hier eine Waschmaschine, ich wollte gerade alle meine Sachen, die noch mit Schleim bedeckt sind, da rein werfen."

---

* Sehr unrealistisch, da diese Spezies auf unterschiedlichen Seiten Pryddhas beheimatet sind.

Da Alec nicht wusste, was er sonst tun sollte, nickte er schwach und verfluchte sich innerlich für seine Dummheit. Ruby seufzte.

„Andererseits wäre es nicht gut, wenn ich dich jetzt alleine lassen würde, oder? Vielleicht könnten wir Rico –."

„Nein! Mir geht's super."

Auf keinen Fall wollte Alec das selbstgefällige Gesicht des Helden sehen, wenn Ruby ihm von diesem Ausrutscher erzählte. Aber alleine mit seinen Gedanken konnte er auch nicht sein. Und jetzt, da sie ihn schon bei einem Schwächeanfall erwischt hatte und sein gutes Image ruiniert war …

„Ich komme mit."

Ruby wollte widersprechen, aber dann entschied sie sich um und zuckte mit den Schultern. „Meinetwegen. Ich verstehe nur nicht, wieso du Rico nicht leiden kannst. Abgesehen davon, dass er uns durch einen Blutschwur an sich gekettet hat, ist er doch echt nett. Ich meine, er hat uns geholfen, irgendwie."

„Warum ich ihn nicht leiden kann?" Alec stimmte ein trockenes Lachen an und endete in einem Hustenanfall. „Lãpez ist ein Groschenheld."

Ruby legte den Kopf schief, wie sie es gerne tat, wenn sie etwas nicht verstand.

„Du weißt schon, einer von diesen Whisky-Machos. Selbst würde er sich öffentlich niemals als Held bezeichnen, weil er doch schon so viele Wesen in den Tod geführt hat und so eine schreckliche Persönlichkeit hat und *buh hu hu*."

Alec verzog angewidert das Gesicht. „Darum sind die ständig in irgendwelchen Bars aufzufinden, wo sie so tun, als würden sie sich betrinken, und anderen Leuten ihr Leid klagen. Als wären sie die Einzigen mit Problemen. Aber die Fans stehen drauf. Darum halten die auch so unnatürlich lange durch, bis sie eine neue Hüfte brauchen. Widerlich. Sind nur auf Gewinn aus, diese Kerle, und verursachen nichts als Probleme."

Ruby schüttelte lächelnd den Kopf. „Geh duschen, Alec."

Also ging er duschen. Als er in den Spiegel sah, konnte er erkennen, weshalb sie so verstört war. Er sah aus wie eine Moorleiche. Seine Haut war bleich und wirkte, als könnte sie bei jeder Berührung zerreißen wie Papier, wodurch die Sommersprossen und die Narbe an seinem Kinn ungesund hervorstachen. Seine Augen waren nicht nur von dunklen Augenringen unterlegt, sie waren auch rot geschwollen und glänzten fiebrig. Alec musste grinsen, denn er dachte daran, wie Xander sich jetzt über ihn lustig gemacht hätte.

Er wechselte seine halb verkohlten Klamotten gegen mit Schleim verklebte, dann trat er aus dem Bad. „Okay, wir können."

Ruby, die in ihre eigenen Gedanken vertieft die Wand anstarrte, schreckte auf. „Oh. Äh, gut."

Jeder packte einen Teil des Wäschestapels und sie schwiegen, bis sie den Waschraum im Keller des Hotels erreicht hatten. Ruby lud die Waschmaschine ein.

„Und jetzt?", fragte Alec, als die Trommel begann sich im Kreis zu drehen.

Ruby zuckte mit den Schultern. „Wir könnten wieder hochgehen und –."

„Könnten wir auch einfach hierbleiben?"

„Oh, okay. Ich schätze schon, warum nicht." Ruby setzte sich auf die Waschmaschine und ließ die Beine baumeln. „Also – willst du darüber reden?"

„Nicht wirklich", krächzte Alec und damit war die Unterhaltung beendet.

So saßen sie da und schwiegen gemeinsam, während die roten Zahlen am Bedienfeld der Waschmaschine nach unten zählten. Alec holte seine Kreditkarte hervor. Die Schleimschicht darauf war getrocknet und ließ sich jetzt gut mit den Fingernägeln abkratzen.

Als er damit fertig war und die Zahlen bei 0:20 angelangt waren, hob er schließlich die Stimme und erlöste Ruby. „Lilian hatte Unrecht, weißt du", sagte er. „Als sie mich ausgesucht hat,

hat sie die schlechteste Wahl überhaupt getroffen. Ich sollte nicht – ich sollte nicht hier sein, weißt du. Nicht mehr."

„Meinst du die Sache mit dem Blutschwur?" Ruby legte den Kopf schief. „Glaub mir, ich verstehe, dass du Ceciel nicht wiedersehen willst und dass du denkst, in der Rehabilitationsgesellschaft für Matadoren wäre es dir besser gegangen, aber mal ehrlich, da war es einfach grauenhaft."

Alec seufzte. „Nein, darum geht es nicht. Ich meine – mein ganzes Leben lang habe ich auf diesen einen, finalen Moment hingearbeitet und dann war er vorbei und ich war immer noch da." Und Xander nicht mehr. „So war das nicht geplant, ich sollte … nicht hier sein."

Endlich verstand Ruby. „Es gibt doch keinen richtigen Zeitpunkt, an dem du –." Aber dann überlegte sie es sich anders und entschied sich, erstmal nachzudenken.

Alec rutschte herum. Hatte er sie für immer verschreckt?

„Ich kann nicht mal daran denken. Wer hat dir denn so was erzählt? Du hast wohl genauso ein Recht hier zu sein, wie jeder andere auch", sagte sie behutsam.

„Vielleicht ist das für *andere Leute* so", schnaubte Alec mit einem Hauch seiner normalen Verärgerung, „aber nicht für Helden. Es ist unser Job, für andere Leute zu existieren. Und wenn wir das nicht mehr können, dann gibt es für uns nur noch die Möglichkeit zu verschwinden – auf die eine oder andere Art und Weise."

Ruby biss sich auf die Unterlippe. „Aber das ist doch alles schwach –. Ich meine, warum lässt du dir ständig solche Definitionen aufdrücken? Du hast doch selbst gesagt, dass *Held sein* ein sehr dehnbarer Begriff ist, aber offensichtlich bist du da nicht wirklich flexibel."

„Als ich 13 Jahre alt war, brach ein Mann bei Mr Morgen ein. Er kam, um mich zu töten. Ein namenloser Anti-Magie-Terrorist." Alec sah auf seine Fingerstümpfe. „Ich habe ihm ein Messer ins

Auge gerammt. Da kommst du nicht mehr raus, wenn du erstmal drin warst. Wenn ich kein Held bin, warum habe ich dann –. Es ist der einzige Weg, um allem, was ich getan habe, einen Sinn zu geben."

Jedes andere Geschöpf hätte es dabei belassen, aber Ruby Blut brannte heiß wie die Sonne. „Es gibt keine Rechtfertigung dafür, jemanden zu töten, ob Schurke oder Held!"

Sie wurde erst freundlicher, als sie Alecs betretenen Blick bemerkte. „Aber du kannst das ändern, ich weiß, dass du das kannst, denn –." Sie biss sich auf die Lippe. „Es muss doch einen Grund geben, warum ich in der Rehabilitationsgesellschaft für Matadoren ausgerechnet *dir* hinterhergerannt bin und nicht den anderen emotional gestörten Helden, und Lilian muss es genauso gehen. Ich meine, es war sicherlich nicht deine freundliche Art oder dein unwiderstehliches Aussehen."

„Hey! Solltest du mir nicht helfen, mich besser zu fühlen oder so?"

„Ich sage ja nur, dass du nicht gerade freundlich bist. Einsicht ist der erste Schritt zur Besserung", protestierte Ruby. „Und da gab es einige Helden mit viel interessanteren und verstörenderen Geschichten. Lycia zum Beispiel."

„Vielleicht weil du ADHS hast?", schlug Alec vor. „Und ich ganz alleine in diesem großen Haus lebte, das niemand betreten wollte und das du nicht betreten durftest? Und du jede dumme Regel brechen musst, die du siehst?"

Ruby lachte. „Das auch. Aber, keine Ahnung, manchmal, wenn du dich nicht wie ein wütender Gremlin verhältst, da habe ich sogar das Gefühl, als könnte ich –." Sie verzog das Gesicht. „Mann, das klingt jetzt bestimmt, als hätte ich irgendwas genommen, aber manchmal kann ich es sogar *sehen*, dass du gar nicht so übel bist. Du leuchtest. Warm." Sie legte eine Pause ein und setzte noch ein verlorenes „Alter" hinzu, in der Hoffnung, dadurch nicht allzu bedeutungsvoll zu klingen.

Alec hob eine Augenbraue, um das ganze Gespräch noch unangenehmer zu machen. Er war von ihnen beiden sicherlich nicht derjenige, der strahlte.

„Meinst du meine Aura? Denn die hab ich nicht. Keinen Magiestandard, keine Aura. Nichts. Da gibt's nichts zu sehen."

„Nein ich", Ruby rieb sich über die Augen, „ich habe das nicht so gemeint. Glaube ich. Mann, wenn ich gut im Reden wäre, würde ich wohl nicht den Rest meines Lebens damit verbringen wollen, Bilder zu malen, oder?"

Alecs Mundwinkel zuckten. „Wahrscheinlich nicht."

Die Waschmaschine piepte so schrill, dass Alec sie fast mit seinem Messer aufgespießt hätte. Sie beluden den Trockner und entschieden sich im stillen Einverständnis, weiter hier zu warten. Ruby hüpfte aufgeregt hin und her, entschuldigte sich kurz und kam mit einer riesigen Tafel Mandelschokolade zurück. Sie redeten nicht, während sie die Schokolade teilten, sahen der Trommel beim Drehen zu und versuchten, in Rubys Fall, nicht in sinnloses Geschwätz auszubrechen.

„Also, was kann ich tun, um diesen Schock wieder gutzumachen?", fragte Alec, als der Trockner seine Aufgabe verrichtet hatte. „Und jetzt tu nicht so nobel, ich weiß doch, dass du irgendwas von mir willst."

Ruby kratzte sich an der Nase. „Hm, vielleicht könntest du hin und wieder mal aufhören, ein griesgrämig Gremlin zu sein."

„Etwas, zu dem ich auch fähig bin."

Sie schüttelte seufzend den Kopf. „Na schön, aber wehe, du ziehst dich jetzt wieder aus dem Geschäft zurück."

Alec versicherte ihr, dass er etwas besaß, das sich Ehre nannte. Auch wenn sie heute leicht angeknackst war.

„Weißt du noch, dieses Kunstmuseum, von dem ich dir auf der Fahrt hier her erzählt habe?"

Sie hatte stundenlang darüber gequasselt, denn es arbeitete eng mit ihrer Universität zusammen. Alec kannte alle wichtigen Werke und Ausstellungen, die dort zu sehen waren, inzwischen auswendig.

„Wir gehen dahin, morgen."

Alec stöhnte auf. „Was? Es war schon die reinste Folter dir auf dem Zug zuzuhören!"

Ruby berief sich auf seine angeknackste Ehre und er hatte keine andere Wahl, als einzuwilligen.

„Na schön", sagte er, „aber dann müssen Rico und Hēro auch mitkommen. Nach allem, was sie getan haben, haben die das mindestens genauso verdient wie ich."

Ruby zuckte mit den Schultern. „Je mehr, desto besser."

Sie fuhren mit dem Fahrstuhl zurück zu ihren Zimmern.

„Ruby", rief Alec und sie drehte sich noch einmal um, bevor sie nach der Türklingel griff. Er holte tief Luft, schloss die Augen und würgte ein „Danke" hervor.

Das Geheimnis von Alecs Fangirls wird aufgeklärt

„Aha! Es hat funktioniert!“ Mit einem breiten Grinsen und seiner wieder funktionstüchtiger Kreditkarte trat Alec von dem Geldautomaten zurück.

Ruby schnappte ungläubig nach Luft. „Wie hast du das denn geschafft! Das grenzt ja schon fast an ein Wunder.“ Sie grinsten einander an.

„Bei König Lugh, Alec! Hast du dich gerade bereiterklärt, für uns alle zu zahlen?“, rief Rico aus und fasste sich theatralisch an die Brust. „Das kann ich doch nicht annehmen! Obwohl ...“

„Oh, natürlich“, erwiderte Alec trocken, „für die Armen und Schwachen in unserer Gesellschaft habe ich doch immer ein Ohr offen. Besonders, wenn ihre Auftraggeber ihnen keinen Lohn zahlen.“

Rico steckte ihm die Zunge heraus. Wer nach einem guten Ort suchte, um viel Geld auszugeben, der war in Ceth'awna genau richtig. Hier standen an jeder Ecke Geschäfte, in denen sie all ihr Erspartes für überteuerte Klamotten herauswerfen konnten.

„Ooohhh, Blackwood!“ Rico stieß ihn mit dem Ellenbogen an. „Sieh doch nur!“

Er deutete auf ein kleines Geschäft auf der anderen Straßenseite, das fragwürdigen Helden-Merch verkaufte. Das war die Rache für Alecs unqualifizierte Kommentare.

„Da müssen wir unbedingt rein!“

Bevor Alec protestieren konnte, hatte Rico bereits Rubys Arm ergriffen und zerrte sie über die Straße. Hēro und Alec hatten keine andere Wahl, als ihnen zu folgen.

Das Geschäft war stickig und voller Krempel, genauso wie Alec es erwartet hatte, und irgendwo in der hintersten Ecke war Ruby am Ersticken.

„Alles okay bei dir?“, fragte Alec vorsichtshalber, damit ihn, wenn sie tot war, vor Gericht später niemand belangen konnte.

Die Verkäuferin sah bereits komisch zu ihm hinüber. Alec gab ihr ein Daumenhoch. Alles unter Kontrolle.

„Alec, du musst dir das hier unbedingt ansehen“, kam es hinter einem Stapel Action-Figuren hervor.

Rico war in eine Kiste voller Furzkissen vertieft, mit denen er versuchte, eine Melodie zu komponieren, und Hēro war damit beschäftigt, den lauernden Reptilienaugen der Verkäuferin auszuweichen. Von denen konnte Alec keine Hilfe erwarten.

„Wehe es ist nichts wichtiges“, murmelte er und schlug sich einen Weg durch das undurchdringliche Gestrüpp aus alten T-Shirts und Tassen mit Aufdruck.

„Oh ja“, kicherte Ruby, „es ist sehr wichtig.“

Sie hatte einen ihrer Einfälle gehabt und da stand sie nun, gleich neben einem Korb voller Schwerter, die Wangen leicht gerötet. Sie hatte sich auf einen gedrungenen Hocker gestellt und die Arme weit nach oben gestreckt. In ihren Händen hielt sie grinsend eine Plakatrolle. Das war eine Falle.

„Dieses Bild hat meine Sicht auf die Welt verändert“, verkündete Ruby hochtrabend, dann rollte sie das Plakat auf. „Schau!“

Und Alec schaute. Die Person, die darauf abgebildet war, war kaum zu erkennen. Es war er selbst, obwohl er sich nicht erinnerte, je so wenige Sommersprossen und diese leuchtende Haut besessen zu haben. Auch die ordentlichen Haare mit dem satten, rotbraunen Unterton waren neu, oder die kunstvoll geschwungenen Augenbrauen und bernsteinfarbenen Augen. Und so einen

Sixpack, der sich unter dem viel zu dünnen T-Shirt abzeichnete, hatte er nicht mal in Ansätzen besessen. Es war so peinlich, dass Alec rot wurde.

„Verdammt", murmelte er, „verdammt, was haben die mir angetan? Das ist – das ist eine Schande! Wenigstens weiß ich jetzt, warum mir so viele Mädchen hinterhergerannt sind."

Ruby fiel fast vom Hocker.

„Ist das überhaupt erlaubt?", fuhr Alec fort. „Als das Bild entstanden ist, da war ich noch minderjährig, und das sieht fast schon nach einem Softporno aus."

„Warum hast du bei sowas überhaupt mitgemacht?", brachte Ruby unter einem erneuten Lachkrampf hervor.

Schwer zu glauben, dass der Verdammte Auserwählte™ dem Merchandising verfallen sein sollte.

„Du bei einem Fotoshooting? Bei deinem Blick hätte doch jeder Fotograf das Weite gesucht!"

Alec versuchte sie mit eben jenem Blick zu erstechen, nur leider funktionierte das nicht so tadellos, wenn sein Gegenüber sich über ihn lustig machte. Also gab er auch sein letztes Quäntchen Würde seufzend auf.

„Irgendwie muss man als Held ja auch sein Geld verdienen", wiederholte er, was Mr Morgen ihm vor all diesen Jahren erzählt hatte. „Für das die Welt retten wird man jedenfalls nicht bezahlt, sonst hätte der ganze Helden-Schwachsinn ja gar keinen Sinn. Also müssen wir uns anders über Wasser halten." Jetzt kommt's, wappnet euch für diese Demütigung. „Durch Merchandising."

Ruby war sehr aufmerksam und tat ihr bestes, um nicht komplett zusammenzubrechen. Ihr Gesicht hatte die Farbe einer Tomate angenommen und ihre Augen fielen ihr fast aus dem Kopf. Aber sie hätte sich die Mühe nicht machen müssen, denn Alec brach selbst in Gelächter aus.

„Diese Muskeln! Ich sehe aus, als wäre ich auf einem Poster für einen dieser widerlichen Strand-Filme, die ständig im Kino laufen."

Was ein Wunder. Alec wusste nicht nur, was ein Kino war, er machte auch noch Witze darüber.

Ruby, ganz die Wissenschaftlerin, versuchte weitere Experimente in diese Richtung. „Ehrlich?", erwiderte sie mit einem verschlagenen Grinsen. „Ich finde deinen Blick ja viel besser. Du siehst aus, als müsstest du mal ganz dringend dein sehr heroisches Geschäft erledigen."

Es war wie Magie. Alec lachte und plötzlich war er kein griesgrämiger Gremlin mehr. Da waren doch tatsächlich seine Zähne zu sehen* und sogar ein kleines Stückchen Zunge.

Nicht mal als Rico sich mit diversen Furzkissen in der Hand näherte, hörte er auf zu lachen.

„Krass", sagte Rico, „da sah selbst das Poster meines besten Schulfreundes besser aus und das war schon übel genug. Er fand dich total toll, dabei warst du nur ne düsteren Bohnenstange." Seine Mundwinkel zuckten. „Das habe ich nie verstanden, aber wenn ich mir dieses Poster da ansehe …"

„Oder?", japste Ruby. „Auf meinem Poster sah er auch viel besser aus."

Alec kniff die Augenbrauen zusammen. „Auf *deinem* Poster?"

„Ich war zwölf, okay?", versuchte Ruby verzweifelt sich zu rechtfertigen. „In diesem Alter tut man nun mal komische Dinge. Und außerdem hatte ich da noch mindestens fünf andere Helden hängen."

„Was haben nur alle Mittelstufen-Schüler mit dir?", stöhnte Rico und Ruby gelang es, noch röter zu werden.

„Das hat eh nicht lange überlebt", murmelte sie und plötzlich löste ihr Lächeln sich auf.

---

* Sehr hübsche Zähne, dafür hatte Mr. Morgen gesorgt.

Ein spöttischer Zug schlich sich um Ricos Mundwinkel. „Hast ihn gegen eine dieser Boybands eingetauscht, oder was?"

Ruby kaute nur auf ihrer Unterlippe herum. Das war so untypisch, dass Alec sich fast Sorgen gemacht hätte, aber Hērо stupste ihn vorwurfsvoll an und rettete ihn vor seinen eigenen, verräterischen Gedanken. Die Verkäuferin musterte sie wieder misstrauisch und auch weitere Kunden hatten sich nach ihnen umgedreht. Ruby lächelte unbeholfen.

„Sorry. Wie viel für dieses Poster?"

Sie hielt es der Verkäuferin so nah vors Gesicht, dass die kaum noch atmen konnte.

„Ruby, nein", seufzte Alec.

Rico grinste. „Ruby, *doch*."

Schließlich kaufte Ruby das Plakat nicht, dafür aber ein zu großes T-Shirt, auf dem Alecs Gesicht über den Worten der Verdammte Auserwählte™ abgebildet war. Rico und sie fanden das lustig, selbst Hērо schüttelte aufgeregt die Flügel.

„Seid ihr fertig mit rumalbern?", fragte Alec, dem es nicht gefiel, wenn er bei Sticheleien nicht die Oberhand hatte. „Oder wollt ihr mit dem Zeugs in Ceciels Haus einbrechen?"

Rico drückte auf das Furzkissen mit Alecs Gesicht darauf und lachte. Das war kein Merch mehr, um die Massen zu befriedigen, da wollte sich jemand an ihm rächen.*

Bevor Alec die Kontrolle verlieren konnte, um ihnen zu zeigen, dass auch Rico sich gut als Furzkissen eignete, wenn man sich nur ordentlich auf ihn drauf setzte, fanden sie ein passendes Geschäft, das Abendmode für humanoide Geschöpfe verkaufte. Es hatte alles, was sie brauchten. Anzüge, die sich selbst anpassten, eine zu große Kollektion fragwürdiger Modeartikel, übertrieben freundliche Shop-Assistenten und so hohe Preise, dass man den Kopf in den Nacken legen musste, um sie zu erkennen.

---

* Ceciel und ihr kranker Humor.

Durch mehrere Jahre Übung in solchen Dingen fand Alec sofort, wonach er suchte, aber Ruby und Rico stießen auf ernsthafte Probleme. Die Eine war der Meinung, dass alle Kleidungsstücke entweder vollkommen gleich aussahen oder potthässlich waren. Der Andere hatte nicht einmal eine Auswahl zwischen langweilig und hässlich, da seine Flügel zu groß waren, um in die anpassungsfähige Flügelkollektion zu passen.

Alec floh vor den spitzen Kleidungsbügeln und dem den tränennahen Shop-Assistenten, in dem er sich bereit erklärte, heiße Getränke aus dem Laden, der immer-heiße Getränke verkaufte, zu besorgen. Hēro folgte ihm dankbar, nicht ohne dabei ein paar Puppen umzustoßen, an denen die neuste Kollektion ausgestellt war. Zum Glück war niemand auf die Idee gekommen, ihr ein überteuertes Kleid andrehen zu wollen.

Währenddessen waren Ruby und Rico lange fertig, hatten jedoch eine sehr interessante Unterhaltung über Alec. Was auch sonst?

„Was hast du eigentlich gegen ihn?“, fragte Ruby. „Also, außer, dass er versucht hat, dich umzubringen. Aber das hat er auch bei mir gemacht, als wir uns das erste Mal getroffen haben. Vielleicht schließt er so Freundschaften.“

Rico schnaubte. „Er ist ein Kindersoldat und ich kann Kindersoldaten nicht ausstehen.“

Ruby legte fragend den Kopf schief.

„Du weißt schon, ein Kindersoldat halt. Ihr ganzes Leben lang wurden sie nur auf ihren Job trainiert, kleine, perfekte Soldaten. Die machen alles, was man ihnen sagt, ohne es zu hinterfragen.“ Rico verzog das Gesicht. „Kein Privatleben. Setz die der Realität aus und die fallen vor Schreck in Ohnmacht. Brr, da läuft es einem echt kalt den Rücken runter, was?“

Ruby schüttelte nur müde den Kopf. „Nimm mal die Tüten, Rico“, seufzte sie. „Wir haben Alec und Hēro schon lange genug warten lassen.“

Es kam ihr vor, als hätte sie ein Déjà-vu. Als sie mit Klamotten beladen aus dem Geschäft traten, begann ein Straßenmusiker sein Lied zu spielen.

„Oh, hey! Ihr habt uns ja tatsächlich was zu trinken besorgt."

Ruby lächelte Alec dankbar zu und nahm ihm die immer-heiße Schokolade ab.

Sie schrie auf. „Scheiße! Heiß, viel zu heiß!" Dann, ganz plötzlich, kam das Lächeln wieder zurück. „Hey, ich liebe das Lied!"

Sie warf ihm ihr Restgeld in den Hut und zog an Alecs Arm. „Nicht vergessen, du hast mir noch versprochen, dass wir ins Museum gehen."

Der Musiker zwinkerte Alec zu, als die Gruppe sich unter einem kollektiven Stöhnen wieder auf den Weg machte, und Alec wurde rot, sah sich um und zwinkerte zurück.

Es war ein ganz netter Tag, trotz des stundenlangen Museumsbesuches, nach dem ihnen allen die Füße vom Laufen und die Köpfe von den fragwürdigen Kunstwerken wehtaten.* Bis es Abend wurde und alles schief ging, was nur schief gehen konnte.

---

* Alec verscherzte es sich mit Ruby, weil er eine weiße Leinwand mit ominösem braunen Fleck folgendermaßen beschrieb: „Mit diesem außergewöhnlichen Werk möchte der Künstler uns an den inneren und äußerlichen Qualen teilhaben lassen, die durch seine Verdauungsprobleme verursacht werden, einer Macht, gegen die er nicht ankommen kann."

Und dann wird alles kompliziert – Alec Blackwood, eine Biografie

Mit dem Plan, sich selbst in Ceciels Villa einzuladen und dabei das *Dryadarium* zu stehlen, lief es genauso, wie es von jedem gutdurchdachten Plan erwartet wurde. Er ging ordentlich daneben. Erste Zeichen lagen schon vor, bevor die Gala überhaupt angefangen hatte.

Es fing alles mit Alecs Krawatte an. Oder eher gesagt, dem Fehlen seiner Krawatte, denn über die Aufregung des Tages hatte er vergessen, eine zu kaufen.

Das war nicht mehr nachzuholen, nicht eine halbe Stunde, bevor sie stylisch zu spät bei der Gala aufkreuzen wollten. Rico konnte er seine Krawatte nicht mehr im ehrenhaften Zweikampf abknöpfen, denn den hatte Alec mit viel Weitsicht bereits vorgeschickt, um die Lage auszukundschaften. Mit einer alten Murmel von Nisesh im Gepäck, die seine Magie für zwei Stunden unterband, würde Ceciel ihn nicht kommen sehen.

Also klopfte er bei Ruby an, die bereits seit einer halben Stunde fertig angezogen war.

„Ruby", seine blasse Kinnnarbe zitterte, als er auf die fehlende Krawatte deutete, „was soll ich denn jetzt machen?"

Er wollte sich auf keinen Fall vor Ceciel blamieren und das war nicht die Art von Party, auf der man ohne Krawatte auskam.

Ruby wurde bleich, aber sie wäre nicht Ruby Eljin, wenn ihr Hirn sich nicht in Windeseile einen netten Ausweg aus dem Schlamassel suchen könnte.

„Keine Sorge, das kriegen wir wieder hin. Hast du zufälligerweise noch irgendwo ein paar Silbermünzen rumliegen? Bronze würde auch reichen."

Alec gab ihr, was sie brauchte.

„Ich glaube, ich habe da was Passendes im Hotel-Shop gesehen." Das klang überhaupt nicht gut.

Als Ruby breit grinsend mit ihrer braunen Papiertüte zurückkehrte, erkannte Alec, dass es auch überhaupt nicht gut aussah.

„Was guckst du denn so?", fragte sie beleidigt.

„Na ja." Alec konnte nichts dafür, seine Mundwinkel zogen sich automatisch nach unten. „Die ist knallrot und eine ... Ansteckfliege."

Fliegen, die nicht selbst gebunden wurden, waren auf solchen Feiern verpönt. Aber es war das Beste, was sie in so kurzer Zeit auftreiben konnten, also steckte er die Fliege an und versuchte, sie mit Würde zu tragen. Was ihm auch gelungen wäre, würde sie nicht, egal was er auch probierte, schief hängen.

„Ich sehe lächerlich aus", merkte Alec zum hundertsten Mal an, als sie endlich vor der neuen Morgen-Villa standen.

„Ach was", sagte Ruby, „du musst das nur richtig verkaufen."

Da gab es nichts zu verkaufen. Alec sah einfach lächerlich aus. Dass er kein Anzug-Mensch war, half dabei auch nicht gerade. Er war zu hochgewachsen und zu dünn und durch einen nicht ganz perfekt sitzenden, sich selbst anpassenden Anzug fiel das nur umso mehr auf. Seine zurückgegeelten Haare ließen ihn ernster wirken, als gut für ihn war, was im krassen Kontrast mit den goldenen Sommersprossen stand, die sich über die Nacht verdoppelt zu haben schienen.*

„Ich sehe lächerlich aus", wiederholte Alec und rückte die rote Ansteckfliege zurecht.

„Das tun sie doch alle", erwiderte Ruby.

---

* Mr. Morgen hätte ihn gezwungen, sie zu überschminken, aber zum Glück war kein Mr. Morgen mehr da.

Er stellte sich schlimmer an als Rachel Watson, die sich beim Abschlussball auf Rubys grauenhaftem Internat nicht getraut hatte, mit ihrem Schwarm zu tanzen.

„Gar nicht wahr", nörgelte Alec. „Du zum Beispiel siehst nicht lächerlich aus, du siehst toll aus."

„Oh, danke", sagte Ruby, die wusste, wie gut sie aussah.

Für alles andere war sie zu lange in diesem furchtbaren Laden gewesen. Es war ihr gelungen, festlich auszusehen, aber trotzdem wie sie selbst. Etwas, bei dem Alec gründlich versagt hatte. Ein Schatten huschte in ihrem Augenwinkel vorbei. Rico und Hero waren bereits hier und warteten ungeduldig auf das Ablenkungsmanöver.

„Einmal tief durchatmen", sagte Ruby mehr zu sich selbst, „und dann los."

Alec holte tief Luft und versuchte, sich wieder in den Verdammten Auserwählten™ zu verwandeln. „Bereit."

Er hielt ihr den Arm hin und grinste, aber jetzt, da Ruby sein wahres Lächeln kannte, bereitete es ihr nur Bauchschmerzen. Sie hakte sich ein und gemeinsam traten sie an das eiserne Tor, das den Eingang zu Ceciels Grundstück markierte. Alec drückte auf die Klingel und lächelte breit in die Kamera.

„Ja?", drang es aus dem Lautsprecher.

„Entschuldigen Sie, aber wir sind etwas zu spät für die Party. Der Verkehr, Sie wissen schon", erklärte Alec mit dem Grinsen eines fadenscheinigen Geschäftsmanns, der aus gutem Grund nie eingeladen wurde.

„Tut mir leid", sagte die Stimme aus dem Lautsprecher, *„aber ich habe schon alle Namen von der Gästeliste gestrichen. Vielleicht sind Sie auf der falschen Party."*

Alec lachte, als wäre das der beste Witz aller Zeiten. „Nein, nein. Wir sind definitiv nicht bei der falschen Party. Wir sind nur nicht eingeladen. Aber wir sind alte Freunde und für alte Freunde hat Ceciel doch immer Zeit."

Es rauschte, als die Person hinter dem Lautsprecher sich bewegte. *„Ah, Alec."* Die Stimme war kalt wie Eis. *„Ceciel hat schon erwähnt, dass Sie wieder auf freiem Fuß sind. Treten Sie bitte einen Schritt zurück."*

Das Tor schwang mit einem Surren auf. Eine Gänsehaut bildete sich auf Rubys Armen und Alec drückte ihre Hand etwas fester. Das war sie also, die Höhle der Löwin. Zusammen liefen sie auf einem Weg aus weißen Kieselsteinen, der sich durch einen ordentlich geschnittenen Garten wandte. Nicht so ordentlich geschnitten mit genau fünf Zentimeter hohem Gras und runden Bäumen, wie ihr das jetzt wahrscheinlich denkt, sondern auf eine übernatürliche Weise.

Bäume, die älter waren, als Bäume in so einem Garten sein sollten, reckten sich dem Himmel entgegen und bildeten ein glitzerndes Dach aus Eisnadeln, genau in der richtigen Form, um nicht über die Hecke zu wachsen. Zarte Eisblumen, bei denen kein Stängel abgeknickt war, standen am Wegrand und ein schmaler Wasserfall plätscherte in einen klaren Teich, der mit blauen und rosafarbeneren Eisrosen bedeckt war. Silberne Fische, die eigentlich in Kältestarre liegen sollten, zischten zwischen ihnen hindurch.

„Irgendwie gruselig", flüsterte Ruby, als das Tor sich lautlos hinter ihnen schloss. Unter ihren Füßen spürte sie ein rhythmisches Pochen.

Alec starrte nur ausdruckslos nach vorne. Kies stob auf, als er den Weg entlang rannte, bis die Villa von den Bäumen nicht mehr versteckt werden konnte und über ihnen aufragte wie ein Riese.

Es war ein Haus der Magie, das war gleich zu erkennen. Ein Haus das atmete, launisch und gewitzt wie die Besitzerin, mit Türmen und Balkonen und hängenden Gärten, ohne übertrieben zu wirken. Ein Meisterwerk, dessen Herz laut genug schlug, dass der Boden davon vibrierte.

Auf der gewundenen Marmor-Treppe stand ein drahtiger Homunkulus aus Lehm und Zahnrädern. Mit seinen zu langen Gliedmaßen und dem maßgeschneiderten, grauen Anzug erinnerte er etwas an Alec, reichte Ruby allerdings kaum bis zum Knie.

„Alec Blackwood“, der Homunkulus setzte zu einer kurzen Verbeugung an.

Eines dieser vereinzelten, echten Lächeln breitete sich auf Alecs Gesicht aus. „Vierundzwanzig!“ Das Lächeln verschwand ebenso schnell, wie es gekommen war. „Also hat Ceciel euch nicht freigelassen.“

Der Homunkulus schüttelte den eckigen Kopf, die knollige Nase hoch in den Himmel gestreckt. „Nein, die junge Herrin hat uns allen die Freiheit geschenkt, aber wir haben uns entschieden, trotzdem zu bleiben. Es ist eine Ehre, für das mächtigste Geschlecht der Nuth'Aya zu arbeiten.“

In einer ruckartigen Bewegung drehte Vierundzwanzig den Kopf zur Seite, sodass er Ruby mit seinen Glasaugen direkt anstarrte. „Möchten Sie mir nicht Ihre bezaubernde Begleitung vorstellen?“

Ein schallendes *Kuck-Kuck* erklang und ein goldener Vogel flatterte aus dem Mund des Wesens hervor.

Vierundzwanzig war ein Stück Kunst und das wusste Ruby zu schätzen. „Ruby Eljin“, sie hielt ihm die Hand hin. „Ein Homunkulus, wie interessant. Sind die nicht verboten?“

Vierundzwanzig schnappte entrüstet nach Luft.

„Sie sind vielleicht künstlich erschaffen, aber genauso lebendig wie du“, sprang Alec schnell ein. „Ihre Erschaffung und Versklavung, das ist verboten, aber Vierundzwanzig stand schon Jahrhunderte im Dienste der Morgens, bevor dieses Gesetz beschlossen wurde.“

Der Homunkulus griff wohlwollend nach einem Taschentuch und tupfte sich damit seine Bleistift-Nase ab.

„Wie auch immer, wir müssen uns jetzt beeilen“, setzte Alec hinzu, „war schön, dich mal wieder zu sehen.“

Er zwängte sich an Vierundzwanzig vorbei und zog Ruby mit sich, die sehr froh war, auf High Heels verzichtet zu haben.

„Hey!“, rief der Homunkulus ihnen hinterher. „Es wäre besser, wenn wir alle hier auf meine Herrin warten würden, bevor es einen Aufstand gibt.“

Ruby und Alec grinsten einander an, dann öffneten sie gemeinsam die schwarze Eingangstür. Ein lichtdurchfluteter, gold-weißer Gang erwartete sie, von dessen Ende Musik und Gelächter herüberdrang. Moderne Kunstwerke säumten die Wände und beobachteten das Paar mit surrealen Augen.

Alec packte Rubys Arm fester. „Ceciel wird uns abfangen wollen, bevor wir etwas zu Peinliches anstellen“, flüsterte er ihr ins Ohr. „Wenn sie angefangen hat, mich anzuschreien, und nicht so aussieht, als würde sie demnächst damit aufhören, kommen Hēro und du ins Spiel.“

„Ich weiß“, erwiderte Ruby mit einem spöttischen Grinsen, „das haben wir schon so hundert Mal durchgespielt. Tief durchatmen– Denk dran, das ist nur eine Reichen-Party, wie alle anderen auch. Kein Grund, nervös zu sein.“

Dann öffnete sie eine weitere Tür und sie standen inmitten einer kichernden, lästernden Menge gutangezogener Damen, Herren und anderer Varietäten. Ein Homunkulus lief mit einem Tablett Snacks an ihnen vorbei und Ruby griff nach einer der kleinen Schnittchen, noch bevor er wusste, was ihm geschah.

Der Raum war mit schmalen Sofas und Tischen vollgestellt, ein nichts sagender Salon, wie er in so einem Haus nicht zu erwarten war. Die Decke war so hoch, dass Alec den Kopf in den Nacken legen musste, um zu erkennen, dass die Lampen fehlten. Trotzdem war es taghell. Eine weiße Wendeltreppe führte auf eine Art Balkon, von dem aus man die Gäste gut beobachten konnte, fast wie ein König– oder eine Königin.

„Ja, ist das denn zu glauben? Alec Blackwood ist wieder aufgetaucht."

Das Lächeln auf Rubys Gesicht fror ein und Alec tastete mit der Hand, mit der er sich nicht an ihr festklammerte, nach seinem Messer. Das war niemand Geringeres als Sir Këil und er schlenderte mit offenen Armen auf sie zu.

„Alter Freund, schön dich mal wieder zu sehen."

Ruby warf Alec einen fragenden Blick zu, als der das brennende Messer wieder in seine Tasche gleiten ließ und stattdessen Sir Këil die Hand reichte.

„Sehr erfreut", sagte er mit einem höflichen Lächeln. „Ich gratuliere Ihnen zu Ihrem Aufstieg zum Abgeordneten der Nuth'Aya im großen Parlament. In drei Jahren kann wirklich viel passieren."

„Oh, das können Sie laut sagen, Mr Blackwood." Sir Këil zwinkerte Alec zu. „Immerhin arbeite ich jetzt nicht mehr gegen die Morgens, sondern mit ihnen zusammen."

Eine salzige Welle der Angst brach über Alec hinein, ließ seine Lunge sich zusammenziehen, bis er erstickt nach Luft schnappte. Was hatte er mit Ceciel angestellt?

Sir Këil beugte sich so weit nach vorne, dass sein Minzatem Alec über die Wange strich. „Und wer ist deine hübsche Begleitung? Ich glaube, wir wurden uns noch nicht vorgestellt."

Ruby wusste zwar wenig über die Welt der Reichen und Schönen, aber sie erkannte, wann sie eine Drohung vor sich hatte, und Sir Këil versuchte gerade, sie in sein Spiel hineinzuziehen. Dafür waren sie aber nicht hier. Sie waren hier, um ihr eigenes Spiel zu spielen.

„Oh, ich glaube, sie wissen sehr wohl, wer ich bin", sagte Ruby und lächelte. Alec trat ihr auf den Fuß, aber sie ignorierte seine verzweifelten Bemühungen, sie zum Schweigen zu bringen geflissentlich. „Wissen Sie, es ist echt gut, dass wir mal so richtig ins Gespräch kommen. Es gibt da so einiges, über das ich mich noch mit ihnen unterhalten wollte."

Sir Këil war ein Politiker und er hatte nicht so lange überlebt, weil er sich reibungslos überraschen ließ. „Ich bin immer gerne zu Diskussionen bereit, meine Liebe“, erwiderte er mit einem strahlenden Grinsen. „Dafür sind diese Veranstaltungen immerhin da, nicht wahr?“

„Also ich bin ja der Meinung“, Ruby war plötzlich ganz ernst, „dass ein falsches Lächeln und ein frischer Atem sie auch nicht weniger hinterhältig machen. Wer Scheiße labert, der labert auch noch Scheiße, wenn sie gut riecht.“

Inzwischen war Alec dazu übergegangen, ihren Arm zu zerquetschen.

„Wie Sie Ingrid behandelt haben … Wie schon bei unserem letzten Treffen erwähnt, das lasse ich Ihnen nicht durchgehen.“

Sir Këils Lächeln schwankte, aber es gelang ihm, es etwas länger aufrecht zu erhalten. „Eine steile These.“

Seine Augen zuckten zu den Gästen in ihrer Umgebung, die so taten, als wären sie mit etwas Wichtigerem beschäftigt, als ihnen zu lauschen.

„So sollte man doch bedenken, dass ich 41,3 Prozent der Stimmen der Wähler hinter mir habe.“

So weit ließen die Nuth'Aya sich also korrumpieren.

Alec setzte ein überhebliches Grinsen auf. „Sicher, aber wir wissen doch alle, wie sie an ihre Stimmen gekommen sind, nicht war?“

Er wollte Ruby ja nicht den ganzen Spaß überlassen.

Seine Stimme war ein Flüstern, gerade laut genug, dass es alle heimlichen Mithörer verstehen konnten. „Ihre Gönner sind Ihnen vielleicht gerade wohl gesonnen, aber wenn herauskommt, was Sie so alles im Geheimen treiben, werden Sie zu wenig Einfluss haben, um Ihre Position zu behalten, wenn die wirklich Mächtigen sich gegen Sie stellen.“

Nun, *das* war eine wirklich steile These. Das musste bedeuten, dass es Sir Këil nicht durch seine eigene Gerissenheit gelungen war, Leiter des Amtes für die Geschäfte der Helden zu werden, sondern dass er kaum mehr als eine Marionette darstellte. Daran, wie der Magier erbleichte, war abzulesen, wie nah diese Theorie an der Wahrheit lag. Sir Këil hatte ihnen drohen wollen, aber er hatte nicht damit gerechnet, dass Ruby keine Lust hatte, bei seinen Machtspielen mitzumachen.

Mit zusammengekniffenen Lippen drehte er sich weg, um der Menge beschwichtigende Worte zuzurufen. Doch die Aufmerksamkeit des Publikums wurde bereits von etwas anderem in Beschlag genommen.

Die Tür zum Balkon hatte sich geöffnet und Ceciel y Lūghy Morgenstern schaute auf ihre Gäste hinab. Eine unsichtbare Faust grub sich so tief in Alecs Magen, dass ihm übel wurde. In den drei Jahren hatte sie es geschafft, noch atemberaubender zu werden. Er griff nach seiner Fliege und versuchte verzweifelt, sie gerade zu rücken, doch seine fehlenden Finger waren ihm dabei im Weg. Ihre veilchenblauen Augen überflogen die Gäste, blieben nur für einen Herzschlag an ihm hängen. Alec war nicht der Einzige, der sie anstarrte, als wäre sie eine Göttin, selbst Ruby hing der Mund offen. Und dabei wirkte Ceciel gar keinen Zauber.

Sie sorgte sich nicht genügend um ihr Aussehen, um deswegen alle Aufmerksamkeit auf sich zu ziehen. Ihre dunkle Stirn war stets nachdenklich gerunzelt und ihre Lippen waren zerfurcht, eine wulstige Narbe am Hals wurde nicht ansatzweise von ihren gewellten Haaren verdeckt.

Nein, es war ihre Ausstrahlung. All das Selbstvertrauen, das in brechenden Wellen von ihr ausging und dafür sorgte, dass sich alle Köpfe zu ihr umdrehten. Ihre Augen funkelten vor Ehrgeiz und selbst die Art und Weise, wie ihre Haare fielen, sprach von Eleganz, jeder ihrer Schritte löste ein Erdbeben im Selbstbewusstsein ihrer Gäste aus.

Aber so war Ceciel immer schon gewesen, sie hatte stets alle geblendet. Jetzt war etwas anderes dazugekommen, eine Aura der

Macht, als würde alles in dieser Stadt, samt aller darin lebenden Geschöpfe, ihr gehören. Ceciel war nicht nur atemberaubend, sie war gefährlich fesselnd geworden.

Sie begrüßte erst ihre anderen Gäste, bevor sie sich ihnen zuwandte. Ein weiteres Zeichen der Macht, das zeigte, wie wenig sie ihr anhaben konnten. Als sie endlich wieder in ihre Richtung sah, vergaß Alec alles außer den Tag, als sie ihm im Krankenhaus hatte sitzen lassen.

Er wollte seine Fliege zurechtrücken, aber Ruby griff nach seiner Hand und hielt sie fest. „Reiß dich zusammen", zischte sie, „jetzt bloß keine Panik kriegen."

Er zitterte, er hatte gar nicht gemerkt, dass er zitterte.

Die Menge teilte sich, als Ceciel auf sie zusteuerte. Jeder wusste, dass er zur Seite zu treten hatte, jeder außer Sir Këil.

„Ceciel", sagte er mit einem breiten Grinsen. „Ich habe mich gerade mit diesem netten jungen Herren unterhalten –."

Ceciel brachte ihn mit einer Handbewegung zum Schweigen. „Nicht jetzt, Këil. Ich weiß genau, was Sie getan haben. Versuchen Sie nicht, es abzustreiten. Wir müssen uns noch einmal unterhalten, wo Ihr Aufgabenbereich liegt."

Sir Këil wollte etwas erwidern, aber sie war schneller. „Nicht jetzt. Jetzt habe ich was Besseres zu tun." Ein kühles Lächeln trat auf ihr Gesicht. „Und ach ja, sollte Ihnen noch einmal der Fehler unterlaufen, ohne mein Einverständnis Alec Blackwood oder seine Freunde zu vernehmen, werden Sie sich beim nächsten Mal auf der falschen Seite der Gitterstäbe wiederfinden."

Sir Këil verbeugte sich mit eng zusammengepressten Lippen und trat aus dem Weg.

„Alec."

Ceciel bedeutete ihm, ihr zu folgen, dann machte sie auf dem Absatz kehrt und begab sich wieder auf ihren Balkon.

Alec sah auf seine Füße, kratzte sich am Kopf.

Ruby seufzte. „Na los", zischte sie, „geh schon. Halt dich einfach an den Plan und sei du selbst. Das sollte sie genügend aufregen."

Sie drückte Alecs Hand ein letztes Mal, dann schubste sie ihn auf die breite Gasse zu, die sich hinter Ceciel gebildet hatte.

Keiner der Gäste wagte es, etwas zu sagen, nicht im Haus einer Morgen, aber alle starrten sie Alec an, als er an ihnen vorüberlief, bis sein Rücken zerlöchert genug war, dass er an sämtlichen Ecken pfiff. Seine Beine wurden schwerer mit jedem Schritt, jeder Treppenstufe den Balkon hinauf, aber gleichzeitig wurde er von einer unsichtbaren Macht vorangetrieben. Und noch bevor Alec entscheiden konnte, ob er Ceciel jetzt treffen wollte oder nicht, stand sie vor ihm und schaute auf ihn herab. Und das, obwohl sie eigentlich einen Kopf kleiner war als er.

„Alec, es ist schön, dich zu sehen", ihr Gesicht sagte etwas anderes, sagte gar nichts, „aber ich würde trotzdem gerne wissen, was du auf meiner Party zu suchen hast. Uneingeladen."

Alec schluckte. Seine Kehle war rau wie Sandpapier. „Du hast dich verändert, Ceciel." Es schmerzte immer noch, ihren Namen auszusprechen. „Deine Haare sind länger."

Das war wirklich billig. Als ihr Vater gestorben war, hatte sie sich die Haare abrasiert, als Zeichen ihrer Trauer, so wie es Brauch war, und jetzt fielen sie ihr wieder über die Schultern, schwarz wie der weite Fluss selbst.

„Deine Haare sind auch länger", stellte Ceciel trocken fest.

Nach Xanders Tod hatte er sich ebenfalls kahl geschoren.

„Aber sonst hast du dich nicht viel verändert." Sie durchbohrte ihn mit ihren kalten Augen.

Alec versuchte zu lächeln. „Ach wirklich?"

Stille. Peinliche Stille.

„Also bist du Sir Këils neuer Gönner." Er hatte wirklich ein Talent dafür, immer das Falsche zu sagen.

„Ich bin noch zu jung, um vollwertiges Mitglied des Parlaments zu werden, und als Junior-Abgeordnete kann ich kaum was bewirken, also brauche ich einen Vertreter, der meine Meinung durchsetzt. Und es war eine gute Möglichkeit, eine alte Familienfeindschaft zu beenden, bevor sie zwei Cantewys zerstört."

„Du vertraust ihm?" Alec dachte an Sir Këils Drohung, ihn als sein Forschungsexperiment zu benutzen.

Ceciel lachte. „Natürlich nicht. Aber er ist leichter zu beeinflussen, als Dad es aussehen lassen hat. Es braucht nur ein bisschen Zuckerbrot und Peitsche und schon kannst du mit dem Kerl machen, was du willst." Ihr Mund wurde zu einem schmalen Strich. „Meistens jedenfalls. Es tut mir leid, dass der Hund sich von seiner Leine losgerissen hat und versucht hat, euch zu beißen. Aber wenn er ein fettes Kaninchen wittert, ist er einfach nicht mehr aufzuhalten."

Alecs Nackenhaare stellten sich auf. Für einen zahmen Hund konnte Sir Këil wirklich fest zubeißen.

„Pass auf dich auf", sagte er, „ich glaube nicht, dass dein Schoßtier dabei in deinem Interesse gehandelt hat. Er war vorsichtig, damit du nichts davon erfährst, wollte mich ganz für sich alleine. Er hat extra keine Magie um uns gewirkt, aus Angst, du könntest sie riechen."

Ceciel schnaubte. „Aber ich habe es erfahren. Sir Këil ist dumm und aufgeblasen, mit solchen wie ihm habe ich zu genüge zu tun."

Alec erstickte den nächsten unangemessenen Kommentar, indem er sich auf die Zunge biss.

„Wie auch immer", seufzte Ceciel, „genug herumgealbert. Ich gebe dir zehn Sekunden zu erklären, weshalb du wirklich hier bist, oder ich werde mir eine Geschichte für dich ausdenken."

Bevor Alec zugeben musste, dass ihm keine gute Ausrede einfiel, brach ein Fenster. Glassplitter regneten auf die kreischenden Gäste nieder und Staub stob auf, als scharfe Krallen das hölzerne Fensterbrett zerfetzten. Hēro breitete die Flügel aus und segelte durch den Saal, stütze sich an Skulpturen und Sofas ab, während sie jeden anfauchte, der es wagte, sich ihr zu nähren.

Ceciel würdigte das Spektakel kaum eines Blickes. „Was ist denn? Hast du deine Zunge verschluckt?"

„Willst du dich nicht erstmal darum kümmern?", fragte Alec und beschrieb eine wage Geste in Richtung der Spur der Zerstörung, die Hēro in ihrem neuen Haus hinterließ.

„Ach was", Ceciel lehnte sich gegen das Balkongelände, „meine Sicherheitsleute werden sich darum kümmern, und wenn nicht ist das AGH ja anwesend. Ich sehe dich seit drei Jahren zum ersten Mal. Das ist mir wichtiger als ein wildgewordener Unruhestifter."

„Ich fühle mich geehrt." Alec würgte ein Grinsen hervor. „Das ist genau der Grund, warum ich hier bin. Weil ich dich mal wiedersehen wollte." Dann sprudelte es nur so aus ihm heraus. „Ich denke, wir müssen endlich mal darüber reden, was in diesem Krankenhaus geschehen ist." Er konnte an nichts anderes mehr denken. „Wie du mich einfach sitzen gelassen hast, ohne Freunde oder Familie oder irgendwas."

Ceciels Gesicht erstarrte. Sie war wütend, könnte jeden Augenblick auf ihn losgehen und fast erinnerte sie Alec wieder an das Mädchen, in das er sich verliebt hatte.

„Ich habe dich sitzen lassen?" Ihre Stimme war scharf wie ein Messer.

Unter ihnen schrie Ruby auf, als Hēro sie angriff, und Alec musste sich zusammenreißen, um ihr nicht zu Hilfe zu eilen.

„Wo waren meine Freunde, wo war meine Familie?", fuhr Ceciel völlig unbeeindruckt fort. „Denkst du, da wäre jemand gewesen, der mir in dieser Zeit geholfen hat? Das Parlament, die Nuth'Aya, all Dads harte Arbeit lag in Ruinen nach dem Kampf mit Nisesh und ich war als einzige da, um sie wieder neu aufzubauen. Ich hatte keine Zeit, mich neben den Problemen der Welt auch noch um deinen Kampf zu kümmern. Wir mussten alle lernen, allein klarzukommen, Chuck. Und jetzt."

Sie verengte die Augen zu schmalen Schlitzen und Alec wusste, dass er geliefert war.

„Und jetzt werde ich dir meine Version davon erzählen, weshalb du wirklich hier bist."

Eine Prise von Deeskalation – Ruby, ein Kochbuch

Jetzt trat der richtige Zeitpunkt für einen Rückzug ein, aber Alec war wie am Boden festgewachsen.

„Du bist hier, weil du es einfach nicht lassen kannst, nicht wahr?“, stellte Ceciel fest. Ein raubtierhaftes Funkeln hatte sich in ihre Augen geschlichen. „Weil du immer noch keine Verantwortung übernehmen willst. Glaub nicht, dass ich ihn nicht bemerkt hätte, deinen kleinen Freund.“ Sie schnaubte angewidert. „Dachtest du ernsthaft, dass du mich davon ablenken könntest? Dein Auftreten hat mich erst darauf aufmerksam gemacht, dass hier etwas nicht stimmt. Und dann dieser Greif – deine Ideen waren auch mal effektiver.“

Alec lächelte entschuldigend. Wie hatte er nur vergessen können, dass sie besser war als er? Ihre kalte Maske bröckelte ab und machte Platz für eine unkontrollierte, flammende Wut.

„Wieso, Chuck? Hat es dich so sehr verletzt, dass ich nicht auf deine kleinen Wehwehchen geachtet habe, dass du jetzt versuchen musst, mich vor allen wichtigen Persönlichkeiten in Tírhain zu blamieren?“

Sie wusste nichts von dem Krieg zwischen Ma't und Aoyllonen, den es zu verhindern galt. Wie konnte es sein, dass sie davon nichts wusste, aber von seiner Entführung, die dagegen fast unbedeutend war?

„Da musst du was falsch verstanden haben“, erwiderte Alec matt. „Wir würden niemals freiwillig gegen dich arbeiten. Jeder weiß doch, wie dumm das wäre. Aber wir brauchen das Buch nun mal."

„Das Buch." Ceciel verschränkte die Arme vor der Brust. Das bedeutete nichts Gutes.

Unten drückten ein paar Magier Hēro zu Boden.

„Das *Dryadarium*?"

Alec nickte.

„Ich hätte nicht gedacht, dass dein Gedächtnis so schlecht ist", spöttelte sie. „Das bringt dir nur Ärger. Lass die Finger davon."

„Also gibst du es uns?", hakte er nach.

Ceciel kochte vor Wut. Das war immer ihre Schwäche gewesen, ihre Emotionen kontrollierten sie, wenn sie nicht aufpasste. „Ob ich dir das gefährlichste Buch der Welt einfach so überlasse? Natürlich nicht!"

Das war verständlich. Nur leider übersah sie dabei einen feinen, aber gemeinen, Punkt. „Du bist nicht die einzige Beschützerin des *Dryadarium*, oder ist dein Gedächtnis so schlecht geworden?"

Ceciel schnaubte verächtlich. „Und wie gut hast du dich in den letzten Jahren darum gekümmert? Du hast wahrscheinlich nicht einen Gedanken daran verschwendet. Du hast alle deine Rechte bezüglich des *Dryadarium* verloren."

Es stimmte. Bis zu dem Moment, in dem Rico Alec darauf angesprochen hatte, waren seine Sorgen um das Buch hinter seinen eigenen Problemen zurückgetreten und dafür gab es keine Entschuldigung.

„Wir brauchen es trotzdem", merkte er an. „Gut, *Lãpez* braucht es, um diesen Krieg zwischen den Aoyllon und diesen Dämonen-Geistern, den Ma't, zu verhindern. Und dafür ist das *Dryadarium* doch da, um Frieden zu stiften."

Ceciel legte die Stirn in Falten. Der unterdrückte Zorn schimmerte weiterhin in ihren zusammengekniffenen Augen, aber zumindest nahm sie Alecs Worte jetzt ernst. „Nathan Rico Lãpez, aus Byuo Aey, nicht wahr?"

„Richtig", Alec lachte, „das ist ja eine *top secret Geheimmission*, von der niemand nichts weiß."

Da geschah etwas Einmaliges. Ceciel war kurz davor die Kontrolle zu verlieren. Ihre Hände waren zu Fäusten geballt. „Es gibt keine Geheimmission", flüsterte sie mit zitternder Stimme, „genauso wenig wie einen Krieg. Die Ma't hatten dieses Jahr nicht mal ein inoffizielles Treffen mit den Aoyllonen."

Salzwasser füllte Alecs Kehle, bis schwarze Flecken vor seinen Augen umher tanzten. Worauf hatte er da einen Blutschwur geschworen? Einen Blutschwur, der nicht zu brechen war, egal was geschah.

„Vielleicht ist die Nachricht einfach noch nicht bei dir angekommen", schlug er mit einem Schulterzucken vor. „Byuo Aey ist weit weg."

Wenn er sich nicht vor Ceciel blamieren und alles verschlimmern wollte, musste er sich weiterhin an den Plan halten.

„Du nimmst das gar nicht ernst, was?", fragte Ceciel ungläubig. „Wir haben etwas, das nennt sich Internet." Ein bisschen sah sie aus wie früher, wie sie verzweifelt nach einer Lösung suchte.

„Ich vertraue Lãpez." Die Lüge stach sich spitz wie ein Messer in Alecs Magen. „Und meine Forderung bleibt bestehen. Du hattest das Buch lange genug in deinem Besitz. Jetzt bin ich dran."

Jeden Moment, jeden Moment würde Ceciel ihn ins Gesicht schlagen. „Siehst du? Darum bekommst du das Buch nicht. Keinerlei Verantwortungsbewusstsein. Du hast immer noch zu viel Vertrauen."

Alec zuckte zusammen. Und da wurde ihm bewusst, weshalb das *Dryadarium*, egal ob Rico ihn angelogen hatte oder nicht, auf keinen Fall bei Ceciel bleiben durfte.

„Du bist also eine so viel bessere Beschützerin, ja?" Er grinste schief. „So, wie ich das sehe, missbrauchst du das Buch nur als ein weiteres Zeichen deiner unüberwindbaren Macht, genauso, wie dein Vater es getan hätte. Aber dafür ist das *Dryadarium* nicht da, es sollte genauso wenig ein Spielzeug für dich sein wie für mich. Es ist kein Instrument, mit dem du deinen Willen durchsetzen kannst. Du hast dein Recht auf dieses Buch genauso verwirkt wie ich."

Ceciel schlug ihn nicht. Stattdessen führte sie eine kurze Handbewegung aus und die Magier ließen Hēro und Ruby auf den Balkon schweben.

„Geh." Ihr Gesicht hatte sich zu Stein verwandelt. „Geh und nimm deine kleine Freundin und ihr Schoßtier mit. Geh und kehre nie wieder zurück, dann kann ich vielleicht ignorieren, was du heute getan hast. Das hier hat nichts mit mir zu tun, sondern nur mit deiner Angst, nicht mehr Held spielen zu können. Du schiebst alles auf mich? Nun, das hättest du auch getan, wenn ich mich anders entwickelt hätte. Das ist alles, was ihr tun könnt, nicht wahr? Egal, was ich tue, es ist falsch, damit ihr keine Verantwortung übernehmen müsst. Geh jetzt und such dir einen Therapeuten, Charlie Smith."

In diesem Zustand würde Alec ihr ganz sicher nicht widersprechen. „Gut", erwiderte er, „aber wenn es wirklich zum Krieg kommen sollte, dann versprich mir, dass du nicht vergisst, wessen Schuld das gewesen ist."

Ceciel sah ihn an, sah ihn einfach nur an, mit solch einer Entschlossenheit, dass Alec es nicht einmal wagte nach Rico zu fragen. Ruby war da anderer Ansicht.

„Hey!", rief sie und versuchte, sich aus dem Umklammerungszauber zu befreien, der sie an Ort und Stelle band. „Was hast du mit Rico vor?"

Ceciel fixierte sie mit ihren gnadenlosen Augen, nagelte sie gerade zu an der Wand fest. Ruby wich nicht zurück.

„Wie heißt du?", fragte Ceciel, obwohl sie das bereits wusste, alles über Ruby wusste, was man wissen konnte.

„Ruby Eljin. Und du bist Ceciel Morgen, eine der coolsten Heldinnen überhaupt. Also sind Rico und du doch eigentlich Kollegen, oder?"

All die Aufrichtigkeit in ihrem Blick brachte Ceciel in die Versuchung, sie in eine fette Kröte zu verwandeln.*

„Lass mich dir einen Rat geben", bot sie an. „Halt dich von diesen Leuten fern. Die sind kein guter Umgang für Zivilisten wie dich."

Ruby verdrehte nur die Augen. „Ja, ja. Ihr Helden seid ja alle so ein schlechter Umgang und bla bla bla", äffte sie Alec nach. „Ich dachte, wenigstens du wärst besser. Darum geht es doch gerade gar nicht. Es geht darum, was du mit Rico vor hast."

Alec stupste sie an, aber dann sah er in ihre entschlossen funkelnden Augen und anstatt sie zurückzuhalten, nickte er ihr zu. Fast, als würde er sie unterstützen.

Da musste auch Ceciel nachgeben. „Ihr wollt wissen, was ich mit dem kleinen Dieb in meiner Bibliothek anstellen werde? Keine Sorge, ich werde ihn nicht erhängen lassen. Ich werde ihn zurück zu seinen Ma't schicken und dafür sorgen, dass er in ihrer Nähe bleibt."

Ein erleichtertes Lächeln huschte über Rubys Gesicht. „Das *Dryadarium* willst du uns aber nicht überlassen, oder?", hakte sie noch einmal nach.

Ceciel hätte beinahe laut gelacht angesichts dieser Naivität. „Natürlich nicht."

Und damit tappte sie geradewegs in die Falle.

„Aber das ist gar nicht deine Entscheidung", merkte Ruby an, „oder Alecs oder Ricos oder meine." Ihr Grinsen war so breit, dass ihre weißen Zähne die Umstehenden fast erblinden ließen. „Warum fragen wir das Buch nicht einfach selbst, was es möchte?"

Die ganze Party hielt ungläubig den Atem an.

---

* Es hatte überhaupt nichts mit der Tatsache zu tun, dass sie vorhin Alecs Hand gehalten hatte.

„Du willst das Buch fragen?“, stieß Ceciel schließlich hervor. Sie wandte sich Alec zu. „Das ist euer großartiger Plan?“

Aber Ruby ließ sich von dieser Idee nicht mehr abbringen. „Warum denn nicht? Das *Dryadarium* ist doch ein magischer Gegenstand und magische Gegenstände nehmen im Laufe der Zeit ihre eigene Aura an, bekommen eine Seele. So wie der schleimige Gehstock in der Rehabilitationsgesellschaft. Weißt du noch, Alec?“

Als ob er das jemals vergessen könnte. Sein Mund hing schief im Gesicht, wie so oft, wenn er etwas ausheckte. „Das stimmt. In gewisser Weise ist das *Dryadarium* inzwischen lebendig geworden und das bedeutet, dass es ein Recht hat, selbst entscheiden zu dürfen, von wem es genutzt wird.“

Zumindest hatte es einen hohen Magiestandard und war damit schon mehr am Leben als Alec.

Selbst Ceciel fiel keine Ausrede ein, weshalb das Buch ein Buch bleiben sollte. „Gut, ich werde das *Dryadarium* befragen und dann werden wir sehen, ob es Lust hat, zu antworten“, erwiderte sie knapp.

Das gab ein wirklich lustiges Bild ab. Die mächtigste Nuth'Aya des Jahrhunderts, ausgetrickst von einer Zivilistin. Der einzige Grund, aus dem Ceciel noch niemanden verwandelt hatte, war, dass sie genau wusste, dass das Buch, wenn es den einen Verstand besaß, sie und damit die Sicherheit vor dem Machthunger der Welt wählen würde.

„Vierundzwanzig“, rief sie nach dem Homunkulus, der am unteren Ende der Treppe wartete. „Du hast die Verantwortung. Sorg dafür, dass niemandem langweilig wird, und halte Sir Këil davon ab, hier herumzuschnüffeln.“

Vierundzwanzig verbeugte sich stramm, dann rief er die restlichen Homunkuli herbei, um ihnen die neuen Befehle zu erteilen.

„Kommt mit.“

Ceciel rauschte an Alec vorbei auf die unscheinbare Tür zu, die aus dem Salon führte, ohne nachzusehen, ob ihre ungebetenen Gäste ihr folgten.

Ein langer, nur halb fertig gestrichener Gang erwartete sie. Ceciel hatte dieses Haus erst vor zwei Jahren nach den Plänen ihres Vaters vollendet. Sie hatte Wichtigeres zu erledigen, als Räume schön herzurichten, die niemand anders als sie oder die Homunkuli je zu Gesicht bekommen würden.

„Übrigens", flüsterte Alec Ruby zu, „hat dir schon mal jemand gesagt, dass du einfach brillant bist?" Die Narbe an seinem Kinn zuckte vor Aufregung.

„Oh, nein. Du bist der Erste, der je auf die Idee gekommen ist mir ein Kompliment zu machen", erwiderte Ruby mit einem dümmlichen Grinsen.

Ceciel verdrehte die Augen und wechselte einen genervten Blick mit Hēro. „Ich verstehe immer noch nicht, warum du ausgerechnet mit einem Typen aus Byuo Aey zusammenarbeitest, Alec", sagte sie laut. „Und dann ist es auch noch so ein totaler Anfänger."

Alec schnaubte beleidigt. „Da kann er ja nichts für", verteidigte Ruby ihn. „Wir haben nun mal einen Blutschwur abgeschlossen."

Ceciel hob die Augenbrauen. „Einen Blutschwur?"

„Alles deine Schuld", murmelte Alec. „Alles nur, weil du nicht richtig auf deinen Schoßhund aufpassen konntest."

Sie sah ihn komisch an, als würde sie auf eine Erklärung warten. Sie erhielt keine, also öffnete sie eine schwere Brandschutztür, die noch nach frischer Farbe roch. Sie würde nicht den gleichen Fehler wie ihr Vater begehen und ihren Schatz der Brandgefahr aussetzen.

Dahinter erstreckte sich ihr ganzer Stolz. Die Bibliothek. Die Regale reichten bis unter die Decke und bestanden komplett aus Metall, der Boden funkelte so blitzblank, dass Alec Angst hatte, darauf auszurutschen. Aber die Aura der Bücher, des hier gesammelten Wissens, war alles, was es brauchte, um das Gefühl von Respekt zu beschwören. Dieser unbewusste Drang, leise zu sprechen, der die meisten Geschöpfe überkommt, sobald sie eine Bibliothek betreten.

Nahezu alle Bücher in der Familiensammlung der Morgens waren mit dem Manor verbrannt. In so kurzer Zeit war es Ceciel gelungen, mit den spärlichen Überresten den Grundstein für eine Bibliothek zu legen, die es in ein paar Jahren mit der Alten mehr als nur würde aufnehmen können. Denn wie heißt es so schön? Wissen ist Macht und von beidem konnte Ceciel nicht genug haben.

Zwischen zwei Regalen stand ein geflügelter Held. Hēro kreischte auf, als sie ihren Freund entdeckte, und wollte liebevoll ihren Kopf gegen sein Bein drücken, doch sie kollidierte mit einem blau aufleuchtenden Kraftfeld.

„Hēro! Hat sie euch auch erwischt?“ Rico zog sein Kopis hervor.

Ceciel grinste ihn an und er schluckte trocken.

„So ungefähr“, erwiderte sie spöttisch und schnipste mit den Fingern. Rico stolperte nach vorne, als das Kraftfeld sich plötzlich auflöste.

„Habe ich dir nicht gesagt, dass du deine Magie unterdrücken sollst?“, fragte Alec, dem die Inkompetenz seines Komplizen langsam echt peinlich wurde. „Ich habe dir doch sogar eine der Murmeln von Nisesh gegeben, dann hättest du die Falle erst gar nicht ausgelöst.“

Ceciel verkniff sich ein Lächeln. „Keine Sorge, es ist nicht seine Schuld, dass meine Falle trotzdem funktioniert hat“, versprach sie. „Bei meiner Verteidigungsanlage ist es egal, ob der Eindringling auch nur den kleinsten Hauch von Magie besitzt. Dafür habe ich gesorgt, das kannst du mir glauben.“

Natürlich war sie nicht dumm genug ihnen zu erklären, wie genau dieser Mechanismus arbeitete.

„Also hast du dir diese Falle extra für mich ausgedacht“, stellte Alec trocken fest.

Jetzt musste Ceciel doch lachen. „Nein, du Idiot. Ich habe sie für Leute *wie* dich angebracht. Und wie du siehst, hat es funktioniert.“ Sie warf einen anklagenden Blick auf Rico. „Also wirklich. Dachtet ihr, ich wäre so dumm, mich bei all den Schätzen, die hier verborgen liegen, nicht auf alles vorzubereiten?“

Bevor sie noch weiter beschuldigt werden konnte, zog Ceciel das *Dryadarium* aus dem Regal. Es war ihr Sicherer vorgekommen, es bei den anderen Büchern aufzubewahren, als in einem pompösen Glaskasten, der nur darum bettelte ausgeraubt zu werden. Mit einer kreisenden Handbewegung entschärfte sie die unsichtbaren Sicherheitszauber, die sie darauf gelegt hatte, und schlug es in der Mitte auf.

Das Buch wirkte tatsächlich, als würde es leben. Der Einband war weich und es pulsierte warm, wie bei einem Herzschlag.

„Also, *Dryadarium*“, Ceciel räusperte sich, „ein paar Leute sind in mein Haus eingebrochen, um dir eine wichtige Frage zu stellen.“

Das Buch blieb ein Buch.

„Hörst du mir zu?“

Mit einem leisen Rascheln, einem gehauchten *immer*, blätterten sich die Seiten um, eine nach der anderen, als würde der Wind durch sie hindurchfahren. Nur gab es hier keinen Wind.

„Das war eine Antwort“, stellte Rico von seinem Versteck hinter Alec aus fest.

Ceciel hob eine Augenbraue und er gab zu: „Es hat geflüstert, als ich alleine hier oben war. Ich konnte es nicht verstehen, aber es klang nicht gerade erfreut.“

Wie auch, wenn jemand in die Bibliothek einbrach?

Alec ließ sich von solchen Geistergeschichten nicht beeindrucken. „Hey, Kumpel. Tut mir leid, sollten wir dich erschreckt haben, aber wir brauchen echt deine Hilfe", sagte er und legte eine Hand auf das offene Buch.

Eine spröde Seite klappte wie zufällig darüber und zog sich wieder zurück.

Ein Lächeln huschte über Alecs Gesicht. „Es ist eigentlich eine ganz lustige Geschichte, weißt du", erklärte er und erzählte von Ricos Problem.

Einem Problem, das nicht existierte, aber davon war das *Dryadarium* weitestgehend unbeeindruckt. Es klappte nicht zu und biss Alec in die Hand, sondern lag da und hörte mit dem besorgtesten Gesichtsausdruck zu, den ein Buch ohne Gesicht zustande bringen konnte.

Er endete und eine vor Spannung knisternde Stille legte sich über die Bibliothek. Das warme Pulsieren des Dryadariums schwoll an. Es dachte nach.

Alec nahm behutsam die Hand von dem Papier und das Buch blätterte mit einer traurigen Langsamkeit weiter, bis es auf einer der ersten Seiten angelangt war. Dort stand nur ein Satz, fett geschrieben und mit Rot unterlegt.

Das Dryadarium darf keinen äußeren Gefahren ausgesetzt werden!

Ceciel musste ein äußerst unangebrachtes Grinsen unterdrücken.

Da begann das Buch zu flüstern, genauso, wie Rico es beschrieben hatte. Ungezähmt und markerschütternd und in einer sogar Ceciel unbekannten Sprache focht es einen Krieg mit sich selbst aus, erhitzte sich, bis sie es fast fallen lassen musste. Kurz bevor sie ihre Hände verbrannte, verstummte das *Dryadarium* wieder.

Eine neue Seite wurde aufgeblättert, irgendwo im ersten Drittel des Buches. *Das geheime Ritual der Aoyllonen*, lautete die Überschrift. Da war, was sie brauchten. Der Wegweiser. Und das *Dryadarium* gab ihnen stets, was sie brauchten. Es hatte nicht vergessen, wie Alec sein Leben für es aufs Spiel gesetzt hatte.

Es gab ein hässliches Geräusch, als die Seite riss, wie ein falscher Ton auf einer Geige oder wie Fingernägel, die über eine Schultafel kratzten. Ruby schrie entsetzt auf und selbst Ceciel hätte vor Schreck fast das Buch losgelassen. Es war ein Geräusch, bei dem jedem Bücherliebhaber die Haare zu Berge standen.

Die herausgerissene Seite schwebte hoheitsvoll einige Zentimeter über dem Buch. Die Kante war so sauber abgetrennt, als hätte das *Dryadarium* eine Schere benutzt.

„Danke", sagte Alec, den schon Krämpfe überkamen, wenn jemand als Lesezeichen Eselsohren in die Buchseiten knickte. „Vielen Dank."

Aber das war noch nicht alles. Die Seite faltete sich behutsam in der Mitte, dann in so komplizierten Figuren, dass es wehtat, zuzusehen.

Schließlich stand eine hauchfeine Papiermaus in der Luft. In ihrem Gesicht tauchten erst ein-, dann zwei kohlschwarze Augen und eine runde Stupsnase auf. Die Maus zwinkerte und fiel mit einem leisen Rascheln auf das Buch zurück.

Warum ausgerechnet eine Maus, fragt ihr euch? Warum denn nicht? Mäuse sind klein und schnell und niedlich genug, damit jeder die Buchseite sofort ins Herz schließt. Das war eine schlaue Strategie, um das Überleben des zarten Wesens zu sichern. Papier ist leicht zu zerstören so unschuldig, dass es mächtigere Freunde braucht, um es vor dem Dunkel in der Welt zu beschützen.

Außerdem solltet ihr euch nicht mit dieser Frage herumschlagen, sondern lieber mit der Erkenntnis, was eine geniale, wenn auch barbarische, Idee es war, die Seite herauszutrennen. So waren alle glücklich – das *Dryadarium* half seinen Freunden, musste sich dafür aber nicht vollständig in Gefahr begeben. Gut, ein Teil des Buches würde in Ricos Besitz geraten, der damit definitiv *keinen* Krieg aufhalten wollte. Das war allerdings ein anderes Problem.

„Ihr geht jetzt besser“, sagte Ceciel trocken, „bevor ich es mir doch noch mal anders überlege und euch alle in Kröten verwandle.“

Dagegen hatte niemand etwas einzuwenden. Sie waren so froh, aus dem Schneider zu sein, dass nicht mal Alec auf die Idee kam, zu hinterfragen, weshalb Ceciel sie ohne weitere Versprechungen und Kompromisse gehen ließ. Dabei war es so offensichtlich. Sie hatte einfach nicht vor, sie gehen zu lassen. Nicht richtig.

Rico hat noch größere Probleme als angenommen – Hēro, eine Leidensgeschichte

Alles war in bester Ordnung, bis sie das Ende der Straße erreichten. Sie hatten, was sie wollten, und Ceciel hatte sie mit nicht mehr als einem bösen Blick gehen lassen, was niemand ein wenig seltsam fand. Niemand abgesehen von Hēro, aber sie sprach nicht und teilte ihre Bedenken nicht mit.

Ruby war dabei sich auszumalen, wie Ceciels und Alecs Beziehung wohl ausgesehen hatte, und das war viel seltsamer. Wie hatten die es bei ihrer beider Kontrollwahn geschafft, etwas anderes fertigzubringen, als sich gegenseitig anzuschreien? Rico war so zufrieden, dass er gar nicht dachte, und Alec schmiedete bereits neue Pläne.

„Halt mal kurz."

Er drückte Ruby die aufgeregt umherhüpfende Papiermaus in die Hand, dann warf er sich auf Rico.

Es drehte sich undramatisch schnell ab, nur ein aufgebrachter Schrei und Rico war gegen die Häuserwand gepresst. Hēro jaulte auf und wollte sich auf Alec stürzen, doch der bewegte sich gerade weit genug zur Seite, um den Greifen die Hand am Hals seines Partners sehen zu lassen.

„Keine Bewegung und es wird niemandem etwas passieren", versprach Alec unnatürlich sachlich.

Rico schenkte ihm ein breites Lächeln. „Du kannst mich nicht umbringen, Mann. Blutschwur, hast du schon vergessen?"

Alec lächelte ebenfalls, aber es war ein Lächeln, bei dem sich Rico die Nackenhaare aufstellten. „Und ich habe auch gar nicht vor dich umzubringen."

Im Gegensatz zu dem, was die meisten Wesen glaubten, hatte Mr Morgen ihm nicht nur gezeigt, wie man tötete, sondern auch, wo jede Spezies gewisse Punkte besaß, an den man ihnen selbst ohne Messer so richtig wehtun konnte.

„Was soll das werden, Alec?", rief Ruby aus sicherer Entfernung. „Lass Rico sofort gehen!"

Ihre Stimme klang schriller als beabsichtigt, und Alec verspürte das unerklärliche Bedürfnis, sich vor ihr zu verantworten.

„Er hat uns angelogen", knurrte er hinter zusammengebissenen Zähnen hervor. „Es gibt keinen Krieg zwischen Ma't und Aoyllonen, noch nicht einmal eine betrunkene Prügelei. Er hat mich – *uns* nur ausgenutzt, um an das *Dryadarium* zu gelangen."

Die Papiermaus grub zitternd die Nase in Rubys Handfläche und raschelte mit den Ohren. Ruby nickte seufzend. Das waren wirklich ein paar Idioten.

„Das ist mir egal", sagte sie laut, „lass Rico los. Du machst der kleinen Maus Angst."

Alec bewegte sich keinen Millimeter. „Ich kann nicht. Du weißt nicht, was er vorhat. Er könnte versuchen, die Maus zu verletzen. Oder dich."

Rico sah Ruby flehend an. Er hatte sie schon vor der Reinigungsfirma retten wollen, bevor er gewusst hatte, dass sie Alec kannte, aus reiner Freundlichkeit. Nein, sie war sich sicher, dass er ihr nichts antun würde.

„Was wolltest du mit dem *Dryadarium* anstellen, hm?", zischte Alec. „Lass mich raten, deine Auftraggeber dachten, ein neues Machtinstrument würde ihnen sehr nützlich sein."

Er verstärkte seinen Griff und Rico schnappte nach Luft. Aber er war solche Situationen gewöhnt und er hatte gelernt, nicht nachzugeben.

„Wie schade, gerade erst hast du dein kleines Butterbrotmesser gereinigt und benutzt es trotzdem nicht", stellte er mit einem breiten Grinsen fest.

„Wir müssen etwas tun", murmelte Ruby dem Greifen zu.

Hēro schnaubte zustimmend. „Hab auch keine Lust dabei zuzusehen, wie sich die ach so großen Helden gegenseitig zu Tode nervten."

Ruby keuchte auf. „Seit wann kannst du denn sprechen?"

Der Greif zuckte nur mit den Flügeln. „Schon seit immer. Aber wenn ich das tun ständig würde, müsste ich euch allen sagen, wie dämlich ihr euch benehmt und dann auch noch anfangen, Verantwortung zu übernehmen. Außerdem kommt es nie gut an, wenn der niedliche Tierhelfer sprechen kann."

„Oh."

„Bitte sag's nicht Rico, der würde ausrasten."

„Klar, wir Nicht-Idioten müssen doch zusammenhalten. Das *Dryadarium* wurde geschaffen, um den Frieden zu wahren, nicht wahr?", fragte Ruby.

Die Papiermaus wedelte aufgeregt mit dem Schwanz.

„Dann hoffen wir mal, dass das funktioniert."

Sie machte große, aber langsame Schritte, damit Alec erkannte, dass sie keine Bedrohung für ihn darstellte.

„Alec", sagte sie sanft. „Das bringt doch nichts, Alec. Er wird nicht reden, wenn du ihn nicht loslässt, und am Ende bringt ihr euch noch gegenseitig um."

Rico schnitt eine zustimmende Grimasse und Alec drückte fester zu.

„Denk doch mal logisch", versuchte Ruby es erneut. „So erreichst du nichts."

Vorsichtig, ganz vorsichtig, legte sie eine Hand auf Alecs Arm. Die kleine Maus kletterte hinüber, obwohl sie überall am Körper zitterte, kletterte bis zum Handgelenk und sah Alec mit ihren runden Augen an. Eigentlich hatte er keine Lust darauf, Rico zu verletzen. Eigentlich würde er das Ganze gerne sein lassen, er sah nur keinen anderen Ausweg.

Alec schloss die Augen und seufzte. „Wehe, du versuchst irgendwas. Dann bist du tot."

Er nahm die Hand herunter und die Papiermaus kletterte auf seine Schulter, so weit wie möglich aus Ricos Reichweite.

„Ruby hat dich gerettet, also verdient wenigstens sie die Wahrheit", knurrte Alec und trat einen Schritt zurück.

Rico grinste nicht sehr vertrauenswürdig. „Puh." Er strich seinen zerknitterten Anzug glatt. „Das war ja ganz schön heiß, aber du bist nicht mein Typ."

Alec sah aus, als würde es gleich doch noch Tote geben. Das Einzige, was Rico rettete, war Hēro, die kräftig am Jackett ihres Partners zupfte und ihn so dazu zwang, endlich was Sinnvolles von sich zu geben.

„Äh, ja. Okay." Er kratzte sich am Hinterkopf. „Vielleicht habt ihr Recht. Ja, ich war nicht ganz ehrlich, aber ich habe nicht vor, irgendwem mit dem *Dryadarium* wehzutun. Ich – Ich brauche es wirklich nur, um die Aoyllonen zu finden."

Hēro rammte ihren Kopf gegen Ricos Bein.

„Schon gut, schon gut! Du weißt doch, dass mir die Sache ein bisschen –." Seine Augen huschten umher. „Könnten wir vielleicht im, äh, Hotel weiterreden?"

Da versuchte jemand, Zeit zu schinden. Es war wie bei Rubys kleinem Bruder, der hatte früher auch alles probiert, um abends fünf Minuten länger Fernsehen zu gucken.

Ruby zuckte mit den Schultern. „Wenn du dich dann sicherer fühlst."

Zumindest konnte Rico sich so genau überlegen, was er sagen musste, damit Alec ihm nicht den Kopf abriss.

Sie erreichten das Hotel ohne Zwischenfälle, abgesehen davon, dass Rico und Alec darüber diskutierten, in welches Zimmer sie sich zurückziehen sollten. Rico fühlte sich in Alecs bedroht, wo ihn niemand schreien hören würde, und Alec vertraute Rico nicht genug, um die Papiermaus in seines zu lassen.

„Helden, nicht wahr?“, seufzte Ruby und krauelte Hēro hinterm Ohr.

Der Greif krächzte zustimmend. Also schlug Ruby vor, ihr Zimmer zu benutzen, und die beiden starrten sie an, als wäre sie ein Genie.

„Was ist denn jetzt deine ach so geheime Geheimmission, die so geheim ist, dass du nicht auf einer leeren Straße darüber reden kannst?“, witzelte Alec.

Er stellte sich mit verschränkten Armen vor Rubys Hoteltür, sodass sein Opfer nicht fliehen konnte.

Rico legte die Flügel an. „Na ja, ich bin nicht wirklich auf einer Geheimmission. Gut, niemand weiß, dass ich hier bin, aber ich habe nicht vor die Welt zu retten. Also, heute jedenfalls.“ Er lächelte Ruby entschuldigend an. „Eigentlich bin ich wegen einer persönlichen Angelegenheit hier.“

Alecs Kopf färbte sich rot, wie in einem Cartoon. Nur, dass es im Fernsehen lustig aussah und bei Alec einfach zum Fürchten.

„Ich bin Ceciel gegenübergetreten, zum ersten Mal in drei Jahren. *Ceciel Morgen*, verdammt noch mal“, sagte er gefährlich locker. „Und du wolltest das *Dryadarium* wofür? Für eine *persönliche Angelegenheit*?“

Hēro stellte sich schützend vor ihren Partner, bevor Alec ihn anspringen konnte.

„Es ist eine wirklich *wichtige* persönliche Angelegenheit“, versuchte Rico sich zu rechtfertigen. Sein Gesicht nahm ebenfalls eine ungesunde Farbe an, wenn auch aus einem anderen Grund.

„Jetzt spuck's schon aus“, knurrte Alec mit seinem letzten Fetzen Selbstkontrolle.

Rico seufzte ergeben. „Na schön, aber wehe ihr lacht, ja?“

In diesem Raum war momentan niemandem nach Lachen zu Mute.

„Na schön", wiederholte er, „es ist eine etwas längere Geschichte. Es begann alles mit einem Minotaurus, der Randale gelaufen ist und den ich zur Strecke bringen sollte. Das ist Teil meines Aufgabenbereiches, wisst ihr. Diese ganzen Verrückten einzufangen, die sich von den Dämonen und den Fómori und so, irgendwie das Gehirn wegblasen lassen haben und sich nicht an die Regeln –."

Hēro kreischte auf und rammte ihn erneut.

„Äh, ja, schon gut. Ich komme zum Punkt. Jedenfalls habe ich den Minotaurus mitten ins Lager der Aoyllonen gejagt. Ihr wisst schon, wegen des Rituals waren die gerade auf ihrer Pilgerfahrt oder so und ich bin mitten rein. Dabei habe ich vielleicht, mehr oder weniger aus Versehen, die zukünftige Dracc entführt. Na ja, eigentlich ist *die* das falsche Pronomen, immerhin sind Aoyllonen geschlechtslos, aber unsere Sprache ist halt einfach nicht artengerecht und wirklich entführt habe ich Xen auch nicht, Xen hat mir geholfen und –."

Hēro räusperte sich trocken.*

Rico holte tief Luft. „Okay, die Dracc hat mir den Arsch gerettet und als Rache hat der Minotaurus versucht, sie zu fressen. Irgendwann habe ich es dann geschafft den Minotaurus zu erledigen und eigentlich wollte ich Xenërae, das ist übrigens der Name der zukünftigen Dracc, wieder zu den restlichen Aoyllonen zurückbringen. Aber dann meinte die Dracc, dass sie, wenn das Ritual abgeschlossen ist, ihre ganze Zeit mit den Aoyllonen verbringen wird und davor noch mal ein bisschen Zeit für sich selbst haben will. Also habe ich Xen mitgenommen und wir sind ein bisschen durchs Land, habe Xen die tollsten Orte gezeigt."

---

* Dabei war es wirklich ein Verbrechen, wie patzig sich die „gemeine Zunge" gegenüber geschlechtslosen Wesen zeigte – Sie besaßen nicht einmal offizielle eigene Pronomina, ziemlich diskriminierend. Sowas interessierte das Parlament natürlich nicht das geringste Bisschen, solange die Aoyllonen nur die Sonne und den Mond am Himmel hielten.

Ein dümmliches Grinsen breitete sich auf Ricos Gesicht aus. „Und dann, als wir uns etwas besser kennengelernt hatten, habe ich gefragt, ob Xen das denn überhaupt sein will, die nächste Dracc. Ich meine, Xen wurde von Tag zu Tag trauriger. Aber Xen wollte den Aoyllonen und der ganzen Welt und so schon dienen, aber das bedeutet auch, dass Xen alles abgesehen von ihrem Líos aufgeben muss, auch ihre Gefühle. Da habe ich plötzlich verstanden, eines führte zum Anderen und dann –."

„Dann hast du die zukünftige Dracc abgeschleppt?", unterbrach Alec ihn.

Ricos Gesicht hatte die Farbe einer Tomate angenommen. „Wie oft noch? So reproduzieren Aoyllonen nicht, okay? Die – die machen sowas einfach nicht."

Ruby rammte Alec den Ellenbogen in die Rippen, damit er nicht anfing zu lachen. Zu spät.

„Jedenfalls hatten wir eine Menge Spaß zusammen", fuhr Rico fort. „Dann haben die Aoyllonen Xen gefunden. Ich habe Xen vorgeschlagen, mit mir zu kommen, aber das fanden ihre Berater wohl nicht so gut." Ricos braungefleckten Federn stellten sich auf. „Die haben es irgendwie geschafft, mich zu überwältigen, denn die Dracc darf nur den Líos haben, genauso wie der Mond niemanden als die Sonne hat und blah blah noch mehr Schwachsinn. Als ich aufgewacht bin –." Rico ballte die Fäuste. „Als ich aufgewacht bin, waren die schon über alle Berge und Xen haben sie natürlich mitgeschleppt. Keiner hat ne Ahnung, wo die Aoyllonen sich gerade aufhalten, sie schätzen das Mysterium so sehr und ich muss doch –."

Flehentlich sah er die Papiermaus an, fast als wolle er sich bei ihr entschuldigen.

„Ich weiß, dass es Xens Schicksal ist, die nächste Dracc zu werden, und ich weiß, dass Xen großartig sein wird, aber ich möchte Xen– ich möchte Xen noch ein letztes Mal sehen, bevor es vorbei ist. Ich muss mich vergewissern, dass Xen dieses Schicksal auch will. Und das Ritual findet nun mal in der letzten Rauhnacht statt."

Jetzt fand Alec Ricos Problem nicht mehr so lustig. Sein Kinn zitterte leicht.

„Du bist verliebt", stellte er fest. „Mit dem *Dryadarium* könntest du die ganze Welt ins Chaos stürzen. Nur, weil du verliebt bist. Ist dir das klar?"

Rico zuckte mit den Schultern. Für Xen würde er die Welt nur allzu gerne brennen lassen. Deswegen liebten ihn seine Fans drüben in Byuo Aey so – weil er Gefühle hatte, Personen, die ihm mehr bedeuteten als das Allgemeinwohl.

„Du hast vergessen, dass es ziemlich egal ist, was du denkst", erinnerte er Alec. „Du musst mir helfen, ob es dir nun gefällt oder nicht."

Ruby schrie auf. „Wir haben getan, was du wolltest. Du hast versprochen, dass du uns dann wieder gehen lässt."

Das Ganze war Rico ziemlich peinlich. Eigentlich war er gar nicht *so ein* Held. Was die Liebe mit einem anstellte.

„Ich habe nie irgendwas versprochen", sagte er und zuckte entschuldigend mit den Flügeln. „Es ist nun mal so, dass ich eure Hilfe noch brauche, egal wie sehr ich mir wünsche, dass es nicht so wäre." Er sah Alec böse aus dem Augenwinkel an. „Und da ihr mir wohl nicht mehr freiwillig helfen werdet, muss es wohl so sein."

„Oh!" Ruby verschränkte die Arme vor der Brust. Aus ihren Augen schossen unsichtbare Blitze. „Ich glaube fast, es wäre doch ganz gut, wenn Alec dich ein wenig aufgeschlitzt hätte."

Rico trat einen vorsichtigen Schritt rückwärts.

„Wir haben dir vertraut, weißt du? Ich habe dir sogar *gerne* geholfen. Vielleicht hätte ich das sogar noch getan, nachdem du uns angelogen hast. Aber das geht zu weit."

Ruby sah anders aus, wenn sie wütend war, wie ein sich aufblähender Stern kurz vor dem Zusammenbruch.

„Ich werde jetzt gehen", sagte sie langsam, „und wenn du schlau bist, dann belässt du es dabei."

Ohne auf eine Antwort zu warten, wirbelte sie herum und marschierte auf die Tür zu. Alec beeilte sich, ihr aus dem Weg zu gehen. Aber noch bevor ihre Finger die Türklinke berührten, durchzog ein Zittern ihren ganzen Körpern. Mit weiten Augen drehte sie sich zu Rico um.

„Tut mir leid", flüsterte er.

Dann brach sie zusammen. Ihr Gesicht verzehrte sich in unerträglichen Qualen, als ihr Blut zu kochen anfing, ihr Blickfeld rot färbte.

„Ruby!"

Alec war an ihrer Seite, brachte sie in eine stabile Lage, während sie röchelnd den Mund öffnete und schloss, verzweifelt versuchte zu atmen.

„Hör auf damit!" Das Messer war in seiner zitternden Hand, die Klinge auf Rico gerichtet. Sie brannte sich tief in sein Fleisch. *„Hör sofort auf damit!"*

Der Held achtete nicht auf ihn, kniete sich neben Ruby. „Das ist der Schwur!"

Hēro war auch da, legte einen Flügel unter ihren Kopf.

„Sie hat versucht, den Schwur zu brechen."

Alec ergriff ihre zitternde Finger. „Was können wir tun?"

„Ich – ich weiß nicht."

Gejagt sah Rico sich im Zimmer um. Kein Erste-Hilfe-Schrank in der Nähe.

„Es ist okay", rief er gegen die Zimmerdecke. „Sie hat noch nichts getan! Es ist mein Schwur und ich sage, es ist okay."

Rubys ganzer Körper zog sich krampfhaft zusammen und als wäre nichts geschehen holte sie keuchend Luft und ihr Blut beruhigte sich wieder.

„Was zum –?" Sie musste husten. „Was war das?"

„Der Schwur." Rico sah elend aus. „Wenn du versuchst, einen Blutschwur zu brechen, dann fängt dein Blut an zu brennen. Es – es tut mir leid, aber es geht nicht anders."

Alec kaufte ihm sein gebrochenes Herz nicht ab. „Das *Dryadarium* hat sich für dich eine Seite herausgerissen", knurrte er. „Es wird dir nicht mehr helfen, ist dir das klar?"

Die kleine Papiermaus drückte sich enger an Alecs Hals.

„Ich kann nicht mal verstehen, warum *du* ihm hilfst." Er warf Hēro einen verächtlichen Blick zu. „Ich dachte immer, du wärst schlauer als dein Partner."

Der Greif wich nicht zurück, breitete nur schützend die Flügel vor Rico aus. Nach dem, was sie schon gemeinsam durchgemacht hatten, würde sie für alle Ewigkeit hinter ihm stehen.

„Siehst du", seufzte Rico, „darum brauche ich euch ja. Die Maus würde mir nie helfen, die Aoyllonen zu finden, wenn du nicht dabei wärst, Alec. Das *Dryadarium* hat sich diese Seite nicht für mich rausgerissen, sondern für dich." Er sah Ruby entschuldigend an. „Und ohne dich würde Alec wahrscheinlich doch einen Weg finden, mich umzubringen."

„Oh, großartig", Ruby kam auf schwankenden Beinen wieder zum Stehen, „ich soll jetzt also die Geisel spielen, ja? *Die Jungfrau in Nöten*. Ich glaub, ich muss gleich kotzen."

Hēro wollte ihr mitleidig ins Hosenbein zwicken, aber Ruby stieß sie zur Seite.

„Jetzt komm mir nur nicht so! Von dir hätte ich echt mehr erwartet. Wir werden tun, was ihr von uns verlangt und dabei wird's bleiben. Und jetzt – Und jetzt, wäre es sehr freundlich, wenn ihr mein Zimmer alle verlassen könntet. Ich denke, für heute haben wir alle genug voneinander gesehen."

Das war eine Untertreibung. Von Rico hatte Alec mindestens für den Rest seines Lebens genug. Selbst in der Samhūn würde er nicht gerade Ausschau nach diesem Betrüger halten. Immerhin hatte Rico Recht gehabt, Alec würde alles daran setzten einen Weg zu finden, ihn schließlich doch umzubringen. Dass er das noch nicht vollbracht hatte, lag allerdings nicht an Ruby – zumindest nicht hauptsächlich – sondern an seiner eigenen, lähmenden Angst, die ihn jedes Mal überkam, wenn er an das heiße Blut dachte, das seine Finger hinunterlief.

TEIL 4

Der Nebel
Hat unser Land überzogen.

Stell dir vor,
Wir würden alles vergessen
Und uns im Grau verlieren,
Kein Geräusch,
Nichts zu sehen.

Und ich würde endlich schreien
In dieser vergänglichen Einsamkeit,
Dass die Hohen sich unser erbarmen
Und uns zu sich nehmen
In ihr Reich ohne Schmerz.

Aber wir müssen auf dem Weg bleiben,
Immer auf dem Weg bleiben,
Und ich haben keine Zeit
Im Nebel auf dich zu
Warten.

– König Lugh von Tírhain, Fragmente der Briefelegien

V

Zwei Brüder rannten über ein Feld. Es war bereits abgeerntet und harte, gelbe Stoppeln stachen aus der Erde hervor wie metallene Spitzen auf einem Zaun. Genauso ein Zaun, wie der um das Gefängnis herum, zu dem die Heimleiterin sie und die restlichen Problemkinder vor ein paar Tagen mitgenommen hatte.

Sie hatte zu den vergitterten Fenstern hochgedeutet und gesagt: „Da oben sitzt mein Bruder. Er saß dort schon, bevor ihr überhaupt geboren wart, und wird noch lange dort sitzen. Er war genau wie ihr, frech und wild und wusste nicht, was gut für ihn war. Was ist eine größere Strafe für Geschwister, als sie zu trennen? Vergesst das nicht, wilde Kinder, die einfach verschwinden, können an den dunkelsten Orten wieder auftauchen."

Aber die Brüder hatten keine Angst zu verschwinden, sondern stecken zu bleiben in dieser grässlichen, bedrückenden Stadt. Denn wild waren sie tatsächlich. Sie waren Kinder der Erde und der Luft, kamen direkt aus dem Feenreich und verkümmerten zwischen all dem grauen Stein.

Weder die Pfleger noch die anderen Waisen verstanden das, also sprachen die Brüder nur miteinander. Wenn ein Außenseiter versuchte, mit ihnen zu reden, knurrten sie, von tief unten aus der Kehle, bis dieser die Flucht ergriff.

„Hey, Charlie. Ist die Leiter noch da?", keuchte der hintere Junge, denn er konnte im Dunkeln kaum sehen.

Ein Augenarzt würde aus zwei Metern Entfernung erkennen, dass er eine Brille brauchte, aber niemand hatte ihm je einen Termin besorgt.

Der vordere Junge drehte sich um und seine Augen glänzten. „Ja, schnell! Wir müssen uns beeilen, Eth!"

Sie rannten weiter mit pochenden Herzen und schmerzenden Füßen, kamen schlitternd vor der Leiter zum Stehen. Eine kleine Gnomin mit Knollnase und Propellerhut saß auf der fünften Stufe und winkte ihnen zu.

„Hallo, ihr seid spät. Beeilt euch lieber, damit ihr nichts verpasst."

Aber die beiden Jungen waren zu beschäftigt nach oben zu starren. Da war es, ganz in rot und gelb gestreift, das fliegende Zirkuszelt, das sie so oft von ihrem Fenster aus beobachtet hatten.

Die Gnomin grinste breit. „Beeindruckend, was? Wo sind eure Karten?"

Die Brüder wühlten in ihren Jackentaschen und zogen zwei zerknüllte Zettel hervor.

Die Gnomin begutachtete sie ganz genau, die Augenbrauen fest zusammengekniffen. „Na nu, das sind ja Karten für unsere letzte Aufführung in Ceth'awna."

„Wir haben's nicht rechtzeitig geschafft", platzte es aus Eth hervor. „Da, sehen Sie? Die Karten sind noch nicht benutzt, können wir sie umtauschen?"

Das Geheimnis der Jungen war nicht sonderlich gut versteckt. Sie trugen abgewetzte Kordjacken, die ein paar Nummern zu groß waren, und ihre Schuhe waren mit Schlamm verkrustet, aber die Gnomin wusste es besser, als die Kinder darauf anzusprechen.

„Da müsste ich nachsehen, was zu machen ist." Sie kratzte sich am Propeller. „Unsere Karten sind alle ausverkauft, die Vorstellung ist voll. Vielleicht – kommt mit!"

Mit misstrauisch zusammengekniffenen Augen sahen die Brüder zu ihr hoch. So viel Freundlichkeit ohne Hintergedanken waren sie nicht gewohnt, aber die Versuchung der leisen Musik, die vom Zirkus aus nach ihnen rief, war zu groß. Es schwebte hunderte Meter über dem Boden, doch es brauchte nur wenige Handgriffe, um das Zelt zu erreichen. Lachend beobachten die Jungen, wie der Himmel an ihnen vorbeiflog, dann stiegen sie durch eine breite Luke ins Innere.

Die Jungs hielten den Atem an vor Staunen. Wolken flitzten über die von Sternen bedeckten Stoffwände wie Fische in einem Bach, der Boden hingegen war gläsern und offenbarte rostige Zahnräder, die sich zur ewigen Melodie des Zirkusses drehten – ein Pfeifen und Klatschen, Stampfen und Lachen das ihre Namen flüsterte, sie zum bunten Vorhang lockte, der zu den Sitzreihen führte.

Eine weitere, unscheinbarere Gardine teilte sich und ein hochgewachsener Mann in orange-violettem Anzug und hohem Zylinder trat hervor.

„Ho, ho." Er lachte und offenbarte eine Reihe goldener Zähne. „Das sind also die kleinen Ausreißer, was?"

Er beugte sich so tief zu den Brüdern hinunter, dass sie fast auf Augenhöhe waren, und wickelte dabei seinen gezwirbelten Schnurrbart um den Finger.

Da konnte Eth es nicht mehr an sich halten. „Bitte, bitte stecken Sie uns nicht ins Gefängnis!" Ihm kam der Bruder der Heimleiterin wieder in den Sinn und seine Augen tränten.

„Nicht doch, nicht doch. Habt keine Angst."

Beleidigt streckte Charlie das Kinn heraus. Angst? Niemals.

„Wenn ich mich vorstellen dürfte, ich bin der Direktor dieser kleinen Wunderfabrik, Arthur Pompomeus. Und ihr seid unsere kleinen Gäste aus der Sídlethan, nicht wahr?" Der Direktor nahm den Hut ab und verbeugte sich. „Ihr riecht nach dem wilden Volk."

Mit gesenktem Blick traten die Kinder von einem Fuß auf den Anderen.

„Vom wandelnden Markt, Sir. Wir würden gerne die Vorstellung sehen, Sir", sagte Charlie schließlich.

„Ah ja, leider sind wir komplett voll, schon fast überfüllt könnte man sagen. Tut mir leid, Jungs." Arthur Pompomeus zwirbelte seinen Bart. „Aber! Aber vielleicht können wir euch auf einen anderen Weg hineinschmuggeln."

Er hob Zeigefinger und Daumen ans Kinn, als müsste er angestrengt nachdenken, dann hüpfte er aufgeregt auf und ab.

„Ja, ja! So könnte es gehen." Er hob verschwörerisch eine Augenbraue. „Wie alt seid ihr denn?"

„Neun!", riefen die Brüder.

„Und ihr habt doch keine Höhenangst, oder?"

Sie schüttelten die Köpfe. Schließlich hatten sie die ersten fünf Jahre ihres Lebens fast ausschließlich zwischen den Wolken verbracht.

Arthur Pompomeus klatschte in die Hände. „Perfekt! Dann kommt mal mit."

Sein Frack schlug ihnen ins Gesicht, als er eine halbe Drehung vollführte und auf langen Beinen zurück zu dem kleinen Vorhang stakste, hinter dem er hervorgekommen war.

Es kam den Brüdern abermals vor, als würden sie eine neue Welt betreten. Der ganze Raum war mit schlichtem Holz ausgekleidet und Heu bedeckte den Boden, seltsame Gerüche von Öl und Feuer hingen in der Luft, doch am bemerkenswertesten waren die Figuren, die sich auf ihre Show vorbereiteten. Fliegende Elefanten, regenbogenfarbene Schlangen, die die Größe ändern konnten, und schnaubende Einhörner probten ihre Stücke ein.

Der Direktor klopfte an die hölzerne Wand. „Wo sind Lunett, Violett und Lapiz?"

„Hier sind wir, Meister Pompomeus", erklang ein zartes Stimmchen.

Drei Feen mit Katzenaugen und Kleidern aus Blättern, die dem Direktor kaum bis zur Brust reichten, verbeugten sich vor ihnen.

„Könntet ihr noch zwei weitere Artisten unterbringen?" Er deutete auf die Brüder.

Die Feen flüsterten kurz miteinander, dann nickten sie so heftig, dass ihre zarten Köpfchen ungestüm hin und her schlugen.

„Wusste ich doch, dass ihr das schafft!" Der Direktor zog erneut den Hut. „Ich gehe euch mal ansagen und los."

Die Feen nahmen die Jungen kichernd an den Händen und führten sie einen fackelbeleuchteten Gang entlang zu einem bunten Vorhang. Noch bevor sie verstehen konnten, was geschah, hatte jeweils eine der zierlichen Gestalten einen von ihnen unter die Arme gegriffen und hochgehoben.

Mit ohrenbetäubendem Getöse öffnete sich der Vorhang und gab den Blick auf die Manege frei. Reihen und Reihen von Zuschauern sahen auf einen sandigen Platz hinab, in dessen Mitte Arthur Pompomeus stand und vor ihnen den Hut zog.

Die Feen trugen die Brüder höher und immer höher. Es war, als würde sich die Decke des Zirkuszeltes weiter entfernen, je näher sie ihr zu kommen versuchten. Und dann wurden sie plötzlich nach unten gezogen, befanden sich im freien Fall. Die Menge hatte aufgehört, zu klatschen, und das einzige Geräusch in ihren Ohren war ihr eigener Herzschlag. Ruckartig wurden die Brüder wieder nach oben gerissen, mit aller Kraft in die Luft katapultiert und losgelassen. Sie waren unten, oben, links und rechts, zischten aneinander vorbei, so nah, dass sich ihre Fingerspitzen berührten. Die Decke des Zirkuszeltes war unter ihnen, alles drehte sich und dann setzen die Feen sie wieder auf dem Boden ab, sanft wie eine Pusteblume, die zurück zu Erde taumelt.

Jubel brach los, so markerschütternd, dass selbst das angrenzende Dorf noch etwas davon mitbekam, doch für Charlie und Eth hatte sich ein Schleier über die Welt gelegt. Arthur Pompomeus klopfte ihnen anerkennend auf die Schulter.

„Gut gemacht habt ihr zwei das. Solche wie ihr, die können wir immer gebrauchen. Wenn ihr mit uns in die Sídlethan zurückkehren wollt, wäre es uns eine Ehre, euch hier eine Stelle anzubieten. Es gibt da ein Geheimnis, was ich euch erzählen muss. Ein Geheimnis, das mir der weite Fluss zugeflüstert hat."

Er bugsierte sie zurück hinter den Vorhang.

„Das ist sehr viel auf einmal", sagte der Direktor rasch, „holt euch eine Tüte Popcorn, wir reden nach der Vorstellung weiter."

Die Brüder sahen einander mit leuchtenden Augen an. Popcorn!

„War das ernst gemeint?", fragte Eth, als sie über das rutschige Heu stolperten. „Können wir echt hier her, in den Zirkus?" Erst jetzt kamen die Worte des Direktors wirklich bei ihnen an.

„Wie in 'nem Abenteuerroman", erwiderte Charlie grinsend.

Das graue Heim gegen den bunten Zirkus tauschen, das klang wie eine dieser wunderbaren Geschichten, die er gerne den jüngeren Kindern und manchmal Eth vorlas. Bei ihm stellten sich beim Lesen so schnell Kopfschmerzen ein.

Das breite Grinsen verschwand von ihren Gesichtern, als sie erkannten, wer vor der Popcorn-Maschine auf sie wartete. Sie wollten rennen, aber ihre Beine erinnerten sich wieder daran, dass sie eben noch frei in der Luft geschwebt hatten.

„Ich wusste doch, dass ich euch hier finden würde!" Die Heimleiterin spuckte jedes Wort aus, als wäre es Gift. „Ihr könnt froh sein, wenn ich euch nicht rauswerfe."

Die Augen der Brüder brannten, aber sie wagten es nicht, etwas zu sagen, als die Heimleiterin sie an den Jacken nach draußen zerrte.

„Immer müsst ihr euch widersetzten. Ihr dürft erst in den Zirkus, wenn ihr aufhört, euch mit den anderen Kindern zu schlagen. Das habe ich doch gesagt."

Die wahnwitzige Idee, mit dem Zirkus durchzubrennen, wurde beim Anblick der langen Fingernägel, die sich in die Arme der Brüder bohrten, plötzlich lächerlich. Wie dumm sie sich verhalten hatten. Sie trauten sich nicht, zurückzusehen, als sie über den stoppeligen Acker geschleppt wurden.

Hätten sie sich umgedreht, würden sie nichts als ein graues Feld und vorüberziehende Wolken entdecken. Der Wind hatte den Zirkus bereits fortgeweht.

Eine Reise, die ist (nicht) lustig

Neben der Sache, dass Rico und Hēro grauenhafte Helden waren, gab es nur ein weiteres Thema, über das Alec und Ruby sich gemeinsam aufregen konnten.

Der Zug. *Alle Züge*. Die waren schlimmer, wie Alec so gerne sagte, als Nisesh und die Reinigungsfirma zusammen. Ruby hasste die harten Sitze und die tiefen Tische und die engen Gänge, in denen man sich kaum bewegen konnte, wollte man sich die Beine vertreten. Und das wollte sie ständig. Alec hasste die Geschöpfe, die sich überall um sie herum drängten, schniefend und mit kaltem Kaffe in den Händen. All diese Geräusche, all diese Gerüche, waren zu viel für seine angespannten Nerven.

Als der Satyr auf der anderen Seite des Ganges geräuschvoll in seinen Arm hustete, vergrub die Papiermaus sich tiefer in Alecs Mantel. Sie hatte sich noch nicht von Ricos Verrat erholt und war schreckhaft gegenüber allen, die nicht Alec waren.

„Keine Sorge, Dryas", flüsterte er, ohne seinen eigenen Rat zu befolgen, „in ein paar Stunden sind wir hier raus und dann geht's über die Grenze ab ins Feenreich."

Dryas, den Namen hatte er der kleinen Maus gegeben, um sich fester an diese runden Kohlaugen zu binden. Kreativität war nie seine Stärke gewesen, doch die Buchseite hatte sich nicht beschwert.

„Aber jetzt mal ehrlich", Alec stieß einen gepeinigten Seufzer aus, „warum muss es ausgerechnet die Sídlethan sein?"

Als Dryas auf der Weltkarte direkt auf den grünen Punkt gehüpft war, der die Nordspitze Tírhains einnahm, hätte er sich am liebsten im Boden eingegraben. Dort versteckten sich die berühmten Tore, die Brücken zwischen den Welten, die einen Übergang von den verschiedenen Inseln im weiten Fluss ermöglichten. Von der Pryddha, dem üblichen Lebensbereich, in die verzauberte Sídlethan.

Rico schnaubte. „Weil das Feenreich nun mal ein perfekter Ort für das große Ritual der Aoyllonen ist. Hätte man sich eigentlich gleich denken können, immerhin haben sie irgendwo da auch ihren Wohnsitz."

Er saß mit verschränkten Armen Alec und Ruby gegenüber und versuchte mit zusammengebissenen Zähnen, ihrer schlechten Stimmung entgegenzuwirken, ohne sich dabei von ihrer Missgunst anstecken zu lassen. Mit mäßigem Erfolg.

„Außerdem kommst du nicht sogar von dort?" Ruby tätschelte beruhigend Alecs Bein, damit er sich nicht doch noch auf Rico stürzte.

„Wie kommst du denn auf die Idee?"

Ruby zuckte mit den Schultern. „Wenn du wütend wirst, ziehst du die Buchstaben ganz komisch, als wärst du schon vor hunderten von Jahren geboren wurden oder so."

Die Farbe verschwand aus Alecs Gesicht. Seit seinem neunten Lebensjahr hatte er versucht, den rauen Dialekt Ceth'awnas anzunehmen*, und niemand hatte ihn bisher darauf hingewiesen, dass ihm dies nicht vollständig gelungen war.

„Meine Mutter kommt von dort", hörte er sich selbst sagen, „aber ich war seit Ewigkeiten nicht mehr drüben."

Ruby stieß ihn mit der Schulter an. „Aufregend, oder?" Ihr Vorrat an unangebrachtem Optimismus war immer noch nicht erschöpft.

„Hm."

Alec war so aufgeregt, dass sich sein Magen zusammenkrampfte. Dabei war es höchst unwahrscheinlich, dass er jemandem

---

* Als die anderen Kinder angefangen hatten, Xander und ihn deswegen auszulachen.

begegnen würde, den er kannte. Immerhin erinnerte er sich selbst kaum an etwas außer dem Wind im Gesicht und Tante Tiffanys Karamellbonbons. Er wusste nicht einmal, wer Tante Tiffany war, nur, dass sie ein Biest von einem Hund besessen hatte. Kein lebendiges Geschöpf würde sich an ihn erinnern, denn er war mit dem wandelnden Markt gereist und nie an einem Ort geblieben. Aber er wusste, dass das Land sich an ihn erinnern würde. Das Land dort war anders als in der Pryddha, es sprudelte über von Geheimnissen und Freiheit und Leben. Die uralte Göttin Maeba, Gattin des Lother, hatte ihre Seele an die Sídlethan verloren und genauso wie sie herrschte nun auch das Land über ihr Volk. Unverwüstlich.

„Bei König Lugh, müssen die Sitze so unbequem sein?"

Schnaubend versuchte Alec sein Gleichgewicht so zu verlagern, dass seine Beine nicht ständig schmerzten, aber jede Position war so ungemütlich wie die Vorherige.

Rico rollte mit den Augen. „Könntest du vielleicht etwas leiser sein? Einige versuchen, hier ein bisschen Schlaf zu bekommen."

Das war ein Standardsatz, den er sowohl Alec wie Ruby schon mehrere Male an den Kopf geworfen hatte, und jetzt verstärkte er dessen Aussage noch, indem er mit einer Schlafmaske vor Alecs Gesicht herum wedelte.

„Hēro, halt die Kinder bei Laune."

Egal, wie oft Rico sie angelogen hatte, jetzt sprach er die Wahrheit. Sie verhielten sich tatsächlich wie Kinder, immerhin spielten sie seit zwei Stunden *Was hat dieser Passagier wohl heute vor?*, wobei Hēros Vorschläge ohne Ricos Hilfe eher unproduktiv waren. Und jetzt hatte Ruby auch noch aufgehört, mit Alec zu reden, und starrte die Stirn runzelnd ihr Handy an.

Wenn Alec nicht bald eine bessere Ablenkung fand, würde er die trockenen Kekse von vorhin wieder auskotzen müssen.

„Was machst du da?", fragte er.

„Hier." Ruby hielt ihm ihr Handy hin. Sie hatte ein Foto großgezogen, auf dem eine bemalte Leinwand abgebildet war. „Ich habe überlegt, das Bild an die Uni zu schicken, für meine Bewerbung. Aber jetzt bin ich mir nicht mehr sicher. Was meinst du, was könnte ich daran ändern?"

Alec wollte gerade sagen, dass sie sich dafür wirklich die falsche Person ausgesucht hatte, als er das Bild ansah und erstarrte. Es war so wunderschön, dass ihm die Augen fast aus dem Kopf fielen. Er hatte gewusst, dass Ruby Künstlerin werden wollte, aber er hatte nicht verstanden, wie sehr sie das in ihrem Leben brauchte.

„Das ist brillant", sagte er. „Das bist du."

Sie nickte grimmig. „Das ist das Problem. Wenn ich das Bild einreichen will, dann muss es eine Aussagekraft haben, es sollte etwas mitzuteilen haben und das beschreibt nur… mich."

Alec zuckte mit den Schultern. „Ist deine Nachricht halt, dass man nicht nur die anderen in den Vordergrund stellen soll, sondern auch mal sich selbst erkennen und akzeptieren muss. Das gefällt denen bestimmt."

Ruby biss sich auf die Lippe, dann leuchtete ihr Gesicht auf. „Mann, warum bin ich da nicht selbst drauf gekommen?"

Bevor er etwas Schlaues erwidern konnte, klingelte ihr Handy und sie fiel fast vom Sitz.

„Scheiße!", fluchte sie. „Die habe ich ja ganz vergessen. Der wöchentliche Kontrollanruf. Alec, versteck dich!"

Er sah sich um. Der Zug wurde immer voller, je näher sie den Brücken zum Feenreich kamen, und weit und breit war kein anderer Platz zu sehen.

„Ach egal", fauchte Ruby, „verhalt dich einfach unauffällig." Dann setzte sie ein überdimensioniertes Grinsen auf und winkte in die Kamera. „Hey! Ich habe euch ja so vermisst."

„Keine Sorge, unsere Eltern sind noch nicht da. Du musst dich nicht verstellen", sagte ein junger Mann und kratzte sich unter seiner Mütze.

Ruby sackte in sich zusammen. „Dank den Fómori! Mike, du musst ihnen irgendwie erklären, dass ich gerade verhindert bin. Aber nicht so verhindert, dass sie sich Sorgen machen müssen. Du weißt schon, was ich meine."

„Äh, warum ich?", fragte Mike. „Wo bist du überhaupt? Bist du im Zug? Oh, Mum wird dich umbringen, wenn du uns aus dem Zug anrufst."

„Darum sollst du ja auch wieder auflegen", zischte sie.

Vielleicht hätte Mike sogar auf sie gehört, würde nicht in diesem Moment ein Koffer auf die auf dem Boden liegende Hēro fallen, die ihrerseits an Alecs Bein stieß und ihn so gegen Ruby schubste.

Mike schrie auf und zeigte mit dem Finger auf den verdutzten Alec. „Wer ist das? Ist das dein Freund? Jetzt wird Mum dich *auf jeden Fall* umbringen!"

„Jetzt komm mal runter, Mike." Rubys Ohrenspitzen färbten sich rot. „Das ist nur *ein* Freund. Alec, äh –?"

„Whitewood. Hey", sagte Alec matt.

In diesem Moment entschied Rico, sich mal wieder zu Wort zu melden. „Wolltet ihr nicht leise sein?", murrte er und schob seine Schlafmaske hoch.

„Und das?", fragte Mike und sah sich panisch nach dem Sprecher um. „Ist das dein Freund?" Ruby stöhnte auf.

„Ha!" Ein weiterer Junge schlich sich ins Bild, vielleicht vierzehn Jahre alt. „Jetzt schuldet er mir 20 Silbermünzen. Schon wieder!"

„Hey!" Ruby schrie beleidigt auf. „Ihr solltet doch nicht mehr auf mich wetten."

„Ja, verpiss dich, Flint!", rief Mike dem Jungen zu.

Da schob Hēro sich an Alec vorbei, um ebenfalls einen Blick auf den Bildschirm zu erhaschen, und wenn der Greif interessiert war, dann war auch Dryas nicht fern.

„Und was ist mit denen?“, fragte Flint. „Ich krieg drei Goldmünzen von Mike und noch eine von Leon, wenn dein nächster Freund – oder deine nächste Freundin – mehr als drei Beine hat.“

„Hör auf deine Schwester zu belästigen, Mike!“ Eine kleine Frau Mitte 40 schob ihren Sohn zur Seite.

„Aber ich hab nicht –! Flint war doch auch da!“

Sie ignorierte ihn. „Na, Schatz? Wie läuft's so? Ich hoffe, dir ist das Geld noch nicht ausgegangen.“

„Es heißt Work *and* Travel, Mum“, erwiderte Ruby mit einem Augenrollen.

„Weißt du, wie man das im Mittelalter genannt hat?“, rief Flint. „Tagelöhner. Die standen auf der untersten Stufe der –.“

„Ja, sehr schön, Flint.“ Ein Mann im Anzug quetschte sich neben seinen Sohn. „Wer ist da bei dir, Schatz? Wir haben doch schon darüber gesprochen, dass du keine obdachlosen Streuner mehr aufgabeln sollst. Du weißt doch, wie das damals mit Lucy gelaufen ist.“

Ob er dabei von Alec oder Hēro oder vielleicht von beiden sprach, wusste er genauso wenig wie der Rest seiner Familie.

„Oh verdammt, *Dad*!“, fauchte Ruby. Dann tat sie etwas Skandalöses. Sie legte einfach auf. „Verdammt“, wiederholte sie und ließ die Luft aus ihren Backen.

„Verdammt“, sagte Alec und massierte sich den schmerzenden Kopf.

Rico schob sich die Schlafmaske über die Augen. „Ja“, stimme er zu.

„Wer ist Lucy?“, fragte Alec, als sie sich alle wieder gesammelt hatten.

„Ein obdachloser Streuner.“

Ruby schaltete ihr Handy aus, um der Flut an Nachrichten von ihrer Familie zu entkommen. Selbst Leon, der dritte Bruder, hatte ihr geschrieben und der war gar nicht zuhause gewesen, sondern Kilometer entfernt mit Kind und Freundin.

„Ein Hund, der in unserem Dorf gelebt hat. Superknuffig. Ist mir überallhin gefolgt, also habe ich sie irgendwann mit nach Hause gebracht. Aber sie war wild und ließ sich nicht leicht zähmen. Sie hat den Pudel von nebenan gebissen und dann Flint, da war er noch ganz klein." Sie lehnte den Kopf gegen das Fenster. „Dann mussten sie Lucy einschläfern lassen."

„Oh."

„Das ist Ewigkeiten her", sagte sie, „aber es ist ein schön abschreckendes Beispiel. Hat ihre Meinung gegenüber Tieren, die nicht vom Züchter kommen, nur noch bestätigt."

Das tat seine Wirkung und endlich waren sowohl Ruby wie auch Alec still. Nicht, dass irgendjemand diese Ruhe jetzt zum Schlafen nutzen könnte.

Als sie den letzten Bahnhof vor den Toren zur Sídlethan erreichten, war Alec so aufgeregt, dass er sich nicht entscheiden konnte, ob es besser wäre, für immer in diesem Zug sitzen zu bleiben, oder eilends daraus zu verschwinden.

Sie waren noch eine halbe Stunde von den Toren entfernt, doch ins Feenreich fuhren keine Züge. Im Feenreich fuhr nichts, was mit Technologie zu tun hatte. Dort lebten die Einheimischen fast wie vor den großen Kriegen, wild und frei und ohne Einschränkungen.*

„Und was machen wir jetzt?" Rico kämmte mit den Fingern durch die Federn an seinen Flügeln.

---

* Ihr könnt euch gar nicht vorstellen, wie lustig es gewesen ist, als Alec das erste Mal mit Fernsehen in Kontakt gekommen ist. Oder einem Toaster.

„Zuerst brauchen wir Ausrüstung und etwas Verpflegung für den Weg", sagte Ruby mechanisch. „Dann suchen wir nach einem Wegführer, der uns sicher hinter die Grenze bringt."

Die Türen des Zuges öffneten sich mit einem Pfeifen und Zischen und spien die Passagiere auf den grauen Bahnsteig. Der Bahnhof in Laeryl war nicht so überfüllt wie der in Ceth'awna, aber es tummelten sich dort genug Geschöpfe, um darauf hinzudeuten, dass es sich um eine beschäftigte Stadt handelte.

Vor den großen Menschenkriegen war Laeryl nur ein zurückgebliebenes Bauerndorf am Rand der verwunschenen Wälder gewesen, die kaum ein Mensch zu betreten wagte. Nachdem alle Länder aufgelöst und die Welt zu einem einzigen Staat bestimmt worden war, hatte man herausgefunden, dass sich zwischen den Bäumen und Hügeln Tore zur Sídlethan versteckten, und Laeryl war aufgeblüht.

Wer ins Feenreich reiste, der musste zuerst hier haltmachen und einen Wegführer finden. Und von Abenteurern, die die Freiheit von Maebas Reich spüren wollten, gab es nie genug.

„Wofür brauchen wir schon einen Wegführer?", knurrte Rico. „Wir sind Helden."

Das bedachte selbst Hēro mit einem verächtlichen Schnauben.

„Ist doch ganz einfach", erklärte Alec, „ne Karte wird uns nicht helfen können. Da werden wir – sorry, Dryas – etwas mehr als vage Richtungsangaben brauchen und das Internet wird uns da wenig hilfreich sein. Das Land ist verzaubert, es ändert sich nach Lust und Laune. Einen Wegführer brauchen wir, damit wir es überhaupt über die Grenze schaffen."

Rico starrte ihn verständnislos an.

„Sowas gibt es bei euch doch auch. Ein Tor in die Sídlethan, so wie in Tey'nichlon", fuhr Alec fort, fassungslos wegen so viel Unwissenheit. „Da gelten nicht dieselben Regeln wie überall sonst, weil das Land seine eigenen Regeln aufgestellt hat. Du kannst nicht einfach so über die Grenze laufen, überall lauern Fallen und

Prüfungen, die ihre Position ändern, wenn das Land neu würfelt. Dafür brauchst du einen Wegführer. Es sei denn, du möchtest wertvolle Zeit damit verschwenden, in jede Falle auf dem Weg zu laufen."

Rico zuckte mit den Schultern. „Meinetwegen. Aber Hēro und ich, wir besorgen das Essen."

Ruby und Alec stöhnten. Jeder von ihnen hatten das Privileg haben wollen, ihre Lieblingsgerichte auszuwählen.

„Na schön", Ruby klang nur ein kleines Bisschen eingeschnappt, „dann kümmere ich mich halt um den Wegführer. Keine Widerrede, Alec. Wir wissen doch alle, wie niedrig deine sozialen Kompetenzen sind."

Er grinste dümmlich. „Ich hatte gar nicht vor, irgendwas zu sagen."

Die Ausrüstung für diesen fremden Ort ohne Technologie auszusuchen, verpasste ihm wenigstens das Gefühl, Herr der Lage zu sein.

„Treffen wir uns hier wieder?", fragte Ruby.

Sie traten aus dem Bahnhof und standen auf einem gepflasterten Platz, auf dem es vor Abenteurern nur so wimmelte.

„Da in der Mitte, beim Springbrunnen."

Dagegen hatte niemand etwas einzuwenden. Wegführer hielten Karten hoch, auf denen ihre Routen abgebildet waren, und priesen ihre niedrigen Preise an, Touristen stolperten selbst zur kalten Zeit noch zwischen ihnen hindurch und suchten nach dem besten Deal. Ein guter Ort, um Besorgungen zu erledigen.

Ruby entfernte sich etwas vom Trubel und bog in eine der Seitengassen ein. Sie suchte nach einem verlässlichen Wegführer und nicht nach einem billigen Abklatsch für Touristen. Hier wurden nicht mehr lauthals Angebote in die Luft gerufen, die Wegführer näherten sich ihr einzeln und schlugen ihr eine Route vor.

„Hey, so niedrige Preise bei einer so hohen Erfolgsquote kriegst du sonst nie", kam es aus einer finsteren Ecke und ein gedrungener Gnom trat hervor. „Pro Person drei Goldmünzen, das ist alles, und ich bringe dich überall rüber, wo immer du willst."

„Oh?" Ruby tat so, als würde sie nicht bemerken, wie die restlichen Wegführer von ihr abwichen, sobald sie ihren Kollegen erkannten. „Das klingt wirklich gut, aber ich, äh, muss das erst mit meinen Freunden besprechen. Meinen Freunden, die gleich hier sind."

„Eine Erfolgsquote von 98 Prozent", fuhr der Gnom mit rauer Stimme fort. „Das gibts nirgendwo. Und selbst die paar Prozentchen die fehlen, meine Kunden verrecken nicht."

„Das klingt ja echt toll", sagte Ruby und trat einen Schritt zurück.

„Sind nur im Krankenhaus."

„Ludwig! Siehst du nicht, dass sie nicht interessiert ist?"

Ein weißer Adler stieß auf die Gasse hinunter, zog mit den Krallen an der Jacke des Gnomes.

„Alle wissen, was für ein Betrüger du bist."

„Lass sie das doch selbst entscheiden!", fauchte der Wegführer.

Aber als der Adler die Kleidung durchbohrt hatte und nach seiner Schulter griff, entschied er, dass es die Mühe nicht wert war und floh fluchend die Gasse hinunter.

„Ah, das tut mir leid."

Plötzlich war der Adler verschwunden und an seine Stelle trat eine hübsche, junge Frau. Ihre gewellten Haare hatten die Farbe von Honig.

„Dieser alte Betrüger versucht ständig, unschuldige Touristen in die Irre zu führen."

Trotz des Frostes trug sie ein weißes Tanktop und eine dünne Jacke. Als sie süßlich lächelte, zeigte sie strahlend saubere Zähne.

„Ich bin Lumina Fox, Gestaltwandlerin und Wegführerin, fünf Goldmünzen pro Person. Das ist ein ordentlicher Preis, nicht so eine Verarsche."

Ruby lachte auf. „Ruby Eljin. Ich habe drei– nein, vier Freunde, und wir würden gerne über die Grenze."

„Ich habe eine Erfolgsquote von 87 Prozent – sehr realistisch, übrigens – und bei mir ist auch noch niemand gestorben", fuhr Lumina fort, „ich hatte aber schon eine Querschnittslähmung. Das geschah nur, weil mein Kunde nicht auf mich hören wollte und vom Weg abgewichen ist."

Und Ruby, die keine Ahnung von solchen Angelegenheiten hatte und einfach nur froh war, dass Lumina sie vor diesem zwielichtigen Gnom gerettet hatte, stimmte mit Freuden zu.

„Ich wollte schon immer mal in die Sídlethan", erklärte sie, als sie die neue Wegführerin zu ihrem Treffpunkt brachte. „Aber meine Eltern meinten, es wäre zu gefährlich für den Urlaub und dann sind wir wieder mal an die Küste."

Lumina lachte glockenklar. „Keine Sorge, ich kann dir zu 87% versichern, dass euch nichts passieren wird, wenn ich dabei bin. Jedenfalls solange ihr euch von der Wilden Jagd fernhaltet. Immerhin werde ich dafür bezahlt."

Auch als Ruby die Wegführerin ihren Gefährten vorstellte, blieb sie äußerst charmant, lächelte und schüttelte Hände. Was sogleich Alecs Misstrauen auslöste. Als Vorsichtsmaßnahme steckte er Dryas tief in seine Tasche und knöpfte die sogar zu.

„Also", auch Luminas Stimme war wie Honig, süß und klebrig, „wo genau wollt ihr denn hin? Das ist wichtig, um den richtigen Weg über die Grenze zu finden."

Sie sahen einander mit aufgerissen Augen an. Jetzt wäre ein kleiner Hinweis von Dryas doch ganz nützlich, aber Alec wagte es nicht, die Maus aus der Tasche zu holen. Das *Dryadarium* war wegen seines Wissens und seiner Zauberkraft überall heiß begehrt. Er zuckte mit den Schultern.

„Keine Ahnung. Einfach immer der Nase nach, wie richtige Abenteurer."

„Na, ihr seid mir ja welche." Lumina lachte glockenklar. „Aber kein Problem, dann würde ich euch zuerst zum roten Hügel bringen. An dem Tor befinden sich nicht viele Touristen, sodass ich mir einen besseren Überblick über die Lage verschaffen kann."

Gerne würde Alec eine bessere Route vorschlagen, aus reiner Vorsicht, aber er kannte sich hier nun mal nicht aus und hatte keine andere Wahl, als zustimmend zu nicken.

„Ich habe ein Auto, damit kommen wir bis kurz vors Tor. Sobald wir es rüber geschafft haben, werde ich euch zu einer Ausleihe für nicht-technologische Transportmittel bringen", erklärte Lumina. In ihrer warmen Stimme gab es keinen Hinweis auf Verrat, egal wie sehr Alec sich anstrengte. „Wartet da hinten an der Straße auf mich, ich bin gleich wieder da."

Dann war sie verschwunden.

„Höchst verdächtig", merkte er an.

Hēro schnaubte genervt.

„Was denn?"

Alle drei seiner Begleiter sahen einander bestürzt an und plötzlich war die Sache mit dem Blutschwur vergessen. Sollten nicht eigentlich Ruby und Alec gegen Rico und Hēro zusammenstehen?

„Na, du weißt schon", murmelte Ruby, „deine gigantischen Vertrauensprobleme."

„Ich – ich habe keine Probleme, okay? Ihr seid nur alle viel zu naiv", flüsterte Alec zurück und sah sich dabei um, ob Lumina sie belauschte.

Ruby legte besorgt die Stirn in Falten.

„Also, erstens ist sie viel zu freundlich", versuchte er sich zu rechtfertigen.

Immerhin hatte sie ihn angelächelt und nur fadenscheinige Verräter oder Ruby wagten es, ohne Grund nett zu ihm zu sein.

„Und zweitens, will sie uns an einen Ort mit möglichst wenigen Zeugen bringen."

Sie sahen ihn immer noch so ernst an.

„Du hast echt Probleme, Mann", analysierte Rico. „Was soll Lumina uns schon anhaben? Wir sind zwei Helden, ein kampffähiger Greif und eine Ruby. Wir haben Ceciel Morgen überlebt, viel schlimmer kann es nicht kommen."

Da war sie wieder, die naive Überheblichkeit des Groschenhelden.

Ruby lächelte Alec an, aber ihre Augen blieben dunkel. „Warum gehst du denn immer davon aus, dass dir jeder was Böses will?"

„Es ist ja nicht so, als würde ich deswegen ständig wen umbringen", protestierte er.

Ruby verschränkte die Arme vor der Brust. „Ach wirklich? Du hast Rico zweimal angegriffen – zwar verdient, aber trotzdem – mich bei unserem ersten Treffen bedroht und Ingrid fast mit einem Stalagmiten erstochen."

„Und?" Immerhin hatte die Wyvern ebenfalls versucht, *ihn* umzubringen.

„Reden, Alec!", rief Ruby. „Die meisten dieser Probleme hätte man auch mit *reden* lösen können. Oder was ist mit diesem Kellner, auf den du fast losgegangen wärst, weil du dachtest, dass er Rico vergiften wollte?"

Um fair zu bleiben, das hätte tatsächlich Gift sein können und nicht bloß Zucker. Wenn Rico dann rot angelaufen wäre und keine Luft mehr bekommen hätte, wäre es Alecs Schuld gewesen.

Ein klappriger Kleinbus hielt vor ihnen.

„Bitte." Ruby lächelte ihn an, was ein echt unfairer Zug war. „Wenn du ihr schon nicht vertrauen kannst, dann vertraue wenigstens uns."

Einem Helden und einem Greifen, die ihn beide betrogen hatten, und einer naiven Viertel-Pixie.

„Aber wenn sie versucht, euch umzubringen, dann habe ich's gleich gesagt", warnte Alec sie.

Die Vordertür des Busses öffnete sich und Lumina lächelte ihnen entgegen. „Wer will vorne sitzen?"

Hēro stieß ein siegessicheres Kreischen aus und hüpfte auf den Beifahrersitz, darauf bedacht, dass ihre Krallen das Leder nicht zerschnitten. Ruby und Rico suchten sich einen Platz in der zweiten Reihe, während Alec nach hinten kroch, um einen Überblick über die ganze Lage zu haben.

Mit einem Knattern hob der Bus ab. Zuerst gesellten sie sich zu den restlichen Transportmitteln voller Abenteurer, doch sobald sie Laeryl hinter sich gelassen hatten, bog Lumina ab und verließ die Luftstraße.

„Hey, ist das nicht verboten?", fragte Ruby und sah sich nach dem Polizeiwagen um, der eben noch neben ihnen gefahren war.

„Nicht so nah an den Toren", erklärte Lumina. „Bald endet die Straße und dann kann jeder fliegen, wohin er möchte."

Die Polizisten folgten dem Bus nicht.

Das Land verwilderte mehr, je näher sie der Grenze kamen, Felder wichen einem schattigen Nadelwald und eisigen Hügeln, die majestätisch über das Gebiet wachten.

Lumina landete in einem engen Tal, durch das ein sprudelnder Bach floss. Er wehrte sich gegen das Eis, das sich an den Rändern gebildet hatte, und nun als dünne Eisschollen auf dem Wasser tanzte.

„Wartet hier, ich sehe mich kurz um"; sagte Lumina, nachdem sie ihren Bus abgeschlossen hatte.

Sie verwandelte sich wieder in den Adler, dessen weiße Federn vor dem grauen Himmel leuchteten, und segelte mit langen Schwingen über den Hügel.

„Sie hat sich vorher nicht ausgezogen", stellte Alec fest, „und ist ihre Kleidung auch nicht losgeworden, als sie sich transformiert hat. Wie Gestaltwandler es normalerweise tun."

Ruby rammte ihm den Ellenbogen in die Rippen. „Ich bin enttäuscht von dir, Alec Blackwood."

„Warum reden wir nicht über was anderes?" Rico klopfte ihm aufmunternd auf die Schultern. „Zum Beispiel über das Feenreich. Wie ist es da so?"

„Da war ich noch so jung, keine Ahnung."

Aber dann roch Alec wieder das frische Holz und die Farben, sah die feingliedrigen Elfenfiguren, die seine Mutter geschnitzt hatte, und ihren größten Stolz, Fráhtur den Rächer aus Eichenholz.

„Ich habe nirgendwo wirklich gelebt." Eine der vorbeiziehenden Wolken sah aus wie ihr Schiff. „Wir sind mit dem wandelnden Markt gereist, waren mal hier und mal dort, an keinem Ort zweimal."

„Warum seid ihr gegangen?", fragte Ruby sanft.

Er zuckte zusammen. „Weil wir mussten."

„Mein Dad stammt aus Tey'nichlon", sagte Rico plötzlich. Fast schüchtern grinste er Alec an. „Er hat nie viel darüber erzählt, weil er sich da an die Ma't gebunden hat, und mir verboten zu fragen."

Hēro jaulte auf. Sie hatte sich mit einem Hasen angelegt, doch bevor ihre Krallen den zerbrechlichen Körper umschließen konnten, verwandelte er sich in eine giftgrün geschuppte Schlange. Der Greif stolperte nach hinten und fauchte. Sofort hatte Rico sein Kopis in der Hand, aber der weiße Adler stieß hinab und nahm die Gestalt eines riesenhaften Wolfes an mit Zähnen so lang wie Alecs Unterarm. Die Schlange zischte, der Wolf knurrte, tief und grollend, und da überlegte die Viper es sich eines besseren und ergriff die Flucht in das klirrende Eisgras.

Der Wolf verschwand und Lumina stand wieder da.* „Habe ich nicht gesagt, dass ihr euch ohne mich nicht wegbewegen sollt?" Noch immer gedämpft knurrend tätschelte sie Hēros Kopf. „Ich habe eine einigermaßen sichere Route gefunden, wenn ihr mit einem kleinen Spaziergang einverstanden seid."

---

* Vollständig bekleidet.

Also marschierten sie Lumina voran über den Hügel, wobei die Gestaltwandlerin alle fünf Schritte stehen blieb, lauschte und subtil erwähnte, dass sie nur dorthin treten sollten, wo ihr Vordermann hingetreten war.

Einmal ließ Ruby einen Apfel fallen und eine Schlingpflanze erhob sich aus dem Boden, griff nach der Frucht und zerquetschte sie, bis das Gehäuse zerbrach.

„Warum ist das nicht verboten?" Rico zog seine Flügel näher an den Körper. „Ich meine, hier kommen ständig Zivilisten – äh, andere Geschöpfe lang."

Lumina lachte. „Darum geht es doch. Um die Gefahr."

Sie blieb so plötzlich stehen, dass Rico fast in sie hinein stolperte und sein Gleichgewicht nur durch eine schwankende Ballettfigur halten konnte. Sie standen auf der abgeflachten Spitze eines Hügels, der höchsten Erhebung in der Umgebung. Alec wollte einen blöden Kommentar ablassen, doch da bemerkte er, wie Lumina den Himmel absuchte, die Augen gefährlich weit aufgerissen. Was für ein Feuer brannte hinter ihren Pupillen?

Ruby folgte ihrem Blick. „Was ist los?"

Es donnerte. Es donnerte, obwohl der Himmel blau war und die Wolken kaum mehr als farblose Fetzen. Alec war der Erste, der erkannte, dass es kein echtes Donnern war. Es war das Trappeln der Hufschläge, das Klingen der Waffen und das Johlen von tausenden von Stimmen, die sich in einem schrägen Schlachtlied vermischten.

Luminas honigfarbenen Strähnen leuchteten golden in der kalten Sonne. Sie lächelte süß.

„Es tut mir leid", sagte sie in einem melodischen Singsang. „Obwohl, eigentlich nicht."

Ein rotes Licht glühte am Horizont auf, zog sich als langer Schweif den Himmel entlang.

„Seht nicht hin!" Doch Alec war nicht zu hören über dem aufbrausenden Gesang. „Nicht hinsehen!"

Das war eine Falle. Das war die Wilde Jagd.

Lumina lachte, aber sie klang nicht mehr süß, sondern schroff und kreischend. Sie war keine hübsche junge Frau, ihren Platz hatte eine Figur aus flackerndem Feuer eingenommen, mit Augen schwarz wie Kohle und einem breiten Mund, der sich wie ein Loch in ihrem Gesicht auftat.

Sie war ein Irrlicht.

Es war so klar, dass das passiert

„Sag es nicht“, knurrte Rico. Schützend breitete er die Flügel um Ruby aus. „Sag es bloß nicht.“

Eiskalte Hände packten ihre Nacken und zogen sie nach oben, auf die harten Rücken von Pferden, die nur aus Knochen bestanden.

„Was soll ich nicht sagen?“, fragte Alec. „Dass ich Recht hatte und ihr mal besser auf mich gehört hättet?“

„Genau das“, zischte Rico.

Die Zügel wurden gezogen, die Pferde schrien ihren Unmut in die Wolken und auf einen lautlosen Befehl kam die Wilde Jagd zum Stehen, mitten in der Luft auf einem Teppich auf kaltem Feuer. Der vordere Teil der Prozedur, der nichts von dem plötzlichen Halt mitbekommen hatte, jagte weiter über den Himmel und verschwand hinter dem Horizont.

Das Irrlicht, das sich als Lumina ausgegeben hatte, kletterte aus dem Sattel und grinste sie voll freudiger Erwartung an. Eine der Geister gesellte sich zu ihr. Zwei gewundene Hörner wuchsen aus ihrer Stirn hervor und ihre Haut war aschgrau. Im Gegensatz zu Lilian war sie vollkommen materialisiert, nur ein mattes Leuchten und die Gänsehaut, die einem in ihrer Nähe überlief, deutete darauf hin, dass sie nur für die Rauhnächte unter den Lebenden weilte.

„Der großartige und unübertreffliche Herr der Samhūn und der Sídlethan, Fürst Lother, sagt Danke für dein Geschenk“, hauchte sie. „Du bist stets bei uns willkommen, während wir über den Himmel wandern.“

Das Irrlicht senkte ehrerbietig den Kopf. „Es ist der größte Dank, dabei zuzusehen, wie Ihr Euch an meiner Beute erfreut, Lady Wivar."

„Wir werden bei eurem kleinen Spiel aber ganz bestimmt nicht mitspielen", rief Ruby trotzig.

„Weißt du nicht, wer das ist?" Alec versuchte sie am Arm zu packen, aber es war schon zu spät.

Lady Wivar war seit ihrem eigenen Tod die Vertreterin Lothers in der Samhūn.

„Meinen Vasallen gefällt ihr hochnäsiges Auftreten nicht", erklärte sie mit einem Blick auf die stummen Geister um sie herum. Eine schwarze Zunge schoss hervor und leckte ihr die leere Augenhöhle aus. „Sehen wir nach, ob die Hunde sie mehr mögen."

Die Zeiten hatten sich geändert, es gab Richter und Urteile und gerechte Strafen. Fabelwesen und Menschen konnten Seite an Seite leben, aber Götter waren ewig, endgültig. Für sie galten nicht die gleichen Gesetze wie für die Sterblichen und sie waren genauso grausam wie das Schicksal, über das sie herrschten.

Zuerst war es nur ein heiseres Bellen, fernes Grollen eines Weltuntergangs, dann brachen sie zwischen den knochigen Beinen der Pferde hervor wie bösartige Dämonen, die ihre Käfige zerbersten, auf blutige Rache sinnend. Das gesträubte Fell war von einem gespenstischen Weiß, sodass die gelben Knochen darunter aufblitzten. Die Augen waren voll mit den Flammen des Fegefeuers und Krallen, rot vom Blut ihrer Opfer. Das war das Knurren des Todes, die Vollstrecker des letzten Richtspruches, die Jagdhunde des Lother und ein Kindheitstrauma, von dem Alec sich seit Jahren einredete, es schon lange überwunden zu haben.

Während er noch verzweifelt versuchte herauszufinden, weshalb er dann kurz davor war vorneüber zu fallen und Hēro und Rico sich schützend vor dem kampfunfähigen Teil ihrer Gruppe positionierten, war Ruby bereits einen Schritt weiter.

„Lucy!“

Allerdings in die falsche Richtung. Anstatt wie jedes Geschöpf mit einem gesunden Selbsterhaltungstrieb vor der Gefahr zu fliehen, warf sie sich den Hunden des Todes wortwörtlich in die Arme.

„Lucy, wie kann das sein? Oh, ich bin ja so froh, dich wiederzusehen!“ Weil sie noch nicht tot war, hatte Ruby die Zeit, sich mit dem breitesten Lächeln der Welt zu Alec umzudrehen. „Das ist Lucy, Alec! Mein Hund! Du weißt schon, der, den sie haben einschläfern lassen.“

Lucy war eine Mischung aus Riesendogge und Wolfshund und mehr als einen Meter groß. Sie bellte zufrieden, dann leckte sie ihrem ehemaligen Frauchen über das Gesicht, dass Ruby der Speichel vom Kinn tropfte.

Sie lachte. „Ja, ich habe dich auch vermisst, mein Mädchen.“ Sie krauelte das gespenstisch fahle Fell. „So sehr vermisst! Kannst du dich jetzt austoben? Jetzt kannst du dich bestimmt viel besser austoben, stimmt's mein kleiner Flauschball?“

Lucy hechelte zustimmend. Auch die anderen Vollstrecker wagten sich nun näher an Ruby heran.

„Knurren des Todes, erfüllt eure Aufgabe!“, brüllte Wivar, doch die Hunde wollten sich lieber eine weitere Streicheleinheit gefallen lassen, als auf sie zu hören. „Boten des nahenden Endes! Böse Omen! *Lucy!*“

„Hey, Alec, Rico, Hēro!“ Ruby war zwischen die Vollstrecker gestürzt, ließ sich von allen Seiten abschlabbern. „Möchtet ihr nicht auch mal?“

Alec wollte höflich ablehnen, aber er war zu beschäftigt damit, nicht schreiend davonzurennen.

Wivar, die zähneknirschend nach einer neuen Taktik suchte, rauschte auf die Hunde zu. „Ich mag die Kleine“, flüsterte sie, „die hat Biss.“ Ihre Zunge fuhr über Rubys Gesicht. „Ein guter Zusatz für unser Gefolge. Du darfst als Mundschenk dienen.“

Rico zog sein Kopis aus der Luft, aber Alec war schneller, riss sich aus seiner Trance los.

„Hörst du sie nicht in tiefster Nacht?“, bellte er, dass die gespenstischen Pferde ein hohes Wiehern ausstießen und die Hunde eine Antwort jaulten. *„In heulendem Wind kommt die Wilde Jagd geschwind!“*

Wivars aschgraue Haut verlor auch den letzten Rest Farbe. Sie bleckte die spitzen Zähne. „Wagt es nicht!“, kreischte sie. „Wagt es nicht!“

„Drum beende deine Wacht.“ Rico senkte sein Schwert. *„Denn wenn sie dich jagen, mit Getose und Gesang, dich behalten all die Jahre lang, beruf dich vor denen, die starben.“*

Alec konnte sich das siegessichere Grinsen nicht mehr verkneifen. *„Drei Spiele und du bist frei: Bring sie zum Johlen, die Hunde vor dir zum Sohlen.“*

„Ein Rätsel ist aller guter Dinge drei“, beendete Ruby mit leuchtenden Augen. „Das ist der alte Kinderreim! Wusste ich doch, dass der zu was gut ist.“

Wivar spuckte aus. „Diese verdammten Mütter! Wollen ihre Kinder beschützen, und dann kommt sowas dabei raus. Denken sich einfach ein paar Reime aus, und dann mir nichts dir nichts weiß plötzlich die ganze Welt davon und jede Zeile ist Gesetz.“

„Also funktioniert das wirklich“, Alec trat einen sorgfältigen Schritt in entgegengesetzte Richtung der Hunde, „die großen Götter lassen sich mit einem einfachen Gedicht besiegen. Die Macht der Wörter kann selbst euch in die Knie zwingen.“

Das hätte er nicht sagen sollen. Wivar schwebte auf ihn zu, so nah, dass Alec tief in die schwarzen Höhlen sehen konnte, die ihre Augen sein sollten. Die Verwalterin der Toten sog die Luft ein.

„Dieser Geruch. Ich kenne diesen Geruch. Held. *Verzweifelter* Held.“

Dann lachte sie, eisig wie die Klinge eines Messers, denn sie erkannte denjenigen, der ihren ausgestreckten Händen schon so oft zu nahe gekommen war.

„Hört mal alle her! Der nervige Kerl mit den Sommersprossen ist niemand Geringeres als *Alec Blackwood*."

Alec seufzte. „Nein, ich bin nur sein besser aussehender Cousin."

Ein Flüstern streifte durch die Geister, die Pferde scharrten mit den Hufen und selbst die Hunde ließen von Ruby ab, fletschten die Zähne.

„Das ist er", raunte es von allen Seiten, „das ist der Junge, der so viele von uns in die Samhūn befördert hat. Der Junge, der uns um seine Seele bestohlen hat."

Das Raunen wurde lauter, wurde zu einem tobenden Sturm, der durch die Reihen der Gefallenen peitschte. „Ich verlange Rache! Ich verlange ein faires Duell!"

Und all die Schatten krochen aus dem Reich der Toten hervor, all die Leben, die Alec jemals genommen hatte. Sie drehten sich in einem ewigen Kreis, ließen die Welt verschwimmen und alles, was zurückblieb, waren ihre klagenden Schreie.

Er fiel, aber Hēro tauchte hinter ihm auf und stützte seine Beine, zwang ihn mit heiserem Gekrächze zurück in die Wirklichkeit, und dann war Ruby da, die sich besorgt über ihn beugte.

Ein schmales Grinsen zerschnitt Wivars Gesicht. „Freunde, Freunde. Ihr alle kennt das Gesetz. Der Erste hat Vorrecht. Der Erste, dessen Leben vergossen wurde."

Das Salzwasser drang in sein Herz ein, floss anstelle von Blut durch seine Adern. „Ruby", er griff nach ihrem Arm, „Ruby, du musst – bitte, du weißt, was geschehen ist."

„Was geht hier ab?", fragte Rico und wurde geflissentlich ignoriert.

Eine schmale Gestalt trat zwischen den wilden Jägern hervor. Ein Auge war ausgestochen und der getrocknete Fluss aus Blut reichte von der Höhle bis zum Hals. Gelbe Zähne blitzten, als die Grimasse von einem Grinsen über das Gesicht des Jungen kroch. Denn das war er, ein Junge, vielleicht sechzehn Jahre alt.

„Du hast gesagt, es wäre ein Mann." Ruby schüttelte Alecs Hand ab. Zum ersten Mal sah er wahre Furcht in ihren weiten Augen. „Ein Anti-Magie-Terrorist."

„Ruby das – das war er auch."

„Ich wollte doch nur meine Eltern stolz machen!"

Da stand er, zerbrechlicher als Alec ihn in Erinnerung hatte, mit gefletschten Zähnen und geballten Fäusten.

„Ich war ein Kind! Ich wusste nicht, was richtig war und was falsch. Ich wollte ihnen beweisen, dass ich bereit bin, dass ich nicht nutzlos bin." Er lachte, der Junge, dessen Namen Alec nicht mehr kannte. „Aber das war dir egal, nicht wahr? Du hast einen Brieföffner in mein Auge gestochen."

Einen Brieföffner in der Form Fráhtur des Rächers.

„Du hast gesagt, es wäre ein Messer gewesen!"

Jedes von Rubys Worten tropfte vor Abscheu und ein eisiges Schaudern durchfuhr Alec.

„Ich – ich konnte mich nicht mehr ganz – ich habe das meiste verdrängt", versuchte er zu erklären, aber er verlor sich zwischen den Worten. „Ich war doch auch erst – das war nicht– was hätte ich denn tun sollen?"

„Irgendwas!" Rubys Ausruf war so heftig, dass selbst die wilde Jagd bebte. „Irgendwas."

Eine salzige Welle Panik holte Alec fast von den Beinen, stahl ihm den Atem.

„Du zitterst. Du hast Angst vor mir!" Der Tote lachte. „Oh, das solltest du auch. Denn dieses Mal werde ich das Unrecht begleichen."

Er zog ein rostiges Kurzschwert, dasselbe, mit dem er schon zuvor gegen Alec gekämpft hatte.

„Wähle eine Waffe! Jeder Jäger wäre bereit, dir die Seine für deinen letzten Kampf zu leihen."

Manchmal gab es nichts, was man tun konnte.

„Er ist schnell, du musst immer schön beweglich bleiben", flüsterte Rico Alec zu, „such dir ein Schwert oder so."

Alec legte ihm mit ausdruckslosem Gesicht dem Mantel in über den Arm. In der rechten Tasche raschelte Dryas aufgeregt. Der kühle Wind schnitt wie ein Messer in Alecs Handgelenke, fuhr unter seinen Pullover, bis er nicht mehr vor Angst, sondern vor Kälte zitterte.

Ruby stand nur da, starrte ihn fassungslos an. Mit den Hunden des Todes zu ihren Füßen sah sie eher wie die Rachegöttin aus als Wivar.

„Vergiss nicht", die Furcht nagte an Alec Knochen, „ich war auch nur ein Kind. Ich dachte, die Welt würde mir gehören und der Tod war die einzige Lösung, die ich kannte."

Dann hielt er auf einen der Jäger zu, der ihm bereitwillig sein Schwert hinstreckte. Lang und dünn und scharf genug, um eine Brust zu durchbohren.

„Es sind nur Waffen", hörte er Mr Morgen in seinem Kopf sagen, „Werkzeuge, die ohne jemanden, der sie schwingt, nutzlos werden."

Es war nur ein Schwert, und es konnte Alec nichts anhaben, doch als er das Metall berührte, kühl und vertraut, brach eine Wand in seinem Gehirn ein und ließ eine Sturmflut von Erinnerungen auf ihn los. Grauenhafte Erinnerungen von rollenden Köpfen und Blut und Schmerz. Xanders verdrehter Körper und Lilians weißes Gesicht starrten ihm entgegen. Dann zogen die Wellen vorüber, spülten alles hinfort abgesehen von einem Wort.

„Nein." Er sah auf seine Fingerstümpfe. „Ich werde nicht kämpfen."

Nicht heute und nie wieder.

Das Gesicht des Jungen verzog sich zu einer grausamen Fratze. „Nein?"

Seine Umrisse verschwammen und plötzlich stand er direkt vor Alec.

„Aber es ist deine Pflicht!"

Richtig, er war ein Schattenfuchs gewesen. Durch die Experimente seiner Eltern mit Magie hatte er den Halt in der Realität verloren.

„Ich frage mich nur, ob ich dir mein Schwert auch ins Gehirn rammen soll, oder ob ich lieber deinen Kopf über den Sand rollen sehen will. So, wie du Nisesh getötet hast."

Alec antwortete nicht, also begann Wivar die Regeln zu erklären. „Es ist ganz einfach. Der Kampf ist vorbei, sobald Blut geflossen ist und einer der Kämpfer entweder entwaffnet oder tot ist. Haben die Kämpfer das verstanden?"

Der Junge nickte grimmig und Wivar fuhr sich zufrieden mit der Zunge über die Zähne.

„Alec Blackwood, es ist deine letzte Möglichkeit, dir eine Waffe auszusuchen, bevor der Kampf beginnt."

„Das ist nicht nötig", sagte Alec in aller Seelenruhe, „denn ich werde nicht kämpfen."

Die Jäger brüllten enttäuscht auf.

„Doch, das wirst du!" Die Augen des Jungen schlugen Flammen vor Wut. „Und wenn ich dich dazu zwingen muss, dann – dann –."

Er verschwand, tauchte zwischen den Pferden wieder auf.

„Dann wirst du mich kaltblütig ermorden müssen", stellte Alec fest.

Die gebrochenen Zähne des Jungen stachen wie Dolche aus seinem Mund hervor, als sich sein Gesicht zu einem wölfischen Knurren verzog.

„Meinetwegen", fauchte er, „Hauptsache, du stirbst!"

Dann griff er an. Der Schattenfuchs zischte wie ein dunkler Blitz über den Himmel. Eine schemenhafte Bewegung zu Alecs Rechten. Er wollte, dass Alec sich umdrehte. Den Gefallen bereitete er dem Jungen. Ein Lufthauch an seinem Ohr verriet Alec, dass sein Gegner ihn von hinten angreifen würde, um ihm zum Gespött des Publikums zu machen, aber Alec war schneller. Er hob den rechten Arm, spürte die Kühle der Breitfläche des Schwertes durch seinen Pullover hindurch, und rammte den linken Ellenbogen nach hinten, in den weichen Bauch seines Gegners. Das Schwert verschwand in der Dunkelheit unter ihnen und sein Besitzer verlor das Gleichgewicht, krachte auf den Boden.

„Ich habe doch gesagt, dass ich nicht kämpfen werde", sagte Alec.

Seine Stimme hallte wieder in der ungläubigen Stille, die sich schwer wie ein Leichentuch über die Jäger ausbreitete. Sie wagten es nicht einmal, zu atmen. Alec Blackwood hatte einem von ihnen das Schwert aus der Hand geschlagen, als wäre es ein Zahnstocher.

„Halt!", kreischte Wivar. „Der Kampf ist noch nicht vorbei! Es ist noch kein Blut geflossen."

Da spuckte Alec auf den Sand, ein kleiner, roter Fleck metallenes Blut.

„Ich habe mir auf die Zunge gebissen."

Und zum Beweis spuckte er erneut.

Wivar stieß einige sehr unschöne Flüche in der alten Sprache aus. „Er hat diesen Kampf gewonnen."

Auf Händen und Knien krabbelte der Junge zu Alec, umfasste sein Knie und presste das Gesicht auf seinen Fuß.

„Alec Blackwood, mein Herausforderer, hat ehrenhaft gewonnen", keuchte der Schattenfuchs zwischen zusammengebissenen Zähnen hervor. „Er hat mich im Kampf verschont, deswegen gehöre ich jetzt ihm, selbst im Tode."

Alec starrte ihn ausdruckslos an. „Schön."

Dann kehrte er zu seinen Freunden zurück, schwankend. Er wollte Ruby alles erklären, aber das war gar nicht nötig. Sie griff sie nach seiner Hand und fuhr mit dem Daumen über seinen Handrücken, bis er sich nicht mehr so fühlte, als würde er jeden Moment an seiner eigenen Angst ersticken. Dabei sah sie ihn nicht an, hatte den starren Blick in die weite Ferne gerichtet.

Schließlich brach Rico den grauenhaften Bann, den Alec über die Jäger geworfen hatte. *„Drei Spiele und du bist frei: Bring sie zum Johlen, die Hunde vor dir zum Sohlen"*, wiederholte er den alten Kinderreim. „Nun, eine Aufgabe haben wir schon bestanden. Dann muss es uns nur noch gelingen, euch alle hier zum Johlen zu bringen."

Er lachte trocken angesichts der Ausweglosigkeit ihrer Situation.

Alle Blicke richteten sich auf ihn, der unschuldig die vorbeiziehenden Wolken betrachtete. Erst, als Wivar sich nicht sehr subtil räusperte, erkannte er sein Schicksal.

„Nein, warte!" Ricos Augen weiteten sich vor Schreck. „Ich?" Schaudernd zog er die Flügel über den Kopf. „Hēro, möchtest du das nicht erledigen?"

Der Greif fauchte nur angewidert und trat einen Schritt zurück.

„Alec?"

Alec war gerade nicht ansprechbar. Sein Gesicht zeigte sich so ausdruckslos wie das eines alten Kriegsveteranen.

„Ich habe schon das mit den Hunden erledigt", erinnerte Ruby ihn. Es war unausgesprochenes Gesetz, dass eine Person nicht zwei Aufgaben hintereinander erfüllen konnte.

„Und was soll man bei dem Haufen bitte tun?", jammerte Rico.

„Ach, du schaffst das schon", sagte Ruby mit zögerlicher Hoffnung. „Du brauchst nur einen guten Plan."

Rico wimmerte. Weil das auch seine Stärke war.

„Kennt ihr die Geschichte, in der der Hohe Iko die Fómori Lakday zum Lachen bringen muss, damit die nicht seinen ganzen

Stamm auslöscht?"* Er verzog das Gesicht. „Keine Sorge, das werde ich jedenfalls nicht tun."

Als er in die Mitte des Kreises stapfte, den die Jäger für ihn freigemacht hatten, sah er überhaupt nicht lustig aus.

„Kriege ich wenigstens drei Versuche oder so?"

Wivar ließ ihre Zunge nach vorne schnellen. „Hmm … Nein." Diese Prüfungen hatten sie bereits an den Rand ihrer Kräfte getrieben.

„Bitte was?" Rico keuchte auf. „Ich finde aber, dass ich sehr wohl ein Recht auf drei Versuche habe. Es gibt bestimmt Gesetze für so was, oder? Man kriegt nämlich immer drei Versuche und ich lasse mich in meinen Rechten nicht einschränken."

Ein dröhnendes Furzgeräusch unterbrach Ricos hitzige Rede. Ein leises Kichern breitete sich im Publikum aus.

„Als ehrenhafter Held habe ich mir sowas jawohl verdient!" Er redete weiter, als hätte er nichts mitbekommen und die Lacher stiegen an. „Tag für Tag versuche ich, irgendwelche undankbaren Ärsche zu retten, und siehe da –."

Auf das Wort *Ärsche* folgte das nächste Furzgeräusch und die Jäger grölten los, selbst die Hunde bellten.

„Hey! Bin ich etwa eine Witzfigur für euch?" Rico klang den Tränen nahe. „Ach, ich weiß schon. Ihr nehmt mich als Helden einfach nicht ernst. Wie gemein von euch!"

Als er mit dem Fuß aufstampfte, wurde ein weiterer Furz losgelassen. Wivar lachte nicht, genauso wenig wie das Irrlicht oder der Schattenfuchs, aber Rico hatte noch ein Ass im Ärmel.

„Wisst ihr eigentlich, wie sich das anfühlt, wenn einen alle auslachen?", fragte er und schniefte. „Hört auf damit! Hört sofort auf damit!"

---

* Iko band seine Hoden an ein trächtiges Schwein. Jedes Mal, wenn er dem Schwein zu nah kam, um den Knoten zu lösen, rannte es laut grunzend davon, was Iko grausame Schmerzen zufügte. Genau die Art Witz, der jemandem wie Lakday gefällt.

Er sprang wie ein wütendes Kleinkind im Kreis herum und jedes Mal, wenn er den Boden berührte, ließ er einen Furz los.

„Ich will das nicht!“, kreischte Rico, stolperte und fiel auf den Hintern, was einen durchgehenden Dauerfurz auslöste.

Das Publikum brach fast in Tränen aus. Ruby und Alec stupsten einander an, dann fingen sie an, gezwungen zu lachen.

Er hatte es geschafft. Selbst Wivar wälzte sich auf dem Boden, wegen eines alten Furz-Witzes. Rico klopfte sich den Staub von den Flügeln und stolzierte grinsend auf seine Freunde zu.

„Das war brillant“, sagte Ruby mechanisch. Im Gegensatz zu den Geistern konnte sie sich nicht von den vorhergegangenen Geschehnissen losreißen.

„Ich glaube, dieser Teil war sehr wichtig für unsere Heldenreise“, kommentierte Alec müde, „schließlich hast du endlich gelernt, dich selbst und deine Heldentaten nicht so ernst zu nehmen.“

„Furz-Witze sind so niveaulos, die ziehen immer“, erklärte Rico und zog das Furzkissen mit Alecs Gesicht darauf hervor, das er in Ceth'awna gekauft hatte. „Besonders, wenn man so eine wunderschöne Gerätschaft bei sich hat.“

Alec sah gar nicht hin, nahm nicht einmal Notiz davon, dass er mit Ceciel wirklich darüber reden sollte, worauf sie überall sein Gesicht drucken ließ.

Wivar verschluckte sich fast an ihrer Zunge, als sie bemerkte, dass sie überlistet worden war.

„Ein Furz-Witz!“, zischte sie und die übrigen Jäger verstummten. „Ein *Furzwitz*! Die nächste Aufgabe werden wir euch nicht so leicht gewinnen lassen, das verspreche ich. *Ein Rätsel ist aller guter Dinge drei!*“ Sie nickte mit zuckender Zunge. „Wilde Jagd, macht euch bereit.“

Die Geister flüsterten miteinander, in einer uralten Sprache von noch vor dem Anbeginn der Zeit.

„Was denn nun?", rief Rico, dem das alles zu langsam ablief. Er wollte endlich weiter nach Xenërae suchen.

Wivar grinste breit.

„Er will das Rätsel wissen!", brüllte sie und empfing das tosende Johlen der Jäger mit zuckender Zunge. „Geben wir ihm das Rätsel!"

Stille kehrte ein, gespenstische Stille, dann sprachen alle Toten gleichzeitig.

„Bitte *was?*" Rico glotze sie mit großen Augen an.

Wivar wiederholte das Rätsel.

„Könntet ihr das bitte – gibt's das auch in unserer Sprache?"

„Nein." Die Verwalterin der Samhūn hob zischend das Kinn. „Sonst würde das Wortspiel doch gar keinen Sinn mehr ergeben."

Rico versuchte, einen bedröppelten Blick mit seinen Gefährten in Not zu tauschen, aber Alec und Ruby waren zu beschäftigt damit in weite Ferne zu starren und Hēro vergrub der Kopf unter ihrem Flügel.

„Ehrlich jetzt?"

„Oh, und ich habe vergessen", Wivar zog jedes Wort genüsslich lang, „ihr habt nur eine Chance, richtig zu raten. Wenn ihr versagt, werdet ihr für immer uns gehören."

Rico stieß ein klägliches Wimmern aus und suchte händeringend nach Hilfe, aber die Anderen waren genauso ratlos wie er.

„Wir sind großzügig", fuhr Wivar fort, „wir geben euch, sagen wir fünfzehn Minuten, für die richtige Lösung."

„Das", sagte Ruby endlich, „ist einfach nur unfair. Und Betrug."

Die Göttin schnaubte. „Nein. Euer Kinderreim, das ist Betrug. Wir versuchen nur, unser Eigentum zu beschützen."

Während Ruby und Rico noch damit beschäftigt waren, mit den Jägern zu diskutieren, raschelte es in Alecs Manteltasche und eine spitze, schwarze Nase schnupperte nach draußen.

„Shht! Ich habe doch gesagt, dass du dich verstecken sollst", murmelte Alec, aber Dryas hörte nicht auf ihn. Die kleine Maus kletterte aus seiner Tasche und ließ sich auf den Feuerschweif unter ihren Füßen fallen.

„Hey!", zischte er im verzweifelten Versuch, unbemerkt zu bleiben. „Was soll das werden?"

Dryas sah entschuldigend zu ihm hoch und huschte davon.

Ein Raunen ging durch die Geister. Sie sahen, wie die Maus auf Hēros Kopf sprang, in ihr Ohr zwickte. Hēro krächzte etwas, das entfernt wie ein Schimpfwort klang, aber Dryas gab nicht nach, zupfte am Kopfgefieder des Greifs, bis sie sich überzeugen ließ.

„Laut der neuen Gesetzen steht ihr Götter nicht mehr über uns, also dürftest du uns gar nicht –.", argumentierte Ruby, als Hēro sie mit einem ohrenbetäubenden Krakeele unterbrach.

Wivar wollte gerade ihre Augenhöhle auslecken und erstarrte in der Bewegung. Sie zischte. „Das zählt nicht! Ich meine – ich kann dich gar nicht verstehen."

„Die Antwort", übersetzte Rico kühl, „lautet *ja*."

Das verblüffte Raunen, das von den Jägern besitz ergriffen hatte, war alles, was es brauchte, um die Lösung zu bestätigen.

Hēro stolzierte auf Rico zu, den Kopf gehoben, sodass jeder Dryas sehen konnte.

„Komm her!", rief der und breitete die Arme aus. „Das hast du supergemacht!"

Hēro schnaubte und schüttelte vorwurfsvoll die Federn, aber dann warf sie sich so heftig gegen ihren besten Freund, dass der fast umfiel.

Dryas kletterte seinen Ärmel hoch.

„Und du natürlich auch."

Ein Fauchen erklang. „Ihr habt geschummelt!", zischte Wivar. „Ihr hattet ein Hilfsmittel! Das *Dryadarium*."

Ein Brummen wie bei einem wütenden Schwarm Hornissen wanderte durch die Jäger.

Dryas versteckte sich in Ricos Haaren, aber Ruby fuhr der Maus beruhigend über den Rücken. „Niemand hat erwähnt, dass wir keine Hilfsmittel benutzen dürfen", erwiderte sie mit einem Schulterzucken.

Das bedrohliche Brummen verstärkte sich, doch nun kam ein rhythmisches Donnerrollen hinzu, tausende Hufe, die über den Himmel fegten.

„Lother", flüsterten die Jäger, „Lother kommt. Er wird sie ihrer gerechten Strafe unterziehen."

Seitdem er seine Gattin an die Sídlethan verloren hatte, war Lothers Herz eingefroren, wenn Götter denn Herzen besaßen. Die Idee von Gnade war für ihn zu einem Klumpen Dreck verkommen, den er mit den Stiefeln zertrat, ohne überhaupt hinzusehen.

Wivar lachte gackernd, begrüßte ihn mit weit ausgebreiteten Armen. „Das sind Betrüger. Und wir machen mit denen, was man mit Betrügern so macht." Ihr Mund öffnete sich so ausladend, dass mehrere Reihen spitzer Zähne sichtbar wurden. „Wir rösten sie über dem Feuer!"

Die Jäger heulten auf. Darauf hatten sie nur gewartet. Gleißend flackernd schoss Luminas Hand nach vorne, wollte sich Dryas greifen. Rico war schneller und ließ sein Schwert erscheinen. Das Irrlicht lachte hungrig auf. Gewöhnliche Waffen können dir nichts anhaben, wenn du gleichzeitig im Reich der Lebenden wie auch in der Samhūn existierst. Aber Ricos Kopis war kein durchschnittliches Schwert, es war eine Götterwaffe. Und Götterwaffen interessierte es nicht, ob sie durch Fleisch oder Stein oder den Vorhang zwischen den Welten schnitten. Sie schnitten einfach.

Eine Fontäne leuchtenden Blutes schoss über den Himmel, als Rico die Hand des Irrlichts abhackte.

Dicke Tropfen spritzten auf Wivars Gesicht. „Auf sie!", kreischte sie und fixierte ihn mit ihren leeren Augenhöhlen. „Verbrennt sie! Schneidet sie in Stücke!"

Die Jäger griffen nach ihren Waffen.

„Lauft!", brüllte Rico.

Und zum ersten Mal hörte Alec auf ihn, anstatt weiter nachzufragen. Er packte Rubys Hand und wollte sie mit sich ziehen, doch sie hielt ihn zurück.

„Warte! Lucy!“

Und Lucy kam. Die weißen Todesbringer versammelten sich um sie, knurrten und schnappten nach allem, was sich bewegte. Einer der Geister zog an Rubys Haaren, aber Lucy sprang auf und biss ihm den Arm ab, dass das schwarze Blut der Toten auf das Gesicht ihres ehemaligen Frauchens spritzte.

Rico hatte sich in eine lebende Sense verwandelt, war überall gleichzeitig und mähte fleischgewordenen Geist nach Geist nieder, Hēro ein kreischender Dämon an seiner Seite.

„Rico!“

Als Ruby seinen Namen rief, gelang es ihm endlich, sich von seinem Kampf loszureißen. Er blockte seinen Gegner ab, wurde von Alec in den Schutzkreis der Hunde gezogen.

„Haltet euch an Lucy fest!“, befahl Ruby und grub ihre Finger in das struppige Fell.

Der gewaltige Hund machte einen Satz und plötzlich flogen sie durch die Luft, kugelten über den harten Boden und kamen keuchend unter einem Felsvorsprung zum Liegen, geschützt vor den brennenden Augen der Wilden Jagd.

Ein heiseres Bellen war Lucys letzter Abschied, dann verschwand der rote Geisterschweif hinter dem Horizont und nahm Lother und Wivar mit sich. Nur der Geruch des Todes hing noch schwer in der Luft.

Rico lehnte sich keuchend gegen seinen Greifen und schloss die Augen. Sie hatten es geschafft. Sie waren der Wilden Jagd entkommen und vor ihnen lag die Sídlethan.

Wenn die Hoffnungslosigkeit am größten ist, dann hast du den halben Weg hinter dir

Für einen Augenblick vergaßen sie die wilde Jagd, wagten sich unter dem Felsvorsprung hervor und sahen auf das Land zu ihren Füßen.

Ein altes Land, das nicht einmal die größten Maschinen erschüttern könnten. Sanfte Hügel setzten sich in der Ferne fort, gewannen an Höhe und wurden mit jedem Kamm felsiger, bis sie als scharfe Splitter in den Himmel aufragten. Klare Rinnsale plätscherten über das Gestein, als würden die Berge weinen. Selbst die Luft schien verändert, kühl und frisch brummte sie voll Magie. Obwohl die helle Hälfte des Jahres kaum angefangen hatte, herrschte hier bereits Knospenwuchs und langes, grünes Gras wehte auf den Hügeln, ließ es fast so aussehen, als würde das Land atmen.

Das war der wahre Grund, aus dem hier keine Technologie funktionierte. Es war unmöglich, das Land davon zu überzeugen, seine Wälder abzuholzen und aus den außergewöhnlichen Mineralien, die unter den Bergen schlummerten, Häuser und Straßen herstellen zu lassen. Niemand konnte über Maeba befehlen.

„So würde unsere Welt also aussehen, wenn wir sie komplett der Magie überlassen hätten", stellte Ruby fest.

Eine Glaslibelle schwirrte vor ihrer Nase herum. Ihr Körper war so filigran, dass sich die Sonnenstrahlen in ihm brachen. Dann holte die Realität sie wieder ein und ihr Erstaunen wurde von einem Ausdruck tiefster Traurigkeit ersetzt. Sie stieß einen erstickten Schrei aus, als sie einen abgebissenen Arm auf der Erde entdeckte, der vor ihren Augen zu schwarzer Asche zerfiel.

Rico wischte sich Blut aus dem Gesicht. „Und?“, knurrte er. „Der Typ hat's verdient.“

Ungläubig starrte Ruby auf die Asche, schlang angewidert von sich selbst die Arme um den Bauch.

Mr Morgen hätte jetzt gesagt, dass sie aufhören solle, ihren Feind als ein Wesen mit Gefühlen anzusehen. Immerhin zeigten ihre Gegner im Kampf auch kein Mitleid mit ihr. Aber da Mr Morgen dank seiner fragwürdigen Einstellung gestorben war, lag es nun an Alec, Ruby gute Ratschläge zu erteilen.

Er führte sie von dem schwarzen Häufchen weg, wagte es nicht, sie dabei zu berühren.

„Sieh nicht hin“, murmelte er, „das macht es nur noch schlimmer. Es war nicht deine Schuld, dass sie uns angegriffen haben.“

Ruby kaute auf ihrer Unterlippe herum. „Wird es jemals besser?“

Alecs Kehle war trocken wie Sandpapier. „Hoffe, dass es das nicht wird.“

„Und was jetzt?“, fragte Rico und klaubte eine verwaiste Axt vom Boden auf, die eben noch in der zu Asche gewordenen Hand gelegen hatte. „Wir müssen herausfinden, wo wir sind.“ Er steckte sie in seinen Rucksack, ohne die Miene zu verziehen.

Alec hob eine Augenbraue. „Mach mal halblang, du Aoyllonen-Entführer. Schon klar, dass du deinen Liebhaber wieder sehen willst, aber dafür musst du erst mal am Leben bleiben.“

„Das versuche ich doch.“ Schwankend machte Rico einen Schritt auf den Abhang zu, hinter dem sich die Berge erstreckten. „Wir können ja nicht hierbleiben“, er pustete sich die Haare aus dem Gesicht, „oder hast du Lust darauf, noch dumm rumzuglotzen, wenn die Wilde Jagd zurückkehrt?“

„Es wird schon dunkel und die werden uns auf jeden Fall kriegen, wenn wir mit dir so rumlaufen", erwiderte Ruby. „Du hast da was an deinem Kopf."

Rico fuhr sich mit der Hand über die Stirn und zuckte zusammen. Ein langer Schnitt führte von seinem rechten Ohr bis zum Haaransatz.

„Ach", sagte er, „nur ne olle Kriegswunde."

Dann gaben seine Knie nach und er stolpere fast den Abhang hinunter.

„Hoffentlich hat die nicht auch noch die erbärmlichen Überreste deines Gehirns verletzt", knurrte Alec.

Das gab sogar einen vorwurfsvollen Blick von Hēro, die mit einem mitleiderregenden Krächzen ihre blutigen Krallen zeigte.

„Siehst du?", sagte Alec. „Selbst dein Greif findet, dass du mal runterkommen solltest."

Damit war Rico überstimmt und Alec machte sich daran, Rubys erste Hilfe Koffer zu suchen. Demokratie war doch etwas Feines.

„Könnten wir wenigstens nachgucken, wo wir sind?", murrte der Held, als Alec versuchte, seinen Kopf so gut wie möglich zu behandeln. „Ja, ja. Das Land ändert sich ständig, aber vielleicht finden wir ja irgendwo eine kleine Siedlung, in der wir unterkommen können. Dieses Mal werden wir uns ja ordentlich vor der Wilden Jagd verstecken, was?"

Ruby seufzte. „Hēro und ich, ja. Dryas brauchen wir auch, damit das Land uns keine Streiche spielt und uns den Weg zurück nicht verbauen kann. Alec und du, ihr bleibt hier und passt auf unsere Sachen auf."

„Ich komme mit."

Alec und sein Helden-Komplex hassten es, dass Ruby ihn als genauso untauglich ansah wie Rico, dabei hatte er sich doch gar keine Verletzungen zugezogen.

„Hēro geht es schlechter als mir und sie würde diesen Idioten als Einzige nicht umbringen, wenn er sie so volllabert."

Der Greif schüttelte zustimmend die Flügel aus, also schluckte Ruby eine Erwiderung hinunter und zuckte nur träge mit den Achseln. Alecs Kehle schnürte sich zusammen und er war sich sicher, dass sie ihm die Sache mit dem Jungen und dem Brieföffner nie verzeihen würde.

Ihre Erkundungstour scheiterte schon nach wenigen hundert Metern, als Ruby urplötzlich stehen blieb, ihr strahlendes Grinsen aufsetzte, und irgendwo in die Ferne zeigte.

„Da, Alec! Ein Feenkreis!"

Als stolze Viertel-Pixie konnte sie ihre Artgenossen aus jeglicher Entfernung spüren und jetzt machte das Land es ihr besonders leicht.

Sie rannte los.

Alec fehlte eigentlich der Atem, ihr zu folgen, aber er tat es trotzdem. Sie trampelte durch ein Feld Pusteblumen und die weißen Schirmchen leuchteten hell vor dem sich rotfärbenden Himmel.

„Da!" Ruby zeigte auf einen breiten Kreis aus Fliegenpilzen. Ihre Wangen waren pink vor Aufregung. „Siehst du, *da*!"

Ein kleiner, leuchtender Punkt versteckte sich hinter dem Pilzhut. „Keine Sorge, wir werden euch nichts tun."

Zwischen den Pilzen, Grashalmen und Blumen kamen sie hervor. Wirbelten funkelnd und lachend, wie in einem Traum, um sie herum, trudelten auf den Schirmchen der Pusteblumen zu Boden oder tanzten mit der untergehenden Sonne über den Himmel.

Eine Pixie landete auf Rubys Arm und bald sah sie aus wie ein rothaariger Lichterstern. Dryas verteidigte den Platz auf Alecs Schulter, aber die kichernden Glühwürmchen nisteten sich auf seinem Kopf ein, zogen an seinen Haaren.

Ruby lachte, von oben bis unten leuchtend. „Ich wünschte, ich könnte meine Größe auch so ändern wie ihr. Ist das nicht wunderschön, Alec?"

Er öffnete den Mund, aber alles was er hätte sagen können, wäre leicht dümmlich rübergekommen, also ließ er es bleiben. Etwas Strahlendes, körnig wie Sand, flog ihm in die Augen.

„Was ist das?"

Seine kratzige Stimme war seltsam fehl am Platz.

„Feenstaub", sagte Ruby.

Die Pixie auf ihrer Hand erinnerte sie leicht an ihren Bruder, mit diesem frechen Gesicht und den spitzen Ohren.

„Feenstaub?" Alec nieste lautstark. „Wir müssen hier weg, schnell!"

Ruby beobachtete, wie die Pixie ihre schillernden Flügel ausbreitete und abhob.

„Warum bist du so ruhig?", rief er schrill. „Das Zeug ist – ist verdammt übel!"

„Warte", sagte Ruby langsam, „willst du mir gerade sagen, dass du nicht gegen Feenstaub immun bist?"

„Das ist keine Magie", schnaubte Alec. „Das ist nur ne verdammt gemeine Droge. *Natürlich nicht!*"

Ruby schloss die Augen, massierte ihre Schläfen. „Wie kommst du auf die bescheuerte Idee in einen Feenkreis zu rennen, *wenn du nicht gegen Feenstaub immun bist*?"

Alec sah betreten auf seine Füße. „Ich bin dir halt nachgerannt. Ich wollte dein Lächeln wieder sehen, denn seit der Sache mit – Du siehst gerade so ernst aus." Er strauchelte vor Schreck. „Das – das wollte ich nicht sagen!"

Seine Augen wurden feucht, als die Pixies ihm noch mehr Staub ins Gesicht bliesen.

„Du weißt doch, dass Feenstaub dich dazu bringt, immer die Wahrheit zu sagen."

Alec stieß ein klägliches Wimmern aus. „Bitte nicht! Ruby, du musst mich hier wegbringen. Das Einzige, was mir mehr Angst macht, als einen Teil von mir preiszugeben, ist das Meer. Natürlich ist das nur eine Metapher für – Oh scheiße, warum kann ich nicht mehr aufhören zu reden?"

Der arme Junge war kurz davor in Tränen auszubrechen.

Ruby seufzte. „Komm mit."

Sie griff nach seinem Arm und zog ihn in die richtige Richtung, denn mit dem Feenstaub kam eine gewisse Orientierungslosigkeit, die in der Sídlethan tödliche enden konnte. Sie wechselte einen wissenden Blick mit Dryas.

„Warum müssen wir den ganzen Scheiß immer aufräumen?"

Kurz bevor die zweite Phase einsetzte und Alec einschlafen konnte, hob er den Kopf und sah Ruby mit weiten Augen an.

„Bitte, hass mich nicht. Bitte, bitte hasse mich nicht. Ich – ich wusste nicht mehr, wie alt er war, oder dass er ein kleines Muttermal am Kinn hatte, aber ich konnte mich noch an den Ausdruck in seinen Augen erinnern, als er gestorben ist. Er hatte *Angst*."

Dann schlief er ein und stieß gegen Rubys Schulter, sodass sie beide stolperten und in das lange Gras fielen.

Ruby konnte sich das Lachen nicht verkneifen, drehte ihn so, dass er nicht mehr mit dem Gesicht im Dreck lag.

„Dich hassen?", seufzte sie. „Wie sollte ich dich hassen, wenn du so verdammt dumm bist?"

Das Land erbarmte sich ihrer und holte Rico und Hēro in Rufweite, sodass sie Ruby helfen konnten, den bewusstlosen Alec zurück unter den Felsvorsprung zu tragen. Damit war es entschieden. Sie mussten die Nacht hier verbringen und verloren noch mehr Zeit.

Mit Sonnenuntergang war die zehnte Rauhnacht angebrochen.

Nach seiner langen Ohnmacht war Alec der Erste, der aufwachte, noch bevor die Sonnenstrahlen in das Zelt fielen, das er sich mit dem schnarchenden Rico teilte. Dryas zerrte an seinem Finger.

„Was hast du denn, Kumpel?", fragte Alec.

Die schwarze Nase der Maus zitterte, als würde Dryas ihn am Liebsten anschreien. Leider hatte das *Dryadarium* vergessen, der Buchseite einen Mund anzumalen.

„Na was?"

Dryas stieß gegen die Zelttür und ließ sich auch dann nicht beruhigen, als Alec dem Wunsch folgte und nach draußen krabbelte.

„Ähm, du weißt, wo wir lang müssen?", riet er.

Die kleine Papiermaus knabberte an seinem Finger.

„Jetzt gleich? Weder Hēro noch Rico halten jetzt noch ne lange Wanderung durch", versuchte Alec zu erklären.

Dryas schnitt ihm tapfer in den Finger.

„Hey!"

Die kleine Maus sprang übermütig auf und ab, bis er sich daran machte, die anderen zu wecken.

„Dryas hat uns gestern gerettet", seufzte Ruby, nachdem sie sich alle vor den Zelten eingefunden hatten, „wahrscheinlich wäre es besser, ordentlich zuzuhören."

„Sag ich doch." Rico überprüfte seinen Verband und zuckte zusammen, als er zu fest auf die Wunde drückte. „Wir müssen weiter."

Gegen Dryas konnte nicht einmal Alec etwas ausrichten, wenn er sich nicht erneut an den scharfen Kanten der Maus schneiden wollte.

„Meinetwegen", murrte er, „aber sollte Rico auf dem Weg umkippen, können wir ihn liegen lassen, ja?"

Der Held schnaubte beleidigt.

Nur Hēro wollte sich nicht bewegen.

„Na los, wenn deine Ballen wehtun, dann fliegst du halt einfach", versuche Ruby ihr Mut zu machen. „Dafür sind deine Flügel doch da, oder?"

Der Greif sah sie mit schwarzen Augen an, die töten könnten, aber sie folgte Rubys Ratschlag und erhob sich schwankend in die Lüfte.

So stolperten sie gemeinsam den Hügel hinunter, ließen sich von Dryas Nasenspitze den Weg leiten, müde und schlecht gelaunt und ohne ordentliches Frühstück.

Die hohen Berge waren über Nacht verschwunden und stattdessen erstreckte sich am Horizont nun ein weiter Nadelwald, der geradezu dafür geschaffen war, sich darin zu verlaufen. Die Entfernung konnte selbst Alec unmöglich abschätzen, und so brauchten sie fast den ganzen Tag, um den Rand der Bäume zu erreichen.

Erst als die ausladenden Äste über ihnen aufragten, wagte Alec es, Dryas auf die mögliche Verwunschenheit des Waldes anzusprechen.

„Ähm, bevor du mich noch mal schneidest, du hast doch nicht ernsthaft vor, uns da hineinzuführen?"

Dryas hatte sich wieder auf seine Schulter begeben und stupste ihn energisch am Hals an.

„Wir werden alle sterben", summte Rico vor sich hin und stütze sich noch etwas schwerer auf Rubys Arm.

Die Stämme der Bäume waren so breit, dass nicht einmal der Held sie mit seinen Flügeln umfassen konnte, und der Boden war mit einer dichten Moosschicht bedeckt, die ihre Schritte dämpfte. Mit angehaltenem Atem warteten sie nur darauf, dass ihnen der Gott dieses Waldes entgegenkam. Aber noch sangen die Vögel und Rehe sprangen durch das Gebüsch, und dann war da etwas anderes, das nicht zwischen die Bäume gehörte. Eine fremdartige Musik, als würde sie aus dem Inneren des Landes selbst stammen. Feenmusik.

Und Alec erinnerte sich wieder. Die Melodie hatte sich so tief in sein Herz eingebrannt, dass er ihre Existenz fast vergessen hätte, würde sie jetzt nicht glühend und strahlend wie ein Band aus Licht erneut emporsteigen. Ein Wegweiser.

Alec rannte los, angezogen von dem wundersamen Lied. Er achtete nicht darauf, ob die anderen ihm folgten, oder auf die Äste, die ihm ins Gesicht schlugen und brennende Kratzer auf seine Haut zeichneten. Er lächelte, wie er schon lange nicht mehr gelächelt hatte, und plötzlich bewegte der Wald sich zur Seite.

Vorher hatte die Lichtung nicht existiert, aber die Bäume hatten bereitwillig platz gemacht, als das alte Schiff um Hilfe gebeten hatte. Da stand sie nun, mitten im Wald, ein breiter Rumpf aus Holz, der anstelle von Segeln zwei wunderschön ausgearbeitete Flügel besaß, die sich eng an den Körper schmiegten. Kunstvolle Buchstaben schrieben *Chwilio* an den zerfurchten Bauch, der sich rhythmisch hob und senkte. Auf den klirrenden Gräsern vor dem Gebilde aus Holz hatten sich Zelte, Schmiedeessen und eine große Bühne breitgemacht, beinahe wie in einem Traum.

„Danke, Dryas“, flüstere Alec.

Die Maus hatte sie zum wandelnden Markt geführt.

Alec wird von einer alten Dame fertig gemacht und merkt es nicht

„Hey! Was zum –?" Ruby blieben die Worte im Hals stecken, als sie das bunte Treiben auf der Lichtung entdeckte.

„Das ist der wandelnde Markt", hauchte Alec, als könnte seine Stimme das hölzerne Schiff wieder davon pusten.

Sein Herz klopfte so laut in seiner Brust, dass die Händler es hören müssten. Natürlich würden sie ihn nicht erkennen, wenn er jetzt zu ihnen ginge. Er war nicht mehr der rotznäsige Junge, der durch die Stände gerannt war und mit seinem Bruder fangen gespielt hatte.

„Der wandelnde was?", keuchte Rico und lehnte sich gegen einen moosbedeckten Baumstamm.

Seine Wunde hatte wieder angefangen zu bluten.

„Du weißt schon, ich –." Alecs Stimme zitterte. „Da habe ich mal gewohnt, mit meiner Mutter."

„Na dann. Worauf warten wir noch? Nichts wie hin!" Ruby wollte auf den Markt zustürmen, aber Alec hielt sie zurück.

„Nicht, die Leute dort sind sehr, äh", er versuchte sich an irgendwas anderes als Karamellbonbons zu erinnern, „eigenwillig, was Touristen angeht."

Nicht seine beste Ausrede, immerhin war allerseits bekannt, dass der Handel vom Tourismus lebte.

Ruby legte die Stirn in Falten. „Du hast Angst", stellte sie verwundert fest. „Warum denn? Alec, das wird großartig. Wir können uns einen fliegenden Besen kaufen und sind gerettet."

Hēro stürzte durch den Wald wie ein betrunkenes Huhn, schlug ermattet mit ihren Flügeln um sich. Beim Anblick des Marktes zögerte sie nicht lange und schob sich zwischen den Bäumen hervor auf die Lichtung.

„Ach komm schon, sei nicht so eine Heulsuse." Rico schlug Alec gegen die Schulter und folgte dem Greifen.

Als hätten sie eine lautlose Alarmanlage ausgelöst, hörten die Händler auf ihre Ware zu inspizieren und drehten sich zu den Neuankömmlingen um. Es war so still, dass Ricos stockender Atem auf der ganzen Lichtung zu hören war.

„Das sind aber keine sehr freundlichen Händler", flüsterte Ruby Alec zu.

„Ach was", erwiderte der, „die fühlen sich nur bedroht."

Zum wandelnden Markt kam man nicht einfach so hereinspaziert, auch keine Touristen. Die Händler suchten sich stets abgelegene Orte aus, um ihre Ware anzubieten. Orte, von denen man nur erfuhr, wenn man gewisse Beziehungen besaß. Und die Geschöpfe des Markts rochen Neulinge.

„Ähm, hey", sagte Rico und winkte.

Die Blicke der Verkäufer bohrten sich in ihn wie Messerspitzen.

„Meine Freunde und ich, wir sind auf der Suche nach einigen fliegenden Teppichen oder Besen oder so. Hättet ihr nicht was in der Art?"

Ein Glasbläser verließ seinen Stand, stellte sich mit verschränkten Armen vor Rico auf. „Tut mir leid, aber ihr kommt zu spät. Wir sind gerade am Abbauen. Wie ihr sehen könnt."

Das waren sie tatsächlich. Keine Kunden feilschten an den Buden, dort standen nur noch die Händler, deren Waren bereits durch die Luft zurück auf das Schiff zuflogen.

„Könntet ihr nicht vielleicht eine Ausnahme machen?", bat Rico. „Wir sind hier echt am Verzweifeln."

Das Gesicht des Glasbläsers blieb hart. Er hatte tiefe Falten um die Mundwinkel herum, eine Hakennase und lange, graue Haare.

Ein Windgeist. Eine kurze Erinnerung an zerbrochene Glaskugeln und Geschrei blitze in Alecs Gedächtnis auf, aber er konnte sich bei bestem Willen nicht mehr an den Namen des Händlers erinnern.

Dryas pikste ihn am Hals und dann, weil Alec sich nicht bewegte, auch unter dem Kinn.

„Autsch! Ist das die Rache dafür, dass ich dich die ganze Zeit in der Tasche getragen habe?“, zischte er.

Dryas Nase konnte sehr spitz sein, wenn die Maus es darauf anlegte.

„Autsch! Schon gut, ich rede.“

Alec klaubte den kläglichen Rest seines Mutes auf. „Hört mal her, wir sind keine Touristen oder so.“ Er fuhr mit dem Daumen über seine Fingerstümpfe. „Eigentlich wurde ich sogar auf dem Markt geboren. Meine Mutter war Monika Smith, wenn euch das noch was sagt.“

Der Glasbläser musterte ihn abschätzend. „Willst du damit sagen, dass du Charlie Smith bist?“

Ruby starrte ihn mit weit aufgerissenem Mund an. Er sah zur Seite.

„Alec Blackwood, jetzt.“

Schwer zu glauben, immerhin ähnelte er weder dem fünfjährigen Jungen, den die Händler gekannt hatten, noch dem strahlenden Helden auf den Titelseiten.

„Nicht so schnell, du Griesgram.“ Ein Schmied ließ seinen Hammer fallen und gesellte sich zu dem Glasbläser, untersuchte Alec, als wäre er ein schlecht gearbeitetes Schwert. „Das ist er wirklich. Guckt doch nur, die Narbe!“

Reflexartig strich Alec sich übers Kinn. Auch nach all den Jahren stach die Narbe weiß auf seiner gebräunten Haut hervor.

„Das musst du doch noch wissen, Taranis“, wandte der Schmied sich an den Glasbläser. „Die Jungs haben an deinem Stand gespielt –. Nein, wie war das noch gleich?“

„Der Schlitten", fiel es Alec wieder ein, „wir wollten Schlittenfahren, Ethan und ich – ich meine, Xander."

Der Schmied grinste zu ihm hinauf. „Genau, der Schlitten, den eure Mama euch gebaut hat."

Er war gedrungener als in Alecs Erinnerung und weniger kräftig, Jim der Schmied. Ein bärtiger Zwerg, kein Gott des Feuers und der Esse.

„Ihr habt ne Bruchlandung hingelegt, direkt in Taranis' Laden rein", fuhr er fort. „Das hat geblutet wie der weite Fluss bei Sonnenuntergang und dein Bruder hat sich fast alle Zähne ausgeschlagen. Wie lange ist das jetzt schon her?"

Alec wechselte einen kurzen Blick mit Ruby, die ihn von oben bis unten anstrahlte. „Sechzehn Jahre", murmelte er.

Jim der Schmied schüttelte den Kopf. „Sechzehn Jahre! Du bist ordentlich gewachsen, Junge."

Eine dritte Händlerin trat auf ihn zu, eine Fee mit goldgelben Haaren und schimmernden Flügeln. „Warum bist du zurückgekehrt?", fragte sie in einem melodischen Singsang.

„Wie schon gesagt", meldete Rico sich wieder zu Wort, „wir sitzen ziemlich in der Patsche und bräuchten ein Transportmittel." Er stütze sich auf Rubys Schulter.

Die Fee sah ihn scharf an. „Und wer sind deine Mitreisenden?", fügte sie hinzu.

Alec grub die Fingernägel tiefer ins Fleisch. „Das sind meine, äh, Kollegen", erklärte er. „Der nervige Kerl mit den Flügeln ist Rico, das hier ist Ruby und der Greif heißt Hēro."

Dryas pikste ihn sanft in den Hals.

„Richtig. Die Maus ist Dryas."

Mit zu Schlitzen verengten Augen betrachtete Taranis der Glasbläser die kleine Maus. Als Windgeist war sein Magiestandard hoch genug, um die gewaltige Aura der Buchseite zu bemerkten. Alec ballte seine Hände zu Fäusten und zwang ein Lächeln auf sein Gesicht. Diesen Geschöpfen konnte er nicht trauen, immerhin waren sie Händler, die nur allzu gerne eine so machtvolle Rarität wie Dryas verkaufen würden.

Jim schlug ihm auf die Schulter. „Es ist auch Zeit, dass du mal wieder auftauchst. Wir haben alle Artikel über euch in der Zeitung gelesen. Das mit Ethan, das ist – wir haben alle geflennt wie die Babys, als wir davon gehört haben."

Alec biss sich auf die Lippe, bis er Blut schmeckte, um zu verhindern, dass er zitterte. Es war ein Wunder, dass die Händler überhaupt herausgefunden hatten, dass es sich bei den Smith-Zwillingen um den neusten Helden-Doppelpack handelte.

„*Du* hast geweint", stellte Taranis fest, „du und Tiffany, ihr habt als Einzige *geflennt wie die Babys*."

Tiffany? Den Namen kannte Alec, doch bevor er weiter darauf eingehen konnte, richtete die Fee wieder das Wort an ihn.

„Wir packen gerade ein, aber Esmeralda kann euch bestimmt noch den ein oder anderen fliegenden Teppich anbieten."

Hēro sackte mit einem leisen Jammern in sich zusammen.

„Oder vielleicht sollten wir euch erst mal Honigmet und was zu essen besorgen." Die Fee schnappte nach Luft. „Bei Oberon, ist das Blut?"

Die dunklen Spritzer getrockneten Geister-Blutes waren noch immer auf ihren Klamotten verteilt.

Rico zuckte mit den Schultern. „Keine Sorge, ist nicht unsers." Er taumelte, als er gegen seine Stirn tippte und dabei die Wunde vergaß. „Jedenfalls nicht alles."

Die Fee schüttelte den Kopf. „Immer diese Helden, nur am Kämpfen und Bluten", seufzte sie.

Jim riss sich von seinem Streit mit Taranis los. Dünne Fältchen bildeten sich um seine Augen, sobald er lächelte.

„Dann wäre es vielleicht besser, wenn ihr mit uns kommt. Wir haben uns noch nicht ausgesucht, wo der nächste Markt stattfinden soll, und vielleicht müssen wir ja in die gleiche Richtung."

Das durfte Alec nicht zulassen, nicht bei so vielen Händlern, von denen er keinem vertrauen konnte, die Finger von Dryas zu lassen.

„Wirklich?", fragte Ruby. „Wir wissen nämlich auch nicht, wo wir eigentlich hinwollen."

Alec trat ihr auf den Fuß. Selbst nach Luminas Verrat hatte sie nichts gelernt und war so vertrauensselig wie eh und je.

Hēro hob interessiert den Kopf von den Tatzen.

„Ihr habt einen Platz zum Ausruhen für uns?", fragte auch Rico hoffnungsvoll. Der war trotz seiner Wunde der Meinung, es im Notfall mit allen Händlern gleichzeitig aufnehmen zu können.

Jim zuckte mit den Schultern. „Wenn es euch nicht stört, dass es ein bisschen schaukelt, können wir euch gerne mitnehmen. Was meinst du, Charlie – äh, Alec?" Die Augen des Schmieds leuchteten voll freudiger Erwartung. „Wäre es nicht schön, mal wieder hier zu sein? Die Anderen haben bestimmt nichts dagegen, wenn du und deine Freunde auf'm Deck sind."

Alecs Kinn zuckte. „Ich weiß nicht", murmelte er. „Es wäre besser, wenn wir unseren eigenen Weg –. Hey!"

Dryas zwickte ihn ins Ohr, anscheinend mit dem Wunsch, sich fangen zu lassen und an den Höchstbietenden verkauft zu werden.

„Du verrückte kleine Maus!", fluchte Alec.

„Das heißt, er findet die Idee auch super", übersetzte Ruby mit einem Grinsen. Daraus hatte von Anfang an Dryas Plan bestanden, deswegen hatte die Maus sie überhaupt zum Markt geführt.

„Schön", gab Alec sich geschlagen, „reist ihr immer noch mit dem Wind?"

Der Schmied grinste. „Natürlich."

Dryas vollführte einen kurzen Freudentanz und Hēro atmete erleichtert auf. Sie mussten sich sowieso ausruhen, solange konnten sie sich auch vom Wind treiben lassen.

„Es muss sich um die Wunden von den beiden gekümmert werden", Taranis zeigte auf Hērо und Rico, „aber ihr hier könnt euch nützlich machen und uns dabei helfen, unsere Ware wieder auf unsere geliebte *Chwilio* zu laden."

Jim stellte sich auf die Zehenspitzen und drückte ihm einen Kuss auf die Wange. „Kannst du nicht sehen, wie erschöpft sie sind? Lass sie doch in Ruhe, du alter Spaßverderber."

„So schwer sind unsere Wunden jetzt auch nicht", warf Rico händeringend ein, als ein junger Faun sich anschicken wollte, seine Stirn zu untersuchen.

Hēro verdrehte nur die Augen und schnaubte etwas in Taranis' Richtung.

Der Glasbläser hob eine Augenbraue. „Ah, so ein typischer Heldenkomplex. Keine Sorge, wir hatten nicht vor, deinen Partner ernst zu nehmen."*

Dann rief er Ruby zu sich und erklärte ihr, wie genau sie seine Kunstwerke einpacken musste, damit diese auf dem Flug nicht kaputtgingen.

Gerade als Alec ihnen hinterherlaufen wollte, legte die Fee eine Hand auf seine Schulter. „Du könntest mir helfen abzubauen", schlug sie mit ihrer glockenklaren Stimme vor, „immerhin hast du meinen Stand früher geliebt."

Alec konnte sich bei bestem Willen nicht entsinnen, was für ein Stand das gewesen sein sollte, oder wie die Fee überhaupt hieß. Also kommentierte er dies mit einem dümmlichen Lächeln und ließ sich von ihr zu ihrem Geschäft führen. Ihm blieb der Mund offen stehen.

Süßigkeiten häuften sich über Süßigkeiten, Lakritz-Schnecken standen neben Kaugummis und gerösteten Nüssen, doch am Auffälligsten waren die Karamellbonbons.

---

* Als Windgeist konnte er so gut wie alle Kreaturen der Luft verstehen, eine sehr vorteilhafte Gabe.

„Tante Tiffany?", fragte Alec, als er sich wieder gesammelt hatte.

Die Fee lachte. „Dachte ich mir schon, dass du dich nicht mehr an mich erinnerst. Nein, ich bin nicht Tante Tiffany, sondern ihre Großnichte Adeline."

„Adeline." Der Klang des Namens rief Alec keine Bilder zurück in Erinnerung.

„Naja, ich hatte damals auch nicht wirklich viel mit euch zu tun", gab Adeline mit einem entschuldigenden Lächeln zu. „Ich war in einer Art Selbstfindungsphase und für Kinder hatte ich zu der Zeit halt nicht viel übrig."

„Aber –." Das Ganze ergab für Alec einfach keinen Sinn. „Das Schild. Da steht *Tante Tiffanys Süßwaren*. Was ist mit ihr passiert?"

„Keine Sorge", Adeline lächelte ihm beruhigend zu, „in ihrem Alter kann sie den Laden nicht mehr führen, darum habe ich das für sie übernommen." Sie stemmte die Hände in die Hüften und sah mit einem breiten Grinsen zu ihrem Aufhängeschild hinauf. „Aber den Namen habe ich behalten, ihr zu ehren."

Tiffany war schon alt gewesen, als Alec den Markt verlassen hatte, mit weißen Haaren und tiefen Falten, es war ein Wunder, dass sie damals noch das Geschäft geführt hatte. Das änderte nichts daran, dass sein Magen sich weiter verkrampfte, mit all den Veränderungen an den wenigen Dingen, an die er sich erinnern konnte.

Adeline krempelte ihre Ärmel hoch. „Also, was ist? Wollen wir an die Arbeit gehen?" Sie griff nach einem Fass voller Zitronenbonbons und grinste ihn spöttisch an. „Du kriegst auch ein Karamellbonbon, wenn du gut mitarbeitest."

Also stellten sie alle Kisten auf einen Karren, der ohne Aufforderung in den Lagerraum des Schiffes davonfuhr. Danach klatschte Adeline mit den Händen und der Stand faltete sich zu einem kleinen Koffer zusammen. Dryas spendete ihnen durch ein freudiges Ohrenrascheln Beifall.

„Habt ihr's eigentlich geschafft?", fragte Adeline plötzlich.

„Haben wir was geschafft?" Alec war zu beschäftigt, die Finger von seiner Maus anknabbern zu lassen, um zuzuhören.

„Na, euren Vater zu finden. Davon steht nichts in der Zeitung."

Alec ließ Dryas beinahe fallen. An seinen Vater hatte er seit Ewigkeiten nicht mehr gedacht.

„Nein", krächzte er. Seine Kehle war wie zugeschnürt. „Erst viele Jahre später."

Ruby und Jim, die gerade einen Schmiedehammer aufs Deck zogen, und Rico, dem eine grüne Paste auf seine Wunde geschmiert wurde, und so gut wie alle anderen in der Nähe, drehten ihnen die Köpfe zu. Es hätte Alec eigentlich klar sein sollen, dass diese Frage kommen musste.

„Aber das war sowieso besser so", fügte er rasch hinzu. „Der Kerl wusste gar nicht, dass er schon zwei Söhne hatte, und hat sich eine neue Familie aufgebaut. Als wir ihn gefunden haben, hatten wir das ja auch schon."

Sein Vater war ein netter Mann, aber als Alec ihn endlich kennengelernt hatte, war der Posten der Vertrauensperson leider bereits von Mr Morgen eingenommen worden und weder Alec noch Xander hatten ihren Vater durch weitere Treffen in Gefahr bringen wollen.

Jetzt starrten ihn alle mitleidig an und das, obwohl er sich eigentlich nie sonderlich für seinen Vater interessiert hatte.

„Also könnte ich Tante – Tiffany, Tiffany, noch mal sehen?", fragte er in die unangenehme Stille hinein. „Sie war immer so nett zu uns."

Adeline lächelte etwas zu breit. „Ja, sicher doch. Du kannst ihr das Essen aufs Zimmer bringen." Sie biss sich auf die Lippe. „Sie kommt nicht mehr richtig raus aus ihrer Kabine, weißt du?"

Alec nickte dankbar. Inzwischen hatte die Lichtung sich geleert und die letzten Händler war zur Abreise bereit.

Taranis sah sich noch einmal um, dass auch niemand vergessen wurde, dann klopfte er drei Mal gegen die Planke, über die sie auf das Deck gelangt waren. Das hölzerne Brett zog sich zurück in den Rumpf des Schiffes. Er musste keine Befehle erteilen, denn jeder Händler wusste, was er zu erledigen hatte.

Sie knieten nieder und… tätschelten das Holz?

„Die *Chwilio* stammt aus dem 24. Jahrhundert", erklärte Adeline den Neuankömmlingen, die mit vor Staunen geweiteten Augen der Mannschaft bei der Arbeit zusahen. „Sie wurde von den größten Magiern ihrer Zeit erbaut und ist die Königin der Lüfte. Sie hat es verdient, etwas stolz zu sein. Ihr müsst uns helfen, damit es funktioniert. Na los, streichelt sie."

Ruby warf Alec einen zögerlichen Blick zu, aber der hatte nur ein geheimnisvolles Lächeln aufgesetzt, das sie an ihm noch nie zuvor beobachtet hatte. Er zwinkerte ihr zu und streifte beinahe liebevoll über die alten Planken.

Taranis trat an die Reling und hob die Hand, ließ seine Finger von einem warmen Windhauch umspielen.

„Ich grüße dich, Chwilio, du Freundin des Windes, der Reisenden und der Suchenden", murmelte er in der alten Sprache, *„führe uns mit deiner Weisheit auf den rechten Weg und beschütze uns vor den Fómori, die uns Böses wollen."*

Die Brise frischte auf, fegte unter den Bauch des Schiffes. Die Holzplanken pulsierten. Die Musiker holten ihre Instrumente hervor und spielten ihr Feenlied, sanft und zauberhaft, zogen selbst Alec in ihren Bann.

„Sie rufen die Geister des Windes an, um der *Chwilio* den Flug zu erleichtern", flüsterte er Ruby zu. „Darum haben sie Taranis als ihren Steuermann, weil er einer von ihnen ist und sie ihm diesen Gefallen schulden."

„Ist es nicht verboten, Naturgeister an Personen oder Gegenstände zu binden?", fragte Ruby.

„Taranis ist nicht gebunden“, erklärte Alec das wenige, an das er sich noch erinnerte, und griff nach Rubys Arm „er bleibt freiwillig.“

Weil jeder im Feenreich tun und lassen kann, was er will, hatte seine Mutter früher immer gesagt.

Ruby wollte etwas erwidern, aber da fuhr ein Ruck durch das ganze Schiff, der sie beinahe vom Boden fegte.

Die kunstvollen Flügel spreizten die Federn, streckten sich, und gaben den hölzernen Kopf eines Adlers frei, der unter ihnen geruhte hatte. Der Vogel schüttelte sich, wandte sich den tanzenden Wolken entgegen und stieß einen Schrei aus, wie ihn nur der Wind selbst ausstoßen konnte, wenn er um die höchste Bergspitze pfiff. Dann hob die *Chwilio* ab.

Die Bäume neigten die Köpfe, sodass das Schiff – nein, der Vogel – unbeschadet über ihre Kronen hinweggleiten konnte. Dort, wo die Lichtung sich aufgetan hatte, schloss der Wald sich wieder, unergründlich und still, als hätte nie ein Händler es gewagt, den Fuß auf das weiche Moos zu setzen. Immer weiter streckte die *Chwilio* sich dem dunklen Himmel und dem bleichen Mond entgegen, bis der Wald kaum mehr als ein flüsternder Teppich war, schlug mit den gewaltigen Flügeln und sang eine Hymne auf die Freiheit.

„Ein Vogel“, Ruby stieß ein erstauntes Lachen aus, „sie ist ein Vogel aus Holz.“

„Das ist das Geheimnis der *Chwilio*“, Alec konnte den Stolz in seiner Stimme nicht verstecken, „sie lenkt unseren – den Kurs des wandelnden Marktes. Sie ist Schiff und Glücksbringer und Kapitän zu gleich.“

Der Wind wehte der *Chwilio* um die hölzernen Ohren, aber auf Bord war es trotzdem warm, als wolle die Brise sie vor der klammen Kälte der Frostnadeln schützen.

Matratzen und Kissen häuften sich auf den alten Planken, denn die Händler schliefen auf dem Deck, unter den Sternen, wo das

Schiff und der Wind sie vor allen Widrigkeiten beschützten. Der Geruch von süßen Südfrüchten und gebratenem Fisch vermischte sich mit dem Duft von frischem Holz.

„Ein schönes Zuhause habt ihr hier", merkte Ruby an. Ihre Augen huschten vom Heck bis zum Bug des Schiffes, während sie bereits mit leuchtenden Wangen nach einem Weg suchte, den Vogel auf Papier zu bannen, ohne dass sie ihre Magie verlor.

„Wenn du möchtest, kannst du Tiffany jetzt ihr Essen bringen", schlug Adeline Alec vor, als sie sich von einem der Masten gleiten ließ. „Die heutigen Köche haben bestimmt schon etwas für sie vorbereitet."

Dann wandte sie sich an Ruby. „Du kannst gerne dabei helfen, den Tisch zu decken. Bei der Zubereitung des Abendessens bekommt jeder eine Aufgabe zugeteilt."

Bevor Alec sich in die Küche hinunterführen ließ, übergab er Dryas noch schnell an Ruby. Wenn er mit Tiffany sprach, wollte er allein sein. Adeline drückte ihm einen schmalen Teller voller Kartoffeln und Feenfrüchte in die Hand.

„Sorg dafür, dass sie alles aufisst, auch wenn sie sich dagegen wehrt", wies die Fee ihn an. „Ihre Medizin nimmt sie hinterher, die steht auf ihrem Nachttisch. Ihr Zimmer ist gleich den Gang runter rechts. Sonst noch Fragen?"

Alec kratzte sich verlegen am Hinterkopf. „Hat sie noch – hat sie noch diesen Hund?"

Adeline blinzelte verwirrt. „Was, diesen Spitz? Pascal? Nein, der ist schon vor Jahren gestorben."

Alecs Kinn zuckte. „Ah, das tut mir leid."

„An so was erinnerst du dich also noch", maulte die Fee, „aber mich hast du vergessen."

Um zu vermeiden, dass die Situation sich weiter in eine Richtung entwickelte, die ihm nicht gefiel, verschwand Alec eilends den Gang hinunter. Die Tür zu Tiffanys Zimmer war aus verwittertem Holz und mindestens genauso alt wie sie selbst, sodass es nicht zu überhörend quietschte, als er eintrat.

„Ah, Adeline", krächzte eine brüchige Stimme, „wie lief es heute mit dem Laden?"

„Ich –." Alec räusperte sich. Seine Stimmbänder waren kurz davor, den Geist aufzugeben. „Ich bin nicht Adeline."

Das schummrige Licht im Raum stammte von einer kleinen Laterne auf dem Nachttisch, sodass er etwas brauchte, bis er die zusammengesunkene Gestalt im Bett entdeckte. Nur Tiffanys Kopf ragte unter der schweren Decke hervor und hätte Alec nicht gewusst, wem der Raum gehörte, hätte er sie nicht erkannt. Sie war alt geworden, alt und müde, das weiße Haar kaum mehr als dünne Spinnweben und die Haut trocken wie Papier.

„Wer ist da?", krächzte Tiffany. Ihr fehlten fast sämtliche Zähne.

Alec sammelte all seinen Mut. „Alec – Charles Smith?"

Die alte Fee drehte ihm den verschrumpelten Kopf zu. Ihre Augen saßen tief im Schädel und waren von Falten umringt, doch sie strahlte noch die gleiche Güte aus, wie vor sechzehn Jahren.

„Tut mir leid, aber du musst etwas lauter sprechen. Meine Ohren sind auch nicht mehr, was sie mal waren."

Wie gerne hätte Alec jetzt die Flucht ergriffen.

„Charlie Smith", wiederholte er mit zitternder Stimme. „Ich bin der Sohn von Monika Smith. Wir haben vor ein paar Jahren hier gewohnt. Wahrscheinlich erinnern Sie sich gar nicht an mich."

„Smith, sagst du?" Tiffany lachte leise. „Sicher erinnere ich mich noch, mein Junge. Wir haben alles mitverfolgt, als dein Bruder – als dein Bruder –." Sie hustete. „Ihr hättet nicht weggehen sollen."

Um nicht einfach nur verlegen im Raum herumzustehen, stellte Alec den Teller auf den niedrigen Nachttisch neben dem Bett. Seine Hände zitterten und beinahe wäre ihm eine kleingematschte Kartoffel auf den Boden gerollt.

„Der kleine Charlie, du warst doch derjenige, der Angst vor Hunden hatte, richtig?", fragte Tiffany.

Die alte Fee warf einen abschätzenden Blick auf ihr karges Abendessen und ihr zahnloser Mund verzog sich kurz.

„Wenn – wenn du das Essen nicht magst, kann ich dir bestimmt auch was anderes besorgen", schlug Alec vor, aber Tiffany schüttelte nur den Kopf.

„Nein, mein Junge. Du weißt doch, wenn man alt wird, dann verträgt man nicht mehr so viel." Sie seufzte und zog den Teller zu sich heran. „Aber das ist nicht so schlimm. Erzähl mir lieber, was dich hierher gebracht hat, nach all diesen Jahren."

Alec zog einen gedrungenen Holzstuhl an das Bett, in der Hoffnung, dass seine Beine aufhören würden zu zittern, wenn er sitzen konnte.

„Das mit meinem Vater, das … hat nicht funktioniert", legte er los. „Als unsere Mama dann gestorben ist, konnten wir nicht mehr raus aus Ceth'awna und die Stadt war echt … anders."

Das war untertrieben. Für zwei einsame Jungs war Ceth'awna einem Kulturschock gleichgekommen.

„Aber jetzt bin ich ja wieder da. Für eine Weile jedenfalls."

Tiffany schnaubte und schob verärgert eine Gabel Kartoffeln in den Mund. „Das hätten sie nicht machen dürfen, mit so netten Kindern wie euch. Sie hätten euch zurückschicken sollen, zu uns."

„O-oh?" Alec knetete seine Finger.

Noch nie hatte er sich darüber Gedanken gemacht, was passiert wäre, wenn er stattdessen auf dem wandelnden Markt aufgewachsen wäre. Vielleicht hätte Mr Morgen ihn nie gefunden und falls doch, hätten die Händler – Taranis und Jim der Schmied –, ihn dann davon abgehalten Alec mitzunehmen?

„Du wirst also nicht bleiben", stellte Tiffany fest. „Du hast ein neues Zuhause gefunden, auf der anderen Seite."

So nannten die Wesen von hier Pryddha. *Die andere Seite,* wie die andere Seite vom Spiegel, ein Land, das sie nicht verstanden und das sie nicht verstand.

„Na ja."

Die Narbe an Alecs Kinn zuckte. Ein wirkliches Zuhause hatte er nicht, noch nicht einmal eine behelfsmäßige Unterkunft. Er hatte Wichtigeres zu erledigen gehabt.

„Ich – ja, schätze schon."

Tiffany seufzte. „So bist du halt, was? Der Junge, der Angst vor Hunden hat. Aber keine Sorge. Die *Chwilio* wird dich niemals vergessen."

„Um ehrlich zu sein, habe ich gar keine Angst mehr vor Hunden", erklärte Alec, doch die alte Fee nagelte ihn nur mit ihren blassen Augen fest.

„Du wolltest Ewigkeiten nicht sprechen. Deine Mama hat sich schreckliche Sorgen deswegen gemacht", sagte sie plötzlich. „Und dann, eines Tages, kamst du zu mir, mit diesen tausend Sommersprossen und dem lockigen Haar, und hast mich nach einem Karamellbonbon gefragt, als wäre es das Natürlichste auf der Welt. Alle haben sich aufgeregt, und dein Bruder, ja dein Bruder", ein Lächeln schlich sich auf Tiffanys runzliges Gesicht, „der hat uns alle entgeistert angesehen und nur gesagt: *Natürlich. Natürlich kann er sprechen.* Ihr kleinen Rabauken. Natürlich."

Alec sah sehnsüchtig auf ihren halb leeren Teller. Mit jeder Sekunde, die er länger in diesem Raum verbrachte, wurde die Versuchung größer sich aus dem mit fleckigen Gardinen zugezogenen Bullauge zu stürzen.

„Dann such mal schön weiter, wonach auch immer du suchst." Plötzlich lag eine knochige Hand auf der seinen. „Tu mir den Gefallen und hör auf, ständig solche Angst zu haben, Junge. Das steht dir nicht."

Alec wollte protestieren, dass er kein fünfjähriges Kind mehr war und sich vor nichts fürchtete, abgesehen von Ricos blöden

Sprüchen. Aber als er das Salzwasser auf seiner Zunge schmeckte, war er klug genug, den Mund zu halten.

„Ich schaffe es, meine Medizin selbst zu nehmen", versprach Tiffany und ließ ihre Hand wieder unter der Bettdecke verschwinden. „Du solltest zurück zu den Anderen gehen, bestimmt gibt es schon Abendessen."

Beinahe hätte Alec erleichtert ausgeatmet. Er versuchte, sie loszuwerden und das, obwohl Tiffany sich nach all den Jahren noch an ihn erinnerte und ihm nur helfen wollte. Aber so ging die jüngere Generation nun mal mit dem Älteren um.

„Danke, dass du dir Zeit für mich genommen hast", murmelte er und es gelang ihm, zumindest ein bisschen schuldig zu klingen.

Tiffany lachte heiser. „Ach, Junge. Bevor du gehst, kannst du dir gerne noch etwas Süßes aus der Dose auf dem Tisch nehmen."

Alec wollte sie nicht beleidigen, also tat er wie geheißen. Die Bonbons waren weich und in braunes Papier eingewickelt. Tante Tiffanys berühmte Karamellbonbons, die so schön zwischen den Zähnen kleben blieben.

„Na komm schon, sei nicht so schüchtern", ermutigte Tiffany ihn, „nimm dir ruhig eine Handvoll."

Also stopfte Alec sich mit zitternden Fingern die Taschen mit Karamellbonbons voll und verabschiedete sich erst, als kaum genug Platz blieb, um Dryas später wieder darin zu verstauen.

„Es ist gut, zu wissen, dass du noch wohl auf bist", murmelte Tiffany, „wirklich gut zu wissen."

Dann schloss Alec die Tür hinter sich und stolperte auf wackeligen Beinen den Gang entlang. Gelächter und Musik drang durch die dünne Holzwand, als er vor der Tür mit der Aufschrift *Speisesaal* stehen blieb. Wenn er jetzt so tat, als könnte er diesen nicht finden, würde Alec weiteren nervigen Fragen entkommen. Aber er wusste, wie enttäuscht Ruby ihn später angucken würde, und das war nicht gut für die Nerven. Also öffnete er schweren Herzens die Tür.

Ihn erwartete ein gedrungener, mit Holz verkleideter Raum, der fast vollständig von einer langen Tafel ausgefüllt wurde. Die unterschiedlichsten Geschöpfe saßen eng an eng, lachten miteinander oder schlangen ihr Essen hinunter.

„Hey, Alec!“, rief Rico. „Da bist du ja endlich.“

Er trug einen dicken Verband um den Kopf und seine Flügel waren mit einer übel riechenden Paste beschmiert, dank der mehrere Plätze auf der Bank neben ihm freigeblieben waren.

„Das Essen hier ist echt super. Pass nur auf, dass niemand dir Feenfrüchte andrehen möchte. Na los, setz dich doch.“

Rico deutete auf den die freie Stelle neben sich. Alec schlug seinen Flügel zur Seite und ließ sich auf die Bank fallen.

„Und, wie war's?“, fragte Ruby und grinste ihn an. Sie saß ihm direkt gegenüber.

Als Antwort schob er ihr ein Bonbon über den Tisch. Die konnte er gerade wirklich nicht essen.

Er drehte sich zu Rico. „Und für dich auch. Die sind echt super, die besten Karamellbonbons auf der Welt.“

Danach gab es keine Fragen mehr an ihn.

Nach dem Essen wies Adeline ihnen ihre Schlafplätze auf Deck zu, unter den Sternen, wie es sich für einen Himmelsfahrer gehörte. Durch die Strapazen der letzten Tage waren sie alle schnell vom Gesang der *Chwilio* in den Schlaf gewiegt. Jedenfalls fast alle.

„Hey, Alec“, zischte Ruby und pikste ihn in die Seite. „Schläfst du schon?“

Alec stöhnte. „Jetzt nicht mehr.“

„Gut.“

Er schloss die Augen und drehte sich auf die andere Seite, damit er ihr Gesicht nicht sehen musste. Was nicht sehr hilfreich war, denn jetzt durchlöcherte Ruby seinen Rücken mit flehenden Blicken.

„Na schön, was musst du so unbedingt um diese Uhrzeit besprechen?", fauchte Alec.

„Echt viel, *Charlie*."

Er stöhnte auf. Damit hätte er rechnen müssen. „Ich hab meinen Namen geändert, na und? Als Held kannst du nun mal nicht *Charlie Smith* heißen."

„Gefällt dir Alec besser?"

„Ja."

Ruby nickte feierlich. „Find ich auch. Das passt viel besser zu dir. Obwohl *Charlie* wirklich niedlich ist."

„War das dann alles?", murmelte Alec gereizt. „Ich bin müde."

„Also, eigentlich wollte ich mich bei dir entschuldigen."

„Für was?"

„Na du weißt schon, die Sache mit Lumina. Du wusstest von Anfang an, dass da was nicht stimmt, aber ich habe nicht auf dich gehört und es nur als eine, na ja, krankhafte Störung oder so abgetan." Es raschelte und Ruby kroch neben ihn. „Das war echt blöd von mir."

Das siegessichere *Tja, stimmt, aber ich vergebe dir,* lag Alec bereits auf der Zunge, doch etwas hielt ihn zurück.

„Das – das muss dir nicht leidtun", er konnte selbst kaum glauben, was er gerade sagte, „denn eigentlich hattest du recht. Mein Verhalten ist echt krankhaft, und dass das wirklich mal gerechtfertigt war, das war ein Zufallstreffer. Na ja, das und die Sache mit Rico."

Damit hatte er selbst Ruby die Sprache verschlagen. „Hast du gerade wirklich gesagt, dass ich recht hatte?"

„Ja." Alec biss die Zähne fest zusammen. „Weißt du, bei dir und Ingrid und … dem Kerl mit dem Kaffee, das war alles falscher Alarm. Ich meine, ich fühle mich nicht mal hier sicher und das ist schon ziemlich krank, oder?"

„Etwas."

„Danke."

„Aber wenn du das sagst", Ruby seufzte, „dann muss ich auch zugeben, dass ich zu leichtgläubig bin." Sie drehte sich auf den Rücken. „Die Sache mit Ingrid hätte auch schief gehen können. Was, wenn sie nicht auf mich gehört hätte?"

„Dann hätte ich sie mit meinem Stalagmiten erstochen."

„Aber erst, nachdem sie dich geröstet hätte." Ruby schnaubte. „Nein, wirklich. Die Sache mit Lumina hat's doch bewiesen. Ich meine, wie sie mich vor diesem zwielichtigen Typen gewarnt hat, nur um sich danach gleich an mich ranzumachen. Da hätte mir doch was auffallen sollen. Scheiße, wahrscheinlich haben die sogar zusammengearbeitet."

„Hmm", murmelte Alec. „Stimmt. Ich habe Vertrauensprobleme und du bist zu leichtgläubig. Läuft bei uns."

Ruby kaute auf ihrer Unterlippe herum, was nur bedeuten konnte, dass sie ihm gleich einen tollkühnen Vorschlag unterbreiten würde.

„Ich hab da so eine Idee."

Jetzt ging's los.

„Wir könnten uns doch einfach gegenseitig kontrollieren oder so. Ich meine, deine Probleme und meine Nachlässigkeit müssten sich doch eigentlich ausgleichen."

Alec dachte kurz darüber nach. Ruby hatte schon weitaus schlimmere Ideen vorgeschlagen und wenn er die Augen schloss, schrie noch immer eine verzweifelte Lilian um Hilfe.

„In Ordnung."

Er streckte ihr den Arm hin und sie schlug ein.

„Wenigstens eine Sache weniger, über die meine Eltern sich beschweren können", witzelte Ruby.

Bei der Erinnerung an die kreischende Familie der Eljins stellten sich Alecs Armhaare auf. „Sag mal, deine Eltern –."

„Ich habe sie echt gerne", unterbrach Ruby ihn, „und ich bin froh, dass ich welche habe. Und sie denken echt, dass sie mit allem, was sie tun, helfen, aber manchmal schießen sie eben übers

Ziel hinaus. Ich meine, sie haben mich aufs Internat gesteckt, als ich dreizehn war. Aufs *Internat*."

Sie holte ihr Handy hervor und reichte es Alec.

„Hier."

Er hätte das Handy vor Schreck fast über die Reling geworfen. Auf dem Bild trug Ruby eine ordentliche Schuluniform und einen strengen Pferdeschwanz, ihre Wangen waren eingefallen und knochig, als wäre nur lederne Haut über ihren Schädel gespannt. Das sah nicht aus wie sie. Das konnte sie gar nicht *sein*.

„Das waren echt nicht meine besten Jahre." Ruby lächelte gequält. „Das war der reinste Käfig. Nur Vorschriften und Lernen und ach ja, vergiss ja nicht, deine Hausaufgaben zu machen. Ich musste mir *Wecker* stellen, damit ich nicht vergesse zu schlafen und zu essen und selbst *dann* habe ich es noch vergessen. Und du durftest es nicht einmal wagen, das fragwürdige Bildungsmaterial zu kritisieren." Ruby erschauderte. „Eine Schule nur für Menschen, was ein Scheiß. Hat sich angefühlt, als hätte ich nur meine Zeit verschwendet."

Sie wickelte eine rote Locke um den Finger. „Aber das Problem hattest du wohl nicht, was? Ich kann mir dich richtig gut beim Privatunterricht vorstellen, wie du lernst, Messer zu werfen."

Alec zuckte mit den Schultern. „Meistens schon. Aber einmal wollte Mr Morgen uns zur Schule schicken, damit wir uns nicht allzu sehr vom Rest der Welt abheben. Dafür war's aber zu spät, der Schaden war schon getan und nach kaum zwei Wochen sind wir wieder rausgeflogen."

„Na komm schon. Was hast du getan, du böser Junge?"

Ruby grinste ihn verschwörerisch an und Alec konnte nicht anders, als das Lächeln zu erwidern.

„Ach, wir fanden's nicht so schlimm, aber alle haben einen riesigen Wirbel drum gemacht", erklärte er. „Anscheinend haben wir ne Revolution unter den Schülern angezettelt, wegen so ein paar Dingen, die wir gesagt haben."

Ruby musste lachen. „Nur so ein paar Dinge gesagt? Ich glaube, ich möchte das gar nicht wissen."

„Ich hatte auch eine schwere Schulzeit", kam es plötzlich von links.

Alec zuckte zusammen. Jemand hatte sie belauscht.

„Ihr müsst gar nicht so überrascht gucken", sagte Rico, „ihr seid auf einem offenen Schiff unter den Sternen. Jeder kann euch hören."

Alec zog sich die Decke über den Kopf.

„Jedenfalls war ich immer so das *too cool for school* kid, habe ständig geschwänzt", berichtete Rico. „Nicht, dass das meinen Dad sonderlich interessiert hätte. Ihn hat ja nichts an mir interessiert."

Vaterkomplexe, das hätte man sich bei einem Groschenhelden ja wohl denken können.

„Meine Schulzeit war auch nicht so toll", fiel eine unbekannte Stimme ein und dann erzählten alle von ihrer schweren Kindheit.

Ob aus Fremdscham oder Langeweile, plötzlich hatte Alec überhaupt kein Problem mehr damit einzuschlafen.

Ist es ein Segen oder ein Fluch, nicht sprechen zu können? – Dryas, eine Erörterung

Als sie über blauem Himmel aufwachten, zwang Dryas sie dazu, einen weiteren Tag zu bleiben, und trotz Ricos Protestrufen folgten sie dem Befehl der kleinen Maus.*

Spontan wie sie waren, entschieden die Händler, mit dem Segen der *Chwilio*, sich an diesem Tag keinen Markt aufzubauen, sondern ein Fest für Alecs Rückkehr vorzubereiten, egal wie oft der ihnen davon abriet. Einfach nur peinlich war das. Und dann waren da noch die Fragen nach seinem Verbleib.

„Was ist mit deinem Vater?"

„Den haben wir gefunden, irgendwann nicht mal in Ceth'awna. Aber es war zu spät. Er wusste nicht, wer wir waren, und wir konnten nicht bei ihm bleiben, ohne ihn zu gefährden."

„Deine Mutter sah so zerbrechlich aus, als sie uns verlassen hat. Ihr hättet hierbleiben sollen, wir hätten gut für euch gesorgt. Es tut mir so leid."

„Mir auch."

„Warum hast du deinen Namen geändert?"

„Kein Kommentar."

Am Abend besorgten die Musiker ihre Musikinstrumente und die Händler fingen an, auf den Tischen zu tanzen, als sie schon ein bisschen angetrunken waren. Jim der Schmied brach in einen alten

---

* „Und wenn wir die Aoyllonen nun verpassen?" „Werden wir nicht." „Es ist schon die elfte Rauhnacht, Alec." „Vertrau mir. Es passiert immer am letzten Tag."

Volkstanz aus und zwang Taranis dazu, die Schritte auswendig zu lernen. Es war ein sehr langer Abend und kurz vor Mitternacht stellte sich tatsächlich Rico auf die Tanzfläche, wobei er alle in seinem Umkreis mit seinen Flügeln fast erschlug. Die Stimmung war so ausgelassen, dass Ruby es wagte, Alec auffordernd die Hand hinzustrecken, aber der fühlte sich immer noch, als müsste er sich jeden Augenblick übergeben, und zog sich in eine mitleiderregende Ecke zurück.

Irgendwann, als jedes Zeitverständnis verloren war, stolperten auch die Letzten von den Tischen und suchten ihren Weg auf Deck. Alec würgte ein Lächeln hervor, als sie ihn, alle hintereinander, umarmten. Weshalb diese Leute ihn nach all den Jahren einfach so akzeptierten, wollte nicht in seinen Kopf hinein. Vielleicht, weil sie nicht wussten, dass Xanders Tod seine Schuld gewesen war.

„Wow!“ Ruby lehnte sich über die Reling, ihre roten Haare glänzten im schummrigen Licht der Laternen. „Ich habe noch nie so viele Sterne gesehen.“

Alec trat neben sie, aber das Funkeln ihrer Augen blendete ihn zu sehr. Auf dem Nachtblau des Himmels leuchteten die Sterne wie funkelnde Sommersprossen, Leibwächter des bleichen Mondes.

„Selbst das erinnert mich an Xen“, seufzte Rico, „Xens Haut war genauso nachtblau wie der –.“

„Oh, bitte. Erspar uns dein Geheul“, schnaubte Alec und ließ sich auf seine Matratze fallen.

Hēro schnarchte bereits auf einer Burg aus Kissen und erholte sich von ihren Wunden, Dryas hockte auf ihrem Kopf wie ein Leibwächter und beobachtete mit wachsamen Augen den Adlerkopf der *Chwilio.* Es dauerte noch eine ganze Weile, bis Ruby und Rico sich schließlich zu ihnen gesellten. Alec wartete darauf, dass ihr Atem langsamer wurde, und versuchte, seine eigenen Atemzüge zu zählen, um nicht einzuschlafen. Er hatte keine Lust zu träumen.

⚜

In dieser Nacht führten Hēro und Dryas eine höchst interessante Unterhaltung. Telepathisch natürlich, immerhin mussten sie zumindest eine Sache den sprechenden Protagonisten voraushaben.

„Was hast du?", fragte Dryas, als der Greif trotz ihrer schmerzenden Krallen nur traurig in den von Sternen bedeckten Himmel starrte, nachdem die Helden alle eingeschlafen waren.

„Ach", seufzte Hēro, „ich mache mir nur Sorgen um meinen Partner, wie immer."

Dryas verließ das behagliche Nest, das Alec aus seinem Mantel gebaut hatte, und huschte zu dem Greifen.

„Ich weiß, dass das nicht wahr ist. Es ist dir auch erlaubt eigenen Kummer zu haben, weißt du?"

Hēro schnaubte und fuhr mit dem Schnabel über die aufgeschürften Krallen.

„Das ist es mir nicht", stellte sie mit aufgeplusterten Federn fest. „Wer bin ich schon, mich um meine eigenen Probleme zu sorgen? Ich bin doch nur der nervige Tier-Sidekick dessen einzige Aufgabe es ist, etwas frischen Wind in die Mission zu bringen und den Niedlichkeitsfaktor zu erhöhen. Hast du mich mal angesehen? Ich bin nicht mal niedlich!"

Dryas hüpfte auf ihr Vorderbein. „Nein, das bist du nicht. Dafür bist du anmutig und gefährlich und klug. Und soweit ich das sehe, seid ihr Partner, ohne jegliche Rangfolge."

Hēro schlug aufgebracht mit dem Schwanz. „Ich darf nicht einmal die gemeine Zunge sprechen! Wo ist da die Gleichheit? Selbst Wyvern können die gemeine Zunge sprechen, sie wurde entworfen, auf jedes Volk zu passen. Aber dann wäre ich nicht mehr der nervige Sidekick und das ist es, was Rico braucht, also spiel ich schön die Stumme und überlasse ihm das Denken."

Sie hob Dryas dicht vor ihr Gesicht. „Dass ich eine Lachnummer bin, ist okay für mich. Weitestgehend. Es wäre nur nett, wenn ich nebenbei auch noch was *anderes* wäre."

Ein langer Seufzer. „Das hört sich vielleicht blöd an, aber alles, was ich bin, wird von Rico überblendet. Wie die Sterne am Tag von der Sonne überdeckt werden. Meine Gefühle sind weniger wert als seine, meine Probleme sind nichts im Gegensatz zu seinen. Immerhin bin ich ihm hinterher, Kilometer über das Meer, ohne Sinn und Verstand."

„Aber du bist mehr", sagte Dryas sanft. „Eigentlich weißt du, dass du mehr bist. Es ist nur dieser Job, der dich dazu zwingt, stets in den Hintergrund zu treten. Aber außerhalb davon bist du genauso viel wert wie alle anderen auch."

„Vielleicht schon", Hēro drehte den Kopf wieder den Sternen zu, „aber es gibt nichts außerhalb des Jobs."

Wütend zwickte Dryas ihr ins Fell. „Ach, sei doch nicht so blöd wie Alec! Klar gibt es was außerhalb des Jobs. Rico hat dieses Etwas gefunden, in seinem Aoyllon. Aber es ist immer da. Du frisst nicht als Held, du entledigst dich nicht als Held, du schläfst nicht als Held. Hört doch endlich alle auf so zu tun, als wäre es kein Job wie jeder andere!"

Hero legte den Kopf schief. „Vielleicht hast du recht", sagte sie langsam. „Vielleicht sind meine Probleme genauso wichtig wie die von Rico. Aber dann solltest du erkennen, dass du das gleiche Problem hast wie ich."

Dryas riss die Augen weit auf. „Ich?"

„Klar. Deine Sonne ist Alec. Er ist unser aller Sonne."

Unruhig raschelte die Papiermaus auf Hēros Klaue umher. „Gut, vielleicht hast du recht. Ich kümmere mich auch nicht um meine eigenen Probleme."

Der Greif stieß ein zufriedenes Krächzen aus. „Dann können wir uns ja einigen, dass wir ab jetzt zusammenarbeiten werden."

„Wofür zusammenarbeiten?"

„Keine Ahnung, das wird sich schon noch herausstellen", erwiderte Hēro mit gehobenem Kopf, „aber zuallererst werden wir einander bei unseren ganz eigenen Gefühlen und Problemen helfen. Dann können wir die Welt und Rico und Alec immer noch retten." Ihre schwarzen Augen glänzten. „Wie findest du das?"

Dryas raschelte aufgeregt mit den Ohren. „Das finde ich toll, glaub ich."

„Gut, dann werden wir gleich mal anfangen. Ist dir schon mal aufgefallen, wie klein ich bin? Klar ich bin noch nicht mal ausgewachsen, aber ich wachse auch nicht gerade schnell. Das ist so nervig!"

Und so redeten die beiden Tierhelfer sich die ganze Nacht und darüber hinaus die Seele vom Leib, mit keinem anderen Zeugen als der *Chwilio* höchstpersönlich.

⁂

Es kam Alec so vor, als hätte er gerade erst die Augen geschlossen, als er in das wolkenlose Blau des Himmels blinzelte. Der unerklärliche Zwang, mit der Sonne aufstehen zu müssen, plagte ihn schon seit langem. Daher war er nach diesem ausgelassenen Abend einer der Ersten, der unter seiner Decke hervorkroch.

Dryas hüpfte aufgeregt auf Hēros Kopf auf und ab, als die Papiermaus bemerkte, dass ihr Held aufgewacht war.

„Schon gut", seufzte Alec und schob die Hand hin, sodass das Origami auf seine Schulter klettern konnte. „Ich frage mich, was du anstellst, wenn wir alle schlafen. Hoffentlich feierst du keine Mäuse-Partys, hm?"

Dryas kuschelte sich in einem Anflug von *mir Sorgen um dich machen* an seinen Hals.

„Hey, morgen Alec", begrüßte Taranis ihn.

Als Geist des Windes und des Wetters brauchte er nicht viel Schlaf und war stets dafür eingeteilt, den Kurs mit der *Chwilio* abzusprechen. Keine schwere Aufgabe, wenn die Händler nicht wussten, wohin sie wollten, also stand Taranis nur an der Reling und beobachte wie die Welt unter ihnen vorbeizog.

Alec trat neben ihn und ließ seine Arme über den Abgrund baumeln.

„Morgen", murmelte er.

Sein Blick glitt von felsigen Bergen zu klaren Seen. Dieses Land war wahrlich verzaubert.

Etwas blitzte unter ihnen auf. Sonnenlicht reflektierte sich auf unnatürlich glänzendem Stoff. Ein Zeltplatz aus Schwarz und Silbern, Weiß und Golden. Nein, kein Zeltplatz, der Hof eines Herrschers.

„Was ist das?", fragte Alec.

Taranis lehnte sich weiter über die Reling, um besser sehen zu können, aber vor ihm verschwamm die Landschaft. Die Luft flimmerte, wie der Wüstensand an zu heißen Tagen und er musste die brennenden Augen zusammenkneifen.

Trotzdem begriffen sie beide erst, was sie vor sich hatten, als Dryas an Alecs Ohr zog. Sie hatten es geschafft. Das *Dryadarium* hatte sie zum Lager der Aoyllonen geführt. Während Alec noch dabei war zu verstehen, was gerade geschah, verschwanden die Zelte bereits hinter einem Hügelkamm.

„Anhalten!", brüllte Alec aus voller Kehle. „Stopp! Wir müssen hier raus!"

Sein Ton war so dringlich, dass die *Chwilio* ruckartig den Kopf wandte und die Flügel anlegte. Es riss Alec beinahe von den Beinen, als das Schiff sich in die Kurve legte. Murrend zogen die ersten Händler die Decken von den Gesichtern.

„Hey! Was hat das zu bedeuten?", protestierte Rico verschlafen. „Wir stürzen doch nicht ab, oder?"

Alec riss ihn auf die Füße. „Nein, du liebeskranker Idiot! Wir haben es geschafft! Es ist die letzte Rauhnacht und Dryas hat die Aoyllonen gefunden.“

TEIL 5

Jetzt verstehe ich endlich,
Weshalb sie sagen,
Dass jeder König allein ist,
Auf seine Art und Weise.

Denn jetzt,
Da du fort bist,
Ist alles trostlos geworden
Und leer.

Ich kann die Kriegstrommeln hören
Und mein Herz schmerzt and der Stelle,
An der sie es durchbohren werden.

Ich habe keine Angst vor dem Tod,
Weil du versprochen hast,
Dass du meine Hand halten wirst.

Bitte,
Ich bin so einsam.

– König Lugh von Tírhain, Fragmente der Briefelegien

VI

„Was ihr hier vor euch seht, ist ein detailgenauer Nachbau von Fráhtur dem Rächer, dem berühmten Schwert König Lughs. Leider wissen wir nicht viel über die Zeit seiner Herrschaft, denn die meisten Dokumente gingen verloren, als die Menschheit die Magie vergaß."

Die Gruppe trampelnder Zwölfjähriger zeigte die passende Begeisterung für dieses wertvolle Relikt. Was fehlte, war der genügende Respekt, der der Nachbildung Fráhturs zustand, oder eine Ahnung von den Museumsregeln, die Kacen ihnen vor kaum einer halben Stunde erklärt hatte.*

Kacen hasste Kinder nicht nur, weil sie ihre Rotznasen an den Glaskasten drückten, in dem der Stolz des Museums aufbewahrt wurde. Er war ein Heinzelmännchen und verspürte jede Nacht den Drang, aus seinem Bett zu springen und zu putzen. Kinderzimmer waren sein größter Albtraum – eingetrocknete Cola-Flecken auf dem Teppich und dreckige Socken im Schrank – unmöglich, in einer Nacht zu reinigen. Das machte es nur noch unverständlicher, dass er sich als Museumsführer für Schulklassen beworben hatte. Wenigstens war der Job gut bezahlt.

„Das echte Fráhtur verschwand vor fast 300 Jahren im Meer", betete Kacen die Fakten herunter. „Es wartet bis heute darauf, dass sein Herr und Meister, König Lugh, aus der Samhūn zurückkehrt und ein neues Zeitalter der Könige von Ceth'awna beginnt. Wie auch immer, in der Sage heißt es, dass jeder würdige Held das Schwert bergen und König der

* Die in Wirklichkeit nicht annähernd so genau war, wie es dem Museum lieb wäre.

Pryddha werden kann. Leider ist nicht viel über Fráhtur bekannt, da alle Aufzeichnungen über das Schwert –."

„Ich wette, für Lilian Sparks würde Fráhtur aus dem Meer auftauchen", unterbrach ihn ein Satyr-Junge, der aufgeregt von Huf zu Huf sprang.

Und dann gab es kein Halten mehr.

„Lilian Sparks? Wie altmodisch bist du denn", eine Fee verzog angewidert das spitze Gesicht, „wenn überhaupt würde Alec Blackwood das Schwert bergen, ist doch klar."

Ein rothaariges Mädchen, mit dem wir bereits vertraut sind, legte den Kopf schief. „Aber wenn eine Person über die ganze Welt herrscht – war das nicht das, was das Parlament eigentlich verhindern wollte? Wie heißt das noch gleich? Keine Diktatur, nein. Ab-so-lu-tis-mus?"

Kacen schnappte entrüstet nach Luft. Wären sie im 23. Jahrhundert, würde er jetzt schrill „Ketzerei!" schreien und einen Tempelritter holen, oder einen Exorzisten. Stattdessen war es nun an den Kindern, dieses Missverständnis zu regeln, während er versuchte, nicht an Heldenlästerung zu ersticken.

„Es ist nicht schlecht, wenn Fráhtur den König – oder die Königin – aussucht, denn dieser König – oder diese Königin – würde niemals etwas Schlechtes anstellen", erklärte der Satyr mit verschränkten Armen.

Die Fee nickte. „Ganz genau, nur, dass diese Königin niemals Lilian Sparks sein wird. Die ist doch viel zu alt. König Lugh wurde gekrönt, da war er 14."

„Ach was, das hast du doch nur aus diesem blöden Kinderfilm!"

Sie wurde von einem hitzigen Aufschrei unterbrochen und dann brach ein regelrechter Krieg zwischen den Kindern aus, der ein oder zwei Ausstellungsstücke in Mitleidenschaft zog. Die Lehrerin musste dazwischen fliegen und die Schüler auseinanderreißen.

Das rothaarige Mädchen nutze diesen kurzen Augenblick der Unachtsamkeit, um sich Kacen vorzunehmen. „Herr Museumsführer, könnte ich Ihnen eine Frage stellen?"

Würde die Lehrerin mit Adleraugen über ihre Schülerin wachen, so wie sie es sollte, hätte sie dem Heinzelmännchen durch aufgeregte Handbewegungen gezeigt, was für eine grauenhafte Idee dies war. Aber so musste Kacen seiner Pflicht als Museumsführer nachkommen und ein Lächeln hervorwürgen.

„Sicher doch, mein Kind. Du kannst mich alles fragen, was du möchtest."

Das Grinsen des Mädchens wurde so breit, dass es fast ihr ganzes Gesicht einnahm.

„Super!"

Dann erinnerte sie sich daran, bescheiden zu bleiben, und strich sich die Haare hinters Ohr.

„Das mag vielleicht blöd klingen, aber wenn Sie mal darüber nachdenken, ist's wirklich erschreckend." Sie holte tief Luft. „Welchen Sinn haben Helden überhaupt?"

Kacen blieb vor Entsetzten der Mund offen stehen. Wie konnte sie es wagen, eine undankbare Göre ohne jeglichen Stand, die Essenz, den Lebenssaft dieser Welt in Frage zu stellen?

„Ich meine ja nur", das Mädchen war mit ihren ketzerischen Anschuldigungen noch lange nicht fertig, „es ist ja alles schön und gut, dass hin und wieder mal einer kommt, um die Welt zu retten, aber sollten nicht eigentlich – ich weiß nicht – das Parlament und die Polizei für unsere Sicherheit sorgen?"

Sie zog angestrengt die Nase kraus. „Das hab' ich in so 'nem dicken Wälzer gelesen, den mein Bruder mir geliehen hat, um mich stillzubekommen. Er studiert gerade Jura, also muss es doch stimmen, oder? Wozu haben wir eine Regierung und eine Polizei, denen wir Steuern zahlen, wenn einzelne Personen die Arbeit auch ohne all den Aufwand erledigen?"

Kacen stellte sich auf die Zehenspitzen, doch reichte er dem Rothaar trotzdem nur bis an den Bauch. „Das Parlament ist zum Regieren da, die Helden beschützen uns und die Polizei und die Arme und der andere Schei – Scheibenkleister wird ihnen unterstehen, wenn es nötig wird."

Das Mädchen biss sich auf die Lippe. „Ja, das höre ich oft, wenn ich diese Frage stelle, und trotzdem wundert es mich ein bisschen, dass wir alle unser Leben so bereitwillig in die Hände dieser Leute geben, ohne es überhaupt zu hinterfragen. Lustig, nicht?"

Kacen fand das keineswegs lustig. Er versuchte nicht einmal, ihre Worte zu verarbeiten, denn sie prallten an dem großen, gelben Schild ab, auf dem stand:„Warnung! Ein nicht autorisierter Kommentar über Dinge, über die jedem nur die universelle Meinung zusteht!"

Eine grauenhafte Erkenntnis dämmerte ihm. Jeder liebte Helden, das war normal, jeder, abgesehen von –.

„Schurkin!", kreischte Kacen und deutete mit dem zitternden Finger auf das Mädchen.

„Ich fürchte, nein", erwiderte die leicht irritiert, „aber das bringt mich zu meiner nächsten Frage."

Der weite Fluss selbst unterdrückte ein Aufstöhnen. Inzwischen wurden die anderen Zwölfjährigen auf das Gespräch aufmerksam, so wie man auf der Luftstraße auf einen Unfall aufmerksam wird, und sie entschieden, dass dies viel spannender war, als verstaubte Objekte in Glaskästen.

„Sie, als Museumsführer in einem Heldenmuseum, müssen das doch wissen", sagte das Mädchen ernst. „Wie ist das so, die Welt zu retten? Auch wenn die Welt mir nicht gerade gerettet vorkommt. Ich meine, ich muss trotzdem Schuluniformen tragen und mein Bruder darf im Auto immer vorne sitzen, während ich nach hinten muss. Alle paar Minuten kommt ja ein Neuer, der behauptet, er habe die Welt gerettet."

Das Mädchen hatte ihre Beschützer indirekt als Hochstapler bezeichnet. Die Lehrerin war damit beschäftigt, den restlichen Kindern zu erklären, dass die Helden sie trotzdem alle retten würden, daher war es nun an Kacen, diese Sache richtigzustellen.

„Also", das Mädchen sah ihn mit ihrem breiten Grinsen an, „haben Sie denn gar keine Meinung zu dem Thema?"

Das überforderte Heinzelmännchen war aber nicht dafür gemacht, die Dinge richtigzustellen, entschied sich deswegen für den einfachsten Ausweg und fiel prompt in Ohnmacht.

„Oh." Betroffen kniete sich seine Peinigerin neben ihn. „Oh, das tut mir wirklich leid."

Natürlich suchte die Lehrerin ausgerechnet diesen Moment aus, um nach ihrer Problemschülerin zu sehen.

„Ruby Eljin!", kreischte sie. „Was bei allen Fómori hast du angerichtet?"

Ruby, die eben keine Sprachlehrerin war und deswegen nicht verstand, dass es sich dabei um eine rhetorische Frage handelte, zuckte mit den Schultern.

„Ich hab' ihm nur auf ein paar Probleme aufmerksam gemacht und dann – plums! – ist er umgefallen. Wirklich!"

Die Augen der Lehrerin verengten sich zu eisigen Schlitzen. „Einen Museumsführer verbal angegriffen und in Ohnmacht geredet, warte nur, bis ich das deinen Eltern erzähle, junge Dame!"

Niemand hat einen Plan, abgesehen von Alec, und dessen Ideen sind allgemein schlecht

„Also, wie lautet dein Plan?"

„I–ich?" Rico sah Alec mit weit aufgerissenen Augen an.

Er hatte wichtigere Angelegenheiten zu erledigen gehabt, als sich einen Plan auszudenken. Wie Xen hinterherzuweinen.

„Du hast den ganzen Weg von Byuo Aey bis hier her auf dich genommen und noch nicht einmal einen Plan ausgearbeitet?"

Eigentlich hatte Alec sich das bereits gedacht, aber es lag in seiner Natur, trotzdem für Drama zu sorgen.

Rico zuckte entschuldigend mit den Schultern. „Na ja, ich dachte, das ergibt sich schon irgendwie."

Alec tat so, als würde er sich den Kopf an dem Felsen einschlagen, hinter dem sie sich versteckten.

Ruby rollte von seiner Darbietung enttäuscht mit den Augen. Hätte er wirklich gewollt, dass Rico sich einen Plan ausdachte, hätte er ihn schon viel früher darauf angesprochen. Spätestens, als der wandelnde Markt in einiger Entfernung zum Lager der Aoyllonen vor Anker gegangen war, oder auf ihrem Weg über die schroffen Berge. Das Land hatte sich entschieden, es heute genauso eiskalt werden zu lassen, wie es momentan in der Pryddah war, und das erschwerte ihnen die Reise zusätzlich.

„Hab dich doch nicht so", Ruby stupste Alec mit einem dünnen Lächeln an, „solche Pläne gehen eh jedes Mal schief."

„Aber damit alles schief gehen kann, braucht es zuerst einen Plan", knurrte er. „Das ist wissenschaftlich erwiesen."

Rico rutschte hin und her. „Ach, ist doch egal. Die haben nur zwei Wachen um das Lager herum aufgestellt und mit Dryas Hilfe kommen wir ganz einfach an denen vorbei." Er krauelte die Maus unter dem Kinn. „Stimmt's? Du bist unser ganz persönlicher Aoyllonen-Detektor."

Die Liebe machte also tatsächlich blind.

Weil sie von ihnen sprachen, kamen in diesem Moment die Wachen um die Ecke und sie drückten sich tiefer hinter den Felsen. Es waren zwei Líosaoyllonen mit orangener Haut und karminroten Haaren.

„Sieh doch nur", zischte Alec, „keine Draccaoyllonen-Wachen. Vielleicht verstecken sich noch Weitere in den Bergen."

„Vielleicht patrouillieren die Líosaoyllonen tags und die Draccaoyllonen nachts, wenn ihre Macht am stärksten ist", schlug Rico vor. „Die Sache ist, dass wir das nicht wissen können, und Spekulationen helfen uns auch nicht weiter."

Alec biss die Zähne zusammen, denn Rico war doch nicht so blind, wie angenommen.

„Ähm, Leute?" Ruby spähte vorsichtig über den Felsen. „Was machen die gerade?"

Die Wachen patrouillierten noch um das Lager, aber die anderen Aoyllonen wuselten um die Zelte herum und häuften ihr Gepäck auf riesige Karren und Kutschen, die von gehörnten Wolfswesen gezogen wurden.

„Oh, nein", stöhnte Rico. „Sie reisen ab."

Ein schlanker Draccaoyllon stieg aus dem größten der dunkelblauen Zelte in der Mitte und der Held kippte fast hinter dem Felsen hervor. Xenërae.

Sie hatten keine andere Wahl, als alle ihre vorherigen Überlegungen zu vergessen und der Karawane erneut zu folgen. Obwohl Hēro und ihre aufgeschürften Krallen kräftig protestierten.

Rico wollte ständig vorpreschen, um sicherzugehen, dass sie die Aoyllonen nicht verloren, doch Alec zwang ihn dazu, etwas Abstand zu bewahren. Sie konnten es sich nicht leisten, entdeckt zu werden und darüber, abgehängt zu werden, mussten sie sich nicht sorgen. Selbst auf ihren Reittieren waren die Aoyllonen schleppend langsam, als hätten sie keinerlei Eile, ihr Ziel zu erreichen.

„Wie konntest du die bei dieser Geschwindigkeit nur jemals aus den Augen verlieren?“, fragte Alec Rico, als sie der Kolonne zum wiederholten Male beinahe auf die Füße traten.

Der zuckte nur mit den Flügeln. „Vielleicht liegt das am Feenreich. In Byuo Aey waren die schneller weg, als du *Hey, warte! Eigentlich habe ich niemanden entführt!* schreien konntest.“

„Oder es liegt an Dryas“, warf Ruby ein und die kleine Maus gab ihr mit einem kurzen Zucken des Papierschwanzes recht.

Sie wanderten den ganzen Tag durch und wären fast in die Aoyllonen hineingerannt, als die vor einer Felswand stehen blieben.

„Was machen die denn jetzt?“, flüsterte Ruby besorgt.

Sie musste nicht lange auf eine Antwort warten. Von ihrem etwas höher gelegenen Versteck aus konnten sie beobachten, wie vier Gestalten, zwei Líosaoyllonen und zwei Draccaoyllonen, hervortraten und ein paar Worte in der alten Sprache murmelten. Das melodische Brummen breitete sich im ganzen Tal aus, fegte durch die Schluchten und über die Bergkämme wie ein vergessenes Lied, das seinen Weg nach Hause suchte. Es fand den Pfad, indem sich fast lautlos ein Spalt in der Felswand auftat und die Aoyllonen verschluckte.

„Was zum –?“ Rico sprang auf. „Was sollte das denn?“

Die Öffnung klaffte weiterhin im Felsen, finster und bedrohlich wie ein Riss in Zeit und Raum selbst. Was er, genau gesehen, war.

„Sie sind da durch“, kommentierte Alec das Offensichtliche.

„Also müssen wir da auch durch", führte Ruby den Gedanken fort. „Und du hast bestimmt schon einen Masterplan ausgearbeitet, wie ich dich kenne."

„Vielleicht." Alec zuckte mit den Schultern.

Er hatte von Xander gelernt, dem in jedem Durcheinander ein dummer Plan eingefallen war, aber Alecs neuste Idee übertraf alles an Idiotie, die sein Bruder jemals hatte aufbringen können. Denn durch seine folgenden Worte würde er sich zumindest Ruby zur Feindin machen.

„Eigentlich ist es ganz einfach. Ich schleiche mich rein, erwische Xenërae irgendwo alleine und erzähle dem Aoyllon, was Sache ist. Dann –."

„Halt! Was soll das denn heißen, *du* schleichst dich rein?", protestierte Rico.

Selbst Hēro warf ihm einen vorwurfsvollen Blick zu.

Alec hob eine Augenbraue. „Was hast du denn gedacht? Dass du auf einem weißen Einhorn das Lager erstürmst und mit deinem Aoyllon im Gepäck auf einem Regenbogen davonreitest?" Er schnaubte. „Die kennen dich und Hēro. Du bist der Kerl, der die zukünftige Dracc entführt hat. Letztes Mal wurdet ihr K.O. geschlagen. Was machen die Aoyllonen wohl, wenn sie euch in ihrem Lager entdecken?"

Rico kniff wütend den Mund zusammen, seine Augen glühten wie brennende Kohlen. Er war schließlich derjenige mit der Macht über den Blutschwur.

„Keine Sorge, du wirst Xenërae noch zu sehen bekommen", fügte Alec hinzu. „Ich sage Xenërae, dass ihr euch hier treffen könnt, um die Sache zu klären."

Es war ein einfacher Plan und er hatte genügend Potential, schiefzugehen.

„Und was hast du dir ausgedacht, um mich abzuwimmeln?" Rubys Stimme war so eisig, dass Alec instinktiv zusammenzuckte. Sie unterbrach ihn, bevor er überhaupt seinen Mund öffnen konnte. „Nein warte, ich möchte es gar nicht wissen. Ist auch unwichtig. Was wichtig ist, dass du das immer noch alles im Alleingang erledigen willst."

Alec zuckte hilflos mit den Schultern. „Das ist die beste Lösung."

„Für wen? Für uns oder für dich?", fragte Ruby. „Ich habe einen besseren Plan. Wir hören mit diesem unnützen Helden-Scheiß auf, gehen ins Lager und erklären, dass die ganze Sache mit der Entführung nur ein Missverständnis war. Ich meine, die werden doch nur noch wütender, wenn sie dich dabei erwischen, wie du versuchst, ihre Dracc zu stehlen."

Vor Schreck legte Rico die Federn an. „W-was? Ich soll einfach so mit den Aoyllonen reden, die mich schon wegen der Sache mit dem Minotaurus hassen? Kannste vergessen!" Seine Augen huschten aufgeregt hin und her. „Nein, da ist ja sogar", er verzog den Mund, als hätte er sich auf die Zunge gebissen, „Alecs Plan besser."

Hēro wollte sich aufrichten, doch als sie auf ihre aufgeschürften Krallen trat, zuckte sie zusammen und ließ sich wieder fallen. Damit hatte Alec die Mehrheit hinter sich.

„Angsthasen." Ruby sah den Greifen und Rico böse an, dann wandte sie sich an Dryas. „Und was sagst du dazu?"

Die Maus hob die Nase in die Luft und hüpfte mit einem kraftvollen Sprung auf Rubys Schulter.

„Wenigstens hast *du* noch nicht den Verstand verloren." Ruby krauelte Dryas unter dem Kinn. „Wir können ihn da ja nicht einfach alleine reinschicken, was?"

„Du denkst also, dass ich das nicht alleine schaffe", stellte Alec fest.

Das hätte er nicht sagen sollen, denn jetzt war Ruby wirklich wütend, durchbohrte ihn mit funkelnden Augen.

„Wie soll ich daran glauben, wenn du es nicht mal schaffst ein einfaches Versprechen zu halten? Da auf dem Schiff, als du gesagt hast, dass du das in den Griff bekommen willst, da dachte ich –." Sie biss sich auf die Lippe. „Ach, vergiss es."

Ruby hatte ihren Teil der Abmachung definitiv eingehalten. Sie vertraute Alec nicht mehr blind.

Rico war verwirrt. „Was hat das denn jetzt damit zu tun?"

„Hast du es denn noch nicht mitbekommen?", rief Ruby laut genug, dass die Aoyllonen auf der anderen Seite des Felsspaltes sie mit ein bisschen Anstrengung hören könnten.

Der Held hob verteidigend die Flügel. Nein, er hatte nichts mitbekommen.

„Aber du, oder?", fragte Ruby Hēro.

Der Greif senkte in einem ergebenem *wir sollten es ihm endlich sagen* den Kopf.

„Gut." Sie nickte. „Klär uns doch auf Alec, warum konntest du heute Morgen vom Schiff aus als Einziger die Zelte der Aoyllonen klar sehen?"

Er hob eine Augenbraue. „Weil mein Magiestandard 0% beträgt, das weißt du doch. Verhüllungszauber haben keine Wirkung auf mich, darum konnte ich die Zelte sehen. Genauso wie beim Eingang zur unterirdischen Stadt."

„Genau", schnaubte Ruby. „Und jetzt erklär doch bitte, wie genau das mit dem Blutschwur funktioniert, Rico."

Der runzelte verwirrt die Stirn. „Na, das Blut bindet sich an das Blut einer anderen Person, durch die Magie, die –." Seine Augen weiteten sich. „*Oh!*"

Alec wurde bleich, als sie ihn alle anstarrten.

„Der Blutschwur funktioniert gar nicht bei dir", stellte Rico fest. Er runzelte die Stirn. „Aber warum bist du bitte noch nicht abgehauen?"

Jetzt färbte Alecs Gesicht sich rot, was eine ganz eigene Einzigartigkeit darstellte. Erst seine Ohren, dann sein Hals und schließlich glühten sogar seine Sommersprossen.

„Darum, äh, darum geht's doch gerade gar nicht", murmelte er. „Ich sollte – es wird spät und ich sollte dem Plan folgen. Zu Xenërae und so."

Eine strategisch kluge Entscheidung. Jetzt war er nicht mehr der Einzige mit heißem Gesicht.

„Richtig", sagte Rico. „Genau. Viel Glück, und wenn du Xen siehst, dann sag, dass ich ... dass ich", seine Flügel zitterten vor Aufregung, „ach, einfach irgendwas. Irgendwas Cooles, was auch von mir sein könnte."

Alec nickte. Weil er so viel vom Cool-Sein verstand.

Ruby verdrehte die Augen. „Schön, aber erwarte nicht, dass wir dich aus der Scheiße ziehen, wenn dein Plan nicht funktioniert."

Dryas zuckte zustimmend mit den Ohren.

Als er in ihr versteinertes Gesicht sah, lief es Alec kalt den Rücken hinunter und er beeilte sich umso mehr, aus ihrem provisorischen Versteck zu verschwinden.

„Und sag ja nichts Blödes!", rief Rico ihm noch hinterher, als Alec zu dem Felsspalt hinunterkletterte.

Eine Bedingung, die nur schwer einzuhalten war. Immerhin fühlte er sich extrem unqualifiziert für alles, was mit zwischenmenschlichen Beziehungen in Verbindung stand.

Auch ohne Magie konnte Alec mit Sicherheit sagen, dass es sich hierbei um einen verwunschenen Ort handelte. Denn, 1.) sah dieser Felsspalt verdächtig gruselig aus, wie ein Tor zur Samhūn, 2.) zitterte das Land selbst in seiner Nähe und 3.) geschahen hier einfach zu viele seltsame Dinge.

Alec holte tief Luft und trat in den Spalt. Komplette Dunkelheit umfing ihn, obwohl eigentlich ein Strahl Licht durch den Eingang fallen müsste. Komplette Dunkelheit und Stille. Wogen aus Salzwasser drückten auf seinen Brustkorb, zogen ihn runter. Er griff keuchend nach einer der Felswände und zog sich an ihr entlang, schloss die Augen, um dieses satte Schwarz nicht mehr ertragen zu müssen. Es war vorbei, bevor seine Knie unter ihm zusammenbrachen.

Als Alec die Augen wieder öffnete, blinzelte er in grelles Tageslicht. Er sah auf seine Uhr. Immer noch 18:30 Uhr, aber hier stand die Sonne fast in ihrem Zenit. Und da, gleich daneben, konnte er den Mond ausmachen, wie er manchmal auch tagsüber zu sehen war, verschwommen und blass auf einem Himmel, über dessen blaue Decke dichte Wolkenschlieren in der Farbe von Blutergüssen flossen.

Erst als die Wachen sich ihm näherten, kam Alec auf die Idee den staunenden Blick vom Himmel abzuwenden und sich hinter einem Felsen zu verkriechen.

Er befand sich nicht mehr im Feenreich. Dies war ein noch magischerer Ort. Er hatte die Ápha betreten, die Wohnstätte der Hohen, die sogar älter waren als die Götter und sich in ihrer Weisheit aus der bekannten Welt zurückgezogen hatten. Er befand sich so nah an der Quelle des weiten Flusses, dass fast dessen Rauschen zu hören war. Würde Alec nur einen Funken Magie besitzen, würde er ihre Anwesenheit in der Luft schmecken, ihr unvergessliches Lied einatmen können.

Langes Gras wog sich in einer sanften Sommerbrise und ein sprudelnder Bach sprang zwischen dem Gestein hervor, dessen Wasser die Farbe von leuchtendem Kristall besaß. Schroffe Felswände umgaben das rundliche Tal. In seiner Mitte standen zwei hohe Felsen, gebogen wie Reißzähne. Umringt von ihnen lag ein runder Teich, auf dem sich keine einzige Welle kräuselte. Er war schwarz wie die Nacht und schien alles Licht in sich zu verschlucken.

In respektvollem Abstand hatten sich die Zelte der Aoyllonen um das Gebilde versammelt. Mehrere Felsen ragten aus dem kniehohen Gras hervor, als hätte der Bildhauer, der die Reißzähne geschaffen hatte, vergessen die abgebrochenen Teile wieder einzusammeln. Sie boten ein gutes Versteck, fast als wolle jemand sichergehen, dass Alec nicht entdeckt wurde.

Er schlich sich so nahe wie möglich an das Lager heran. Die Aoyllonen hatten eine bedürftige Tafel zwischen den Zelten aufgebaut und sich auf weiße Kissen gesetzt. Es würde ewig brauchen, die Grasflecken wieder aus denen zu entfernen. Das reinigende Mahl vor dem letzten Ritual. Trotzdem waren da noch die Wachen.

Alec zählte sechs am Tisch. Er entdeckte zwei Weitere mit dem Blick auf die Reißzähne gerichtet, als würden sie nur darauf warten, dass die Felsen erwachten, um sie alle zu verschlingen, und mindestens drei von ihnen patrouillierten um das Lager. Zwei Wachen hatten sich im Schatten der Zelte versteckt und beobachteten die Aoyllonen, die bald die neue Dracc und der neue Líos werden sollten.

Alec schluckte das Salzwasser zurück. Er dachte an die Reaktion der Aoyllonen, als Rico mit der nächsten Dracc verschwunden war. Wollten die beiden überhaupt diese Bürde übernehmen? Wenn Xenërae hier doch gegen den eigenen Willen festgehalten wurde, war es umso wichtiger, den Aoyllon hier herauszuholen.

Sobald die patrouillierenden Wachen außer Sichtweite waren, huschte Alec von seinem Versteck aus zum nächsten Zelt, presste sich gegen den dunklen Stoff und lauschte. Keine Schritte kamen in seine Richtung, also bewegte er sich im Schatten weiter, bis er das große dunkelblaue Zelt erblickte. Das musste der Schlafplatz der gegenwärtigen und der zukünftigen Dracc sein.

Ein silbernes Blitzen am Eingang weckte Alecs Aufmerksamkeit. Ein Posten. Er holte einen faustgroßen Gesteinsbrocken aus seiner Tasche und warf ihn so weit von sich weg, wie er nur konnte. Es gab einen dumpfen Schlag und ein klares Klirren, als der Stein gegen einen Hering im Boden stieß. Die Wache steckte den Kopf aus dem Zelt hervor, sah sich um und marschierte, als sie nichts Ungewöhnliches entdeckte, in die Richtung, aus der sie das Geräusch vernommen hatte.

Alec schlich auf das Zelt zu, schlüpfte zwischen dem blauen Stoff hindurch. Er erlaubte sich ein schiefes Grinsen. Alle Wachen waren gleich dumm, sogar die der Aoyllonen. Alle fielen sie auf denselben Trick rein, der schon seit Jahrhunderten von Vagabunden und Helden gleichermaßen angewandt wurde. Da raschelten die Stoffbahnen und die Wache trat wieder ein.

In der Zwischenzeit, in der der Aoyllon in dieser zu schweren Rüstung nach einem unsichtbaren Feind gesucht hatte, hätte sich auch jemand ins Zelt schleichen können. Darum musste die Wache nun jede Ecke erneut überprüfen – sehr ärgerlich, besonders wenn die anderen beim Abendessen waren. So viel hatte sie zumindest in ihrer Wächter-Ausbildung gelernt.

In den Räumen der gegenwärtigen Dracc war alles sauber, aber im Zimmer der zukünftigen Dracc hatten die scharfen Elfenohren ein seltsames Geräusch vernommen. Die Wache sah sich jede Ecke an, krabbelte sogar unter das Bett, fand jedoch nichts Merkwürdiges und musste sich schweren Herzens wieder auf ihren Stuhl am Eingang verziehen.

Alecs Arme waren so gespannt, dass sie fast zerrissen, doch er zwang sich, bis zwanzig zu zählen, nachdem die Wache das Zimmer verlassen hatte, bevor er sich wieder auf den Boden fallen ließ. Die Zeltstangen beugten sich gefährlich nach unten. Sie waren für dieses zusätzliche Gewicht nicht gedacht, aber sie wagten es nicht, Alec auf den Kopf zu stürzen.

Er sah sich im Zimmer um, den Vorhang, der als Tür diente, hatte er dabei immer im Augenwinkel. Der Raum war bescheiden gehalten, aber elegant, so wie alles von den Aoyllonen Geschaffene. Ein hoher Spiegel mit Silberrahmen, eine Truhe voller ordentlich zusammengelegter Gewänder und ein Stapel Bücher waren neben einem frisch gemachten Feldbett die einzige Inneneinrichtung.

Dafür waren es sehr interessante Bücher. Alec entdeckte über *Dimension 10* und *Reise ins Unglück* hinaus einen dicken Band der gesamten *Dr. Hinvek* Romane. Alle waren von Menschenautoren in der Zeit des Vergessens oder während der Menschenkriege geschrieben worden. Seltsame Lektüre für einen Aoyllon. Und dann auch noch allesamt Erstausgaben. Einige der Bücher waren sogar signiert! Alecs Finger kribbelten vor Aufregung. Er war so mit den Romanen beschäftigt, dass er gar nicht bemerkte, dass es draußen geschäftig wurde.

„Wallastirn, du darfst Essen gehen. Yardreil wird deinen Platz einnehmen", befahl eine kühle Stimme.

„Vielen Dank, Euer Ehren. Möge eure Regentschaft reich und gelehrsam werden", erwiderte die Wache.

Alec fielen vor Schreck fast die Bücher aus der Hand.

Euer Ehren? Regentschaft?

Aufgescheucht rollte er sich unter das Bett und zog das Laken so zu recht, dass er nicht zu sehen war.

Keine Sekunde zu spät. Der Vorhang wurde zurückgeschlagen und die zukünftige Dracc trat ein.

Xen ist verdammt cool – Rico, ein wissenschaftlicher Bericht

„Fandet ihr nicht auch, dass Leäroum heute Abend einen schlimmen Mundgeruch hatte? Daran ist zu erkennen, dass schon wieder irgendeine Verschwörung im Gange ist", erklärte Xenërae spöttisch.

„Aber Euer Ehren, Leäroum wird euer persönlicher Berater sein, wenn ihr die neue Dracc werdet", erwiderte ein weiterer Draccaoyllon etwas sanfter.

„Leäroum ist ein niederträchtiger Fisch", stellte Xenërae klar. „Meine erste Amtshandlung als neue Dracc wird es sein, mir einen besseren Berater auszusuchen."

Die Aoyllonen schnappten entrüstet nach Luft.

„Und ja, das könnt ihr gerne an Leäroum weiterleiten", fügte Xenërae hinzu.

„Aber Euer Ehren, wollt ihr euch das nicht noch einmal überlegen?", fragte ein anderer Aoyllon.

Die Aufmerksamkeit der zukünftigen Dracc hatte sich schon auf etwas Interessanteres gerichtet. „Sagt mal, habt ihr meine Bücher so durcheinandergebracht?"

„Nein, Euer Ehren", erwiderte einer der Aoyllon. „Vielleicht wurden sie umgestoßen, als euer Zelt eingerichtet wurde."

Die zukünftige Dracc rümpfte die Nase und ordnete die Bücher wieder in der richtigen Reihenfolge an. Nach etwa fünf Minuten schmiss Xenërae sich aufs Bett, wobei Alec darunter zusammengequetscht wurde.

„Oh, ihr seid noch da?“ Der Aoyllon gähnte die Untergebenen übertrieben lautstark an. „Ihr könnt gehen. Ich werde noch einmal meine Rede für das Ritual durchgehen und dann ein kleines Nickerchen einlegen.“

„Aber –!“

„Die Wachen sind doch da, um mich zu beschützen, und ich kann nicht denken, wenn ihr mir ständig auf die Pelle rückt. Ihr habt doch bestimmt ein paar andere Hobbys, als mich zu bespaßen.“

Die Aoyllonen verbeugten sich. „Ja, Eure Ehren.“

„Natürlich, Eure Ehren. Entschuldigt unsere Dreistigkeit.“

Rücklings, um die zukünftige Dracc stets im Blick behalten zu können, verließen die Untergebenen das Zelt.

„Hinterhältige Arschkriecher.“

Der zurückgebliebe Aoyllon atmete erleichtert aus und begann in einem der Bücher herumzublättern.

„Ich weiß übrigens, dass du hier bist“, sagte Xenërae so gelassen, dass Alec es fast überhört hätte. „Es wäre besser für dich, jetzt gleich herauszukommen, bevor ich die Wachen holen muss.“

Da es sowieso sein Ziel gewesen war, mit Xenërae zu sprechen, wehrte er sich nicht und rollte unter dem Bett hervor. Ganz langsam, um nicht wie eine Bedrohung zu erscheinen.

„Gut, dass ich Recht hatte“, merkte die zukünftige Dracc an. „Es wäre echt peinlich geworden, hätte ich mich nur mit meinem Bett unterhalten.“

„Es waren die Bücher, oder?“, seufzte Alec. Das passierte, wenn man sich von seiner Neugier leiten ließ.

„Also, du hast eine Chance, mir einen guten Grund zu nennen, weshalb ich nicht die Wachen rufen sollte. Oder noch schlimmer, Leä.“

Xenërae blätterte weiterhin in dem Buch herum, als wäre Alec nichts als eine kleinere Unannehmlichkeit, eine Stubenfliege vielleicht.

„Rico", sagte er nur. „Ich komme von Rico."

Die Buchseiten erzitterten, als die zukünftige Dracc die Finger in den Buchrücken bohrte. Und das bei so einer schönen Erstausgabe.

„Redest du von –?"

„Jep, Nathan Rico Lãpez, der geflügelte Idiot mit dem Greifen als Haustier. Kennst du denn noch einen Rico, der verantwortungslos genug wäre, jemanden mitten in euer Lager zu schicken?"

Der Aoyllon nahm das Buch vom Gesicht und Alec blieb vor Staunen der Mund offen stehen. Xenërae war ein Aoyllon, Aoyllonen waren atemberaubend schön, das wusste er, aber wenn Rico sich diesen hier geangelt hatte, warf das trotzdem gewisse Fragen auf. Violett schimmernde Augen glänzten fiebrig und nachtblaue Wangen hatten sich dunkellila verfärbt.

„Meinst du das ernst? Oder hat Leä dich geschickt, um mich zu testen?" Xenërae hob die hellblauen Augenbrauen, wand unbewusst eine Strähne langen Haares um eines der gazellenartigen Hörner. „Warum sollte Rico jemanden zu mir schicken? Wir kannten uns doch nur für ein paar Wochen und er – er könnte mich jetzt einfach vergessen. Muss immer aus allem so eine große Sache machen, eine dieser Helden-Sachen. Diese Drama-Queen. Diese Drama-Queen."

Alec seufzte erleichtert. Dieser ganze Scheiß war nicht umsonst, Xenërae mochte Rico also auch.

„Warum fragst du ihn das nicht einfach selbst?", schlug er vor.

„Wie bitte?"

„Er wartet vor dem Felsspalt und würde wirklich gerne mit dir reden."

Der Aoyllon versuchte, verärgert die Augen zusammenzukneifen, aber das Zucken der geschwungenen Lippen verriet ihn.

„Was hat er sich nur dabei gedacht, der Idiot? Dass er einfach auftaucht wie ein Prinz in glänzender Rüstung und mich ohne Widerrede mitnehmen kann?"

Alec lachte. „Genau das habe ich ihm auch gesagt!"

„Und dann auch noch ausgerechnet heute."

Xenëraes Blick huschte über das Zimmer, blieb an der Kleidertruhe hängen. Einer der Untergebenen hatte ein Gewand darauf abgelegt, genauso blau und violett wie das, was der Aoyllon momentan trug. Aber mit Silberfäden verwoben, die im schummrigen Licht des Zeltes ein übernatürliches Leuchten ausstrahlten.

„Was weißt du über die Zeremonie?", fragte Xenërae, krallte sich an der Bettdecke fest.

„Nach einer Reise einmal um die Welt, geführt von Sonne und Mond oder so, wird eine Zeremonie abgehalten, in der dem neuen Líos und der neuen Dracc ihre Kräfte übertragen werden. Beim Orakel, das sie als Nachfolger auserwählt hat. Diese Zeremonie findet sehr unregelmäßig statt, da sich würdige Nachfolger manchmal erst hunderte Jahre später finden lassen."

Xenërae nickte steif. „Dieses Mal waren es fünfzig Jahre."

Also fuhr Alec fort. „Danach sind der Líos und die Dracc sowas wie … für den Rest ihres Lebens verheiratet und sie dürfen sich nie wieder trennen, bis sie dann irgendwann sterben und blah blah blah."

Ein trauriges Lächeln zuckte um Xenëraes Mundwinkel. „Ungefähr so. Was die wenigsten wissen ist, dass die alten Líos und Dracc während des Rituals sterben."

Alec verschluckte sich fast an seinem eigenen Entsetzen. *„Bitte was?"* Davon hatten sogar die verbotenen Bücher in der niedergebrannten Morgen-Bibliothek geschwiegen. „Aber willst du das denn überhaupt? Die nächste Dracc werden, für den Tod der alten Dracc verantwortlich sein?"

Die Frage war heraus, bevor Alec sich daran erinnerte, dass ihn das nichts anging.

Xenërae seufzte. Für die Dramatik stand der Aoyllon auf und stellte sich vor den Spiegel, als würde das eigene Abbild die Antworten bringen können.

„Ich weiß, dass die alte Dracc sterben muss, damit sich die Macht des Mondes erneuern kann und ich weiß, dass sie sich fünfzig Jahre lang auf ihren Tod vorbereitet hat. Es ist nicht schön, aber es ist nötig, und ich werde meine Schuld auf die gleiche Weise abbezahlen. Das ist der Kreislauf der Dinge." Xenërae strich eine unsichtbare Falte im Gewand glatt. „Natürlich habe ich mich nicht freiwillig gemeldet die nächste Dracc zu werden, aber das Orakel weiß, was es tut. Es wählt den bestmöglichen Kandidaten aus."

„Ja, aber willst du das denn auch?", wiederholte Alec.

Das Spiegelbild des Aoyllon starrte ihn nieder. „Ich will meinem Volk dienen, so gut wie eben möglich – allen Völkern. Und das kann ich als Dracc, ich kann die ganze Welt beschützen. Also ja, ich will die neue Dracc sein." Xenërae holte tief Luft. „Ich möchte die neue Dracc sein." Dann, etwas zögerlicher: „Und ich will mit Rico zusammensein können."

Weil es auch niemals so einfach sein konnte.

„Hast du wenigstens einen Plan?", fragte Alec.

Die zukünftige Dracc grinste ihn im Spiegel an. „Nein. Aber wenn ich Rico nur sehe, wenn ich mit ihm reden kann – vielleicht ändert sich dann nichts. Wir werden sehen."

Alec schüttelte den Kopf. „Rico und du, ihr passt echt perfekt zusammen."

„Ich will Xen besuchen", drang dumpf eine Stimme vom Eingang des Zeltes zu ihnen hinüber.

„Schnell, versteck dich!"

Die zukünftige Dracc schubste Alec in Richtung Bett. Der zog gerade seinen Fuß außer Sicht, als die Stoffbahnen zurückgeschoben wurden und ein Líosaoyllon eintrat, der mit goldenen Haaren und blass orangener Haut noch mehr Schönheit ausstrahlte als Xenërae. Es war der zukünftige Líos, Symgraddil.

„Was machst du denn da?", fragte der Líosaoyllon und setzte sich neben Xenërae auf das Bett.

„Oh, hey Sym", sagte die zukünftige Dracc möglichst unberührt. „Ich schreibe gerade meine Rede für die Zeremonie."

„Du ließt ein Buch. Was ist das, *Dimension 10*?"

Xenërae seufzte theatralisch. „Ach, du weißt doch, ich liebe die Bücher aus dem Zeitalter des Vergessens, als für die Menschen nicht das kleinste Fünkchen Magie existierte. Das ganze Zeugs, was sich niemand mehr zu lesen traut. Darum kann man da auch so schön Reden draus abschreiben."

„Du kopierst deine Reden aus Menschenbüchern?" Symgraddil klang eher belustigt als entsetzt. „Und den Leuten gefällt das auch noch! Warum bin ich da nicht selbst drauf gekommen?"

„Weil du dazu viel zu rechtschaffen bist", erklärte Xenërae.

Der zukünftige Líos lachte. „Darum passen wir ja auch so gut zusammen. Du hast die neuen Innovationen und ich das Gewissen."

Xenërae rutschte auf dem Bettlaken herum.

„Was ist los?" Symgraddil kannte die zukünftige Dracc gut genug, um zu wissen, wann etwas nicht stimmte. Alec duckte sich tiefer unter das Bett, versuchte, nicht zu atmen.

„Es ist nur so, dass –." Xenërae unterbrach sich, rückte weiter herum. „Sag mal, Sym, liebst du mich eigentlich?"

Damit hatte der Aoyllon die Bombe platzen lassen und Totenstille breitete sich über dem zerstörten Schlachtfeld aus.

„O-oh", stotterte Symgraddil, „das ist eine schwierige Sache, immerhin kennen wir uns erst seit ein paar Monaten. Aber wenn das Orakel meint, dass wir –." Der Líosaoyllon seufzte und begann von Neuem. „Wir verstehen uns echt gut und du bist der beste Freund, den ich jemals hatte, fast schon mein Seelenverwandter. Ich könnte mir gut vorstellen, die nächsten fünfzig oder hundert Jahre mit dir zu verbringen. Aber Liebe, so richtig *roman-*

tische Liebe … es tut mir leid, aber ich glaube nicht, dass ich sowas für dich empfinde."

Xenërae atmete erleichtert aus. „Gut, ich glaube nämlich auch nicht, dass ich dich liebe."

Darüber mussten sie beide lachen, als hätte der Knoten in ihren Mägen beim Auflösen irgendwelche Gase freigesetzt.

Dann entstanden dünne Falten auf Symgraddils hübscher Stirn. „Nein, warte! Das ist gar nicht gut. Das Orakel macht keine Fehler und das Orakel sagt, dass wir uns lieben müssen. Wie sollen wir denn sonst die Sonne und den Mond repräsentieren?"

Unter dem Bett hätte Alec fast laut aufgestöhnt. Dieses Liebesdrama entwickelte sich noch zu einer richtig schön schnulzigen Tragödie. Lange würde er es hier unten nicht mehr aushalten, bevor er vor Scham im Boden versank. Manche Unterhaltungen sollten einfach nicht mitangehört werden.

Xenërae erlöste ihn. „Ich – ich weiß nicht", gab die zukünftige Dracc zu, „aber wenn das Orakel keine Fehler macht und wir uns nicht lieben, dann muss das was zu bedeuten haben."

„Und was?"

„Keine Ahnung."

„Vielleicht lieben wir uns ja doch und merken es nur nicht?", schlug Symgraddil mit zitternder Stimme vor.

„Nein, Sym", seufzte Xenërae. „Glaub mir, das hätten wir gemerkt."

„Ach", der zukünftige Líos grinste spöttisch, „und das weißt du durch dein kleines Rendezvous mit diesem Helden aus Byuo Aey?"

Xenërae lachte. „Würde es sich nicht so blöd anhören, würde ich jetzt ja sagen." Das verschlug selbst Symgraddil die Sprache. „Und bevor ich eine sehr wichtige Entscheidung treffe, bräuchte ich deine Hilfe."

„Oh, versteckt der Kerl sich unter deinem Bett?"

„Nicht ganze. Wie hast du das gemerkt?"

„Deine Füße. Die hältst du so sonst nie." Symgraddil knuffte Xenërae in die Wange. „Wie schon gesagt, Seelenverwandte. Keine Sorge, du da unten. Du musst nicht rauskommen. Was ich nicht sehen kann, ist auch nicht da."

Das Blut rauschte Alec in den Ohren. „Danke", murmelte er.

„Kein Problem. Also, wie kann ich euch helfen?"

Xenërae lachte nervös. „Okay, cool. Ich müsste nämlich noch so ein paar Sachen klären."

„Du möchtest, dass ich die Wache ablenke." Seelenverwandte, in der Tat.

„Wenn es dir nichts ausmacht."

Symgraddil zögerte kurz. „Okay, versprich mir nur, dass du wieder da sein wirst, um deine Rede zu halten. Versprich mir, dass du mich nicht hängen lassen wirst."

„Symgraddil", Xenërae war plötzlich sehr ernst, „ich werde dich nicht hängen lassen, niemals. Immerhin bist du meine Sonne. Aber Rico ist – Rico ist etwas anderes. Ich verstehe das auch nicht, aber ich muss einfach – ich *kann* nicht anders."

„Okay." Symgraddil lachte, um nicht allzu beeindruckt zu klingen. „Schon verstanden. Dann mache ich mich mal an die Arbeit, damit du mit deinem geheimen Lover abhauen kannst."

Die Stoffbahnen raschelten, als der zukünftige Líos das Zelt verließ.

„Sym? Danke."

„Nicht dafür. Nicht dafür."

Alec kroch unter dem Bett hervor. „Echt mutig von dir", sagte er, „einfach so die Wahrheit zu sagen."

Xenërae zuckte mit den Schultern. „Wenn du etwas bekommen willst, musst du auch was geben. Außerdem hätte ich eh nicht gewusst, was ich sonst sagen sollte."

In diesem Fall wäre es Alecs Tipp gewesen, einfach ganz den Mund zu halten.

Draußen zeigte Symgraddil unübertrefflich viel Fingerspitzengefühl und führte die Wache mit dem Versprechen einer Gehaltserhöhung von seinem Posten weg.

Alec nickte Xenërae zu. „Bleib hinter mir", zischte er. „Und versuch nicht stehen zu bleiben."

Der Platz vor dem Zelt war leer, aber danach stellte es sich als schwieriger heraus, nicht entdeckt zu werden. Obwohl Xenërae ein Aoyllon war, konnte die zukünftige Dracc nicht so elegant schleichen, wie sich die sonstigen Artgenossen bewegten und nun, da das Essen vorbei war, hatte die Anzahl der Wachen sich verdoppelt.

Dank des ihnen auferlegten Schicksals gelang es den Flüchtigen trotzdem irgendwie unbemerkt den Rand des Lagers zu erreichen und sich von da aus zurück zum Felsspalt zu schleichen. Keuchend drangen sie in die totale Finsternis ein.

„Nun, das war anstrengender als gedacht."

Xenërae wischte sich über die Stirn. Was vollkommener Blödsinn war, denn ein so perfektes Wesen wie ein Aoyllon schwitzte nicht.*

Alec lachte, obwohl ihm bei dem Weg durchs schwarze Nichts wieder übel wurde. „Hätte nicht gedacht, dass ich diesen Schwachsinn wirklich durchziehe. Ich bin übrigens –."

„Alec Blackwood, ich weiß."

Alec stieß ein verwirrtes Schnauben aus.

„Tu doch nicht so überrascht. Klar, du hast dich verändert, aber eigentlich war es offensichtlich. Wie sonst hättest du dich in mein Zelt schleichen können, ohne eine der magischen Fallen auszulösen?"

„Magische Fallen?"

„Du hast noch nicht mal mitbekommen, dass da welche waren? Wow."

Alec grinste. „Gut deduziert, *Dr. Hinvek.*"

---

* Alec schon.

„Du hast die Bücher gelesen?", fragte Xenërae aufgeregt.

Er zuckte mit den Schultern. „Was hatte ich für eine Wahl, nachdem die mir nur die *politisch korrekte* Version andrehen wollten, die nach der Zeit des Vergessens spielt? Dr. Hinvek war kein verrückter Wissenschaftler darin, sondern ein allwissender Magier. Dabei hat das die Botschaft der Geschichte, dass Hybris Scheiße ist und jedes Wesen gleiche Rechte haben sollte, komplett verändert."

Xenërae schnappte empört nach Luft. „Ein Verbrechen!"

Sie traten aus dem Felsspalt und der eisige Wind der Frostnadeln empfing sie wieder. Auf dieser Seite der Steinwand hatte die Sonne bereits ihren Platz am Himmel verlassen.

Alec klopfte dem Aoyllon auf die Schulter. „Weißt du, Xenërae –."

„Xen."

„Xen. Ich habe dich somit als Ricos Love-Interest akzeptiert."

Als Xen diesen Namen hörte, bogen sich die Mundwinkel nach oben, was fast schon etwas gruselig war. „Warum hat er ausgerechnet dich geschickt?"

„Mich?" Alec kratzte sich am Kopf. „Es war nicht so, dass einer von uns eine Wahl gehabt hätte. Es war eher eine ... Zwangszusammenarbeit. Wie das halt bei Helden so ist. Man trifft sich, kann sich auf den Tod nicht ausstehen und wird dann durch mehrere gemeinsam bestandene Abenteuer zu besten Freunden."

Alec konnte sich selbst nicht erklären, warum er das mit dem Blutschwur nicht erwähnte. Vielleicht, weil er Ricos betretenes Gesicht sehen wollte, wenn er Xen davon erzählen musste. Vielleicht, weil er nicht wollte, dass Xen Rico dann doch fallen ließ und er all diese Lebenszeit darauf verschwendet hatte, sie zusammenzuführen.

Xen schnaubte. „Das würde so zu Rico passen, dieser Dramaqueen."

„Also bitte", erwiderte Alec, „alle Helden sind Dramaqueens."

Aber er hing noch in seinem letzten Gedanken fest. Und wenn es sich hierbei jetzt doch um eine Heldenreise handelte? Inwieweit hatte er sich dann entwickelt? Denn ihm kam es vor, als würde sich alles im Kreis drehen, genauso wie zuvor.

„Rico!"

Xen bewegte sich flinker über den felsigen Boden, als es bei dem glitzernden Frost möglich sein sollte. Und da stand Rico, auf einer dürftigen Erhöhung mit dem grauen Himmel im Rücken, wie die Dramaqueen, die er nun mal war.

Unsere peinliche Liebesgeschichte erreicht ihren Höhepunkt

Nehmen wir uns einen Moment, um sicherzugehen, dass dies kein Musical ist. So wie Xen und Rico einander gegenüber standen, sah es aus, als würden sie jeden Augenblick in eine herzzerreißende Ballade ausbrechen. Das blasse Sonnenlicht fiel auf Xens Gesicht wie der Strahl eines Scheinwerfers.

„Xen", quiekte Rico. Er räusperte sich und begann erneut: „Xen, du bist gekommen! Nicht, dass ich jemals daran gezweifelt hätte. Ich meine, du musstest natürlich nicht kommen, aber –."

„Rico", unterbrach Xen ihn.

Ein riesiges Grinsen breitete sich auf dem Gesicht des Aoyllon aus, verschlang ihn. Dann warf Xen sich in Ricos Arme und küsste ihn. Die restlichen Anwesenden versuchten, unauffällig irgendwo anders hinzusehen. Wäre sie nicht immer noch wütend auf ihn, hätte Ruby Alec jetzt verschwörerisch angegrinst.

„Oh, du – du hast mich also nicht vergessen", stellte Rico erleichtert fest.

Xen zog die Augenbrauen zusammen. „Natürlich nicht. Und du hast mich auch nicht vergessen." Das Grinsen des Aoyllon wuchs tatsächlich weiter. „Du bist echt hergekommen."

Dann entdeckte Xen Ruby. „Noch so ein armer Held, den du entführt hast, um mich zu finden?"

Rico wurde bleich. „Ich schwöre, ich wollte das nicht tun, aber ich hatte gar keine andere Wahl, wenn ich dich rechtzeitig finden wollte."

„Bitte was?“, Xen sah von Rico auf Ruby und dann auf Hēro, die unter dem fragenden Blick wenig aufschlussreich mit den Flügeln zuckte. „Eigentlich war das nur ein Scherz. Du hast dir ein Helden-Team entführt?“

„Ich bin keine Heldin“, rief Ruby dazwischen, „nur eine arme Zivilistin, die sich irgendwie in diese Sache mit hinein schleppen lassen hat.“

Xen nickte verständnisvoll. „Das sagen sie alle.“ Dann verengten sich die violetten Augen des Aoyllon zu kleinen Schlitzen. „Diese – diese Aura. Das kannst unmöglich du sein. Diese Macht. Irgendwoher kenn ich die.“ Xen drehte den Kopf, ganz langsam, und durchbohrte Rico mit seinem funkelnden Blick. „Nathan Rico Lãpez, sag mir nicht, dass du für deine kleine Heldenreise das *Dryadarium* gestohlen hast.“

Rico grinste die zukünftige Dracc entschuldigend an. „Wir haben nichts gestohlen, es hat sich selbst entschieden, uns zu helfen, und streng genommen ist das auch nicht das *Dryadarium*, nur eine Seite daraus. Sag mal hallo, Dryas.“

Die kleine Maus schob sich aus Rubys Haaren hervor und sprang hoch in die Luft. Xen schlug sich die Hand vor die Stirn und Rico zog peinlich berührt den Kopf ein.

„Du hast eine Seite aus dem *Dryadarium* herausgerissen?“

Der Held bekam das geballte Entsetzen eines Bücherliebhabers ins Gesicht und ging daran fast zu Grunde.

„Äh, keine Sorge. Das Buch hatte die Idee selbst“, kam Ruby ihm zur Hilfe, „und Dryas ist ein wirklich wunderbares Geschöpf.“

Sie hielt Xen die Papiermaus hin und der Aoyllon untersuchte sie mit vor Aufregung zitternden Fingern.

„Danke, dass du Rico geholfen hast“, murmelte Xen, „du hast mir da echt einen Gefallen getan.“ Dann sackten die Schultern des Aoyllon nach unten und er wurde wieder ernst. „Was jetzt?“, flüsterte die zukünftige Dracc. „Was machen wir jetzt?“

Rico griff nach Xens Hand. „Egal.“ Er lächelte. „Egal, Hauptsache wir machen's gemeinsam.“

Xen erwiderte das Lächeln nicht.

„Was ist los?“

Xen sah ihm fest in die Augen. „Nur noch ein paar Stunden.“

Rico sackte in sich zusammen. „Oh. Oh, du meinst heute wie in *ein paar Stunden*. So wie jetzt gleich?“

„Zum Sonnenuntergang. Wenn Sonne und Mond sich berühren.“

Rico hatte alle Selbstkontrolle verloren, stand da mit zitternden Händen und weißem Gesicht, die Flügel peitschten unkontrolliert durch die Luft.

„Wir – wir könnten abhauen“, schlug er vor, „wenn du willst.“

Xen sah ihn nur an.

„Du willst nicht?“

Ricos Stimme war kaum noch hörbar und die zukünftige Dracc sah aus, als würde sie jeden Moment zusammenbrechen.

„Die Zukunft der Aoyllonen – der *Welt* – liegt auf meinen Schultern. Das ist meine Bestimmung. Du weißt, dass das meine Bestimmung ist.“

Rico versuchte, sich zu beruhigen, aber seine zitternden Flügel verrieten ihn. „Okay, ich weiß.“ Er zwang ein Lächeln auf sein Gesicht. „Ich bin nur froh, dich vorher noch mal gesehen zu haben.“

Jetzt war es der Aoyllon, der fast die Kontrolle verlor. „So habe ich das nicht gemeint! Ich kriege das schon geregelt, okay?“

„Wirklich?“ Die vorsichtige Hoffnung in Ricos Stimme versetzte selbst Alec eine Gänsehaut.

Xen holte tief Luft, sammelte sich wieder. „Komm zu der Zeremonie, hör dir meine Rede an. Ich werde versuchen, alles richtigzustellen.“

„Okay", versprach Rico. „Selbst wenn dieser hochnäsige Berater versuchen sollte, mich schreiend aus dem Publikum zu zerren."

Xen lächelte, aber es war ein Lächeln, das Steine zum Weinen bringen könnte. „Danke." Der Blick des Aoyllon wanderte kurz zu Alec. „Deswegen musst du dir keine Sorgen machen. Ich nehme einfach Alec mit, einen alten Verbündeten der Aoyllonen, der der Zeremonie beiwohnen möchte und ein paar Freunde mitgebracht hat. Ihr anderen taucht erst kurz vor Mitternacht auf, dann kann euch niemand mehr wegschicken. Leäroum wird zu beschäftigt sein."

Alec versuchte, wieder Rubys Blick aufzufangen, aber die gab weiterhin vor, ihn nicht sehen zu können. Dryas reckte stolz die Nase in die Luft und raschelte missbilligend mit dem Schwanz.

„Lass das", zischte Ruby, „du bist sowieso viel zu gut für ihn. Du brauchst ihn gar nicht, um auf dich aufzupassen. Du hast mehr auf *ihn* aufgepasst."

Dryas wackelte zustimmend mit den Ohren.

Da sie nun alle einer Meinung waren, wandten sie sich wieder dem Hauptgeschehen zu. Die beiden Turteltauben lösten sich voneinander.

„Dann bis kurz vor Sonnenuntergang", sagte Rico.

„Dann bis kurz vor Sonnenuntergang", erwiderte Xen und trat ein paar Schritte rückwärts, bis der Aoyllon Alec erreichte. „Kommst du?"

„Von mir aus."

Xen warf einen bedeutungsvollen Blick auf Rico, dann drehte die zukünftige Dracc sich um und folgte Alec den Pfad entlang zum Felsspalt zurück. Noch ein letztes Mal wollte der Aoyllon sich umdrehen, aber sein Begleiter schüttelte den Kopf und er ließ es bleiben.

„Also wirst du das wirklich durchziehen", stellte Alec fest, als sie wieder in die Finsternis traten.

„Das Treffen mit Rico hat mich nur weiter darin bestätigt“, erwiderte Xen mit zitternder Stimme. „Ich weiß, dass er das Amt an meiner Stelle auch angenommen hätte. Er ist ein Held, er hilft allen Geschöpfen. Und das Gleiche werde ich dann auch tun. Ich werde ihn beschützen.“

Das Orakel hatte sich die neue Dracc gut ausgesucht. Xen könnte es niemals enttäuschen. Selbst wenn der Aoyllon sich nicht in seinen Líos verliebt hatte, würde er alles versuchen, um die Welt im Lot zu halten. Nur Rico wollte Xen dafür nicht aufgeben.

„Findest du es nicht seltsam, dass jeder deinen nicht existierenden Plan einfach unterstützt?“, fragte Alec plötzlich. „Rico – gut, der hat keine andere Wahl, aber auch Symgraddil als der zukünftige Líos müsste es eigentlich besser wissen.“

Xen lachte. „Nicht wirklich. Sym ist einfach zu freundlich und zu gütig, um mich hängen zu lassen.“

„Dann ist Sym ziemlich dumm“, schnaubte Alec.

„Sag das nicht.“ Xens Stimme war so frostig, dass er den Kopf einzog. „Sym ist nicht dumm oder leichtsinnig. Syms Eltern sind gegangen, haben ihr Kind alleine gelassen, da war Sym noch sehr jung. Aber das hat Sym nicht kalt werden lassen, nein unser zukünftiger Líos ist freundlich und gütig geblieben und kümmert sich um alle Aoyllonen, als wären sie die Familie, die er nie hatte. Und Sym vertraut mir trotz allem, was passiert ist.“ Xen holte tief Luft. „Verwechsele Güte nicht mit Dummheit oder Leichtsinn. Ohne Güte wäre unsere Welt nichts als ein kalter Felsbrocken im Strom des ewigen Flusses.“

Alec hatte verstanden. Er würde sich nicht mehr über Symgraddil lustig machen. Die Dunkelheit löste sich auf und sie standen wieder im Tal des Orakels.

„Du solltest alleine gehen“, schlug er vor. „Ich komme dann später ins Lager hereinspaziert, damit niemand Verdacht schöpft.“

Xen nickte, obwohl sie sich beide nicht sicher waren, ob der Aoyllon es schaffen würde, sich ohne Hilfe unbemerkt in das

Camp zu schleichen. Aber bevor Alec seine brillanten Tipps auspacken konnte, ergriff die zukünftige Dracc die Gelegenheit und verschwand. Ihm blieb also keine andere Möglichkeit, als zu warten. Die Zeit überbrückte er damit, dem Sekundenzeiger auf seiner Uhr zu folgen, bis ihm die Augen tränten.

Irgendwann, als die Sonne und der Mond am Himmel sich fast berührten, entschied er, dass er lange genug gewartet hatte, und kroch aus seinem Versteck hervor. Er näherte sich dem Lager wie ein Geschöpf, das keine Eile und nichts zu verbergen hatte. Die Wachen entdeckten den Eindringling sofort und richteten ihre Waffen auf ihn. Bald war er von allen Seiten umzingelt.

„Einen schönen guten Abend auch an euch", grüßte Alec die Aoyllonen.

Die Wachen verstanden keinen Spaß. „Wie hast du es geschafft, den Weg zum Orakel zu finden?", knurrte ein Líosaoyllon.

So viel zum Thema Gastfreundschaft.

„Also bitte." Alec grinste seine Peiniger breit an. „Würde ich euch etwas antun wollen, wäre ich wohl nicht einfach so in euer Lager gelatscht. Vielleicht wäre es besser, wenn ihr die Waffen senken würdet."

Sie hörten nicht auf ihn, natürlich. „Das Orakel ist heilig", sagte der Líosaoyllon, „es darf nicht durch die Anwesenheit von Leuten wie dir beschmutzt werden."

Die Wache bohrte die Spitze ihres Schwertes in Alecs Brust, aber bevor sie versuchen konnte, ihn aufzuspießen, räusperte sich jemand hinter ihr. Die Aoyllonen zuckten zusammen. Es war ein kühles, vorwurfsvolles Räuspern, bei dem sich selbst Alec schuldig fühlte, der nichts verbrochen hatte.

„Täuschen mich meine Augen, oder ist das ein Eindringling?"

Ein hochgewachsener Draccaoyllon mit sorgfältig hochgesteckten Haaren trat hervor. Er trug weite Gewänder mit silbernen Broschen, die ihm einen hohen Posten zuwiesen.

Der Líosaoyllon neigte den Kopf und die restlichen Wachen taten es ihm nach. „Sie haben Recht, eure Herrlichkeit."

„Eigentlich bin ich eher ein Besucher und kein Eindringling", warf Alec ein.

Er wurde ignoriert.

„Und wie kommt es, dass ich nicht sofort informiert worden bin?", fragte der Draccaoyllon. „Wo es doch mir, dem Berater der Dracc, unterstellt wurde, sich nach dem letzten … Vorfall um alle Eindringlinge zu kümmern?"

Die Wachen schrumpften in ihren glänzenden Rüstungen zusammen.

„Es soll nicht wieder vorkommen, eure Herrlichkeit", versprach der Líosaoyllon kleinlaut.

Natürlich musste ausgerechnet Alec das Glück haben, sogleich auf Leäroum zu treffen, den Aoyllon, der Rico und Xen in erster Linie getrennt hatte.

„Ah, gut. Der Berater der Dracc", sagte Alec und streckte dem Draccaoyllon die Hand hin. „Ich glaube, wir sind uns vor ein paar Jahren schon mal begegnet."

Obwohl er sich nicht mehr daran erinnerte, war es gut möglich, dass Leäroum dabei gewesen war, als er den Aoyllonen das *Dryadarium* zurückgegeben hatte.

„Ich bin Alec Blackwood, und ich würde gerne der Zeremonie beiwohnen."

Das Gesicht des Beraters zeigte keine Regung, als er Alec von oben bis unten musterte. Zur Überraschung aller brauchte der Aoyllon nur einen Herzschlag, um ihn zu erkennen.

„Soll das heißen, ihr habt ohne mein Wissen Alec Blackwood gefangen genommen?"

Die Wachen zogen die Köpfe ein.

„Wisst ihr, was er alles für uns getan hat?"

„Ach, schon gut." Alec schob mit gehobenen Augenbrauen das Schwert von seiner Brust weg. „Ich habe mich in den letzten

Jahren so sehr verändert, dass ich mich manchmal kaum selbst erkenne."

Die Wachen stießen ein angespanntes Lachen aus, wurden durch Leäroums strengen Blick jedoch eines Besseren belehrt.

„Du willst der Zeremonie beiwohnen."

Alec zuckte mit den Schultern. „Ich habe euer Volk vor dem Untergang bewahrt, natürlich kann ich die Ernennung eines neuen Líos und einer neuen Dracc da nicht einfach so an mir vorbeiziehen lassen. Solange es nicht gegen eure Vorschriften verstößt, wenn ein Außenstehender –."

„Das tut es nicht", unterbrach Leäroum ihn, „nicht bei dem Verdammten Auserwählten™. Wir würden uns sehr freuen, wenn Ihr uns diese Ehre erweist."

Alec nickte zufrieden. „Gut. Es wäre echt blöd gewesen, hätte ich den ganzen Weg ohne Grund zurückgelegt." Er klopfte dem Berater der Dracc auf die Schulter. „Es wäre doch kein Problem, wenn ich noch ein paar Freunde mitbringen würde, oder?"

Leäroums Gesicht blieb weiterhin hart wie Stein, aber als der Aoyllon den Mund öffnete, schlug Alec der Geruch von verfaultem Fisch entgegen. Xens Behauptung stimmte. Der Berater hatte Mundgeruch, wenn er etwas ausheckte.

„Ich denke nicht, dass wir irgendwelche Zivilisten hier erlaubt sind."

„Oh, das sind sie nicht", erwiderte Alec rasch, „keine Zivilisten. Sie haben mir geholfen, das *Dryadarium* zu beschützen und eure Anerkennung damit ebenso verdient wie ich."

Was keine direkte Lüge war.

Leäroum überlegte nicht lange. „Das habe nicht ich zu entscheiden, sondern die gegenwärtigen und zukünftigen Herrscher unseres Volkes. Wenn Sie uns bitte folgen würden."

Die Wachen traten zur Seite und formierten sich hinter ihnen, als Leäroum Alec durch das Lager führte. Sie hielten nicht vor einem der großen Zelte, sondern auf einem sandigen Platz etwas abseits, auf dem eine einzige, baufällige Hütte stand. Sie war so gedrungen, dass sie Alec vorher nicht aufgefallen war, und stammte definitiv nicht aus den Händen der stets eleganten Aoyllonen.

Es dauerte nicht lange, bis alle Draccs und Líos eingetroffen waren und abgestimmt werden konnte. Xen war natürlich dafür, die Außenseiter an der Zeremonie beiwohnen zu lassen, genauso Sym, denn der zukünftige Líos unterstütze seine Dracc auch weiterhin, ohne Fragen zu stellen. Der gegenwärtige Líos war wegen der Tradition dagegen, jeglichen Nicht-Aoyllonen ihr Geheimnis zu zeigen. Die gegenwärtige Dracc hatte nichts gegen Alec, der ihnen einen großen Dienst erwiesen hatte, wollte jedoch niemandem Unbekanntes ins Lager lassen.

Ein Gleichstand. Denn natürlich konnte nie etwas nach Plan verlaufen.

Leäroum entschied sich, alles noch komplizierter zu gestalten. „Das Orakel!", rief der Berater aus. „Wir haben das allwissende Orakel nicht zu seiner Meinung befragt."

Xen warf ihm einen finsteren Blick zu. „Das geht das Orakel gar nichts an. Das ist eine Sache der Anführer. Zu denen du nicht gehörst."

Die Líos murmelten zustimmend, doch wenn Leäroum sich etwas in den Kopf gesetzt hatte, wurde das auch durchgezogen.

„Natürlich ist das Orakel viel zu beschäftigt für unsere unwichtigen Fragen", setzte der Berater hinzu, „aber der Diener – die Zunge, die Augen und die Ohren des Orakels – hört dessen Stimme schon so lange in seinem Kopf, dass er an Stelle des Orakels antworten kann."

Knarzend öffnete sich die Tür der Holzhütte und ein Wesen trat heraus, das nur entfernt an einen Aoyllon erinnerte. Der Diener hatte zwar die richtige Statur, die seidenen Haare und die spitzen Ohren, aber er wirkte fremdartig. Seine Haut war so weiß, dass die blauen Adern zu sehen waren, die Haare durchscheinend und die

Augen von mattem Rosa. Augen, die Alec niemals losließen. Der Diener blinzelte nicht einmal.

„Ihr habt nicht gerufen, ich bin gekommen", hauchte er, „nur wenige Sekunden, bevor ihr an meine Tür geklopft hättet, um mich wegen des Jungen zu befragen."

„Echt jetzt?" Xen rollte unbeeindruckt mit den Augen.

„Mein Meister mag den Jungen." Die Stimme des Dieners war ein schneidender Lufthauch, der zur dunklen Zeit durch frostbedeckte Äste fuhr. „Mein Meister möchte, dass der Junge und seine Freunde bleiben."

So schnell wie er gekommen war, verschwand der Diener wieder in seiner Hütte. Den Blick löste er erst von Alec, als die Tür hinter ihm zugefallen war.

Der atmete erleichtert auf. Ihm war nicht aufgefallen, dass er die Luft angehalten hatte.

„Da hast du's", sagte Sym zu Leäroum, ein triumphierendes Grinsen auf den Lippen, „das Orakel ist auf unserer Seite."

Xen streckte dem Berater die Zunge raus.

„Wir sollten zu den Vorbereitungen zurückkehren", erinnerte die gegenwärtige Dracc sie. „Mr Blackwood, Sie können gerne Ihre Freunde zu uns bringen."

Alec grinste den Aoyllon entschuldigend an. „Die werden wohl noch ne Weile brauchen. Wurden auf ihrem Weg aufgehalten."

Leäroum wechselte einen vielsagenden Blick mit den derzeitigen Herrschern. Aber der Berater selbst hatte das Orakel nach seiner Meinung gefragt und niemand konnte sich gegen eine Weissagung des Orakels stellen.

„Ich werde mal sehen, wie ich bei den Vorbereitungen helfen kann", sagte Alec und verabschiedete sich mit einer kurzen Verbeugung.

Natürlich sorgten die Aoyllonen dafür, dass er die Finger von den wichtigsten Bestandteilen ihres Rituals ließ. Obwohl es Alec nicht verboten worden war, stellte stets ein Aoyllon eine neue Aufgabe bereit, wenn er sich einem der zukünftigen Herrscher nähern wollte. Unterhaltungen verliefen einseitig, da sich seine Gesprächspartner nur dafür interessierten, wo denn seine Freunde blieben und Alec ihnen darauf keine wirkliche Antwort geben konnte. Sonne und Mond kamen sich stetig näher, überlappten sich beinahe, doch von Rico war nichts zu sehen.

Schließlich riss dröhnender Trommelwirbel und das Anstimmen einer der zauberhaften Melodien Alec aus seinen trübsinnigen Verschwörungstheorien. Die Aoyllonen hatten innerhalb kürzester Zeit eine hölzerne Treppe um jeden der Reißzähne gebaut, genauso wie eine schmale Plattform, die über den Teich wachte.

Alle Anwesenden hatten sich in einem Halbkreis um die Felsen versammelt. Nur die gegenwärtige und die zukünftige Dracc stiegen die Treppe um den linken Reißzahn hinauf, während der gegenwärtige und der zukünftige Líos es ihnen parallel auf dem rechten Felsen gleichtaten.

„Líosaoyllonen, Draccaoyllonen, werte Freunde." Leäroums Stimme hallte durch das ganze Tal.

Der Berater der Dracc stand gemeinsam mit einem hochgewachsenen Líosaoyllon auf einem kleinen Podest, von dem aus er Alec ständig mit zusammengekniffenem Mund im Blick behalten konnte.

„Ihr wurdet alle hier versammelt – Diener, Wachen, Sänger und Helden, Abgesandte aus allen Bereichen des Lebens – um der Erneuerung unserer Welt beizuwohnen", fuhr der Líosaoyllon fort, übergab das Wort wieder an Leäroum.

„Unser Volk mag klein sein, aber wir tragen eine große Verantwortung. Seit Anbeginn der Welt, seitdem der Fluss des Lebens und des Todes alles und jeden durchströmt, wurde uns die Verantwortung über Sonne und Mond von den Göttern selbst übertragen."

Der Líosaoyllon trat wieder nach vorne. „Heute werden wir einen Untergang und einen Aufgang feiern, das Gleichgewicht zwischen Dasein und Fernsein ein weiteres Mal erneuern. Heute werden ein neuer Líos und eine neue Dracc ihren Platz als Beschützer allen Lebens einnehmen."

Es gab keinen Applaus, stattdessen senkten die Aoyllonen die Köpfe und fielen auf die Knie. Alec wollte das Gleiche tun, aber Leäroum sah ihn kopfschüttelnd an.

„Ich bin Symgraddil Öerlean."

Obwohl Sym so weit entfernt stand, wurde die Stimme des Aoyllon bis zu ihnen hinunter getragen, jedes Wort genauestens gewählt. Es gab keinen Zweifel daran, dass Sym das hier durchziehen würde.

„Wenn dieses Ritual vorbei ist, werde ich euer Líos sein. Beschützer der Sonne, Hüter des Daseins und des Lichtes."

Egal wie sehr er sich auch anstrengte, Alec konnte Syms Worten nicht folgen. Alles, woran er denken konnte, war wie sich Sonne und Mond fast vollständig überdeckten und dass weder Rico noch Hēro oder Ruby bisher aufgetaucht waren. Wenn Rico doch einen Rückzieher einlegte, würde Xen ihnen das niemals verzeihen und die gesamte Zeremonie würde in einem Desaster enden.

„Egal, was geschieht, egal wie sehr sich die Welt auch verändert – ich werde für euch da sein, als euer neuer Líos."

Als Sym die Rede beendet hatte, schlugen sich die Aoyllonen in einer Einheit die rechte Faust vor die Brust, ein dumpfes Geräusch wie Donnerschlag. Der Himmel verdunkelte sich, als der Mond sich ein gutes Stück über die Sonne schob.

Dann, endlich, Schritte, angestrengtes Keuchen und Rico preschte zwischen den Zelten hervor, die Flügel weit ausgebreitet, gefolgt von Ruby und Hēro.

Leäroums steinerne Maske brach und tiefe Furcht breitete sich auf dem Gesicht des Beraters aus. Aber Leäroum hatte keine Macht mehr, konnte keine Befehle brüllen und Rico abführen lassen, denn nun stand Xen auf der Plattform und niemand würde es wagen, die Rede der zukünftigen Dracc zu unterbrechen.

Xens gewagte Rede rechtfertigt jeden Sprung ins kalte Wasser (selbst, wenn er dich umbringt)

„Ihr wisst, wer ich bin“, sagte Xen.

Der zukünftigen Dracc fehlte Syms Zuversicht, aber dafür besaß Xen einen anderen, mindestens ebenso starken Unterstützer. Verzweiflung.

„Ihr wisst von meiner so genannten *Entführung* und dem ganzen *Skandal*, der auf keinen Fall an die Öffentlichkeit dringen darf. Das hat euch jedenfalls mein alter Berater gesagt, Leäroum. Oh, ganz nebenbei – Sollte das hier funktionieren, bist du gefeuert, Leäroum.“

„Xenërae!“, brüllte der Berater, jeglicher Anschein von Fassung hatte sich mit seiner Würde auf und davon geschlichen. „Das solltest du noch mal überdenken, Xenërae.“

Aber Xen dachte nicht daran. „Es ist schön, endlich mal so offen mit euch reden zu können, ohne dass mich jemand zum Schweigen bringt. Denn das war kein Skandal, jedenfalls nicht für mich. Ich bereue nichts!“ Xen lachte. „Denn ich – denn ich will mich nicht entscheiden müssen.“

„Bringt diesen Volltrottel zum Schweigen!“, kreischte Leäroum. „Irgendjemand, hole Xenërae da runter!“

Keine Macht der Welt konnte Xen jetzt noch abhalten. Nicht einmal ein Rico, der ihn mit weit geöffneten Augen und Mund anstarrte, wie eine schlecht gezeichnete Comic-Figur.

„Das Orakel kann in die Zukunft sehen. Das Orakel wusste, dass Sym und ich uns nicht lieben, nicht so, wie ich Rico liebe. Das

Orakel hat mich trotzdem als die nächste Dracc ausgewählt. Was sagt uns das wohl? Ich habe mir drei Möglichkeiten überlegt."

Die Aoyllonen wechselten gehetzte Blicke, formten lautlose Worte, denn es wäre ein Vergehen, die zukünftige Dracc zu unterbrechen.

„Hey, Konzentration!", rief Xen.

Die Verzweiflung war verschwunden und hatte der Entschlossenheit eines Geschöpfes, das wusste, dass es nichts zu verlieren hatte, platz gemacht.

„Das ist wichtig, Leute. Möglichkeit eins: Das Orakel hat einen Fehler begangen. Bevor hier gleich die Apokalypse losbricht, sollte ich erwähnen, dass ich das für sehr unwahrscheinlich halte. Möglichkeit zwei: Das Orakel wusste genau, dass das hier passieren würde, und fand es irgendwie … lustig mir beim Leiden zuzusehen. Natürlich würde das bedeuten, dass das Orakel ein sadistisches kleines Arschloch ist, und ich glaube nicht, dass diese Idee euch sonderlich gut gefällt."

„Das ist – das ist Verrat!", kreischte Leäroum. „Ich habe es schon immer gewusst, schon immer!"

„*Ugh*." Auch über diese Entfernung hinweg war das Augenrollen in Xens Stimme deutlich zu vernehmen. „Jetzt halt doch mal endlich die Klappe. Möglichkeit drei: Das Orakel hat mich auserwählt, *weil* es wusste, dass ich mich in Rico verlieben würde – nein, weil es *wollte*, dass ich mich in Rico verliebe, weil es genauso sehr eine Veränderung braucht wie ich. Und das – wage es ja nicht, mich jetzt zu unterbrechen, Leä – erscheint mir noch am logischsten."

Leäroum öffnete den Mund, aber unter den vorwurfsvollen Blick der Aoyllonen schrumpfte der Berater in sich zusammen. Leäroum hatte eine der wichtigsten Regeln der Zeremonie gebrochen und war der Dracc ins Wort gefallen.

„Also hier ist mein Vorschlag", fuhr Xen fort. „Wir schaffen diesen Blödsinn von wegen Líos und Dracc müssen für den Rest ihres Lebens zusammensein ab. Ja, wir halten die Welt seit Ewigkeiten im Gleichgewicht, aber die Welt hat sich verändert. Vielleicht ist es an der Zeit, dass wir uns mit ihr wandeln. Wir können nicht mehr leben wie vor tausenden von Jahren. Seht euch die Menschen an."

Die Blicke der Aoyllonen richteten sich auf Alec und Ruby, als wären sie Ausstellungsstücke in einem Museum.

„Zu Zeiten der ersten Aoyllonen waren sie kaum mehr als etwas intelligentere Affen, jetzt haben sie uns für Jahrzehnte von der Erdoberfläche verbannt, zwei Kriege mit uns geführt und sich danach wieder perfekt in die magische Welt eingegliedert. Sie haben sich ständig verändert und wir sind immer gleichgeblieben. Einst waren es die Menschen, die nicht in diese Welt gepasst haben. Bald werden vielleicht wir es sein."

Die Aoyllonen sahen so aus, als würden sie jeden Moment in Ohnmacht fallen, und selbst Hērо und Dryas tauschten einen besorgten Blick. Nur Rico zuckte aufgeregt mit den Flügeln, als würde er gleich in Applaus ausbrechen.

„Aber wie Sym – mit dem zukünftigen Líos bin ich übrigens immer noch seelenverwandt – bereits gesagt hat", Xen lächelte auf die Aoyllonen hinunter, „egal, was auch geschieht, egal wie sehr wir oder die Welt sich auch verändern – ich werde für euch da sein. Als eure neue Dracc. Darum lasst mich euch etwas vorschlagen. Wenn meine Theorie stimmt, dann wird das Orakel mir die Kräfte der Dracc übertragen und ich werde euch helfen, mit der Zeit zu gehen. Wenn dem nicht so ist, wird gar nichts passieren, das Orakel wird einen würdigeren Nachfolger auserwählen und ihr könnt alles vergessen, was ich euch gesagt habe."

Die Stille, die darauf folgte, war mindestens genauso gewaltsam wie diese Worte selbst.

„Warum – warum sollte die Dracc so etwas tun?", flüsterte einer der Aoyllonen. Wie ein verletztes Entenküken sah er aus. „Dabei könnte Xenërae alles verlieren."

Ein zweiter Aoyllon stupste seinen Freund mit dem Ellenbogen an. „Na weil unsere zukünftige Dracc verliebt ist, du Idiot."

Und weil es eine Chance gab, eine winzige Chance, dass dieser Plan funktionieren könnte.

„Ich stimme meinem Schüler zu." Das war die gegenwärtige Dracc, nur ein schwarzer Punkt auf dem gewaltigen Felsen, doch entschlossen genug, um Berge erzittern zu lassen. „Ich werde heute Nacht sterben und das werde ich nur für den richtigen Nachfolger tun. Die zukünftige Dracc hat gezeigt, was sie bereit ist, für unser Volk zu tun – für alle Völker."

Leäroum schrie auf, aber als Berater hatte der Aoyllon in dieser Angelegenheit entsprechend wenig zu sagen und er war zu weit von der gegenwärtigen Dracc entfernt, um deren Entscheidung beeinflussen zu können. Die Wünsche von Sterbenden wurden respektiert und so schlugen die restlichen Aoyllonen die zweite Faust vor die Brust, wenn auch eher zögerlich.

Der Wind frischte auf, jagte durch die Reißzähne hindurch, bis die Felsen brummten. Tief und voller Schwere sangen sie ihr Lied von Leben und Tod. Jeden Grashalm, den die Brise streifte, jede Welle im Teich, die er aufschlug, selbst der herumgewirbelte Staub in der Luft, begann zu leuchten. Eine unnatürliche Ruhe senkte sich über das Tal, füllte die Anwesenden mit einem Gefühl der Gelassenheit und dem Vertrauen, dass sich alles zum Guten wenden würde. Allein Alec war davon nicht betroffen, sah sich verwirrt zwischen seinen Freunden um. Der Diener trat nach vorne und als der Wind ihn umschloss, begann auch seine weiße Haut gespenstisch zu leuchten.

„Sonne und Mond, Dasein und Fernsein – Líos und Dracc. Erhebt sich das Eine, neu und strahlend, muss das Andere, alt und vergangen, dem Untergang entgegensehen", flüsterte der Wind. „Das ist meine Aufgabe. Ich halte das Gleichgewicht. Ich bin die Sense, die dem Vergehenden den Schlaf unter der kühlen Erde bringt, und ich bin die Wiege, in der das Aufsteigende heranwachsen kann. Ich bin das Orakel und ich begleite den Aufstieg und den Fall von allem."

Alec drehte sich zu Ruby, um mit ihr über die ominösen Worte des Orakels zu lästern, aber selbst sie starrte wie verzaubert auf die zwei Felsen. Das leuchtende Wasser im Teich brodelte, verwandelte sich in einen tiefen Strudel, der gurgelte und blubberte, sprudelnd und glucksend nach seinen Opfern rief.

„Ich gebe mein Leben." Der gegenwärtige Líos und die gegenwärtige Dracc sprachen die Worte gemeinsam, ohne Angst oder Hass. „Ich gebe mein Leben, damit das Neue auferstehen kann, sowie einst Leben gegeben wurde, um meinen Aufstieg zu sichern."

Der Líos und die Dracc sprangen. Selbst der Tod sah bei den Aoyllonen elegant aus. Sie fielen nicht, nein, sie schwebten durch die Luft, ohne das perfekte Gesicht zu verziehen. Dann verschluckte das Wasser sie.

Es war nur ein Teich. Ein Teich sollte nicht tief genug sein, um Körper verschwinden zu lassen, und doch geschah es. Der Strudel plätscherte vor sich hin, schrumpfte zusammen, bis die glatte Oberfläche die Sonnenfinsternis wieder spiegelte. Das Leuchten des Wassers hatte zugenommen, knisterte vor Magie.

Sym und Xen waren die Nächsten, die sprangen.

Alec wollte nach vorne stürzen, doch zwei Wachen versperrten ihm den Weg. Nicht einmal Rico zeigte eine andere Reaktion, als ein aufgeregtes Flügelzucken. Eine unsichtbare Macht hielt ihn, sie alle, zurück, drückte ihnen einen Knebel in den Mund und band ihre Hände mit verborgenen Ketten zusammen.

Das Wasser schäumte auf, bildete fließend und gurgelnd einen weiteren Strudel. Einen Strudel, der sich in die Lüfte erhob und mit langen Armen nach Sym und Xen griff, sie sanft umarmte, vollständig umschloss, bis sie nichts als Schatten im wirbelnden Wasser waren.

Der Strudel senkte sich, wurde zu einem Säuseln. Der Teich färbte sich schwarz. Alles Licht zog sich auf die Mitte zu, leuchtete auf und ebbte ab wie ein schlagendes Herz. Dann erlosch es.

Mit einem markerschütternden Klatschen überflutete eine gewaltige Welle das Ufer, als die Flut sich wieder in den Teich hinunter senkte, Sym und Xen freigab. Die Aoyllonen standen kniehoch im Wasser, aber sie waren trocken geblieben. Ihre Augen strahlten mit demselben Licht, das eben noch den Teich gefüllt hatte.

Die Aoyllonen drückten die Hörner auf den Boden, selbst Leäroum. Es hatte funktioniert, das Orakel hatte sie anerkannt und der Zauber war gebrochen. Xenërae war nun die neue Dracc.

Ruby zupfte an Alecs Ärmel. Ihr Gesicht war kreideweiß. „Haben sich die gegenwärtigen – vorherigen Líos und Dracc gerade von den Felsen da gestürzt?“

Alec zuckte mit den Schultern.

„Ich glaub, ich muss mal –. *Oh scheiße!*“ Sie verschwand zwischen den Zelten.

Das Orakel baut Scheiße und schiebt alles auf Alec

Das Orakel war der Meinung, es wäre das weiseste Wesen aller Welten, ja, fast so weise wie der weite Fluss selbst. Wie es auf diese Idee kam? Nun, es war das weiseste Wesen aller Welten und musste es schließlich wissen. Gerade erst hatte es wieder seine Weisheit demonstriert.

Der neue Líos und die neue Dracc würden die Welt verändern, hatten damit angefangen, ohne sich dessen bewusst zu sein. Das Orakel sah alles vor sich, jede mögliche Zukunft. Es wusste, welche Fäden es zu ziehen hatte.

Wenn nichts unvorhersehbar war, dann wurde das Leben schnell langweilig, besonders in der abgeschiedenen Ápha, allein mit den Hohen, die sich nicht im Geringsten so sehr für das Orakel interessierten, wie es sich für sie. Darum vertrieb das Orakel sich gerne die Zeit damit, die Zukunft vereinzelter Wesen so zu verändern, dass die Welt etwas spannender wurde. Das neuste Opfer war Alec Blackwood.

Das Orakel hatte seinen Lebensweg verfolgt, noch bevor seine Mutter überhaupt existiert hatte. Es hatte gesehen, wie sehr die Welt diesen Helden geliebt hatte, um ihn dann wieder zu vergessen. Alec Blackwood, ein Held, der seine Bestimmung nicht vom Orakel selbst erhalten hatte. Das hatte es damals überaus verärgert. Eine Hälfte aller halbwegs interessanten Zukünfte waren in dem Moment verschwunden, in dem Mr Morgen den Jungen entdeckt und ihm seine eigene Vorsehung auferlegt hatte.

Aber jetzt war Mr Morgen tot und Alec Blackwood zu einer netten Gute-Nacht-Geschichte verkommen. Eine letzte Chance für das Orakel, all diese verschwendeten Möglichkeiten wiedergutzumachen. Da gab es noch ein übrig gebliebenes Ass, ein klitzekleines Geheimnis, das Alec nicht kannte.

Die Feierlichkeiten waren bereits voll im Gange, als das Orakel seinen Diener zu sich rief. Der Diener hatte sich allen irdischen Genüssen losgesagt, weshalb ihn niemand vermissen würde, und aus Respekt vor dem Orakel war die Feier von den Reißzähnen an die stattliche Tafel zwischen den Zelten verlegt worden. Sie waren ungestört.

Es wurden keine Worte gewechselt, denn Diener und Orakel waren schon vor langer Zeit eins geworden und beide wussten, dass er sein Opfer alleine erwischen musste. Der weiße Aoyllo verbeugte sich und huschte auf die Zelte zu, suchte mit matten Augen nach seiner Beute.

Alec Blackwood war nicht schwer zu finden, obwohl er sein Bestes tat möglichst unsichtbar zu erscheinen. Eigentlich verschwand er stets, bevor die Partys anfingen, so wie es bei jedem Helden mit Anstand der Fall war, aber dieses Mal hatten seine Freunde ihn gezwungen zu bleiben. Also stand er in einer Ecke und passte auf eine schlafende Hēro auf, ein Fremdkörper zwischen den lachenden und tanzenden Aoyllonen.

Es war ein leichtes für den Diener ihn davon zu überzeugen, die Feier zu verlassen und niemandem zu verraten, wohin er verschwand. Seinem Opfer war jede Möglichkeit zur Flucht recht. Der Diener musste nur etwas von „Mein Meister möchte dich sehen" und „Er hat dir etwas Wichtiges zu sagen" zischen und er hatte Alec an der Angel.

„Aber bitte keine nervigen Prophezeiungen oder so", war sein einziger Einwand, „davon habe ich für den Rest meines Lebens genug."

Hätte das Orakel Fingerspitzen, würden diese jetzt vor freudiger Erregung kribbeln. Es hatte tausende Augen in der Zukunft, doch momentan waren alle von ihnen auf diesen einen, verheißungsvollen Strang gerichtet. Es wusste, was es zu erledigen hatte.

„Ich habe dich rufen lassen, weil ich weiß, dass du eine Frage an mich hast, Charles Smith", flüsterte der Wind.

Alec zuckte überrascht zusammen, sah sich hilflos nach dem Diener um, doch der war genauso schnell wieder verschwunden, wie er aufgetaucht war.

Unser Held war vielleicht dumm, aber nicht dumm genug um nicht zu wissen, dass es klüger wäre, zurück auf die Feier zu gehen. Nur leider stellte Verzweiflung die verrücktesten Dinge mit einem rationalen Gehirn an.

„Ja", sagte Alec. „Ja, ich habe eine Frage. Ich will Lilian helfen und um das zu tun, muss ich leben, wieder richtig was fühlen. Wie kriege ich das hin?"

Das Orakel war enttäuscht darüber, welche Frage von all den Fragen, die er hatte stellen können, Alec Blackwood sich ausgesucht hatte, aber es war gut genug, um ihn auf den richtigen Pfad zu lenken. Es war an der Zeit, eine alte Schuld zu begleichen.

Also sagte das Orakel Alec Blackwood, was er zu tun hatte und Alec Blackwood hörte genau zu. Das Schicksal hatte seinen Lauf genommen und in der ungewöhnlichen Aufregung, die das Orakel durchströmte, erkannte es nicht, dass es bereits einen Fehler begangen hatte.

Hēro schlief nicht. Das hatte der Diener nicht ahnen können, denn über die Jahre hatte der Greif die Kunst des falschen Nickerchens perfektioniert. Wenn sie keine Lust mehr hatte, sich mit Ricos Scheiß zu beschäftigen, tat sie einfach so, als würde sie schlafen und wurde daraufhin in Ruhe gelassen. Hēro war ein Greif und ein Tier-Sidekick noch dazu. Es wurde nicht viel von ihr erwartet.

Deshalb hatte sie alles von der Unterhaltung zwischen Alec und dem Diener mitbekommen. Da sie im Gegensatz zu ihren aufrecht gehenden Freunden eine Nase für Idioten hatte, ahnte sie sofort, dass dieses Abenteuer kein gutes Ende nehmen würde.

Aber Hēro war nun mal nur ein gelangweilter Greif mit schmerzenden Krallen und sie hatte keine Lust, die Welt heute erneut aus den Angeln zu reißen. Nein, diese Aufgabe schob sie nur zu gerne ab. Rico und Xen waren zu sehr damit beschäftigt, einander festzuhalten und Zukunftspläne zu schmieden, um auf ihre Umgebung zu achten.

Also schlenderte Hēro zu Ruby hinüber, die in eine momentan noch gemäßigte Auseinandersetzung mit Sym verwickelt war, ob der Tod der alten Líos und Dracc denn wirklich hätte sein müssen.

„Das kannst du doch nicht als Mord bezeichnen!" Sym war bereit, die Kultur der Aoyllonen grimmig zu verteidigen. „Das war ein wichtiges und hochheiliges Opfer, ohne das die Welt zugrunde gegangen wäre."

Hēro krächzte, um auf sich aufmerksam zu machen, obwohl die Diskussion dabei war, eine wirklich interessante Richtung einzuschlagen.

„Ah, Hēro. Bist du müde?"

Beiläufig strich Ruby dem Greifen über den Kopf, ganz froh, nicht mehr mir dem Líos alleine zu sein. Dabei hätten Sym und sie gute Freunde werden können, wären da nicht ihre unterschiedlichen politischen Ansichten.

Hēro stieß ein weiteres vorwurfsvolles Krächzen aus und drehte sich zu der Stelle, an der eben noch Alec gestanden hatte. Ruby hatte genug erlebt, um zu verstehen, dass das nichts Gutes zu bedeuten hatte.

„Du willst mir doch nicht etwa sagen, dass er verschwunden ist?"

Als Hēro entschuldigend den Kopf schief legte, stöhnte Ruby gequält auf.

„Natürlich ist er das. Weißt du zumindest, wohin er abgehauen ist?"

Hēro streckte ihre Flügel und trottete los. Sie hatten keine Zeit zu verlieren.

„Tja, dann werden wir diese Unterhaltung wohl später fortsetzen müssen", entschuldigte Ruby sich bei Sym.

Alec war nicht die Art Kerl, die einfach so hinter einem Felsen verschwand, weil er mal musste. Wenn er abwesend war, dann bahnte sich bereits das nächste Abenteuer an. Ruby war klug genug, sich zumindest seelisch darauf vorzubereiten, als Hēro sie zur Hütte des Dieners führte.

„Ist er da drinnen?", fragte sie, aber der Greif zuckte nur mit den Flügeln.

Die Aufgabe war abgeschoben und jetzt wollte sie sich wieder um ihren eigenen Scheiß kümmern.

„Na gut", seufzte Ruby, wohl wissend, dass ihr gar keine andere Wahl blieb, als zu klopfen. „Na gut."

Weil sie Ruby war und sie sich beeilen musste, hörte sie gar nicht mehr auf gegen die morsche Tür zu hämmern.

Der Diener hielt ganze fünf Minuten durch, bevor er die Tür mit einem wütenden Zischen aufriss. „Was willst du, du verrücktes Kind?"

Ruby zwang sich zu einem Lächeln. „Wo ist Alec abgeblieben?"

Der Diener starrte an ihr vorbei, denn dieses Mädchen hatte keine Bedeutung im Plan seines Meisters und war damit auch für ihn so gut wie nicht vorhanden.

„Du musst es mir gar nicht verraten", bettelte Ruby, „aber es wäre nett, wenn du zumindest *irgendwas* sagen würdest. Mit Rätseln kenn ich mich aus."

Ein nerviger Käfer, viel mehr war sie für den Diener nicht. Also beging er den größten Fehler seines Lebens und sagte es ihr einfach. „Unten, beim Meer."

Er knallte die Tür hinter sich zu, dass die ganze Hütte erzitterte.

Ein dicker Knoten zog an Rubys Brust. Sie hatte Stunden gemeinsam mit Rico und Hēro in dieser Einöde ausgeharrt und auf Sonnenuntergang gewartet, um durch den Felsspalt zu treten. Würden sie sich in der Nähe eines Meeres befinden, wäre ihr das wohl aufgefallen. Nein, da war etwas ganz und gar nicht in Ordnung.

Von einer unbegreiflichen Angst getrieben, rannte Ruby los, durch den Spalt und über die Berge, bis ihr das Rauschen der Wellen in den Ohren dröhnte. Als wollte das Wetter sich der Stimmung anpassen, frischte der Wind auf, fügte sein schrilles Heulen zu dieser Schreckensmelodie hinzu. Eine schemenhafte Gestalt stand am Rand der felsigen Klippe, schwärzer als die Nacht, die sie umschloss.

„Alec!" Ruby presste den letzten Atemzug aus ihrer Lunge, um nach ihm zu rufen, kam keuchend und stolpernd zum Stehen.

Er drehte sich nicht um. Er wollte ihr verzweifeltes Gesicht nicht sehen, denn all seine Selbstkontrolle, all seine Entschlossenheit, könnte bei diesem Anblick zerbröckeln.

„Alec, was tust du da?" Eigentlich wollte sie das gar nicht wissen.

Da standen sie also, Alec so nah am Abgrund, dass seine Zehenspitzen ins Nichts ragten, Ruby in einiger Entfernung, festgefroren, aus Angst, was geschehen würde, wenn sie einen Schritt zu weit ging.

„Ich beende es." Alecs Stimme wurde durchgeschüttelt vom Wind und von den Wellen und von all dem Hass und der Furcht, die er so lange zurückgehalten hatte. „Es ist vorbei. Das war es schon vor Jahren, aber ich habe den richtigen Moment verpasst. Irgendwas ist schiefgegangen und das muss ich jetzt korrigieren. Vielleicht – vielleicht richtet sich dann alles wieder."

Ruby war verstört, wie wenig es sie überraschte, dass dies tatsächlich geschah. Hätte sie die Zeichen richtig gedeutet … aber dafür war es nun zu spät.

Ein großer Wald hatte ihr Internat umgeben und jedes Jahr hatten die Lehrer sie belehrt, was sie tun sollten, wenn sie während eines Spazierganges auf einen Wolf trafen.

„So viel Lärm machen wie möglich", hatten sie gesagt, „der Wolf hat mehr Angst vor euch als ihr vor ihm. Er weiß nicht, dass er die schärferen Zähne hat."

Jetzt hatte Ruby ihren verängstigten Wolf, aber sie wollte nicht wissen, wohin er fliehen würde, wenn sie ihn verschreckte.

„Hey!", brüllte sie. „Das ist kompletter Bullshit. Da ist überhaupt nichts schiefgegangen. Wie kann etwas daran falsch sein, dass du am Leben bist? Darüber kann niemand entscheiden und du besonders nicht. Deine Selbsteinschätzung ist nämlich einfach nur grottig."

Die Worte waren wie ein Schlag in die Magengrube, brachten Alec zum Wanken, bis er fast über die Klippe fiel.

„Es ist jedenfalls nichts Richtiges daran. Das war es – das war es vielleicht nicht einmal *damals*." Er rang mit der Wahrheit, die er solange in seinem Innersten versteckt hatte. „Als ich ein Held war, da dachte ich, ich würde etwas bedeuten, dass es mein Sinn wäre, die Welt zu retten. Aber du kannst die Welt nicht retten. Bei König Lugh, ich habe es versucht. Ich habe alles gegeben – *alles*. Aber Nisesh ist tot – ich habe ihm den Kopf abgeschlagen und die Welt ist immer noch genauso grausam wie zuvor und der höchste Preis wurde dafür bezahlt. Und wenn ich es damals nicht geschafft habe, wie sollte ich es als niemand können? Ich kann nichts verändern, niemand kann das." Alec ballte die Hände zu Fäusten. „Die Welt ist ein kranker Kreislauf, aus dem niemand ausbrechen kann. Das Schlimmste, was geschehen kann – es kommt immer und immer wieder. Was für einen Sinn macht es zu bleiben?"

Rubys Kopf war leer, alle klugen Argumente, die sie sich hätte zurechtlegen können, waren verschwunden.

„Bitte nicht", flüsterte sie, „bitte tu's einfach nicht." Und dann, etwas lauter: „Wenn du wirklich so denkst– wenn das wirklich die

Wahrheit ist, weshalb hast du dann niemandem erzählt, dass der Blutschwur bei dir nicht funktioniert hat? Weshalb hast du Rico trotzdem geholfen?"

Alec starrte mit tränenden Augen auf das Meer hinunter, auf die Wellen, die mit der Kraft der Götter gegen die Klippen krachten.

„Ich weiß nicht. Ich – ich –." Es ergab keinen Sinn. „Wir mussten wegkommen von den Putzkräften und wenn ich was gesagt hätte – das hätte dem Vorhaben geschadet."

„Und danach?", brüllte Ruby über das Tosen des Wassers hinweg. „Warum bist du danach nicht einfach abgehauen?"

„Warum lässt du mich nicht einfach in Ruhe?" Alec ballte die zitternden Hände zu Fäusten. „Das ist meine Sache."

„Weil du weißt warum", Ruby biss so fest auf die Innenseite ihrer Wange, dass sie blutete, „und wenn du es nicht sagen willst, dann werde ich das tun." Sie holte tief Luft, versuchte die Angst aus ihrer Stimme zu verdrängen. „Weil du nicht wolltest, dass ich das alleine durchmachen muss. Weil du zu nobel bist, um mich mit Hēro und Rico allein zurückzulassen. Du willst es dir bloß nicht eingestehen. Ohne dich wäre ich wahrscheinlich *tot*, und Hēro und Rico und Dryas auch."

Alec schnaubte. „Ohne mich wäre dir nichts davon passiert."

„Ohne dich hätte ich genauso viel Scheiße angestellt und das weißt du. Es hätte nur niemanden gegeben, der hinter mir aufräumt."

„Lilian Sparks."

Es war ein Name, der Berge verschieben konnte. Ständig geisterte sie in seinem Kopf herum, doch so nah am Meer, bei den Wellen, die ihren Körper verschlungen hatten, kam es Alec so vor, als würde sie direkt neben ihm stehen.

„Ich konnte ihr nicht helfen, weil sie wollte, dass ich lebe. Und das tue ich nicht mehr, schon seit Langem. Per Definition habe ich es nie getan. Kein Magiestandard, kein Leben. Das Orakel hat

Recht. Wenn ich das hier tue, dann kriege ich vielleicht einen letzten Moment, bevor alles vorbei ist." Er breitete die Arme aus, schwankte auf der schmalen Linie zwischen Leben und Tod. „Darum hat sie es getan, verstehst du nicht? Weil sie mehr ganz war, wenn sie an den Klippen zerbrach, als sie es weiterhin in dieser verdrehten Welt gewesen wäre."

Aber auch all ihr Schmerz hatte Lilian Sparks nicht durch den Vorhang gebracht und Ruby würde alles tun, damit Alec nicht das Gleiche geschah.

„Ach, scheiß doch auf das Orakel!", rief sie. „Es gibt so viele andere Wege, die du gehen könntest. Wie willst du Lilian retten, wenn du genau denselben Fehler begehst wie sie?"

Alec zitterte wie ein Blatt im Wind. Eine falsche Bewegung und …

Etwas zwickte in Rubys Handfläche. Dryas hatte schon den ganzen Abend in ihrer Tasche verbracht, damit keiner der Aoyllonen erfuhr, dass ein Teil des *Dryadarium* an ihrer Zeremonie teilgenommen hatte, und jetzt spürte die Maus, dass Hilfe nötig war. Immerhin war das *Dryadarium* erschaffen worden, um Frieden zu stiften. Ruby sah in die schwarzen Knopfaugen und sie wagte einen letzten Versuch.

„Du denkst vielleicht, dass dein Leben das alles nicht mehr wert ist, aber weißt du, ich – *wir* sehen das nicht so. Ich kann sehen, dass du noch so viel mehr sein könntest als ein gescheiterter Held."

Sie nahm Dryas in die eine Hand und zog mit der Anderen ihr Notizbuch aus der Tasche. Ihre Finger zitterten, als sie eine Seite daraus herausriss und sie der Papiermaus übergab.

„Ich – bitte erschreck dich nicht. Dryas kommt rüber, um dir was zu geben."

Die kleine Maus hoppelte los, pflügte durch das hohe Gras und blieb neben Alecs Füßen stehen. Obwohl sein ganzer Körper schwankte, gelang es Alec, Dryas aufzuheben, ohne zusammenzubrechen, das gefaltete Blatt Papier mit steifen Fingern aufzuklauben.

Ruby war noch nie gut mit Worten gewesen, also hatte sie sich auf die beste Weise ausgedrückt, die sie kannte. Sie hatte ein Bild gemalt.

Die Szene kam Alec bekannt vor. Das war er im Zug, den Kopf gegen das Fenster gelehnt, mit der schwarzen Mütze und der lächerlichen Sonnenbrille. Aber er war es auch nicht. All die warmen Farben, die im Kontrast zu seinen harten Zügen standen, sie weicher machten und ihn beinahe lebendig aussehen ließen. Wo kamen die nur her?

„Bitte, Alec." Die pure Verzweiflung sprach aus Rubys Stimme. „Bitte tu das nicht. Du kannst das ändern. Du kannst *dich* ändern. Das hast du schon. Denn Magiestandard oder nicht – du bist am Leben. Wir überarbeiten diese blöde Definition, wir reformieren das gesamte *Parlament*, wenn es nötig ist."

Alec sah wieder auf das Bild. Es war wirklich schön. Und dann brach er doch zusammen. Er sah auf Dryas hinunter, die ängstlich zitternden Ohren, zurück zu Ruby, auf das unberechenbare Meer, dessen Wellen in freudiger Erwartung zu ihm hinauf ragten, und die Angst war wieder da. Sie war nie weggewesen.

„Okay", krächzte er. „Scheiß auf das Orakel."

Ruby fiel vor Erleichterung auf die Knie. Salzige Tränen rannen ihre Wangen hinunter.

„Cool", schluchzte sie, „cool. Weißt du was, wenn das alles vorbei ist, bewerbe ich mich sofort an der Uni."

Alec wischte sich über die Nase, aber auch das konnte die Tränen nicht mehr zurückhalten.

„Cool."

Tiefe Schluchzer schüttelten ihn durch.

Die heftige Windböe traf ihn völlig unvorbereitet. Alec taumelte, sah den mörderischen Brechern unter sich entgegen, bevor er rückwärts stolperte. Das war knapp.

Dryas flog an ihm vorbei.

Die Maus war vielleicht Teil des *Dryadarium*, aber sie bestand trotzdem aus Papier und der Wind liebte es, mit zerbrechlichen Dingen zu spielen.

Alec schloss gerade noch rechtzeitig die Finger um Dryas, war schneller als die Böe, die die Papiermaus auf das offene Meer hinaustragen wollte, schneller als die Erde unter seinen Füßen.

„Alec!“

Er hörte Ruby seinen Namen rufen, aber da war die Welt schon verkehrt herum und alles, was bisher geschehen war, zog an seinem inneren Auge vorbei.

Da waren Tante Tiffany und ihr japsender Hund, die Melodie, die seine Mutter so gerne gesummt hatte.

„Haltet euch bei der Hand“, hatte sie zu Xander und ihm gesagt, „haltet euch bei der Hand und lasst niemals los.“ Und Alec hatte losgelassen.

Xander ließ einen Basketball auf seiner Fingerspitze tanzen, lachte über einen schlechten Witz.

Die Erzieher im Waisenhaus. „Nimm das Buch vom Gesicht, Alec. Hast du dich wieder geschlagen?“

Ceciel küsste ihn und Morgen Manor verbrannte und Mr Morgen stieß einen letzten Todesschrei aus. Ein dumpfes Geräusch und Xanders Genick brach. Lilian flüsterte und Ruby lachte.

Dann wurde Alec von den Wellen verschlungen.

Alecs Probleme sind sogar noch größer als Ricos

Unten, auf dem Grund des Meeres, lauerte es und dachte nach. Es harrte schon seit Jahrhunderten hier aus, hielt still, so still, dass es für tot gehalten wurde, so still, dass es vergessen worden war, bedeckt von Algen und Schlamm und toten Fischen. Aber es lebte. Es war wach und es wartete.

Das Meer wurde durchgeschüttelt von all den Erinnerungen an ein vergehendes Leben und mit freudiger Erregung wandte es sich dem Fremdkörper im tintenschwarzen Wasser zu. Ein Geschöpf, was nicht existieren sollte und es doch tat, störte die Ruhe des Grundes. Vorsichtig, nach Jahrhunderten der Unbeweglichkeit, erhob es sich, ließ Schichten von Dreck von sich abfallen.

Es schnitt durch das Wasser, begutachtete das sonderbare Wesen, das es gewagt hatte, in dieses gefährliche Herrschaftsgebiet einzudringen. Der Nervenkitzel erfasste es, nachdem es so lange still gewartet hatte, ohne etwas zu fühlen. Es schlich um das Geschöpf herum, berührte die kühle Hand.

Es roch Verzweiflung und einem Wunsch. Einem verzweifelten, verzweifelten letzten Wunsch, der brannte, wie es Unterwasser schon lange nicht mehr gebrannt hatte. Jemand rief es, ohne den passenden Namen zu kennen.

Dann schoss es nach oben.

Ruby kniete immer noch an der Klippe. Ihr menschlicher Verstand war überfordert mit dem, was geschah, drehte sich im Kreis. Es konnte nicht vorbei sein, einfach so. Sie rutschte näher an den Abgrund, suchte nach einem Wunder zwischen den Wellen.

Das Meer schäumte auf, als Naturgewalt gegen Naturgewalt antrat, spritzte weiße Gischt bis hoch in den Himmel hinauf, brüllte und heulte Angesicht dieser Übermacht. Ein Schwert schnitt durch die Luft, wie es auch das Wasser bezwungen hatte, glänzte im Mondlicht. Eine schlaffe Gestalt war am Knauf festgemacht.

Bevor Ruby seinen Namen rufen konnte, gab es einen dumpfen Aufprall und Alec lag da, Arme und Beine von sich gestreckt. Und er atmete nicht. Warum atmete er nicht? Sie schlug auf seine Brust ein, versuchte, ihn zu beatmen, bis er Wasser spuckte, hellrotes Wasser.

„Alec!“ Aber kaum hatte er die Augen geöffnet, fielen sie Alec wieder zu. „Hey, bleib bei mir!“

Ruby griff unter seinen Kopf, um ihn zu stützen, und hätte ihn fast auf den Boden fallen lassen. Ihre Hände waren glitschig vom Blut.

Sie schrie um Hilfe, konnte sich nicht bewegen, nicht atmen, nur schreien. Und sie wurde erhört.

Wie, darüber dachte sie nicht nach, als Alec auf eine Trage gelegt und auf die *Chwilio* verfrachtet wurde. Die Sanitäter schrien einander an, nahmen kaum Notiz von ihr und von dem glänzenden Schwert erst recht nicht. Ruby ignorierte es auch, denn sie war damit beschäftigt zu beten.

Das hatte sie noch nie in ihrem Leben getan. Nicht, als Lucy eingeschläfert worden war, nicht während der langen Nächte auf dem Internat. Sie war zu stolz und eigensinnig, ein himmlisches Wesen um Gnade anzuflehen, aber momentan waren ihr ihre Grundsätze egal, solange Alec und Dryas nur überlebten.

Da rief das Schwert nach ihr.

Nein, es rief nicht, es flüsterte ihren Namen, sanft und vertraut. Es lag neben ihr auf der harten Bank, dabei hatte Ruby es nicht mit auf das Schiff gebracht. Niemand hatte das. Das Schwert sprach ihren Namen, als wäre er ein seltener Edelstein und sie konnte nicht anders, als hinzuhören.

Sie streckte die Hand aus, strich mit der Fingerkuppe über die Schneide, suchte nach einem Schmerz, um Schmerz zu vertreiben. Das Metall war nicht kühl wie erwartet, es pulsierte vor Wärme, und es ließ nicht zu, dass Blut aus ihren Fingern quoll.

Die Vision kam ohne Vorwarnung über Ruby. Der Geruch von Altertum und Stein, das wutverzerrte Gesicht ihrer Lehrerin, Kinderlachen und dort, in einer gläsernen Vitrine, ein glänzendes, wunderschön gefährliches Schwert.

Und da wusste Ruby, was sie in den Händen hatte. Sie wollte loslassen, das Schwert so weit von sich werfen wie nur möglich, aber es hielt sie fest, sanft und bestimmt.

„Ruby Eljin“, flüsterte Fráhtur der Rächer, *„beschütz mich, Ruby Eljin.“*

Sie dachte an Alec. „Das werde ich“, sagte sie mit trockener Kehle, „mit meinem Leben.“

Sie umschloss den Griff des Schwertes, hörte das Flüstern über das Rauschen in ihren Ohren.

Da öffnete sich die Tür und ein zitternder Faun trat hervor. Betreten schüttelte er den Kopf und Ruby brach zusammen.

Der Tod ist vieles, aber vor allem nervtötend

„Junge, wach auf."

Alec war verwirrt. Er war gefallen. Tief gefallen. Auf unüberwindbare Wellenberge und schroffe Felsen. Sollte sein Kopf nicht vor Schmerz dröhnen, wenn er aufwachte? Aber er spürte keinen Schmerz. Er spürte seinen Körper überhaupt nicht.

„Junge, ich hab nicht ewig Zeit."

Alec öffnete blinzelnd die Augen und erwartete die graue Krankenhausdecke, doch stattdessen starrte er ins endlose Weiß. Ein verschwommenes Gesicht stahl sich in sein Blickfeld. Er blinzelte erneut und seine Sicht klarte auf. Ein großer Mann mit gezwirbeltem Schnurrbart und hohem Zylinder sah auf ihn hinab.

„Da bist du ja, Alec Blackwood." Der Mann war sehr zufrieden mit sich selbst.

Alec sah sich um. Oben, unten, überall weißes Nichts. Endlich verstand er. „Ich bin tot, oder?"

Der Mann rollte seinen Schnurrbart um einen Finger. „Hmmm … bedauerlicherweise, ja. Mein Beileid."

Es war wirklich vorbei und obwohl er sich so lange danach gesehnt hatte, wolle Alec einfach nur wieder zurück. Was war mir Ruby, was war mit Dryas?

„Ist Dryas auch hier?"

Der Mann schnalzte mit der Zunge. „Darf ich dir nicht sagen. Momentan sind weder die Lebenden noch die Toten für dich von Bedeutung."

Natürlich nicht.

„Ich hätte nicht gedacht, dass ich es in die Samhūn schaffe“, gab Alec zu. „Ich dachte, mein Magiestandard würde mich daran hindern, durch den Vorhang zu treten.“

Es war schon so schwer genug, den Schleier zu durchbrechen, der die Samhūn von den Welten der Lebenden trennte. Selbst Lilian mit ihren großen Zauberkünsten war daran gescheitert.

Der Mann lachte. „Nun, es war schwerer als gewöhnlich, dich rüber zu holen. Aber im Reich der Toten haben alle den gleichen Anteil an Magie und doch keinen zugleich.“

Eine sehr schlüssige Antwort.

„Du bist ein Sensenmann“, es war eine Feststellung, keine Frage, „der Fährmann, der mich durch den Vorhang bringen wird.“

Mr Morgen hätte ihm jetzt geraten, den Fährmann zu bestechen, aber Alec hatte nichts von Wert bei sich und der Sensenmann sah zu beleidigt aus, um ihm irgendwas andrehen zu können.

„Wie hast du mich genannt?“

Der Mann richtete sich zu voller Größe auf und Alec musste feststellen, dass er seinem Gegenüber kaum bis zur Hüfte reichte.

„Sensenmann? Dass ich nicht lache! Ich bin Lother, Gott der Sídlethan und der Samhūn höchstpersönlich.“ Lother nahm den Zylinder ab und verbeugte sich. „Erfreut, deine Bekanntschaft zu machen, Alec Blackwood.“

Alec war von Natur aus ein sehr kritischer Mensch und den Anführer der Wilden Jagd hatte er sich ganz sicher anders vorgestellt.

„Lother?“, fragte er mit gehobener Augenbraue.

„Hab ich doch gesagt.“ Der Mann richtete stolz seine Fliege zurecht. „Erinnerst du dich nicht?“

„Erinnern?“

„Ich habe mir extra diese Erscheinungsform ausgewählt.“

Lother war größer als ein Mensch, aber nicht groß genug für einen Riesen, hatte sich in einen bunten Frack gehüllt, der ihn mit seinem hohen Zylinder und dem langen Schnurrbart lächerlich aussehen ließ.

Fremdartige Musik, Wolkenfetzen und ein schwebendes Zelt tanzten vor Alecs innerem Auge vorbei. Und dann begriff er. „Das eine Mal im Zirkus – das warst *du*?“

Dieses Erlebnis hatte er fast verdrängt, genauso wie jede Kindheitserinnerung mit schlechtem Ausgang, und jetzt nahm es einen ganz anderen Farbton an.

„Ihr habt versucht, uns zu *entführen*?“

Lother machte das manchmal, wenn er neue Diener brauchte und niemand konnte ihn davon abhalten, vor allem nicht das Parlament.

Der Herr der Totenwelt zuckte verlegen mit den Schultern. „Ich, äh, wusste schon damals, was später aus dir werden würde. Ich kannte deine Größe, genau! Ein ganz, ja, äh, ein ganz besonderer Mensch.“ Er kratzte sich am Kopf. „Dieses ewige Weiß tut ja in den Augen weh, nicht wahr? Warum reden wir nicht irgendwo, wo es etwas Freundlicher ist?“

Er schnippte mit den Fingern und aus dem grellen Nichts entstanden Bücherregale und eine hölzerne Decke, ein rot-grüner Teppich breitete sich unter Alecs Füßen aus. Sie standen in einem vollgemüllten Arbeitszimmer.

„Aha“, schnaubte Lother, „das verstehst du also unter freundlich.“

Er war nicht sonderlich beeindruckt von Alecs Leistung und Alec fand das seinerseits sehr beleidigend. „Was willst du eigentlich von mir? Ich bin doch schon tot.“

Ein Goldzahn blitzte auf, als Lother ihn breit angrinste. „Oh, ich möchte mich nur etwas mit dir unterhalten, mein Junge. Dich etwas besser kennenlernen.“

Alec glaubte ihm kein Wort, denn wie sollte er von Interesse sein, wenn er sein ganzes Leben bereits hinter sich gelassen hatte.

„Warum?", fragte er. „Damit du mich alle drei Wochen zum Schachspielen in der Samhūn einladen kannst?" Sie waren beide begnadete Schachspieler. „Ich dachte, für so was hast du zu viel zu tun", erinnerte Alec.

Lother knirschte mit den Zähnen. Dieser Sterbliche war ihm zu misstrauisch. „Da habe ich wohl vergessen, etwas zu erwähnen." Er lächelte entschuldigend. „Ich werde dich natürlich zurückschicken, wenn du das denn willst. Oops."

„Warum hast du das denn nicht gleich gesagt?" Alec seufzte erleichtert auf. Es war nicht alles verloren. „Mann, hast du mir einen Schrecken eingejagt."

Er würde wieder zurückkehren, älter und selbstbewusster, voll mit den Weisheiten des Todes. Das war genau das, was in seinem Leben gefehlt hatte. Prophezeiungen und Bösewichte und ein gigantisches Showdown waren ja schön und gut, aber was hatte das zu bedeuten, wenn man als Held nicht mindestens ein Mal gestorben war?

Lother zwirbelte seinen Schnurrbart auf. „Wie schon gesagt, ich möchte dich besser kennenlernen, tief in deine Seele sehen. Und ich habe keine Lust darauf zu warten, bis du wirklich stirbst." So viel zu *der Tod ist geduldig*. Die Goldzähne – es waren bereits drei – blitzten auf. „Ich möchte der Erste sein, der das Geheimnis lüftet. Also habe ich mir mal was Tolles besorgt."

Lother schnippte mit den Fingern, allein zur Show, versteht sich. Ein alter Spiegel legte eine Bruchlandung auf dem breiten Mahagoni-Schreibtisch hin und fegte dabei Papier auf den Boden, das mit unlesbaren Symbolen bekritzelt war.

„Oh", murmelte Lother, „ist wohl etwas eingerostet, das olle Ding."

Er schnippte erneut und der Spiegel materialisierte sich in einer Ecke des Raumes, in der er nicht allzu viel Zerstörung anrichten konnte.

Und was für ein olles Ding der Gott da hervorgezaubert hatte! Er war so beschlagen und verstaubt, dass Rahmen und Glas kaum zu unterscheiden waren. Einst musste er sehr schön gewesen sein, als die kunstvollen Verzierungen und die Füße aus Gold noch sichtbar gewesen waren. Es tat einem geradezu leid, dass er in den Keller der Totenwelt geworfen worden war.

„Ein altes Hilfsmittel, um die wahre Beschaffenheit der Seelen zu bestimmen", erklärte Lother. „Dieser Spiegel zeigt dir, wer du wirklich bist. Eine einfache Wage, auf der das Herz gewogen wird, ist natürlich viel unkomplizierter und effektiver. Damit schaffen wir fast 300 Seelen pro Minute, ist das zu glauben?"

„Schön, dass selbst der Tod eine Massenproduktion ist", sprach Alec aus, was Ruby jetzt gedacht hätte.

Lother knirschte mit den Zähnen, aber er sah sich als zu erwachsen an, um sich über solche Kleinigkeiten aufzuregen.

„Gut, wollen wir dann?" Er wischte mit einem bunten Ärmel die verstaubte Spiegelfläche sauber.

„Ich – ich soll da reinsehen?"

Alec trat einen Schritt zurück und stolperte gegen ein Bücherregal. Eine gewisse Weisheit über sein wahres Selbst zu erlangen war zwar schön und gut, aber er hatte keine Lust zu erfahren, wie es um die Beschaffenheit seiner Seele stand. Der Spiegel kannte die Wahrheit. Kannte den gescheiterten Helden, den Brudermörder.

„Wenn du keine Angst vor dir selbst hast, stell dich vor mein kleines Schmuckstück."

Lother grinste ihn an, doch es lag etwas Bedrohliches in seinen kühlen Augen. Er würde seinem Opfer keine andere Wahl lassen, wenn das nicht für immer im Reich der Toten bleiben wollte.

„Zeigst du mir dann auch *dein wahres Ich*?", fragte Alec kühner, als er sich fühlte.

Lother zuckte mit den Schultern. „Wenn du gerne den Verstand verlieren willst. Ich würde es vorziehen, dir im Gegenzug noch etwas Wichtiges zu verraten. Habe ich wohl vorhin vergessen zu erwähnen."

Nein, Alec war nicht sonderlich wild darauf, verrückt zu werden, aber er erkannte eine Falle, wenn er mit der Nase daran stieß.

„Okay", murmelte er. „Nur schon mal im Voraus, sei nicht zu sehr von dem enttäuscht, was du sehen wirst."

Alec schloss die Augen und trat vor den Spiegel, wappnete sich vor dem, was ihm gleich entgegenblicken würde. Ein geschlagener Mann, ein verkrüppeltes Geschöpf, ein Monster. Als er sich blinzelnd seinem Spiegelbild gegenüber stellen wollte, entdeckte er nur die überfüllten Regale hinter sich.

Der Spiegel war leer. Hatte seine fehlende Magie hier unten doch Auswirkungen? Es brauchte etwas, bis Alec auf die Idee kam, seinen Blick zu senken.

„Ein Kind?" Lother war tatsächlich enttäuscht und er versuchte erst gar nicht, es zu verbergen.

Ja, es war ein Kind, vielleicht elf Jahre alt, mit wildem kastanienbraunem Haar und hunderten Sommersprossen im Gesicht. Ein Kind in ausgetragenen Klamotten, die Knie dunkel von Grasflecken.

Alec war so erleichtert, dass er fast weinte. Er war kein Monster. Vielleicht war der Spiegel auch nur kaputt gegangen, nach all diesen Jahren im Keller, es war Alec egal. Er starrte sein Spiegelbild an und sein Spiegelbild starrte zurück, hob herausfordernd das Kinn.

Die Lippe war aufgeplatzt und ein roter Fleck stand im Kontrast zu seiner gebräunten Wange. Ein kleiner Junge, der sich lieber prügelte als seine Angst zuzugeben und jedem von Grund auf misstraute. Es war so lange her, dass Alec das letzte Mal an diesen kleinen Jungen gedacht hatte, und doch war er immer ein Teil von ihm geblieben.

„Diese Sache, die du mir noch sagen wolltest", erinnerte er Lother, ohne sich von seinem Spiegelbild abzuwenden, „was ist damit?"

„Ach ja, die Sache." Der Herr der Samhūn lehnte sich gegen den Schreibtisch, um nicht aus Versehen in die Reichweite des Spiegels zu geraten. „Die Sache, wegen der ich mit dir sprechen wollte." Er nahm seinen Hut ab und verbeugte sich vor dem Spiegel. „Du bist jetzt König."

Darüber lachte selbst Alecs Spiegelbild.

„Was, König der Loser?", fragte Alec. „König der gescheiterten Suizide, die es schaffen sich kurz hinterher doch noch aus Versehen umzubringen? Genau in dem Moment, in dem sie sich entscheiden, dass das Leben eigentlich doch ganz okay sein könnte?"

„Nein", knurrte Lother zerknirscht, „der König von Ceth'awna und Tírhain und dem ganzen scheiß Rest der Pryddha. Du bist der Nachfolger von unserem großartigen König Lugh, geheiligt sei sein Name, vor dem sich sogar der Herr der Samhūn verbeugt. Der Grund, aus dem du nicht wirklich tot bist, das bin nicht ich, sondern Fráhtur, das Schwert, das dich aus diesem verdammten Meer gezogen hat. *Dein* Schwert. Was denkst du, weshalb ich zu euch gekommen bin, als Wivar und meine Jäger euch erledigen wollten? Ich wusste, dass der nächste große König unter ihnen weilt."

Alec lachte unbeholfen. „Haha", sagte er, „echt guter Witz."

Lother kniete vor ihm nieder.

„Beim Totenfluss, du meinst das ernst!"

Er, Alec Blackwood, hatte das verlorene Schwert Fráhtur geborgen, oder besser gesagt, es hatte ihn geborgen, und jetzt musste er, selbsterklärend, der neue König sein. Nicht die beste Wahl, die Fráhtur hätte treffen können.

„Aber ich –. Warum ich?", stotterte Alec.

Lother rückte seinen Zylinder gerade, sah auf eine silberne Taschenuhr, die mit einem Band an seiner Hose befestigt war. „Deine Zeit ist um. Dein Herz wird jeden Moment wieder zu schlagen beginnen und ich muss weiter, mich um die restlichen verlorenen Seelen kümmern."

„Das ist also alles?"

Alec versuchte verzweifelt, Lother am Arm zu fassen, aber der Gott war kaum mehr als eine wabernde Nebelschwade.

„Du musst doch irgendeinen Rat für mich haben und nicht nur versuchen, mich noch weiter zu verwirren. Was ist mit Xander? Und meiner Mutter? Geht es ihnen gut? Ist mein Bruder in die Halle der Helden eingezogen?" Dann, nach einigem Zögern. „Hasst er mich?" Alec hasste sich für alles, was er getan und was er nicht getan hatte. „Du musst es doch wissen."

Lother grinste ihn mit goldenen Zähnen an. „Ich bin kein Herrscher. Die Toten brauchen keinen Anführer und die Sídlethan kann gut auf sich selbst aufpassen. Ich möchte nur gerne näher bei meiner Maeba, meiner geliebten Maeba sein. Ich kann dir nichts sagen, sonst müsstest du für immer hierbleiben. Nicht einmal ich darf gegen diese uralten Regeln verstoßen." Er machte eine Verbeugung. „Es tut mir leid. Es heißt natürlich, sonst müsstet *Ihr* für immer hierbleiben, *Eure Majestät*."

Dann schlug eine Welle Dunkelheit Alec nieder und erstickte alle seine Fragen mit erdrückendem Nichts.

Es ist schwer, mit gebrochenen Beinen vor einem entschlossenen Schwert zu fliehen

Keuchend richtete Alec sich auf, schnappte verzweifelt nach Luft. Seine Ohren klingelten von der totalen Stille und das plötzliche Licht brachte seine Augen zum Brennen. In seinem Kopf schwirrten noch die letzten Worte des Todes. *Eure Majestät.*

„Alec!"

Warme Arme schlossen sich um ihn und der Geruch von Zitronenbonbons und grünem Tee riss ihn zurück in die Wirklichkeit.

„Ruby."

Sie umarmte ihn so fest, dass sich alles drehte, aber das machte ihm nichts aus. Er war nur froh, etwas spüren zu können.

„Du warst tot, Alec", flüsterte sie mit zitternder Stimme. „Da war kein Herzschlag für – für eine gefühlte Ewigkeit und dann, plötzlich, wie durch ein Wunder, warst du wieder da. Was hast du nur gemacht?"

„Ich habe Lother getroffen", murmelte Alec, versuchte, sich zu bewegen. Seine Beine waren eingegipst.

Ruby ließ ihn los und er konnte sich nicht länger aufrecht halten, fiel auf das Bett zurück. „Echt jetzt? Wie war er so?"

Alec blinzelte in die alte Glühbirne, die an der Decke hing. „Nicht sehr hilfreich. Er hat mir mein Innerstes gezeigt. Anscheinend bin ich ein Kind."

„Also darum mag ich dich so."

Darüber lachten sie beide, obwohl Alec jeder kräftige Atemzug schmerzte.

„Dryas?", krächzte er, als er wieder sprechen konnte.

Ruby wischte sich über die Nase. Ihre Augen waren rot und ihre Haare zerzaust. „Keine Sorge", schniefte sie, „Dryas geht es gut. Sieh doch."

Auf einem schmalen Tisch neben Alecs Kopf stand ein Puppenbett und darauf lag eine kleine Maus. Da Dryas aus Papier bestand, hatte das Meerwasser die Maus schwer getroffen, aber nach einer intensiven Behandlung mit dem Föhn und einem wasserfesten Filzstift war die Buchseite fast vollständig wiederhergestellt. Nur um die Augen herum war verwischte Farbe sichtbar, wie bei einem Panda.

Dryas sprang munter auf der kleinen Liege auf und ab, bis Ruby die Maus auf Alecs Bauch hob.

Er stupste die schwarze Nase an. „Hey, Kumpel." Er hustete. „Danke, dass du mir geholfen hast. Du und Ruby. Ohne euch wäre ich – wäre ich wahrscheinlich nicht hier."

Ruby zog Dryas und ihn in eine weitere Umarmung, sorgsam bedacht seine eingegipsten Beine nicht zu berühren. „Tut mir leid", murmelte sie. „Ich bin echt schlecht darin, dich davon abzuhalten in den Tod zu stürzen, und meistens habe ich keine Ahnung, was ich da eigentlich tue, aber du kannst immer auf mich zählen, klar?"

Alec war froh, dass ihr Kinn auf seiner Schulter lag und sie den Ausdruck auf seinem Gesicht nicht erkennen konnte. „Klar."

Ruby tätschelte seinen Rücken. „Super. Da kommt gleich ein Arzt, um nach dir zu sehen, und dann möchte dich noch Ceciel sprechen."

Alecs Kehle schnürte sich zu und es kam über ihn wie eine Sturmflut. „Wo bin ich überhaupt?"

Er sah sich um. Der Raum war eng und mit Holz ausgekleidet, das einzige Fenster war ein dreckiges Bullauge.

„Das ist nicht das Lager der Aoyllonen."

Ruby lächelte entschuldigend. „Nein, das ist die *Chwilio*. Wir sind beim wandelnden Markt." Sie steckte die Haare hinter die

Ohren. „Wir wurden verfolgt, wie es aussieht. Oder so was in der Art. Ich meine, von der Reinigungsfirma und, du weißt schon."

„Ceciel."

„Genau. Aber wir können uns glücklich schätzen, dass sie Bescheid wusste und die Heiler des wandelnden Marktes alarmiert hat", versuchte Ruby die Magierin zu verteidigen. „Ohne sie wärst du jetzt wahrscheinlich", sie biss sich auf die Lippe, „es wäre jedenfalls nicht so gut ausgegangen. Und eigentlich ist sie echt nett. Ich habe mich ein bisschen mit ihr über die falschen Entscheidungen des Parlaments unterhalten, weißt du? Und im Gegensatz zu gewissen *anderen Politikern** hat sie nicht versucht, mich deswegen umzubringen."

Alec seufzte. Es hatte seine Vorteile, wenn deine Ex-Freundin ein Kontrollfreak mit zu viel Macht ist und dich rund um die Uhr beobachten lässt. Dann erinnerte er sich wieder an die Worte des Todes.

„Das – das Schwert, Fráhtur", er erstickte fast an dem Namen, „weiß sie davon?"

Rubys Blick wanderte in die Ecke des Raumes, wo das Schwert majestätisch gegen die Wand gelehnt stand. Dies war sicherlich nicht, was unter einem guten Versteck zu verstehen war, aber zu ihrer Verteidigung, hätte sie Fráhtur beim Orakel und den Aoyllonen lassen sollen?

„Ich habe ihr gesagt, dass Hēro dich aus dem Meer gefischt hat", sagte Ruby. „Ich denke, es wäre besser, bei dieser Version zu bleiben. Fürs Erste. Irgendwie hat noch niemand mitbekommen, dass das –." Sie hielt inne, kaute auf der zitternden Lippe herum. „Es hat zu mir gesprochen, Alec. Es hat zu mir gesprochen und es kannte meinen Namen." Sie lachte. „Der Flüsterer hat geflüstert."

Es prickelte in Alecs Nacken. Das Schwert starrte ihn an. Fráhtur. Es sah nicht aus wie eine Waffe aus den alten Legenden. Der Griff war aus Messing und mit einfachem Kupferdraht

---

* Sir Këil.

umwunden, unverziert, und überhaupt war es kaum ein richtiges Schwert, vielmehr ein schlanker Degen, wie ihn die Soldaten vor zweihundert Jahren getragen hatten. Nur die Runeninschrift verriet, dass es sich um den Rächer handelte. *Zieh mich mit Vernunft,* sagte die eine Seite, *Führe mich mit Edelmut,* die andere.

„Was hat es zu dir gesagt?“, fragte Alec ohne den Blick von der scharfen Klinge abzuwenden.

Sein Mund füllte sich wieder mit dem Geschmack von Blut und salzigen Tränen, wenn er das glänzende Metall zu lange ansah.

Ruby biss sich auf die Lippe. Sie sah aus, als würde sie sich am liebsten auch von einer Klippe stürzen. „Ich –.“

„Bitte verlassen Sie den Raum.“

Die Tür wurde aufgestoßen und ein Faun betrat das Zimmer, gefolgt von weiteren Helfern. Ruby wollte protestieren, aber als sie das säuerliche Gesicht des Arztes sah, trat sie wehmütig den Rückzug an.

Während der gesamten Untersuchung versuchte Alec den Degen nicht anzusehen, aus Angst, dass die Heiler etwas Ungewöhnliches bemerken könnten, etwas, das sie dazu brachte genauer hinzusehen. Aber keiner von ihnen bemerkte das metallische Blitzen in der hintersten Ecke.

„Ein Wunder“, murmelte der Faun und sah sich Alecs Werte ein weiteres Mal an. „Erst warst du tot und jetzt bist du es nicht mehr. Einfach so.“

„Verdammte Helden“, schnaubte eine Fee, als wäre all das Alecs Schuld.

„Ja“, murmelte Alec, „verdammte Helden.“

Sie erzählten ihm, dass seine beiden Beine gebrochen waren* und er ein paar Tage zur Untersuchung auf dem Schiff bleiben würde. Solange er nicht noch so ein unvorstellbares Ding anstellte, wie sein Herz plötzlich wieder zum Schlagen zu bringen. Es war gut, dass die Heiler nicht von der anderen schier unmöglichen

* „Ach, wirklich?“

Sache erfahren hatten, die sich während Alecs Herzstillstand zugetragen hatte. In diesen elf Minuten war niemand sonst gestorben. Kein einziges Lebewesen. Nachdem die Ärzte sich weiter über seine Unverschämtheit beschwert hatten, verließen sie murrend den Raum und es klopfte zögerlich.

Ceciel. Salzige Panik wollte Alec Unterwasser drücken, aber er versuchte zitternd, sich einzureden, dass dies die letzte Möglichkeit war, die Missverständnisse zwischen ihnen wieder gerade zu biegen. Schlimmer konnte es immerhin nicht werden. Er zwang sich dazu, das brennende Salzwasser seine Kehle hinunterlaufen zu lassen, dann bat er Ceciel herein.

Sie trug eine einfache schwarze Bluse und Jeans, aber die Macht und Stärke, die sie ausstrahlte, nahm ihm trotzdem den Atem.

„Alec." Sie zog den Stuhl heran, auf dem eben noch Ruby gesessen hatte.

„Ceciel", entgegnete er. Für eine Weile sagte niemand etwas und sie sahen einander nur an, suchten nach einem guten Gesprächsanfang.

„Ich habe Sir Këil rausgeschmissen", erklärte sie schließlich.

Sir Këil war ein Parlamentsabgeordneter und mindestens zwanzig Jahre älter als sie, Ceciel sollte dazu nicht in der Lage sein, doch die Ernsthaftigkeit in ihrem Blick zeigte, dass dies keine Lüge war.

„Warum?" Alecs Kehle war trocken wie Sandpapier, aber er wagte es nicht, sich etwas zu trinken zu holen. „Ich dachte, du fandest ihn ganz kompetent als Vorsitzenden des AGH."

Ceciel verzog keine Miene. „Er wollte dich da draußen lassen, an der Klippe. Der Idiot."

Alec hob eine Augenbraue. Eigentlich verbat sie ihren Leuten stets, einzugreifen, wenn es sich um die Beobachtung von Objekten von Interesse handelte. Ganz die kaltherzige Politikerin.

Ceciel holte tief Luft. „Alec, ich bin nicht hier um mich zu entschuldigen oder mich für irgendwas zu rechtfertigen, aber –." Sie senkte den Blick auf ihre Hände. „Ich wollte diese Dinge so sehr – alles wieder geradebiegen, mehr sein als nur die Freundin des Verdammten Auserwählten™ Alec Blackwood. Ich wollte mein eigenes Leben leben, mal selbst die Hauptperson sein."

Ceciel wischte sich über die Augen. In der Anwesenheit von anderen Leuten hatte Ceciel seit ihrem fünften Lebensjahr erst zwei Mal geweint. Als ihr Vater gestorben war und als Alec Morgen Manor den Flammen überlassen hatte. Es war unmöglich, dass Ceciel Morgen jetzt in Tränen ausbrechen sollte.

„Ich war so konzentriert darauf, alles richtig zu machen, mich an die Spitze zu bringen, dass ich vergessen habe, dass nicht nur das Parlament gerettet werden muss. Ich habe dich –. Nein, ich habe dich nicht vergessen, ich habe dich zur Seite geschoben, weil es nicht meine Pflicht ist, mich um dich zu kümmern." Sie sah auf ihre Hände. „Ich habe dich fallen gelassen, und das tut mir leid. Ich habe gesagt, dass ich keine andere Wahl hatte, aber das stimmt nicht. Ich hatte eine Wahl. Man hat immer eine Wahl. Sieh dich doch an, du hast dich schließlich auch anders entschieden."

Nein, Ceciel Morgen weinte nicht, dafür war sie viel zu professionell. Genau wie Alec Blackwood. Da war ein Gewicht, das ihn seit Jahren runter drückte und er verstand, dass er das Unaussprechliche auszusprechen hatte, wenn er nicht wollte, dass es seinen Brustkorb zersplittern ließ.

„Es ist nicht allein deine Schuld, dass das mit uns passiert ist", gab Alec zu. „Ich habe dich auch im Stich gelassen. Du hast dich um alles gekümmert und das konnte ich einfach nicht. Aber ich hätte – hätte zumindest einsehen können, dass das Ganze für dich auch nicht so einfach gewesen ist. Und du hattest Recht. Ich habe nach Fehlern in dir gesucht, um mich meinen eigenen nicht stellen zu müssen. Und was meine Wahl angeht –. Ich saß drei Jahre in einem Zimmer eingesperrt und habe die Wand angestarrt, bevor ich eine Wahl treffen konnte. Ich bin mindestens genauso schuldig wie du."

Er zwang sich zu einem schmalen Lächeln. „Das hätte Xander nicht gewollt, dass wir uns nach seinem Tod weiter auseinander bewegen." Alec sammelte sich. „Und es tut mir wirklich leid. Alles. Alles, was ich versaut habe."

Sie waren beide Kinder gewesen. Das waren sie immer noch.

Ceciel stieß ein bebendes Lachen aus. „Nein, das hätte er wahrscheinlich nicht. Er hat es ja nie leiden können, wenn wir miteinander gestritten haben."

Xander war der Streitschlichter gewesen, der Kleber, der sie zusammenhielt und ohne ihn funktionierte nichts.

„Also, was sagst du?" Ceciel streckte Alec zögerlich die Hand hin. „Können wir uns wieder vertragen?"

Ihre Finger zitterten nicht, aber die gehobenen Augenbrauen und der fiebrige Glanz in ihren veilchenblauen Augen verrieten sie.

Alec schlug ein. „Es wird nie wieder so sein wie früher", erinnerte er sie.

Und damit meinte er nicht nur die Missionen, sondern das gegenseitige Vertrauen. Ja, sie hatten Frieden geschlossen, doch sie würden sich trotzdem weiter voneinander entfernen.

Ceciel lächelte schwach. „Ich weiß, aber vielleicht ist das auch ganz gut so."

Vielleicht war es das. Manchmal kam es Alec so vor, als hätten sie früher nur Lügen zusammengehalten.

„Es gibt noch eine letzte Sache, auf die ich eine Antwort brauche. Eine ehrliche Antwort."

Das stimmte nicht. Es war keineswegs die letzte Sache, wohl aber die Dringlichste, und Alec hatte das Gefühl, dass Ceciel danach nicht mehr mit ihm reden würde.

Sie hob eine Augenbraue. „Ja?"

Er biss sich in die Wange, bis sie blutete. „Als Mr Morgen mich gefunden hat, diese ganze Geschichte mit der Vorsehung. War die wirklich für mich gedacht?"

Ceciels Gesicht versteinerte und blaue Flammen tanzten um ihre Finger.

„Das ist ein schwieriges Thema." Sie unterbrach sich, schloss die Augen und warf ihr perfektes Haar zurück. „Es ist vorbei, ich denke, Dad würde es nicht interessieren, wenn ich dir jetzt die Wahrheit sage." Ihre Unterlippe zitterte. „Es tut mir leid, Chuck. Es gab keine Prophezeiung. Ich habe es auch erst erfahren, als es schon zu spät war. Wir brauchten nur jemanden ohne Magie, irgendjemanden, um es mit Nisesh aufnehmen zu können. Es gibt einige, weißt du. Aber keiner hat so gut ins Muster gepasst wie du. Es tut mir so, so leid."

Alec hatte das bereits geahnt, dich er konnte den Tränenschleier, der alles verschwimmen ließ, trotzdem nicht zurückhalten.

„Ich – mir war klar, dass ich nicht der Einzige bin", jedes Wort schmerzte, „aber ich – die Meisten sind nicht zurechtgekommen, die Meisten sind tot und ich habe gehofft –." Alec brach ab.

Ja, was hatte er gehofft? Dass er doch etwas Besonderes war, dass die letzten Jahre nicht umsonst gewesen waren?

„Ich weiß", sagte Ceciel erstickt, „und es tut mir leid. Mein Vater hat solange gesucht, wollte so verzweifelt, dass der Tod meiner Mutter eine Bedeutung hatte, und du warst einfach so … perfekt. Ein Waisenjunge aus Ceth'awna, eine bessere Grundlage für einen Helden gibt es fast gar nicht. Und dann auch noch ein Mensch. Andere Geschöpfe hätten ohne ihre Magie kaum ein paar Jahre überlebt. Doch du …"

Alec nickte, sank auf sein Bett zurück. Er wollte es nicht mehr hören.

„Ist schon okay", murmelte er. „Ist schon okay."

Aber das war es nicht.

„Hey." Ceciel stupste ihn sachte an. „Hey, guck mal, was ich hier habe." Sie zog eine Tüte Weintrauben hervor.

Alec grinste schwach. „Aber nur, wenn die ohne Kerne sind."

Da weinte Ceciel Morgen doch. Der süße Geschmack von allem, was sie einst verbunden hatte, lag ihr auf der Zunge. „Ich sollte gehen", sagte sie und wischte sich die Augen trocken.

Alec nickte. „Das solltest du."

Ihm war nur allzu bewusst, dass Ceciel zum letzten Mal Weintrauben an sein Krankenhausbett brachte, und trotz allem, was geschehen war, oder vielleicht gerade deswegen, zog sein Herz sich krampfhaft zusammen.

Kurz vor der Tür drehte sich Ceciel noch einmal um, den Kopf leicht zur Seite geneigt wie ein Raubtier, das Witterung aufnimmt.

„Irgendwas ist in diesem Zimmer", murmelte sie, „irgendwas Machtvolles. Es versucht, sich vor mir zu verstecken."

Alecs Herz setzte einen Schlag aus. Er hatte sich zwar gerade mit Ceciel vertragen, aber wenn sie das Schwert des einzig wahren Königs in seinem Besitz fand, dann würde sie keine vergangene Freundschaft der Welt daran hindern können, es ihm zu entreißen.

„Dryas", bot Alec an. „Ich glaube, Dryas hat Angst vor dir."

Die kleine Maus streckte zitternd die Nase unter der Decke hervor.

Ceciels Augen flogen über das Zimmer, blieben an Fráhtur hängen.

„Neues Schwert?", fragte sie. „Nein, ein Degen. Standest du früher nicht immer mehr auf sinnloses Hacken als die wahre Fechtkunst? Ich dachte, du hast diese Heldensache aufgegeben."

Alec zuckte mit den Schultern. „War ein Geschenk."

„Ah." Dann schloss Ceciel die Tür hinter sich und das Gewicht von drei Jahren löste sich von Alecs Brust.

Die Tür öffnete sich erneut und Ruby steckte den Kopf hindurch. „Ich muss was erledigen. Bin gleich wieder da, okay?"

„Okay."

Das war Alec nur recht. Er musste sowieso über alles, was geschehen war, nachdenken, über das Schwert und das, was noch kommen würde.

Als hätte Fráhtur seine Gedanken gelesen, richtete der Degen sich auf und flog durch den Raum, ließ sich auf Alecs Brust fallen.

Dryas krabbelte verstört unter die Decke. Die Maus war wie ein Hund, der sein eigenes Spiegelbild anknurrte. Immerhin waren sie beide magische Gegenstände mit etwas zu viel Persönlichkeit, als vom AGH anerkannt.

„Na schön, Angeber", murmelte Alec, „was willst du von mir?"

Zögerlich legte er die Hand auf den Drahtgriff des Degens. Nichts geschah. Keine Visionen brachen über ihn hinein, keine Stimmen flüsterten in seinem Kopf und verlangten Rache. Da waren nur die unheimlich scharfe Klinge und die schneidende Erinnerung an ein anderes Schwert, das vor Blut nur so glänzte. Der Degen vibrierte ärgerlich.

„Sorry, Kumpel. Aber ich habe keinen Tropfen Magie in mir", erklärte Alec. „Darum kann ich dich leider nicht verstehen."

Mit solch einem Hindernis hatte nicht einmal Fráhtur gerechnet, also sandte es eine wütende Hitzewelle über Alecs Finger bis in sein Herz.

„Ah, klar. Ich stelle dir eine Frage und wenn du mit *ja* antworten willst, dann machst du das einfach noch mal." Der Degen erhitzte sich stärker.

Jetzt mussten Alec nur ein paar Fragen einfallen, was bei seinem allgemeinen Unverständnis nicht sonderlich schwer sein sollte.

„Warum ich?", platzte ausgerechnet die dümmste seiner Ideen aus ihm heraus. „Was habe ich getan, um mich als König zu eignen? Falls du es noch nicht weißt, ich bin ein totaler Versager und wäre fast freiwillig von dieser Klippe gesprungen. Sollte nicht jemand emotional Stabileres König werden?"

Der Degen wurde so heiß, dass Alec die Finger wegziehen musste. Seine Haut war ganz rot, wo er den Griff berührt hatte. Das war keine Ja-Nein Frage.

„Entschuldigung.“ Er startete einen neuen Versuch. „Bin ich wirklich der Nachfolger König Lughs?“

Fráhtur blieb kalt. Zumindest dabei waren sie sich einer Meinung.

„Aber warum willst du dann, dass ausgerechnet ich König werde?“

Der Degen schickte ihm kurze Hitzeschübe, als würde er Alec etwas Wichtiges mitteilen wollen. Der verstand kein Wort.

„Also gut, anders. Eigne ich mich überhaupt als König?“

Fráhtur zitterte so heftig, dass das Schwert ihm fast vom Schoß fiel. Nicht gerade hilfreich.

„Wenn ich – wenn ich nicht König Lughs Nachfolger bin und mich offensichtlich nicht für den Job eigne“, er holte tief Luft, „warum hast du mich dann überhaupt gerettet?“

Der Degen schwieg.

Alec sah ihn an, silbern schimmernd ohne ein Zeichen von Rost oder Blut auf dem nun kühlen Metall. Laut den übrig gebliebenen Fragmenten der Geschichte hatte König Lugh Fráhtur von einer Göttin erhalten, als sein altes Schwert im Kampf zerbrochen war.

Haareraufend versuchte Alec herauszufinden, was das mit seinem Sturz zutun haben könnte. Auch er hatte mit den Wellen gekämpft und der Degen hatte ihn ebenfalls vor seinen größten Feinden bewahrt. Aber im Gegensatz zu Lugh hatte er die Königswürde nicht verdient.

Und da verstand er endlich, dass Fráhtur ihn gar nicht gerettet hatte, um ihn als König einzusetzen.

Wie man die Vorsehung ignoriert – jede Person in diesem Buch, ein Ratgeber

Der Weg vom wandelnden Markt bis zum Orakel sollte mindestens zwei Stunden dauern, doch das Land ließ Ruby die Strecke in unter der Hälfte der Zeit zurücklegen. Sie war wütend, dass das Land Alec zum Meer geführt hatte, und es war nicht gut, auf Rubys schlechter Seite zu stehen. Also gehorchte es ihren Schritten.

Momentan überstrahlte die Sonne den blassen Mond im verzauberten Tal und im Tageslicht sahen die Zelte der Aoyllonen weniger wie stille Geister aus und mehr wie reale Gegenstände. Ruby stapfte an ihnen vorbei, ohne das Lager oder dessen Bewohner eines Blickes zu würdigen.

Das Orakel erwartete sie nicht. Es kümmerte sich nur um die wirklich wichtigen Dinge und die spielten sich momentan einige Hügel entfernt auf der *Chwilio* ab.

So hätte das Geschehen eigentlich nicht ausgehen sollen, aber diese seltsam unerwartete Möglichkeit fand das Orakel viel interessanter als alles, was es geplant hatte.

„Ruby, Ruby! Was hast du vor?“ Rico versuchte, mit ihr Schritt zu halten, aber sie ignorierte seine Bemühungen vollständig.

„Was das Orakel tut, das hat schon seinen Sinn“, erklärte Xen, „es trifft keine Entscheidungen, es spricht nur unser Schicksal aus.“

Ruby wirbelte herum und es brauchte nur ein scharfes Aufblitzen ihrer sturmgepeitschten Augen, um Xen zum Schweigen zu bringen.

„Du glaubst also einfach so einem sprechenden Felsen, ohne das überhaupt zu hinterfragen?“, zischte sie. „Gerade von dir hätte ich mehr erwartet. Ich dachte, du bist gegen konservatives Denken und wolltest die Lebensweise der Aoyllonen revolutionieren.“ Ruby schritt weiter auf die Reißzähne zu und niemand wagte es, sich ihr in den Weg zu stellen.

„Orakel!“ Ihre Stimme war scharf wie ein Messer, entschieden genug um selbst die Aufmerksamkeit des Orakels zu wecken. „Orakel, ich bin gekommen, um mit dir über Alec Blackwood zu sprechen.“

Das Orakel würde nicht antworten, natürlich nicht, dafür war Ruby viel zu unbedeutend.

„Schön“, sie streckte ihr Kinn nach vorne, die Augen blitzten, „dann werde ich halt reden.“

Die Aoyllonen waren aus ihren Zelten gekrochen und hatten sich im respektvollen Abstand um das Orakel versammelt, angezogen von Xens Verzweiflung und Rubys Zielstrebigkeit.

„Aber glaube nicht, dass meine Worte dir gefallen werden.“ Ihre Unterlippe bebte bei der Erinnerung an den Geschmack von Salzwasser auf Alecs Lippen.

„Du hast versucht, ihn umzubringen.“

Wie stickiger Rauch setzte sich die Bedeutung dieser Worte in die Lungen der Aoyllonen, stahl ihnen die Luft zum Atmen.

„Du hast versucht, Alec Blackwood umzubringen, eines der großartigsten Geschöpfe, das ich kenne. Dafür kannst du dich nicht rechtfertigen. Du hast es nicht verdient, dass dir irgendwer noch Gehör schenkt.“

„Meister, es – es tut mir leid!“ Der Diener kam zwischen den Zelten hervorgebrochen, fiel vor den Felsen auf die Knie, atemlos. „Ich habe die Gefahr zu spät bemerkt, ich werde das Mädchen entfernen, sofort entfernen.“

„Fass mich nicht an!“, fauchte Ruby und etwas an ihrem bebenden Gesicht brachte den Diener dazu, zusammenzuzucken.

„Nein, nein." Das Orakel sprach und ein eisiger Wind zerzauste Rubys Haare, schnitt in ihre ungeschützten Wangen. „Ich will wissen, was das kleine Mädchen zu sagen hat. Es ist so lange her, dass ich mich das letzte Mal amüsiert habe. Ich vergebe dir deine Nachsicht, mein Diener."

Dabei hatte das Orakel sie genauso wenig kommen sehen, aber es war das weiseste Wesen aller Welten und wusste seine Überraschung gut zu verbergen.

„Dann amüsier dich mal gut!", fauchte Ruby. „Du hast Alec gesagt, dass er sich von dieser Klippe stürzen soll. Hat dich das auch amüsiert?" Sie fuhr herum, wandte sich an die Aoyllonen hinter sich. „Amüsiert ihr euch etwa?"

Die Zuschauer wichen ihrem Blick aus, selbst Xen und Rico.

Das Orakel lachte. Es war die Sorte Lachen, die reiche Männer niedlichen Affen auf Einrädern schenken würden.

„Also bitte", sagte das Orakel, „Alec Blackwood ist doch gar nicht tot. Ich kann in die Zukunft sehen. Hätte ich wirklich gewollt, dass er sich umbringt, dann wäre das schon lange geschehen."

Ruby bebte vor Wut. „Selbst wenn ich dir das glauben würde, ist es nicht okay, mit dem Leben anderer Leute zu spielen. Wenn Alec es wirklich getan hätte, wenn du ihn wirklich überzeugt hättest, was hättest du dann gemacht?"

Der Wind versuchte sein Bestes, um ihre Worte zu verschlucken, doch sie fanden ihren Weg, säuselten süße Zweifel in die Herzen der Aoyllonen.

„So ist es aber nicht gekommen und das wusste ich. Warum sonst habe ich den Diener veranlasst, dich zu Alec zu schicken?" Das Orakel lachte wieder. „Sieh es ein, kleines Mädchen. An mir kommst du nicht vorbei, denn ich habe immer Recht. Es ist einfach Schicksal."

„Ach ja?" Ruby verschränkte die Arme vor der Brust. „Und wer sagt das, dass du immer Recht hast? Du sagst, dass du das weiseste Wesen überhaupt bist, aber kann das auch irgendjemand bestätigen?"

Stille.

Der Diener wandte sich an die Aoyllonen, doch niemand wagte es, ihn anzusehen. „Aber natürlich", sagte er, „mein Meister wählt seit Jahrtausenden die neuen Líos und Dracc und mein Meister hat noch nie eine falsche Entscheidung getroffen."

Ruby schnaubte. „Woher willst du das denn wissen?" Sie drehte sich zu den Aoyllonen, ein wütender Dämon aus Feuer „Woher wollt ihr wissen, ob ein anderer Aoyllon nicht besser auf dem Posten gewesen wäre? Ihr habt es doch nie versucht. Vielleicht zeigt das Orakel euch ja nur die Zukunft, die es für sich selbst am Besten hält."

Die Aoyllonen waren zu verstört, um zu antworten, sogar Rico und Hēro standen da wie in Stein gemeißelt, während zum ersten Mal in tausenden von Jahren jemand wagte, an ihrem Glauben zu zweifeln. Das Orakel war unanfechtbar, das Orakel war ewig. Das Orakel war ratlos.

„Das ist doch lächerlich. Vielleicht wäre es doch besser, wenn wir das Mädchen entfernen lassen würden", überlegte das Orakel. „Diener!"

Der Diener trat einen Schritt auf Ruby zu und sie drehte sich zu ihm, schnell wie eine Schlange.

„Ich werde gehen", sagte sie mit Augen, die glühten wie heiße Kohle. „Aber zuerst lasst ihr mich reden."

Und der Diener senkte den Kopf, trat in den Schatten der Reißzähne zurück.

Das Orakel war außer sich. Wie konnte diese kleine Niemand es wagen, seinem Diener Befehle zu erteilen? Das war unerhört. Aber das war Ruby ziemlich egal.

„Ich glaube, dass ich nicht hätte da sein sollen, da an der Klippe. Ich glaube, du wolltest Alec nur benutzen, wie ein Werkzeug, wie du die Aoyllonen benutzt. Ich glaube, dass du niemandem anders als dir selbst helfen willst."

Hätte Ruby dem Orakel vor die Füße gespuckt, ihre Abscheu hätte nicht deutlicher werden können.

Das Orakel lachte nicht mehr. Das Orakel knurrte wie der schärfste Wind, der an losen Fensterläden rüttelte und Äste durch die Luft peitschen ließ.

„Und weshalb solltest du besser sein als ich? Versuchst du nicht auch, Alec zu beeinflussen? Hast du nicht auch auf ihn eingeredet, da auf der Klippe, ohne seine Zukunft zu kennen? Warum sprichst du hier an seiner Stelle und lässt ihn nicht selbst zu Wort kommen?"

Ruby ließ sich davon nicht einschüchtern, nicht von dem bisschen Wind. „Ich habe nicht versucht, sein Leben zu steuern, ich habe versucht, ihm klarzumachen, dass er das auch alleine schafft", stellte sie klar. „Und ich mache das nicht für ihn. Nicht nur. Er denkt wahrscheinlich, das wäre alles seine Schuld gewesen, der Idiot. Ich mache das noch nicht mal für all die Aoyllonen, die dir immer noch hinterherrennen. Wer weiß, ob die jemals aufwachen werden. Ich mache das für all die anderen armen Seelen, die du noch nicht mit irgendwelchen Prophezeiungen in den Untergang geführt hast. Sie haben es verdient, selbst über ihr Leben entscheiden zu dürfen." Ruby zitterte nicht mehr, stand still, ganz still. „Du hast eine Chance, es zuzugeben, es alles zuzugeben, oder ich werde dich vernichten."

Das Orakel warf einen Tornado gegen sie, aber sie stolperte nicht mal. „Soll das etwa eine Drohung sein?"

Die Stimme des Orakels wurde mit dem Wind getragen, hallte von den Felsen wieder, dass die Zelte und die Hütte des Dieners erzitterten. „Was willst du denn gegen mich anrichten, kleines Mädchen? Gegen mich kämpfen?"

„Nein."

Rubys Stimme war leise, wandte sich wie eine Schlange zum Ohr des Orakels, flüsterte von einer Zukunft, die es sich bisher nicht einmal hatte vorstellen können.

„Nein, das war keine Drohung. Das war ein Versprechen. Natürlich werde ich nicht gegen dich kämpfen, ich bin ja nicht blöd. Darum wird es auch etwas länger dauern, Jahre, Jahrzehnte, vielleicht sogar eine Aufgabe über meinen Tod hinaus. Du bist immerhin schon ziemlich alt, was?“ Ruby sah zu den Felsen auf, ohne mit der Wimper zu zucken. „Aber irgendwann, vielleicht schleichend, langsam, da wirst du nicht mehr das große Orakel sein. Nur noch ein Haufen Steine, der nichts mehr zu sagen hat. Einsam, ohne jegliche Untertanen oder Diener. Das ist mein Versprechen.“ Sie lächelte, aber es war ein Lächeln, das selbst das nicht vorhandene Herz des Orakels gefrieren ließ. „Wenn du mir nicht glauben willst, so tu doch einfach, was du am besten kannst, und wirf einen Blick in die Zukunft.“

Dann drehte Ruby sich um und kehrte auf dem gleichen Weg zurück, auf dem sie gekommen war.

Und das Orakel sah sich zum ersten Mal all die Möglichkeiten an, die es ausgeschlossen hatte, weil es sich allein auf den großen Helden konzentriert hatte. Es sah die Zukünfte, die er übersehen hatte, die Zukünfte des Mädchens, mit dem es sich gerade einen Machtkampf geliefert hatte, und erzitterte.

❦

Als Ruby zurückkehrte, war Alec sich ziemlich sicher, dass er Fráhtur verstanden hatte. Aber wie er mir ihr darüber reden sollte, wusste er nicht.

„Hey“, sagte sie, „guck mal, wen ich mitgebracht habe.“

Rico und Xen traten hinter ihr hervor, gefolgt von einer immer noch, oder wieder, müden Hēro. Damit hatte sich das wohl erledigt.

„Hey", murmelte Alec und schob sich eine Weintraube in den Mund.

Eigentlich hatte er vorgehabt, alleine mit Ruby zu sprechen, aber jetzt, da sie alle hier waren, war er zu beschäftigt mit Grinsen um sie wegzuschicken.

Rico starrte mit weit aufgerissenen Augen auf den Degen, den Alec gegen sein Bett gelehnt hatte. „Das ist also Fráhtur. Etwas dünn vielleicht."

Er war nicht neidisch, kein bisschen. Er hatte sein eigenes magisches Schwert, das mindestens genauso gut war, auch ohne verwirrende Persönlichkeit und die Fähigkeit, seinen Besitzer aus dem Meer zu fischen.

Alec sah Ruby entgeistert an. „Du hast es ihnen gesagt?" Worüber hatte er sich eigentlich Sorgen gemacht?

Sie zuckte mit den Schultern. „Guck nicht so. Ich hatte gar keine andere Wahl. Rico wusste, dass es unmöglich Hēro gewesen sein konnte, die dich gerettet hat, also habe ich ihm die Wahrheit gesagt. Und Rico konnte Xen einfach nicht anlügen, aber sonst weiß es noch niemand, ehrlich."

Alec pflückte eine weitere Weintraube aus der Tüte. Wenn Xen es wusste, dann würde es nicht lange dauern, bis Sym davon Wind bekam.

„Ist schon okay", sagte er, „wenn du ihnen vertraust."

Xen stibitzte sich eine von seinen Weintrauben. „Wann willst du bekanntgeben, dass du der neue König von Ceth'awna bist?"

Alec zuckte zusammen. *König von Ceth'awna.* Was sollte das denn bedeuten? Hatte Ruby es selbst noch nicht verstanden?

„Äh, ja." Er kratzte sich am Kopf. „Darüber wollte ich mit euch reden."

Ruby runzelte die Stirn. „Oh oh, das klingt aber gar nicht gut."

Alec rutschte auf seinem Bett herum. Alles Verständnis, was er erlangt hatte, war wieder verschwunden. Sein Kopf war leer.

„Eigentlich", sagte er langsam, „bin ich nämlich, äh, zu dem Entschluss gekommen, dass ich keine Lust habe, König zu sein."

„Was?" Xen schubste fast die Weintrauben vom Tisch. „Aber das ist deine Bestimmung! Fráhtur hat dich auserwählt."

„Xen." Rico legte dem Aoyllon beruhigend eine Hand auf die Schulter. „Ich denke, Alec hat ein Recht, diese Entscheidung selbst zu treffen."

Obwohl Xen dabei war, die Tradition der Aoyllonen zu reformieren, war auch die neue Dracc mit dem festen Glauben an das Schicksal aufgewachsen. Alec war das egal. Die anderen mussten mit seiner Entscheidung nicht zufrieden sein, solange er wusste, dass er richtig handelte. Er und Ruby.

„Red nur weiter, Alec", bekräftigte sie ihn. „Wir sollten eh alle aufhören, uns ständig auf diesen Schicksalsscheiß zu konzentrieren. Soll doch jeder machen, was er will."

„Und dabei am besten noch gegen das Orakel antreten, was?", zischte Xen.

„Wenigstens bin ich kein Feigling und weiß, wofür ich einstehe."

„Du weißt schon, dass, wenn ich dir glauben schenken würde, das Orakel sofort eine neue Dracc auswählen würde? Dann wäre ich tot, innerhalb der nächsten paar Tage."

Sie sahen einander böse an, aber Alec griff ein, bevor der Streit ausarten konnte. „Können wir bitte aufhören, über das Orakel zu reden?"

„Du hast doch bestimmt einen Plan." Rico breitete seine Flügel so aus, dass er Xen damit davon abhalten konnte, auf Ruby loszugehen. „Leg mal los."

Alecs Blick wanderte zu Ruby, die mit zusammengebissenen Zähnen versuchte, keinen weiteren dummen Kommentar abzugeben. Dann traf er eine Entscheidung. Unter seiner Berührung erhob sich der Degen einige Zentimeter in die Lüfte, schwebte über seinem Bett.

„Fráhtur will gar nicht, dass *ich* König werde", gab er zu.

Rubys Gesicht verlor an Farbe.

„Ihr kennt doch die Geschichte mit der Göttin und so, oder?"

Jedes Kind auf der Welt kannte diese Legende auswendig, und wenn sie auch überall etwas anders klang, hatten alle Erzählungen eines gemeinsam.

„Sie hat Lugh Fráhtur überreicht, in seiner größten Stunde der Not. Er stand da, umzingelt von Feinden und ohne jegliche Chance aufs Überleben, allein gegen die Welt. Was, wenn Fráhtur sich ihm nicht nur gezeigt hat, weil er der einzig wahre König ist, sondern auch – vor allem – weil er Hilfe brauchte? Das wäre doch möglich, oder?"

Seine Freunde sahen ihn hilflos an. Es war schon so kompliziert genug, Alecs Gedankengängen zu folgen, und jetzt holte er sich auch noch die alten Legenden zu Rate, die sowieso niemand verstand.

Alec sammelte all seine Kraft und versuchte es erneut. „Was, wenn Fráhtur gar nicht gedacht hat, oh wow, da fällt der Erbe Lughs in meinen Teich, da habe ich ja schon seit Jahrhunderten drauf gewartet? Was, wenn das Rapier –?"

„Das was?", prustete Ruby.

„Na, das Rapier halt."

Rico seufzte. „Sag einfach Degen, das verstehen dann auch die Zivilisten."*

„Meinetwegen. Was, wenn *der Degen* mir einfach nur helfen wollte?"

Das war unvorstellbar. Die Legende predigte ihnen seit drei Jahrhunderten die Zukunft.

---

* Ein Rapier ist eine Frühform des Degens, obwohl es sich bei Fráhtur eher um eine Mischung aus Seitenschwert und Rapier handelt. Ein Seitenschwert ist eine Frühform des Rapiers, wobei die Unterschiede für Zivilisten kaum zu erkennen sind und niemanden abgesehen von Alec dem Waffennerd interessieren.

„Aber Alec“, meldete sich Rico zu Wort, der Fráhtur nur zu gerne übernehmen würde, wenn Alec es nicht haben wollte, „das ist der *Flüsterer*. Es kann Lüge von Wahrheit unterscheiden. *Es ist der Rächer*. Eine Waffe, geschaffen nur für ihren wahren Meister, den Krieg und den Rausch des Gefechts. Es soll einem König in der Schlacht dienen. Warum sonst hätte es dir helfen sollen?“

Sie verstanden es nicht. Sie verstanden es einfach nicht. Ihm musste etwas Besseres einfallen.

„Aber ich habe doch gekämpft.“ Alec fuhr mit den Fingerspitzen über das warme Metall. „Ich habe gekämpft und Fráhtur hat mir in meiner Schlacht geholfen. Es war nur eine andere Art Kampf. Fráhtur ist kein Monster, denn *Monster* lässt sich mindestens genauso schlecht beschreiben wie *Held*. Es ist seine eigene Person, falls ihr das noch nicht mitbekommen habt. Es ist zwar nur einige hundert Jahre her, aber wir wissen so wenig über König Lugh und seine Zeit.“ Er hielt inne. „Vielleicht ist es gütig. So gütig, dass es nicht dabei zusehen kann, wie jemand alleine steht, ohne eine Chance.“

Er sah Ruby an, wie die Farbe langsam aus ihren Wangen wich und ihre Beine schlotterten.

„Vielleicht will es niemanden zum Herrscher über die Welt küren. Vielleicht ist es besser als wir alle und wir verstehen es nur nicht. Rico, du hast es selbst gesagt. Ich halte Fráhtur und darum muss ich die Wahrheit sagen. Und ich sage euch, dass ich nicht der hohe König bin.“

Da war glänzendes Metall, bereit zu schneiden, aber da war auch eine Begeisterung für das Leben selbst und Alec war sich sicher, dass er Recht hatte.

„Außerdem“, er musste grinsen, „könntet ihr euch mich als euren König vorstellen?“

„Ist das überhaupt wichtig?“, fragte Xen, denn Schicksal war nun mal Schicksal.

Dryas versteckte sich unter der Bettdecke und Hēro ließ sich auf ihr Hinterteil fallen, aber nur Ruby wagte es auszusprechen, was sie alle dachten. Das altbewährte Leuchten kehrte wieder in ihre Augen zurück, ergriff bald von ihrem ganzen Gesicht Besitz.

„Nein, das könnte ich nicht", sagte sie. „Das wärst einfach nicht du. König, Mann. Du müsstest Schlachten führen und Entscheidungen treffen, schwere Entscheidungen, all diese Dinge tun, die du nie wieder tun wolltest. Und du müsstest den Leuten gefallen. Du Griesgram."

Alec würgte ein Lächeln hervor. „Seht ihr? Ich wäre ein grauenhafter König."

Jetzt musste auch Rico lachen. „Gut, vielleicht hast du Recht", gab er zu. „Ich will jedenfalls keinen König mit solchen Stimmungsschwankungen, wie du sie hast."

Hēro kreischte zustimmend und Dryas rieb stolz die Nase an Alecs Wange. Nur Xen sah nicht überzeugt aus.

„Der Meinung bin ich nicht", der Aoyllon sprach jedes Wort einzeln, konnte selbst nicht glauben, was er da sagte, „aber das ist deine Entscheidung und die werde ich akzeptieren müssen."

Zufrieden stopfte Alec sich eine Weintraube in den Mund. Zum ersten Mal seit seinem Sturz, zum ersten Mal seit Langem, konnte er wieder frei atmen. Jetzt gab es nur noch eine Sache, die er erledigen musste.

Ruby und Alec gründen eine Selbsthilfegruppe

„Und du willst das wirklich tun?“, fragte Ruby mit einem besorgten Unterton in der Stimme, der so gar nicht nach ihr klang.

„Denkst du, das ist eine blöde Idee?“, erwiderte Alec.

„Nein, nein überhaupt nicht.“ Ihre Finger tippten in einem nervösen Rhythmus gegen die Lehne seines Rollstuhls. „Aber ist das auch wirklich, was *du* willst?“

Alec dachte kurz über ihre Frage nach. „Ja.“

Und das war die Wahrheit. Es war lange her, seitdem er einfach getan hatte, was er wollte.

„Ausgerechnet hier?“ Ruby machte sich mehr Sorgen um die Patienten als um ihn.

„Ja, es muss hier sein. Sonst kann ich sie nicht erreichen.“

Alec sah zu dem alten Tor hinauf. *Rehabilitationsgesellschaft für Matadoren* stand mit verschnörkelter Schrift auf dem Torbogen.

Obwohl es ihnen vorkam, als wären Jahre vergangen, hatte Dr. Chadir sie erst vor Kurzem aus der Anstalt verwiesen.

Ruby betätigte den Türklopfer. „Xens Überzeugungskünste wären jetzt gut.“

„Ja“, erwiderte Alec.

Aber Xen war gestern aufgebrochen, zurück zum Palast der Aoyllonen, und Rico und Hēro waren der Dracc gefolgt.

„Monster kann man von überall aus abschlachten“, hatte Rico gesagt, „und ich muss sowieso dringend bei den Ma't kündigen. Sonst ende ich noch wie du, Alec.“

Hēro hatte nur traurig Dryas Nasenspitze mit dem Schnabel berührt. Sie hatten sich lange angesehen und in ihren Köpfen miteinander gesprochen, aber man musste sie nicht verstehen, um zu wissen, dass sie einander wiedersehen würden. Das war eine andere Form des Schicksals.

Alec vermisste seine Freunde jetzt schon. Sie hatten ihm immer frische Weintrauben und Schokolade ans Bett gebracht. Schokolade. Er war trottelig genug, um zu vergessen, wie gut die schmeckte. Dank ihnen hatte es sich ertragen lassen, komplett hilflos zu sein.

Das Tor öffnete sich quietschend, aber eine hochgewachsene Gestalt versperrte den Weg.

„Ms. Eljin, Mr Blackwood. Sie haben Hausverbot." Dr. Chadir hatte seinen schnöden Tonfall noch nicht abgelegt.

Alec grinste und griff nach der fedrigen Hand des Direktors, bevor der protestieren konnte. „Auch schön, Sie wiederzusehen."

„Wir wollen auch gar nicht lange bleiben", versprach Ruby und zwängte sie an Dr. Chadir vorbei. „Wir haben bei unserem, äh, überstürzten Aufbruch nur noch was vergessen. Also, eigentlich so ziemlich alles." Sie sah sich um. Das Gelände blitzte fast vor Reinlichkeit. „Oh ho! Da sind Sie Ihr kleines Problem aber gut losgeworden. Alle Achtung!"

Alec nickte und boxte Dr. Chadir anerkennend gegen das Bein. Die Rehabilitationsgesellschaft für Matadoren sah tatsächlich gut aus. Oder so gut, wie ein Pflegeheim für zukunftslose Versager eben aussehen konnte.

„Aber bei uns sind keine echten Waffen erlaubt", sagte Dr. Chadir schwach.

Alec sah an sich hinunter. „Oh, das Rapier? Sie meinen das Rapier auf meinem Schoß?"

Dr. Chadir rückte seine Brille zurecht.

„Also bitte, es kann doch jeder sehen, dass das kein echtes Rapier ist. Sie müssen sich keine Sorgen machen."

Dr. Chadir nickte.

Ruby und Alec gingen weiter, folgten dem Kiesweg um das Hauptgebäude herum. Er hatte einbrechen wollen, um sich all das Drama zu ersparen, aber sie hatte ihn überzeugt, durch die Vordertür hineinzukommen, wie ein zivilisiertes Wesen.

Das war auch ganz gut so. Obwohl Alec gefühlte Jahrzehnte in der engen Kabine der *Chwilio* und noch weitere Jahrhunderte in einem richtigen Krankenhaus verbracht hatte, tat sein Kopf bei jeder Bewegung weh und er konnte unmöglich wieder den Baum hochklettern. Nicht die besten Voraussetzungen für einen Einbruch.

Sie erreichten Clive Hall, ein halb zerfallenes Haus voller Spukgeschichten. Alec sah zu seinem Zimmer hinauf. Die Fenster standen offen.

„Bestimmt haben sie schon alles aufgeräumt", sagte er, „es irgendwo im Ostturm eingelagert."

„Ach, das ganze Zeug brauchst du doch nicht." Ruby verzog das Gesicht. „Wir können da natürlich auch nochmal einbrechen, wenn du willst."

Alec lachte. „Nein danke. Ich hoffe nur, sie haben meine Bücher an eine lokale Bibliothek gespendet, oder an ein Waisenhaus."

„Hoffentlich gibt es da auch Kinder, die sich für *die Wissenschaft hinter der Magie* interessieren."

„Weißt du, ich interessiere mich da eigentlich gar nicht für", gab Alec zu. „Ich wollte nur, dass die Zeit schneller vorbei geht und dabei schlau aussehen."

Jetzt war es Ruby, die lachte, und ihr ganzes Gesicht strahlte. „Das hast du aber ordentlich verbockt."

Alec zuckte mit den Schultern. „Ich schätze schon. Aber ich habe kein Problem mehr damit, ein Trottel zu sein."

Was nur halb der Wahrheit entsprach, doch es brachte Ruby zum Lachen und das war das Wichtigste.

Hinter Clive Hall erstreckte sich das weite Meer, wild und ungezähmt und frei. Da, wo der von ihm ausgetretene Trampelpfad zu den Klippen führte, blieb Ruby stehen.

Alec schüttelte den Kopf, weil da immer noch diese Angst war, die sich tief in seinen Knochen festgesetzt hatte, und sie folgten weiter dem Kieselweg. Hier wurden die Klippen flacher, mündeten in einem dünnen Streifen Steinstrand.

Hier war das Meer nicht so sehr in Aufruhr, aber die Wellen donnerten trotzdem mit aller Gewalt an den Strand, hinterließen weiße Schaumspuren, sobald sie sich wieder in die Tiefe zurückzogen. Ruby blieb stehen und pflückte eine Handvoll Eisblumen.

„Du kannst mitkommen, wenn du willst", sagte Alec, aber sie schüttelte nur den Kopf und drückte ihm den Blumenstrauß in die Hände.

Er zögerte, betrachtete die Blumen, bis seine Finger aufhörten zu zittern. „Du solltest mitkommen. Es ist auch deine Geschichte und du solltest nicht davor wegrennen."

Ruby bohrte ihre Fingernägel in die Lehne seines Rollstuhls. „Soll das heißen, dass du es die ganze Zeit über wusstest?"

„Hilft es, wenn ich dir sage, dass es nur schlimmer wird, wenn du es ignorierst? Du musst es zu Ende bringen. Meinetwegen ohne Zeugen. Aber du musst es zu Ende bringen."

„Also wusstest du es. Die Sache mit dem Schwert." Rubys Stimme zitterte. „Du wusstest, dass Fráhtur nicht wegen dir da war und dass was du da in deiner Kammer erzählt hast, dass das nur die halbe Wahrheit gewesen ist. Du wusstest, dass ich der eigentliche Grund gewesen bin, aus dem das Schwert aufgetaucht ist."

Alec wollte etwas erwidern, doch Salzwasser füllte seinen Mund. Natürlich hatte er das gewusst und er war der Meinung, Rubys subtile, aber unmissverständliche, Zeichen richtig gedeutet zu haben. Wenn Lother sich geirrt hatte und es nicht Alec gewesen war, dessen Königswürde er auf dem Trip mit der Wilden Jagd gespürt hatte, wessen dann? Ricos sicherlich nicht.

Alec war noch dabei, zurück zu sich selbst zu finden. Er war zu instabil. Ruby hingegen hatte die größte Magierin ihrer Zeit überlistet, die Grenzen eines fruchtbaren Kriegs überwunden, indem sie die Wyvern besänftigte, und war gegen das weiseste Wesen des Universums angetreten. Und all das, ohne die Aufmerksamkeit auf sich zu ziehen. Sie war nicht mit Kriegstrommeln losgezogen und hatte nie Gewalt angewandt. Niemandem war je in den Sinn gekommen, dass Fráhtur Alec auf ihren Ruf hin gerettet hatte.

„Denkst du, dass wir – dass es trotzdem richtig ist, was wir vorhaben?“, fragte Alec. „Es ist deine Entscheidung und wenn du willst, dann werde ich dir Fráhtur natürlich geben.“

„Es würde so viel einfacher sein, die Welt zu verändern“, murmelte Ruby, fast verträumt, „mit diesem Schwert.“

„Wäre es das?“, fragte Alec.

„Diese Welt, deren größtes Problem darin besteht, was sie alle voneinander halten“, ihre Augen glänzten fiebrig, als würde alles um sie herum verschwinden. „Diese Welt, die sich an Helden hängt, Trugbilder, ohne etwas von der Realität zu ahnen. Ohne zu wissen, dass es nicht die Schurken sind, die sie kaputt machen, sondern sie selbst. Helden – oh, Alec! Du hattest Recht! Das ist so ein dehnbarer Begriff heutzutage. Es ist, als wäre die wahre Bedeutung abhandengekommen. Es gibt so viele von ihnen und doch“, Ruby seufzte theatralisch, „und trotzdem gibt's noch Ungerechtigkeit. Ingrid hat nicht in diese Welt gepasst und wurde entfernt, und du, Alec –.“

Er wollte sprechen, doch ihm fehlten die Worte.

„Wie kannst du nicht als ein richtiges Geschöpf gelten, aber dieses Orakel wird anerkannt. Ja, sogar angebetet! Und sie alle ahnen nichts davon. Sir Këil wurde ins Parlament gewählt– *gewählt*! Wie konnte die Demokratie so verkommen? Mit unseren

Mitteln, unseren Möglichkeiten – die Welt könnte so viel besser sein. Es kommt mir vor, als würde niemand nichts bemerken, es sei denn, eine Katastrophe tritt ein. Braucht es denn immer Tod und Verderben, damit man mal was auf die Reihe bekommt, überhaupt bemerkt, dass was fehlt?"

Ihre Augen flammten auf und Alec rollte instinktiv einen Schritt zurück. Seine Zunge klebte ihm am Gaumen.

„Niemand will das wissen, was wirklich zählt", fuhr Ruby fort, spuckte ihren Zorn aus, „aber mit dem Schwert – wir würden damit Schluss machen. Ein für alle Mal."

„Ruby?"

Es war kaum mehr als ein kränkliches Hauchen, doch es war genau, was es brauchte, damit sie zurück in die Realität fand. Sie sackte in sich zusammen und all die Wut verdampfte lautlos, machte einem unkontrolliertem Zittern platz.

„Das ist es." Ruby schlang die Arme um sich. „Darum geht es nicht. Ich habe zu große Angst."

„Vor der Verantwortung?", fragte Alec zögerlich.

„Bei – verdammt, nein." Sie lachte trocken. „Das stört mich nicht. Ich habe Angst vor dem, was aus mir wird. Wenn das Schwert jemanden wie mich als Nachfolger Lughs auswählt– was für eine Person war dieser König dann? Und was ist mit ihm passiert, dass er und sein Schwert nur mit Rache und Kriegszügen in Verbindung gebracht werden?" Sie schüttelte sich. „So will ich nicht werden. Ich will keinen Krieg führen oder alleine für alles verantwortlich sein müssen. Ich möchte nicht wütend werden. Denn wenn ich wirklich wütend bin –." Sie biss sich auf die Lippe. „Es macht mir Angst, was ich dann alles anrichten könnte."

Es machte ihr Angst. Alecs Zähne bohrten sich in seine Zunge, bis er Blut schmeckte. Wenn Ruby etwas Angst machte, was war dann mit ihm?

„Fráhtur ist sehr mächtig. Es hat dich auserwählt. Und, um ehrlich zu sein, wenn ich die Entscheidung treffen würde – ich hätte dich auch ausgewählt." Alec suchte jedes Wort einzeln aus. „Aber es wäre nicht der richtige Weg. Nicht wahr? Ich glaube, es wäre besser, wenn du das auf deine Art machen würdest. Und", er schloss die Augen, als er den Begriff *Held* mit einem letzten wehmütigen Lächeln von sich abfallen ließ, „da würde ich dir bei helfen, bestimmt."

Es dauerte etwas, bis Ruby verstanden hatte, was er damit meinte. Der gläserne Blick verschwand und das strahlendste Grinsen breitete sich auf ihrem Gesicht aus.

„Ich glaube, du hast recht. Niemand darf davon jemals erfahren. Ich muss den richtigen Weg finden. Nicht den des Schwertes, oder den König Lughs. Ich will keine Vergeltung oder Rache, mir soll niemand ins Ohr flüstern. Ich will nur – Ach, ich will doch nur, dass es alles besser wird. Nur ein kleines bisschen."

Alec lachte. Wie hätte er je denken können, er wäre zum Führen geboren? „Sag das nicht mir, sondern Fráhtur." Er drückte Rubys Hand. „Bleib."

Ruby holte tief Luft, dann hob sie den Degen, schloss die Augen. Der Griff war warm, Fráhturs Technik, sie zu beruhigen. Alec behielt recht. Das Schwert war gütig. Es machte ihr keine Vorwürfe. Vielleicht hatte es sogar auf diese Entscheidung gehofft.

Alec hob die Nase gen Himmel. „Lilian? Kannst du mich hören?"

Er summte, doch nicht *Kleiner Drache*, sondern ein Lied, das seine Mutter ihm vorgesungen hatte, damals, vor so langer Zeit. Rubys Finger woben die Eisblumen um den Griff des Degens.

„Lilian", fragte Alec erneut, „Lilian, bist du da?"

Wie ein Atemhauch umspielte ihn die milde Brise an diesem kühlen Tag der Frostnadeln. „Bitte, hör nicht auf. Das Lied ist sehr schön."

Alec hielt die Augen geschlossen, summte weiter und der Wind fiel mit ein.

„Hat es auch einen Text? Ich möchte es singen können, wenn du wieder gehst."

„Ich kann mich nicht mehr daran erinnern."

„Oh, das ist schade. Ich muss mir wohl einen neuen Text ausdenken."

Und dann sang der Wind. Alec und Ruby konnten die Worte nicht verstehen, sie waren keine Windgeister wie Taranis, aber der Klang der Musik würde sich für immer in ihre Herzen einschließen.

Eine schwache Brise wuschelte Alec durch die Haare und kitzelte ihn an der Nase.

Er musste lachen. „Sieh nur, was Ruby dir mitgebracht hat."

Und er öffnete die Augen.

Lilian hatte sich verändert, war nun ein zerbrechlicher Glaskörper, der von den Böen umhergewirbelt wurde. Sie sah fast glücklich aus, aber Alec war nie sonderlich gut darin gewesen, ihre Gefühle zu verstehen. Sie wog den Kopf von einer Seite zur Anderen, hörte auf die Melodie des Windes, während sie weitersang.

„Weißt du, Lilian, ich glaube, ich habe es jetzt endlich verstanden", sagte Alec.

Sie lachte und tanzte mit der Brise über die Wellen.

„Es tut mir leid, dass ich mich mit dir gestritten habe", fuhr er fort. „Du hattest natürlich Recht mit Ruby und mit allem anderen auch."

Plötzlich war sie direkt vor ihm, ein unscharfes Gesicht aus Windwirbeln und Staub. „Weißt du, Alec", sagte sie, „an dem Tag, an dem du mit mir singen kannst, da werde ich frei sein."

Aber er konnte doch gar nicht singen.

„Das habe ich jetzt auch verstanden. Und dieser Tag wird kommen", versprach Alec, „irgendwann." Er lächelte. „Das wollte ich dir nur sagen. Irgendwann. Ich glaube daran."

Lilian lachte und der Wind fuhr ihm durch den Mantel.

„Aber das wird noch eine Weile dauern", sagte er schließlich. „Darum habe ich dir auch einen Freund mitgebracht, damit du nicht die ganze Zeit alleine bist. Was heißt hier ich, es war Ruby."

Sie zog Fráhtur hervor.

„Ooh", murmelte Lilian, untersuchte den Degen von allen Seiten.

„Fráhtur, das ist Lilian. Sie braucht dringend einen Freund", stellte Ruby sie einander vor. „Lilian, das ist Fráhtur. Es ist gerne dein Freund."

Der Degen zitterte vor Aufregung, als die Brise ihn streifte.

„Ihr werdet bestimmt gut miteinander zurechtkommen. Fráhtur mag das Wasser, darum werde ich es hier lassen, wenn dich das nicht stört."

Es störte Lilian keineswegs, also trat Ruby einen Schritt nach vorne, hob den Degen vor ihr Gesicht.

„Danke, mein Freund", sagte sie. „Danke für alles."

Sie holte aus und warf Fráhtur so weit von sich weg, wie sie nur konnte. Kurz tanzte das Schwert über die Wellen, als würde es sich verabschieden wollen, dann sank es in die Tiefe und war verschwunden.

Salzwasser stieg in Alec auf, raubte ihm für einen Moment den Atem. Sie hatte es wirklich getan. Sie hatte Fráhtur, das Schwert des Königs, ins Meer geworfen. Und es hatte sich verdammt gut angefühlt, nur dabei zuzusehen. Sie tätschelte seine Schulter.

„Danke", hauchte Lilian. Die warme Brise wischte Ruby die Haare aus dem Gesicht, streichelte Alecs Wange.

Ruby lächelte sanft. „Kein Problem. Ich hoffe, es wird dir bald besser gehen."

„Ich werde dafür sorgen, dass es dir bald besser geht", berichtigte Alec sie.

Lilian sah wieder auf das weite Meer hinaus, summte das Lied, das er ihr beigebracht hatte. Das Einzige, was von ihr zurückblieb, war der Wind, der ihre Melodie säuselte. Er hörte hin – ganz genau hin – versuchte die Worte zu verstehen, die der Lufthauch ihm mitteilen wollte, aber über das Rauschen der Wellen waren sie kaum zu hören.

Lilian war bereits bei Fráhtur, dem Degen, der auf den Grund des Meeres sank. Angespannt, wartend, als würde er wissen, dass damit nichts beendet war. Nein, für Fráhtur war es nur eine Frage der Zeit, bis der scharfen Glanz seiner Klinge erneut den roten Sonnenaufgang einer neuen Welt hervorbringen würde.

„Und, wie denkst du, ist es gelaufen?", fragte Ruby, nachdem sie sich für eine Weile im Horizont verloren hatten.

Alec verzog das Gesicht. „Ganz gut, denke ich."

Sie sahen aufs Meer hinaus und schwiegen.

Dann nahm Ruby seine Hand. „Du bist ja ganz kalt und für deine Beine ist das bestimmt auch nicht gut. Es wäre besser, wenn wir reingehen. Knochenbrecher hat uns zum Essen eingeladen, na ja, jedenfalls so ungefähr. Er hat mir so oft den Nachtisch geklaut, dass er sich bestimmt freuen wird, ihn uns zurückzahlen zu können."

Eigentlich würde der Ork sich nur über Ruby freuen, aber die würde Alec nie zurücklassen, und damit hätte Knochenbrecher wirklich rechnen können.

Sie erhielt keine Antwort. Alec war zu gefangen von dem Spiel der Wellen, das sein Leben so lange bestimmt hatte.

„Ich habe Angst, dass alles wieder so wird wie vorher", sagte er plötzlich, „dass ich, jetzt da das alles vorbei ist, wieder hier landen werde und sich eigentlich nichts geändert hat."

„Aber es hat gerade erst alles angefangen", erwiderte Ruby und legte den Kopf schief. Sie wollte es nicht zeigen, doch auch sie hatte Angst davor. „Und du willst ja, dass sich etwas ändert, oder?"

„Ja."

„Dann hat es sich das schon, irgendwie. Vielleicht wird es besser, wenn du sie dir vorstellst, deine Zukunft." Sie hielt inne. „Was hast du jetzt vor, Alec?"

Er überlegte, ließ seinen Blick über das unendliche Wasser schweifen. „Ich weiß es nicht." Dann: „Ich könnte versuchen zu studieren, irgendwann. Aber noch nicht jetzt. Ich glaube, das schaffe ich noch nicht und ich wüsste auch nicht, was ich studieren sollte. Oder – nein, das ist dumm."

Ruby drückte seine Hand. „Sag schon."

„Ich könnte zurück zum wandelnden Markt. Oder ich könnte als Straßenkünstler arbeiten. Was auch immer ich vorführen soll. Oder im Zirkus. Trapez könnte ich bestimmt. Und Messerwerfen auch. Aber ich bin auch so schon Attraktion genug, der Nichtmagische Mann."

Ruby musste lachen.

„Was, findest du die Idee blöd?"

„Nein, überhaupt nicht. Es ist nur etwas ungewohnt, weißt du. Wie kommst du denn auf sowas?"

Alec zuckte mit den Schultern. „Keine Ahnung. War nur so ne Idee. Es kommt mir einfach nicht richtig vor, immer am gleichen Ort zu bleiben."

Ruby seufzte. „Ich weiß, was du meinst."

„Und du?", fragte Alec. „Was hast du jetzt vor? Du bist dem AGH jetzt bekannt, daraus gibts kein Zurück mehr."

Darüber musste Ruby erstmal nachdenken. „Das ist, glaube ich, auch ganz gut so", stellte sie fest. „Aber zuerst werde ich mich bewerben, bei dieser Uni, an die ich unbedingt will. Keine Vorbehalte mehr. Und ich werde dieses Jahr fertig machen, Work and Travel."

Sie nickte, als müsse sie sich das selbst bestätigen. „Ich denke, meine Familie sollte ich doch noch mal besuchen. Ein bisschen länger. Eigentlich sind meine Eltern gar nicht so schlimm. Ist ja nicht so, als könnten sie mich nochmal auf irgend so ein Internat schicken. Also halte ich die paar Tage da wohl aus." Ruby kaute auf ihrer Unterlippe herum. „Dann ist da noch dieses Versprechen, das ich zu erfüllen habe." Sie grinste grimmig.

„Sieht aus, als hättest du schon einen richtigen Plan", stellte Alec fest.

Ruby zuckte mit den Schultern. „Ach, das kommt dir bloß so vor. Eigentlich weiß ich gar nicht, was ich da mache."

Eine Möwe flatterte kreischend auf und zog einen silbrigen Fisch aus dem Meer. Es raschelte in Rubys Jackentasche und eine schwarze Nase schnüffelte an der frischen Seeluft. Weiter wagte Dryas sich allerdings nicht.

„Was machen wir nur mit dir?", seufzte Alec. „Sollen wir dich zurück zum Rest des *Dryadarium* schicken?"

„Ich glaube, Dryas möchte bei dir bleiben", sagte Ruby, „damit jemand ein Auge auf dich hat." Die Maus sprang in der Tasche auf und ab, bis sie lachen musste. „Wenn ich's mir so überlege, könnt ihr gerne erstmal bei mir mitkommen, wenn euch das gefallen würde."

„Was?"

Alec, der Trottel, wägte noch ab, ob das die Realität war oder ob sein Kopf nicht richtig verheilt war.

Ruby biss sich auf die Lippe, ließ seine Hand jedoch nicht los. „War ja nur ein Vorschlag. Nicht der Beste, ich weiß. Aber ich dachte –."

„Nein, nein! Das ist super, ich meine, überhaupt nicht schlecht", versuchte Alec verzweifelt zu erklären. „Nur – ich will dich nicht nerven, oder so." Er konnte sie nicht ansehen. „Du musst mich nicht aus Mitleid mitnehmen."

Da lachte Ruby, schlang ihre Finger fester um seine. „Das tue ich nicht, ehrlich", versprach sie. „Ich will dich – und Dryas! Ich will euch mitnehmen, weil ich euch mag." Sie schenkte ihm ein strahlendes Lächeln. „Sehr sogar."

Dryas beulte vor Aufregung ihre Tasche aus.

„Aber meine Beine –."

„Als würdest du lieber noch ein bisschen im Krankenhaus rumsitzen."

„Aber ich ziehe Gefahren praktisch –."

„Das ist ein Bonuspunkt."

Da konnte auch Alec sich das Grinsen nicht mehr verkneifen. „Wenn Dryas kein Problem damit hat …"

„Sieh dir Dryas doch *an.*"

„In dem Fall – ja. Ich komme gerne mit."

Und für eine Weile lächelten sie einander nur an. Dann sagte Ruby: „Wir wurden doch noch zum Essen eingeladen. Wir müssen uns beeilen. Und du musst unbedingt den Nachtisch hier probieren. Der ist legendär."

„Okay", erwiderte Alec und sie ließen das Meer hinter sich zurück. So viele Worte schwirrten in seinem Kopf herum, doch stattdessen sagte er nur: „Du hast dem mächtigsten Schwert im breiten Fluss einen Korb gegeben, du respektloses … Mädchen."

„Hm." Ruby legte den Kopf schief. „Woher willst du wissen, dass es das mächtigste Schwert im weiten Fluss ist? Es gibt bestimmt ein paar Wesen auf einer der tausend unentdeckten Welten, die viel weiter entwickelt sind als wir und die viel bessere Schwerter bauen können."

Alec zuckte mit den Schultern. „Wenn diese Wesen so viel weiter entwickelt sind, dann brauchen sie keine Schwerter mehr. Vielleicht wissen sie auch gar nicht, was ein Schwert ist. Das könnte doch eine Erfindung sein, die es nur auf der Pryddha gibt."

„Auch wieder wahr", stimmte Ruby ihm zu. „Lass uns jetzt endlich Essen gehen, ja? Du weißt nie, wann du das nächste Mal was zu essen bekommst."

Alec folgte ihr bereitwillig. Seine Geschichte war vorbei. Aber er hatte verstanden, dass er die Welt weiterhin veränderte. Alles, was er tun musste, war die nächste Geschichte selbst zu schreiben. Und in dieser würde er nicht der Held sein müssen.

Danksagung

Wenn ich eine Dankesliste mit all den Personen schreiben würde, die mir auf dem Weg zu diesem Buch geholfen haben, müsste ich Rubys und Alecs Geschichte noch einen weiteren Band hinzufügen. Ich müsste mit meinen Grundschullehrerinnen beginnen, meinen Kindheitsfreunden und bla, bla, bla … Wie rührselig. Stattdessen werde ich es simpel halten: Ein großes Dankeschön an alle, die mir geholfen haben, dieses Buch zu dem zu machen, was es ist! So kann jeder, der dies ließt, selbst entscheiden, ob er sich angesprochen fühlen sollte oder nicht. Ich weiß, ich bin ein Genie.

Der
weite Fluss
und seine
Inseln
~ eine bildhafte Darstellung ~
Quelle
Ápha
Sídlethan